कसाईबाड़ा

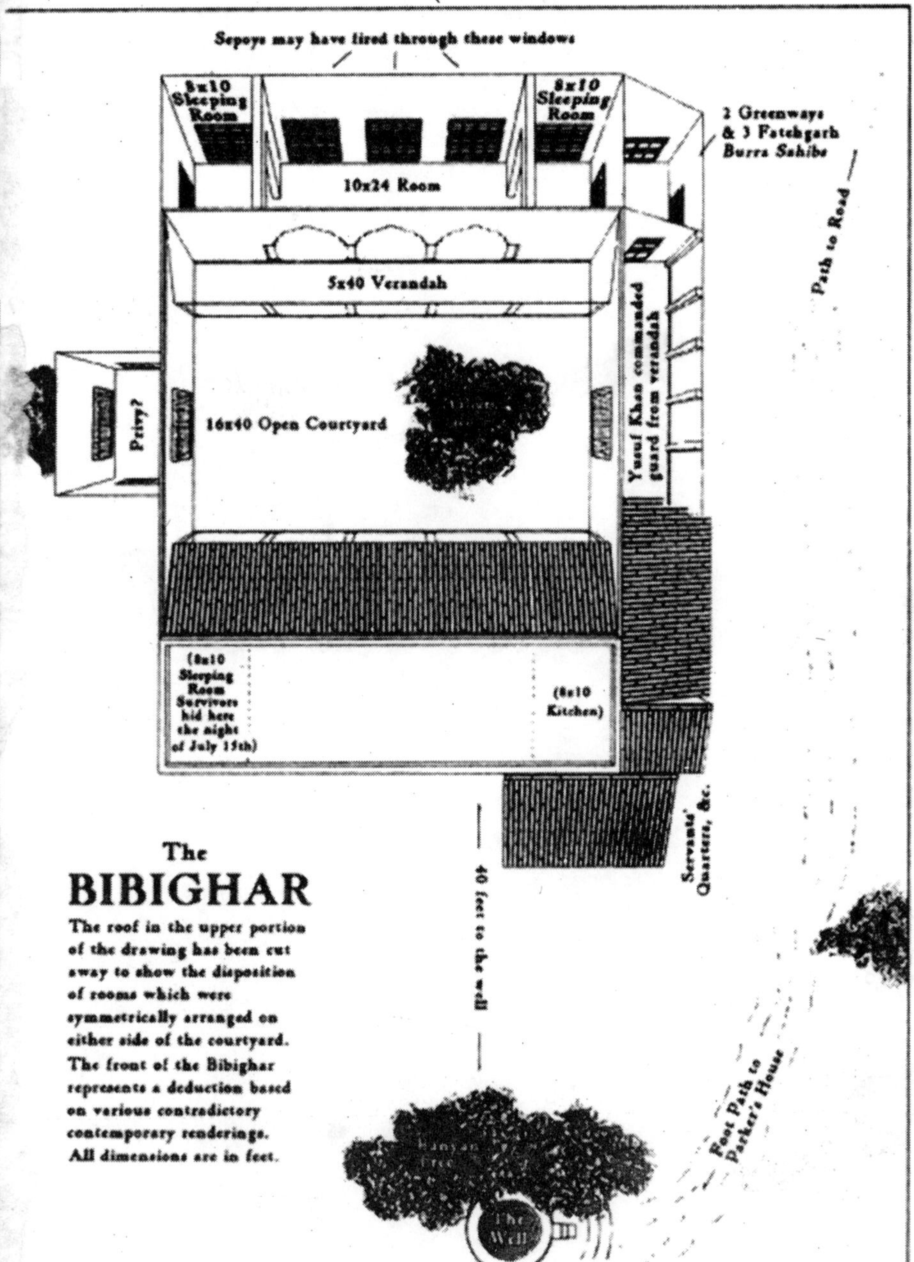

बीबीघर का नक्शा

कानपुर की मशहूर तवायफ़ अजीजन बाई का स्केच

कसाईबाड़ा

मनोज राजन त्रिपाठी

वाणी प्रकाशन

प्रकाशन के उत्कृष्टतम 63 वर्ष

vaniprakashan.com

सजिल्द पहला संस्करण : 2026

वाणी प्रकाशन

4695, 21-ए, दरियागंज, नयी दिल्ली-110 002

फ़ोन : + 91 11 23273167, 23275710

शाखाएँ

अशोक राजपथ, पटना-800 004, बिहार

कॉफ़ी हाउस कैम्पस, महात्मा गांधी मार्ग, प्रयागराज-211 001, उत्तर प्रदेश

महात्मा गांधी अन्तरराष्ट्रीय हिन्दी विश्वविद्यालय, वर्धा-442 001, महाराष्ट्र

sales@vaniprakashan.in

vaniprakashan@gmail.com

Kasaibaada

by Manoj Rajan Tripathi

ISBN : 978-93-7348-394-8

Novel

मूल्य : ₹699

आर. टेक ऑफ़सेट, दिल्ली-110 032 में मुद्रित

वाणी प्रकाशन का लोगो मक़बूल फ़िदा हुसैन की कूची से

चैप्टर-1

इज़रायल, इंडिया और इंक़लाब

खिलखिलाते बच्चे के गालों की तरह बेबी पिंक सर्दी। फुटकर बादलों के बीच से ज़मीन पर चाँदी की अशर्फ़ियाँ टपकाने की पूरी कोशिश करते चन्दामामा। आसमान ग़ुस्से से ऐसा लाल जैसे आतिशबाज़ों ने नब्बे शॉट्स वाला रॉकेट दागा हो। कोहरा नॉर्थ-ईस्ट की तरफ़ बहती हवा के कन्धे पर हाथ रखकर टहल रहा था। मगर ऑक्सीजन में घुली बारूदी महक गवाही दे रही थी कि असल में धुएँ ने कोहरे के कपड़े पहन रखे हैं। सुलगती-धधकती पराली सा धुआंधार ये माहौल था हर्ज़लिया इलाक़े का। इज़रायल की राजधानी तेल अवीव से क़रीब चौदह किलोमीटर दूर हर्ज़लिया में क़तार से बनी विलाज़ के बीच में एक विला राबिया जमाल जाफ़री की भी थी। तीन घण्टे के सन्नाटे ने अभी पहला खर्राटा लिया ही था कि मीलों दूर से मिसाइल के धमाके की आवाज़ दौड़ती हुई आयी और बिस्तर पर बेहोश पड़ी अदिति के कानों के पर्दे चीरती चली गयी। वो हड़बड़ा कर उठी। सामने कुर्सी पर बैठी राबिया कॉफ़ी मग टेबल पर रखते हुए अदिति की तरफ़ लपकी और सहारा देते हुए बोली, "ईज़ी...ईज़ी, इट वॉज़ जस्ट अ शॉक।"

अदिति ने चौंककर पूछा, "व्हॉट वॉज दैट एक्सप्लोज़न लाइक ओवर देयर?"

राबिया ने जवाब दिया, "हमास हैज़ अटैक्ड इज़रायल।"

"हमास...?" सिर पर बँधी पट्‌टी टटोलते हुए हैरान अदिति बोली।

"यस...एंड नाऊ अटैक हैज़ टर्न्ड इन टू अ वॉर"

"मैं फँस गयी, कैसे निकलूँगी यहाँ से। बच्चा अकेला है, फ़ैमली परेशान होगी। हे भगवान?" अदिति ख़ुद से बड़बड़ाने लगी।

बड़बड़ाते-बड़बड़ाते अदिति खिड़की की तरफ़ भागी और झट से पर्दा हटाकर पागलों की तरह इधर-उधर देखने लगी। दूर कहीं आग की लपटें दिखाई दे रही थीं जैसे इमारतें जल रही हों। आसमान में मिसाइलों के अंगारे देखते ही अदिति चीखी, "मुझे घर जाना है, मुझे घर जाना है।"

पीछे से राबिया ने उसे पकड़ा, "डोंट वरी, एव्रीथिंग विल भी फ़ाइन।"

अदिति को राबिया ने छाती से लगा लिया और कुछ पल रोने दिया। जब अदिति थोड़ा क़ाबू में आयी तो सहारा देकर उसे बिस्तर पर बैठा दिया।

चीख़ने-चिल्लाने के बाद भड़ास निकल चुकी थी। अदिति ने ख़ुद को समझाया, आँसू पोंछे और नॉर्मल होकर बोली, "सो सॉरी।"

राबिया किचन की तरफ़ मुड़ी, "तुम्हारे लिए कॉफ़ी लाती हूँ।"

पीछे से अदिति ने सवाल किया, "आप हिन्दी जानती हैं?"

राबिया पलटी, "हिन्दी...मैं तो ये भी जानती हूँ कि यू आर अदिति माहेश्वरी, अ फ़ेमस इंडियन पब्लिशर एण्ड राइटर। नयी किताब लिखने के लिए फ़िलिस्तीन के मुसलमानों और इज़रायल के यहूदियों पर रिसर्च करने आयी हो लेकिन कल तुमको एयर इंडिया की फ़्लाइट से वापस भेजा जा रहा है। सो सॉरी अबाउट योर बुक रिसर्च।"

"जंग न होती तो पन्द्रह दिन रूकना था, ख़ैर किताब फिर कभी।"

"आपके मुल्क की सरकार को अपने लोगों की फ़िक्र है। इज़रायल और इंडियन गवर्नमेंट में बात हो चुकी है। क्या मालूम जंग कितने साल चलेगी।"

इतना कहकर राबिया किचन के अन्दर चली गयी।

ये सात अक्टूबर 2023 का वो ख़ुशनुमा दिन था जब पूरा इज़रायल छुट्टी पर था। हर यहूदी सिमचेट टोरा का जलसा मना रहा था। देश भर के सिनेगॉग्स में बच्चों से लेकर बूढ़े तक इकट्ठा थे। टोरा स्क्रॉल के साथ सब नाच रहे थे। मन्दिर, मस्जिद की तरह सिनेगॉग यहूदियों की इबादतगाह होती है। सिमचेट पर सिनेगॉग में रखे बक्से से टोरा स्क्रोल निकालकर हिब्रू बाइबिल का पाँचवाँ हिस्सा पढ़ा जाता है और इसी के साथ यहूदी फिर एक नयी शुरुआत करते हैं। हर तरफ़ रौनक थी कि अचानक हमास ने आसमान से हमला बोल दिया। ख़ुशियाँ बारूद की पर्तों के नीचे चीख़ने लगीं और जश्न मनहूसियत में तब्दील

हो गया। हमले से सिर्फ़ दो दिन पहले ही अदिति इज़रायल आयी थी। रिसर्च के सिलसिले में वो भी हर्ज़लिया के एक सिनेगॉग में मौजूद थी। सिनेगॉग से कुछ दूरी पर मिसाइल गिरी और भगदड़ मच गयी। अदिति गिर पड़ी और उसके माथे पर चोट आ गयी। जान बचाने पर आमादा भीड़ बस भाग रही थी। कौन गिर रहा है, कौन पैरों तले रौंदा जा रहा है इसकी किसी को फ़िक्र नहीं थी। अदिति बेहोश हो गयी जिसे बाद में इज़रायल डिफेंस फ़ोर्सेस ने उठाकर देखरेख के लिए राबिया की विला पर छोड़ दिया जहाँ वो अपनी छोटी-सी क्लीनिक चलाती है।

दस मिनट बाद राबिया लौटी और ख़यालों में डूबी अदिति को मग पकड़ाकर कुर्सी पर बैठ गयी। दोनों ब्लैक कॉफ़ी की चुस्कियाँ लेने लगीं।

अदिति ने पूछा, "आपने अपने बारे में तो बताया ही नहीं।"

"मैं डॉक्टर राबिया जमाल जाफ़री हूँ।"

अदिति ने कॉफ़ी का घूँट गटकते हुए सवाल किया, "इज़रायली हैं?"

"नहीं, कैनेडियन हूँ।"

"तो हिन्दी कैसे बोल लेती हैं?"

राबिया ने मग रखते हुए बताया, "फ़ोरफ़ादर्स पाकिस्तानी थे, पापा कैनेडा के सिटिजन। ब्रेड एंड बटर की तलाश एक डॉक्टर को इज़रायल ले आयी।"

"कैनेडा में मेडिकल प्रोफ़ेशन का मार्केट डाउन है क्या?"

"इज़रायल में बारूद से खेलने और मरने-मारने का ज़बरदस्त क्रेज़ है, मरीज़ भी ख़ूब मिलते हैं और माल भी...जस्ट जोकिंग।" राबिया खिलखिलाते हुए बोली।

अदिति उदास हो गयी, "मज़हब और मुल्क के नाम पर छिड़ी इस मारकाट पर ही मुझे किताब लिखनी थी। पता नहीं अब कब आ पाऊँगी।"

अदिति को उदास देखकर राबिया बोली, "यहूदी कहते हैं कि इस्लाम सिर्फ़ चौदह सौ साल पहले आया है लेकिन किंग डेविड ने तो चार हज़ार साल पहले इज़रायल बसा दिया था। हिब्रू बाइबिल में यही लिखा है। अब अजब झंझट ये है कि यहूदी जिनको किंग डेविड कहते हैं मुसलमान उन्हें दाऊद अलैहिस्सलाम मानते हैं।"

अदिति चौंकी, "मतलब?"

"मुस्लिमों का दावा है कि दाऊद अलैहिस्सलाम के बेटे हज़रत सुलेमान ने अल अक्सा बनायी थी और पंख वाले बुर्राक घोड़े पर मोहम्मद साहब की मेराज़ यहीं से हुई थी। मतलब वो अल्लाह से मिलने गये। यहूदी बोलते हैं कि सुलेमान ने नहीं, किंग डेविड के बेटे सोलोमन ने अल अक्सा बनायी। इन दो के अलावा तीसरे ईसाई भी हैं जो कहते हैं कि ईसा मसीह को यहीं सूली पर चढ़ाया गया था।"

अदिति ने लम्बी साँस खींची, "धर्म और ज़मीन के नाम पर कितने मुल्क आपस में लड़ रहे हैं, आदमी इन्सानियत को मौत के घाट उतार रहा है। पता नहीं कब सब एक होकर अमन के लिए लड़ेंगे। बस ऐसा ही कुछ लिखना चाहती थी मैं।"

"एक कहानी मेरे पास है, रिसर्च भी पूरी है। चाहो तो देख लो।"

कुछ कन्फ्यूज सी अदिति ने हाँ में सिर हिलाया तो राबिया उठकर अन्दर चली गयी और दो मिनट बाद एक कपड़े में बँधा रजिस्टर लेकर लौटी। राबिया ने कपड़ा खोलकर रजिस्टर बाहर निकाला और अदिति को थमाते हुए कहा, "रद्दी का ये पुलिन्दा है तो क़रीब डेढ़ सौ साल पुराना मगर इस कहानी में सारे मज़हब मिलकर सिर्फ़ अपनी आज़ादी के लिए लड़े थे। इनका मुल्क तो इस लड़ाई के तक़रीबन सौ साल बाद आज़ाद हुआ लेकिन आज़ादी के इन मस्तानों ने असल आज़ादी हासिल होने से पहले ही इक्कीस दिनों के लिए ख़ुद को आज़ाद कर अपना झण्डा फहरा दिया था।"

"किस की कहानी है ये?"

"मरने से पहले लियाक़त अली ने ये कहानी अपनी भतीजी को रंगून में सुनाई और भतीजी ने लियाक़त की ज़ुबानी इस कहानी को काग़ज़ पर उतार दिया।"

अदिति मचल पड़ी, "मतलब कोई लियाक़त अली इस स्टोरी का हीरो है।"

राबिया मुस्कुराकर बोली, "मौलवी लियाक़त अली ने तो ये कहानी झेली है, खेली तो आज़ाद ने है। आज़ाद ही इस कहानी का हीरो है, जो डेढ़ सौ

सालों से रद्दी के इस पुलिन्दे में क़ैद है। चाहो तो आज़ाद को इस पुलिन्दे से आज़ाद कर दो।"

"लेकिन मैंने तो न ऐसे किसी आज़ाद का नाम सुना न लियाक़त अली का।"

राबिया थोड़ा ग़ुस्से में बोली, "आज की सिक्स्टी परसेंट यंग जनरेशन का यही हाल है लेकिन इसमें ग़लती इस जनरेशन की नहीं हमारी है, क्योंकि हमने उन्हें कुछ नहीं बताया। तुम ख़ुद अपने घर से चार घण्टे की दूरी पर पड़ी कहानी तलाश नहीं पायीं और हज़ारों मील दूर येरुसलम की कहानी ढूँढने चली आयी हो।"

"मेरे घर से चार घण्टे की दूरी पर कौन सी कहानी थी?" अदिति सोचने लगी।

राबिया ने घड़ी की ओर इशारा किया, "रात का तीन बजा है। कल शाम सात बजे एयर इंडिया फ़्लाइट तुमको वापस ले जायेगी। पढ़ लो फिर बात करते हैं।"

राबिया कमरे में सोने चली गयी मगर अदिति की आँखों से नींद लापता थी। अब उस का किसी कहानी में मन नहीं लग रहा था। लगता भी कैसे दूर देश में फँस गयी थी, वो भी जंग के बीच। बच्चे की याद सता रही थी फ़ैमली की मिसिंग वाली फ़ीलिंग दर्द दे रही थी लेकिन करती क्या। नींद आना नामुमकिन था, टाइम भी पास करना था। बस कुछ ऐसा ही सोचने के बाद अदिति ने बेमने रजिस्टर की तरफ़ कनखियों से देखा, लगा चलो देखते हैं, गुज़ारते हैं वक़्त कहानी के नाम पर। अदिति ने हौले से रजिस्टर उठाया फिर सूख कर पत्ता-पत्ता हो चुके डेढ़ सौ साल पुराने पन्नों को बेहद करीने से पलटते हुए पढ़ना शुरू किया और ख़ुद-ब-ख़ुद एक सौ छियासठ साल पीछे चली गयी।

कहानी शुरू होती है दिल्ली से तक़रीबन सवा तीन सौ मील दूर कानपुर से। साल 1857 का 27 मई। सूरज दो घण्टे पहले विदा ले चुका था और रोशनी

की ज़िम्मेदारी चन्द्रमा ने पूरी शिद्दत से सँभाल रखी थी। गोमुख से हरिद्वार और फिर कानपुर से वाया इलाहाबाद गंगा नदी बनारस में विश्वनाथ की जटाओं से होती हुई कलकत्ता का रास्ता पकड़ लेती थी। लेकिन कानपुर तो जैसे गंगा मइया की सहेली का घर था। मीलों तक फैलाव था लिहाज़ा दौड़ती-भागती गंगा कानपुर में ज़रा आराम फ़रमा लेती थी। आज हवा थोड़ी दक्षिणायन थी और बरगदिया पत्तों की कटोरियों में टिमटिमाते दो-चार दीपक मन्नतों को बहाये ले जा रहे थे। लहरों की छलछल के बीच अचानक चप्पू की आवाज़ सुनते ही 'हु टी टी री, हु टी टी री' करती हुई एक टिटीहरी ने सन्नाटा चीर दिया। टिटीहरी को लग रहा था कि कोई मिट्टी के बिल में रखे उसके अण्डे चुराने आ रहा है। तभी नदी की रफ़्तार के ख़िलाफ़ उल्टे बहाव को मात देते हुए इलाहाबाद की तरफ़ से आयी एक नाव सत्तीचौरा घाट पर रुकी। नाव पर चौबीस साल का एक जवान सवार था। सफ़ेद धोती-कुर्ता और लाल अंगरखा पहने जवान के सिर पर हल्दी रंग का साफ़ा था जिसके कपड़े से उसने आधा चेहरा ढक रखा था। नाव नज़र आते ही घाट पर मौजूद एक छोटे से मन्दिर में छिपी लड़कियों में से एक लड़की टिटीहरी के अंडों के पास पहुँच गयी और बाक़ी पाँच लड़कियाँ नाव की तरफ़ दौड़ीं। लड़के ने घाट पर कूदकर नाव को खूँटे से बाँधा और पाँचों लड़कियों के साथ नाव पर फिर चढ़ गया। घोंसले के पास खड़ी लड़की से सहमी टिटीहरी अण्डों की फ़िक्र में लगातार शोर मचा रही थी। शायद ये शोर इन सबका सुरक्षा कवच था।

लड़के ने नाव पर पड़ी पुआल के नीचे रखी कटार निकाली और कमर में बँधे पटके में खोंस ली। सब एकदम चौकन्ने थे। नदी की छल-छल से लेकर झाड़ियों की सरसराहट तक सबकी नज़र थी। शोरगुल किये बिना सबने मिलकर नाव पर रखे पाँच बक्से और चादर में बँधीं दस एनफ़ील्ड 1853 मस्कट घाट पर उतारीं। जवान ने बिना बोले एक बक्से का कुंडा खोला और लड़कियों को दिखाया। बक्से में सोने की सिल्लियों के अलावा तमाम ज़ेवरात और चाँदी के हज़ारों विक्टोरियन सिक्के भरे थे। बक्सा बन्द होते ही एक लड़की ने मन्दिर की तरफ़ इशारा किया और लड़का मन्दिर के पीछे गायब हो गया। लड़के के जाते ही पचपन सीढ़ियाँ चढ़कर लड़कियों ने तीन बार में

पाँचों बक्से और मस्कट बन्दूकें सड़क पर पहले से खड़ी बैलगाड़ी पर रखीं और ख़ुद भी बैठ गयीं। एक लड़की बोली, "चलो बाबा चलो।"

'हुर्र हट हट' की हाँक के साथ बूढ़े बैलगाड़ी वाले ने बैलों की लगाम खींची और बैलगाड़ी बिठूर चल दी। हाँके की आवाज़ सुनते ही लड़का मन्दिर के पीछे पीपल की ओर चल दिया, जहाँ एक सफ़ेद घोड़ा बँधा था। लड़के ने रस्सी खोली और घोड़े की पीठ सहलाते हुए उछलकर सवार हो गया। घोड़ा नदी के किनारे-किनारे झाड़ियों के बीच धीमी रफ़्तार से आगे बढ़ने लगा और टिटीहरी ख़ामोश होकर फिर अण्डे सेने लगी।

सत्तीचौरा घाट पर साँस लेते सन्नाटे के ठीक उलट क़रीब सात मील दूर बसे बेहुंटा गाँव में जमा भक्त मण्डली मानस की चौपाइयाँ बाँच रही थी।

मातु मोहि दीजे कुछ चीन्हा।
जैसे रघुनायक मोहि दीन्हा।।
चूड़ामणि उतारि तब दयऊ।
हरष समेत पवनसुत लयऊ।।
कहेहु तात अस मोर प्रनामा।
सब प्रकार प्रभु पूरनकामा।।
दीन दयाल बिरिदु संभारी।
हरहु नाथ मम संकट भारी।।

क़रीब 24 घण्टों से जारी मानस पाठ में आसपास के गाँव और कानपुर के दो सौ से ज़्यादा बाशिन्दे राम नाम में डूबे थे। बेहुंटा गाँव से सिर्फ़ एक फर्लांग की दूरी से गुज़रती ग्रैंड ट्रंक रोड पर दोपहर से पचास सैनिकों के साथ एक दर्जन अंग्रेज़ अफ़सर डेरा डाले बैठे थे। ख़बर थी कि इलाहाबाद से खज़ाने और हथियारों की बड़ी खेप आ रही है। जीटी रोड से गुज़रते हर शख़्स, हर गाड़ी की तलाशी लेते-लेते रात हो चुकी थी। कानपुर के डिस्ट्रिक्ट मजिस्ट्रेट हिल्सर्डन की सख़्त ताकीद थी कि धार्मिक जलसों में सैनिक दखल नहीं देंगे इसलिए पूरी पलटन इन्तज़ार में थी, तभी आरती ख़त्म हुई और प्रसाद लेकर भक्तों की भीड़ बैलगाड़ियों, ताँगों और पैदल झुंड में अपने-अपने रास्ते निकली। घण्टों से झल्लाये बैठे अफ़सरों का इशारा पाते ही भीड़ को चारों

तरफ़ से घेरकर सैनिक तलाशी के नाम पर गाड़ियों का सामान फेंकने लगे, आदमियों को क़तार में खड़ा करके पीटने लगे। औरतें, बूढ़े सहम गये, बच्चे रोने लगे मगर फ़िरंगियों के हाथ कुछ भी नहीं लगा।

एक अफ़सर चिल्लाया, "लेट देम स्टे हियर एंड सर्च द वर्शिप प्लेस।"

सैनिक ने तर्जुमा किया, "भीड़ यहीं घेर लो, बाक़ी रामायण वाले मैदान और गाँव की तलाशी लो। हो सकता है आज़ाद वहीं-कहीं छिपा हो।"

ग्रैंड ट्रंक रोड पर सैनिक के मुँह से आज़ाद का नाम सुनते ही भीड़ में सुगबुगाहट होने लगी, उधर सत्तीचौरा घाट से निकली बैलगाड़ी बिठूर से महज़ डेढ़ मील की दूरी पर थी कि अचानक अंग्रेज़ पुलिस की घोड़ागाड़ी सामने दिखाई दी। इस रास्ते पर पुलिस की गश्त कभी नहीं होती थी। मतलब साफ़ था कि मुख़बिरी हो चुकी थी और पुलिस वाले उनके ही इन्तज़ार में खड़े थे। पुलिस देखते ही लड़कियाँ सतर्क हो गयीं और सबने अपने ख़ंजर पंजों में जकड़ लिए। मस्कट ताने तीन सिपाही बैलगाड़ी की तरफ़ बढ़ रहे थे। बैल हाँक रहे बूढ़े ने लगाम छोड़कर धीरे से अपनी तलवार उठाई और फ़ुर्ती से सिपाहियों पर लपका, तभी घोड़ागाड़ी की खिड़की से निशाना साधे बैठे अंग्रेज़ दरोगा ने बन्दूक का घोड़ा दबा दिया। बूढ़े का भेजा खुल गया। लड़कियाँ चीख़ पड़ीं और अंग्रेज़ दरोगा बन्दूक को कन्धे पर रखे हुए उतरा। बैलगाड़ी घेर ली गयी। दरोगा की बन्दूक के इशारे पर ख़ंजर हाथ में लिए लड़कियाँ नीचे उतरीं लेकिन उनके हमलावर होने से पहले ही दरोगा ने फिर गोली चला दी। गोली सीधे एक लड़की के पंजे पर लगी और उसका ख़ंजर छिटक कर दूर गिर गया। मौक़ा पाते ही तीनों सिपाहियों ने घायल लड़की की छाती पर मस्कट सटा दी। बूढ़ा मर चुका था, घायल लड़की निशाने पर थी इसलिए बाक़ी के पास अपने ख़ंजर फेंकने के अलावा कोई चारा नहीं था। लड़कियों के निहत्था होते ही सम्मान सिंह नाम का एक सिपाही बैलगाड़ी पर चढ़ा और बक्से खोलते हुए चिल्लाया, "साहब मिल गया आज़ाद का ख़ज़ाना।"

अंग्रेज़ दरोगा ने टूटी-फूटी हिन्दी में घायल लड़की से पूछा, "कां है आज़ाड?"

कराहते हुए लड़की बोली, "मुझे नहीं पता।"

दरोगा बाक़ी लड़कियों पर चीख़ा, "बताओ नयी तो इसका बी बेजा उड़ा डूँगा।"

बैलगाड़ी से उतरते हुए सिपाही सम्मान सिंह बोला, "साहब ये ऐसे नहीं बतायेंगी।"

"इनका बाप बी बतायेगा।" इतना कहते ही अंग्रेज़ दरोगा घायल लड़की को बालों से पकड़कर घसीटते हुए घोड़ागाड़ी की तरफ़ चल दिया। लड़की के हाथ से ख़ून बह रहा था, वो चीख़ रही थी मगर अंग्रेज़ दरोगा को तो आज किसी भी क़ीमत पर आज़ाद चाहिए था। बाक़ी लड़कियों को सिपाहियों ने बन्दूक की नोंक पर घुटनों के बल बैठा दिया था। निहत्थीं थीं, मजबूर थीं मगर असल में मज़बूत थीं। गोरों से लोहा लेने के लिए इन लड़ाका लड़कियों को लोहे की तरह पिघला कर उन फ़ौलादी जांबाज़ों का आकार दिया गया था जिनके लिए आबरू आज़ादी के लिए कुर्बानी थी और जान आज़ाद के लिए बलिदान। इरादा मुल्क के लिए लुट जाना और जज़्बा आज़ाद के लिए मिट जाना। आज पहला मौका था जब इज़्ज़त दाँव पर थी और इम्तहान था हर हाल में आज़ाद की हिफ़ाज़त क्योंकि जब तक आज़ाद ज़िन्दा है तब तक आज़ादी का ख़्वाब ज़िन्दा है। आज़ाद को पकड़कर आज़ादी के ख़्वाब को मौत के घाट उतारने पर आमादा अंग्रेज़ दरोगा घायल लड़की को घोड़ागाड़ी के अन्दर ले गया और देखते-देखते उसे बेकपड़ा कर दिया। हैवान हो चुके दरोगा ने लड़की से फिर पूछा, "आज़ाड कां है बटाओ?"

दरोगा के मुँह पर थूकते हुए लड़की चीख़ी, "आज़ाद ज़िन्दाबाद।"

आस्तीन से चेहरा साफ़ करते हुए दरोगा ग़ुस्साया, "लास्ट चांस दे रा हूँ बता दे, नयी तो तेरा वो हाल करूँगा कि आज़ाड अपने मूं पर ठूकेगा।"

अपना सब कुछ दाँव पर लगाने को तैयार लड़की दरोगा की धमकी पर ज़ोर-ज़ोर से ऐसे हँसने लगी जैसे उसे उम्मीद नहीं, पूरा भरोसा हो कि आज़ाद उसे बचा लेगा। दरोगा तमतमा गया। उसने लड़की को आगोश में कसा ही था कि अचानक वो मुँह से ख़ून उगलने लगा। दरोगा के मुँह से बह रही ख़ून की धार लड़की का चेहरा लाल कर रही थी और वो लगातार हँसती जा रही थी। दरोगा दर्द से छटपटा रहा था। उसने अपनी गर्दन टटोली तो धारदार कटार उसके आरपार थी। दरोगा ने पलट कर देखा, पीछे आज़ाद खड़ा था। वही

आज़ाद जो इलाहाबाद से नाव लेकर आया था और सफ़ेद घोड़े पर बैठकर गुम हो गया था। आज़ाद ने दरोगा को गिरहबान से पकड़कर गाड़ी से बाहर फेंक दिया। लड़की आज़ाद के पैरों पर गिर पड़ी। आज़ाद ने उसे कपड़े उठाकर दिये और घोड़ागाड़ी से बाहर कूद गया। ज़मीन पर पड़े दरोगा के हलक से आवाज़ नहीं फूट रही थी। उसने नज़र उठाकर देखा तो हैरान हो गया। कहानी पलट चुकी थी। अब सारे सिपाही रस्सी से बँधे थे और लड़कियाँ बन्दूकें ताने खड़ी थीं। दरोगा के गले में घुसी कटार के मुट्ठे पर पैर रखते हुए आज़ाद बोला, "चौंक मत, आज़ाद है तो सब आसान है।"

इतना कहते ही आज़ाद ने कटार का मुट्ठा पैर से दबा दिया और कटार दरोगा के गले में और अन्दर तक धंसता चला गया। दरोगा मर चुका था। आज़ाद उसकी लाश घसीटते हुए सिपाहियों के पास आकर रुका। लड़कियों ने सिपाहियों के गले में फंदा डाला और पेड़ पर रस्सी फंसा दी। सिपाही सम्मान सिंह सिर झुकाये खड़ा था। आज़ाद ने बाल पकड़कर सम्मान का चेहरा उठाया और मुँह सटाकर बोला, "नानाराव का वफ़ादार ही मुख़बिर निकला।"

सम्मान गिड़गिड़ाया, "मैं मंगल पाण्डे की तरह मरना नहीं चाहता हूँ। आज़ादी सिर्फ़ सपना है, हम गोरों से कभी नहीं जीत पायेंगे। मुझे बख़्श दो।"

आज़ाद चीख़ा, "गोरों से डरे हुए ग़ुलामों की हिन्दुस्तान को ज़रूरत भी नहीं है। मंगल पाण्डे ने कुर्बानी का मज़ा लिया है, तू गद्दारी की सज़ा भुगत।"

इतना सुनते ही लड़कियों ने रस्सी खींच दी। देखते ही देखते हवा में टँगे सिपाही फड़फड़ाने लगे। सिपाहियों का सिर्फ़ दम ही नहीं बल्कि आँखें भी बाहर निकल चुकी थीं। सम्मान सिंह नानाराव के हिफाज़ती जत्थे का मुखिया था जो आज मुख़बिर निकला। लाशों से वर्दियाँ उतारकर चार लड़कियों ने भेष बदला और फिर सबने शहीद बैलगाड़ी वाले को सलामी देकर उसे गंगा में प्रवाहित कर दिया। ख़ज़ाना और हथियारों की खेप लेकर पुलिसगाड़ी बिठूर चल दी। दो लड़कियाँ बैलगाड़ी पर पीछे बढ़ने लगीं। आज़ाद ने फिर जंगल के रास्ते नानाराव के बिठूर महल की ओर घोड़ा दौड़ा दिया जहाँ सब उसी के इन्तज़ार में बेचैन थे।

आज़ाद यानी अंग्रेज़ों की जान का दुश्मन, आज़ाद यानी गोरों की आफ़त और सरफ़रोशों की मोहब्बत। जिगरा मंगल पाण्डे जैसा और रगों में बहता दम-ख़म महारानी लक्ष्मी बाई के मानिंद। बच्चियों को घरों से उठाने वाले, उन्हें अपनी हवस का शिकार बनाने वाले बारह अंग्रेज़ों को अपनी कटार की धार से मौत नवाज़ चुके आज़ाद के सिर पर पचास हज़ार इनाम था। अंग्रेज़ी हुकूमत ने जिसे मोस्ट वॉन्टेड ऐलान कर रखा था, उसका नाम था आज़ाद। आज़ाद यानी पतंग के माँझे जैसा महीन जासूस, जो काटे तो पता ही न चले कि गला तलवार से उतरा है या धागे की धार से। आज़ाद यानी बर्फ़ के मानिंद अय्यार जिसे तलाशो तो नज़र आरपार हो जाये, जो दबोच ले तो रगों का ख़ून जमा दे और चौतरफ़ा घेर लो तो पिघल कर पानी की तरह बह जाये मगर हाथ न आये। बहुरूपिये आज़ाद को आज पहली मर्तबा किसी अंग्रेज़ ने देखा लेकिन देखने की क़ीमत अंग्रेज़ को मौत से चुकानी पड़ी। लाशों की शक्ल में अपने निशान छोड़कर गया आज़ाद फिर फ़रार था।

ये वो वक़्त था जब हिन्दुस्तान पर राज कर रही ईस्ट इंडिया कम्पनी ने मुल्क को तीन हिस्सों में बाँट रखा था। कलकत्ता, बम्बई और मद्रास। सिर्फ़ पैंतालीस हज़ार ब्रिटिश सैनिकों के दम पर गोरे क़रीब ढाई लाख हिन्दुस्तानी सिपाहियों को ग़ुलाम बना चुके थे और देश की बीस करोड़ आबादी पर हुकूमत चला रहे थे। अकाल और सूखे के बावजूद बेरहम ब्रिटिश कम्पनी का चौगुना ख़ूनी लगान किसानों की जान ले रहा था। लैंड रेवेन्यू रेग्युलेशन ऐक्ट 1807 के ज़रिये लाखों ज़मींदार, काश्तकार और रैयात ज़मीनों से बेदख़ल की जा चुकी थीं। डॉक्ट्रिन ऑफ़ लैप्स कानून ने बचे-खुचे राजघरानों और रियासतों की हैसियत भी सिफ़र कर डाली। इस काले क़ानून के सहारे बेऔलाद मरने वाले राजाओं और नवाबों की विरासत कम्पनी को ट्रांसफ़र कर दी गयीं। डॉक्ट्रिन ऑफ़ लैप्स क़ानून में ये भी लिखा था कि ईस्ट इंडिया कम्पनी के पैमाने पर निकम्मे, नालायक, बेकार साबित होने वाले शासकों को गद्दी से हटाकर कम्पनी ख़ुद राज करेगी। चौतरफ़ा मचे हाहाकार को जूते की नोंक पर रखकर कम्पनी ने लखनऊ के नवाब वाजिद अली शाह को कलकत्ता में नज़रबन्द

कर दिया गया। लाल किला छीन कर मुग़ल सम्राट बहादुर शाह ज़फ़र को पुरानी दिल्ली तक समेट दिया गया। झाँसी की रानी लक्ष्मीबाई के दत्तक पुत्र का उत्तराधिकार सिरे से ख़ारिज कर दिया गया। अब दिल्ली, अवध और बुन्देलखण्ड पर सिर्फ़ और सिर्फ़ ईस्ट इंडिया कम्पनी का एकतरफ़ा राज था।

अंग्रेज़ों का पागलपन यहीं पर नहीं रुका बल्कि सोसाइटी फ़ॉर दि प्रोपेगेशन एंड गॉस्पल जैसी संस्थाओं ने देश भर में जबरन धर्म परिवर्तन की मुहिम छेड़ दी। अंग्रेज़ चाहते थे कि हिन्दुस्तानी क़ौम अंग्रेज़ियत को ही क़िस्मत और कम्पनी को अपना आका क़बूल ले। क़ानून और हुक़्म को मानने से इन्कार करने की सज़ा सिर्फ़ बन्दूक की गोली या फाँसी का फन्दा ही नहीं थी बल्कि बहू-बेटियों को उठा ले जाना अंग्रेज़ों की आदत और मासूमों के साथ हैवानियत उनकी फ़ितरत बन चुकी थी। दहशत का साम्राज्य हिन्दुस्तानियों के एक बड़े तबके में गदर का बारूद भर रहा था और इस बारूद को उल्टा अंग्रेज़ों पर दागने के लिए कानपुर के नानाराव, तात्या टोपे, इलाहाबाद के मौलवी लियाक़त अली, झाँसी की रानी लक्ष्मीबाई, लखनऊ की बेगम हज़रत महल, फ़ैज़ाबाद के मौलवी अहमदउल्ला शाह, बरेली के नवाब ख़ान बहादुर ख़ान ने क्रान्ति का मसौदा तैयार किया। इस मसौदे का मक़सद था 31 मई को बुन्देलखण्ड, अवध और रुहेलखण्ड में एक साथ अंग्रेज़ों के ख़िलाफ़ क्रान्ति। क्रान्ति के फ़ैसले को बच्चे-बच्चे तक पहुँचाने के लिए गाँव-कस्बों से लेकर शहरों और गली-कूचों तक रोटियां बांटी गयीं। रोटी असल में कोडवर्ड थी जिसका मतलब था लाठी, डण्डा, तलवार, तीर, चाकू और बन्दूकों के साथ 31 मई को गोरों पर चौतरफ़ा हमला। मगर इसी बीच कुछ ऐसा हुआ जिसकी वजह से क्रान्ति और क्रान्ति की तारीख़ धरी की धरी रह गयी।

असल में बंगाल की बैरकपुर छावनी में कम्पनी के ख़िलाफ़ मंगल पाण्डे ने बग़ावत कर दी। बग़ावत की वजह थी एनफ़ील्ड मस्कट 1853 का नया पैटर्न। गोल छर्रे की जगह सिलेंड्रिकल बुलेट वाली नयी बन्दूक की गोली एक ग्रीस भरी काग़ज़ की थैली में रखी होती थी ताकि गोली को सीलन और पानी से बचाया जा सके। गोली को बन्दूक की नली में डालने के लिए थैली दाँतों से काटनी पड़ती थी। सैनिकों को ख़बर मिली कि थैली में इस्तेमाल हो रही ग्रीस सुअर और गाय की चर्बी से बनी है। फिर क्या था 29 मार्च को हिन्दू-

मुस्लिम सैनिकों ने विद्रोह कर दिया। मंगल पाण्डे ने एक अंग्रेज़ अफ़सर की हत्या कर दी लिहाज़ा 8 अप्रैल को उसे फाँसी दे दी गयी। बंगाल इंफ़ेन्ट्री के सिपाही मंगल पाण्डे की शहादत ने हालात बदल दिये। जो क्रान्ति 31 मई को एक साथ शुरू होनी थी वो तितर-बितर हो गयी। गोली से चर्बी और चर्बी से निकले विद्रोह के तेल ने मेरठ में आग लगा दी। 9 मई को सैनिकों ने दर्जनों अंग्रेज़ों को मारकर मेरठ पर कब्ज़ा किया और 10 मई को दिल्ली पहुँचकर बहादुर शाह ज़फ़र को शहंशाह-ए-हिन्दुस्तान ऐलान कर दिया।

बहादुर शाह ज़फ़र ने अगुवाकार बनते ही अंग्रेज़ों के ख़िलाफ़ लड़ने वाले सैनिकों को दोगुनी तनख़्वाह देने की घोषणा कर डाली। उस वक़्त कम्पनी के पैदल सैनिक को दस और घुड़सवार को तीस रुपए महीना मिलता था। विद्रोहियों के पास अब ग़ुस्से के साथ-साथ बादशाह की सरपरस्ती और दोगुना पैसा भी था। बस दिक़्क़त ये थी कि जो क्रान्ति एकमुश्त होनी थी वो अब फुटकर हो चुकी थी। बिखर चुकी क्रान्ति को ख़त्म करना गोरों के लिए आसान हो गया क्योंकि जिस भी शहर में कम्पनी कमज़ोर पड़ रही थी वहाँ फौरन सबसे नज़दीकी शहर से अंग्रेज़ी फ़ौज मदद के लिए भेजी जा रही थी। क्रान्ति एकजुट होती तो बाग़ियों से मुकाबले में हारती कम्पनी को कहीं से कोई भी मदद मिलना मुश्किल नहीं, नामुमकिन होता।

ब्रिटिश हुक़्मरानों की आसानी को आफ़त में बदलने की शतरंजी बिसात कानपुर में बिछ चुकी थी। अंग्रेज़ों के मोहरे गोरे थे और गोरों से धोखा खा चुके नानाराव ने अपने मोहरों का रंग स्याह चुना क्योंकि विश्वासघात, दग़ाबाज़ी और छल का रंग अब भी स्याह है, तब भी स्याह था। असल में लोहे से लोहा और धोखे से धोखा काटने के फ़ैसले के पीछे एक बड़ी वजह छिपी थी। वीर मराठा पेशवाओं के वंशज पेशवा बाजीराव द्वितीय ने नाना को गोद लिया था और पुणे से बिठूर आकर बस गये थे। बाजीराव की मौत के बाद उनकी सारी सम्पत्ति ईस्ट इंडिया कम्पनी ने कब्ज़े में ले ली। नाना के पास सिर्फ़ बिठूर का महल, ज़मीनों के कुछ टुकड़े, ख़ज़ाना और क़रीब चार सौ सैनिकों की सेना ही बची थी, जिसके ख़र्चे नाना के ही ख़ज़ाने पर थे। नानाराव परिवार और दरबार को अलग रखते थे। न परिवार को दरबार से कोई लेना देना था न दरबार को परिवार से। शायद ये नाना की पैनी रणनीतिक सोच का

नतीजा था। रहन-सहन में पूरी तरह अंग्रेज़ियत से सराबोर नाना ब्रिटिशर्स के भरोसेमन्द दोस्त थे। ब्रितानी अफ़सरों और उनके कुनबों के अलावा अंग्रेज़ कारोबारियों का उनके महल में ख़ासा आना-जाना था। आये दिन दावतों के बदले गोरे उन्हें विदेशी कपड़े, सजावटी सामान और बर्तनों के अलावा जानवर और पक्षी भी तोहफ़े में नवाज़ते थे। फिरंगियों का वादा था कि ज़ब्त की गयी ज़मीन-जायदाद के बदले नाना को आठ लाख सालाना पेंशन दी जायेगी। पेंशन की चाहत में नानाराव कम्पनी से दोस्ताना गाँठे हुए थे और ये दोस्ती कानपुर का काल बन चुकी थी। जनता को आतंक निवाला बना रहा था और नानाराव कम्पनी के साथ सोने की थाली में चाँदी के वर्क लगे निवाले नोश फ़रमा रहे थे।

फिर एक बुरा वक़्त आया और कहानी पलट गयी। बंगाल में कारोबार के नाम पर सिराजुद्दौला को धोखा देकर हुकूमत क़ायम कर चुकी ईस्ट इंडिया कम्पनी ने नाना को भी धोखा दे दिया। कलकत्ता काउंसिल ने नानाराव को पेशवा की पदवी और जायदाद के बदले आठ लाख पेंशन देने से साफ़ इन्कार कर दिया। नाना ने अपने ख़ासमख़ास अज़ीमुल्ला ख़ाँ को इंग्लैंड भेजा लेकिन ईस्ट इंडिया कम्पनी से रिश्वत खा चुकी प्रिवी काउंसिल और बोर्ड ऑफ़ कंट्रोल ने भी नाना की अपील ख़ारिज कर दी। नाना की उम्मीदें टूटना कानपुर की उम्मीदें जागने का सबब बन गया। कम्पनी की धोखेबाज़ी से तमतमाये नाना ने भी चेहरे पर दोस्ती और दिल में दग़ाबाज़ी का क्रान्ति सूत्र तैयार किया और पहली ही चाल में अंग्रेज़ों के भरोसे का वज़ीर मार गिराया। हुआ यूँ कि मई में मेरठ की तर्ज़ पर कानपुर के विद्रोही सैनिकों की कई टुकड़ियाँ दिल्ली चल पड़ीं थीं। नाना ने अज़ीमुल्ला को भेजकर सैनिकों को रोका और घुट्टी पिलाई कि बाग़ी बिखरे तो कानपुर की क्रान्ति बिखर जायेगी लिहाज़ा सब एकजुट होकर लड़ेंगे और पहले कम्पनी से कानपुर छीनेंगे। छावनी में वापस लौटे सिपाही नाना के इशारे का इन्तज़ार करने लगे और गोरों को भरोसा हो गया कि नाना के रहते कानपुर में कभी बग़ावत नहीं होगी।

ब्रिटिश हुकूमत के नक्शे में कानपुर अहम शहर था। गंगा से आसान आवाजाही और दिल्ली से कलकत्ता को जोड़ने वाली ग्रैंड ट्रंक रोड कानपुर

कानपुर क्रान्ति के अगुवा पेशवा नानाराव धूधूपंत का स्केच

से गुजरती थी। जिस वजह से सेनाओं और कारोबारियों का ट्रांसपोर्टेशन सस्ता भी था और तेज़ भी। नील की खेती, मसालों, कपड़ों और सोने-चाँदी के धन्धे का कानपुर बड़ा केन्द्र था। इन ख़ास वजहों से हथियार और गोला-बारूद की सबसे बड़ी मैग्ज़ीन कानपुर में ही बनाई गयी। गंगा किनारे बावन घाट थे। जाजमऊ, सत्तीचौरा, भगवतदास घाट से ग्वालटोली तक कैंटोनमेंट था। सेना और सेना के अफ़सरान कैंट में रहते थे। शहर का दूसरा हिस्सा पुराना कानपुर कहलाता था जहाँ भैरवघाट से नवाबगंज होते हुये कम्पनी बाग तक डिस्ट्रिक्ट मजिस्ट्रेट, टैक्स वसूली, कोर्ट, ख़ज़ाना और मैग्ज़ीन के अलावा पुलिस अफ़सरों के दफ़्तर, कोतवाली और ओपेन जेल थी। पुराना कानपुर से बिठूर तक फैला था नाना का साम्राज्य और नाना के साम्राज्य का सबसे अहम किरदार था पचास हज़ार का इनामी मोस्ट वांटेड आज़ाद जो ख़ज़ाने और हथियारों की खेप के साथ बिठूर महल बस पहुँचने ही वाला था।

आधी रात हो चुकी थी। आज़ाद के इन्तज़ार में बिठूर महल का माहौल सनसनीखेज़ था। गंगा की तरफ़ वाले हिस्से में बारादरी थी। बारादरी के चारों तरफ़ दो-दो फर्लांग पहले सैनिक तैनात थे। सैनिक सिर्फ़ उनको ही जाने देते थे जिनके नाम पर नाना के हुक़्म की मोहर लगी हो। गंगा कछार की ओर बने ख़ुफ़िया दरवाज़े से ही सब आते-जाते थे। रेशमी पर्दों से सजी बारादरी की दीवारों पर ढाल, भाले, तलवारें और बन्दूकें सजी थीं। काँच के रंग-बिरंगे फ़ानूस बारादरी की शान बघार रहे थे। राजगद्दी पर बैठे नाना के दोनों तरफ़ शिकार में मारे गये दहाड़ते बाघ और शेर शान में खड़े थे और नाना की फ़िक्रमन्द आँखें आज़ाद का रास्ता देख रही थीं। रेशमी धोती-कुर्ते पर अंगरखा और सिर पर पेशवाई टोपी नाना पर फ़ब रही थी। अंग्रेज़ों की सोहबत में वो अच्छी अंग्रेज़ी बोलते थे। सिपहसालार अज़ीमुल्ला ख़ाँ और बुन्देलखण्डी योद्धा तात्या टोपे के चेहरों पर तनाव था। रणनीतिकार ज्वाला प्रसाद के साथ नानाराव के रिश्तेदार राव पाण्डुरंगा, बाला और बाबा भट्ट भी आज़ाद के इन्तज़ार में थे कि तभी दरवाज़ा खुला और लड़कियाँ दाख़िल हुईं। बक्से रखकर जैसे ही लड़कियाँ हटीं सामने आज़ाद खड़ा था। आज़ाद के

साथ आयीं लड़कियों में शामिल सुरैया ने अंग्रेज़ दरोगा के क़त्ल और नाना के सुरक्षा प्रभारी सम्मान सिंह की गद्दारी का वाकया सुनाया जिसे सुनकर सब आज़ाद के इस्तक़बाल में खड़े हो गये और रौबीली चाल के साथ आज़ाद राजगद्दी पर बैठे नानाराव की तरफ़ बढ़ा।

नाना के पैर छूकर आज़ाद बोला, "क्रान्ति के लिए इलाहाबाद तैयार है साहेब।"

नानाराव बोले, "आज़ाद ज़िन्दाबाद, अजीजन ज़िन्दाबाद।"

अज़ीमुल्ला, तात्या टोपे, पाण्डुरंगा के साथ बाला और बाबा भट्ट भी हाथ उठाकर आज़ाद और अजीजन ज़िन्दाबाद के नारे लगाने लगे। बुलन्द नारों के बीच अचानक आज़ाद ने गोंद से चिपकी अपनी मूँछें और दाढ़ी हटाकर जैसे ही पगड़ी उतारी, उसके जूड़े का काँटा खुल गया। बरगद की जटाओं और काली घटाओं जैसे लम्बे-काले गेसू लहराने लगे। लड़कियों के सिर सम्मान में झुक गये क्योंकि अब सबके सामने आज़ाद नहीं बल्कि अजीजन थी। संगमरमर के चूरे में घुले सिन्दूर सा रंग, आँखों में ओस सी पाकीज़गी, ख़ूबसूरती का आलम ये कि सैकड़ों बीघे में बसी गुलाबवाड़ी शरमा जाये, चाँद छिप जाये, इत्र अपनी महक का मोह छोड़ दे और शहद मिठास से ही मुँह चुराने लगे। झाँसी की रानी लक्ष्मीबाई जिसकी रूह में बसी थीं वही अजीजन ही असल में आज़ाद थी।

ज़िन्दाबाद के नारे ख़ामोश हुए और अजीजन ने बक्से खोलकर ख़ज़ाना और बन्दूकें नाना को दिखाईं, "मौलवी लियाक़त अली ने इलाहाबाद में गोरों के ख़िलाफ़ जंग की पूरी तैयारी कर ली है, सैनिक तैयार हैं और इस बार तो जनता भी साथ है।"

नानाराव ने अजीजन को गर्व से देखा, "शाबाश शेरनी, बनारस में जंग जारी है और इलाहाबाद ललकार रहा है। लगता है गंगा मइया गोरों से मुक्त होंगी अब।"

"इलाहाबाद में क़ामयाब रहे तो कानपुर में भी गंगा गवाह बनेगी साहेब।"

तात्या टोपे बोले, "ये बन्दूकें चर्बी वाली हैं क्या अजीजन?"

"नहीं तात्या, ये पुरानी वाली हैं, जो अंग्रेज़ों ने किले में रखी थीं।"

"और हमारी अजीजन ने उन पर हाथ साफ़ कर दिया।" राव पाण्डुरंगा बोले।

"राव साहब ये तो लियाक़त अली की तरफ़ से क्रान्ति का तोहफ़ा है।"

नानाराव सिंहासन पर हाथ पटककर बोले, "मैं जानता हूँ कि चन्द बक्सों में भरे खज़ाने और दस बन्दूकों के दम पर जंग नामुमकिन है मगर हर गाँव, हर कस्बे, हर रियासत से आ रहे ये सिक्के और बन्दूकें तस्दीक कर रही हैं कि सिर्फ़ सिपाही ही नहीं, किसानों और आम आबादी के मन में भी क्रान्ति की मशाल धधक उठी है। ये सहयोग नहीं, सन्देश है तात्या और इस सन्देश का मतलब है अब गोरों से जंग लड़ना बेहद आसान है और लड़कर जंग जीतना तो अब सौ फ़ीसदी मुमकिन।"

अज़ीमुल्ला मुस्कुरा कर बोला, "गोरे तो अभी भी भरोसा करते हैं आप पर और ये भरोसा हमारी तैयारी के लिए सबसे फ़ायदेमन्द साबित होगा नाना साहेब।"

"छल का काँटा छल से ही निकाला जाता है अज़ीम।" नानाराव तल्ख़ हो गये।

बाबा भट्ट ने सवाल दागा, "मगर सिपाहियों के भरोसे का क्या होगा नाना।"

बाला साहेब बीच में बोले, "सिपाहियों को वक़्त पर तनख़्वाह देनी होगी बस।"

पाण्डुरंगा ने गणित समझाया, "अंग्रेज़ी रेजिमेंट में क़रीब तीन हज़ार हिन्दुस्तानी सिपाही हैं और नाना की सेना में चार सौ के आसपास सैनिक हैं।"

"जगह-जगह से पैसा तो आया है पर वो पूरा नहीं पड़ेगा। सिपाही अंग्रेज़ों से नाराज़ हैं मगर नाराज़गी से परिवार नहीं पलते।" अज़ीमुल्ला ने फ़िक्र जताई।

अब अजीजन ने तेवर दिखाये, "तनख़्वाह की चिन्ता मत कीजिए साहेब। इलाहाबाद में श्रीगणेश हो जाने दीजिए फिर हुकूमत के ख़ज़ाने पर हमारा क़ब्ज़ा होगा।"

अज़ीमुल्ला ने ब्यौरा दिया, "अजीजन ठीक कहती है, हम कानपुर के ख़ज़ाने पर क़ब्ज़ा करेंगे और शहंशाह के वायदे पर हर सैनिक को दोगुनी तनख़्वाह देंगे।"

नानाराव बोले, ख़ज़ाना और मैग्ज़ीन पर हमारा क़ब्ज़ा हो गया तो न पैसे की कमी होगी, न हथियारों की। तुम सब जाओ और अपने काम में लग जाओ।

नाना के हुक़्म पर हामी भरते हुए अजीजन ने गुज़ारिश की, "साहेब, सम्मान सिंह गद्दार था। गद्दारी की सज़ा उसे दे दी गयी लेकिन उसके बीवी-बच्चे बेकसूर हैं, बूढ़े माँ-बाप निर्दोष हैं। आप से इल्तिजा है कि उसके कुनबे को वज़ीफ़ा बाँध दें।"

नाना ने वचन दिया, "तनख़्वाह वाले दिन से कुनबे को दोगुना वज़ीफ़ा मिलेगा।"

भोर फटने तक जारी बैठक में फ़ैसला हुआ कि इलाहाबाद जीतने के तुरन्त बाद कानपुर के आसमान पर क्रान्ति की आतिशी इबारत लिखी जायेगी। तात्या टोपे की अगुवाई में बाला भट्ट के अलावा, बाबा भट्ट को मैग्ज़ीन और ख़ज़ाने पर क़ब्ज़े का ख़ाका तैयार करने का ज़िम्मा सौंपा गया। अज़ीमुल्ला और अजीजन को सिपाहियों की ज़िम्मेदारी दी गयी। सेना को भरोसा दिलाना था कि हर सिपाही को दोगुना पैसा भी दिया जायेगा और पेंशन भी। अगर सिपाही शहीद होता है तो उसके घरवालों को तनख़्वाह के बराबर पेंशन ताउम्र दी जायेगी। कानपुर और आसपास के इलाक़ों में लोगों को क्रान्ति के लिए तैयार करने का काम ज्वाला प्रसाद और राव पाण्डुरंगा के कन्धों पर डाला गया। इसी फ़ैसले पर दरबार ख़त्म हुआ। सब अपने ठिकानों पर चल दिये। अजीजन ने फिर बाल बाँधकर पगड़ी पहनी, मूँछें लगायीं और अपनी सहेली सुरैया के साथ मस्तानी टोली को लेकर लुर्की मोहाल इलाक़े की तरफ़ बढ़ गयी जहाँ उसका घर भी था और कोठा भी।

अजीजन यानी कानपुर की नामचीन वैश्या जिसने आज़ाद की शक्ल में अंग्रेज़ों को भी मुजरा करने पर मजबूर कर दिया था। अजीजन ने अंग्रेज़ों से बेहाल वैश्याओं की पूरी फ़ौज तैयार की थी जिस का नाम था मस्तानी टोली। सब की सब क़िस्मत की मारी थीं। किसी पर कोई गोरा फ़िदा हो गया तो किसी को टैक्स वसूली के नाम पर घर से उठाकर कोठे पर बैठा दिया गया। किसी का बाप गोलियों का शिकार हो गया तो किसी की माँ ने बेटी के ग़म में फाँसी लगा ली। तवायफ़ों की इस पूरी फ़ौज में कम्पनी के ख़िलाफ़ नफ़रत

थी, जिसे अजीजन ने बारूद में बदल दिया था। ये तवायफ़ें अंग्रेज़ों से घुली-मिली रहती थीं, दिन-रात कभी भी कहीं भी निकल सकती थीं, लिहाज़ा कोई शक भी नहीं करता था। मस्तानी टोली की हर वैश्या फ़ौलाद थी, ख़ुद में एक हथियार थी और सरफ़रोशी को तैयार थी। नृत्य, ठुमरी, शायरी और अंग्रेज़ों की अय्याशी मस्तानी टोली का हथियार बन चुकी थी। अजीजन ने कोठे को काठ का वो घोड़ा बना दिया था जिसे ट्रॉजन हॉर्स कहा जाता था। दिखने में कोठा लेकिन कोठे में छिपी बैठी पूरी फ़ौज। जिस्म के नाम पर गोरों की जासूसी क्रान्ति की बुनियाद तैयार कर रही थी और इन सब की अगुवा थी अजीजन उर्फ़ आज़ाद।

अगली सुबह कानपुर में ज़बरदस्त सनसनी थी। अंग्रेज़ों को अपने दरोगा और चार सिपाहियों की लाशें मिल चुकी थीं जिनको आज़ाद ने मौत के घाट उतारा था। शहर के बाशिंदे अभी कटार की धार के नाम पर आज़ाद का आल्हा गा ही रहे थे कि एक दहशत भरी ख़बर ने सन्नाटे की सुई से सबके होंठ सिल दिये। असल में नानकचन्द नाम के एक मुंशी का अख़बार शहर की दीवारों पर चिपका हुआ था। अख़बार में साफ़ लिखा था कि जिस दिन हिन्दुस्तानी सिपाही तनख़्वाह लेने आयेंगे उसी दिन अंग्रेज़ फ़ौज उन्हें घेर कर मार डालेगी। अंग्रेज़ों के बेहद क़रीबी मुँहलगे नानकचन्द का ये अख़बार नानाराव की रणनीति में फांस बन गया। चौराहों, बाज़ारों और नुक्कड़ों की दीवारों से उखाड़कर अख़बार शहर भर में फैला दिया गया। ये नानकचन्द का दांव था या अंग्रेज़ों ने सच में ऐसी कोई तैयारी कर रखी थी, इसका अन्दाज़ा किसी को नहीं था लेकिन इस सटीक चाल ने कानपुर की रेजिमेंट में ख़ौफ बरपा दिया था। क्रान्ति की ख़ामोश तैयारी कर रहे क्रान्तिवीरों को फ़िक्र हो गयी थी कि कहीं उनके मसौदे को इस खौफ़ का घुन न लग जाये।

नानकचन्द अंग्रेज़ों का चापलूस था, जासूस था और नानाराव से बैर रखता था। लोमड़ी सा चालाक और सियार सा शातिर। नानाराव के दरबार से लेकर शहर और सेना में नानकचन्द के जासूस फैले थे। नानकचन्द की जासूसी का ही नतीजा था कि मेरठ विद्रोह के बाद हर उस सिपाही, किसान,

ज़मींदार और आम आदमी को जेल में ठूँस दिया गया जिसने कानपुर में मंगल पाण्डे बनने की कोशिश की। क़रीब आधा दर्जन तो फाँसी पर भी लटका दिये गये। इन सबका ज़िम्मेदार था नानकचन्द जिसे बदले में सोने के सिक्के और ज़मीनें इनाम में मिल रही थीं।

अंग्रेज़ दरोगा और सिपाहियों की मौत के साथ-साथ नानकचन्द के अख़बार की ख़बर जनरल ह्यूग मैसी व्हीलर तक पहुँच चुकी थी। जनरल व्हीलर कानपुर की भारी-भरकम इन्फ़ेंट्री और कैवलरी का चीफ़ कमांडर था। ईस्ट इंडिया कम्पनी के कई अफ़सरों की तरह बेवजह मारकाट और ख़ून ख़राबा उसके मिज़ाज में नहीं था लेकिन अंग्रेज़ों के कुकर्मों को नज़रअंदाज़ करना उसे बख़ूबी आता था। सबूत और गवाहों की बुनियाद पर क़ानूनन फाँसी पर लटकाने और जेल में ठूँसने के फ़ैसले पर मोहर ठोंकने में वो क़तई गुरेज़ नहीं करता था। यही वजह रही कि व्हीलर के वक़्त में तमाम फ़र्ज़ी एनकाउंटर हुए और बेकसूरों को फाँसी पर लटका कर दस्तावेजों में ख़ुदकुशी साबित कर दिया गया। कम्पनी आलाकमान व्हीलर को यसमैन मानता था। असल में व्हीलर की दिक़्क़त ये थी कि वह केवल दिमाग़ की सुनता था और उसका दिमाग़ रेल की उन पटरियों की तरह था जो चलती-दौड़तीं तो साथ थीं मगर मिलती कहीं नहीं थीं। मतलब ये कि व्हीलर के फ़ैसले दो एक जैसे मुद्दों पर अलग-अलग होते थे। कभी लगता था कि उसका फ़ैसला फ़ौलादी है और कभी एहसास होता था कि वो मुग़ालते में है। लाल लम्बे कोट और काली पैंट के साथ तमाम मैडल उसकी शख़्सियत पर फ़बते थे। साढ़े पांच फुट कद और भूरे घने बालों की गालों तक आती कलमें लेकिन दाढ़ी और मूँछें नदारद। एंग्लो-आयरिश पैदाइश में पले-बढ़े व्हीलर की हिन्दुस्तान में तैनाती 1803 में हुई थी इसलिए व्हीलर हिन्दी और हिन्दुस्तानियत से बख़ूबी वाक़िफ़ था।

कानपुर का कम्पनी कमांडर अपने मातहत कैप्टन मॉब्रे थॉमसन और लेफ्टीनेंट डेलाफ़ॉस के साथ दफ़्तर में मीटिंग ले रहा था। डिस्ट्रिक्ट मजिस्ट्रेट हिल्सर्डन भी मीटिंग में मौजूद थे। इसी बीच दो अंग्रेज़ पुलिस वाले कपड़े में बँधी कटार लेकर दफ़्तर में दाख़िल हुए। जनरल व्हीलर ने पूछा, "व्हाट इज़ दिस इंस्पेक्टर?"

डिस्ट्रिक्ट मजिस्ट्रेट हिल्सर्डन ने कपड़े से कटार निकाली और व्हीलर को दिखाई। कटार के मुट्ठे पर आज़ाद का नाम गुदा हुआ था। आज़ाद का नाम देखते ही व्हीलर की आँखों में ग़ुस्सा छलक आया, "नाऊ दिस आज़ाद इज़ इरीटेटिंग मी।"

हिल्सर्डन ने तरक़ीब बतायी, "सर लेट्स डबल द रिवॉर्ड ऑन आज़ाद।"

लेफ्टीनेंट डेलाफ़ॉस बोला, "सर इट विल नॉट वर्क नाऊ।"

कैप्टन थॉमसन ने डेलाफ़ॉस की हाँ में हाँ मिलाई, "सर स्पाइ नेटवर्क स्ट्रेंथेन करना पड़ेगा एंड कानपुर से बिठूर तक मैसिव सर्च ऑपरेशन इज अ मस्ट।"

"हू स्टॉप्ड यू पिपुल, गो एंड सर्च।" व्हीलर ने ताज्जुब जताया।

थॉमसन बोला, "हम जब भी सर्च करते हैं नाना का सिफ़ारिश आ जाता है।"

इसी बीच एक सिपाही ने अन्दर आकर मजिस्ट्रेट हिल्सर्डन के कान में नानकचन्द के आने की ख़बर दी। मजिस्ट्रेट ने नानकचन्द को अन्दर लाने का इशारा किया। हाथ जोड़े, कन्धे झुकाये और बत्तीसी खोले नानकचन्द दाख़िल हुआ और सीधे व्हीलर के पैरों में लेट गया, "हुज़ूर की सरपरस्ती हिन्दुस्तान पर सदा बनी रहे।"

जनलर व्हीलर ग़ुस्से में था, "तुम भी आज तक आज़ाद को पकड़ नहीं पाये।"

नानकचन्द कोट की आस्तीन से व्हीलर का बूट साफ़ करते हुए बोला, "आप बुरा मान जायेंगे साहेब मगर आपके दोस्त नानाराव का ही कोई सैनिक है जो सरकार की सेना को ललकार रहा है। मेरी मानिए तो नानाराव को गिरफ़्तार कर लीजिए।"

व्हीलर ने नानकचन्द को उठाते हुए पूछा, "तुम इतना श्योर कैसे हो?"

नानकचन्द अब हाथ जोड़कर घुटनों पर था, "हुज़ूर, नानाराव की सुरक्षा में मेरा ही जासूस था सम्मान सिंह जिसने ख़बर दी थी कि आज़ाद ख़ज़ाना ला रहा है। आज़ाद ने उसे मार डाला। मैं विनती करता हूँ साहब, आप नानाराव को पकड़िये, महल की तलाशी का हुक़्म दीजिए, ख़ज़ाना भी मिल जायेगा और आज़ाद भी।"

थॉमसन ने हामी भरी, "देट्स व्हाट आई वॉज सेइंग, हमको सर्च करना चाहिए।"

मजिस्ट्रेट हिल्सर्डन ने टोका, "सर, आज़ाद इज़ अ क्रिमिनल, नॉट रिबेलियन। वी कैन टॉक टू नानाराव बट एक नानकचन्द के कहने पर हम अपना क्लोज़ फ्रेंड पर डाउट करें सर, दिस इज़ नॉट अ गुड आइडिया। लेट्स डाइन विद नाना।"

नानकचन्द खड़ा हो गया, "हुज़ूर आपके इस ग़ुलाम ने आज शकुनी मामा वाली चाल चल दी है। आप देखते जाइये नानाराव का लाख का महल राख हो जायेगा।"

व्हीलर ने टेबल से अख़बार उठाकर डाँटते हुए पूछा, "ओह्ह...मैं आज़ाद के चक्कर में पूछना ही भूल गया। तुमने अख़बार में फ़ेक न्यूज़ क्यों निकाला? तुम्हारी न्यूज़ से सेना डर गयी है। कुछ गड़बड़ हो गयी तो ?"

"माई-बाप, हाथ जोड़कर आज फिर कह रहा हूँ, नानाराव को हर साल आठ लाख का नुक़सान हो रहा है लन्दन सरकार की वजह से। वो बहुत बड़ा ठग है, राजा बनना चाहता है आपका राज छीनकर, कई महीने से तैयारी चल रही है साहब।"

हिल्सर्डन ने भौहें चढ़ाईं, "ओके-ओके, तो इस न्यूज़ से क्या प्रूव होगा नानक।"

"सरकार, माई-बाप अगर सैनिक डर गये तो मैं झूठा और सैनिकों ने विद्रोह कर दिया तो साबित हो जायेगा कि विद्रोह के पीछे नानाराव की ताकत है। ये सैनिक मेरठ में मंगल पाण्डे का हश्र देख चुके हैं। बिना ताकत इनकी हिम्मत नहीं होगी और कानपुर में ताकत भी नानाराव के पास है और भारीभरकम सेना भी।"

व्हीलर ने हिल्सर्डन से पूछा, "तुमको क्या लगता है कलेक्टर?"

"दिस इज़ ऑल बोगस सर, नथिंग विल हैपेन।"

"मुझे भी ऐसा ही लगता है, सैनिक विद्रोह नहीं करेंगे।" व्हीलर बोला।

लेफ़्टीनेंट डेलाफ़ॉस ने तर्क दिया, "देयर इज़ नो हार्म हम अलर्ट रहते हैं।"

"मीन्स...क्या कहना चाहते हो?" व्हीलर ने सवाल किया।

मॉब्रे थॉमसन ने समझाया, "लेट्स होप कुछ नहीं होगा लेकिन हमें कैंटोनमेंट में पूरी तैयारी रखनी चाहिए। अगर कुछ हुआ तो इमिडियेट्ली वी विल कवर सर।"

फ़ैसला किया गया कि तनख़्वाह वाले दिन किसी भी विद्रोह के मद्देनज़र कैंट में अंग्रेज़ सैनिक हथियारों और तोपों के साथ तैयार रहेंगे। फ़ैसला ये भी किया गया कि गुप्त बैठकों, आज़ाद, बाहर से लाये जा रहे खज़ाने और हथियारों के मुद्दे पर नानाराव से अब दो टूक बात की जायेगी ताकि तय हो सके कि नानाराव सच में दोस्त हैं या दोस्ती की आड़ में किसी क्रान्ति की तैयारी कर रहे हैं। जनरल व्हीलर ने अपने बंगले पर डिनर के लिए नानाराव की तरफ़ हरकारा दौड़ा दिया।

उधर कैंट के जाजमऊ इलाक़े में कैवलरी और इनफेंट्री के तक़रीबन डेढ़ सौ सिपाही रात के दूसरे पहर गुपचुप जमा थे। इन सबको शम्सुद्दीन और अज़ीमुल्ला का इन्तज़ार था। शम्सुद्दीन ब्रिटिश कैवलरी का जांबाज़ सिपाही था, मंगल पाण्डे की शहादत ने उसे सरफ़रोशी की ज़िद तक देश का दीवाना बना दिया था। गोरों की सेना में शामिल सिपाही भी शम्सुद्दीन को अपना नेता मानते थे। बाग़ी सैनिक शम्सुद्दीन के एक इशारे पर अपनी गर्दन कटाने को तैयार रहते थे और शम्सुद्दीन अपने किसी भी सैनिक की तरफ़ आती गोली ख़ुद अपने सीने पर खाने का जज़्बा रखता था। नानकचन्द के अख़बार की ख़बर पर सिपाहियों में ख़ौफ़ भरी ख़ामोशी तो थी ही मगर ताज्जुब इस बात का था कि आख़िर नानाराव की तरफ़ से कोई इशारा अभी तक क्यों नहीं आया। तभी घोड़ों की टापें सुनाई दीं मगर घोड़े दो नहीं, तीन थे। चेहरे तक चादर ओढ़े अज़ीमुल्ला और शम्सुद्दीन के साथ तीसरा शख़्स भी घोड़े से उतरा। तीनों दो फुट ऊँचे मिट्टी के चबूतरे पर खड़े हो गये। सिपाहियों में तीसरे शख़्स को देखकर सुगबुगाहट शुरू हो गयी।

सुगबुगाहट को नज़रअंदाज़ करते हुए अज़ीमुल्ला ने नाना का सन्देश सुनाना शुरू कर दिया, "नाना साहेब ने आप सिपाहियों के लिए ताकत और

हौसला भेजा है। नाना ने बेख़ौफ़ रहने की अपील की है और सरपरस्त होने के नाते आदेश दिया है कि जब तक कोई ऐलान न हो सब रेजिमेंट के क़ायदे क़ानून में रहेंगे। वक़्त आने पर सबको बताया जायेगा कि कब, कहाँ और कैसे गोरों को यहाँ से भगाना है।"

भीड़ में खड़े सिपाही सरदार खाँ ने टोका, "हमारी भी कुछ सुनेंगे सरकार।"

अज़ीमुल्ला ने भीड़ में सरदार खाँ पर नज़र डालते हुए बोलने की इजाज़त दी।

"नाराज़ मत होइयेगा, मेरी नहीं, बहुत से सिपाहियों की ये शिकायत है।"

अज़ीमुल्ला बोले, "कहो-कहो, हम सबकी सुनने ही आये हैं।"

सरदार खाँ जोश में बोला, "हम गोरों को कानपुर से भगायेंगे नहीं, मार कर गंगा मइया लाल कर देंगे। बस नाना से बोलिये वो अंग्रेज़ों से दोस्ती ख़त्म करें।"

सिपाहियों का नेता शम्सुद्दीन बिलबिलाया, "नाना का मक़सद अंग्रेज़ों से आज़ादी है और ज़रूरी नहीं है कि वो आज़ादी अंग्रेज़ों को मार कर ही हासिल की जाये।"

"अरे छोड़िये शम्सुद्दीन भाई, आप ही बताइये इतने सालों में इन गोरों ने कितनों को काट कर फेंक दिया, गोलियों से उड़ा दिया, फाँसी चढ़ा दिया, माँ-बहनों को इज़्ज़त लूटकर कोठों पर बैठा दिया। इन शैतानों को भागने का रास्ता देना तो उन्हें माफ़ कर देना है। इन्हें तो चौराहों पर लटकाकर सीधे मौत की सज़ा देनी है।"

अज़ीमुल्ला ने समझाया, "नाना जल्द ही जनरल व्हीलर और अफ़सरों से मिलने वाले हैं। वो ताकीद करेंगे कि तनख़्वाह वाले दिन कहीं कोई भी गड़बड़ी न हो।"

सरदार खाँ ने खिल्ली उड़ाई, "नाना को तो पेंशन चाहिए बस। हम सैनिकों का क्या है, घेर कर मार दिये जायें या दया पर छोड़ दिये जायें।"

क़रीब दो दर्जन सिपाही सरदार खाँ की बात पर शोर मचाने लगे लेकिन बाक़ी फ़ौज नाना पर लगी इस तोहमत से ग़ुस्से में आ गयी। सिपाहियों में धक्का-मुक्की शुरू हो गयी। लेकिन दो दर्जन पर सौ सैनिक भारी पड़ गये। सरदार खाँ का दोस्त सिपाही दुर्जन सिंह भी बाक़ी सिपाहियों से भिड़ने

पर आमादा था मगर तब तक सरदार खाँ लातों-घूसों से पीटा जा चुका था। आख़िरकार अज़ीमुल्ला ने बीच-बचाव कराया और शम्सुद्दीन ने सबको समझाया कि सिपाहियों की आपसी फूट अंग्रेज़ों का हथियार बन सकती है। अपनी गिनती का जोड़-घटाना करने के बाद नाना की ख़िलाफ़त कर रही सैनिकों की वो टुकड़ी भी ख़ामोश हो गयी जो सरदार को ही अपना सरदार मानती थी। सरदार खाँ ने भी होंठ सिल लिए। शम्सुद्दीन ने दोस्ताना क़ायम करने के लिए सरदार खाँ को मंच पर अपने बगल में खड़ा कर लिया। सरदार ने हाथ जोड़कर सबसे माफ़ी माँगी और नाना पर भरोसा जताया। चबूतरे पर खड़ा तीसरा शख़्स अभी भी चुपचाप सब कुछ भाँप रहा था। वो तीसरा कोई और नहीं आज़ाद था जो असल में फ़ौज को परखने आया था।

तभी नीचे खड़ा एक सैनिक बोला, "अज़ीम भाई ये चेहरा ढके जवान कौन है?"

दूसरे सैनिक ने सुर में सुर जोड़ा, "हमारे दोस्त से हमें वाक़िफ़ तो कराइये।"

माहौल हल्का होते ही अज़ीमुल्ला बोला, "अंग्रेज़ों का दुश्मन और आपका जांबाज़ आज़ाद आज आपसे ख़ुद मिलने आया है। स्वागत कीजिए इस क्रान्तिवीर का।"

आज़ाद का नाम सुनते ही सिपाहियों के झुण्ड में सबसे आगे की क़तार में खड़ा दुर्जन सिंह चौंक गया। पता नहीं क्यों आज़ाद का नाम सुनते ही उसकी आँखों में ख़ून उतर आया, चेहरा भट्ठी सा लाल हो गया, दिल जैसे किसी ने तेज़ाब से नहला दिया। बेकाबू हो रहे दुर्जन के दायें हाथ ने न जाने कब तलवार का मुट्ठा जकड़ लिया, जैसे वो अभी आज़ाद पर हमला कर देगा। सरदार खाँ भी फ़ौरन सब समझ गया। उसे दुर्जन की आज़ाद से अदावत का पूरा अन्दाज़ा था। सरदार ने दुर्जन की ओर देखा और नज़रें मिलते ही गर्दन हिलाकर दुर्जन को कुछ भी गड़बड़ न करने का इशारा किया। सरदार की ताकीद पर दुर्जन सिंह ने तलवार का मुट्ठा छोड़ दिया और चीख रहे दिल के शोर को सन्नाटे में धकेल दिया। सरदार और दुर्जन पक्के दोस्त थे और एक-दूसरे की हर बात, हर राज़ से वाक़िफ़ थे। थोड़ी देर पहले ही सैनिकों के बीच हुए बवाल को सरदार खाँ दोहराना नहीं चाहता था। इसी वजह से उसने दुर्जन

को रोका था। नानाराव ज़िन्दाबाद के नारों के साथ सभा ख़त्म हुई। नानाराव के पैग़ाम के बाद तनख़्वाह वाले दिन हमले का ख़ौफ़ सैनिकों के ज़ेहन से उतर चुका था। अज़ीमुल्ला और शम्सुद्दीन लौटने लगे। सिपाही भी ठिकानों को चल दिये मगर आज़ाद की आँखों के छापाखाने में सरदार खाँ और दुर्जन सिंह का चेहरा बाक़ायदा छप चुका था।

सैनिकों की भीड़ से दो फर्लांग पीछे चल रहे दुर्जन और सरदार खाँ ख़ामोश थे। तभी दुर्जन बोला, "आज जो भी हुआ वो क़तई ठीक नहीं हुआ सरदार खाँ।"

सरदार खाँ ने जवाब दिया, "हमने ग़लत मौके पर अपने इरादे खोल दिये दुर्जन। हमें सही मौके का इन्तज़ार करना होगा, वर्ना हम क़ामयाब नहीं होंगे।"

"कैसा मौका?"

"वो मुफ़ीद मौका, जब सरदार खाँ गोरों का सिर उतारेगा और आज़ाद को मौत की नींद सुलाने के लिए दुर्जन सिंह का हाथ म्यान से तलवार निकालने में कांपेगा नहीं। आने दे वक़्त, दिखाऊँगा नानाराव को अंग्रेज़ों से दोस्ती का अंजाम।"

सवाल यह था कि आख़िर आज़ाद का नाम सुनते ही दुर्जन सिंह क्यों खौल गया था, क्यों तलवार निकालने की कोशिश कर रहा था। असल में दुर्जन सिंह की बहन उस सम्मान सिंह को ब्याही थी जो नानाराव की सुरक्षा में तैनात था यानी वही सम्मान सिंह जिसने अंग्रेज़ों को मुखबिरी की थी और आज़ाद ने उसे फाँसी पर लटका दिया था। बेवा बहन और उसके अनाथ बच्चों का दर्द दिल में लिए दुर्जन सिंह आज़ाद से अपना बदला लेना चाहता था लेकिन आज ख़ामोश रह गया। रही बात सरदार खाँ की तो उसकी सौ बीघा ज़मीन अंग्रेज़ों ने छीन ली थी। सरदार खाँ के अब्बू ने ज़मीन पर क़ब्ज़ा करने आये एक अंग्रेज़ को चापड़ से काट डाला था और अंग्रेज़ों ने सरदार खाँ के अब्बू को सरेआम बरगद के पेड़ पर फ़ाँसी चढ़ा दिया था। सरदार खाँ ने नानाराव से मदद माँगी। नाना ने मुआवज़ा तो दिलवा दिया लेकिन अंग्रेज़ों के ख़िलाफ़ तलवार नहीं उठाई और गोरों से दोस्ती बरक़रार रखी। दुर्जन और सरदार ख़ून का घूँट और ग़ुस्से का तेज़ाब पीकर ठिकाने तक पहुँच गये। दोनों का ग़ुस्सा दूध के उबाल की तरह फ़ौरी तौर पर ठण्डा पड़ गया था लेकिन

अन्दर ही अन्दर लावा बन चुका था। वो लावा जो किसी भी दिन ज्वालामुखी की तरह फट सकता था। आज़ाद ने इस लावे की तपिश महसूस कर ली थी लेकिन वो भी मुफ़ीद मौके की तलाश में था। कुछ इसी तरह एक और रात धीरे-धीरे एक और सुबह की तरफ़ बढ़ चली थी।

सुबह के ग्यारह बजे थे। नाना बिस्तर पर थे और डॉक्टर ट्रेसीडर उनके सीने पर निकले फोड़े की मरहम पट्टी कर रहे थे। क़रीब एक महीने पहले नाना को फोड़ा हुआ था जिसका इलाज डॉक्टर ट्रेसीडर ही कर रहे थे। दवा-दारू से फ़ारिग होते ही डॉक्टर ट्रेसीडर बोला, "बस थोड़ा सा घाव बचा है, एक हफ़्ता और लगेगा।"

"निशान काफ़ी बड़ा हो गया है डॉक्टर।" नाना ने ट्रेसीडर से कहा।

"घाव भर जाते हैं पर निशान तो रह ही जाता है नाना साहेब।"

नाना को अपनी सम्पत्ति, उत्तराधिकार और वज़ीफ़ा याद आ गया, "आपने बड़ी फ़िलासिफ़िकल बात कह दी डॉक्टर। सच है घाव का निशान तो रह जाता है।" इसी वक़्त नानाराव की सबसे मुँहलगी दासी अदला अन्दर आयी और बोली, "सेहत का ख़याल रखते ही कहाँ हैं नाना, न मेवे खाते हैं न हल्दी वाला दूध पीते हैं।"

ट्रेसीडर ने नाना को हँसते हुए घूरा। नाना शरमा गये, "अरे झूठ बोलती हैं ये।"

"चलिए अगर हम झूठ बोलते हैं तो अभी हुसैनी से पुछवाते हैं।" इतना कहकर अदला ने अपनी नौकरानी हुसैनी को आवाज़ लगायी। हुसैनी चाँदी की थाल में मेवे के पाग और हल्दी वाला दूध लेकर हाज़िर हुई। अदला ने मेवा पाग का एक टुकड़ा और दूध का गिलास नाना की तरफ़ बढ़ा दिया। नाना ने मुँह बनाते हुए पाग सीधे निगल लिया और एक घूँट में दूध पी लिया।

डॉक्टर ट्रेसीडर ने मुस्कुराते हुए नाना से हाथ मिलाया और अपना बैग लेकर नाना की घोड़ागाड़ी से कानपुर की ओर चल दिये। ट्रेसीडर कानपुर के नामचीन डॉक्टरों में से थे और अदला असल में एक बेहतरीन नाचने वाली थी। नृत्य से बेहद ख़ुश होकर नानाराव ने अदला को महल में जगह दे दी थी

और नाना की सारी देखरेख का ज़िम्मा अदला ही सँभालती थी। अदला की ख़ास नौकरानी थी हुसैनी जो बाजीराव द्वितीय के वक़्त से महल में रहती थी। महल से कानपुर तक लोग अदला और नाना के सम्बन्धों को लेकर कानाफूसी करते रहते थे। किसी को पक्का कुछ पता नहीं था लेकिन सामने न कोई कुछ पूछता, न बोल पाता था।

नाना और अदला बात कर ही रहे थे कि हुसैनी ने आकर अजीजन के आने की ख़बर दी। अजीजन का नाम सुनते ही अदला की भौंहें चढ़ गयीं। नाना ने हुसैनी से अजीजन को अन्दर भेजने और अदला को बाहर जाने का इशारा किया। अदला भिनभिना कर उठी और पैर पटककर कुछ बड़बड़ाती हुई बाहर निकलने लगी।

ग़ुस्साई अदला ने कमरे का दरवाज़ा खोला तो सामने अजीजन खड़ी थी। अजीजन ने अदला को सलाम किया मगर अदला बिना जवाब दिये उसे तरेरती हुई बाहर चली गयी। अदला के ग़ुस्से को भाँपकर अजीजन मुस्कुराते हुए अन्दर आयी और नाना के पैर छूकर बिस्तर के बगल में खड़ी हो गयी। नाना भी अजीजन की मुस्कुराहट समझ गये और अजीजन भी समझ गयी कि नाना सब समझ गये हैं।

अजीजन बोली, "जाजमऊ की गुप्त सभा के बाद सिपाही तसल्ली में हैं।"

"अज़ीमुल्ला ने बताया कि दुर्जन सिंह और सरदार खाँ तेवर दिखा रहे थे।"

"तीन हज़ार सिपाहियों में कुछ तो होंगे जो हमसे राज़ी नहीं होंगे साहेब।"

"सच बात कही तुमने अजीजन। हिन्दुस्तानी सैनिकों को अपना ग़ुलाम बनाकर ही तो ईस्ट इंडिया कम्पनी देश पर क़ब्ज़ा जमाये बैठी है।" नाना ने जवाब दिया।

"लेकिन मेरी फ़िक्र कुछ और है साहेब।"

"हाँ हाँ बोलो अजीजन।"

"तनख़्वाह वाले दिन कैंटोनमेंट में अंग्रेज़ी सेना गोले-बारूद के साथ तैयार रहेगी।"

"ओह्ह ये तो ख़बर है, इसका मतलब गुपचुप तैयारी कर रहा है जनरल व्हीलर।"

"व्हीलर के दफ़्तर में मेरे जासूस सिपाही ने बताया है कि अगर तनख़्वाह के दिन खज़ाने पर हिन्दुस्तानी सिपाहियों ने विद्रोह किया तो सेना कैंट से बढ़ेगी।"

"लेकिन सिपाही तो क़ाबू में हैं, अज़ीमुल्ला बता रहा था कि वो कुछ नहीं करेंगे।"

इधर नानाराव और अजीजन बातें कर रहे थे उधर अपने कमरे में अदला बिफ़री पड़ी थी। अदला का सिर सहलाते हुए हुसैनी बेग़म बोली, "मत परेशान हो बिटिया, साहेब ने महल में तुमको ही जगह दी है अजीजन को नहीं। अपनी सारी ज़िम्मेदारी भी अदला को दी है किसी अजीजन को नहीं बिटिया।"

तकिये में मुँह दबाये लेटी अदला बड़बड़ाई, "बड़ी मुश्किल से उस भीमा से पिण्ड छूटा, अब ये अजीजन चली आयी ज़िन्दगी में, जीना नरक हो गया है मेरा हुसैनी।"

"भीमा चली गयी न, अजीजन भी चली जायेगी, चुप हो जा।"

आँखों में आँसू लिए अदला पलटी, "करमजली यहाँ क्यों आती है मरने। एक रोज़ आधी रात में अपनी नचनियों के साथ महल से बाहर जा रही थी। मेरा ख़ानसामा बताता है कि आये दिन आज़ाद इसे लेकर आता है यहाँ।"

"ये तो बहुत ग़लत बात है, तुम जासूसी कराती हो साहेब की?"

"अरे साहेब के लिए मैं मर सकती हूँ और मौका पड़ा तो उनके दुश्मनों को मार भी सकती हूँ, मगर ये आज़ाद क्यों रातों को लेकर आता है इसे।"

"साहेब पर भरोसा कर, क्योंकि साहेब आज़ाद पर भरोसा करते हैं।"

"मुझे न अजीजन पर भरोसा है, न आज़ाद पर।" अदला चिढ़कर बोली।

इधर अदला हुसैनी से अपना रोना रो ही रही थी कि उधर नाना के कमरे में अजीजन उठी और नाना के पाँव छूते हुए बोली, "मेरा इनाम याद रखियेगा।"

"क्या चाहिए अजीजन अभी बोलो।"

"महारानी लक्ष्मीबाई के दर्शन।"

"बेटे के जनेऊ में बुलाया था उसने लेकिन क्रान्ति से बढ़कर कुछ नहीं।"

"केवल पैरों की धूल माथे से लगानी है, बस इतनी तमन्ना है साहेब।"

"कानपुर जीत लिया तो तुम्हारा इनाम मुझ पर क़र्ज़ है अजीजन।"

"गंगा दशहरे पर कानपुर आपका इन्तज़ार करेगा नाना।"

"ज़रूर।"

नाना को प्रणाम कर के अजीजन बिठूर महल से कानपुर की तरफ़ चल दी अपनी मस्तानी टोली को काम पर लगाने। कुछ तो था जो नाना और अजीजन के बीच आज कमरे में पक रहा था लेकिन क्या पक रहा था इसकी किसी को कानोंकान ख़बर नहीं थी। आज ये भी साफ़ हो चला था कि अदला और हुसैनी अजीजन से बैर रखती थीं और आज़ाद से बेहद ख़फ़ा थीं क्योंकि रात के अँधेरे में होने वाली नानाराव की गुप्त बैठकों में आज़ाद ही मस्तानी टोली को लेकर आता था। अदला को पूरा यक़ीन था कि आज़ाद के साथ दुपट्टे से मुँह छिपाकर आने वाली इन लड़कियों में अजीजन भी शामिल है। कानपुर के आम बाशिन्दों की तरह अदला भी इस राज़ से अनजान थी कि आज़ाद और अजीजन एक ही शख़्स है और इस शख़्स के दो नाम, दो चेहरे हैं। कानपुर ने सिर्फ़ आज़ाद के कारनामे ही सुने थे उसे देखा किसी ने नहीं था। वो कब आता है, कहाँ जाता है इससे सब नावाक़िफ़ थे। अगर वाक़िफ थे तो सिर्फ़ उसकी हस्ती से। कानपुर के लिए आज़ाद एक न दिखने वाला प्रेत था और अंग्रेज़ उसे कहते थे, फ़ैंटम।

अजीजन को लेकर अदला की इस जलन और डाह से वाक़िफ़ नानाराव को शाम होने का इन्तज़ार था क्योंकि आज शाम नाना को व्हीलर के घर डिनर पर जाना था। ये डिनर महज़ डिनर नहीं बल्कि एक-दूसरे की ताकत को तोलने का मौका था। जनरल व्हीलर नानाराव को आँकना चाहता था और नाना व्हीलर को।

रात हो चुकी थी। ख़िदमतगार जनरल व्हीलर के बंगले के हर शमादान और फ़ानूस को रोशन कर चुके थे। तेल में फूलों का इत्र भी मिलाया गया था ताकि माहौल महका रहे। छत पर लगे कालीनदार पंखे की रस्सी खींचकर डाइनिंग हॉल को ठण्डा किया जा रहा था। इसी बीच नाना की बग्घी बंगले के भीतर आकर रुकी। इस्तक़बाल में खड़े जनलर व्हीलर और उसकी पत्नी मेटिल्डा ने नाना को नमस्ते किया। नाना ने भी नमस्ते करते हुए व्हीलर और मेटिल्डा

से हाथ मिलाया। अन्दर पहुँचते ही व्हीलर की बेटी मार्गरेट ने नाना को गुलाब का फूल दिया।

नाना मुस्कुराये, "यू हैव ग्रोन अप सो फ़ास्ट मार्गरेट।"

मार्गरेट हँसी, "आई एम सेवेंटीन नाऊ, आप काफ़ी दिनों बाद आये हैं नाना।"

नाना चौंक गये, "हिन्दी तो बहुत अच्छी बोलने लगी हो तुम।"

"मम्मा कानपुर की हैं, डैडी भी सालों से इंडिया में हैं, मैं और मेरे भाई बहन भी इंडिया में पैदा हुए हैं इसलिए सबकी हिन्दी अच्छी है, जैसे आपकी इंग्लिश।"

मार्गरेट के मज़ाक पर सब ठहाका मारकर हँसने लगे। मार्गरेट ने अपनी बड़ी बहन एलिज़ा और भाई जॉर्ज से भी नाना की मुलाक़ात करायी फिर सब डाइनिंग टेबल पर बैठ गये। सब्ज़ियों के शोरबे के साथ बातचीत और हँसी-मज़ाक का दौर चल ही रहा था कि मार्गरेट की सहेली अमेलिया हॉर्न और कपड़ों की कारोबारी मिस जैकोबी डाइनिंग हॉल में पहुँचीं। मार्गरेट ने कुर्सी छोड़कर अमेलिया को गले लगाया और मिस जैकोबी सीधे नाना की कुर्सी पर पहुँच गयीं। नाना उठे और गर्मजोशी के साथ जैकोबी से हाथ मिलाते हुए बोले, "योर क्लोद्स आर सो सूदिंग मिस जैकोबी। द पेशवाज़ यू हैड गिवेन मी वर वैरी कंफ़र्टेबिल।"

"माई प्लेज़र नाना साहेब, बट लास्ट टू मंथ से न आप आये, न बुलाया मुझे।"

"आई एम सो वैरी सॉरी मिस जैकोबी।"

व्हीलर की बेटी मार्गरेट ने बीच में टोका और अपनी सहेली अमेलिया हॉर्न से नाना को मिलाया, "ये अमेलिया है, माई बेस्ट फ्रेंड। इसके स्टेप फादर मिस्टर कुक ग्रासरीज़ का बिज़नेस करते हैं एंड वी बोथ एडमायर योर लाइफ़स्टाइल नाना।"

अमेलिया हॉर्न ने नाना से कसकर हाथ मिलाया, "आपको याद है, मार्गरेट और मैं आपके पैलेस आये थे एंड मिस जैकोबी वॉज़ ऑलसो विद अस दैट टाइम।"

नाना याद्दाश्त पर ज़ोर डालते हुए मुस्कुराये, "हाँ थोड़ा-थोड़ा याद आ रहा है।"

मिस जैकोबी ने खिलखिलाते हुए कहा, "नाना इज़ अ बिग एंड बिज़ी मैन।"

एक बार फिर डाइनिंग हॉल ठहाकों से गूँज उठा। व्हीलर का ख़ानसामा सिपाही अली खाँ सबको खाना परोस रहा था और कनखियों से मार्गरेट को मोहब्बत भरी निगाहों से कुछ ऐसे देख रहा था जैसे चकोर अपने चाँद पर एकटकी लगाये रहता है। मार्गरेट को भी अली खाँ पसन्द था लेकिन उसकी किताब में इस पसन्दगी का नाम दोस्ती था, न कि इश्क़। व्हीलर की बीवी मेटिल्डा को अली खाँ का मार्गरेट के आसपास रहना क़तई पसन्द नहीं था मगर उसने बेटी के लिहाज़ में आज तक व्हीलर से अली की शिकायत नहीं की थी। क़रीब आधे घण्टे बाद हाथों में जूस लेकर जनरल व्हीलर और नानाराव गार्डन की तरफ़ निकल आये थे। चुप्पी तोड़ते हुए व्हीलर बोला, "सिपाही रिवोल्ट तो नहीं करेंगे?"

"लगता है आप भूल गये जनरल। आप भूल गये कि मेरठ के सैनिकों की तरह मई में कानपुर के सिपाही दिल्ली कूच कर रहे थे। आप भूल गये कि हमने ही अज़ीमुल्ला को भेजकर बाग़ियों को रोका था और हमारी सिफ़ारिश पर आपने विद्रोही सैनिकों को बैरकों में वापस भेजा था। अब दोस्ती पर शक कर रहे हैं आप।"

"नो-नो नॉट एट ऑल, आपकी दोस्ती पर कोई शक नहीं है नाना साहेब।"

"फिर ये बग़ावत का सवाल क्यों?"

"वैरी सॉरी टू से बट ख़बर है कि आप क्रान्ति की तैयारी कर रहे हैं?"

"तो छापा डलवा दीजिए हमारे महल पर।"

"हम तो दोस्त हैं नाना साहब, खुल कर पूछ सकते हैं आपस में।"

"सैनिकों का रिवोल्ट तो याद नहीं आपको फिर कैसी दोस्ती?"

"आई रिमेंबर दैट नाना साहेब, हम एहसानमन्द हैं। आपकी वजह से हम गवर्नर जनरल को जवाब दे सके, आपकी वजह से कानपुर में पीस है।"

"आपने तो गवर्नर जनरल को जवाब दे दिया मगर हम बहादुर शाह ज़फ़र को जवाब नहीं दे पाये। हमने आपका भरोसा कभी नहीं तोड़ा लेकिन हमारा भरोसा आपकी प्रिवी काउंसिल ने तोड़ा और अब आप भी तोड़ रहे हैं जनरल साहब।"

"हमने क्या किया?"

नाना तपाक से बोले, "तोपें और गोला बारूद तो आपने तैयार कर रखे हैं।"

"हमें ख़बर मिली थी कि कई जगहों से ख़ज़ाना और हथियार आ रहे हैं।"

"और हमने तो सिपाहियों को घेर कर मारने की ख़बर अख़बार में पढ़ी है।"

"अख़बार की ख़बर झूठी है, नाना साहेब।"

"तो फिर ख़ज़ाने, हथियार और विद्रोह की ख़बर भी उतनी ही झूठी है।"

"लन्दन तक ख़बर है कि नानाराव ब्रिटिशर्स के पक्के दोस्त हैं।"

नाना ने चेहरे की कुटिल मुस्कान पर क़ाबू किया, "लन्दन तो हमारा पुराना वफ़ादार दोस्त है, आप भी दोस्ती निभाइये और ये अख़बारबाज़ी बन्द कीजिए।"

"ये सेल्फ़ डिफेंस की तैयारी है, हमारी गारंटी है कि कुछ नहीं होगा।"

"गारंटी देनी है तो सिपाहियों को दीजिए, सब के सब डरे-सहमे बैठे हैं।"

"वो कैसे?"

"इस बार दो महीने की तनख़्वाह दे दीजिए, सिपाहियों का भरोसा वापस लौटेगा।"

"इट्स अ गुड आइडिया। चलिए वादा है हम एक साथ दो महीने का पैसा देंगे।"

"तो फिर नाना का भी वचन है कि तनख़्वाह वाले दिन कुछ नहीं होगा।"

"वन मोर थिंग, आई वॉन्ट टू किल दैट फ़ैंटम नेम्ड आज़ाद। उसने कई ब्रिटिशर्स मारे हैं। ही किल्ड वन इंस्पेक्टर यसटर्डे, हेल्प मी इन दिस।"

"हाऊ कैन आई हेल्प यू इन दिस, कैच एंड किल हिम।"

दोस्ती का भरोसा बनाये रखने के लिए नाना झूठ पर झूठ बोल रहे थे। धोखे की बुनियाद शायद क्रान्ति के लिए भी ज़रूरी थी और नाना के बदले के लिए भी। दोनों ने जूस गटक लिया और अन्दर चल दिये। थोड़ी देर बाद नाना की बग्घी तैयार थी। नाना ने व्हीलर की बेटी मार्गरिट, एलिज़ा और भाई जॉर्ज के साथ मार्गरिट की सहेली अमेलिया हॉर्न को तोहफ़े में सोने के सिक्के दिये फिर कपड़ा कारोबारी मिस जैकोबी और व्हीलर की पत्नी मेटिल्डा से

हाथ मिलाकर बिठूर बढ़ गये। डिनर क़ामयाब रहा और नाना के भरोसे पर अगले दिन व्हीलर ने कलकत्ता के फ़ोर्ट विलियम में बैठे गवर्नर जनरल ऑफ़ इंडिया लॉर्ड कैनिंग को तार भेज दिया। तार में साफ़ लिखा था... '*कानपुर में हालात एकदम दुरुस्त हैं। हम अंग्रेज़ सैनिकों और उनके परिवारों के साथ महफ़ूज़ हैं। हालात कब तक ठीक रहेंगे ये कहना मुश्किल है क्योंकि मेरठ और दिल्ली की घटना से लोगों में जोश देखने को मिल रहा है। जोश में अगर कुछ होता भी है तो बिना मारकाट और ख़ून-ख़राबे से हम निबटने के लिए पूरी तरह तैयार हैं।*'

चैप्टर-2

गन्स, गुलाब एंड घुँघरू

फ़ोर्ट विलियम मुतमइन हो चुका था। ठीक दो दिन बाद वो दिन आया जिसका अंग्रेज़ों को भी इन्तज़ार था, सैनिकों को भी और नानाराव के साथ पूरे कानपुर को भी। कम्पनी बाग के पास ख़ज़ाना खुलने का वक़्त अभी हुआ भी नहीं था कि एकदम तड़के कानपुर में हर-हर गंगे के नारे के साथ इक्का-दुक्का लोग गंगा दशहरे के स्नान के लिए निकल पड़े। भोर होते से सूरज चढ़ते तक भीड़ या तो भैरवघाट जा रही थी या सत्तीचौरा। ये इत्तेफ़ाक था कि तनख़्वाह वाले दिन ही गंगा दशहरा भी था यानी गंगा दशमी। मान्यता थी कि आज ही गंगा ज़मीन पर आयी थीं। वो त्योहार जो बेहद आम था मगर आज बेहद ख़ास हो गया था। जो गंगा दशमी जाजमऊ, भैरवघाट, कैंट घाट और बिठूर तक फैले बावन घाटों में मनाई जाती थी वो सिर्फ़ दो घाटों तक सिमट गयी थी। जगह-जगह माथे पर त्रिपुंड धारी गंगाभक्तों की भीड़ घण्टे-घड़ियालों के साथ गंगा आरती कर रही थी तो कहीं आस्था की डुबकी लगाकर लोग जलाभिषेक कर रहे थे।

इधर गंगा उत्सव का नज़ारा अद्भुत था उधर खज़ाने पर सिपाहियों की भीड़ जमा होने लगी। क़रीब दस हज़ार वर्ग गज में बसे ख़ज़ाना दफ़्तर की सुरक्षा के लिए रोज़मर्रा की तरह चालीस सिपाहियों की गारद तैनात थी। तनख़्वाह बाँटने के लिए तीन खिड़कियाँ थीं और बीच में घास का एक बड़ा मैदान जिसमें एक बार में क़रीब तीन सौ सिपाहियों की भीड़ खड़ी हो सकती थी। इसी बीच ख़ज़ाना गेट पर ख़ज़ांचियों की घोड़ागाड़ी आकर रुकी। पाँच ख़ज़ांची उतरे और अन्दर हो लिए। ख़ज़ाने की खिड़कियाँ खुल गयीं और सिपाहियों को उनके नामों से पुकारा जाने लगा। सैनिकों की भीड़ खिड़कियों

पर तनख़्वाह लेने इकट्ठा होने लगी। तभी एक ख़ज़ांची ने बाहर आकर दीवार पर दो महीने के वेतन की चिट्ठी चिपका दी। दो महीने का पैसा एक साथ मिलने की चिट्ठी पढ़ते ही सिपाही हर-हर गंगे करने लगे। पूरे कानपुर में घूम-घूम, गा-गाकर भीख माँगने वाला मलंग आज ख़ज़ाना दफ़्तर के कोने में बैठा था। मलंग को दिखता तो कुछ नहीं था मगर महसूसियत का आलम किसी दूरबीन से कोसों आगे था। कानपुर के लोग मलंग को सूरदास के नाम से पुकारते थे। मलंग की अँगुलियाँ इकतारे को ऐसे झंकारती थीं कि संगीत ख़ुद प्रणाम करे। गले से मानो मन्द, मध्य और तार सप्तक के सुर, मीड़, मुर्की और श्रुतियों का मीठा चश्मा बहता हो। अब तक ख़ामोश बैठे मलंग ने सैनिकों की ख़ुशियाँ पढ़ लीं और इकतारे पर गाने लगा...

मुनासिब ये नहीं बेशक़
मगर अक़्सर समझते हैं
हमारी ख़ामुशी को वो
हमारा डर समझते हैं
अगर हक़ चाहिए अपना
ज़रा हुंकार तो भरिये
शराफ़त हद से बढ़कर हो
तो सब कायर समझते हैं
सजा रक्खा है दिल कुर्बान
करने को हथेली पर
मुहब्बत है वतन से हम
उसे दिलबर समझते हैं

सैनिकों की ज़कात मलंग की चादर पर गिर रही थी और वो गाये जा रहा था।

ग़ुलामी ने किया क्या हाल
अपना देख तो बन्दे
झुका देते हैं सर, हर दर
को अपना घर समझते हैं

मुनासिब ये नहीं बेशक़
मगर अक़्सर समझते हैं
हमारी ख़ामुशी को वो
हमारा डर समझते हैं

लेकिन इसी दौरान शहर में कुछ ऐसा हो रहा था जो पहले कभी नहीं हुआ था। भीड़ के सैलाब से कानपुर की सड़कें, गलियाँ, चौराहे, नुक्कड़ और हर चप्पा तर-ब-तर हो गया। ख़बर फैल चुकी थी कि नानाराव अपनी सेना के साथ पहली बार बिठूर की जगह भैरवघाट पर स्नान करने आ रहे हैं और भैरवघाट पर जलाभिषेक करने के बाद सत्तीचौरा घाट पर गंगा आरती करेंगे। शहर की भीड़ दो हिस्सों में बँट चुकी थी। आधा शहर भैरवघाट की तरफ़ बढ़ गया और आधा सत्तीचौरा की ओर। भारी-भरकम फ़ौज के साथ नाना की सवारी भैरवघाट पहुँच चुकी थी। घाट पर हज़ारों की भीड़ जमा थी जो अपने सरपरस्त के दर्शनों के साथ नानाराव का शक्तिशाली रसूख़ देखने के लिए बेसब्र थी, बेताब थी।

नाना को भैरवघाट पर स्नान के बाद सत्तीचौरा पहुँचना था। कैंटोनमेंट से जाने वाले सारे रास्तों पर भीड़ ही भीड़ थी। चौतरफ़ा सिर ही सिर नज़र आ रहे थे। कैंट में मौजूद कैप्टन मॉब्रे थॉमसन और लेफ्टीनेंट डेलाफ़ॉस अपने दफ़्तर में फँस चुके थे। दोनों अफ़सर सिर पकड़े सोच रहे थे कि सच में इस वक़्त सिपाही विद्रोह कर दें तो कैंट से सेना और असलहों का निकलना भी मुश्किल हो जायेगा और निकल भी लिए तो सड़कों पर मधुमक्खी की तरह भिनभिना रही भीड़ को क़ाबू करना नामुमकिन होगा। इधर नाना गंगा स्नान कर रहे थे उधर आज़ाद ने मस्तानी टोली की लड़कियों को चप्पे-चप्पे पर नज़र रखने में झोंक दिया था। ख़ुद एक बुर्ज पर बैठा आज़ाद बाज की तरह दुर्जन सिंह और सरदार खाँ के साथ उनसे जुड़े सिपाहियों की टोली पर नज़र बनाये हुए था। स्नान कर के नाना बग्घी पर सवार हुए और सेना के साये में कानपुर की सड़कों से गुजरते हुए सत्तीचौरा चल दिये। जनता नानाराव की जय-जयकार कर रही थी।

असल में बिठूर महल के बन्द कमरे में नाना के साथ अजीजन ने जो ख़ाका खींचा था वो कामयाब हो चुका था। क़ामयाबी में दो फ़ायदे छिपे थे।

पहला ये कि बहादुर शाह ज़फ़र ने अंग्रेज़ों के ख़िलाफ़ लड़ने वाले सैनिकों को दोगुनी तनख़्वाह देने का ऐलान किया था और अजीजन की चाल में फँसकर व्हीलर कानपुर के सिपाहियों को एक की जगह दो महीने का वेतन दे चुका था। दूसरा फ़ायदा, सैनिकों की सुरक्षा को लेकर था। अजीजन को शक़ था कि कहीं नानकचन्द के अख़बार की बात सच निकली और तनख़्वाह वाले दिन सिपाहियों को ख़ज़ाने पर ही घेर कर मार दिया गया तो अनर्थ हो जायेगा। लिहाज़ा उसने नाना को सेना के साथ गंगा दशहरा के बहाने कानपुर बुलाया और पूरे कानपुर को सड़कों पर उतारकर इतनी भीड़ कर दी कि अगर अंग्रेज़ सेना हमला करना भी चाहती तो कैंट से निकल ही नहीं सकती थी। बिठूर में नाना से मुलाक़ात के चौबीस घण्टे में हर मजरे, मोहल्ले तक नानाराव के आने की ख़बर पहुँचा दी गयी थी। घाट भी बड़ी चालाकी से चुने गये। भैरवघाट इसलिए चुना गया क्योंकि ये घाट खज़ाने से सिर्फ़ डेढ़ मील दूर था। ख़ज़ाने पर परिन्दा भी पर मारता तो हजारों की भीड़ मौजूद थी। सत्तीचौरा घाट तो कैंट में ही था लिहाज़ा सेना के टस से मस होने का रास्ता भी नहीं छोड़ा गया।

शाम ढल चुकी थी। नाना की सेना बिठूर लौट चुकी थी। तनख़्वाह बँट चुकी थी, भीड़ छँट चुकी थी। मगर जनरल व्हीलर के दफ़्तर में अफ़सरों का जमावड़ा था। कैप्टन मॉब्रे थॉमसन, लेफ़्टीनेंट डेलाफ़ॉस, डिस्ट्रिक्ट मजिस्ट्रेट हिल्सर्डन के साथ कई जूनियर्स के अलावा चापलूस नानकचन्द भी मौजूद था। ख़ामोशी कुछ ज़्यादा ही थी और जनरल व्हीलर के चेहरे पर तनाव का नक़्शा साफ़ पढ़ने में आ रहा था। शायद व्हीलर ने जो आंका था, भाँपा था उसका अन्दाज़ा किसी को नहीं था।

हिल्सर्डन के चेहरे पर तसल्ली थी, "हैक्टिक बट फ़ाइनली अ गुड डे।"

हिल्सर्डन की बात व्हीलर को चुभ गयी। शायद इसलिए कि हिल्सर्डन अभी भी मुग़ालते में था। व्हीलर ने सिगार सुलगाते हुए चुप्पी तोड़ी और अकड़ में थोड़ा-सा ग़ुस्सा सानते हुए बोला, "हिल्सर्डन इज़ अ ब्लडी फूल।"

व्हीलर का रुख देखकर हिल्सर्डन चौंका, "व्हाट डू यू मीन जनरल।"

व्हीलर तमतमाया हुआ था, "टेल हिम थॉमसन, ही इज़ टू इन्नोसेंट।"

थॉमसन ने सांस खींची, "आज अटैक हो जाता तो मूवमेंट वॉज इम्पॉसिबिल।"

"थैंक्स टू जीसस, नथिंग हैपेन्ड देयर।" डेलाफ़ॉस बीच में बोला।

व्हीलर ने कश खींचा, "आई स्मेल्ड समथिंग डाइसी टुडे। नाना की चाल में हम फँस गये और दो मंथ्स की सेलरी दे बैठे। इट्ज़ टाइम टू बी अलर्ट।"

हिल्सर्डन ने फिर बेवकूफ़ी की, "दो महीने की सेलरी मीन्स?"

व्हीलर अब चीख़ा, "यू आर रियली अ डफ़र हिल्सर्डन। बहादुर शाह ज़फ़र हैज़ ऑफ़र्ड डबल सेलरी टू दोज़ सोल्जर्स हू विल फ़ाइट एंगेन्स्ट ब्रिटिश गवर्नमेंट।"

मतलब साफ़ था। व्हीलर के सियासी दिमाग को दोगुनी तनख़्वाह की चाल का अन्दाज़ा लग चुका था। वो समझ चुका था कि कानपुर में किसी भी दिन विद्रोह हो सकता है और विद्रोह हुआ तो अंग्रेज़ों के जान-माल का ज़बरदस्त नुक़सान होगा। तभी नानकचन्द बोला, "आज साहब को हमारी बात पर भरोसा हुआ है। हम सरकार से कहते रहे कि नाना धोखेबाज है पर हमको हमेशा डाँटा ही गया।"

"नानकचन्द, तुम सही थे। हम नाना का झूठ कभी समझ ही नहीं पाये।"

सिर झुकाये बैठे हिल्सर्डन ने पूछा, "एनिथिंग फॉर मी सर?"

कम्पनी के अफ़सरों, अंग्रेज़ सैनिकों और उनकी फ़ैमली की फ़िक्र में डूबा व्हीलर अचानक बोला, "वो मेरठ वाली घटना के बाद हम एक इंट्रेंचमेंट बनवा रहे थे?"

"सर मैग्ज़ीन के पास वाला यू डिनाइड, गैरिसन वाला नाइंटी परसेंट ओके है।"

"मैग्ज़ीन के पास इंट्रेंचमेंट इज़ नॉट अ गुड आइडिया, बाग़ियों ने आग लगा दी तो सारा गोला-बारूद उड़ जायेगा। स्टॉप ऑल द वर्क्स एंड शहर का सारा मजदूर लगाकर दो दिन में गैरिसन वाला इंट्रेंचमेंट कम्पलीट कराओ।"

इंट्रेंचमेंट यानी किलेबन्दी। मंगल पाण्डे की फाँसी और मेरठ में सैनिक विद्रोह के बाद व्हीलर को शक था कि कानपुर में भी विद्रोह हो सकता है। इसी के मद्देनज़र अंग्रेज़ों को महफ़ूज़ रखने के लिए मई के दूसरे हफ़्ते में

कानपुर के गैरिसन में पाँच बीघा ज़मीन को गड्ढे में तब्दील कर के किलेबन्दी की तैयारी शुरू कर दी गई थी। बस ऐसे ही वक़्त में नानाराव ने दोस्ती की बिना पर उसे भरोसा दिलाया कि कानपुर में क्रान्ति नहीं होगी। व्हीलर का नाना पर भरोसा तब और बढ़ गया जब मई में ही जीटी रोड के रास्ते कानपुर से दिल्ली कूच कर रहे विद्रोहियों को नाना ने व्हीलर सेना में दोबारा शामिल करा दिया था। व्हीलर मुतमइन हो गया और किलेबन्दी का काम रोक दिया गया। लेकिन गंगा दशहरा की घटना नाना और व्हीलर की दोस्ती का अन्तिम अध्याय बन गयी। नाना से नाराज़गी और अंग्रेज़ों की फ़िक्र में व्हीलर ने फिर इंट्रेंचमेंट का काम पूरा कराने का फ़ैसला कर डाला। मीटिंग ख़त्म हुई और अफ़सर किलेबन्दी की तैयारी में चल दिये मगर सवाल ये था कि क्या व्हीलर मान चुका था कि अगर कानपुर में क्रान्ति हुई तो वो मुकाबला नहीं कर पायेगा या इंट्रेंचमेंट की आड़ में कोई और ही मक़सद उसके ज़ेहन में था। व्हीलर के पैंतरे में कौन सी चाल छिपी थी, आख़िर उसके इरादे क्या थे? इन सवालों के जवाब कम्पनी के किसी बाशिन्दे के पास नहीं थे क्योंकि हर जवाब कम्पनी कमांडर व्हीलर और उसकी सियासी सोच की दराज में छिपा था।

गंगा किनारे बसा कानपुर क्रान्ति के मुहाने पर खड़ा था मगर बनारस में गंगा फिर उल्टी बह रही थी। सिख रेजिमेंट के तमाम सिपाहियों को गोलियों से भून कर ब्रिटिश हुक़्मरान बनारस की बग़ावत पर क़ाबू कर चुके थे। काशी हार चुकी विद्रोही सैनिकों की एक बड़ी पलटन इलाहाबाद की तरफ़ निकल पड़ी, जहाँ मेरठ के विद्रोह और मंगल पाण्डे की फाँसी के बाद से ही ख़ासी सरगर्मी थी। मौलवी लियाक़त अली बेहद ख़ामोशी से सैनिकों से लेकर आम इलाहाबादियों तक में अंग्रेज़ों के ख़िलाफ़ आग भर रहे थे। सिपाहियों के साथ जनता को जोड़कर बिगुल फूँकने की रणनीति के तहत ही नाना ने अजीजन को आज़ाद की शक्ल में इलाहाबाद भेजा था। ख़ाका तैयार था। इलाहाबाद के गाँव से शहर और रेजिमेंट से कैवलरी तक बग़ावत का लोहा तप कर लाल हो चुका था और पुरज़ोर हथौड़ा मारने का ये सबसे मुफ़ीद

वक़्त था। वो दिन आ चुका था जब चेतक घोड़े की तरह क्रान्तिवीर अपने महाराणा मौलवी लियाक़त अली की पुतली फिरने का इन्तज़ार कर रहे थे और लियाक़त की सबसे बड़ी ताक़त थी उसका पक्का दोस्त और सिपहसालार पण्डित रामचन्द्र।

अंग्रेज़ बाख़बर कम, बेख़बर ज़्यादा थे। गोरों को इल्म ही नहीं था कि लियाक़त अली इलाहाबाद की क्रान्ति का सबसे बड़ा चेहरा बन चुका था। उन्हें भनक भी नहीं थी कि मस्जिद का एक मौलवी उनके गले की बेहद महीन और पैनी फाँस साबित होगा। असल में तमाम शहरों में घण्टों की बग़ावत को मिनटों में क़ाबू कर रही ईस्ट इंडिया कम्पनी बनारस में जंग जीतने के बाद इस मुग़ालते में थी कि अब कहीं कोई सैनिक आवाज़ बुलन्द नहीं कर पायेगा। गंगा-यमुना-सरस्वती के संगम किनारे बसा अकबर का किला जंग की रणनीति का सबसे ख़ास हिस्सा था, जहाँ गोला-बारूद, बन्दूकों और तोपों का ज़खीरा मौजूद था। अकबर का किला अंग्रेज़ों की सबसे बड़ी मज़बूती था और लियाक़त की सबसे बड़ी मजबूरी। तलवारें तैयार थीं, बन्दूकें बेकरार थीं, बस यलगार का ऐलान भर होना बाक़ी था और यही ऐलान करने के लिए लियाक़त चायल इलाक़े की पंचायत में भाषण दे रहे थे।

"बनारस में अंग्रेज़ों ने हमारे सिख क्रान्तिकारियों को चुन-चुन कर मारा है। ये शहादत हम सब पर क़र्ज़ है दोस्तों। काशी से तमाम सिपाही इलाहाबाद आ रहे हैं। इससे पहले कि कमज़र्फ़ गोरे उन्हें निशाना बनायें हमें यलग़ार करनी होगी।"

लियाक़त अली के साथ खड़े रामचन्द्र ने चिल्लाकर कहा, "सिर्फ़ लेफ़्टीनेंट हॉवर्ड और एलेक्ज़ेंडर हमारे और किले के बीच खड़े हैं, इन्हें गिरा दिया तो फ़तह है।"

लियाक़त ने फिर ललकारा, "मुट्ठी भर हिन्दुस्तानी सैनिक अभी भी अंग्रेज़ों से डरे-सहमे बैठे हैं, लेकिन जैसे ही हम इलाहाबाद जीतेंगे वो भी हमारे साथ होंगे।"

बीघों में बसे ऊसर खेत में सैकड़ों की भीड़ जमा थी। भीड़ में हिन्दू और मुसलमान हवा में मुट्ठी लहराकर एक साथ नारे लगा रहे थे। नारा-ए-तदबीर

और हर-हर महादेव के नारे किसी क़ौम या धर्म से नहीं बँधे थे। पूरी की पूरी जमात सिर्फ़ हिन्दुस्तानी थी। ये वो वक़्त था जब क़ौम का नाम था क्रान्ति और धर्म था आज़ादी। भीड़ में आगे की क़तार में अपने-अपने इलाक़े के अगुवाकार खड़े थे और वर्दी की जगह धोती-कुर्ता पगड़ी पहने आधा दर्जन सैनिक भी मौजूद थे। थोड़ी देर में नारेबाज़ी शान्त हुई और लियाक़त अली ने बग़ावत का ऐलान कर दिया। फ़ैसला किया गया कि शाम की परेड ख़त्म होते ही सैनिक अंग्रेज़ अफ़सरों का हुक़्म नहीं मानेंगे और सीधे विद्रोह कर देंगे। गाँव, मजरों और शहरी इलाक़ों के झंडाबरदारों को ताकीद कर दी गयी कि लाठी-डण्डों, पत्थरों से लैस हो जायें और जहाँ भी अंग्रेज़ दिखाई दें उन्हें क़ैद कर के किले की तरफ़ कूच किया जाये।

सादे कपड़ों में आये एक सैनिक ने सवाल किया, "मौलवी साहब, आपने तो अंग्रेज़ों को क़ैद करने का हुक़्म दिया है, अगर अंग्रेज़ों ने गोली चलाई और हमारे साथियों को निशाना बनाया, क्या तब भी हमें हाथ बाँधकर सिर्फ़ गोली खानी होगी?"

लियाक़त अली मुस्कुराये, "मजबूर को क़ैद, मज़बूत को मौत, बस यही है जंग का क़ायदा। याद रखना, आज़ादी भीख में नहीं मिलेगी, आज़ादी छीननी पड़ेगी।"

सवाल-जवाब के साथ पंचायत ख़त्म हुई और आम शहरियों की शक्ल में आये सैनिकों के साथ बाक़ी भीड़ भी लोगों को पंचायत के ऐलान से वाक़िफ़ कराने के लिए पूरे इलाहाबाद में फैल गयी। लियाक़त और रामचन्द्र चायल में ही रुक गये। उधर लेफ़्टीनेंट एलेक्ज़ेंडर के पास बनारस से तार पहुँच चुका था। तार की इबारत बता रही थी कि बनारस से भागी बाग़ियों की टुकड़ी शाम तक इलाहाबाद में दाख़िल हो जायेगी। तार में सख़्त ताकीद थी कि पूरी पलटन के परखचे उड़ा दिये जायें ताकि इलाहाबाद में कोई भी सिपाही विद्रोह की कोशिश करने के बारे में भी न सोच पाये। तार के मद्‌देनज़र एलेक्ज़ेंडर ने सैनिकों की एक बड़ी प्लाटून को तोप और बन्दूकों के साथ दारागंज की तरफ़ बढ़ने का हुक़्म सुनाया। इलाहाबाद में तूफ़ान से पहले की ख़ामोशी बस

कुछ ही घण्टों की मेहमान थी। आम बाशिन्दे ही नहीं बल्कि पूरी संगम नगरी बेसब्री से सूरज डूबने का रास्ता देख रही थी।

दोपहर और शाम के दरमियानी पहर में इलाहाबाद से इतर कानपुर के बाज़ारों में दुकानों के पल्लेदार किवाड़ों में सांकलें लगी थीं और ख़रीदारों की आमदरफ़्त सिफ़र थी। कम्पनी क़ायदों के मुताबिक़ हफ़्ते में एक दिन छुट्टी रहती थी मगर सड़क किनारे फड़ी, ठेला और खोमचे लगाकर बैठने वालों को सिर्फ़ छुट्टी में ही धन्धा करने की छूट थी। कुछ ऐसे ही माहौल में लुर्की मोहाल इलाक़े की ऊँची सड़क वाली गली में सस्ते-मद्दे की आवाज़ लगाकर सब्ज़ी, खड़े मसाले, अनाज और मिट्टी के खिलौने बेच रहे फेरीवालों से अंग्रेज़ों के टैक्स इंस्पेक्टर चार-चार आने की तहबाज़ारी वसूलने में लगे थे। गली में ही मौजूद कल्लूमल की कोठी के रौशनदानों और खिड़कियों की पोरों से राग पुरिया धनाश्री में पगी और कहरवा ताल में बँधी खुसरो की ठुमरी छलक-छलक कर बाहर आ रही थी।

जो मैं जानती बिसरत हैं सैंय्या
घुँघटा में आग लगा देती
मैं लाज के बन्धन तोड़ सखी
पिया प्यारे को अपने मना लेती

ये सुरीली आवाज़ अजीजन की थी जहाँ वो अजीजन नहीं बल्कि अजीजन बाई के नाम से बुलाई जाती थी। असल में कल्लूमल की कोठी में ही लुर्की मोहाल का कोठा आबाद रहता था और छुट्टी के दिन शहर के धन्नासेठ मुजरा देखने और ठुमरी सुनने आते थे। ठीक इसी वक़्त कैवलरी और इनफेंट्री सिपाहियों का नेता शम्सुद्दीन सादे कपड़ों में ऊँची सड़क वाली गली में घुसा और टैक्स इंस्पेक्टरों को देखते ही एक ठेले की ओट में छिप गया। पगड़ी के कपड़े से मुँह ढकने के बाद शम्सुद्दीन कोठे की पतली और खड़ी सीढ़ियों से पहली मंज़िल की तरफ़ चढ़ने लगा। अजीजन की ठुमरी की तान सीढ़ी दर सीढ़ी क़रीब आने लगी।

मोरे हार सिंगार की रात गयी
पियू संग उमंग की बात गयी
मोहे प्रीत की रीत न भायी सखी
मैं तो बन के दुल्हन पछताई सखी
घर आये न मोरे सांवरिया
मैं तन मन उन पर लुटा देती
जो मैं जानती बिसरत हैं सैंय्या
घुँघटा में आग लगा देती

शम्सुद्दीन ने मुजरे वाले बड़े कमरे के दरवाज़े पर लगी चूड़ियों की झालर हटाकर देखा तो अजीजन की तान और तबले की थाप पर सुरैया के साथ तीन लड़कियाँ नाच रही थीं। सारंगी और शहनाई बजा रहे मिरासी लय के साथ संगत में थे। कालीन पर लगी मसनदों के सहारे बैठे सेठ सिक्के लुटा रहे थे। अजीजन के ठीक बगल में पसरी पचास साल की बड़ी आपा मगही पान का बीड़ा चुगलाते हुए कारिंदों को फर्श पर गिर रहे सिक्के बटोरने का इशारा कर रही थीं। अजीजन का तराना शबाब पर था कि सुरैया की नज़र शम्सुद्दीन पर पड़ी। उसने फ़ौरन आँखों से अजीजन को इशारा किया और ख़ुद नाचना छोड़कर गाने बैठ गयी। अजीजन सलाम करती हुई उठी और शम्सुद्दीन के साथ सीढ़ियाँ चढ़ती हुई कोठी की छत पर पहुँच गयी जहाँ से दूर-दूर तक कानपुर दिखाई देता था। आसमान में सूरज पर मण्डरा रही बदलियों के बीच पींगे बढ़ाती रंग-बिरंगी पतंगों के पेंच लड़े हुए थे और शम्सुद्दीन की एकटक नज़र अजीजन की ख़ूबसूरती पर टिकी थी। ज़िद्दी लट को बार-बार कान के पीछे फँसाते हुए अजीजन पतंगों के रंगों में खोई थी।

शम्सुद्दीन ने अजीजन की लट को कान से हटाकर खुला छोड़ दिया। अजीजन छिटक कर दूर हुई, "क्या कर रहे हो, कोई देख लेगा तो।"

"मजबूर हूँ वर्ना सिर कलम कर दूँ अगर कोई अजीजन पर नज़र डाले तो।"

"नानाराव का शेर सिपाही और मजबूर?"

किसी छत पर खड़ा कोई देख न ले, बस इतना सोचकर शम्सुद्दीन ने अजीजन का हाथ पकड़ कर उसे ज़मीन पर बैठा दिया और आँसू बहाने

लगा, "सेठों के सामने नाचना, फिरंगियों के बंगलों में तुम्हारा जाना रूह निचोड़ डालता है अजीजन। कमबख़्त कब वो वक़्त आयेगा जब तुमको घर ले जाऊँगा।"

अजीजन की पलकें भी भीग गयीं, "तवायफ़ की क़िस्मत में कोठा लिखा होता है, घर नहीं। तुम्हारे कन्धों पर मेरे एक घर का नहीं, पूरे कानपुर की आज़ादी का ज़िम्मा है। थू है मुझ पर अगर मैं क्रान्ति के रास्ते में रोड़ा बनूँ, कमज़ोर करूँ तुमको।"

शम्सुद्दीन ने अजीजन के होठों पर हाथ रखकर उसे ख़ामोश कर दिया, "आज के बाद ख़ुद को लानत मत भेजना, तुम आज कहो आज ही बसा लूँ घर अपना।"

"मेरा प्यार तुम्हारी तलवार पर जंग लगा देगा शम्स।"

"कई बार लगता है कि कमबख़्त तलवार ने मेरे प्यार पर जंग लगा दी है।"

"ऐसा मत कहो शम्स, हमारी मजबूरी समझो।" अजीजन बेचैन होकर बोली।

"मजबूरी नहीं अजीजन, ये आज़ादी तुम्हारी ज़िद है।"

"आज़ादी ज़िद है तो ज़िद ही सही, क्रान्ति पर अजीजन क़ुर्बान है।"

"इस जंग में अगर मैं क़ुर्बान हो गया तो बहुत पछताओगी तुम।"

अजीजन ने उसके होठों पर हाथ रख दिया, "ख़ुदा तुम्हें मेरी उम्र भी बख़्शे। आज़ाद के रहते तुम्हारे जिस्म पर ख़राश भी नहीं आयेगी।"

शम्स तल्ख़ हुआ, "हमारे प्यार के बीच आज़ाद क्यों आ जाता है?"

अजीजन ने आँसू पोंछे, "क्योंकि आज़ाद हमारा ख़ैरख़्वाह है।"

"कभी-कभी सच में शक होता है आज़ाद पर।"

"आज़ाद पर शक मत करो शम्स बस यक़ीन रखो।"

"ओह्हो...हमसे ज़्यादा आज़ाद पर भरोसा है?"

"वक़्त आने पर भरोसे, प्यार और ऐतबार का सारा हिसाब देगी अजीजन।"

शम्सुद्दीन चिढ़कर बोला, "हमें ख़बर भी नहीं और वादे भी हो रहे हैं।"

अजीजन चिढ़न समझ गयी, "अजीजन और आज़ाद एक ही हैं मियाँ।"

"अजीजन और आज़ाद एक हैं और हम बेवजह ख़्वाब पाले बैठे हैं।"

"मेरे ख़्वाब मत पालो शम्स, तुम्हारी आँखों में आज़ादी का ही ख़्वाब फबता है।"

"और तुम्हारी आँखों में?"

"मेरी आँखों में आज़ाद ही फ़बता है, जँचता है और बसता है।"

इतना कहते ही खिलखिलाते हुए अजीजन ने हाथ छुड़ाया और सीढ़ियों से नीचे भागी। शम्सुद्दीन अजीजन-अजीजन पुकारता रह गया मगर इठलाती, बलखाती और असल में हँसी की आड़ में ग़म छुपाती हुई अजीजन शम्स को सवालों और ख़यालों के भँवर में लपेट कर फिर छोड़ गयी। कोठे के दरवाज़े से बाहर निकलते सेठों को धक्का देती हुई वो सीधे अपने कमरे में गयी और पलंग पर औंधे मुँह धम्म से गिर गयी। बदहवास अजीजन को देख कर पीछे से सुरैया भी दौड़ी और पलंग के कोने में बैठकर उसका सिर सहराने लगी। बड़ी आपा ने पीकदान में बीड़ा कुछ इस अन्दाज़ में थूका जैसे तवायफ की हैसियत सिर्फ़ एक बीड़ा पान के मानिंद है, जब तक स्वाद दे तब तक मुँह लगा और जब बेस्वाद हो जाये तो उगलदान के हवाले। सेठों के निकलने के बाद शम्स भी कपड़े से मुँह ढककर नीचे उतरा और मायूस मन लेकर अपनी कैवलरी की ओर चल दिया।

अपने कमरे में ज़ोर-ज़ोर रोती अजीजन पलटी और सुरैया से चिपककर बोली, "कैसे समझाऊँ उसे, कैसे बताऊँ उसे कि अजीजन सिर्फ़ तवायफ़ नहीं, आज़ाद भी है। कैसे बसा लूँ उसके साथ अपना घर मैं सुरैया, कैसे भर लूँ उसके नाम का सिन्दूर। बेचारा सच में मासूम है। हर बार उसका दिल तोड़ती हूँ, हर बार वो टूटा दिल लेकर फिर आ जाता है एक बार फिर दिल पर ठोकर खाने के लिए।"

सुरैया जान अजीजन के सिर पर हाथ फेरते हुए बोली, "हिम्मत रख अजीजन, भरोसा रख ऊपर वाले पर, तू फ़ौलाद है मेरी जान। हम सब की क़िस्मत एक जैसी ही है। कैसे समझायें किसी को कि हमारा जिस्म तो देश पर बलिदान है और इस बलिदान के लिए किसी से मोहब्बत, अपने सपने, घर का आँगन, माँग का सिन्दूर और शम्सुद्दीन जैसे जान देने वालों को भी हमें ठोकर मारनी पड़ती है।"

आये दिन की यही कहानी थी। फिर वही आँसू, फिर मोहब्बत की टूटती उम्मीदें, फिर एक सिसकती मुलाक़ात, फिर एक-दूसरे के लिए तेज़ी

से धड़कते दिलों की मन्द पड़ती रफ़्तार, फिर मुँह को आता कलेजा और मजबूरी ये कि मर भी नहीं सकते थे क्योंकि जीना था सिर्फ़ मुल्क पर मरने के लिए। अजीजन का मक़सद था सिर्फ़ क्रान्ति। वो क्रान्ति जिसके लिए अजीजन ने अपना जिस्म, अपनी आबरू, अपनी रूह तक कुर्बान कर दी थी। कल्लूमल के कोठे से अंग्रेज़ों की कोठियों तक उसका जिस्म सिर्फ़ नुमाइश की चीज़ बन कर रह गया था लेकिन इस नुमाइश की बिना पर ही वो गोरों की जासूसी करती थी। किसी को इल्म ही नहीं था कि एक औरत अगर मुल्क पर मर जाने की क़सम खा ले तो मुजरा सिर्फ़ धोखा है और मुल्क असल हासिल। क़रीब एक साल पहले एक अंग्रेज़ अफ़सर के बंगले पर शम्सुद्दीन की मुलाक़ात अजीजन से हुई थी। अजीजन उस बंगले पर रात भर रुकी थी और सुबह उसे कोठे तक छोड़ने की ज़िम्मेदारी शम्सुद्दीन को दी गयी थी। शम्सुद्दीन अजीजन की ख़ूबसूरती पर फ़िदा हो गया और मोहब्बत कर बैठा। मुलाक़ातों की सीढ़ियाँ चढ़ते-चढ़ते एक दिन अजीजन भी हाँ तो कर बैठी मगर ये हाँ शर्तों के बोझ तले घुट रही थी। शर्त थी कोठा छोड़ने की और कोठा अजीजन का हथियार था। शर्त थी मोहब्बत को पहले पायदान पर रखने की लेकिन अजीजन की सीढ़ी का हर जीना सिर्फ़ आज़ादी के लिए जंग की तरफ़ चढ़ता था। अजीजन का इश्क़ भी शम्सुद्दीन से पसंगा भर कमतर नहीं था मगर पता नहीं कब एक जांबाज़ सिपाही की जंग का जज़्बा मोहब्बत की जंग से झुलसने लगा था। अजीजन ने दिल को पत्थर कर लिया और फ़ैसला किया कि न वो डगमगायेगी, न शम्स को भटकने देगी। बस यही कुछ वजहें थीं कि आज तक शम्सुद्दीन जान ही नहीं पाया था कि अजीजन और आज़ाद एक ही हैं। शायद अजीजन ने कोई वक़्त मुक़र्रर कर रखा था शम्स के सामने अपना राज़ खोलने का।

पश्चिम की तरफ़ डूबते सूरज का रंग सिंदूरी हो चुका था। इलाहाबाद में मौलवी लियाक़त अली ने क्रांति का वक़्त राज आठ बजे मुकर्रर किया था। अंग्रेज हुक़्मरानों को बग़ावत की ख़बर तक नहीं थी। यही वजह थी कि बनारस से आ रहे बाग़ियों को इलाहाबाद के उस पार ही रोकने के लिये लेफ़्टीनेंट

एलेक्ज़ेंडर ख़ुद दारागंज में गंगा नदी पर बने नाव के पुल के सामने सबसे आगे खड़ा था। उधर अलोपीबाग इलाके में कर्नल हॉवर्ड की सेना बैरकों में आठ बजने का इन्तज़ार कर रही थी। हॉवर्ड को उम्मीद थी कि दारागंज पर एलेक्ज़ेंडर अकेला ही बनारसी बाग़ियों को रौंद डालेगा और अगर ज़रूरत पड़ी तो वो ख़ुद एलेक्ज़ेंडर की मदद के लिये सेना के साथ दारागंज पहुंच जायेगा। अंग्रेज़ मुगालता पाले बैठे रहे और रात के आठ बजते ही अलोपीबाग में विद्रोहियों ने यलग़ार कर दी। आधी से ज़्यादा फ़ौज के बग़ावती हमले से लड़खड़ाया हॉवर्ड जान बचाने के लिये बचीखुची फ़ौज को ढाल बनाकर अकबर के किले भाग गया। उधर दारागंज के बाग़ियों ने भी ठीक आठ बजे बिगुल फूंक दिया और लेफ़्टीनेंट एलेक्ज़ेंडर को गोलियों से भून डाला। इस क्रांति का दर्दनाक पहलू ये था कि बाग़ी सैनिक कम्पनी के उन सिपाहियों को मौत के घाट उतार रहे थे जो थे तो हिन्दुस्तानी मगर लड़ रहे थे गोरों के लिये।

रात भर युद्ध चला और सुबह का सूरज अपने साथ स्वतन्त्रता का सिन्दूर लेकर उगा। इलाहाबादियों का इलाहाबाद पर क़ब्ज़ा था और सब के सब हाथों में हरा झण्डा लिए लियाक़त अली ज़िन्दाबाद, शहंशाह-ए-हिन्दुस्तान ज़िन्दाबाद के नारे लगाते ख़ुसरोबाग की तरफ़ बढ़ रहे थे। भीड़ का सैलाब आज़ादी की उमंग में झूम रहा था। बाग़ी सैनिक अपने कन्धों पर मौलवी लियाक़त अली को उठाये हुए थे। लियाक़त अली कन्धे से उतरकर सीधे कोतवाली की छत पर पहुँचे और ब्रितानी हुकूमत का झण्डा उतारकर छत से नीचे फेंक दिया। दीवाना हुजूम जुल्म के झण्डे को पैरों तले रौंदने लगा कि तभी लियाक़त ने कोतवाली पर हरा झण्डा फहरा दिया। बिना मौक़ा गँवाये रामचन्द्र ने लियाक़त अली को इलाहाबाद का गवर्नर घोषित कर दिया। लियाक़त ने सेना, सिपाही और आम आबादी से चुन-चुनकर कलेक्टर, इंस्पेक्टर, जजों के अलावा तमाम ओहदों पर तैनाती ऐलान कर दी। बस अकबर का किला बचा था जिसे जीतना अभी बाक़ी था।

जनता का दिल समझते हुए लियाक़त ने हिम्मत बँधाई, "अब अंग्रेज़ नहीं ख़ुद आप इलाहाबाद के मालिक हैं। फ़िक्र क़तई मत कीजिएगा, आज हमने इलाहाबाद जीता है, कल अकबर का किला भी जीतेंगे इंशाअल्लाह। मंगल पाण्डे ज़िन्दाबाद।"

शायद मंगल पाण्डे की शहादत को इलाहाबाद की आज़ादी से बेहतर न कोई श्रद्धांजलि हो सकती थी, न सजदा, न ही नमन। रामचन्द्र ने जनता के सामने ऐलान किया, "आज हमारे पास तीस लाख का ख़ज़ाना है। हम लगान माफ़ करेंगे और शहीद सैनिकों के कुनबों को तनख़्वाह से दोगुनी पेंशन देंगे।"

जय-जयकार और नारेबाज़ी की गूँज के बीच लियाक़त अली ख़ुसरो बाग से निकलकर गवर्नर की हैसियत से किले की तरफ़ चल दिये। किले पर दोनों तरफ़ से सेना तैनात थी। इसमें कोई शक नहीं था कि तोपों और असलहों को देखते हुए अंग्रेज़ी खेमा ज़्यादा मज़बूत था। लियाक़त ने किले के सामने ही सैनिकों की छावनी बनवाने का हुक़्म दिया और तब तक हमला जारी रखने का फ़रमान सुनाया, जब तक एक-एक अंग्रेज़ किले से बाहर आकर ख़ुद को आज़ाद इलाहाबाद के हवाले न कर दे। सैनिकों ने गवर्नर को सलामी दी और सलामी लेकर बग्घी पर बैठते ही लियाक़त ने रामचन्द्र को हुक़्म दिया, "दो दरोगा भेजकर नाना को पैग़ाम दीजिए कि इलाहाबाद आज़ाद है, अब वो कानपुर फ़तह की तैयारी करें।"

इलाहाबाद की क्रान्ति से अंग्रेज़ों के होश फ़ाख़्ता थे। कुछ ऐसा ही हाल कानपुर का भी था। जनरल व्हीलर का दफ़्तर धुआँ-धुआँ था। व्हीलर सिगार पर सिगार धौंक रहा था। कमरे में बैठे अफ़सरों के हाथ-पैर सुन्न थे और दिमाग़ बर्फ़ की तरह जम चुका था। बस दस मिनट पहले टेलिग्राफ़िक तार के ज़रिये इलाहाबाद में लेफ़्टीनेंट एलेक्ज़ेंडर की हत्या, सिपाहियों के विद्रोह और अंग्रेज़ों के किले में बन्द होने की ख़बर मिली और ख़बर मिलते ही व्हीलर ने इमरजेंसी मीटिंग तलब की। डिस्ट्रिक्ट मजिस्ट्रेट हिल्सर्डन अभी तक मीटिंग में नहीं पहुँचा था और इस लेट लतीफ़ी पर अमूमन शान्त रहने वाले व्हीलर की खोपड़ी भन्नाई हुई थी।

बार-बार घड़ी देख रहा व्हीलर खिसिया गया, "वाय हेज़ेंट हिल्सर्डन कम यट?"

"मे बी इंट्रेंचमेंट साइट पर फँस गये होंगे जनरल।" कैप्टन मॉब्रे थॉमसन बोला।

व्हीलर चिल्लाया, "डोंट मेक एक्सक्यूसेस, सेंड समवन टू कॉल दैट बास्टर्ड।"

व्हीलर का पारा नापते ही मॉब्रे थॉमसन ने डेलाफ़ॉस को इशारे से हिल्सर्डन को इंट्रेंचमेंट साइट से लेकर आने को कहा। डेलाफ़ॉस फ़ौरन भागा। बगल वाले कमरे में अपनी सहेली अमेलिया हॉर्न के साथ व्हीलर की बेटी मार्गरिट बैठी थी। दोनों सहेलियाँ शुक्रवार को चर्च से लौटते वक़्त सिपाही अली खाँ के साथ दफ़्तर आ जाया करती थीं। वही अली खाँ जिसके दिल में मार्गरिट के लिए मोहब्बत का इत्र महकता था और जिस इत्र की महक मार्गरिट आज तक महसूस नहीं कर पायी थी। बौखलाया बौराया व्हीलर ग़ुस्से में लगातार चीख़-चिल्ला रहा था लेकिन इस मर्तबा मार्गरिट से बर्दाश्त नहीं हुआ। वो फ़ौरन उठी और धड़धड़ाती हुई दफ़्तर में घुसी। पीछे से अमेलिया हॉर्न भी भागी। मगर अली खाँ दरवाज़े के बाहर ही ठिठक गया। मार्गरिट सीधे मेज़ पार करती हुई व्हीलर के पास गयी और उसके हाथ से सिगार छीनकर एश ट्रे में बुझाते हुए बोली, "डैड दिस सिगार विल नॉट गोइंग टू सॉल्व एनिथिंग सो प्लीज़ डोंट शाउट, जस्ट कूल योर टैंपर।"

बेटी की ताकीद सुनकर व्हीलर का ग़ुस्सा धुआं हो गया, "सॉरी।"

"व्हॉट सॉरी, किस बात का ग़ुस्सा है आपको डैड?"

व्हीलर ने उसका हाथ पकड़ लिया, "इलाहाबाद में रिवोल्ट हो गया है मार्गरिट।"

"सो व्हॉट डैड, आप ऐसे चिल्ला रहे हैं जैसे रिबेल्स आपके कमरे में घुसे हैं?"

"नो नो स्वीट हार्ट, आपके डैड को कानपुर की फ़िक्र हो रही है।"

"देन टॉक टू नाना साहेब, वो तो हमारे बेस्ट फ्रेंड हैं डैड...सिंपल।"

इस मर्तबा मार्गरिट की सहेली अमेलिया हॉर्न बोली, "बट माई मदर टोल्ड मी दैट नाना इज़ प्लानिंग समथिंग फ़िशी अगेन्स्ट ब्रिटिशर्स। वी आर नॉट सेफ़ नाऊ।"

मार्गरिट चौंकी, "नाना? बट वाय?"

मॉब्रे थॉमसन ने समझाया, "हैव यू सीन दैट गंगा फेस्टिवल?"

मार्गरिट ने हाँ में सिर हिलाया, "यस यस, दैट गंगा दशहरा।"

"वी ऑल वर ट्रैप्ड दैट डे। दैट वॉज़ प्रीप्लैंड, टू शो देयर स्ट्रेंथ।"

कुर्सी से उठकर व्हीलर ने अमेलिया और मागरिट को दुलराया, "तुम दोनों बच्ची हो। अगर उस दिन रिवोल्ट हो जाता तो हम सब मारे जाते।"

मागरिट को अभी भी भरोसा नहीं था, "मे आई टॉक टू नाना साहेब?"

तनाव के बावजूद मागरिट की बात पर सब हँस दिये। व्हीलर ने अमेलिया और मागरिट को गले लगाया ही था कि डेलाफ़ॉस के साथ हिल्सर्डन दफ़्तर में दाख़िल हुआ, "सॉरी जनरल, बट देयर इज़ स्टिल अ लॉट ऑफ़ वर्क लेफ़्ट।"

व्हीलर ने ग़ुस्से में घड़ी और फिर हिल्सर्डन का चेहरा देखा। हिल्सर्डन समझ गया कि जनरल उसकी लेट लतीफ़ी से ख़फ़ा है। हिल्सर्डन कुर्सी खींचकर बैठ गया मगर व्हीलर के बगल में खड़ी मागरिट अभी भी हालात को लेकर समझ और नासमझी के बीच पैंडुलम थी। लाडली बिटिया का चेहरा पढ़ते ही व्हीलर ने पुचकार कर समझाया, "इट्स टाइम टू बी अलर्ट मागरिट। इंडियन्स पर अब हमें भरोसा नहीं करना है, भूल कर भी उनसे कोई भी बात शेयर नहीं करनी है।"

"अली खाँ से भी नहीं, ही इज़ माई फ़्रेंड?" मागरिट ने फ़िक्र करते हुए पूछा।

"नाना की तरह अब कोई भी हमें धोखा दे सकता है, जस्ट डोंट शेयर एनिथिंग।"

इतना कहते ही व्हीलर ने आवाज़ दी और सिपाही अली खाँ हाज़िर हो गया। व्हीलर ने मागरिट और अमेलिया को घर ले जाने को कहा। व्हीलर की लाडली ने इन्कार कर दिया, तभी अली खाँ ने गुज़ारिश की, "चलिए छोटी मेमसाहब।"

दिल में उथल-पुथल लिए मागरिट बाहर निकली। अली खाँ और अमेलिया भी पीछे चल दिये। अली खाँ ने बग्घी का दरवाज़ा खोला और दोनों सहेलियाँ अन्दर बैठ गयीं। अली खाँ ने लगाम खींची और घोड़ों की टापें बजने लगीं। गुमसुम सी बैठी मागरिट बस इसी सोच में डूबी थी कि जिस नानाराव को बचपन से देखा था, जिस अली खाँ को दोस्त समझा था वो भला ब्रिटिशर्स के लिए ख़तरा कैसे बन सकते थे। इंग्लिश और इंडियन्स में कोई फ़र्क न समझना उसकी आदत थी। वो नौकरों और सिपाहियों को नीचे दर्जे का नहीं

मानती थी। माँ के साथ लम्बे अर्से से कानपुर में रहकर उसे कानपुर से प्यार हो चुका था। इसके ठीक उलट मार्गरेट की पक्की सहेली अमेलिया हॉर्न समझदार और दुनियादारी का हिसाब-किताब रखने वाली लड़की थी। ऐसा नहीं कि अमेलिया के लिए अंग्रेज़ियत ही अव्वल थी मगर अच्छे-बुरे में फ़र्क करना उसे आता था। अमेलिया ने मार्गरेट को समझाया कि ख़तरे को देखते हुए अली खाँ से दोस्ती कहीं नासमझी का सबब न बन जाये। भीगी हुई आँखें लिए मार्गरेट ने बेहद भारी मन से अमेलिया के सामने अली खाँ की सच्चाई, सादगी और मासूमियत के पुराने पन्ने खोल दिये। पन्ने पढ़ने के बावजूद अमेलिया ने मार्गरेट को घुट्टी पिलाते हुए समझाइश दी कि अली खाँ भले ही मासूम हो मगर मासूमियत में उसके मुँह से निकली कोई भी बात ब्रिटिशर्स के लिए ख़तरा बन सकती थी। अपने डैडी और अमेलिया के हाथों कड़वी ख़ुराक पीकर मार्गरेट ने वादा किया कि अली खाँ से वो दोस्ती तो रखेगी मगर किसी हिन्दुस्तानी के सामने अब सँभल कर बात करेगी फिर चाहे वो अली खाँ ही क्यों न हो। अली खाँ सच में मासूम था। दोनों सहेलियों की कानाफ़ूसी पर बिना कान, बिना ध्यान लगाये अली खाँ घोड़ागाड़ी सरपट दौड़ाये जा रहा था। जनरल व्हीलर ने बातों को ख़ुफ़िया रखने का सुरक्षा सूत्र सिर्फ़ अपनी लाडली बिटिया पर ही नहीं बल्कि कानपुर में रहने वाले हर अंग्रेज़ और उनके कुनबों पर भी सख़्ती से लागू कर दिया जिनमें शहर में रहने वाले कारोबारी ब्रिटिशर्स भी शामिल थे।

व्हीलर की मीटिंग जारी थी। हिल्सर्डन के साथ आये अंग्रेज़ इंजीनियर ने मेज़ पर एक नक़्शा फैलाया और तैयारी समझाने लगा। नक़्शे के मुताबिक़ गैरिसन में तक़रीबन पाँच बीघे हिस्से को खोदकर दस फुट गहरे गड्ढे में तब्दील कर दिया गया था। इंट्रेंचमेंट में उतरने के लिए या तो विद्रोही सिपाहियों को कूदना पड़ेगा या रस्सी के सहारे नीचे आना पड़ेगा। दोनों सूरतों में सिपाहियों के हाथ हथियार नहीं सँभाल पायेंगे। लिहाज़ा सिपाही ऊपर से ही फ़ायर करेंगे और अंग्रेज़ नीचे से मुकाबला करेंगे। गड्ढे में तब्दील हो चुके मैदान में हज़ार फुट लम्बी और बीस फुट ऊँची दीवार की किलेबन्दी की गयी ताकि दीवार के पीछे कैंप लगाकर अंग्रेज़ों और उनके कुनबों को महफ़ूज रखा

जा सके। हिल्सर्डन का पूरा ख़ाका समझते ही व्हीलर ने उसकी पीठ थपथपाई, "ग्रेट प्लानिंग, वैरी सेफ़ इंट्रेंचमेंट।"

हिल्सर्डन ने ब्यौरा दिया, "राशन, मेडिसिन्स, ऑयल एंड ऑल इंपॉर्टेंट थिंग्स की तैयारी एक दिन में पूरी हो जायेगी। आर्म्स एंड एम्युनिशन इज़ योर पार्ट जनरल।"

व्हीलर ने सवाल दागा, "कितने दिन का अरेंजमेंट है हिल्सर्डन?"

"फॉर अ लाँग वन मन्थ जनरल।"

"सुपर फ़ाइन, देन स्टिक टू योर जॉब।"

व्हीलर थॉमसन और डेलाफ़ॉस से मुख़ातिब हुआ, "व्हाट अबाउट आर्म्स?"

"कैंटोनमेंट में वी हैव गन्स, बुलेट्स, कैनन एंड प्लैंटी ऑफ़ एम्युनिशन।"

"एंड मैग्ज़ीन?" व्हीलर ने सवाल दागा।

"सर मैग्ज़ीन में इतना बैकअप है कि हम तीन महीने लड़ सकते हैं।"

"कैंटोनमेंट और मैग्ज़ीन का सारा एम्युनिशन जल्द से जल्द खाली कर दो।"

"सर हमें इंट्रेंचमेंट में कब शिफ़्ट होना है?" थॉमसन ने फ़िक्रमन्दी दिखाई।

"जिस दिन बग़ावत की ख़बर मिली उसी दिन शिफ़्ट हो जायेंगे।"

तभी डेलाफ़ॉस ने व्हीलर से सवाल पूछा, "सर आई हैव अ डाउट।"

"व्हॉट?"

"ऐसा न हो कि इधर हम इंट्रेंचमेंट में शिफ़्ट हों उधर नानाराव सोच ले कि हमने पैर पीछे खींच लिए और हिन्दुस्तानियों के सामने सेरेंडर कर दिया है।"

"इंट्रेंचमेंट शिफ़्टिंग इज़ अ पार्ट ऑफ़ स्ट्रैटिज़ी। मैंने लॉर्ड कैनिंग को टेलीग्राम भेजकर वादा किया है कि हम मारकाट तो नहीं करेंगे मगर ब्रिटिशर्स को सिक्योर रखेंगे। शिफ़्ट होने के बाद हम कलकत्ता से फ़ौज बुलायेंगे। जब तक फ़ौज आयेगी तब तक हम इंट्रेंचमेंट को सेफ़ हाउस की तरह इस्तेमाल करेंगे...एनिथिंग मोर डेल?"

"सर बेहतर होगा कि हम शिफ़्ट होने के बजाय बाग़ियों को मार गिरायें।"

"नेटिव इंफ़ेन्ट्री में कितने हिन्दुस्तानी सैनिक हैं डेलाफ़ॉस?" व्हीलर ने पूछा।

"क़रीब तीन हज़ार।" इस बार थॉमसन ने जवाब दिया।

"कितने हिन्दुस्तानी सिपाही कम्पनी के फ़ेवर में होंगे, एनी आइडिया?"

"सौ या शायद डेढ़ सौ जो विद्रोह छोड़कर हमारे साथ मिलकर लड़ेंगे।"

"ब्रिटिश सोल्जर्स और ऑफ़िसर्स कितने हैं थॉमसन?

"एप्रॉक्स फ़ोर हंड्रेड।"

व्हीलर ज़ोर से हँसा, "मीन्स...कम्पनी साढ़े पाँच सौ सिपाहियों के भरोसे विद्रोहियों से लड़ेगी एंड वन मोर थिंग थॉमसन, यू हैवेन्ट केलक्युलेटेड नानाज़ आर्मी यट।"

डेलाफ़ॉस उखड़ा-उखड़ा था, "अगर नाना ने इंट्रेंचमेंट पर हमला कर दिया तो?"

व्हीलर ने एश ट्रे में सिगार बुझाई, "नाना पर अब क़तई भरोसा नहीं है मुझे। हमला हुआ तो हम तब तक लड़ेंगे जब तक बाहर से सेना नहीं आ जाती।"

सब ख़ामोश हो गये, तभी व्हीलर फिर बोला, "कानपुर का किंग बनना चाहता है नाना, फिर वो हमें मार कर बने या खदेड़ कर। जब हम ख़ुद ही इंट्रेंचमेंट में क़ैद होंगे तो नाना के पास कोई वजह नहीं बचेगी अटैक करने की। फिर भी नाना ने अटैक किया तो मुकाबला करने के अलावा कोई चारा भी तो नहीं है।"

"मे गॉड हेल्प अस।" थॉमसन ने गहरी साँस के साथ ऊपर वाले से दुआ माँगी।

"वन मोर थिंग हिल्सर्डन, नानकचन्द को बोलो, पूरे कानपुर में ख़बर फैला दे कि बाहर से बहुत बड़ी फ़ौज आ रही है कानपुर इंट्रेंचमेंट में कैंप करने के लिए।"

बुद्धि से पैदल हिल्सर्डन ने पूछा, "इस फ़ेक न्यूज़ से क्या होगा जनरल?"

हिल्सर्डन की बुद्धि को दो पल की मौन श्रद्धांजलि देने के बाद व्हीलर बोला, "नम्बर वन, सब समझेंगे बाहर से आ रही सेना के लिए किलेबन्दी

हो रही है। नम्बर टू, बड़ी सेना आने के नाम पर शायद नाना डर जाये और विद्रोह ही न हो।"

"और आर्मी आने की बात सुनकर विद्रोह हो गया तो क्या करेंगे?"

"समबडी प्लीज़ऽऽऽ, ऑन्सर दिस सिली क्वैश्चन।" व्हीलर चीखा।

थॉसमन ने हिल्सर्डन को समझाया, "तब तक हम शिफ़्ट ही हो जायेंगे।"

मीटिंग में फ़ैसला हुआ कि ब्रिटिश अफ़सर और सैनिक अपने कुनबों के साथ सामान बाँधकर तैयार रहेंगे और विद्रोह होते ही इंट्रेंचमेंट में चले जायेंगे। सख़्त ताकीद थी कि किसी भी हिन्दुस्तानी को इस तैयारी की भनक भी न लगने पाये।

थॉमसन ने फ़िक्र दिखायी, "इलाहाबाद की ख़बर मिलते ही ब्रिटिशर्स डिमॉरलाइज़ हो जायेंगे और ऐसे में शिफ़्ट करने को बोला तो फ़ैमलीज़ डर जायेंगी।"

"इलाहाबाद में कम्पनी हार गयी है ये ख़बर किसी अफ़सर, किसी सोल्जर, किसी फ़ैमली को देने की ज़रूरत ही नहीं है थॉमसन।"

इतना कहते ही व्हीलर ज़ोर-ज़ोर से हँसने लगा। उसने पत्ते बिछा दिये थे। उसे अपनी मुट्ठी भर सेना का पूरा अन्दाज़ा था। इसलिए उसने तय किया था कि जिस भी दिन कानपुर में क्रान्ति होगी उसी दिन तैयार बैठे अंग्रेज़ों और उनके परिवारों के साथ बिना ख़ून ख़राबे के वो भी किलेबन्दी में चुपचाप चला जायेगा और सबको महफ़ूज़ रखते हुए फ़ौज आने का इन्तज़ार करेगा। गंगा दशहरा के बाद से व्हीलर और उसके अफ़सर ख़ुफ़िया तौर पर ही सारी प्लानिंग कर रहे थे। मीटिंगों के दौरान नानकचन्द के अलावा किसी हिन्दुस्तानी को फ़टकने की इजाज़त नहीं थी। इंट्रेंचमेंट की तैयारी कानपुर के तमाम बाशिन्दों के अलावा नाना के ख़ास अज़ीमुल्ला और सिपाहियों के नेता शम्सुद्दीन तक ने देखी थी मगर किसी को अन्दाज़ा नहीं था कि आख़िर माजरा क्या है।

जनरल व्हीलर ने जो चाल चली थी उस चाल को स्याही में डुबोकर नानकचन्द ने अख़बार छाप दिया। अख़बार शाम तक शहर की दीवारों पर फिर चिपक चुका था। अख़बार की इबारत साफ़ कह रही थी कि गवर्नर जनरल ऑफ़ इंडिया लॉर्ड कैनिंग के आदेश पर ईस्ट इंडिया कम्पनी की हथियारबन्द फ़ौज कानपुर की तरफ़ चल चुकी है। फ़ौज को ठहराने के लिए गैरिसन ग्राउंड में किलेबन्दी की जा रही है। सैनिकों और जनता ने अगर बग़ावत की तो सेना बाग़ियों को भून डालेगी।

देखते-देखते ख़बर कौव्वा बन गयी और हर छत, हर मुँडेर, हर छज्जे से होती हुई नानाराव के कानों तक काँव-काँव करने लगी। नानाराव ने बिना वक़्त गँवाये अपने महीन और तेज़-तर्रार जासूस आज़ाद को ख़बर की सच्चाई और गहराई नापने का ज़िम्मा सौंपा। अजीजन उर्फ़ आज़ाद के जासूस कोई सुराग नहीं दे पा रहे थे। सुराग कैसे निकलेगा ये सोच-सोच कर अजीजन का दिमाग़ तन्दूर हुआ जा रहा था कि तभी उसकी परम प्रिय चुलबुली और मुँहलगी सहेली सुरैया छत पर पहुँची।

"क्यों शाम से रुई की तरह धुन रही है ख़ुद को?"

"तू धुनने की बात कर रही है, यहाँ दिमाग़ धुआँ हो गया है सोच-सोच कर।"

"इतना क्यों सोच रही है, शम्स को बुला, हाँ कह दे और शादी कर ले।"

"अरे न पण्डित जी कुछ कर पायेंगे न काज़ी साहब, तू जा मैं आती हूँ।"

"बीवी तुझे बनना है, शौहर उसे। पण्डित काज़ी तो ज़रिया हैं मेरी जान?"

पता नहीं अचानक क्या हुआ, पता नहीं क्या सुनकर क्या सोचकर अजीजन की आँखें चमक उठीं। उसने सुरैया को कस के गले लगा लिया, "चल जल्दी कर।"

"अरे हाँ लेकिन चलना कहाँ है?"

"हम्मन मियाँ की मुग़लई बिरयानी खाने।"

"अरे बिरयानी तो रसोइये ने भी बनाई है आज।"

"दो बोटी और एक नल्ली नहीं पूरी देग खानी है। जल्दी चल।"

कल्लूमल की कोठी से निकलने के तक़रीबन डेढ़ घण्टे बाद अजीजन और सुरैया की बैलगाड़ी उस कोठी पर रुकी जिसका नाम था बीबीघर। बीबीघर यानी अंग्रेज़ों की ख़ालिस ऐशगाह। शराब का सुरूर, सिगार का धुआँ, तवायफ़ों का नाच और पहली मंज़िल पर बने आधा दर्जन कमरों में अय्याशी। आज की भाषा में जिसे वाइल्ड नाइट क्लब कहा जा सकता है। मस्तानी टोली की लड़कियाँ अक्सर बीबीघर में नाचने आती थीं। वजह थी जासूसी। तमाम ख़बरें और अंग्रेज़ों के राज़ जानने का यह सबसे मुफ़ीद अड्डा था। शहर के बड़े धन्ना सेठ बीबीघर के इंतज़ामात देखते थे। अजीजन और सुरैया लम्बे लाल कोट और काली पैंट्स में थीं। सिर पर सैनिकों वाला हैट। कुल मिलाकर सैनिकों के भेष में दोनों ने बैलगाड़ी से बिरयानी की देग उतारी और अन्दर चल दीं। गेट पर दरबानों ने रोका तो बताया गया कि लाला जुगुल किशोर ने साहब लोगों के लिए मुग़लई बिरयानी भेजी है। जुगुल किशोर भी उन सेठों में शामिल थे जो ब्रिटिश अफ़सरों के लज़ीज़ खान-पान के अलावा शराब और सिगार के ख़र्चे उठाते थे। लाला का नाम सुनकर दरबानों ने अजीजन और सुरैया को आराम से भीतर जाने दिया।

अजीजन और सुरैया देग लेकर डायनिंग हॉल पहुँचीं जहाँ हिन्दुस्तानी बैरे बर्तन लगा रहे थे। बगल के छोटे कमरे में तीन-चार रसोइये तवे पर रोटियाँ सेंक रहे थे। धुआँ-धुआँ हो चुके एक बड़े कमरे में लगी दर्जन-भर मेज़ों पर चार-चार, पाँच-पाँच अंग्रेज़ अफ़सर और सैनिक शराब पी रहे थे। दूसरे हॉल की तरफ़ से घुंघरुओं की छन-छन सुनाई दे रही थी जहाँ तीन नर्तकियाँ सारंगी और तबले के सुर-ताल पर नाच रही थीं। अजीजन की आँखें किसी ख़ास को तलाश कर रही थीं। सुरैया ने शराब वाले कमरे से मुजरे वाले हॉल तक बैठे एक-एक अंग्रेज़ के पास जाकर बेहद अदब से मुग़लई बिरयानी नोश फ़रमाने की गुज़ारिश की। धीरे-धीरे गोरे डायनिंग हॉल में जमा होने लगे। कुछ इतने नशे में थे कि अभी भी मुजरा देखने की ज़िद पर अड़े थे। सबके चेहरे परखने के बाद अजीजन पहली मंज़िल पर चली गयी। एक कमरा, दूसरा कमरा, तीसरा चौथा, कहीं कोई नहीं था। हताश अजीजन के क़दम नीचे की तरफ़ लौट ही रहे थे कि एक कमरे से कुछ खुसुर-फुसुर सुनाई दी। अजीजन ने जूतों की चुर्र-चुर्र और ठक-ठक की आवाज़ पर क़ाबू किया और पंजों के

बल कमरे की खिड़की तक पहुँची। खिड़की के पल्लों को हल्का-सा हटाकर उसने भीतर झाँका तो एक अंग्रेज़ तवायफ़ की गोद में सर रखकर उसकी ज़ुल्फों से छेड़छाड़ कर रहा था। अजीजन कमरे का दरवाज़ा खटखटाते हुए रौबदार आवाज़ में बोली, "साहब, मैं पाले ख़ाँ।"

"कौन पाले ख़ाँ?"

"साहब मजिस्ट्रेट साहब ने बुला भेजा है आपको।"

हल्के सुरूर में गोरा दरवाज़ा खोलते ही गुर्राया, "इतनी रात में क्यों बुलाया है?"

"साहब मुझे नहीं मालूम लेकिन वो किलेबन्दी वाले इलाक़े का जायज़ा ले रहे हैं।"

अफ़सर ने मुँह से भभका छोड़ा, "इंट्रेंचमेंट में?"

"जी साहब।"

गोरे ने अन्दर जाकर फ़ौरन वर्दी दुरुस्त की और बूट पहनते हुए बाहर निकला। दोनों सीढ़ियाँ उतरकर बीबीघर से बाहर आने को ही हुए कि अजीजन ने पूछा, "साहब भूखे होंगे, अगर हुक्म करें तो मुग़लई बिरयानी और थोड़ी शराब ले लूँ।"

"यस यस इट विल हेल्प।"

सुरैया पहले से ही तैयार थी। हाथ में बिरयानी का डोंगा और चाँदी के बर्तन में शराब लेकर अजीजन और ब्रिटिश अफ़सर के पीछे-पीछे चल दी। बाहर अफ़सर की घोड़ागाड़ी खड़ी थी लेकिन कोचवान गायब था। अफ़सर ने तेवर दिखाये तो अजीजन ने देर होने की वजह बताकर ख़ुद घोड़ों की लगाम थाम ली और सुरैया अफ़सर के साथ अन्दर बैठ गयी। खाते-पीते घोड़ागाड़ी इंट्रेंचमेंट की तरफ़ बढ़ ली।

आधी रात गुज़र चुकी थी। बिठूर में मौजूद नानाराव के महल की बारादरी फिर एक गुप्त बैठक की गवाह थी। अज़ीमुल्ला ख़ाँ और ज्वाला प्रसाद के अलावा इलाहाबाद से आये दो दरोगा भी बैठे थे जिन्हें इलाहाबाद फ़तह की ख़बर देने के लिए मौलवी लियाक़त अली ने भेजा था। बीच में रखे एक नक़्क़ाशीदार

तख़्त पर चाँदी की थाल में महादेव को भोग लगाये गये मेवे के लड्डू और सुराही में ठण्डाई रखी थी। नानाराव बोले, "महादेव का नाम लेकर प्रसाद ग्रहण कीजिए।"

ठीक इसी वक़्त अंग्रेज़ सैनिक के भेष में अजीजन उर्फ़ आज़ाद गंगा कछार वाले दरवाज़े की तरफ़ घोड़े से उतरा। नाना की मुँहलगी दासी अदला नौकरानी हुसैनी के साथ वापस महल लौट रही थी। दोनों प्रसाद देने आयीं थीं और उनकी हद बारादरी से दो फर्लांग पहले वहाँ तक थी जहाँ सैनिक तैनात रहते थे। आज़ाद को देखते ही अदला ने ताना कसा, "आज अजीजन को साथ नहीं लाये तुम?"

"अजीजन का बेसब्र इन्तज़ार रहता है आपको अदला जान।"

"हमारा हुक्म चले तो उसे पैर न रखने दें महल में मगर क्या करें साहेब ही अजीजन की ख़ूबसूरती का मुजरा देखने को बेसब्र रहते हैं आज़ाद।"

"आप बेवजह ही अदावत रखती हैं अजीजन से।"

"वजह तो अजीजन है लेकिन आप बेवजह हमारे दुश्मन हुए जा रहे हैं।"

"चलिए थोड़ा जल्दी में हूँ, फिर कभी बहस करूँगा आपसे।"

"बहस छोड़िये, हम तो बस ताकीद कर रहे हैं, अगर अजीजन का महल में आना-जाना आपने बन्द न कराया तो ख़ामियाज़ा आप ही भुगतेंगे।"

"मुल्क पर जान फ़िदा है, ख़मियाज़ा तो पसंगा बराबर है हमारे लिए।"

"जान जाने से बड़ी सज़ा है जान का फँस जाना है आज़ाद।"

आज़ाद को बेहद करीने से धमकाते हुए अदला पलटी और हुसैनी के साथ वापस चल दी। आज़ाद पल भर को मुस्कुराया और बारादरी के अन्दर बढ़ा। जालीदार पर्दा हटाकर जैसे ही वो बैठकी में घुसा, नाना ख़ुशी से दम भरते हुए बोले, "इलाहाबाद की आज़ादी मुबारक हो।"

आज़ाद ने नाना के पाँव छुये, "ये आज़ादी दो-एक दिन की मेहमान है साहेब।"

पूरी बारादरी चौंक गयी। नाना सकपका गये, "ऐसा अनर्थ क्यों बोल रहे हो?"

"अनर्थ नहीं, महाअनर्थ होने वाला है साहेब।"

अज़ीमुल्ला हैरान था, "अभी तो ये दरोगा ख़ुशख़बरी लेकर आये हैं।"

आज़ाद ने दोनों को देखा, "दोनों को उलटे पाँव इलाहाबाद भेजिये।"

"क्यों क्या हुआ?" अज़ीमुल्ला ने पूछा।

"इलाहाबाद को तबाह करने कर्नल जेम्स नील आ रहा है।"

कर्नल नील का नाम सुनते ही एक दरोगा बोला, "नील तो बनारस में है।"

आज़ाद ने जवाब दिया, "दो दिन बाद वो फ़ौज के साथ निकलेगा।"

नाना बेसब्र हो गये, "सवाल-जवाब छोड़ो आज़ाद, जल्दी से ब्यौरा दो।"

आज़ाद के मुताबिक़ अकबर के किले में ख़ुद को महफ़ूज़ किये बैठे गोरे कलकत्ता के फोर्ट विलियम को तार से इलाहाबाद हारने की ख़बर भेज चुके थे। ख़बर मिलते ही लॉर्ड कैनिंग ने बनारस का विद्रोह कुचलने वाले कर्नल नील को इलाहाबाद रवाना होने का हुक़्म दिया मगर इस ताकीद के साथ कि रवाना होने के बाद बनारस में दोबारा बग़ावत नहीं होनी चाहिए। लिहाज़ा बनारस में पुख़्ता इन्तज़ाम करने के लिए नील ने दो दिन का वक़्त माँगा है। किले के कवच में लड़ रहे अंग्रेज़ों को बस दो दिन और गुज़ारने थे लेकिन तब तक इलाहाबाद के बाग़ियों से मुकाबला करते हुए किले पर क़ब्ज़ा जमाये रखना था।

आज़ाद से ब्यौरा सुनने के बाद फ़िक्रमन्द हुए नानाराव के आदेश पर इलाहाबाद से आये दोनों दरोगा वक़्त बर्बाद किये बग़ैर वापस लौट गये। बैठक में ख़ामोशी बरपा थी लेकिन हल्की सी तसल्ली भी थी कि लियाक़त अली को नील से मोर्चे की तैयारी करने की मोहलत मिल जायेगी। कर्नल नील ईस्ट इंडिया कम्पनी का सबसे कुख़्यात अफ़सर था। सिर्फ़ हिन्दुस्तानी ही नहीं अंग्रेज़ भी उसे बुचर यानी कसाई के नाम से बुलाते थे। इलाहाबाद में उसका आना ऐसे हाहाकारी ताण्डव का संकेत था जिससे किसी रियासत, किसी शहर की भी रूह काँप जाये।

आज़ाद ने ख़ामोशी तोड़ी, "कोई सेना कानपुर नहीं आ रही है।"

अज़ीमुल्ला ने पूछा, "मतलब?"

"मतलब यह कि नानकचन्द के अख़बार में गोरों का झूठ छपा है।"

"तो सच क्या है?"

"गंगा दशहरा के बाद से व्हीलर को नाना साहेब पर अब क़तई भरोसा नहीं रहा। गैरिसन में चल रही किलेबन्दी में बाहर से कोई फ़ौज भी रहने नहीं

आ रही है बल्कि ख़ुद कानपुर का एक-एक अंग्रेज़ महीने भर के राशन पानी और गोला-बारूद के साथ वहाँ मोर्चेबन्दी के लिए जाने वाला है। व्हीलर को एहसास हो चुका है कि नाना की अगुवाई में अब किसी भी दिन कानपुर में क्रान्ति हो सकती है।"

अज़ीमुल्ला चौंककर बोला, "फिर तो हमें देर नहीं करनी चाहिए अब?"

"मैग्ज़ीन और कैंट के हथियार किलेबन्दी में पहुँचाये जा रहे हैं।" आज़ाद बोला। तभी बाबा और बाला भट्ट के साथ दरबार में पहुँचे तात्या टोपे बोले, "हमें तो सिर्फ़ इलाहाबाद का इन्तज़ार था। नाना कहें तो हम कल रात ही हमला कर दें।"

आज़ाद ने तात्या को झुककर प्रणाम किया, "मैं तात्या भाऊ की बात से सहमत हूँ। इससे पहले कि ख़ज़ाना, मैग्ज़ीन और कैंट के असलहे खाली हो जायें हमें कल रात ही सब अपने क़ब्ज़े में ले लेना चाहिए।"

अज़ीमुल्ला बोले, "नील दो दिन बाद इलाहाबाद पहुँचेगा, उससे पहले हम कानपुर को ब्रिटिशराज से मुक्त करा लेंगे। तब तक गोरों की मदद में कोई सेना भी नहीं होगी।"

नाना ने हामी भरी, "ठीक है मेरे शेरों, कल जुगुल किशोर की बेटी की शादी में शिरकत करने के बाद पूरे शहर में आतिशबाज़ी के साथ हम हमला कर देंगे।"

ज्वाला प्रसाद ने ख़ज़ाने, मैग्ज़ीन के हिसाब-किताब और वहाँ तैनात सैनिकों की गिनती का ख़ाका समझाया, "कल हमले से फ़ायदा यह है कि मैग्ज़ीन हमारे क़ाबू में होगी। व्हीलर के पास सिर्फ़ उतना गोला, बारूद, बन्दूकें और तोपें ही होंगी जो अब तक किलेबन्दी में पहुँचा दी गयी हैं या कल तक पहुँचा दी जायेंगी।"

अज़ीमुल्ला ने टोका, "हमें दुश्मन को कमतर नहीं आँकना चाहिए ज़्वाला। व्हीलर सौ फ़ीसदी बहुत तेज़ी से हथियार इकट्ठा कर रहा होगा वहाँ।"

"एक महीने भी लड़ाई चल गयी तो हम ही भारी पड़ेंगे अज़ीम।" ज्वाला बोले।

बाबा भट्ट ने ललकारा, "किलेबन्दी में हम गोरों को जाने ही क्यों दें।

अगर क्रान्ति करनी ही है तो रास्ते में ही तहस-नहस कर देते हैं व्हीलर की पूरी सेना को।"

नानाराव ने दख़ल दिया, "नहीं बाबा, हम ऐसा नहीं करेंगे, हम उन्हें जाने देंगे। हम हर बार उनके भागने की वजह बनेंगे, वो जब-जब भागेंगे, हम रास्ता देंगे।"

"नाना साहेब का हुक़्म सिर माथे मगर कल हमने क्रान्ति की और किलेबन्दी में जाने के बजाय अंग्रेज़ों ने पलट कर हमला कर दिया तो?" बाबा ने शंका जताई।

"व्हीलर को अपनी सेना की औकात मालूम है बाबा, इसीलिए भाग रहा है।"

अज़ीमुल्ला ने दम भरा, "व्हीलर को बग़ावत की ख़बर ही नहीं होगी बाबा।"

"और हुई तो?" इस बार पाण्डुरंगा ने सवाल फेंका।

नाना ने मूँछों पर ताव दिया, "शायद तुममें से किसी को अन्दाज़ ही नहीं है कि मैंने जुगुल किशोर के जलसे का वक़्त ही क्रान्ति का मुहूर्त क्यों तय किया है।"

आज़ाद ने चुप्पी तोड़ी, "क्योंकि कल व्हीलर भी उस जलसे का मेहमान है।"

पाण्डुरंगा मुस्कुराये, "और फर्ज़ करो कि व्हीलर जलसे में न आया तो?"

आज़ाद ने दम भरा, "वो ज़रूर आयेगा।"

नाना ने सबको टोका, "अन्तहीन सवाल जवाब को विराम देकर हमें अजीजन की सुरागरशी का शुक्रिया करना चाहिए, उसकी जासूसी ही क्रान्ति की बुनियाद है।"

एक बार फिर बिठूर महल की बारादरी में आज़ाद ज़िन्दाबाद, अजीजन ज़िन्दाबाद के नारे लगने लगे। अजीजन उर्फ़ आज़ाद प्रणाम की मुद्रा में झुककर खड़ा था। उसकी आँखें नम हो गयीं थीं, इसलिए नहीं कि सब तारीफ़ कर रहे थे बल्कि इसलिए कि आज फिर वो क्रान्ति के काम आ सका, वो क्रान्ति जो आज़ादी के ख़्वाब की तरफ़ बढ़ता हुआ एक और मज़बूत क़दम

था। रणनीति तय हुई कि अज़ीमुल्ला और अजीजन कल भोर से पहले सैनिकों तक सन्देश पहुँचायेंगे और आँकेंगे कि कितने सैनिक क्रान्ति के साथ हैं और कितने गोरों के। ज्वाला और राव पाण्डुरंगा पूरे शहर में आतिशबाज़ी का इन्तज़ाम करेंगे। जैसे-जैसे आतिशबाज़ी के धमाके होंगे वैसे-वैसे हमले किये जायेंगे।

बैठक ख़त्म हुई। सब उठकर चलने को हुए ही थे कि नाना ने सवाल दागा, "वैसे तो किसी जासूस से उसके ख़ुफ़िया तन्त्र, उसके मुख़बिर और उसके सूचना स्रोत के बारे में पूछा नहीं जाता लेकिन अगर अजीजन की इजाज़त हो तो पूछूँ?"

अजीजन ने सिर झुका लिया, "नाना के हुक़्म पर जान कुर्बान।"

"कहाँ से खोदकर निकालीं इतनी ख़ुफ़िया ख़बरें अजीजन?"

"बस एक अंग्रेज़ अफ़सर हत्थे चढ़ गया साहेब।"

"तो क्या उसकी भी गर्दन उतार दी?"

"कटार की धार, धमकी की फुफकार और आज़ाद की ललकार काफ़ी थी साहेब।"

"ज़िन्दा छोड़ दिया, ऐसा न हो कि वो व्हीलर के सामने सब उगल दे।"

"गोरे ने गले से कुछ भी उगला तो अब व्हीलर उसकी गर्दन उतार देगा साहेब।"

"कहाँ छोड़कर आयी हो?"

"गैरिसन के गड्ढे पर अपनी घोड़ागाड़ी में कोचवान के साथ धुत्त पड़ा है।"

"कौन था?"

"किलेबन्दी का नक़्शा बनाने वाला इंजीनियर जो हिल्सर्डन के साथ रहता है।"

"कैसे मालूम कि वो ही राज़ उगलेगा?"

"किलेबन्दी के पास हिल्सर्डन के साथ कई बार देखा था।"

"देखा तो हमने भी कई बार पर इस बारे में सोच नहीं पाया।" अज़ीमुल्ला बोला।

नाना ने मुस्कुराकर कहा, "बस आखिरी सवाल, कहाँ से उठाया उसको?"

अजीजन एक घुटना तोड़कर फ़र्श पर बैठ गयी फिर कमर में खुँसी कटार नाना को सौंपकर बीबीघर का नाम छिपाते हुए बोली, "आपका जासूस आपका आज़ाद आपके आखिरी सवाल का जवाब नहीं देगा, आप चाहें तो गर्दन उतार दें साहेब।"

नाना ने कन्धे से पकड़कर आज़ाद को इज़्ज़त से उठाया, "एक जासूस के इन्कार को मैं उसकी इबादत का दर्जा देता हूँ और इबादत में ख़लल का हक़ किसी को नहीं, फिर चाहे उसका नाम नानाराव ही क्यों न हो।"

अजीजन उठी। नाना ने उसकी हथेलियों पर कटार वापस रख दी। कटार को कमर में खोंसते हुए रौबीली चाल के साथ मशाल की तरह दमकती अजीजन चल पड़ी।

कानपुर में बग़ावत का बवंडर ब्रिटिश राज को उड़ा ले जाने को बेसब्र और बेताब था। अजीजन की ढाई चाल और नानाराव के सियासी पैंतरे में कम्पनी कमांडर व्हीलर फँस चुका था। दोगुनी तनख़्वाह का ऐलान बहादुर शाह ज़फ़र ने किया मगर ख़ज़ाना ब्रिटिश हुकूमत का इस्तेमाल हो चुका था। सिपाहियों की जेब में दो महीने का वेतन और घरों में चूल्हे जलाने का माल-ओ-अस्बाब मौजूद था यानी गोरों के ख़िलाफ़ क्रान्ति गोरों के ही पैसों से। बग़ावत की बिसात बिछ चुकी थी, खेल शुरू हो चुका था बस नतीजा आने में तक़रीबन बीस घण्टे ही बाक़ी थे।

तड़के चार बजे ॐ के उच्चारण के साथ भैरवघाट के शिव मन्दिर में मंगला आरती शुरू हो चुकी थी। मन्दिर से महज़ आधा फ़र्लांग दूर सुनहरी मस्ज़िद में फ़ज्र की अज़ान के बाद नमाज़ पढ़ी जा रही थी। अज़ीमुल्ला खाँ, शम्सुद्दीन और आज़ाद के साथ तक़रीबन नब्बे मुसलमान सिपाही भी सजदे में थे। गंगाजली से शिव के प्रसाद का आचमन करके सौ के आसपास हिन्दू सिपाही भैरवघाट के पीछे आम के बाग़ में जमा हो गये। नमाज़ अदा कर के मुसलमान सिपाही भी आम के बाग़ बढ़ लिए मगर आज़ाद इबादत में अल्लाह

से आज़ादी की दुआ मांगने के बाद भगवान शंकर को दण्डवत करने मन्दिर चल दिया। अज़ीमुल्ला और शम्सुद्दीन ने आज़ाद का इन्तज़ार किये बग़ैर नाना का पैग़ाम सैनिकों को सुनाना शुरू किया।

शम्सुद्दीन बोला, "इन कातिल गोरों ने बनारस में हमारे तमाम सैनिकों को क़तार में खड़ा कर के गोलियों से भूना है। हमें शपथ लेनी है कि हम अपने साथियों की शहादत का बदला ज़रूर लेंगे।"

अज़ीमुल्ला खाँ ने नाना का पैग़ाम पढ़ा, "आज इलाहाबाद आज़ाद है और अब हम गोरों को खदेड़कर शहीद मंगल पाण्डे को कानपुर की आज़ादी नवाजेंगे।"

शम्सुद्दीन ने मुठ्ठी हवा में लहराई, "इलाहाबाद में हमारे क्रान्तिवीरों के ख़ौफ़ में अंग्रेज़ों ने ख़ुद को अकबर के किले में क़ैद कर लिया है। कानपुर में बैठा जनरल व्हीलर भी गैरिसन पर किलेबन्दी कर रहा है। हम इस व्हीलर को भी उसकी सेना और कुनबों के साथ क़ैद कर देंगे और छीन लेंगे अपने कानपुर की आज़ादी।"

अज़ीमुल्ला ने रणनीति बतायी, "आज रात जेल के बगल वाले मैदान पर जैसे ही आतिशबाज़ी का पहला धमाका होगा ठीक उसी वक़्त हम मैग्ज़ीन और ख़ज़ाने पर क़ब्ज़ा करेंगे। इधर सुबह जुगुल किशोर की बेटी विदा होगी उधर हम कानपुर में आज़ादी की अगवानी करेंगे। ध्यान रहे कि मारकाट क़तई भी नहीं होगी।"

शम्सुद्दीन ने वचन दोहराया, "अब कानपुर सिर्फ़ हमारा है...क्रान्ति ज़िन्दाबाद।"

तभी आज़ाद सिपाहियों के बीच पहुँचा। उसके सर पर सफ़ेद इस्लामी टोपी की शक्ल में अपने नबी की रहमत थी और माथे पर चन्दन के त्रिपुंड तिलक से मानो ईश्वर का आशीर्वाद लिखा था। बित्ता और बालिश्त से नापने पर आज़ाद का कद पौने छह फुट था मगर उसकी शख़्सियत की ऊँचाई से रूबरू होने पर आसमान की भी पगड़ी ज़मीन पर गिर जाया करती थी। आज़ाद न हिन्दू था, न मुसलमान था, आज़ाद सच्चा खरा और पूरा हिन्दुस्तान था। सिपाही आज़ाद के बुलन्द अन्दाज़ पर फ़िदा थे मगर सिपाहियों के बीच खड़े दुर्जन सिंह के कलेजे में आज़ाद को देखते ही फिर वो चिता धधक उठी

जो चिता उसके बहनोई सम्मान सिंह की थी, जिस चिता में उसकी बेवा बहन और बहन के अनाथ बच्चों की ज़िन्दगी का भी अन्तिम संस्कार हो चुका था। आज़ाद जैसे बाज़ की परवाज़ पर गाज गिराने के ख़याल भर से दुर्जन की औकात भी थरथरा जाती थी लिहाज़ा वो बगुला भगत बनकर एक टाँग पर खड़ा हो गया और उस वक़्त का इन्तज़ार करने लगा जब यह बाज़ उसकी चाल की चोंच में फँस जाये और पिंजरे में क़ैद होकर किसी मेले की नुमाइश भर बनकर रह जाये।

सिपाहियों के इसी झुण्ड में अंग्रेज़ों से नाराज़ सरदार खाँ भी ख़ामोश खड़ा था। उसका हाल भी दुर्जन सिंह की तरह बेहाल था। मज़बूत रस्सी से जुड़ी नाना और अंग्रेज़ों की दोस्ती उसे उस फंदे की तरह नज़र आती थी जिस पर उसके अब्बू को लटकाया गया था। आज भी उसे ऐतराज़ था कि आख़िर नानाराव गोरों को गैरिसन इंट्रेंचमेंट तक जाने का महफ़ूज रास्ता क्यों मुहैया करा रहे हैं। वो अंग्रेज़ों की लाशें गिराने के हक में था और नाना की सख़्त ताकीद थी कि न कम्पनी के किसी बाशिन्दे को खरोंच आयेगी, न उनके कुनबों को। दुर्जन और सरदार खाँ की स्याह नीयत से बेख़बर सिपाही रात की रणनीति सुन रहे थे और चेहरा छुपाये खड़ा आज़ाद दोनों के सपाट चेहरे नहीं बल्कि चेहरे के नीचे छिपी तैंतालीस माँसपेशियों को पढ़ रहा था जो शातिर इरादों की इबारत को छिपाने की नाकाम कोशिश कर रही थीं। इन्हीं कोशिशों में एकटक आज़ाद को अज़ीमुल्ला ने आवाज़ दी और शम्सुद्दीन के साथ सैनिकों को लौटने का आदेश दिया। सैनिक अपने नेता शम्सुद्दीन के साथ ठिकानों को चल दिये लेकिन दुर्जन, सरदार खाँ और आज़ाद मुसलसल पलट-पलट कर एक-दूसरे को घूरे जा रहे थे। अज़ीमुल्ला ने कई बार पूछने की कोशिश की मगर आज़ाद टाल गया। अज़ीमुल्ला बिठूर महल लौट चला और आज़ाद लुर्की मोहाल की तरफ़ बढ़ गया।

सुबह के नौ बजे थे। जून की धूप अपनी तासीर बता रही थी कि तभी इंट्रेंचमेंट के पास हिल्सडर्न चीख़ा, "वाई आर यू स्लीपिंग हियर ऑन द साइट।"

इंट्रेंचमेंट का नक़्शा बनाने वाला इंजीनियर हड़बड़ाकर उठा। हिल्सर्डन फिर बिफ़रा। "आई वॉज एक्सपेक्टिंग यू इन ऑफिस।"

"रियली सॉरी सर, आई वॉज हियर फॉर नाइट इंस्पेक्शन।"

तमतमाया हिल्सर्डन अफ़सरों के साथ जायज़ा लेने दो क़दम आगे ही बढ़ा था कि इंजीनियर ने नशे में धुत अपने कोचवान को बूट की ठोकर से जगाया। नक़्शा बनाने वाला यह वही गोरा इंजीनियर था जिसे कल रात में अंग्रेज़ सैनिक के भेष में अजीजन ने बीबीघर से उठाया था और उसकी गर्दन पर कटार रखकर एक-एक राज़ उगलवा लिया था। वर्दी दुरुस्त कर के इंजीनियर ने पास में बनी पानी की हौदिया में मुँह धोया तो रात की सारी बातें टिड्डियों के झुण्ड की तरह उसका दिमाग कुतरने लगीं। हैरान-परेशान इंजीनियर ने फ़ौरन से पेशतर अपने ज़ेहन में कुण्डी लगाई और ताला बन्द कर के चाबी को मानो ख़ुद निगल लिया। अजीजन के सामने हर राज़ का पर्दाफ़ाश करने के बाद उसे फ़िक्र थी कि कहीं यह राज़ हिल्सर्डन के सामने खुल गया तो शरीर कब्रिस्तान में दफ़न होगा और रूह फाँसी पर लटकती मिलेगी। ख़ुद को सँभालते हुए उसने इंट्रेंचमेंट की अस्थायी सीढ़ियाँ पकड़ीं और हिल्सर्डन की तरफ़ तेज़ी से बढ़ चला।

कानपुर गैरिसन के इंट्रेंचमेंट में ऐसी किलेबन्दी की जा चुकी थी, जहाँ से अंग्रेज़ों के लिए विद्रोहियों पर निशाना लगाना बेहद आसान था मगर हिन्दुस्तानी सैनिकों का अंग्रेज़ों पर हमला करना उतना ही मुश्किल। हर दिशा से मुकाबला करने के लिए बड़ी-बड़ी बोरियों में गंगा की बालू भरकर किलेबन्दी के पूरब, पश्चिम, उत्तर और दक्षिण में एक-एक मोर्चा बनाया गया। क़रीब तीन फुट ऊँचे मोर्चे की लम्बाई पाँच सौ फुट थी। एक मोर्चे पर सौ सैनिक एक साथ युद्ध लड़ सकते थे। बालू की बोरियों के बाद सौ-सौ फुट की जगह छोड़कर चारों मोर्चों के पीछे चार सिक्स पाउंडर और ग्रेप शॉट तोपें तैनात की गयी थीं। इंट्रेंचमेंट के बीचोंबीच बीस फुट ऊँची दीवार का एक आयताकार अभेद्य ढाँचा तैयार था जिसके अन्दर दो हज़ार लोगों के रहने के लिए कैंप, दो रसोईघर, राशन भण्डार और पाँच शामियानों में पचास बिस्तर का अस्पताल बना था। सबसे पीछे गोला-बारूद और हथियारों का जखीरा जमाने के लिए ईंटों का

गोदाम बनाया गया था। व्हीलर के हुक़्म पर थॉमसन और डेलाफ़ॉस वक़्त बर्बाद किये बग़ैर रात से ही मैग्ज़ीन और कैंट से हथियारों की बड़ी खेप लाकर गोदाम भर चुके थे। गोदाम के ठीक पीछे पानी का पक्का तालाब तैयार था। हालाँकि पहले से ही एक पुराना कुआँ मौजूद था लेकिन कुएँ में पानी नदारद था। एक महीने का राशन, दवायें, बिस्तर, बर्तन और तोपें जमा हो चुकी थीं मगर जनरल व्हीलर को अन्दाज़ा भी नहीं था कि नानाराव आज रात ही क्रान्ति का ऐलान कर चुके थे। उसे भनक भी नहीं थी कि मैग्ज़ीन, ख़ज़ाने और कानपुर पर कुछ घण्टों के बाद कानपुर का ही क़ब्ज़ा होगा। वो मैग्ज़ीन जिसमें अभी भी कम-से-कम दो महीने का असलहा बारूद मौजूद था।

चैप्टर-3

धुरंधर, बवंडर, सिकंदर

इधर गैरिसन इंट्रेंचमेंट क़रीब-क़रीब तैयार था उधर अंग्रेज़ों के घर में कपड़े-लत्ते, पैसा-रुपया और ज़रूरी सामान बक्साबन्द किया जा रहा था। घड़ी बता रही थी कि सुबह के दस बज चुके थे। जनरल व्हीलर का बेटा जॉर्ज अपनी बड़ी बहन एलिज़ा के साथ व्हीलर की मदद कर रहा था। तभी व्हीलर की सबसे छोटी और लाडली बेटी मार्गरेट तोते का पिंजरा हाथ में लिए रोती हुई कमरे के अन्दर आयी, "आई विल नॉट लीव माई पट्टू, डैडी प्लीज़ आस्क मामा टू लेट मी टेक इट।"

व्हीलर ने बेटी को धीरे बोलने का इशारा किया ताकि कोई सुन न ले कि आख़िर मार्गरेट अपने पट्टू को कहाँ ले जाने की बात कर रही है। मार्गरेट समझ गयी तभी पीछे से व्हीलर की बीवी मेटिल्डा कमरे में आयी और मार्गरेट को डाँटने लगी, "बिहेव योर सेल्फ़ मार्गरेट, हम पट्टू नहीं ले जा सकते हैं। वी हैव टू लिव देयर फॉर अ मंथ।"

इस बार व्हीलर ने बीवी को आँख दिखाई। मार्गरेट ने पहले डैडी को देखा फिर सँभलकर बोली, "यू कांट टॉक टू मी लाइक दिस मॉम, पट्टू विल गो विद मी।"

व्हीलर बीच में बोला, "वाई आर यू मेकिंग सच अ फ़स मेटिल्डा?"

"तुम बाहर जाओ व्हीलर और बाक़ी काम देखो, पैकिंग मैं कर लूँगी।"

"मेरी प्रिंसेज़ का पट्टू साथ में जायेगा बस, इज़ दैट क्लियर मेटिल्डा।"

पिंजरा ज़मीन पर रखकर मार्गरेट डैड से चिपक गयी, "लव यू डैड।"

पिंजरे वाले पट्टू ने मीठी सी आवाज़ में बात दोहराई, "लव यू डैड।"

तोते की मीठी आवाज़ सुनकर व्हीलर ने पिंजरे का छोटा-सा दरवाज़ा

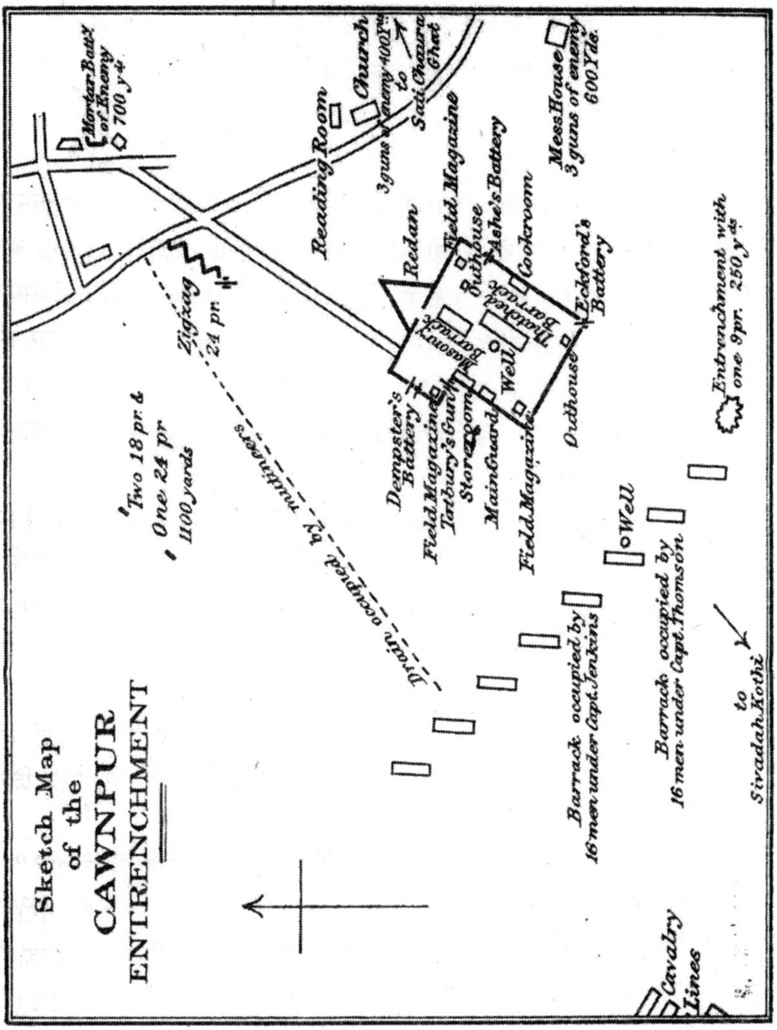

कानपुर व्हीलर इंट्रेंचमेंट का नक़्शा।

खोला। तोता हथेली पर बिठाकर वो उसे होंठों से प्यार करने लगा। पट्टू भी अपनी चोंच व्हीलर के होंठों पर फेरने लगा। व्हीलर की प्रिंसेज़ मुस्कुराने लगी और तोता उसकी हथेली से उड़कर मागरिट के कन्धे पर बैठ गया। बेटी और पट्टू का सिर सहलाने के बाद व्हीलर कमरे से बाहर चला गया। मागरिट ज़मीन पर रखा पिंजरा उठाकर जैसे ही पलटी, मेटिल्डा ने पिंजरा छीनकर फेंक दिया। ठीक इसी पल सिपाही अली खाँ कमरे में दाख़िल हुआ तो फेंका हुआ पिंजरा ज़मीन पर घिसटता हुआ उसके पैरों से जा टकराया। मेटिल्डा को नाराज़ देखकर तोता मागरिट के कन्धे से उड़ा और सीधे अली खाँ के कन्धे पर बैठ गया। अली खाँ को देखते ही मेटिल्डा का पारा चढ़ गया। वो तेज़ी से चलकर अली खाँ के पास पहुँची और उसके गाल पर ज़ोरदार तमाचा जड़ दिया। तोता सहम गया और अली खाँ नज़र झुकाकर चुपचाप खड़ा हो गया। मागरिट दौड़ी और मेटिल्डा को घूरते हुए चिल्लाई, "मामा...हाऊ कैन यू स्लैप हिम, ही इज़ माई फ्रेंड, से सॉरी।"

मेटिल्डा चीख़ी, "गेट आऊट फ्रॉम माई हाउस यू ब्लडी रसोइया।"

"जी मेम साहब।"

"मैंने जब बोला कि तोता लेकर जाओ यहाँ से, फिर मागरिट को क्यों दिया।"

"ग़ल्ती मेम साहब...मैंने नहीं दिया, छोटी मेम साहब छीनकर अन्दर ले आयीं।"

गाल सहलाते हुए अली खाँ ने पिंजरा उठाया और तोते को बन्द करके चल दिया। अली और तोते की हालत एक जैसी थी। एक का दिल फड़फड़ा रहा था और दूसरे के पंख। मेटिल्डा जाते हुए अली को घूरे जा रही थी तभी मागरिट का भाई जॉर्ज और बड़ी बहन एलिज़ा ने मेटिल्डा का हाथ पकड़ा और उसे खींचते हुए सोफ़े तक ले गये। अली बंगले के गेट से बाहर जा ही रहा था कि उसके पीछे ज़िद्दी मागरिट भी दौड़ी, "रुको अली खाँ, प्लीज़ ऐसे मत जाओ।"

"मुझे जाने दीजिए छोटी मेम साहब।"

"आप मेरे दोस्त हैं अली खाँ एंड आई लव माई पट्टू।"

पट्टू नाम सुनते ही तोता बोला, "आई लव माई पट्टू।"

पट्टू की आवाज़ सुनते ही दोनों हँसने लगे। अन्दर से मेटिल्डा ने आवाज़ लगाई। "मार्गरेट...कम इनसाइड नाऊ, ऑर इट्स गोइंग टू बी अ वैरी बैड डे।"

पट्टू फिर बोला, "मार्गरेट...जस्ट कम इन"।

मार्गरेट ने अली खाँ का गाल सहराया, "आई एम सो सॉरी, ये सब मेरी वजह से हुआ है। मैं डैड से शिकायत करूँगी और मॉम को आपसे सॉरी बोलना पड़ेगा।"

अली खाँ की आँखें भर आयीं, "कोई बात नहीं छोटी मेम साहब।"

अली खाँ की नम आँखें मार्गरेट के दिल को रुला गयीं। अली ने झुककर सलाम किया और तोते के साथ पिंजरा लेकर घोड़े की तरफ़ बढ़ गया। मज़बूर सी खड़ी मार्गरेट उसे आवाज़ भी नहीं लगा पा रही थी। कुछ ही पलों में घोड़ा दूर निकल गया और मार्गरेट अन्दर चल दी। मेटिल्डा अच्छी तरह जानती थी कि जिस अली को मार्गरेट दोस्त समझती है वो अली उसकी बेटी से मोहब्बत करता है। यहाँ फ़र्क सिर्फ़ अंग्रेज़ और हिन्दुस्तानी का नहीं था बल्कि मेटिल्डा कानपुर की फ़र्स्ट लेडी थी और अली खाँ सिर्फ़ दो कौड़ी का सिपाही और चवन्नी का ख़ानसामा था। पिंजरे में बन्द तोता बहुत बड़ा मुद्दा नहीं था, मुद्दा तो ये था कि ये तोता अली खाँ ने ही मार्गरेट को उसकी बर्थ डे पर गिफ़्ट किया था। पैकिंग जारी थी, मार्गरेट उदास थी और मेटिल्डा मोहब्बत को तमाचा मार कर घर से बाहर धकेल चुकी थी। आँसू पोंछता हुआ अली बढ़ती टापों के साथ दूर जा रहा था और पिंजराबन्द तोता जैसे सब समझते हुए चोंच को चुप्पी से सिये बैठा था।

व्हीलर के घर का सामान बक्सों में और माँ-बेटी का झगड़ा दिलों में पैक हो चुका था मगर कपड़ा कारोबारी मिस जैकोबी गैरिसन जाने को तैयार ही नहीं थीं। उनके घर तमाम यूरोपियन परिवारों की गुप्त पंचायत लगी हुई थी। सेना की तरफ़ से इन्हें ख़ुला न्यौता था कि ये चाहें तो अपने घरों में रुकें, चाहें तो

इंट्रेंचमेंट में चलें। बस आदेश था कि इंट्रेंचमेंट की ख़बर किसी भी इंडियन को नहीं होनी चाहिए। तक़रीबन दो दर्जन अंग्रेज़ ऐसे थे जो ईस्ट इंडिया कम्पनी के भारत में आने के बाद से ही कानपुर में आकर बस गये थे। इन दो दर्जन कारोबारियों के कुनबों में क़रीब सौ सवा सौ लोग थे। इन्हीं में से एक परिवार था अमेलिया हॉर्न का जो अपनी माँ और सौतेले पिता मिस्टर कुक के साथ रहती थी। मिस जैकोबी का मानना था कि उनके लिए उनका पुराना घर ही सबसे महफ़ूज़ जगह है जबकि तमाम कारोबारी अपनी और अपने परिवार की हिफ़ाज़त के लिए इंट्रेंचमेंट में रहने की ज़िद में थे। कुछ ऐसी ही ज़िद कुक की बेटी अमेलिया हॉर्न की भी थी। शायद इसलिए क्योंकि उसकी पक्की सहेली मार्गरेट व्हीलर भी इंट्रेंचमेंट में जा रही थी। मिस्टर और मिसेज कुक के साथ ही मिस जैकोबी भी उसे फुसलाने की नाकाम कोशिश में थीं। मार्गरेट की हमउम्र अमेलिया बिफ़र पड़ी, "प्लीज़ डोंट ट्रीट मी लाइक अ किड, आई विल गो विद मार्गरेट, दैट्स फ़ाइनल।"

मिस जैकोबी ने अमेलिया को अपनी गोद में खींचा, "मार्गरेट बिलॉन्ग्स टू अ सोल्जर फ़ैमली एंड वी ऑल आर मर्चेंट्स। बाग़ी हम पर हमला नहीं करेंगे।"

अमेलिया ने तर्क दिया, "मैं सेलफ़िश नहीं हूँ मिस जैकोबी। मेरी फ्रेंड को इंट्रेंचमेंट में ख़तरा है तो आप लोग उसे यहीं पर रोकिये और नहीं रोक सकते हैं तो मुझे उसके साथ जाने दीजिए। आई एक्च्युली लव माई फ्रेंड।"

इंट्रेंचमेंट जाने का हिमायती एक कारोबारी बोला, "इट्स जस्ट अ चांस ऑन्ली। हम सब मर्चेंट्स हैं इसलिए इंडियन सोल्जर हम पर अटैक नहीं करेगा बट हू कैन टेक गेरेंटी ऑफ़ दिस। हमको ब्रिटिश मानकर मार दिया तो?"

दूसरा मर्चेंट बोला, "वैरी करेक्ट, वो सोल्जर्स को नहीं ब्रिटिशर्स को दुश्मन मानते हैं। हमको इंट्रेंचमेंट शिफ़्ट होना चाहिए।"

अमेलिया हॉर्न मिस्टर कुक की तरफ़ देखकर बोली, "डैडी प्लीज़।"

कुक ने उठकर अमेलिया को गले लगा लिया, "जैसे अमेलिया कहेगी वैसा होगा।"

अमेलिया ने कुक का गाल कस के चूम लिया, "थैंक्यू...थैंक्यू...।"

अमेलिया की माँ बोली, "सो टेल मी ही इज़ योर डैड ऑर स्टेप डैड।"

अमेलिया कुक को भींचते हुए दुलराई, "ही इज द बेस्ट डैड।"

मिस जैकोबी के अलावा चार कारोबारियों ने अपने बंगलों में ही रहने का फ़ैसला किया और बाक़ी सब गैरिसन जाने की तैयारी करने अपने घरों को चल दिये।

आधा दिन बीत चुका और सूरज ठीक सिर के ऊपर था। कानपुर में क्रान्ति का श्रीगणेश होने में बस बारह घण्टे ही रह गये थे। मजिस्ट्रेट हिल्सर्डन, मॉब्रे थॉमसन, डेलाफ़ॉस के अलावा अंग्रेज़ सैनिकों और अफ़सरों के घरों में भी बीवी-बच्चे और बाक़ी कुनबाई सदस्य ज़रूरी समान बटोरने-बाँधने में मशगूल थे। इसी बीच कानपुर कोतवाली के पीछे घनी बस्ती में अंग्रेज़ों का चापलूस नानकचन्द भी जान-माल की फ़िक्र में था। नाना की दहशत और विद्रोहियों का ख़ौफ़ घुन की तरह उसे खाये जा रहा था। तभी उसकी पत्नी कमरे में आई, "कौन चिन्ता मा चिता भये जा रहे हो"

घबराया नानकचन्द बोला, "भागवान बग़ावत हुई तो हमें भी भागना पड़ेगा।"

"हाँ तो एम्हा अपनी खुपड़ी काहे फोड़े डारि रहे हौ?"

"समझ में नहीं आ रहा है कि कहाँ चलें?"

"फ़तेहपुर चलौ हमरे मइके, उहां कौनौ ख़तरा न रही।"

"सोच रहा हूँ कि साहब लोगों के साथ हम भी गैरिसन में रहें चल कर।"

"उहां सब लाट साहब लोग रइहैं, हम पंचन का काहे लई चरिहैं।"

"मैंने साहब लोगों का बहुत साथ दिया है, कहूँगा तो मना नहीं करेंगे।"

"तुमका का लगत है, ई नाना साहेब कानपुर के राजा हुई जइहैं?"

"व्हीलर साहब जैसे बोरिया बिस्तर समेट रहे हैं, उससे डर लग रहा है।"

"अरे कुच्छौ न होई, ई कम्पनी वाले ही हमरे राजा रइहैं देख्यो।"

"तुम्हारे मुँह में घी शक्कर भागवान। तुम जेवर-जत्था समेटो।"

बातचीत चल ही रही थी कि नानकचन्द के घर की कुण्डी खड़की। नानकचन्द ने इशारा किया और पत्नी ने बाहर जाकर दरवाज़ा खोला। सामने सादे कपड़ों में एक सिपाही खड़ा था जो नानकचन्द का मुख़बिर था। पत्नी

ने उसे अन्दर बुलाकर आँगन में बैठाया और नानकचन्द को ख़बर दी। नानकचन्द तेज़ क़दमों से बाहर आया, "इतनी दोपहर में कैसे आना हुआ?"

ख़बरी सिपाही बोला, "न आता तो बहुत देर हो जाती मुंशी जी।"

"हाँ बोलो।"

"जुगुल किशोर की बेटी की शादी में आज़ाद भी आ रहा है मुंशी जी।"

नानकचन्द को जैसे ख़ज़ाना मिल गया, "क्या बात करते हो...सच में?"

"मुंशी जी, एक़दम पक्की ख़बर लाया हूँ।"

"ख़बर नहीं ये तूफ़ान है तूफ़ान?" नानकचन्द का दिल उछल गया।

"आज़ाद को दबोचने का इससे शानदार मौक़ा नहीं मिलेगा।"

"बात तो खरी कही तुमने, मौका तो सच में दोबारा नहीं मिलेगा।"

"बस मेरी एक शर्त है।" मुख़बिर ने पासा फेंका।

नानकचन्द का मुँह लटक गया, "कैसी शर्त?"

"पचास हज़ार का इनाम मुझे पेशगी चाहिए।"

"और आज़ाद न आया तो?"

"तो घर बेचकर एक लाख चुकाऊँगा, सौ कोड़े अलग से मार लीजियेगा।"

"कहाँ से मिली ख़बर?"

"आज तड़के भैरवघाट शिव मन्दिर के पीछे आम के बाग़ में सिपाहियों की गुप्त बैठक हुई थी। आज़ाद भी था वहाँ।"

"सुनी सुनाई ख़बर तो नहीं है?"

"मुंशी जी मैं मौजूद था बैठक में, कानों सुनी, आँखों देखी बता रहा हूँ।"

नानकचन्द कुछ सोचने लगा, सिपाही बोला, "सोच क्या रहे हैं मुंशी जी?"

"सोच रहा हूँ कि भला जलसे में आज़ाद क्यों आ रहा होगा?"

मुख़बिर फ़ुसफ़ुसाया, "सम्मान सिंह याद है आपको?"

नानकचन्द ग़ुस्साया, "हाँ याद है। नाना का सुरक्षा प्रभारी था।"

मुख़बिर आगे बोला, "आपकी याद्दाश्त दुरुस्त है मुंशी जी। वही सम्मान सिंह जिसे मुख़बिरी करने पर आज़ाद ने फाँसी पर लटका दिया था।"

"कैसे भूल सकता हूँ, नाना के दरबार में मेरा जासूस था सम्मान सिंह।"

"सम्मान की मौत के बाद आज़ाद ने नानाराव के आसपास चुनिन्दा

सिपाहियों का घेरा बनाया और ख़ुद नाना का ख़ुफ़िया सुरक्षा प्रभारी बन बैठा।"

नानकचन्द हैरान था, "तो आज़ाद के साथ नाना भी तशरीफ़ ला र.ः हैं जलसे में।"

"जी मुंशी जी, अब तो मेरी पेशगी पक्की है ना?"

नानकचन्द ने मुख़बिर को शाबाशी दी और भीतर चला गया। थोड़ी देर में नानक चन्द काली टोपी और मुंशियाना काला कोट पहने पत्नी के साथ लौटा। पत्नी ने मिट्टी के सकोरा में बताशे और कुल्हड़ में पानी देकर मुख़बिर का मुँह मीठा कराया। पत्नी सामने ही थी लिहाज़ा नानकचन्द मुख़बिर के कानों में कुछ खुसफुसाया और उससे जाने का इशारा किया। मुख़बिर सिपाही के जाते ही नानकचन्द बाहर आया और ताँगे से व्हीलर को ख़बर देने चल पड़ा। गली के बाहर दीवार की आड़ में छिपे मुख़बिर ने नानकचन्द को जाते देखा फिर पलटकर पास में खड़ी घोड़ागाड़ी पर बैठकर चल दिया। क़रीब डेढ़ मील चलने के बाद एक जगह घोड़ागाड़ी रुकी। मुख़बिर घोड़ागाड़ी से उतरा और हाथ जोड़कर कोचवान से गिड़गिड़ाया, "मैंने आपका काम कर दिया है, अब आप मेरे बेकसूर बीवी बच्चों को छोड़ दीजिए।"

कोचवान ने जवाब दिया, "आज रात काम पूरा होते ही छोड़ देंगे। कोई भी चालाकी की तो न तुम बचोगे, न तुम्हारे बीवी बच्चे।"

धमकी सुनते ही नानकचन्द का मुख़बिर सिपाही आँखें पोंछते हुए सड़क के बायीं तरफ़ मुड़ा और पैदल कैंटोनमेंट चल दिया। कोचवान के लगाम खींचते ही घोड़े हिनहिनाये और गाड़ी सीधे चल दी। क़रीब एक मील की दूरी तय करने के बाद गाड़ी लुर्की मोहाल की ऊँची सड़क वाली गली से आधा फ़र्लांग पहले ही रुक गयी। कई घोड़ागाड़ियाँ सड़क किनारे मैदान में खड़ी थीं और घोड़े हरा चारा चर रहे थे। कोचवान ने भी गाड़ी से घोडे अलग किये और खूँटे से बाँधकर गली के अन्दर बढ़ गया। समय लगभग दो बजे का था। तेज़ क़दमों से चलता कोचवान जैसे ही कल्लूमल की कोठी पर आया, सामने एक बुढ़िया दिखी जो किसी का पता पूछ रही थी, "बेटा कल्लूमल की कोठी जाना है, ज़रा मदद कर दो।"

"यही है कल्लूमल की कोठी अम्मा।"

"बड़ा शुक्र है अल्लाह का जो पहुँच गयी यहाँ तक।"

"कहाँ से आयी हो अम्मा?"

"फ़ैजाबाद से बेटा।"

फ़ैजाबाद सुनते ही कोचवान चौंका, "किससे मिलना है।"

"सुरैया से मिलने आयी हूँ बेटा।"

कोचवान का कलेजा जैसे किसी ने निचोड़ कर डोरी पर सूखने के लिए टाँग दिया हो। एक तो फ़ैजाबाद, ऊपर से सुरैया का नाम। ऐसे में उफ़्फ के सिवा कोई लफ़्ज़ नहीं निकलता। कोचवान की क़िस्मत में एक बूढ़ी माँ के चेहरे पर ज़िन्दगी का शायद ये मंज़र ही देखना बाक़ी थी। सत्रह साल का वक़्फ़ा कम नहीं होता और ऐसे में सत्रह साल का एक-एक लम्हा महज़ सत्रह पलों में घूम कर फिर सामने आ जाये तो दिल रोता है और आँखों की गवाही आँसू देते हैं। ख़ुद पर क़ाबू करते हुए कोचवान ने बूढ़ी अम्मा से पूछा, "पहचानती हो सुरैया को?"

"दस साल की थी जब आख़िरी बार देखा था, माँ हूँ पहचान ही लूँगी।"

कोचवान ने आँख की कोर से बहते आँसू के एक टुकड़े को पलकों में भींच लिया और अम्मा का हाथ पकड़कर धीरे-धीरे सीढ़ियों से पहली मंज़िल चढ़ने लगा। ऊपर कोठे में सारी तवायफ़ें बड़ी आपा के साथ कुछ नये रागों के आरोह-अवरोह साध रही थीं। मिरासी छुट्टी पर थे और अमूमन तब ही आते थे जब मुजरे का वक़्त होता था। सुर साधना के बीच ही कोचवान बुढ़िया के साथ भीतर दाख़िल हुआ। बुढ़िया ने सबको सलाम किया और कोचवान ने बताया की अम्मा फ़ैजाबाद से आयी हैं। बुढ़िया बोली "अरे हम सुरैया की अम्मा हैं, बोलिये अम्मा आयी हैं।"

सुरैया का नाम सुनते ही कोठे में गूँज रहे सुर सिसकने लगे और वक़्त का आरोह अवरोह पर आकर रुक गया। बड़ी आपा और तवायफ़ें कोचवान को बेबस नजरों से देखने लगीं। कोचवान ने अम्मा को तख़्त पर बैठाया और मुँह पर हाथ रखकर बिलखता हुआ कमरे की तरफ़ भागा। किवाड़ बन्द कर के भांय-भांय रोते कोचवान की आवाज़ ने बिस्तर पर लेटी अजीजन की नींद को झकझोर दिया। अजीजन ने उठकर देखा तो सुरैया फ़र्श पर बैठी ज़ोर-ज़ोर से रो रही थी। उसके बाल खुले थे, पगड़ी अलग पड़ी थी और मूँछें उसके हाथ

में थीं। हड़बड़ाई अजीजन सुरैया के पास आकर बैठी और उसे गले लगाकर बोली, "क्या हुआ, नानकचन्द के मुख़बिर ने पहचान लिया क्या?"

"पहचान तो मैंने लिया अजीजन।"

"किसे पहचान लिया मेरी जान।"

"उसके चेहरे की झुर्रियों में फ़ैजाबाद से कल्लूमल के कोठे तक का रास्ता छपा है। सत्रह साल भटकने के बाद आज पहुँची है सुरैया के पास।"

अजीजन का कलेजा हौंकने लगा। "हाय राम, अम्मा आयी है क्या?"

"अपनी सुरैया को ले जाने आयी है।"

हाल बेहाल अजीजन उठकर बाहर भागी। सामने तख़्त पर अम्मा की बूढ़ी आँखों में सुरैया के बचपन का चेहरा चमक रहा था। कोई अम्मा को गले लगाये था, कोई पानी पिला रहा था। बड़ी आपा ने अम्मा के लिहाज़ में मुँह से बीड़ा उगल दिया। आपा उम्रदराज़ थी, उसे इल्म था कि चूने की तेज़ तासीर मगही पान से महकते बचपन को काट चुकी है, कत्थे ने क़िस्मत दागदार कर डाली है और कोठे ने ज़िन्दगी को चुगला-चुगला कर लुग्दी कर छोड़ा है। अजीजन कमरे में आयी, थोड़ा-सा ठिठकी फिर दौड़कर बुढ़िया के गले लग गयी, "कैसी हो अम्मा?"

अम्मा चीख़कर रो पड़ी, "अरे मोरी चिरैया, मोरी गुड़िया, बिटिया मोरी।"

बिलखती अजीजन बोली, "हम अजीजन हैं, सुरैया नहीं।"

हर तवायफ़ की आँखों से अपने-अपने आँगन की कहानियाँ बह रही थीं। आँसू के हर कतरे में एक अम्मा थी, एक अब्बू थे, एक माँ थी, एक बाबू जी थे, मिट्टी का चूल्हा चकिया था, खट्टी वाली इमली, पका वाला कैथा था और सबसे नीचे वाली टहनी पर मूँज की रस्सी का झूला था जिसे धक्का देकर भैया अपनी छुटकी को झुला रहा था। ठुमरी और घुँघरुओं से महफ़िल सजाने वाले कोठों में रुदालियों का रोना-गाना अपशगुन होता है। कुछ ऐसा ही सोचकर आपा उठीं और किवाड़ की साँकल बन्द करते ही पलटकर बोली, "अरे ए लड़कियों, चलो ये नाटक बन्द करो। अरे वाह-वाह से ही इस कोठे का नाम है। हाय-तौबा कर के कोठा बदनाम न करो। बताओ भला तवायफ़ें भी कभी रोती हैं, चलो हटो यहाँ से।"

बड़ी आपा की ताकीद सुनकर तवायफ़ें आँसू पोंछने लगीं। कल्लूमल की कोठी तलाशती आयी अम्मा कोठी की जगह कोठा सुनते ही सन्न रह गयी।

इस बार अम्मा थोड़ा सहम कर बोली, "हमारी सुरैया कहाँ है?"

तभी सुरैया की आवाज़ आयी, "मर गयी तेरी सुरैया।"

मरने की बात सुनकर भी अम्मा की आँखें चमक उठीं, "ये तो पक्का मेरी सुरैया है। बचपन में जब सुरैया-सुरैया बुलाती तो यही कहती थी...मर गयी तेरी सुरैया।"

सुरैया थोड़ा तल्ख़ थी, "जो गोरे उसे घर से उठाकर ले गये थे उन्होंने तेरी सुरैया को नोंच-नोंचकर मार डाला और लाश गंगा में फेंक दी।"

अम्मा तख़्त से उठी और मन्द क़दमों से सुरैया के पास गयी। उसकी हथेलियों को चूमते हुए उसने देखा कि सुरैया की कलाई पर सुरैया नाम गुदा हुआ था। बचपन में अपनी बिटिया की कलाई पर अम्मा ने ही मेले में ये नाम गुदवाया था। अम्मा ने हर बदनसीब लड़की की तरफ़ देखा और सब समझ गयीं। जिस बेटी की मिठास से घर का आँगन और मोहल्ला गूँजता था आज वो घुँघरुओं के बदनाम बाज़ार में बैठी थी। सच में मर ही तो गयी थी सुरैया, अम्मा के लिए न सही, समाज के लिए। दर्द की स्याही से लिखी इबारत पढ़ते ही अम्मा की आँख से एक आँसू टप्प से सुरैया की कलाई पर उसी जगह टपका जहाँ उसकी बिटिया का नाम गुदा था। उसने अपने झोले से एक ताबीज़ निकाला और सुरैया के बाजू पर बाँधते हुए बोली, "अब्बू ने कहा था कि सुरैया मिले तो उसे बाँध देना ताकि अब किसी गोरे की नज़र न पड़े उस पर। बस सुरैया की राह में बुढ़ऊ आख़िरी साँस रोके बिस्तर पर लेटे हैं। बिटिया ज़िन्दगी फ़ुर्सत दे तो सुरैया के अब्बू से मिल लेना। मैं झूठ बोल दूँगी कि सुरैया जल्दी आयेगी।"

"अम्मा अब्बू से कहना कि सुरैया आयेगी। बचपन वाली सुरैया मर गयी तो क्या, मैं सुरैया बनकर आऊँगी। बस ये मत बताना कि सुरैया सच में मर गयी।"

"तौबा-तौबा, मरें सुरैया के दुश्मन।"

अम्मा ने सुरैया को जी भर प्यार किया और पलट कर चलने लगीं। बड़ी आपा ने रोका, "फैज़ाबाद पहुँचने में रात हो जायेगी, आज यहीं रुक जाइये।"

"अरे बुढ़ऊ बिस्तर पर लेटे हैं और हमारे ही सहारे हैं, जाने दीजिए हमें।"

लड़कियाँ अम्मा के चिपक गयीं। अम्मा ने झोले से कागज़ में लिपटे पेड़े निकाले और सुरैया को देकर बोलीं, "सुरैया को बहुत पसन्द थे हमारे हाथ के पेड़े, तुम सब खा लोगी तो लगेगा चटोरी सुरैया ने खा लिए।"

सीढ़ी की तरफ़ बढ़ रहीं अम्मा एक़दम पलटीं और छटपटा कर सुरैया को छाती से लगाकर बोलीं, "अल्लाह से इल्तिजा है कि हमारी कोख से अगले जन्म भी सुरैया पैदा हो, बस कमबख़्त गोरों का राज न हो।"

अजीजन ने सुरैया और अम्मा को छाती से जकड़ लिया, "चली जा सुरैया।"

सुरैया भरभराते गले से बोली, "तू वापस जायेगी टीकमगढ़?"

टीकमगढ़ सुनते ही अजीजन को जैसे लकवा मार गया, आँसू बर्फ़ हो गये, साँसों की लय धीमी पड़ गयी। वो बुदबुदाई, "जा अम्मा, अब्बू इन्तज़ार कर रहे होंगे।"

बूढ़ी अम्मा ने अजीजन और सुरैया के सिर पर प्यार से हाथ फेरा और अल्लाह से दुआ माँगकर नीचे उतर गयीं। उसे पता था कि उसकी बेटी ज़िन्दा है, बस अब जिस ज़िन्दगी में आ गयी है वहाँ से वापस लौटना नामुमकिन है उसके लिए। वो तो एक माँ की चाहत खींच लायी वर्ना सच तो यही है कि बिटिया अगर वापस चली गयी तो फ़ैजाबाद में किस-किस को जवाब देगी। आठ भाई बहनों में सबसे छोटी थी सुरैया। सत्रह साल तक तलाशते-तलाशते वक़्त ने अम्मा की कमर तोड़ दी थी, घुटने थक चुके थे और मोतियाबिंद की झिल्ली में बस सुरैया की तस्वीर ही बाक़ी बची थी। अम्मा चली गयी शायद कभी न वापस आने के लिए। टीकमगढ़ के नाम ने अजीजन को अहिल्या की तरह पत्थर कर दिया था। सुरैया का आँगन आज कोठे तक आकर लौट चुका था। आज हर तवायफ़ ग़मज़दा थी।

बड़ी आपा ने आँसू पोंछे फिर दर्द की सख़्त सुपारी को सरौते की धार से काटते हुए पानदान से पान निकाला। पत्ते पर छपी क़िस्मत की लकीरों पर चूने कत्थे के साथ किमाम की परत चढ़ाई और गिलौरी जबड़ों में दबाते ही अजीजन को डाँटते हुए चिल्लाई, "अरे करमजली, घुँघरू बाँध और मुजरे

की तैयारी शुरू कर। लाला जुगुल किशोर के यहाँ शादी में आज अपनी आपा को ही नचायेगी क्या?"

"थोड़ा-सा वक़्त दीजिए आपा।"

"अरे वक़्त बचा कहाँ है।"

इतना कह कर आपा के इशारे पर एक लड़की अजीजन के पैरों में घुँघरू बाँधने लगी और आपा उसके सिर पर हाथ फेरते हुए बोली, "भूल गयी क्या... तूने ही तो इन तवायफ़ों को जीने का मक़सद दिया है। तूने ही इन गोरों से लड़ने के लिए मस्तानी टोली बनाई थी न, फिर क्यों कमज़ोर पड़ रही है?"

"सुरैया की अम्मा को देखकर टीकमगढ़ के सारे घाव खुल गये आपा।"

"बेचारी लक्ष्मीबाई की माँ तो बचपन में चली गयी थी अजीजन, बेटा मर गया, पति स्वर्ग सिधार गया। क्या करे वो बेवा, अपने घाव देखे या देश की आज़ादी?"

लक्ष्मीबाई का नाम सुनते ही अजीजन ने सिर उठाया, "समझती हूँ आपा।"

"कुछ मत समझ, बस इतना याद रख कि तू अजीजन नहीं, आज़ाद है।"

अजीजन ने सिर झुकाये सब सुन रही सुरैया की ठोढ़ी पकड़ी, "चलें सुरैया?"

सुरैया भारी आवाज़ में बोली, "नानकचन्द गया है व्हीलर को ख़बर देने।"

कोठे में फिर शुरू हो गई शादी में मुजरे की तैयारियाँ जहाँ आज रात व्हीलर के क़त्ल के साथ होना था कानपुर क्रान्ति का आग़ाज़।

मुख़बिर की ख़बर लेकर नानकचन्द व्हीलर के घर पहुँच चुका था। मगर सिपाहियों ने उसे बाहर लॉन में ही बैठने को कहा। वजह थी लाला जुगुल किशोर। अपनी बेटी की शादी का न्यौता देने जुगुल किशोर अन्दर बैठे हुए थे।

व्हीलर जुगुल किशोर से रूबरू था, "आपको दोबारा आने की ज़रूरत नहीं थी लाला।"

हाथ जोड़कर जुगुल किशोर बोले, "साहब हिन्दुस्तान के रीत-रिवाज़ यही कहते हैं कि पहले हल्दी देकर सूचना, फिर मिठाई देकर आमंत्रण।"

"चलिए हमने आपका इन्विटेशन कन्फ़र्म किया, हम ज़रूर आयेंगे।"

जुगुल किशोर ने आवाज़ लगाई। कई ख़िदमतगार थालों में मिठाई और सूखे मेवे लेकर भीतर आये और मेज़ पर रखकर बाहर चले गये। व्हीलर ने सिपाही को भीतर भेजा और सिपाही व्हीलर की पत्नी मेटिल्डा को लेकर अन्दर आया। लाला ने कुर्सी से उठकर मेटिल्डा को प्रणाम किया और मेटिल्डा नमस्ते कर के सोफ़े पर बैठ गयी। व्हीलर मेटिल्डा से बोला, "वी आर इन्वाइटेड टुडे विद फ़ैमली, लाला जी की बेटी की शादी है।"

मेटिल्डा ने मजबूरी जताई, "हम थोड़ा बिज़ी हैं, बट ही विल कम।"

"कोशिश करतीं मेम साहब तो मेरे घर की रौनक बढ़ जाती।"

"प्लीज़ लाला जी, ट्राई टू अंडरस्टैंड।"

"मार्गरिट बिटिया को ही ले आते।" लाला ने व्हीलर से गुज़ारिश की।

मेटिल्डा ने बहाना बनाया, "मार्गरिट को फ़ीवर है।"

"बाक़ी जॉर्ज और एलिज़ा?"

"आज रहने दीजिए, आई प्रॉमिस व्हीलर ज़रूर आयेंगे।"

जुगुल किशोर ने कुर्सी से उठकर दोनों को प्रणाम किया और बाहर चल दिया। असल में मेटिल्डा इंट्रेंचमेंट शिफ़्ट होने की पैकिंग में जुटी थी और मार्गरिट अली खाँ के मुद्दे पर माँ से झगड़ने के बाद ख़ुद को कमरे में बन्द किये बैठी थी। अपनी माँ के तल्ख़ रवैये से एलिज़ा और जॉर्ज भी नाराज़ थे और उसी कमरे में मार्गरिट को मनाने फुसलाने में लगे थे। मेटिल्डा अन्दर चली गयी और उसके जाते ही चापलूस नानकचन्द कमरे में दाख़िल हुआ।

नानकचन्द को देखकर व्हीलर चौंका, "अरे नानकचन्द, कैसे?"

व्हीलर के पैर छूकर नानकचन्द बोला, "बड़ी ख़बर लाया हूँ साहब।"

"कैसी ख़बर?"

"साहब ये जुगुल किशोर क्यों आया था?"

"बेटी की शादी में इन्वाइट करने।" व्हीलर ने कुर्सी पर टेक लगाया।

"आप तो शादी में ज़रूर जायेंगे?"

"बिल्कुल जाऊँगा...क्यों?" व्हीलर ने हँसते हुए पूछा।

"मेरे ख़बरी ने बताया कि आज तड़के सैनिकों ने गुप्त बैठक की थी।"

"ओकेऽऽऽऽ...देन।"

"बैठक में आज़ाद भी था साहब।"

"आज़ाद...को नहीं पकड़ पाये हम।" व्हीलर ने कुर्सी का टेक छोड़ा।

"साहब आज शादी में...।" कहते-कहते नानकचन्द फिर रुक गया।

"ओह्हो...से फास्टर यू फूल।" व्हीलर तल्ख़ था।

"साहब शादी में आज़ाद आ रहा है।" नानकचन्द ने ख़ुलासा किया।

व्हीलर ताली मारकर हँसा, "दिस इज़ अ वंडरफ़ुल न्यूज़ नानकचन्द।"

"ख़बर तो इससे भी बड़ी है सरकार।"

व्हीलर ने आँखों से सवाल किया, नानकचन्द बोला, "साहब अब आज़ाद ही नाना का सुरक्षा प्रभारी है और उनके साथ ही आ रहा है।"

व्हीलर ने दराज से सिगार निकालकर सुलगाई और हवा में धुएँ का छल्ला छोड़ा, "चलो आज करते हैं...नानाराव के साथ आज़ाद के दर्शन।"

"जान की ख़ैरियत मिले तो एक शंका प्रकट करूँ?"

"बोलो नानकचन्द।"

"साहब, आज़ाद के रहते आप पर कोई ख़तरा न हो जाये जलसे में?"

"नाना तक तो ठीक था। क्या आज़ाद के लिए भी सेना बुलानी पड़ेगी?"

"अरे नहीं सरकार...मैं तो बस साहब की सुरक्षा को लेकर चिन्तित था।"

नानाराव की दग़ाबाज़ी से बौराया बैठा व्हीलर आज़ाद का नाम सुन कर बौखला गया, "नाना तो दोस्त था, आज़ाद मोस्ट वॉन्टेड क्रिमिनल है?"

"जी हुज़ूर, उसे दबोचने में कैसा डर, सरकार का द्रोही है वो।"

"नाना के सामने ही उसके सिक्योरिटी इंचार्ज को गिरफ़्तार करेगा व्हीलर।"

"मगर साहब बहादुर आज़ाद को पहचानेंगे कैसे?" नानकचन्द ने मुस्कुरा कर पूछा।

"नाना के सभी सिपाहियों की तलाशी होगी आज।"

"नाना भड़क न जाये?"

"इतनी हिम्मत कहाँ है उस धोखेबाज़ की।" व्हीलर की त्योरी चढ़ गयी।

"बात तो सही कही सरकार, सामने-सामने तो झूठ ही बोलता है वो ठग।"

"आज उसके चेहरे और ज़ुबान दोनों पर सच देखूँगा मैं।"

नानकचन्द ने हाथ जोड़े, "सरकार हुक़्म करें तो सही पहचान बताऊँ?"

व्हीलर ने चौंकते हुए हामी भरी। नानक कमरे से बाहर गया और कुछ पलों में वापस लौटा, इस बार उसके साथ था वो मुख़बिर जिसके जरिये नानाराव के साथ आज़ाद के भी जलसे में आने की ख़बर पहुँचाई गयी थी। मुख़बिर पहले से ही लॉन में था जिसे नानकचन्द ने घर से निकलते वक़्त व्हीलर के घर पहुँचने का इशारा किया था। व्हीलर ने मुख़बिर को देखा तो नानकचन्द बोला, "देख क्या रहे हो, दौड़कर पैर छुओ सरकार के।"

मुख़बिर ने लपक कर व्हीलर के पैर छुये फिर हाथ जोड़कर खड़ा हो गया।

नानकचन्द ने मुख़बिर की तरफ़ देखा, "साहब को आज़ाद की पहचान बताओ।"

मुख़बिर तोते की तरह बोलने लगा, "हुज़ूर, आज़ाद चेहरा ढककर रहता है मगर कमर में कटार और कटार में छपा हुआ आज़ाद का नाम उसकी पहचान है।"

"अरे कटार तो छिपा भी सकता है, असली पहचान बताओ।"

"साहब अगर वही आज़ाद है तो एक मज़बूत पहचान मिल गयी है मुझे।"

व्हीलर बेसब्र हो गया, "जल्दी से बोलो यू ब्लडी फूल।"

"साहब उसकी कलाई पर उसकी महबूबा का नाम गुदा हुआ है।"

"क्या नाम?" व्हीलर अब तक बेकाबू हो चुका था।

मुख़बिर सिपाही ने नया राज खोला, "सुरैया।"

व्हीलर कुर्सी से खड़ा हो गया, "सुरैयाऽऽऽऽ.....दैट्स ग्रेट।"

इस बार नानकचन्द ने तहकीकात की, "महबूबा का नाम है, कैसे पता?"

"हो सकता है माँ, बहन का नाम सुरैया हो। लेकिन सुरैया पक्का है।"

"तुमने कैसे देखा ये नाम?"

मुख़बिर ने अपने बीवी-बच्चों की फ़िक्र करते हुए झूठ बोल दिया, "सुबह सिपाहियों की गुप्त बैठक में आज़ाद की आस्तीन उठ गयी थी, तब देखा था।"

नानकचन्द आँखें तिरछी कर के बोला, "अपनी इच्छा बताओ साहब को।"

मुख़बिर की हिम्मत टूट गयी, "आप ही बता दीजिए मुंशी जी।"

नानकचन्द हकला गया, "सरकार...इसे इनाम चाहिए...पेशगी।"

व्हीलर ने कड़क आँखों से देखा, "कौन सा इनाम?"

"वही सरकार, जो आज़ाद के सिर पर है...मतलब...पचास हज़ार।"

"और आज़ाद न आया तो?" व्हीलर ने गारंटी माँगी।

"नानकचन्द की ज़ुबान है साहब बहादुर।"

व्हीलर ने मेटिल्डा को आवाज़ लगाई और मेटिल्डा थोड़ी ही देर में पचास हज़ार का थैला लेकर आयी और देकर चली गयी। मुख़बिर को थैला थमाते ही नानकचन्द ने जाने का इशारा किया। मुख़बिर बाहर चला गया। नानकचन्द ने उसके जाते ही कहा, "चलिए साहब, कुछ तो नयी बात पता लगी आज आज़ाद के बारे में।"

व्हीलर ने नानकचन्द की पीठ ठोंकी, "सुरैया...आज देखते हैं आज़ाद की कलाई।"

नानकचन्द इतराया, "आज़ाद मिल जाये तो मारियेगा नहीं, पूरे कानपुर में मुँह काला कर के घुमाइयेगा सरकार। तमाशा बना दीजिएगा शहर में।"

"अगर आज़ाद की जगह कोई और निकला तो?" व्हीलर ने तर्क दिया।

"तो क्या साहब, कम-से-कम आज़ाद को तलाशने का एक ज़रिया तो मिला।"

"हम्म.... अच्छी ख़बर लाये तुम नानकचन्द।"

नानकचन्द ने झुककर प्रणाम किया, "ख़िदमतगार हैं आपके सरकार।"

व्हीलर भारी आवाज़ में बोला, "तुम कुछ दिनों के लिए कहीं चले जाओ।"

"हम भी आपके साथ चलेंगे साहब बहादुर।"

"नहीं नानकचन्द अभी नहीं, जब हम कहें तब।"

"क्या मतलब सरकार?" नानकचन्द ने व्हीलर को सवाल भरी आँखों से देखा।

"बग़ावत की आहट होते ही हम इंट्रेंचमेंट में चले जायेंगे और जब बाहर से सेना आ जायेगी तब हम नाना का सिर कलम करेंगे और तुमको वापस बुला लेंगे।"

"नाना का सिर तो मैं भी धड़ से अलग देखना चाहता हूँ सरकार।"

"नानकचन्द इस धोखेबाज़ को व्हीलर ही ख़त्म करेगा और लॉर्ड कैनिंग नाना के आका बहादुर शाह ज़फ़र का वो हाल करेंगे कि न वो मर सकेगा, न जी सकेगा।"

नानकचन्द ने व्हीलर के पैर छुये और बताया कि जिस दिन अंग्रेज़ शिफ़्ट होंगे उसी दिन वो भी उन्नाव अपनी ससुराल चला जायेगा। नानाराव को बिना बताये अजीजन ने आज़ाद नाम का टुकड़ा लटकाकर व्हीलर को चूहेदानी में फँसा लिया था वो भी नानकचन्द के हाथों ख़बर भेजकर। उधर नानकचन्द को अन्दाज़ा ही नहीं था कि जुगुल किशोर के जलसे में आज़ाद के आने की ख़बर आख़िर उस तक पहुँचाई क्यों गयी। ख़बर भी किसी और के नहीं बल्कि नानकचन्द के ख़ास मुख़बिर के जरिये, वो भी मुख़बिर के पत्नी बच्चों को क़ैद करके। लेकिन एक ग़लती सुरैया से भी हो चुकी थी। कोचवान के भेष में जब सुरैया नानकचन्द के मुख़बिर को लेने और छोड़ने गयी थी तब मुख़बिर ने सुरैया की कलाई में उसका गुदा हुआ नाम देख लिया था। मुख़बिर ने बीवी-बच्चों की जान बचाने की ख़ातिर नानकचन्द तक ख़बर तो ज़रूर पहुँचा दी थी लेकिन व्हीलर के सामने सुरैया की कलाई का राज़ भी खोल दिया यानी डबल क्रॉस। व्हीलर ने तय किया कि वो अपने चुनिन्दा लश्कर के साथ लाला के जलसे में ज़रूर जायेगा ताकि इस बार आज़ाद बचकर जाने न पाये। शायद व्हीलर के दिमाग़ की एक-एक नस ख़ुद व्हीलर ही टटोल सकता था। कभी उसका दिमाग़ कहता था कि किलेबन्दी पर नाना हमला नहीं करेगा और कभी उसकी सोच कहती थी कि हमला हो भी सकता है। एक तरफ़ उसे नाना पर अब भरोसा नहीं था और दूसरी तरफ़ उसे यक़ीन था कि वो आज़ाद को नाना के सामने गिरफ़्तार भी कर लेगा और नाना खामोश खड़े रहेंगे। बस ऐसे ही उलझा मिजाज़ व्हीलर आज आज़ाद को दबोचने की ज़िद पर अड़ा हुआ था।

उधर इलाहाबाद को आज़ाद हुए दो दिन पूरे होने को थे, मगर मौलवी लियाक़त अली की फ़ौज अकबर के किले में घुस नहीं पा रही थी। सत्तर तोपों और हज़ारों बन्दूकों के मज़बूत साये में अंग्रेज़ सैनिक और अफ़सर

किले में महफ़ूज थे। ख़ुद लियाक़त अली को भनक नहीं थी कि इलाहाबाद की आज़ादी सिर्फ़ दो दिनों की मेहमान है क्योंकि दो दिन बाद कसाई के नाम से कुख्यात कर्नल जेम्स नील बनारस से इलाहाबाद पहुँचने वाला था। गंगा किनारे किले के पास बारूद के धमाकों से दूर ख़ुसरोबाग के गवर्नर हाउस की गद्‌दी पर बैठे लियाक़त अली ने अपने क्रान्तिवीर दोस्त रामचन्द्र से पूछा, "हमसे कहाँ ग़लती हुई रामचन्द्र भाई?"

फ़िक्रमन्द रामचन्द्र ने गहरी साँस ली, "हमको किले पर पहले हमला करना था।"

लियाक़त को सही जवाब नहीं मिला था, "लेकिन ग़लती कहाँ हुई?"

"हमें दारागंज पुल के बाग़ियों को बनारसी विद्रोहियों के साथ किले पर क़ब्ज़ा करने भेजना चाहिए था।"

"नहीं रामचन्द्र इससे भी बड़ी ग़लती कर बैठे हम।"

"क्या गवर्नर साहब?"

"हमने टेलीग्राफ़ के तार नहीं काटे।"

"मतलब?"

"मतलब ये कि हम टेलीग्राफ़ के तार काट देते तो ख़बर अंग्रेज़ों तक पहुँचने में बहुत वक़्त लगता। अब तक तो ख़बर कलकत्ता पहुँच गयी होगी।"

"मतलब...गवर्नर जनरल तक ख़बर चली गयी होगी?" रामचन्द्र चौंका।

"सौ फ़ीसदी...गवर्नर जनरल ने फ़ौज इलाहाबाद रवाना भी कर दी होगी।"

रामचन्द्र फ़िक्रमन्द हो गया, "कहाँ से फ़ौज आ रही होगी?"

लियाक़त सोचते हुए बोला, "बनारस सबसे पास है, फिर कानपुर।"

"बनारस भेजें किसी को पता करने के लिये?" रामचन्द्र ने पूछा।

"पूरा बनारस कर्नल नील से जान बचाता भाग रहा है, भला कौन जायेगा ख़बर लेने। हाँ कानपुर से फ़ौज आ रही होती तो नाना को जरूर ख़बर देते।"

"तो ख़बर कैसे पता की जाये लियाक़त?"

"नाना को अगर ख़बर होगी तो बनारस की भी होगी।"

"क्यों?"

"कारोबार...रामचन्द्र...कारोबार। कम्पनी के लिए कानपुर अहम है।"

"तो क्या करें नाना साहेब के पास किसी सिपाही को भेजें क्या?"

"मैंने इलाहाबाद की आज़ादी की ख़बर देने दो दरोगा भेजे तो थे कानपुर।"

"हाँ...लेकिन शायद वो दोनों अभी तक लौटे नहीं।"

"हो सकता है रास्ते में हों, आ ही रहे होंगे।"

"ठीक है, आज रात इन्तज़ार करो वर्ना कल तड़के किसी को कानपुर रवाना कर दो।"

कानपुर गैरिसन की किलेबन्दी का नक़्शा बनाने वाले इंजीनियर को बीबीघर से अगवा कर के आज़ाद कर्नल नील के बनारस से इलाहाबाद रवाना होने की ख़बर पहले ही दे चुका था और नाना ने इलाहाबाद से आये दोनों दरोगाओं को उलटे पाँव इलाहाबाद रवाना कर दिया था ताकि लियाक़त अली को नील से निबटने की तैयारी करने का मौका मिल जाये। ये वो वक़्त था जब गंगा के रास्ते कानपुर से इलाहाबाद की दूरी तय करने में क़रीब तीन दिन और सड़क के ज़रिये घोड़े से एक से डेढ़ दिन लगते थे। इस हिसाब से लियाक़त अली के दोनों दरोगाओं को इलाहाबाद पहुँचने में छह घण्टे बाक़ी थे। हालात दोतरफ़ा फँसे थे। सैनिकों के साथ इलाहाबाद की पूरी आबादी को झोंक कर भी किला जीतना नामुमकिन था क्योंकि लियाक़त अली के पास मौजूद हथियार किले में बैठे अंग्रेज़ों के मुकाबले आधे भी नहीं थी। दूसरी मुश्किल था कर्नल जेम्स नील। कर्नल नील के पहुँचते ही लियाक़त की सेना का दो हिस्सों में बँटना तय था। एक हिस्सा किले पर और दूसरा नील से मोर्चा लेने के लिए। शिकस्त के आसार साफ़ दिख रहे थे यानी इलाहाबाद की आज़ादी और गुलामी के बीच महज़ दो दिन बचे थे।

एक तरफ़ इलाहाबाद की आज़ादी ख़तरे के निशान से ऊपर थी दूसरी तरफ़ बाबा विश्वनाथ की बनारस नगरी ब्रिटिश राज को अपनी क़िस्मत का आख़िरी फ़ैसला कबूल कर चुकी थी। बनारस छोड़कर इलाहाबाद पर धावा बोलने के लिए कर्नल जेम्स नील ने गवर्नर जनरल लॉर्ड कैनिंग से दो दिन का वक़्त माँगा था। वजह थी कि कहीं उसके निकलते ही बनारस में फिर बग़ावत न हो जाये।

हालाँकि बनारस के बाशिन्दों में दम बचा नहीं था मगर नील अपने शक को भरोसे में तब्दील करने की ज़िद में था लिहाज़ा फ़ौज फाटे के साथ बनारस में फ़्लैग मार्च निकाला। सबसे आगे ड्रमर डुगडुगी के अन्दाज़ में चिल्ला कर ऐलान करते चल रहे थे।

सुनो...सुनो...सुनोऽऽऽऽ
बनारस के बाशिन्दों
कान खोलकर सुनोऽऽऽऽ
कम्पनी बहादुर का
ऐलान सुनोऽऽऽऽ
किसी ने भी कम्पनी के ख़िलाफ़
मुँह खोला, आवाज़ उठाई या नारे लगाये
तो सीधे मौत की सज़ा मिलेगी
सरेआम पेड़ पर लटकाया जायेगा
सुनो...सुनो...सुनोऽऽऽऽ

फ़्लैग मार्च असल में दहशत की, ख़ौफ़ की एक और तेज़ाबी ख़ुराक थी। काशी की सड़कों से गुज़रती सेना को देखकर लोग या तो खिड़की-दरवाज़े बन्द कर के घरों में दुबके थे या फिर दोनों हाथ जोड़कर नील के सामने दण्डवत की मुद्रा में नज़र आ रहे थे। कम्पनी पर भरोसा दिखाने के लिए जगह-जगह भीड़ नील के इस्तक़बाल में फूलों की बारिश भी कर रही थी। लेकिन नील को न तो मुख़ालफ़त बर्दाश्त थी, न ही स्वागत। चलते चलाते फ़्लैग मार्च गुदौलिया पहुँचकर ठिठक गया। सेना के झुण्ड में बीचोंबीच चल रही नील की बग्घी भी रुक गयी।

कर्नल नील ने बग्घी चला रहे सिपाही से पूछा, "क्यों रुक गया तुम?"

सिपाही बग्घी पर खड़ा होकर देखने लगा, "एक औरत झण्डा दिखा रही है।" नील भी बग्घी के पायदान पर खड़ा होकर देखने लगा। तभी एक अंग्रेज़ अफ़सर दौड़ा-दौड़ा बग्घी के पास आया, "सर वन लेडी इज़ स्टैंडिंग विद ग्रीन फ़्लैग।"

नील गुर्राया, "यू फ़ूल, गो एंड सी प्रॉपर्ली, कौन है वो लेडी।"

कसाई के नाम से कुख्यात ईस्ट इंडिया कम्पनी का
कर्नल जेम्स स्मिथ नील

अफ़सर उलटे पाँव लौट लिया। सड़क के बीचोंबीच एक सिख औरत हाथ में हरा झण्डा लिए नारे लगा रही थी, "बादशाह-ए-हिंद ज़िन्दाबाद, कर्नल नील मुर्दाबाद।"

फ़्लैग मार्च कर रही सेना को रुका देखकर इलाक़े के लोग छतों-छज्जों और खिड़कियों से झाँकने लगे। कुछ बाशिन्दे दरवाज़ों पर भी जमा हो गये। दो सैनिक औरत को धक्का देकर किनारे करने लगे, पर वो नारे लगाती जा रही थी, "हिन्दुस्तान ज़िन्दाबाद, ईस्ट इंडिया कम्पनी मुर्दाबाद, कर्नल नील कसाई है।"

एक सिपाही ने बहादुर शाह ज़फ़र का हरा झण्डा छीनकर फेंक दिया।

औरत ने दौड़कर झण्डा उठाया और सिपाही को धक्का देते हुए तमाशबीन भीड़ और सैनिकों को ललकारते हुए चीख़ी, "अरे ग़ुलामी की नाली को आज़ादी समझकर कब तक कीड़ों की तरह बजबजाते रहोगे। कीड़े भी ख़ून चूसकर कुत्तों को मार देते हैं। मार दो इन कुत्तों को या ख़ुद मर जाओ.... हिन्दुस्तान ज़िन्दाबाद।"

सैकड़ों की भीड़ सन्नाटा साधे खड़ी थी। आतंक के सूजे में डर का धागा डालकर कम्पनी ज़िन्दा मुर्दों के होंठ सिल चुकी थी और ख़ूँख़ार शासन की रांपी ने इनकी ज़ुबान रेत डाली थी। बनारस में तैनात सिख रेजिमेंट के जिन विद्रोही सैनिकों को कर्नल नील ने क़तार में खड़ा कर के मौत का तांडव किया था उन्हीं शहीद सैनिकों में से एक सिपाही की बेवा थी ये। शौहर की शहादत और यतीम बच्चों को बिलखता देखकर पागल हो चुकी इस बेवा ने न किसी को माँग का सिन्दूर पोंछने दिया, न कोई रवायत उसके सुहाग की चूड़ियाँ तोड़ सकी। घर में भी वो झण्डा उठाये नारे लगाती रहती थी। गुदौलिया के इलाक़ाई कई मर्तबा इस तमाशे के गवाह बने थे। बुरा तो ये था कि आज बर्बर अंग्रेज़ों की फ़ौज चश्मदीद थी।

फ़्लैग मार्च अभी भी एक औरत ने रोक रखा था जो बग्घी पर बैठे कर्नल नील के ठण्डे ख़ून को खौलाने के लिए काफ़ी था। तभी वो अफ़सर लौटा जिसे नील ने सारा माजरा पता करने भेजा था, "सर, शी इज़ द विडो ऑफ़ अ रिबेल।"

"क्या कहती है विडो?"

"सर वो कम्पनी को कुत्ता बोल रही है एंड प्रोवोकिंग पिपुल्स।"

नील ने कोचवान से चाबुक छीनी और ख़ुद बग्घी से उतर कर पैदल चल दिया। नील घूमकर जिस तरफ़ भी नज़र डाल रहा था उस तरफ़ के लोग घरों के भीतर भाग रहे थे। नील को पैदल चलता देख दर्जनों सैनिक घोड़ों से उतर कर बन्दूकों के साथ उसके पीछे चल दिये। नील चौराहे के पास पहुँचा, उस औरत को चार सिपाही जकड़े खड़े थे लेकिन वो अब भी झण्डा लहरा रही थी, नारे लगा रही थी।

नील ने अफ़सर को पास बुलाकर कान में कुछ कहा। अफ़सर दौड़कर ड्रमर्स के पास गया और उसने ड्रम लीडर के कान में कुछ कहा। ड्रम फिर से बजने लगे।

सुनो...सुनो...सुनोऽऽऽऽ
कम्पनी बहादुर का हुक़्म सुनोऽऽऽऽ
अपने-अपने घरों से बाहर निकलो
जो भी घरों के अन्दर ठहरा
उसे सौ कोड़ों की सज़ा मिलेगी
सुनो...सुनो...सुनोऽऽऽऽ
अपने-अपने घरों से बाहर निकलो

ऐलान सुनकर ग़ुलाम बनारसियों की भीड़ बाहर निकल आयी। तभी एक सिपाही दुकान से कुर्सी उठाकर दौड़ा और चौराहे के बीचोंबीच लगा दी। कर्नल नील कुर्सी पर बैठते ही बोला, "जस्ट लीव दैट विडो लेडी, उसको मेरे पास आने दो।"

सैनिकों ने औरत को छोड़ दिया। वो दौड़ती हुई नील के पास आयी और झण्डे के डण्डे से नील की छाती पर वार करने ही वाली थी कि नील ने डण्डा जकड़ लिया। औरत की हिमाक़त देखते ही सैनिकों ने बन्दूकें लोड कर लीं और घेरा बनाकर खड़े हो गये। नील ने बन्दूक ताने सिपाहियों को गोली न चलाने का इशारा किया और फिर मुस्कुराते हुए बोला, "तुम हमारी कम्पनी को कुत्ता क्यों बोला विडो लेडी?"

औरत ने झण्डा छीनने की कोशिश करते हुए कर्नल नील के मुँह पर थूक दिया। नील अपने कोट की आस्तीन से थूक पोंछ ही रहा था कि उस औरत की बूढ़ी सास भीड़ चीरती हुई दौड़कर नील के क़दमों में बैठ गयी, "माफ़ कर दो साहब बहादुर, माफ़ कर दो, अरे ये पागल हो गयी है साहब। आप हमारे मालिक हैं, हमारे दाता हैं।"

पागल बेवा अभी भी नील के हाथों में जकड़े हुए झण्डे को पूरी ताकत से छीनने में लगी थी कि तभी कुर्सी पर बैठे नील ने औरत के पेट पर ज़ोरदार लात मारी और उठकर खड़ा हो गया। भरभरा कर सड़क पर गिरी अपनी बहू के ऊपर आकर सास गिड़गिड़ाई, "साहब बख़्श दीजिए, पेट से है बेचारी।"

औरत के गर्भवती होने की बात सास के मुँह से सुनकर नील के चेहरे पर शैतान मुस्कुराने लगा। तभी औरत ने सास को धक्का देकर अपने ऊपर से हटाया और सड़क पर लेटे-लेटे ज़ोरदार लात नील के पैरों के बीच में मारी। नील लड़खड़ाता हुआ कुर्सी पर गिरा और गिरते ही कुर्सी पलट गयी। सड़क पर पड़े नील को लोग देख रहे थे मगर नील बेशर्मी के साथ हँसने लगा। अपने कर्नल की बेइज़्ज़ती देखकर इस बार एक अफ़सर ने बेवा पर बन्दूक तानी और घोड़ा दबाने ही जा रहा था कि नील चिल्लाया, "बुलेट्स आर प्रीशियस, डोंट वेस्ट अ सिंगल बुलेट।"

अफ़सर ने हाथ देकर नील को उठाया। उसके हाथ से मस्कट लेते हुए नील ने अफ़सर को घूरा, "व्हाट्स दैट इंडियन यूज़ टू से, एक तीर दो निशाना, ऑफ़िसर?"

"सर एक तीर से दो निशाने।"

"यस।"

बेवा खड़ी हो चुकी थी। नील को देखते ही वो दौड़ते हुए क़रीब आयी ही थी कि नील ने मस्कट की नाल पर लगा लम्बा धारदार चाकू उसके पेट में घुसेड़ दिया। औरत का मुँह खुला का खुला रह गया। वो पेट पकड़कर पीछे हटी कि नील ने फिर मस्कट उसके पेट से आर-पार कर दी। बेवा धम्म से गिरी और दो चार साँसें लेकर कोख में पल रहे बच्चे के साथ अपने शहीद शौहर के पास चल दी। बेवा की सास सन्न थी, भीड़ मौन की मण्डी लगाये

खड़ी थी और कसाई कर्नल नील सच में एक तीर से दो निशाने लगा चुका था। आज उसे पक्का यक़ीन हो चला था कि बनारस में अब न बनारसी बग़ावत करेंगे, न विश्वनाथ त्रिनेत्र खोलेंगे। बर्फ़ जैसा चेहरा लिए नील ने ज़मीन पर मरी पड़ी बेवा की मज़बूत मुट्ठी में जकड़ा डण्डा उठाया और डण्डे से झण्डा निकाल कर मस्कट के चाकू पर लगा ख़ून पोंछते हुए चीख़कर सवाल किया, "एनीवन एल्स फ्रॉम बनारस, देन कम।"

लाश सड़क पर ही पड़ी थी। तमाशबीन अपने घरों को लौट रहे थे। कर्नल नील मुतमइन था कि बनारस में अब परिन्दा भी पर नहीं मारेगा। बेफ़िक्र होकर नील ने फ़ैसला किया कि इलाहाबाद की आज़ादी छीनने सेना के साथ कल कूच करेगा। ड्रम फिर बजने लगे...सुनो...सुनो...सुनोऽऽऽ...कम्पनी बहादुर का ऐलान सुनोऽऽऽऽ।

इलाहाबाद से बनारस होती हुई कहानी फिर कानपुर पहुँची। रात का दस बज चुका था और कानपुर की ओपेन जेल से कुछ फ़र्लांग दूर मैदान में लाला जुगुल किशोर के जलसे का फूलों से सजा शामियाना चाँद की चाँदनी से जगमग था। रंगीन रेशमी कपड़ों में लिपटी बल्लियों से बनी चौखटों पर टंगीं दर्जनों फ़ानूस और कनातों के सहारे खड़ीं सैकड़ों शमादानें रोशन थीं। ख़िदमतगार पतली गर्दन वाले पीतल के इत्रदान से मेहमानों पर गुलाब जल और केवड़ा छिड़क रहे थे। मेवाड़ से आये कारीगरों ने पूरे मैदान पर लकड़ियों की मचान पर मिट्टी के बड़े-बड़े हौदे रखे हुए थे। ऊँचाई पर रखे हौदों से बाँधी गयीं लोहे की नलियों के सहारे पानी ज़बरदस्त दबाव के साथ फ़व्वारों तक आ रहा था और मन्द-मन्द चलती हवा के साथ फ़व्वारों की फुहार हर ख़ास-ओ-आम को भिगो रही थी। जून की गर्मी से बारातियों-जनातियों को राहत देने का शायद यही यन्त्र था।

शहनाई के सुरों को मिट्टी के तंबूरे पर हिरन की खाल से कसा नक्कारा लय दे रहा था। दर्जनों ख़ानसामों, रक़ाबदारों के साथ हलवाइयों ने तरह-तरह की सूखी-रसेदार सब्ज़ियों के अलावा हरी कचौड़ी, पूड़ी, उड़द के दही बड़े, कलाकंद, गुलाब जामुन और पेड़ों के साथ मेहमानों के स्वागत के लिए खस

का शर्बत भी बनाया था। आसन और चौपाइयाँ लगाकर भोजनघर बनाया गया था जहाँ दावत में आये लोगों को लाला के नातेदार पक्की मिट्टी के चौघड़ों से खाना परोस रहे थे। बारात का द्वारचार हो चुका था। स्वाति नक्षत्र के शुभ मुहूर्त पर वर और वधू फेरों के लिए मण्डप के नीचे बैठे थे। मंत्रोच्चार जारी था। मैदान के एक तरफ़ आम मेहमानों और रिश्तेदारों का पण्डाल सजा था तो दूसरे छोर पर धन्नासेठों के लिए सफ़ेद चादरों से ढके गद्दों पर मसनदें लगी थीं। इसी हिस्से में थोड़ा-सा हटकर तक़रीबन बीस बिसवा ज़मीन पर फूलों की कालीन सजाकर नानाराव और जनरल व्हीलर के लिए दो राजगद्दियाँ रखी गयी थीं। राजगद्दियों से थोड़ी दूरी बनाकर व्हीलर के अफ़सरों और नाना के ख़ास सिपहसालारों के बैठने के लिए नक़्क़ाशीदार तख़्त सजे थे। इस राजसी पण्डाल के उत्तरी छोर पर रंग-बिरंगे फूलों की मेहराब बनाकर मंच सजा था जिस पर गुलाबी पर्दा था और पर्दे के पीछे साजिन्दे साजों को एक सुर में बैठा रहे थे।

मेहमानों से भोजन और मिठाई खाने की गुज़ारिश कर रहे लाला जुगुल किशोर के कान में एक सिपाही ने जनरल व्हीलर के आने की ख़बर दी। जुगुल किशोर दौड़कर तोरण द्वार पर पहुँचा और फूल मालायें लेकर खड़ा हो गया। कुछ देर में व्हीलर की बग्घी के साथ तीन घोड़ागाड़ियाँ और एक दर्जन घुड़सवार रुके। लाल कोट, काली पैंट पर हैट पहने कोचवान ने बग्घी की कुण्डी खोलकर व्हीलर को उतारा। जुगुल किशोर ने व्हीलर, कैप्टन मॉब्रे थॉमसन और लेफ़्टीनेंट डेलाफ़ॉस का माला पहना कर स्वागत किया ही था कि तभी नानाराव की शाही बग्घी भी रुकी। नाना के साथ केवल दस सिपाही थे बाक़ी बाला और बाबा भट्ट, अज़ीमुल्ला और राव पाण्डुरंगा सब नदारद थे। आते भी कैसे, सब शहर के अलग-अलग हिस्सों में विद्रोही सैनिकों के साथ नाना के इशारे का इन्तज़ार कर रहे थे।

नाना और व्हीलर साथ चलते हुए राजसी पण्डाल की राजगद्दियों पर बैठ गये। थॉमसन और डेलाफ़ॉस ने तख़्त पर डेरा जमाया और एक दर्जन अंग्रेज़ सिपाही व्हीलर की सुरक्षा से लेकर पूरे पण्डाल तक फैल गये। सैनिकों की निगाहें आज़ाद की तलाश में थीं। डेलाफ़ॉस और थॉमसन भी चौकन्ने थे।

नानाराव ने बगल में बैठे व्हीलर की चुटकी ली, "सुना है बाहर से बड़ी फ़ौज आ रही है कानपुर में?"

व्हीलर ने तंज कसा, "आप बग़ावत करेंगे तो फ़ौज बुलानी ही पड़ेगी?"

नाना साफ़ मुकर गये, "आप बेवजह शक कर रहे हैं।"

व्हीलर ने नाना को घूरा, "गंगा दशहरा वॉज़ अ लेसन फॉर मी।"

"गंगा दशहरा हमारा फ़ेस्टिवल था व्हीलर साहब।"

"ओह्हो...इतना बड़ा फ़ेस्टिवल कि आप फ़ौज के साथ बिठूर से कानपुर आ गये।"

"हमारे इरादे ग़लत होते तो क्या दशहरा वाले दिन बग़ावत न कर देते?"

"आई एम नॉट अ फ़ूल नाना साहेब। उस दिन बग़ावत नहीं, सैनिकों को दो महीने की तनख़्वाह दिलानी थी आपको।"

नाना ने पासा फेंका, "तनख़्वाह आप ने दी व्हीलर साहब।"

"डिनर पर झूठ बोलकर आपने हमें दो महीने के सेलरी देने के लिए फँसाया।"

"आप नाना की हर बात पर शक कर रहे हैं।" नानाराव ने ताना मारा।

"आज सुबह सैनिकों ने गुप्त बैठक की है...और कुछ बताऊँ?"

नाना चौंक गये और सच्चाई छिपाते हुए बोले, "अच्छा...मुझे जानकारी नहीं है।"

व्हीलर ने ठहाका लगाया, "कितने मासूम हैं आप नाना साहेब लेकिन आज हम सबूत और गवाह के साथ साबित कर देंगे कि आप बग़ावत करने जा रहे हैं।"

नानाराव हैरान थे, "आज मतलब कहाँ?"

"यहीं...इसी जलसे में।" व्हीलर ने अकड़ दिखाई।

"तो फ़ौरन साबित करिए।" नाना ने चिन्ता में भी चुनौती दे डाली।

"फिर मुकर मत जाइयेगा" व्हीलर ने भी चौसर की चाल चल दी।

नाना जैसे अग्निपरीक्षा को तैयार हो गये, "एक़दम नहीं जनरल साहब।"

"आपके सैनिकों की तलाशी ली जाये तो कोई ऐतराज़।" व्हीलर ने घूरा।

बिना वक़्त गँवाये नाना ने दाँव चला, "फ़ौरन से पेशतर।"

नाना को आज़ाद की फ़िक्र थी लेकिन उन्हें यक़ीन था कि आज़ाद को तो कोई पहचानता ही नहीं। नाना ने अपने सिपाही को इशारा किया और बाक़ी सैनिकों को क़तार में खड़ा करने का हुक़्म सुनाया। नाना के साथ आये दसों वर्दीधारी सिपाही क़तार में खड़े हो गये। व्हीलर का इशारा पाते ही डेलाफ़ॉस और थॉमसन ने एक-एक सिपाही की टोपी, कमर और आस्तीन ऊपर चढ़ाकर सुरैया का नाम तलाशा लेकिन न सुरैया का नाम कहीं गुदा मिला, न आज़ाद। व्हीलर को अन्दाज़ा हो चुका था कि आज़ाद भीड़ में ही कहीं आम आदमी की तरह उसी पर नज़र लगाये खड़ा सारा तमाशा देख रहा है। थॉमसन ने व्हीलर को महफ़ूज रखने के चलते नाना के सारे सिपाहियों को छोड़ दिया ताकि वे व्हीलर के आसपास न रहें। व्हीलर की ख़बर झूठी साबित हो चुकी थी मगर नाना अभी भी फ़िक्रमन्द थे। उन्हें व्हीलर के इस रवैये से क्रान्ति की ख़बर खुल जाने की चिन्ता खा रही थी। नाना को एहसास हो चला था कि कुछ तो है जो व्हीलर जानता है और कुछ ऐसा भी है जिससे वो ख़ुद ही अनजान हैं। तभी दो तरफ़ से रस्सियाँ खींचीं गयीं और मंच पर चढ़ा गुलाबी पर्दा उठ गया। मखमली गद्दे पर संगी गायिकाओं के साथ सुरैया मौजूद थी और सुनहरे चूड़ीदार पायजामे कुर्ते में कई तवायफ़ें गोल घेरा बनाये खड़ी थीं। तभी शहनाई ने लम्बी तान छेड़ी। भाव मुद्राओं के साथ तवायफ़ों का घेरा किसी सीप की तरह खुला और मोती की तरह अजीजन नमूदार हुई। हरा लहँगा कुर्ती, कलाइयों तक चमचमाती चूड़ियाँ, माथे पर सोने का बेंदा, अँगुलियों में अंगूठियाँ, नाक में मराठी नथ। लाली सुरमे ने अजीजन के होंठों या आँखों का नहीं, बल्कि ख़ुद का श्रृंगार किया था। पैरों में बँधे घुँघरू छनक छनक कर अपनी ही क़िस्मत पर इठला रहे थे। कहीं आसमान पर बैठे संगतराश ने जैसे अपना ही दिल तराश कर अजीजन को ज़मीन पर उतारा था। मन्द से तार सप्तक पहुँच चुकी शहनाई की तान को सारंगी ने सुर दिया और तबले ने थाप। सुरैया ने मालकौंस की चाशनी से नहाई ठुमरी आलापी और अजीजन के छन छन करते पाँव तीन ताल की एकल लय पर थिरकने लगे।

अपनी छवि बनाई के
जो मैं पी के पास गयी

जब छवि देखी पीहू की तो
अपनी भूल गयी
छाप तिलक सब छीन्ही रे
मोसे नैना मिलाय के
बात अघम कह दीन्हीं रे
मोसे नैना मिलाय के

अजीजन की अदाओं में अमीर ख़ुसरो की कलम रस घोल रही थी और बारातियों-जनातियों, मेहमानों की भीड़ रस्सी से बँधी बल्लियों की हद तक राजसी पण्डाल के पास जमा होने लगी थी। भीड़ बढ़ती देखकर कई अंग्रेज़ सैनिकों ने भीड़ को बन्दूक के कुंदों से धकियाना शुरू किया। व्हीलर की आँखें अजीजन पर थीं मगर नज़रें आज़ाद को ही तलाश रही थीं। इसी बीच धोती-कुर्ते पर पगड़ी पहने बड़ी मूँछों वाला ख़िदमतगार चाँदी की तश्तरी में शर्बत सजा कर व्हीलर की तरफ़ आया। डेलाफ़ॉस ने फ़ुर्ती से उठकर ख़िदमतगार के हाथों से तश्तरी छीन ली। सिपाही ख़िदमतगार को पण्डाल के पीछे ले गये और उसकी कलाई जाँचने लगे। डेलाफ़ॉस शर्बत की तश्तरी लेकर व्हीलर की ओर बढ़ते-बढ़ते अचानक रुक गया। कुछ सोच कर उसने तश्तरी नाना के सामने कर दी। नाना दो पल ठिठके फिर तश्तरी से गिलास उठाकर शर्बत की चुस्कियाँ लेने लगे। मुतमइन होकर डेलाफ़ॉस ने बगल वाली राजगद्दी पर बैठे व्हीलर की तरफ़ गिलास बढ़ा दिया। डेलाफ़ॉस को डर था कि कोई व्हीलर को ज़हर न दे दे। नानाराव अजीजन की योजना से तो अनजान थे मगर ये समझ चुके थे कि व्हीलर और अफ़सरों को किसी मसले पर शक है। गुलाब जामुन, कचौड़ी, कलाकंद और दही बड़े लेकर मंच की तरफ़ बार-बार बढ़ रहे लोगों को दबोचकर पण्डाल के पीछे ले जाने और जामा तलाशी के बाद छोड़ने का सिलसिला जारी था। जुगुल किशोर ने कई बार खाना परोसने वालों को न जाने की ताकीद भी की लेकिन थॉमसन ने लाला को रोकने से मना कर दिया। थॉमसन चाहता था कि लोग आते रहें ताकि इसी बहाने आज़ाद भी आये और दबोच लिया जाये। बगल में बैठे नानाराव पहले ही व्हीलर की बातों से फ़िक्रमन्द थे। क्रान्ति पर ग्रहण लगने की चिन्ता दीमक बनकर नाना

का दिमाग़ चाट रही थी। ठुमरी पर अजीजन तवायफ़ों के साथ थिरक रही थी और तीन ताल पर सुरैया सुर साधे हुए थी।

बल बल जाऊँ मैं तोरे रंग रेजवा
बल बल जाऊँ मैं तोरे रंग रेजवा
अपनी सी रंग दीन्हीं रे
मोसे नैना मिलाय के
प्रेम वटी का मदवा पिलाय के
प्रेम वटी का मदवा पिलाय के
मतवारी कर दीन्हीं रे
मोसे नैना मिलाय के

तभी एक पण्डाल को हिस्से में बाँटने के लिए लगाई गयीं बल्लियाँ भीड़ के दबाव में उखड़ने लगीं। व्हीलर के साथ आये अंग्रेज़ सैनिक दर्जन भर ही थे और हुजूम सैकड़ों का था। ख़तरा बढ़ता जा रहा था। भीड़ मुजरे से ज़्यादा अजीजन को देखकर पगलाई हुई थी और जुगुल किशोर के हाथ में कुछ भी नहीं था। दीवाने मंच पर चढ़कर नाचने लगे और सैकड़ों मंच के सामने आकर वाह-वाह करने लगे। नानाराव और व्हीलर को भीड़ के आगे अब मंच नहीं दिख रहा था। उधर अजीजन और सुरैया इसी आड़ में मंच के पीछे चली गयीं। लेकिन साथ में नाच गा रही लड़कियाँ अभी भी मुजरा सँभाले हुए थीं।

गोरी गोरी बईंया हरी हरी चूरियाँ
गोरी गोरी बईंया हरी हरी चूरियाँ
बईंया पकर हर लीन्हीं रे
मोसे नैना मिलाय के
छाप तिलक सब छीन्ही रे
मोसे नैना मिलाय के

अंग्रेज़ सैनिक भीड़ में तितर-बितर हो चुके थे। सैलाब को सँभालने में एक अंग्रेज़ सैनिक की बन्दूक के कुंदे से चोट खाकर कुछ लोग उबल पड़े और हाथापाई करने लगे। माहौल बिगड़ता देखकर अफ़सरों ने आज़ाद को तलाशने

के बजाय अब व्हीलर को घेरना ज़रूरी समझा। डर था कि भीड़ की आड़ में घात लगाये बैठा आज़ाद कहीं व्हीलर पर हमला न कर दे। डेलाफ़ॉस ने व्हीलर के कान में कुछ फूँका। व्हीलर झट से उठा और थॉमसन, डेलाफ़ॉस के साथ चल दिया। भीड़ चीरते हुए अफ़सर सड़क पर खड़ी बग्घी की तरफ़ बढ़ चले। अफ़रा-तफ़री में नाना ने भी रुकना मुनासिब नहीं समझा। व्हीलर रफ़्तार पकड़े हुए था कि मौके की तलाश में खड़ी मस्तानी टोली का रेला आया जिसने जानबूझकर थॉमसन और डेलाफ़ॉस को धक्का देकर गिरा दिया। व्हीलर के पास पीछे मुड़ने का वक़्त नहीं था। एक सिपाही के साथ नाना के तेज़ क़दम मुख्यद्वार का रास्ता नाप रहे थे। सड़क पर आते ही व्हीलर लपक कर बग्घी पर बैठ गया। ख़तरा भाँपकर कोचवान ने बग्घी के दरवाजे की कुण्डी पर ताला लगा दिया। बग्घी बिना वक़्त गँवाये सड़क पर तेज़ी से दौड़ पड़ी।

उधर दो अंग्रेज़ सैनिक उस मौके पर पहुँचे जहाँ थॉमसन और डेलाफ़ॉस गिरे पड़े थे। दोनों सैनिकों ने अपने अफ़सरों को उठाया और साथ-साथ बाहर दौड़े। बग्घी ओझल थी। बाहर तैनात दरबान ने बताया कि बग्घी जाजमऊ की तरफ़ गयी है। थॉमसन के साथ डेलाफ़ॉस घोड़ागाड़ी में बैठा और साथ आये दोनों सैनिकों को बाक़ियों के साथ जाजमऊ आने का हुक़्म दिया। सड़क पर गुम हो चुके व्हीलर की तलाश में थॉमसन की घोड़ागाड़ी दौड़ी जा रही थी। नाना भी बाहर निकलकर बग्घी पर बैठे और एक घुड़सवार के साथ बिठूर चल दिये क्योंकि बाक़ी अन्दर फँसे थे। थोड़ी देर की जद्दोजहद के बाद हुजूम में इधर-उधर अटके अंग्रेज़ सिपाही भी व्हीलर को पण्डाल में न पाकर भीड़ धकेलते हुए बाहर आये जहाँ दो सैनिक पहले से इन्तज़ार में थे। सारे अंग्रेज़ सैनिकों ने घोड़ों की लगाम सँभाली और अँधेरे में निशाना लगाते हुए उसी दिशा में चल दिये जिधर थॉमसन ने सबको आने का आदेश दिया था। मंच पर मुजरा जारी था, भीड़ बेकाबू थी मगर अजीजन सुरैया के साथ गायब थी। तभी आतिशबाज़ी फूटी और आकाश में छा गयी।

क्रान्ति का शंख बज चुका था। आकाश से मिल रहे इशारे पर हर आधा मील पर आतिशबाज़ी छूटने लगी। इंफ़ेन्ट्री के सैनिक पाण्डुरंगा राव और ज्वाला प्रसाद की अगुवाई में ख़ज़ाने को घेरने लगे। ख़ज़ाने की सुरक्षा में तैनात सिपाही आधी रात में पटाखों की गूँज से जाग गये। फ़ौज ने धावा बोला और

शुरू हो गयी ख़ज़ाने को क़ब्ज़े में लेने की जंग। एक मील दूर ही मैग्ज़ीन का भी यही हाल था, जहाँ पर अज़ीमुल्ला और शम्सुद्दीन सैनिकों के साथ तैयार थे। नेटिव इंफ़ेन्ट्री के सौ सवा सौ हिन्दुस्तानी सैनिकों को छोड़कर कैंटोनमेंट खाली हो चुका था और अपने जनरल की ग़ैर-मौजूदगी में अंग्रेज़ और बाक़ी सैनिक चुप्पी साधे बैठे रहे। बाबा और बाला भट्ट ने पचास सिपाहियों के साथ ओपेन जेल पर हमला बोल दिया।

बिठूर की तरफ़ जा रहे नानाराव ने बग्घी की खिड़की से आतिशबाज़ी देखते ही समझ लिया कि आज के बाद कानपुर सिर्फ़ कानपुर वालों का होगा। जिस नाना के चेहरे पर अभी तक तनाव की सिलवटें दिखाई दे रही थीं अब उसी नाना की मुस्कान क़ामयाबी बयां कर रही थी। उधर जाजमऊ के रास्ते तेज़ी से दौड़ रही बग्घी में बैठे व्हीलर ने पीछे वाली खिड़की से झाँककर देखा तो अफ़सर और सिपाही दूर-दूर नज़र नहीं आ रहे थे। व्हीलर सामने वाले जालीदार खाँचे से चिल्लाया, "गाड़ी रोको।"

कोचवान ने ऊँची आवाज़ में जवाब दिया, "साहब ख़तरा है।"

"इट्स ऐन ऑर्डर, गाड़ी रोको, फ़ौरन।"

"नहीं साहब, थॉमसन साहब का हुक़्म है कि तेज़ी से भागना है।"

व्हीलर का दिमाग़ खटका। उसने अन्दर से बग्घी का दरवाज़ा खोलने की कोशिश की लेकिन बाहर से ताला लगा था। कई बार उसने ताक़त लगाई, दरवाज़े पर लातों से धक्के मारे मगर नाकाम रहा। व्हीलर समझ चुका था कि आज़ाद ने उसे अगवा कर लिया है। थॉमसन और डेलाफ़ॉस की घोड़ागाड़ी आधा मील और बाक़ी घुड़सवार सैनिक क़रीब पौन मील पीछे थे।

उधर ख़ज़ाने और मैग्ज़ीन पर सुरक्षा सैनिकों और विद्रोही सिपाहियों में तलवारें और गोलियाँ चल रही थीं। बाग़ी सिपाहियों के आगे ख़ज़ाना और मैग्ज़ीन बचाने के लिए लड़ रहे कम्पनी सैनिक महज़ मुट्ठी भर थे लेकिन लाशें दोनों तरफ़ से गिर रही थीं। शम्सुद्दीन, अज़ीमुल्ला, ज्वाला प्रसाद, राव पाण्डुरंगा, बाला और बाबा भट्ट विद्रोहियों के साथ बेहद मज़बूती से मोर्चा सँभाले हुए थे।

इस बीच जुगुल किशोर की शादी में मंच के पीछे से भागने के बाद आज़ाद के भेष में अजीजन के इरादे कुछ और ही थे। वो मस्तानी टोली की

एक दर्जन लड़कियों के साथ कैंटोनमेंट के खम्भों में चढ़कर टेलीग्राफ़ के तार काटने में जुटी थी। वजह थी इलाहाबाद। मौलवी लियाक़त अली ने टेलीग्राफ़ के तार ही नहीं कटवाये थे। तार कट गये होते तो अकबर के किले से ख़बर तार के ज़रिये कलकत्ता के फ़ोर्ट विलियम तक नहीं पहुँचती, न ही बनारस से कर्नल नील को इलाहाबाद रवाना होने का हुक़्म मिलता। लियाक़त अली की सबसे बड़ी लापरवाही आज़ाद के लिए सबसे अहम सबक था। इसीलिए आज़ाद और उसकी टोली खम्भों से हज़ारों फुट तार काट कर लच्छे बना रही थी ताकि लच्छों को गंगा के हवाले कर सके।

उधर व्हीलर फँस चुका था और बग्घी जाजमऊ के टीले की चढ़ाई चढ़ रही थी। ये टीला महाभारत काल के टीले के नाम से मशहूर था। बताते हैं कि पाण्डवों ने इस टीले पर महीनों वास किया था। थॉमसन की घोड़ागाड़ी और घोड़े पर सवार सैनिकों की बग्घी से दूरी और कम हो चुकी थी। आधे चाँद की रोशनी में टीले के रास्ते उड़ती ज़बरदस्त धूल देखकर व्हीलर के सैनिक उसी तरफ़ बढ़ रहे थे कि तभी टीले के ठीक आख़िरी छोर पर व्हीलर की बग्घी रुक गयी। कोचवान उतरा और बग्घी के दरवाज़े का ताला खोलते ही उसने कॉलर पकड़कर व्हीलर को बाहर निकाला और घसीटते हुए टीले के मुहाने तक ले गया, जहाँ क़रीब हज़ार फुट नीचे गंगा मइया बह रही थीं। व्हीलर डर गया।

इधर कैंटोनमेंट के क़रीब एक मील इलाक़े तक आज़ाद और उसकी टोली सैकड़ों खम्भों को बेतार कर चुकी थीं। सौ-सौ फ़र्लांग की दूरी पर जमा तार के लच्छों को लड़कियों के हवाले कर आज़ाद मैग्ज़ीन चल दिया। कुछ ही दूरी पर आज़ाद को अंग्रेज़ अफ़सर के बंगले के बाहर खाली पीठ कुछ घोड़े दिखाई दिये। बंगले के अन्दर रोने-चिल्लाने की आवाज़ें आ रही थीं। आज़ाद दबे पाँव दीवार पर चढ़ा तो अन्दर का नज़ारा सनसनीखेज़ था। दो विद्रोही सिपाहियों ने अफ़सर के साथ उसकी बीवी को पीछे से पकड़ रखा था। दो सिपाही तलवार ताने थे जिनमें से एक अंग्रेज़ के पन्द्रह साल के बेटे की छाती पर पैर रखकर खड़ा था। आज़ाद फ़ौरन समझ गया कि नाना के हुक़्म के बावजूद ये सैनिक अंग्रेज़ों को मारने पर आमादा हैं। दीवार पर चढ़ा आज़ाद कटार हाथ में लेकर धम्म से कूदा।

कूदने की आवाज़ सुनते ही तलवार लहराता हुआ एक सिपाही आज़ाद की तरफ़ लपका। इससे पहले कि तलवार का वार आज़ाद की गर्दन तक पहुँचता आज़ाद फ़ुर्ती से ज़मीन पर कूल्हे के बल बैठा और बैठते ही उसने कटार की धार से सिपाही की एड़ी के पीछे की धमनी काट दी। भलभला कर ख़ून की धार बहने लगी और सिपाही गिर पड़ा। आज़ाद ने कटार कमर में खोंसी और सिपाही से तलवार छीनकर उसकी छाती पर सवार हो गया। तलवार चलाता हुआ दूसरा सिपाही भी दौड़ा। इस बार आज़ाद ने छाती पर बैठे-बैठे दूसरे की जाँघ चीर दी और दोनों हाथों से तलवार भाँजता हुआ उनकी ओर झपटा जो मियाँ-बीवी को पकड़े खड़े थे। चेहरा ढके आज़ाद का अन्दाज़ देखते ही दोनों सिपाही पीछे की दीवार फाँद कर भाग गये। आज़ाद ने पलट कर देखा तो ज़मीन पर पड़े दोनों सिपाही लंगड़ाते हुए मेनगेट खोलकर बाहर जा रहे थे। आज़ाद पीछे जाने को हुआ कि बच्चा आज़ाद के पैरों से लिपटकर रोने लगा। मियाँ-बीवी ने घुटनों पर बैठकर आज़ाद का धन्यवाद किया और पूछा, "कौन हो तुम?"

आज़ाद बच्चे का सिर सहलाते हुए बोला, "कोई नहीं।"

इतना कहते ही आज़ाद दौड़कर बाहर आया, सारे घोड़े जा चुके थे। आज़ाद को ये सैनिक नहीं पहचान पाये लेकिन आज़ाद उन्हें पहचान चुका था।

उधर जाजमऊ टीले पर अंग्रेज़ सिपाही की वर्दी पहने कोचवान व्हीलर को मार-मार कर बेहाल कर चुका था। व्हीलर का मुँह ख़ून से सना हुआ था। बस इसी वक़्त थॉमसन और डेलाफ़ॉस की घोड़ागाड़ी रुकी। दोनों उतरे ही थे कि पीछे से घुड़सवार भी आ गये। कोचवान ने बिजली की तेज़ी से व्हीलर की छाती थॉमसन की तरफ़ घुमाई और कमर से कटार निकालकर उसकी गर्दन पर सटाने ही वाला था कि व्हीलर ने उसका हाथ पकड़ लिया। कोचवान की आस्तीन चढ़ चुकी थी, कलाई खुल चुकी थी और कलाई पर सुरैया का नाम गुदा था। कलाई और कटार पर नाम देखते ही व्हीलर सौ फ़ीसदी समझ गया कि वो जिसकी गिरफ़्त में है वो कोई और नहीं बल्कि आज़ाद ही है। तभी तेज़ झटके से कोचवान के भेष में मौजूद सुरैया ने अपना हाथ छुड़ाया और कटार व्हीलर की गर्दन पर टिका दी। कटार की महीन धार ने व्हीलर के गले को माँझे की तरह रगड़ दिया और उसके गले पर ख़ून की लकीर उभर आयी।

थॉमसन ने धमकी दी, "आज़ाद छोड़ दो जनरल को, वर्ना मार देंगे।"

घुड़सवारों ने बन्दूकें तान दीं। व्हीलर गुर्राया, "किल हिम।"

पीछे से व्हीलर के बाल खींचते हुए कोचवान हँसा, "तुम गोरों के चेहरे पर ख़ौफ जँचता है। मौत का यही डर देखते हुए आतिशबाज़ी देखनी थी।"

तभी मीलों दूर मैग्ज़ीन और ख़ज़ाने पर शुरू हुई आतिशबाज़ी ने आसमान का श्रृंगार कर दिया। कोचवान ज़ोर-ज़ोर से हँसने लगा, "देखो फिरंगियों देखो।"

व्हीलर, थॉमसन, डेलाफ़ॉस और सैनिक मुँह बाये आसमान देखने लगे। पटाखों की आसमानी इबारत के लिखने का सिलसिला रुक ही नहीं रहा था और इबारत खुलेआम पैग़ाम दे रही थी कि ख़ज़ाना भी अब नाना का है और मैग्ज़ीन भी। मैग्ज़ीन से ख़ज़ाने और ख़ज़ाने से कैंटोनमेंट तक सैनिकों के साथ आज़ाद, अज़ीमुल्ला, शम्सुद्दीन, राव पाण्डुरंगा, ज्वाला प्रसाद, बाला और बाबा भट्ट हर हर महादेव के नारे लगा रहे थे। जेल का फाटक भी टूट चुका था और लाचार कैदी बाहर निकल कर सैनिकों के साथ नारे बुलन्द कर रहे थे। बिठूर महल के सबसे ऊँचे बुर्ज पर खड़े नाना आसमान की गवाही पढ़ रहे थे। मगर जाजमऊ के ऊँचे टीले पर कटार की तेज़ धार पर अपनी ज़िन्दगी गँवाने के मुहाने पर खड़ा व्हीलर कानपुर गँवा चुका था। उसकी आँखों में मौत के ख़ौफ़ से ज़्यादा कानपुर छिनने का लावा था। वो उस वक़्त को कोस रहा था जिस वक़्त उसने नाना की दोस्ती पर ऐतबार किया। वो उस पल को लानत भेज रहा था जिस पल उसने दिल्ली जा रही विद्रोही सैनिकों की टुकड़ियों को नाना के कहने पर दोबारा फ़ौज में शामिल कर लिया था। वो उस घड़ी पर ख़ुद को धिक्कार रहा था जिस घड़ी उसने नाना के कहने पर सैनिकों को दो महीने की तनख़्वाह दी थी। व्हीलर की खिसियाहट का मख़ौल बनाते हुए कोचवान दहाड़ा, "क्रान्ति ज़िन्दाबाद, हर हर महादेवऽऽऽऽ।"

तेज़ाब से नहाया हुआ व्हीलर चिल्लाया, "फ़ायरऽऽऽऽऽऽ।"

सैनिक गोलियाँ चलाने लगे। एक गोली कोचवान के हैट पर लगी और हैट सिर से उछल कर गिर गया। कोचवान ने व्हीलर की गर्दन से कटार हटाई और पलट कर पल गँवाये बग़ैर ठीक चार क़दम की दूरी पर मौजूद टीले के मुहाने की ओर दौड़ा, व्हीलर भी उसके पीछे लपका। इधर कोचवान कूदा

उधर व्हीलर ने पीछे से उसके बालों पर झपट्टा मारा। कोचवान के जूड़े का काँटा खुल गया और उसके लम्बे बाल व्हीलर के पंजों में आ गये। अब कोचवान लटका हुआ था और व्हीलर उसे बालों से ऊपर खींच रहा था। तभी डेलाफ़ॉस और थॉमसन भी आ गये और व्हीलर की बाजुओं को ताकत देकर ऊपर खींचने लगे। दो सैनिकों ने व्हीलर के पैर पकड़ लिए ताकि व्हीलर नीचे न गिर जाये। तीन सैनिकों ने मुहाने पर आकर बन्दूक से निशाना साधा और घोड़ा दबा दिया। निशाना तो चूक गया लेकिन दोबारा बुलेट लोड करने में मिले वक़्त में कोचवान ने एक हाथ ऊपर कर के अपने बाल पकड़े और दूसरे हाथ में मौजूद कटार की धार से बाल रेत दिये। कोचवान व्हीलर के पंजों से छूटकर हज़ार फुट नीचे गंगा की तरफ़ गिरने लगा। व्हीलर के पंजों में अब सिर्फ़ कोचवान बनी सुरैया के बालों का बड़ा-सा गुच्छा था जिसे जाजमऊ के टीले पर खड़ा हर अंग्रेज़ आज़ाद समझ बैठा था। सैनिक फ़ायर पर फ़ायर कर रहे थे लेकिन नाकाम थे। सुरैया गंगा में गहरे तक उतर गयी और दूर तक जाने के इरादे के साथ पानी के अन्दर ही अन्दर तैरती चली जा रही थी।

पंजों में सुरैया के लम्बे बालों का गुच्छा, चेहरे पर मायूसी और दिल में कानपुर खोने का मलाल लिए व्हीलर कभी टीले से नीचे तो कभी ऊपर आसमान में देख रहा था। नीचे गंगा में डूबी नाक़ामयाबी और ऊपर चिढ़ाती हुई आतिशबाज़ी थी। क्रान्ति क़ामयाब करने की योजना के तहत व्हीलर और उसके ख़ास अफ़सरों को आज़ाद के नाम का चारा डालकर मछली की तरह काँटे में फँसाया गया और जुगुल किशोर के जलसे में बुलाया गया था। अजीजन की नीति कहती थी कि अगर उसके जासूस अंग्रेज़ों के बीच रह सकते हैं तो नानाराव और उनके सिपहसालारों के बीच अंग्रेज़ों के मुख़बिरों की मौजूदगी से भी इन्कार नहीं किया जा सकता था। क्रान्ति की मुख़बिरी के शक को दरकिनार करने के लिए ही उसने मकड़ी के मानिंद आज़ाद नाम का जाला बुनकर व्हीलर को भुनगे की तरह फँसाया ताकि वो ख़ुद पुख़्ता हो सके कि व्हीलर को क्रान्ति का अतापता भी नहीं है। व्हीलर के जलसे में आते ही वो भाँप गयी थी कि बेवकूफ़ व्हीलर और उसके अफ़सर पूरी तरह बेख़बर हैं। भला फिर व्हीलर को टीले तक ले जाने का फ़ायदा क्या था, चाहती तो उसे अगवा ही नहीं करती, न ही सुरैया की जान फँसाती। लेकिन अजीजन तो

अजीजन थी। उसे व्हीलर को मारने के बजाय छोड़ देने की जाँबाज़ी का मज़ा लेना था। उसे अंग्रेज़ों के सुप्रीमो को ख़ंजर की नोंक पर बेबस, लाचार और मजबूर देखने का स्वाद चखना था। फ़ौलादी कलेजे की जीदारी दिखाकर उसे व्हीलर को खुलेआम कानपुर की क्रान्ति का चश्मदीद गवाह बनाना था, वो भी महाभारत काल के ऊँचे टीले पर खड़ा कर के। वो महाभारत जहाँ बिना नारायणी सेना के पाण्डवों ने आज कौरवों को क्रान्ति के जुएँ की बाज़ी भी हराई थी और कुरुक्षेत्र का युद्ध भी। नानाराव भले ही कृष्ण थे मगर अजीजन इस महाभारत की अर्जुन थी, इस महाभारत की बृहन्नला थी और अजीजन ही वो द्रौपदी थी जो शस्त्र उठा चुकी थी।

चैप्टर-4

बुचर ऑफ़ बनारस, ईविल ऑफ़ इलाहाबाद

सुबह का चार बजा था। कम्पनी के एक-एक सिपाही को मारकर बाग़ी सैनिकों ने हथियारों से भरी मैग्ज़ीन और ख़ज़ाने पर अपना ताला जड़ दिया था। शहर के तमाम वैद्यों और डॉक्टरों के साथ मस्तानी टोली की लड़कियाँ पहचान छिपा कर ज़ख़्मी विद्रोहियों की मरहम पट्टी कर रही थीं। मौके से आधा मील दूर बने गंगा घाट की सबसे आख़िरी सीढ़ी पर बाग़ियों का नेता शम्सुद्दीन अकेला बैठा एकटक लहरें गिन रहा था। घाट के ऊपर की तरफ़ बने चबूतरे पर अज़ीमुल्ला, पाण्डुरंगा, बाबा और बाला भट्ट के साथ आज़ाद की शक्ल में बैठी अजीजन को शरारत सूझी। वो चबूतरे से उठी और सीढ़ियाँ लाँघते हुए शम्सुद्दीन के बगल में आकर चुपचाप बैठ गयी। ख़यालों में खोया शम्सुद्दीन बस मुस्कुराये जा रहा था। कुछ पल यूं ही गुज़रे और अचानक अजीजन ने शम्सुद्दीन के कन्धे पर ज़ोर से हाथ मारा। शम्स पहले तो चौंका फिर आज़ाद को सामने देखकर सँभल गया।

आज़ाद ने छेड़ा, "कौन सी खुशियाँ हैं जो आँखों में गंगा की तरह बह रही हैं?"

शम्सुद्दीन ने गहरी सांस भरी, "हैं कुछ ख़्वाब, कुछ उम्मीदें, कुछ सपने।"

"सारी ख़ुशी अकेले पी जाओगे या दोस्तों में भी बाँटोगे?"

शम्स मुस्कुराया, "तुम हममकसद, हमसाया हो, दोस्त नहीं?"

"हममकसद, हमसाया ही तो दोस्त होते हैं शम्सुद्दीन।"

"जिस का चेहरा ही कभी नहीं देखा, वो दोस्त कैसे हो सकता है?"

आज़ाद ने चिढ़ाया, "दोस्ती दिल से होती है, चेहरों से नहीं।"

"चेहरों से शिनाख़्त न होती आज़ाद, तो तुम चेहरा छिपाकर न रहते।"

"तुम्हें कैसे यक़ीन है कि इस वक़्त जो सामने बैठा है वो आज़ाद ही है?"

"तुम्हारी आँखें, कमर में लगी कटार और तुम्हारी बनावटी आवाज़ से।"

"बनावटी आवाज़?" आवाज़ सँभालते हुए आज़ाद ने सवाल किया।

"तीन हज़ार सिपाही मुझे नेता मानते हैं, आवाज़ के अन्दाज़ से असल और नकल में फ़र्क़ करना शम्सुद्दीन को आता है।"

"छिपना भी ज़रूरी है और ख़ुद को छिपाना भी।" आज़ाद भी दमदारी से बोला।

"हमने भी विद्रोह किया है आज़ाद मगर चेहरा नहीं छिपाया।"

आज़ाद बिफ़र पड़ा, "कर्म और धर्म में बस यही फ़र्क़ है शम्स। युद्ध कर्म है और जासूसी धर्म। पाण्डव जिन्दा थे इसलिए कुरुक्षेत्र में युद्ध लड़े भी और युद्ध जीते भी। ज़रा सोचो अगर जासूसों ने जान देकर पाण्डवों को लाक्षागृह से ज़िन्दा न निकाला होता तो कैसा कुरुक्षेत्र, कैसा युद्ध, कैसी विजय और कैसी महाभारत?"

"तो क्या नाना साहेब भी नहीं पहचानते इस चेहरे को?"

"नाना हमारे अगुवा हैं, उनसे क्या छिपाना।" आज़ाद ने तर्क दिया।

"यानी हमारे जैसे लोगों से ही है ये पर्दादारी?" शम्सुद्दीन ने ताना मारा।

तड़के के धुंधलके को ढाल बनाकर आज़ाद ने चेहरे से कपड़ा हटाया। दाढ़ी और मूँछों में आज पहली दफ़ा शम्सुद्दीन ने आज़ाद का चेहरा देखा तो मगर वो अभी भी बेख़बर था कि जो शख़्स सामने है वो आज़ाद नहीं बल्कि उसकी तमन्ना, उसका प्यार, उसका ख़्वाब, उसकी अजीजन है। ग़ौर से उसका चेहरा पढ़ रहे शम्स की बेचारगी भरी नज़रों से बेहाल अजीजन का दिल शोर मचा रहा था कि खुलकर हक़ीक़त बयां कर दे मगर मज़बूरी ने उसके होंठ फिर सी दिये थे।

चेहरा पढ़ रहा शम्स मुस्कुराया, "पहचान पर अभी भी एक पर्त चढ़ी है।"

आज़ाद ने शम्स से नजरें चुराते हुए पूछा, "मतलब?"

शम्सुद्दीन तपाक से बोला, "ये आज़ाद का असली चेहरा नहीं है।"

"आज़ाद की मुलाक़ात आज़ादी से हो जाने दो फिर न पर्तें होगी न कुछ नकली होगा।"

शम्स आज़ाद की बातों में खो गया, "एक़दम अजीजन की तरह बात करते हो?"

"अजीजन कौन...वो कानपुर की उमराव जान अदा।"

"रहे होंगे चर्चे उमराव की अदा के, अजीजन तो ख़ुदा की नेमत है।"

"ओह्ह...तो एक जाँबाज़ इश्क़ में है।"

"ख़्वाबों में इश्क़ था, कमबख़्त जाँबाज़ी ने नींद से जगा दिया।"

"ये कैसा बिना बहर की ग़ज़ल सा इश्क़ है?" आज़ाद ने बात बढ़ाई।

"वो ज़िद पर अड़ी है कि जब गोरे चले जायेंगे तब निकाह करेगी।"

"हो सकता है कोई ज़ख़्म हो उसके दिल में जो तुमने कभी टटोला ही न हो?"

"ज़ख़्म तवायफ़ होने का है तो मेरे प्यार का फ़ाहा हर ज़ख़्म भर देगा।"

"मुमकिन है कि एक तवायफ़ का बीता कल आने वाले कल को डराता हो?"

"शम्स की शमशीर के रहते कैसा डर, कैसा ख़ौफ़।"

"तुम भी तो ज़िद में हो कि बस निकाह हो जाये, घर बसे, बच्चे हों।"

"ज़िद नहीं, चाहत कहते हैं इसे।" शम्स अपने पर ही अड़ा था।

आज़ाद थोड़ा तल्ख़ हुआ, "और घर में एक ख़ूबसूरत बिटिया पैदा हो?"

"हाँ बिटिया ही पैदा हो। एक़दम अजीजन सी ख़ूबसूरत...मेरी बिटिया।"

"और वो ख़ूबसूरत बिटिया एक दिन सयानी भी हो जायेगी।"

"मेरी प्यारी सी बच्ची।" शम्सुद्दीन की आँखों में सपने चमकने लगे।

"फिर एक दिन अंग्रेज़ भेड़िया बिटिया को उठाकर ले गया तो?"

शम्स बौरा गया, ग़ुस्सा गया, झट्ट से खड़ा हुआ और म्यान से तलवार निकालकर आज़ाद पर लपका। आज़ाद ने बैठे-बैठे ही मज़बूत पंजों में तलवार जकड़ी और गुर्राया, "शर्म आती है तुम पर शम्स। कैसा इश्क़ है जो आज तक समझा नहीं कि अजीजन चाहती क्या है।"

"तो उसने कभी मुझसे ये ख़ौफ़ बयां क्यों नहीं किया?"

"हर बार बयां किया होगा शम्स, शायद तुम ही नहीं समझना चाहते हो?"

"मैं सिर्फ़ यही सोचता रह गया कि उसे कोठे से निज़ात दिला दूँ।"

"और अजीजन की आरज़ू होगी कि अब कोई लड़की कोठे पर न बैठे।" तल्ख़ी और प्यार के साथ आज़ाद बोला।

शर्मसार शम्सुद्दीन जैसे एक घूँट में पूरी गंगा पी गया और तलवार फेंक कर धम्म से बैठ गया। जो कसैला सच अजीजन कभी शम्स से बयां नहीं कर पायी थी, उसी हक़ीक़त को तेज़ाब में डुबोकर आज़ाद ने शम्स के कलेजे पर उड़ेल दिया था। सच्चाई के तल्ख़ छींटों से इश्क़ झुलस चुका था और एक दीवाने की आशिक़ी तार-तार थी। आज़ाद उठा और सीढ़ियों पर पड़ी शम्सुद्दीन की तलवार उठाकर फिर उसके बगल में बैठ गया। गंगा मईया अब शम्स की आँखों से बह रही थीं। शम्सुद्दीन को तलवार थमाते हुए आज़ाद फ़ुसफ़ुसाया, "तुम्हें यही ग़ुमान है न शम्स कि मोहब्बत सिर्फ़ तुमने की है। और तो किसी को किसी से कभी इश्क़ हुआ ही नहीं होगा। अरे हम भी किसी के प्यार में हैं और ख़ामोशी से चकोर की तरह आज़ादी की एक बूँद की आस में बस चाँद को ताके जा रहे हैं...ताके जा रहे हैं...कि वो बूँद गिरे और कब हम कह सकें कि चलो आज अपनी दुनिया में अपना घर बसाते हैं, वो दुनिया जो गोरों की नहीं, हमारी हो।"

मुसलसल बहती आँखों और सिसकते सुरों में शम्सुद्दीन ने हाथ जोड़कर आज़ाद से माफ़ी माँगी, "अपनी ही अजीजन को मैं समझ नहीं पाया।"

आज़ाद ने शम्स के सिर पर हाथ फेरा, "शम्सुद्दीन, अजीजन की चाहतों से प्यार कर। जिस दिन आज़ादी से इश्क़ हो जायेगा उसी दिन अजीजन का प्यार भी मुक़म्मल होगा और आँगन में बिटिया भी खेलेगी।"

तभी अज़ीमुल्ला ने ऊपर से आवाज़ लगाई और बताया कि आज़ाद को नानाराव ने महल तलब किया है। आज़ाद की शक्ल में अजीजन फिर शम्स को तन्हा छोड़कर भीगी आँखों के साथ सीढ़ियाँ चढ़ने लगी। शम्स फिर लहरों में खो गया मगर इस बार उसके चेहरे पर मुस्कुराहट लापता थी। अजीजन शम्स को बाँहों में भरने के लिए बेताब थी मगर वो लैला की तरह मरने की बजाय लक्ष्मीबाई की तरह लड़ने की ज़िद पर अड़ी थी और शम्स को मजनूं की तरह मजबूर नहीं बल्कि महाराणा की तरह मज़बूत देखना चाहती थी।

आज़ाद घोड़े पर सवार हुआ और टापों के नीचे आँसुओं को कुचलता हुआ बिठूर की तरफ़ बढ़ चला।

हालाँकि सूरज अभी निकला नहीं था मगर धुंधलका थोड़ा छँट चुका था। घड़ी की सुइयों के मुताबिक़ सुबह का पाँच बज चुका था। पुराना कानपुर के नवाबगंज इलाक़े से कैंटोनमेंट तक अंग्रेज़ अफ़सर और सैनिक अपने बीवी-बच्चों के साथ गैरिसन इंट्रेंचमेंट की तरफ़ निकल पड़े। ड्रम आगे-आगे मुनादी करते चल रहे थे और पीछे घोड़ागाड़ियों, बग्घियों, घुड़सवारों के अलावा पैदल सैनिकों की क़तारें बढ़ी जा रही थीं। ड्रमर्स की मुनादी का मक़सद परिवारों को घरों से निकलने की ख़बर देना था। फ्रिलदार गाउन पर हैट लगाये अंग्रेज़ मेमें अपने बच्चों और बूढ़ों के साथ घरों से निकलकर काफ़िले से जुड़ती जा रही थीं। मसालों के कारोबारी मिस्टर कुक अपने बंगले के गेट पर बग्घियों के इन्तज़ार में थे। पत्नी के साथ उनकी बेटी अमेलिया हॉर्न भी बड़ा सा बैग लटकाये खड़ी थी। तभी बगल वाले बंगले से क्लॉथ मर्चेंट मिस जैकोबी पड़ोसियों को विदा करने बाहर आयीं।

अमेलिया मिस जैकोबी के गले लगकर बोली, "आई विल मिस यू।"

मिस जैकोबी ने अमेलिया का गाल चूमा, "मी टू अमेलिया...।"

मिस्टर कुक बोले, "अपना ख़याल रखियेगा मिस जैकोबी।"

"डोंट वरी मिस्टर कुक, मेरा ख़याल रखने के लिए चार नेबर्स हैं।"

तभी अमेलिया ने देखा कि एक घुड़सवार सड़क के दायीं ओर से उनकी तरफ़ चला आ रहा है। अमेलिया चौंक गयी। उसने अपने डैड को कोहनी मारकर इशारा किया तो सभी घुड़सवार को देखने लगे। क़रीब आते घुड़सवार को अमेलिया पहचान गयी और फुसफुसाई, "डोंट वरी...ही इज़ अली खाँ।"

पास आकर अली घोड़े से उतरा और पतली रस्सी से बँधा पिंजरा खोलते हुए अमेलिया से मुख़ातिब हुआ, "मेमसाब ये तोता साथ लेती जाइये।"

तोता अमेलिया को पहचानते ही बोला, "एलो अमेलिया...।"

सब हँस पड़े। अमेलिया ने तोते की चोंच सहलाई, "वैरी गुड मॉर्निंग।"

मिस जैकोबी ने पास आकर आवाज़ लगाई, "हेलो मिस्टर पट्टू।"

तोते ने पल भर को आँखें टिमटिमाई फिर बोला, "एलो मिस जैकोबी।"

मिस जैकोबी बोलीं, "आई सॉ दिस टॉकिंग पैरेट इन व्हीलर्स हाउस।"

अमेलिया ने पिंजरा पकड़ लिया, "ये मार्गरेट का पट्टू है न अली खाँ?"

"जी, बस इसीलिए आया था। छोटी मेमसाब को दे दीजियेगा।"

"लेकिन ये तुम्हारे पास कैसे आ गया?"

"बड़ी मेमसाब ने ग़ुस्से में घर से बाहर फेंक दिया था।"

"ओहह्...ठीक है...मैं मार्गरेट को दे दूँगी...परेशान मत हो।"

अली खाँ ने हाथ जोड़े, "अमेलिया मेमसाब, याद से दे दीजिएगा।"

"बहुत से हिन्दुस्तानी ख़ानसामे इंट्रेंचमेंट में गये हैं, तुम क्यों नहीं गये?"

"मैंने व्हीलर साहब से कहा था मगर बड़ी मेमसाब ने मना कर दिया।"

इतना कहते ही अली खाँ की आँखों में पानी उतर आया। अमेलिया को तरस आ गया, "मैं समझती हूँ, चिन्ता मत करो मैं मार्गरेट को दे दूँगी।"

तभी दूर से ड्रमर्स की आवाज़ सुनाई दी। अली ने सबके हाथ जोड़े और आँसू पोंछता हुआ घोड़े से वापस चल दिया।

मिस जैकोबी ने पूछा, "वॉय इज ही क्राइंग अमेलिया?"

अमेलिया ने साँस भरते हुए कहा, "ही इज़ इन लव मिस जैकोबी।"

जैकोबी चौंकी, "मार्गरेट?"

"मार्गरेट अली को दोस्त की तरह पसन्द करती है लेकिन उसकी मम्मा को अली बिल्कुल भी पसन्द नहीं।"

सब सुन रहे मिस्टर कुक ने दख़ल दिया, "तोता देखकर मेटिल्डा टेंपर लूज़ कर जायेगी। हमें पिंजरा जैकोबी को हैंडओवर कर देना चाहिए।"

"नो...डैड...मार्गरेट को अच्छा लगेगा, मैं मेटिल्डा आंटी को मना लूँगी।"

"प्रौमिस कि इंट्रेंचमेंट में कोई रक्कस नहीं होगा तुम्हारी वजह से।"

"आप फ़िक्र मत कीजिए डैड, आई विल हैंडिल।"

इसी बीच काफ़िला पहुँच गया। मिस जैकोबी ने रुंधे गले से सभी को बाय बोला। अमेलिया अपने डैड मॉम के साथ घोड़ागाड़ी पर बैठ कर चल दी। घोड़ागाड़ी की खिड़की से झाँकती अमेलिया ने हाथ हिलाकर मिस जैकोबी को बाय किया फिर भारी मन के साथ जैकोबी भी अन्दर चली गयीं। क़रीब आधा

मील की दूरी तय करते ही जनरल व्हीलर का बंगला दिखाई दिया। अमेलिया कोचवान से बोली, "प्लीज़ रोकियेगा ज़रा।"

घोड़ागाड़ी रुकते ही अमेलिया कूदी और सीधे बंगले के अन्दर चली गयी। उसने मागरिट को कई बार आवाज़ दी मगर कोई जवाब नहीं आया। जैसे ही वो लौटने को हुई तो पीछे गैराज की तरफ़ ताला लगाकर लौटते अंग्रेज़ सिपाही ने बताया कि मागरिट की फ़ैमली आधा घण्टा पहले ही इंट्रेंचमेंट जा चुकी है। मेन गेट में आख़िरी ताला लगाने के लिए सिपाही अमेलिया के साथ बाहर आ गया। अमेलिया गाड़ी में बैठ गयी और ताला लगाकर सिपाही भी पैदल सिपाहियों के साथ चल दिया। अमेलिया हॉर्न के साथ अली के प्यार की निशानी और मागरिट के प्यारे दोस्त का गिफ्ट पट्टू भी पिंजरे में साथ जा रहा था एक और पिंजरे की तरफ़, जिस पिंजरे का नाम था इंट्रेंचमेंट।

घर खाली था, मगर कैंट दफ़्तर में जनरल व्हीलर अपने मातहत मॉब्रे थॉमसन के साथ बैठा था। मेज़ पर सुरैया के बाल रखे थे जो कल रात जाजमऊ टीले से गंगा में कूदते वक़्त सुरैया ने कटार से काट दिये थे और घने बालों का एक गुच्छा व्हीलर के हाथ में रह गया था। लाल ओवरकोट पर लाल स्कार्फ़ के नीचे व्हीलर ने कटार की धार से गले पर आये लाल निशान को छिपा रखा था। थॉमसन कागज़ पेन लेकर बैठा था और व्हीलर गवर्नर जनरल को भेजा जाने वाला मैसेज डिक्टेट कर रहा था।

"*विद्रोही सैनिकों ने नानाराव की अगुवाई में मैग़ज़ीन और ख़ज़ाने पर कल रात क़ब्ज़ा कर लिया है। ब्रिटिशर्स को महफ़ूज रखने के लिए हम तुरन्त इंट्रेंचमेंट में शिफ़्ट हो रहे हैं। मेरा अनुमान है कि नानाराव बाग़ियों को लेकर बहादुर शाह ज़फ़र के संग लड़ने के लिए दिल्ली कूच कर जायेंगे। हालात बेकाबू हुए तो हम लखनऊ से सेना बुलवा लेंगे।*"

कैप्टन थॉमसन तार की भाषा से ख़फ़ा था। वो चाहता था कि मदद के लिए लखनऊ से फ़ौज का बड़ा जत्था फ़ौरन बुलाया जाना चाहिए। उसका दिमाग़ कह रहा था कि इंट्रेंचमेंट में हालात के बिगड़ने और बेकाबू होने का इन्तज़ार करना निहायत बेवकूफ़ी भरा फ़ैसला है।

थॉमसन ने मुँह खोल दिया, "सॉरी, हम फिर ग़लती कर रहे हैं।"

व्हीलर ने घूरा, "सिगार का कार्टन ख़ाली नहीं होगा, तब तक हम लौट आयेंगे।"

थॉमसन ने समझाया, "नाना पर फिर भरोसा करना कुड बी डेंजरेस।"

"नाना तो फ़रेबी है उस पर कैसा भरोसा। आई ट्रस्ट माईसेल्फ़ थॉमसन।"

"सॉरी जनरल..इसे ट्रस्ट नहीं ओवरकॉन्फ़ीडेंस कहते हैं।"

व्हीलर चिढ़ गया, "बिहेव योर सेल्फ़ मॉब्रे, देयर आर सम प्रोटोकॉल्स इन आर्मी।"

"मैं बार-बार यूरोपियन्स की ज़िन्दगी रिस्क में नहीं डालने दूँगा।"

व्हीलर का पारा चढ़ गया, "तुमको लगता है...मैं ग़लत फैसले लेता हूँ?"

थॉमसन ने तेज़ाब उगल दिया, "दिल्ली जा रहे बाग़ियों को आपने ही नाना के कहने पर दोबारा सेना में शामिल कर लिया। एक बार नहीं सोचा कि यही बाग़ी पूरी आर्मी को कम्पनी के ख़िलाफ़ बग़ावत के लिए तैयार करेंगे।"

झल्लाये व्हीलर ने दराज से सिगार निकालकर सुलगाई, "देन?"

"नाना के कहने पर ही सिपाहियों को दो महीने की सेलरी दे डाली।"

व्हीलर ने लम्बा कश खींचकर पूछा, "टेल मी मोर मॉब्रे।"

"आपने इंट्रेंचमेंट तो बनवाया मगर सेना नहीं बुलाई। नानकचन्द के अख़बार में फ़ेक न्यूज़ छपवाई कि बाहर से बड़ी फ़ौज आ रही है। इससे क्या फ़ायदा हुआ?"

व्हीलर फिर ग़ुस्से में बोला, "प्लीज़ कॉन्टीन्यू एंड कम्प्लीट फ़ास्ट।"

थॉमसन को वो दिख रहा था जो देखते हुए भी व्हीलर नज़रअन्दाज़ कर रहा था या सच में मुगालते में था। मॉब्रे फिर बोला, "हमें म्यूटिनी की ख़बर ही नहीं मिली। मैग्ज़ीन और ट्रेज़री पर क़ब्ज़ा हो गया, मगर आपको अभी भी यही लगता है कि इंट्रेचमेंट में ब्रिटिशर्स की मदद के लिए फ़ौज मँगाने से शायद आपके गोल्डन करियर पर काला धब्बा लग जायेगा।"

व्हीलर ने कन्धे उचकाये। थॉमसन बोलता जा रहा था, "आप आज भी यही मैसेज भेज रहे हैं कि आपका अनुमान है कि नाना बाग़ियों के साथ दिल्ली चले जायेंगे। और नाना दिल्ली नहीं गया तो क्या करेंगे, मरवा देंगे हम ब्रिटिशर्स को?"

व्हीलर कश पर कश धौंके जा रहा था। थॉमसन ने आख़िरी तीर छोड़ा, "आपके ओवरकॉन्फ़ीडेंस और ग़लत फ़ैसलों ने हमें ऐसी जंग में झोंक दिया है जिस जंग को हम न लड़ सकते हैं, न ही छोड़कर भाग सकते हैं।"

गर्दन से खिसके स्कार्फ़ को व्हीलर ने ठीक करके कटार का निशान फिर छिपाया। थॉमसन मुस्कुराया, "स्कार्फ़ से कटार का निशान छिपा सकते हैं जनरल मगर मैंने कल देखा कि कैसे आज़ाद ने कानपुर के कम्पनी कमांडर को मारकर नहीं, मज़ाक बनाकर छोड़ दिया है। एक आप हैं जो अभी भी गवर्नर जनरल ऑफ़ इंडिया को जताना चाहते हैं कि व्हीलर बिना फ़ौजी मदद के सब सँभाल लेने की दमदारी रखता है।"

व्हीलर रात भर का जागा था। आँखें यूँ भी लाल थीं ऊपर से थॉमसन के सच ने नानाराव से मिले ज़ख़्मों पर नमक का गाढ़ा पानी उड़ेल दिया था। ख़ौलते दिल के छींटे उसने थॉमसन पर उड़ेल दिये, "ऑफ़्टर रिटर्निंग फ्रॉम दि इंट्रेंचमेंट, आई विल फ़ायर यू फॉर दिस इन्सोलेंस। तुम भूल गये कि तुम सिर्फ़ कैप्टन हो और मैं तुम्हारा जनरल। एंग्लो-अफ़गान वॉर से करियर शुरू किया है और यहाँ तक अपने फ़ैसलों की वजह से पहुँचा हूँ मॉब्रे।"

थॉमसन आँखें झुकाये खड़ा। व्हीलर फिर बोला, "पेन उठाओ और लिखो।"

"विद्रोही सैनिकों ने नानाराव की अगुवाई में मैग़ज़ीन और ख़ज़ाने पर कल रात क़ब्ज़ा कर लिया है। ब्रिटिशर्स को महफ़ूज रखने के लिए हम तुरन्त इंट्रेंचमेंट में शिफ़्ट हो रहे हैं। मेरा अनुमान है कि नानाराव बाग़ी सैनिकों को लेकर बहादुर शाह ज़फ़र के संग लड़ने के लिए दिल्ली कूच कर जायेंगे। विद्रोह कुचलने के लिए हमें कम से कम दौ सौ सैनिकों की ज़रूरत है। लखनऊ से सेना जल्द भेज दी जाये। फ़ौज आने तक हम ख़ुद को इंट्रेंचमेंट में सुरक्षित रखने में पूरी तरह से सक्षम हैं।"

ये बात दीगर थी कि फ़ौज मँगाने में देर नहीं बल्कि बहुत देर हो चुकी थी, सच ये भी था कि जनरल व्हीलर ख़फ़ा था मगर थॉमसन जो चाहता था वो इबारत अब मैसेज में मौजूद थी। मॉब्रे ने हाथ से लिखा मजमून व्हीलर को पढ़ाया और हुक़्म मिलते ही मोर्स कोड में टेलीग्राफ़िक मशीन के ज़रिये

तार कलकत्ता फोर्ट विलियम में बैठे गवर्नर जनरल ऑफ़ इंडिया लॉर्ड कैनिंग को भेज दिया। हालाँकि इस तार की भाषा में भी व्हीलर ने ख़ुद को सबसे बेहतर अफ़सर साबित करने में कोई कमी नहीं छोड़ी थी क्योंकि उसने अभी भी दावा ठोंका था कि नानाराव सैनिकों के साथ दिल्ली चले जायेंगे। तार जाते ही व्हीलर उठा और बाहर चल दिया, थॉमसन भी पीछे-पीछे हो लिया। बाहर खड़ी बग्घी पर व्हीलर बैठ गया। इधर सिपाही ने दफ़्तर के गेट पर ताला लगाया उधर मॉब्रे बग्घी पर जैसे ही चढ़ने लगा व्हीलर ने तेवर दिखाये, "आई थिंक तुमको फोर्ट विलियम के जवाब के लिए यहीं इन्तज़ार करना चाहिए।"

थॉमसन हैरान था, "इट्स सिक्स ए.एम.। इंट्रेंचमेंट में चेक कर लेंगे।"

व्हीलर तल्ख हुआ, "बेवकूफ़ हिल्सर्डन ने मशीन लगाई है इंट्रेंचमेंट में या नहीं?"

मॉब्रे जानता था कि व्हीलर अभी भी ग़ुस्से में है, "ऑलरेडी इंस्टॉल्ड।"

थॉमसन फिर जैसे ही चढ़ा व्हीलर फिर बोला, "आई फ़ॉर्गेट टू ब्रिंग माई सिगार कार्टन मॉब्रे। तुम कार्टन लेकर सिपाही के साथ इंट्रेचमेंट पहुँचो।"

खिसियाया थॉमसन बग्घी से उतर गया, "ओके जनरल।"

कोचवान ने घोड़े को लगाम से इशारा किया और बग्घी मॉब्रे को छोड़कर तेज़ी से चल पड़ी। सिपाही ने ताला खोला और ख़ुद ही दौड़कर अन्दर से कार्टन ले आया, फिर दोनों एक ही घोड़े पर चल दिये। कार्टन की सिगारों का सुलगना अभी बाक़ी था लेकिन व्हीलर के ग़ुस्से का धुआँ पता नहीं कब तक मॉब्रे को खाँसने-छींकने पर मजबूर करने वाला था।

उधर आज़ाद गंगा घाट से बिठूर महल पहुँच चुका था। बारादरी के गंगा कछार वाले फाटक पर तैनात सिपाही ने बताया कि नानाराव मेहमानख़ाने में इन्तज़ार कर रहे हैं। घोड़े की लगाम पकड़कर आज़ाद पैदल ही सिपाही के साथ चल दिया। दिमाग़ की चक्की में कई सवाल गेहूँ की तरह पिस रहे थे और अन्दाज़ा भी था कि आटे की जगह नाना की नाराज़गी ही मिलेगी। शायद उसे पता था कि नाना ने इतनी सुबह क्यों बुलाया था। बस ऐसी ही उधेड़-बुन के साथ वो

महल में घुसा। दलान में घोड़ा बाँधकर आज़ाद ने मेहमानख़ाने का दरवाज़ा खटखटाया। नाना ने अन्दर से आवाज़ दी। दरवाज़ा उढ़काकर आज़ाद ने नाना के पैर छूये और सामने खड़ा हो गया। नाना के माथे पर फ़िक्र की लकीरें थीं और चेहरे पर सीधा सवाल, "कल क्या खेल किया है तुमने लाला जुगुल किशोर के जलसे में...और क्यों?"

आज़ाद ने ताज्जुब जताया, "कैसा खेल साहेब, मैं मैग्ज़ीन के पास था?"

नाना पहली बार आज़ाद से ग़ुस्सा थे, "मैंने तुम्हारा हाल पता नहीं पूछा है, मुझे सीधा और साफ़ जवाब चाहिए क्या और क्यों हुआ?"

"व्हीलर को अगवा करके जाजमऊ टीले पर ले गया था।"

नाना ने ऊँचे सुर में सवाल दागा, "किसके हुक़्म से?"

"उसका घमंड चूर करने का जुनून था। नंगी आँखों से क्रान्ति दिखानी थी उसे।"

नाना चीख़ पड़े। "मेरे सम्मान की छाती पर नंगा नाचा है तुम्हारा जुनून। जलसे में भरी भीड़ के सामने मुझे अपने ही सैनिकों की तलाशी देनी पड़ी। मैंने ख़ाका खींचा, मैंने रणनीति बनाई, तुम्हारी मनमर्ज़ी मैं नहीं चलने दूँगा अजीजन।"

आज़ाद ने गुज़ारिश की, "धीरे से नाम लीजिए, दीवारें भी सुनती हैं।"

"एक़दम ख़ामोश खड़ी रहो...एक़दम ख़ामोश...तुमने सोचा, अगर व्हीलर मारा जाता तो क्या होता, मुझ पर हमला हो जाता, तुम पकड़ी जातीं या सैनिकों में गोलीबारी हो जाती तो जाजमऊ के टीले पर किसको बनातीं क्रान्ति का गवाह। याद रखना नानाराव के हुक़्म से खेलने का अधिकार किसी को नहीं है अजीजन।"

दरवाज़े के ठीक ऊपर बने रोशनदान पर बैठे दो कबूतर गुटर गूँ, गुटर गूँ कर रहे थे। बौराये, ग़ुस्साये, खिसियाये नानाराव बार-बार आज़ाद को अजीजन बुला रहे थे। आज़ाद कभी खिड़कियों की तरफ़ देखता तो कभी दरवाज़े की ओर। उसे डर था कि नाना का ग़ुस्सा और ऊँची आवाज़ कहीं कोई राज़ न खोल दे। आज़ाद ने फिर इशारा किया, "आप ग़ुस्से में ग़लती कर रहे हैं...हम अजीजन नहीं हैं।"

नाना बिफ़र पड़े, "मुझे आज़ाद और अजीजन में फ़र्क़ मत समझाओ... जवाब आज़ाद दे या अजीजन दोनों एक हैं। जवाब दो।"

तभी रोशनदान पर बैठे दोनों कबूतर तेज़ी से पर फड़फड़ाते हुए उड़ गये। नाना लगातार चीख़े-चिल्लाये जा रहे थे। कबूतरों की फड़फड़ाहट सुनकर आज़ाद ने पहले रोशनदान, फिर दरवाज़े की दराज़ के नीचे देखा तो किसी की परछाईं दिखाई दे रही थी। आज़ाद को अन्दाज़ा हो गया कि कोई है जो चुपचाप खड़ा है। आज़ाद नाना की बातों को अनसुना कर दरवाज़े की तरफ़ बढ़ा। उसने जैसे ही दरवाज़ा खोला, सामने अदला तश्तरी में गिलास लिए खड़ी थी। आज़ाद चौंक गया और अचानक दरवाज़ा खुलने से अदला भी ठिठक गयी। आज़ाद ने पूछा, "अरे अदला बीबी...इस वक़्त यहाँ कैसे आना हुआ?"

अदला अन्दर बढ़ते हुए बोली, "एक़दम ठीक वक़्त पर आयी हूँ। नाना के काढ़ा पीने का वक़्त है ये और ये हैं कि इन्हें सेहत की फ़िक्र ही नहीं है।"

अदला ने मेज़ पर तश्तरी रखी और गिलास उठाकर नाना की तरफ़ बढ़ा दिया। नाना ने गिलास पकड़ा और अदला को बाहर जाने का इशारा किया। अदला बाहर चल दी। आज़ाद ने जवाब दिया, "रत्ती भर भी शक नहीं कि कानपुर की क्रान्ति के अगुवा नाना साहेब हैं और हमारी हैसियत सिर्फ़ एक जासूस, एक सिपाही की है। आज़ाद ने जो किया साहेब की शान में सितारे जड़ने के लिए किया। हुक़्म नहीं लिया, ख़बर भी नहीं की, आपको भरोसे में नहीं लिया...सौ फ़ीसदी ग़लत किया। हमें हर बार शाबाशी मिलती है, इस बार भी उम्मीद थी...लेकिन हम सज़ा के लिए तैयार हैं साहेब।

आज़ाद ने पाँव छुये तो नाना ने मुँह फेर लिया। आज़ाद दरवाज़े की तरफ़ चला और एक पल ठिठक कर फिर पलटा, "आपके बुलावे का इन्तज़ार रहेगा साहेब। हम ग़लत हैं, लिहाज़ा हमारी सज़ा है कि हम कभी न आयें।"

नाना ने दरवाज़े की ओर देखा, आज़ाद जा चुका था। घोड़ा खोलकर आज़ाद जैसे ही चलने को हुआ तो देखा कि बरामदे से मेहमानख़ाने की तरफ़ बढ़ रही अदला उसे ही घूर रही है। कुछ पल घूरा-घारी चलती रही फिर आज़ाद चल दिया और अदला दरवाज़ा खोलकर नाना के सामने जा खड़ी हुई। कपड़े और तौलिया रखकर अदला बोली, "मालिशिया आया है, चाहें तो मालिश करा कर नहा लीजियेगा।"

नाना भारी सुर में बोले, "सुने को अनसुना कर देना अदला।"

अदला बोली, "बारादरी ही ठीक है, चीख़ते हैं तो भी आवाज़ बाहर नहीं आती।"

नाना ने कहा, "तुम्हारे मुँह से कुछ निकल गया तो आज़ाद के अलावा हमें भी ख़तरा हो सकता है।"

अदला ने नाना के सिर पर हाथ रखा, "वचन देते हैं आपको साहेब... क़सम खाते हैं...अगर दीवारें भी आप के ख़िलाफ़ गवाही देंगी तो अदला उन दीवारों को भी दीवार में चुनवा देगी। आपकी जान के सदके...गवाहों का सिर कलम करा देंगे।"

नाना ने गहरी साँस ली, "अंग्रेज़ इंट्रेंचमेंट में चले गये होंगे। सिपाहियों से कहो कि हम कल दोपहर तक सवादा कोठी चले जायेंगे, फ़िलहाल कुछ दिन वहीं रहेंगे। तब तक महल सँभालती रहना।"

तल्ख़ी छिपाकर नाना उठे और मालिश कराने बढ़ गये। मुस्कुराती अदला नाना की तैयारियों को लिए चल दी और घोड़े पर सवार आज़ाद भारी मन के साथ कल्लूमल के कोठे की तरफ़ दौड़ा चला जा रहा था।

बक्सा, गठरी लादे नानकचन्द पत्नी के साथ इक्के पर फ़तेहपुर निकल चुका था। अंग्रेज़ों के इंट्रेंचमेंट चले जाने के बाद उसने कानपुर में रुकना मुनासिब नहीं समझा। इक्का अभी कुरसवां इलाक़े पहुँचा ही था कि नानकचन्द ने रोकने को कहा। नानकचन्द इक्के से उतरा और गली के अन्दर पचास क़दम चलने के बाद एक मकान की कुण्डी खटखटाने लगा। कुण्डी खुली तो सामने उसका मुख़बिर खड़ा था। वही मुख़बिर जिसके बीवी बच्चे अगवा कर अजीजन ने जुगुल किशोर के जलसे में आज़ाद के आने की ख़बर व्हीलर तक पहुँचाई थी। वही मुख़बिर जिसने आज़ाद की [illegible] में सुरैया नाम गुदा होने की निशानी व्हीलर को बताकर मोस्ट वॉन्टेड के सिर पर रखा पचास हज़ार का इनाम एडवांस वसूल लिया था।

मुख़बिर ने पूछा, "क्या आज़ाद पकड़ा गया मुंशी जी?"

नानकचन्द ढीला था, "पकड़ा गया होता तो अब तक हल्ला हो जाता।"

मुख़बिर का चेहरा भी लटक गया, "लगता है साहब चूक गये।"

"अरे...हमारी मानी होती तो चूक कभी होती ही नहीं। न नानाराव का क़ब्ज़ा होता, न साहब को किलेबन्दी में जाना पड़ता, न हम भागते फ़तेहपुर। फरेबी नाना की दोस्ती में फँसे रहे हमारे व्हीलर साहब।"

मुख़बिर ने हाथ मसलते हुए पूछा, "क्या होगा अब मुंशी जी?"

"चिन्ता मत करो ये ईस्ट इंडिया कम्पनी का सूरज है, कभी अस्त नहीं होगा। कुछ दिन हिम्मत बाँध कर बैठो, सेना आने दो, फिर देखना तमाशा।"

नानकचन्द के चेहरे पर फ़िक्र के साथ शैतानी मुस्कुराहट गुँथी हुई थी। मुख़बिर ने पूछा, "मगर आपका कैसे आना हुआ?"

नानकचन्द ने जेब से पर्ची निकालकर मुख़बिर को थमाई, "फ़तेहपुर मोरारमऊ मोड़ से पहले सैलानी माता का मन्दिर है, उसके ठीक सामने ससुराल है हमारी।"

"जी मुंशी जी।"

"किलेबन्दी पर नज़र रखना, ख़बर हो तो मुझ तक ज़रूर पहुँचा देना।"

मुख़बिर ने हामी भरी और नानकचन्द गली के बाहर खड़े इक्के की तरफ़ बढ़ लिया तभी वहीं आकर रुके दूसरे इक्के से एक औरत दो बच्चों के साथ उतरी। औरत गली के अन्दर चल दी और नानकचन्द फ़तेहपुर। मुख़बिर के घर की कुण्डी फिर खड़की। उसने दरवाज़ा खोला तो सामने पत्नी दो बच्चों को लेकर खड़ी थी। मुख़बिर के चेहरे पर जैसे फूल खिल गये। पत्नी-बच्चों को गले लगाकर वो रोने लगा, "हे भगवान...बड़ी दया है तुम्हारी भोलेनाथ।"

पत्नी भी बिलख पड़ी, "हाय राम...हम समझीं रहन अब मिलब न कबहूँ।"

मुख़बिर ने दोनों बच्चों को गोद में उठा लिया और बेतहाशा चूमते हुए घर के अन्दर बढ़ गया, "किसी ने मारपीट तो नहीं की तुम लोगों के साथ वहाँ?"

"एत्ती तकलीफ़ रहै कि कहूँ तुम्हरे साथ जद्द-बद्द न करि डरैं सब।"

कमरे में पहुँच कर मुख़बिर ने बच्चों को गोद से उतारा और तख़्त के नीचे से झोला निकाल कर पत्नी को इनाम का पचास हज़ार दिखाया, "इत्ता पैसा मिला है।"

पत्नी हक्का-बक्का रह गयी, "एत्ते मा पुस्तैं निकल जइहैं, चलौ भागि चली गाँवैं।"

"थोड़ा रुको...साहब बहादुर को आने दो फिर ज़मींदारी माँगेगे।"

"इनाम मिलि गा, अब साहब के पांझर कौनी ज़मींदारी रखी है तुम्हरे ख़ातिर?"

पत्नी के सिर पर हाथ फेरकर मुख़बिर थोड़ा ग़ुस्साया "आज़ाद छुट्टा घूम रहा है, उसे पकड़कर फाँसी दिलानी है, फिर माँगेंगे ज़मींदारी।"

पत्नी थोड़ा घबरा गयी, "काहे...अब्बै तक पकड़ा नाहीं गा का?"

मुख़बिर के चेहरे पर अफ़सोस था, "पकड़ा गया होता तो ख़बर फैल जाती।"

"कौनो ख़तरा तो न होई हम लोगन का।" पत्नी ने चिन्तित मुद्रा में पूछा।

"हम आज़ाद के लिए अंग्रेज़ों तक ख़बर भेजने का ज़रिया हैं, हमें ख़तरे में डाला तो ख़बर कैसे भेजेगा वो। थोड़ा सबर रखो, ख़तरे में वो आ चुका है।"

असल में हिन्दुस्तान को ग़ुलाम बनाने में उन ग़द्दारों का सबसे बड़ा हाथ था जो वजीफ़े, पेंशन, ज़मीन, जायदाद, सोना, चाँदी, रुपया और राय बहादुरी का तमग़ा हासिल करने के लिए अंग्रेज़ों की ग़ुलामी क़ुबूल कर चुके थे। क़द्दावर राजाओं, नवाबों, ज़मीदारों, रियासत के मालिकों और धन्नासेठों के आगे नानकचन्द सिर्फ़ मुंशी और उसका मुख़बिर अदने से सिपाही की हैसियत रखता था। मुख़बिर के दिल में ज़मींदारी के लालच की लार टपक रही थी, लिहाज़ा दोनों को आज़ाद नाम का रिस्क मंज़ूर था। बस फिर क्या था दोनों ने फ़ौरन झोला उठाया और तख़्त पर बैठ कर इनाम का पैसा गिनने लगे।

तीन तरफ़ से हालात तक़रीबन एक जैसे थे। इलाहाबाद में अंग्रेज़ ख़ुद को अकबर के किले में समेटे हुए थे तो लखनऊ में ईस्ट इंडिया कम्पनी के सारे अफ़सर और सैनिक कुनबों के साथ रेजिडेंसी में शिफ़्ट हो चुके थे। कानपुर के इंट्रेंचमेंट को भी कुछ इसी अन्दाज़ में व्हीलर एंड कम्पनी ने अपना सुरक्षाचक्र बना लिया था। ख़ानसामों और नौकरों के अलावा क़रीब

कानपुर का व्हीलर इंट्रेंचमेंट
जहाँ अंग्रेज़ों की सेनाओं ने पेशवा नाना राव से कई हफ़्ते युद्ध किया।

सवा सौ हिन्दुस्तानी सैनिक भी थे जो बाग़ियों का साथ छोड़कर गोरों के लिए मरने-मारने को तैयार थे। कैप्टन मॉब्रे थॉमसन ने बेहद चालाकी से हिन्दुस्तानी सैनिकों को किलेबन्दी के चारों ओर फ्रंट मोर्चे पर झोंक दिया था। अफ़सरों के लिए स्विस कॉटेज और सैनिकों के लिए डॉरमेट्री के इन्तज़ामात थे। रिहायश से क़रीब तीन सौ फुट दूर दक्षिण की तरफ़ व्हीलर का कैम्प ऑफ़िस और थोड़ा अलग हट कर अफ़सरों का कॉमन रूम था। थॉसमन और डेलाफ़ॉस कॉमन रूम में आँखें गड़ाये बैठे थे लेकिन शाम ढलने के बावजूद टेलीग्राफ़ पर लखनऊ से सेना की रवानगी का कोई जवाबी तार आया ही नहीं था। थका-माँदा जनरल व्हीलर कैम्प ऑफिस की कुर्सी पर सिर टिकाये बैठा था और बच्चों की फ़िक्र में चेहरा लटकाये मेटिल्डा उसके माथे पर काफ़ी देर से बाम मले जा रही थी।

मेटिल्डा ने चुप्पी तोड़ी, "यू लुक सो स्ट्रेस्ड।"

आँखें बन्द किये हुए व्हीलर बुदबुदाया, "यू लुक मोर टेंस देन मी।"

फ़िक्रमन्द मेटिल्डा जैसे भरी बैठी थी, "मैं कुछ कहना चाहती हूँ डार्लिंग।"

व्हीलर ने आँखें खोलीं, "डोंट वरी, वी आर सेफ़ एंड सिक्योर हियर।"

मेटिल्डा का आँसू टपक गया, "हम वापस घर जा पायेंगे न डार्लिंग?"

"अरे...बस फ़ौज आ जाने दो लखनऊ से...फिर मैं पार्टी दूँगा।"

"नाना को पहचानने और फ़ौज बुलाने में तुमने बहुत देर कर दी। मुझे डर लग रहा है, क्या होगा हमारे बच्चों का?" मेटिल्डा सिसक पड़ी।

व्हीलर ने कुर्सी से खड़े होकर मेटिल्डा को गले लगाया, "बस दो चार दिन की बात है डार्लिंग, फ़िक्र मत करो। तुम डर जाओगी तो मेरा क्या होगा?"

मेटिल्डा फफक पड़ी। दोनों गले लगे थे कि तभी कॉटेज की चौखट पर लगे पर्दे के पीछे से आवाज़ आयी, "लेफ़्टीनेंट डेलाफ़ॉस...मे आई कम इन?"

मेटिल्डा ने तुरन्त आँसू पोंछे और व्हीलर ने मेटिल्डा को छोड़ा, "कम इन डेल।"

"जनरल, फ़ोर्ट विलियम से अभी तक कोई एक्नॉलेजमेंट नहीं आया।"

कुछ सोचने के बाद व्हीलर बोला, "कल फिर ट्राई करते हैं।"

"श्योर जनरल।" इतना कहकर डेलाफ़ॉस जाने लगा तो व्हीलर मेटिल्डा

की तरफ़ देखकर बोला, "यू गायज़ डोंट वरी। आज रात हम सब स्कॉच पियेंगे...ओके।"

डेलाफ़ॉस हँसा, "श्योर जनरल, मैं इन्तज़ाम कर के सबको बोलता हूँ।"

डेलाफ़ॉस चला गया। व्हीलर ने फिर मेटिल्डा को गले लगाया, "लेट्स पार्टी।"

व्हीलर मेटिल्डा से बेहद मोहब्बत करता था। इस मोहब्बत का मतलब सिर्फ़ प्यार ही नहीं बल्कि एक-दूसरे की कद्र और ज़ुबां की बजाय नज़रों से बात करने का सलीका भी था। व्हीलर की बातों से मेटिल्डा को तोला-माशा सुकून तो हुआ लेकिन उसका दिमाग़ अभी भी दिल की बात सुनने को तैयार नहीं था। व्हीलर ने हालात को समझा और मेटिल्डा का हाथ पकड़कर बच्चों के पास चल दिया।

लालटेन और पैट्रोमैक्स की रोशनी में कहीं कोई किताबों और कहानियों में खोया था तो कई जगह ज़मीन से मेज़ों तक शतरंज की बिसात पर काले-सफ़ेद मोहरे वक़्त गुज़ारने का ज़रिया बने थे। छोटे बच्चों के शोरगुल से इंट्रेंचमेंट में ख़ासी रौनक थी। कुछ दौड़-भाग मचाये थे और कुछ आई-स्पाई के चक्कर में बेहिचक किसी भी जगह छिपते-ढूँढ़ते हल्ला काटे हुए थे। कई थीफ़ एंड सिपॉय में रमे थे। मिस्टर कुक के बिस्तर पर स्नेक एंड लेडर का बोर्ड सजा था। मागरिट बेमन खेल रही थी। अमेलिया हॉर्न के अलावा मागरिट का भाई जॉर्ज गॉडफ्रे और बहन एलिज़ा भी खेल में थीं। इधर व्हीलर मेटिल्डा के साथ कैम्प में घुसा उधर मागरिट को 99 वाले साँप ने काट लिया और उसकी गोटी सीधे दस पर आ गिरी थी। पहले से ही उदास मागरिट की नज़र जैसे ही अपनी मॉम मेटिल्डा पर पड़ी वो बिस्तर से फ़ौरन उठी और कैम्प के बाहर चल दी। व्हीलर ने उसे रोकने की कोशिश की लेकिन उसने पलट कर भी नहीं देखा। व्हीलर ने बेटे जॉर्ज से इशारे में पूछा तो वो बिफ़र पड़ा, "मॉम ने आज फिर मागरिट को बेवजह डाँटा है डैड।"

व्हीलर ने मेटिल्डा की तरफ़ देखा, "मागरिट से तुमको क्या प्रॉब्लम है?"

मेटिल्डा से पहले ही जॉर्ज बोल पड़ा, "डैड...डू यू नो दैट शेफ़ अली खाँ?"

व्हीलर ने हामी भरी, "यस...यस...ही इज़ अ नाइस कुक।"

जॉर्ज ने सवाल दागा, "डू यू नो... वो हमारे साथ यहाँ क्यों नहीं आया?"

"मेटिल्डा ने स्पेशली उसे यहाँ लाने से मना किया था...बट वाई?"

जॉर्ज ने मॉम को घूरा, "मॉम को शक है कि अली इज़ इन लव विद मार्गरेट।"

व्हीलर ने मेटिल्डा के कन्धे पकड़े, "आर यू श्योर?"

अब मेटिल्डा बिफ़री, "अली ख़ाँ ने पट्टू फिर अमेलिया के हाथ भेज दिया है।"

बहस सुन रहे मिस्टर कुक ने अपनी बेटी को डपटा, "अगर मेटिल्डा को पसन्द नहीं था तो तुमको पैरेट नहीं लाना चाहिए था अमेलिया...नाऊ से सॉरी।"

अमेलिया ने सिर झुका लिया, "सो सॉरी मेटिल्डा आंटी।"

व्हीलर ने झेंपते हुए अमेलिया को गले लगाया, "नो मिस्टर कुक... अमेलिया ने कोई ग़लती नहीं की है...पैरेट तो मार्गरेट का फ़ेवरेट है...।"

व्हीलर की झेंप देखकर जॉर्ज ने तर्क दिया, "सो व्हॉट...व्हॉट इट प्रूव्स मॉम।"

मेटिल्डा ने ऊँची आवाज़ में जॉर्ज को डाँटा, "बिहेव योर सेल्फ़ जॉर्ज... यू आर नॉट माई डैड। मैं जो कह रही हूँ वो हंड्रेड परसेंट सच है।"

व्हीलर को बेटी पर पूरा भरोसा था फिर भी उसने पूछा, "व्हॉट अबाउट मार्गरेट?"

"मार्गरेट भी उसे पसन्द करती है और पसन्द को प्यार में बदलते देर नहीं लगती।"

व्हीलर ने मेटिल्डा का हाथ थामकर कहा, "मैं मार्गरेट को समझाऊँगा मेटिल्डा, बेवजह तुम भी टेंस रहती हो और मार्गरेट भी। बच्चों पर भरोसा करना सीखो।"

मेटिल्डा चिढ़ गयी, "आई डोंट वॉन्ट टू सी दिस अली ख़ाँ एनी मोर।"

व्हीलर ने बेटे जॉर्ज से मार्गरेट को मिस्टर कुक के कॉटेज में लाने को कहा फिर मेटिल्डा से बोला, "मार्गरेट यूँ भी परेशान है डार्लिंग, प्लीज डोंट मेक ऐन इश्यू।"

मिस्टर कुक, उनकी पत्नी और अमेलिया ख़ामोश खड़े थे। तीनों शर्मिन्दा

थे। क्योंकि उनकी वजह से सारा बखेड़ा मचा था। तभी जॉर्ज मार्गरेट के साथ कॉटेज में घुसा। उदास सी मार्गरेट ने पास आकर व्हीलर का हाथ पकड़ लिया। व्हीलर ने उसका सिर सहलाते हुए पूछा, "इज़ एवरीथिंग ओके मार्गरेट?"

नज़रें झुकाये हुए मार्गरेट बुदबुदाई, "यस डैड।"

"आई एम श्योर, तुम्हारी मॉम जो कह रही हैं वो सच नहीं है?"

"आई लाइक अली खाँ बट आई एम नॉट इन लव विद हिम।"

"मैं उस बास्टर्ड का नाम भी नहीं सुनना चाहती इसके मुँह से।" भनभानाती हुई मेटिल्डा मार्गरेट को तमाचा मारने लपकी। व्हीलर ने उसका हाथ पकड़ लिया और जॉर्ज बीच में आ गया, "नाऊ इट्स इनफ़ मॉम...लीव अस अलोन।"

मेटिल्डा ने मार्गरेट के नाम का तमाचा जॉर्ज के चेहरे पर जड़ दिया और ग़ुस्से में बड़बड़ाती हुई अपनी कॉटेज में चली गयी। अब तक चुपचाप बेड पर बैठी बड़ी बहन एलिज़ा अपनी मॉम के पीछे-पीछे दौड़ गयी। गाल सहलाता जॉर्ज रो पड़ा। मार्गरेट ने भाई को प्यार से गले लगा लिया और बिलखने लगी। कन्फ़्यूज़ से व्हीलर ने दोनों बच्चों का सिर सहलाया, "जॉर्ज...तुम दोनों बच्चे हो अभी। मे बी मॉम को कुछ गड़बड़ दिखाई दी हो, शायद मार्गरेट समझ नहीं पा रही हो। इट्स बेटर की कुछ दिन खामोश रहो। मैं बात करूँगा उससे... और हाँ मॉम से सॉरी बोल देना।"

इसी बीच बड़ी बहन एलिज़ा पिंजरे के साथ कॉटेज में आयी और अमेलिया को थमाते हुये बोली, "रख लो इसे वर्ना मॉम जब भी देखेंगी उनका ग़ुस्सा ही बढ़ेगा।"

व्हीलर के समझाने-बुझाने के बाद मार्गरेट और जॉर्ज अमेलिया के ही कॉटेज में रुक गये। एलिज़ा को लेकर व्हीलर मेटिल्डा की तरफ़ और मिस्टर कुक अपनी बीवी के साथ दूसरे हिस्से में चले गये। मार्गरेट और अली का रिश्ता एक अलग राह पर चल पड़ा था। सच था कि अली खाँ मार्गरेट की मोहब्बत का मारा था लेकिन अली खाँ को लेकर मार्गरेट का अड़ना शायद दोस्ती से कुछ ज़्यादा और प्यार से थोड़ा कम था। हालाँकि कॉटेज के कोने में पड़ी मेज़ पर रखे पिंजरे में बन्द बेचारा पट्टू बेख़बर था कि असल में वो ही सारे बवाल की जड़ था।

अपनी कटार से अपने ही बाल काटकर जाजमऊ के टीले से गंगा में कूदी सुरैया देर शाम कल्लूमल की कोठी पहुँच चुकी थी। अनमनी सी अजीजन कैंची से सुरैया के बेतरतीब बालों को बराबर कर रही थी। भरोसे में लिए बग़ैर जनरल व्हीलर को जुगुल किशोर के जलसे से अगवा करने पर नानाराव अजीजन से बेहद ख़फा थे और नानाराव की नाराज़गी से झुलसा कलेजा लिए अजीजन का हर पल फफोले की तरह फूट रहा था। अजीजन की ख़ामोशी में क़ैद उदासी का एक-एक हर्फ़ पढ़ते हुए सुरैया पलटी और उसकी ठोढ़ी पकड़कर बोली, "क्या हुआ मेरी शेरनी को?"

अजीजन ने कैंची एक तरफ़ रख दी, "मुझसे ग़लती हुई सुरैया।"

"कैसी ग़लती मेरी जान?" सुरैया ने अजीजन का हाथ थामकर पूछा।

"मुझे आज़ाद के भेष में तुझे नहीं भेजना चाहिए था।"

सुरैया चौंकी, "क्यों?"

"जनरल व्हीलर ने अगर तुझे दबोच लिया होता तो?"

सुरैया ने अजीजन का गाल सहराया, "अरे मेरी जान...माना कि सुरैया असली आज़ाद नहीं है पर व्हीलर के गले पर कटार की धार का निशान देकर आयी है।"

अजीजन ने सुरैया को कस कर सीने से लगा लिया, "तूझे कुछ हो जाता तो ज़िन्दगी भर का अफ़सोस हो जाता सुरैया जान।"

गले लगे-लगे सुरैया हँसी, "अफ़सोस तो व्हीलर और उसके अफ़सर कर रहे होंगे कि आज़ाद तो बाल बाल बच गया और उनके हाथ केवल बाल ही बाल बचे।"

अजीजन सिसक पड़ी, "मेरी जान है तू।"

"तेरी ये जान तेरे लिए जान भी दे दे तो भी कम है।" सुरैया भी छलक पड़ी।

"अल्लाह करे वो मौका कभी न आये।"

"आ भी गया तो तुझसे पहले मुझे बुलाना होगा अल्लाह को"

"तेरे मुँह में ख़ाक। अब अपने लिए किसी को मरते नहीं देखना चाहती।"

"कुछ बताती क्यों नहीं है, क्यों लावा पीती रहती है?"

"कुछ नहीं सुरैया, बस अब मन नहीं लग रहा यहाँ।"

“मतलब?”

अजीजन ने सुरैया को छाती से हटाते हुए कहा, “मुझे टीकमगढ़ जाना है सुरैया।”

सुरैया के माथे पर बल पड़ गये, “टीकमगढ़...इतने सालों बाद...इस मौक़े पर।”

“हाँ सुरैया...अम्मा की बहुत याद आ रही है।”

“नाना साहेब से पूछा तूने, ऐसे मौक़े पर जाने देंगे तुझे।”

“कैसा मौक़ा, कौन सा मौक़ा, अब आज़ाद का काम पूरा हो गया।”

“मतलब अंग्रेज़ किलेबन्दी में चले गये हैं, क्या पता कल कानपुर ही छोड़कर चले जायें और तू भी तो इसी आज़ादी के इन्तज़ार में थी फिर टीकमगढ़ क्यों जाना?”

अजीजन ने आँसू पोंछे और उठकर बक्से में कपड़े रखने लगी, “अब न किसी को अजीजन की ज़रूरत है, न आज़ाद की।”

सुरैया खड़ी हुई और अजीजन के हाथ से कपड़े छीनते हुए बोली, “हुआ क्या?”

“कुछ नहीं।”

अजीजन की बाँह पंजे में कसते हुए सुरैया तल्ख़ हुई, “साफ़ बता क्या हुआ?”

बाँह छुड़ाते हुए अजीजन ग़ुस्साई, “ज़िद मत कर, मैं कल सुबह निकल जाऊँगी।”

सुरैया ने अजीजन को धकेलकर तख़्त पर बैठा दिया, “देख अजीजन मुझे ग़ुस्सा मत दिखा और पहले बता मसला क्या है...क्या नाना साहेब ने कुछ कहा है?”

अजीजन बिफ़र पड़ी “हाँ...हाँ नाना साहेब नाराज़ हैं क्योंकि मैंने जुगुल किशोर के जलसे से व्हीलर को अगवा किया, उसे जाजमऊ के टीले से आज़ादी की आतिशबाज़ी दिखाई। नाना साहेब को क़तई फ़ख़्र नहीं है कि मैंने गोरों के उस जनरल को सिर झुकाने पर मजबूर कर दिया। अरे...अजीजन के एक फ़ैसले से मेरे साहेब का सिर झुक गया है सुरैया।”

भड़ास निकलते ही अजीजन बिलख पड़ी। सुरैया उसका सिर सहलाते

हुए बोली "साहेब ख़ैरख़्वाह हैं हमारे, हो सकता है हमसे ग़लती हुई हो।"

अजीजन सिसकी, "ठीक है मान लिया, ग़लती हुई पर ऐसा क्या गज़ब हो गया कि मेरे चलते वक़्त पलटकर एक बार रोका तक नहीं।"

"बुला लेंगे तुझे देखना, तू उनकी सबसे बड़ी मज़बूती है, जासूस है, तेरे कहने पर वो बड़े-बड़े फ़ैसले लेते हैं जान मेरी।"

"जब बुलायेंगे तब बुलायेंगे, मुझे कल सुबह टीकमगढ़ जाना है बस।"

"और इस बीच उन्हें तेरी ज़रूरत पड़ी तो?"

"अंग्रेज़ किलेबन्दी में हैं अब जासूसी का क्या काम, होगा तो युद्ध होगा।"

"हो सकता है तेरी सलाह की ज़रूरत पड़े उनको अजीजन।"

अजीजन बोली, "तू फ़िक्र मत कर उनके पास तात्या हैं, अज़ीमुल्ला हैं।"

"चल ठीक है पर मैं भी चलूँगी तेरे साथ।" सुरैया ने सुर छेड़ा।

"रहने दे...तू क्या करेगी चल कर?"

सुरैया ने अजीजन का हाथ पकड़ लिया, "जाजमऊ टीले पर व्हीलर मुझे मार डालता तो तू क्या मेरी अम्मा को ख़बर तक देने फ़ैज़ाबाद नहीं जाती...।"

अजीजन ने सुरैया के मुँह पर हाथ रख दिया, "चुप कर चुड़ैल, मरें तेरे दुश्मन।"

"फ़ैज़ाबाद वाली अम्मी से मिल चुकी हूँ, टीकमगढ़ वाली से नहीं मिलायेगी?"

अजीजन ने सुरैया के सिर पर हाथ फ़ेरा और साथ चलने की हामी भर दी। अजीजन जल थी तो सुरैया पानी, एक सुख थी तो दूसरी ख़ुशी। अजीजन रुई के फ़ाहे में पैबस्त इत्र और सुरैया इत्र की खुशबू। ऐसा रिश्ता जो सिर्फ़ पर्याय ही नहीं, पूरक भी था। दोनों एक-दूसरे की हथेलियों की भाग्य रेखा में गढ़ी हुई थीं और कुण्डली में चन्द्रमा के मानिंद मढ़ी हुई थीं। सुरैया जानती थी कि अजीजन नाना साहेब से रूठी हुई है, शायद टीकमगढ़ जाने के बाद वापस ही न लौटती। बस कुछ ऐसा ही सोचकर उसने साथ जाने की ज़िद कर ली। कम से कम इसी बहाने अजीजन की अम्मा से मिल भी लेगी और फिर उसे कानपुर वापस लौटा लायेगी। अजीजन फिर कैंची से सुरैया के बालों कों बराबर करने लगी। कमर से नीचे तक लहराने वाले बाल सुरैया की गर्दन तक आ चुके थे।

आज की भाषा में कहें तो एक़दम बॉय कट। बॉय कट बालों के अलावा सुरैया और अजीजन को भनक भी नहीं थी आज़ाद की कलाई में सुरैया नाम गुदा होने की ख़बर गोरों को लग चुकी थी। ख़ुद जनरल व्हीलर ने आज़ाद की कलाई में सुरैया का नाम तब पढ़ लिया था जब सुरैया ने उसके गले पर कटार टिका रखी थी। मॉब्रे थॉमसन से लेकर डेलाफ़ॉस और नानकचन्द के हाथ भी सुरैया नाम का ये सुराग लग चुका था मगर उससे भी बड़ा सच ये था कि अंग्रेज़ों को भी भनक तक नहीं थी कि असली आज़ाद सुरैया नहीं, अजीजन थी।

दिन बीत चुका था और अजीजन की ये कहानी गंगा के अपस्ट्रीम से बहती हुई इलाहाबाद पहुँच चुकी थी। घड़ी के मुताबिक़ सुबह का आठ बजा था। इधर कर्नल नील के आने की ख़बर लेकर कानपुर से इलाहाबाद लौटे दोनों दरोगा बहुत देर कर चुके थे। उधर बनारस में बाग़ियों को ख़ौफ़ के पुलिन्दे में बाँधकर कसाई के नाम से कुख़्यात कर्नल जेम्स स्मिथ नील भारी भरकम फ़ौज के साथ रात भर का सफ़र तय कर के दारागंज में दस्तक दे चुका था। इलाहाबाद और कर्नल नील के बीच सिर्फ़ गंगा पर बने नाव के पुल भर की दूरी बची थी। महज़ चार दिन पहले आज़ाद हुए इलाहाबाद के गवर्नर लियाक़त अली को मौत का बवण्डर साफ़ दिखाई पड़ रहा था। अकबर के किले से बारूद उगल रही अंग्रेज़ों की तोपों से मुकाबला करते हुए बाग़ी सैनिकों को नब्बे घण्टे गुज़र चुके थे लेकिन किला इस आज़ादी का काल बन चुका था। ईस्ट इंडिया कम्पनी कुम्भ नगरी तो हार चुकी थी मगर कम्पनी के अफ़सर, सैनिक और उनके कुनबे अकबर के किले में अब भी महफ़ूज थे। लियाक़त अली को मज़बूरी में किले के सामने तैनात बाग़ियों की आधी से ज़्यादा फ़ौज दारागंज पुल पर तैनात करनी पड़ी ताकि नील को इलाहाबाद में घुसने से रोका जा सके। दोनों तरफ़ से मोर्चेबन्दी हो चुकी थी कि तभी कर्नल नील की नाइन पाउंडर तोप ने पहला गोला दागा और गंगा के दूसरे छोर पर चार बाग़ी सैनिकों के परखचे उड़ गये। इससे पहले कि बाग़ी सैनिक गंगा पर बने पुल को उड़ाने की सोच भी पाते नील की तोपें ताबड़तोड़ बारूद उगलते हुए आगे बढ़ने लगीं। कर्नल नील के हमले का अन्दाज़ बता रहा था कि

अंग्रेज़ सेना सिर्फ़ इलाहाबाद जीतने नहीं बल्कि बाग़ियों की लाशें बिछाने का इरादा कर के आयी है। विद्रोही सैनिकों की फ़ौज गिनती में ही नहीं हथियारों से भी कमतर थी।

इधर दारागंज पुल पर कर्नल नील के ग़ुस्से का बारूद बाग़ियों को मौत की नींद बख़्श रहा था, उधर अकबर के किले पर विद्रोही हिन्दुस्तानियों का मोर्चा कमज़ोर होते ही गोरों की फ़ौज किले से बाहर निकल आयी। दोनों तरफ़ से ईस्ट इंडिया कम्पनी क्रान्तिवीरों को रौंदती हुई आगे बढ़ ही रही थी कि अचानक गंगा पुल पर मोर्चे की अगुवाई कर रहे लियाक़त अली के पेट को चीरती दो गोलियाँ पीठ छेदती हुई पार हो गयीं। रामचन्द्र चिल्लाया, "ऐऽऽऽऽ...लियाक़त भाई को सँभालो।"

पाँच-छह सैनिकों ने दौड़कर लियाक़त अली को उठाया और गोरों से मुकाबला कर रही फ़ौज की आड़ में दूर खड़ी बैलगाड़ी की तरफ़ भागे। विद्रोहियों के सिर और सीने भेदते नाइन पाउंडर गोले और गोलियाँ कर्नल नील के हुक़्म की पाबन्द थीं। बस ऐसा ही एक गोला लियाक़त अली को उठाकर ले जा रहे सैनिकों से महज़ पाँच गज दूर गिरा। धमाके में तीन बाग़ियों के चीथड़े उड़ गये। दौड़ते-हाँफते रामचन्द्र और बाक़ी सैनिकों ने लियाक़त को फ़ौलाद की चादर बनकर ढक तो लिया था मगर बारूदी गोले के कई टुकड़े रामचन्द्र की पीठ में धँस चुके थे। गुमनाम शहीदों पर आँसू बहाने का शायद ये मुनासिब वक़्त ही नहीं था क्योंकि लियाक़त की बेशक़ीमती साँसों के सहारे क्रान्ति की उम्मीद ज़िन्दा थी, क्रान्ति की अगुवाई ज़िन्दा थी और क्रान्ति की मशाल तब तक रोशन थी जब तक शहादत का तेल मुहैया था। बुरी तरह घायल रामचन्द्र फिर सैनिकों के साथ लियाक़त को उठाकर बैलगाड़ी की तरफ़ भागा। फ़र्लांग भर की दूरी कोसों और मीलों के मानिंद पार करते हुए रामचन्द्र ने बैलगाड़ी पर लियाक़त को लिटाया और ख़ुद बैलों की लगाम थामकर बैठ गया। पीठ से रिसता ख़ून देखकर एक सिपाही अपनी कटार से रामचन्द्र की पीठ में पैबस्त स्पिलंटर्स के टुकड़े निकालने लगा। रामचन्द्र तड़प उठा मगर उसकी तड़प में घाव कुरेदने के दर्द से ज़्यादा लियाक़त की फ़िक्र थी।

रामचन्द्र कराहा, "लियाक़त भाई साँसें थाम कर रखना।"

बेहोशी की तरफ़ बढ़ रहा लियाक़त बुदबुदाया, "राम...चन्द्र...तुम जाओ।"

रामचन्द्र चिल्लाया, "नहीं भाई...तुम्हें ज़िन्दा रहना होगा।"

दो सैनिक बैलगाड़ी में बैठ गये और बाक़ी अपने आँसू पोंछते हुए फिर मोर्चे की तरफ़ लौट गये। लियाक़त ने बमुश्किल आँखें खोलीं, पेट पर हाथ लगाया और भलभला कर बहते ख़ून को देखकर कराहा, "इलाहाबाद अनाथ हो जायेगा, सैनिक अकेले पड़ जायेंगे रामचन्द्र...लौट जाओ...कमान सँभालो...जाओ...राम।"

गाड़ी हाँकता हुआ रामचन्द्र पीछे पलटकर बोला, "अल्लाह का वास्ता तुम्हें...बस फ़तेहपुर तक साथ दे दो मेरा...साँस मत छोड़ना, तुम्हें कुछ हो गया तो किसके भरोसे लड़ेंगे लियाक़त भाई...किसके भरोसे।"

आज़ादी की आस लिए इलाहाबाद के शेर की ज़ुबान ख़ामोश हो गयी मगर दिल की धड़कनें मुसलसल थीं। बैलगाड़ी में बैठे सैनिकों ने गमछों से उसका पेट बाँध दिया ताकि ख़ून की शक्ल में आज़ादी का ख़्वाब न बह जाये। बैलगाड़ी फ़तेहपुर की तरफ़ चल पड़ी मगर कुछ ही घण्टों में दारागंज के गंगा पुल से लेकर अकबर के किले तक बाग़ियों की लाशें ही लाशें बिछी थीं। कुछ मर गये, कुछ डर गये और जो बचे थे वो रस्सियों में बाँधकर घसीटे जा रहे थे। कर्नल नील की सेना के बेरहम बूट और तोपों के पहिये विद्रोहियों की लाशें रौंदते कुचलते ख़ुल्दाबाद पहुँच चुके थे जहाँ महज़ चार दिन पहले लियाक़त ने गवर्नर बनकर इलाहाबाद की कमान सँभाली थी। इलाहाबाद फिर अंग्रेज़ों के कब्ज़े में था और कर्नल नील मैदान के बीचोंबीच खड़ा ख़ामोश भीड़ को खूँख़ार नज़रों से घूर रहा था। सन्नाटा इस कदर कि कर्नल जेम्स नील की साँसों की फ़ुफकार साफ़ सुनाई दे रही थी।

अपने कर्नल की शैतानी आँखों को पढ़ते ही रस्सियों में जकड़े सौ से ज़्यादा बाग़ियों को क़तार में खड़ा कर दिया गया। यमदूत तैयार थे बस यमराज के इशारे का इन्तज़ार था। रावण के अन्दाज़ में नील गुर्राया, "मिस्टर गवर्नर...आई रिक्वेस्ट यू टू प्लीज़ कम आउट...कम आउट...अदरवाइज यू हैव टू पे फ़ॉर दिस...हिज़ एक्सीलेंसी।"

कहीं से कोई आवाज़ नहीं आयी। ख़ामोशी की धड़कने तेज़ होने लगीं। चौतरफ़ा खड़ी भीड़ लियाक़त अली के सामने आने के लम्हे गिनने लगी।

कर्नल नील से लेकर समूचा इलाहाबाद नावाक़िफ़ था कि मौत से बग़ावत पर आमादा लियाक़त इलाहाबाद से फ़तेहपुर के रास्ते पर था। कर्नल नील ने कई मर्तबा आवाज़ लगाई मगर नतीजा सिफ़र था।

सिफ़र के सन्नाटे से सनक चुके कर्नल नील ने भीड़ में खड़े एक बच्चे को प्यार से बुलाया, उसे कम्पनी का झंडा थमाया और गोद में उठाकर खुल्दाबाद गवर्नर बिल्डिंग की छत पर चल दिया जहां क्रांति की हरी पताका लहरा रही थी। छत पर पहुंचते ही नील ने हरा झंडा नोंच कर छत से नीचे फेंक दिया और ब्रिटिश झंडे की डोर के साथ बच्चे का गला बांध कर चिल्लाया, "जो लियाक़त अली को ज़िन्दा ढूंढ कर लायेगा उसे एक लाख और लियाक़त की लाश लाने वाले को दो लाख इनाम दिया जायेगा...और जो कम्पनी के अगेन्स्ट बोलेगा... आई विल हैंग दैड बास्टर्ड टिल डेथ।"

इनाम के ऐलान के साथ ही कसाई कर्नल ने रस्सी खींच दी। ब्रिटिशराज का झंडा फिर लहरा उठा मगर झंडे की रस्सी पर तड़प रहे मासूम को देखकर दहली भीड़ में एक इलाहाबादी की आवाज़ गूंजी, "हिंदुस्तान ज़िन्दाबाद।" देखते ही देखते क़तार में खड़े बाग़ी मंगल पांडे ज़िन्दाबाद चिल्लाने लगे। बुलंद नारों से झल्लाये नील ने इधर पलकें झपकाईं, उधर जल्लादों की संगीनें बारूद उगलने लगीं। इधर मैदान लाल हो रहा था उधर नील की आंखों का सुर्ख लावा हर लाश के साथ ठंडा पड़ रहा था।

दो दिन गुज़र चुके थे मगर कानपुर इलाहाबाद के नरसंहार से बेख़बर था। किसी को भनक तक नहीं थी कि अंग्रेज़ों से लड़ने वाला लियाक़त अली फ़तेहपुर में मौत से लड़ रहा है। बेख़बरी के ऐसे ही माहौल में नानाराव बिठूर का महल छोड़कर इंट्रेंचमेंट से दो मील दूर सवादा कोठी यानी सर्किट हाउस को अपना मुक़ाम बना चुके थे। सवादा कोठी यूँ तो नानाराव की मिल्कियत थी मगर तमाम जायदाद की तरह कम्पनी उस पर भी क़ब्ज़ा कर चुकी थी। कोठी पर नानाराव के अलावा अज़ीमुल्ला खाँ, तात्या टोपे, राव पाण्डुरंगा, ज्वाला, बाला और बाबा भट्ट दरबार लगाये बैठे थे और मुद्दा था कि इंट्रेचमेंट में

सिमट चुकी जनरल व्हीलर की सेना से मुकाबला किया जाये या गोरों को उनके हाल पर छोड़कर दिल्ली कूच किया जाये। नाना ने तात्या का रुख किया, "आप क्या कहते हैं तात्या भाऊ?"

तात्या ने गहरी साँस ली, "मुझे लगता है हमें दिल्ली चलना चाहिए।"

राव पाण्डुरंगा बीच में बोले, "बादशाहत-ए-शाह आलम, अज़ दिल्ली ता पालम।"

तात्या ने भौहें उचकाईं, "मतलब?"

पाण्डुरंगा मुस्कुराये, "मतलब ये कि बहादुर शाह ज़फ़र को गोरों ने दिल्ली से पालम के बीच समेट दिया है। तमाम शहरों से बाग़ी दिल्ली में हैं ज़रूर लेकिन कम्पनी ने उन्हें घेर लिया है। बेहतर होगा हम पहले कानपुर पर क़ब्ज़ा करें फिर दिल्ली चलें।"

तात्या ने पाण्डुरंगा को तरेरा, "कानपुर आज़ाद है, ख़ज़ाने से मैग्ज़ीन तक हमारा क़ब्ज़ा है, अंग्रेज़ इंट्रेंचमेंट में दुबके हैं, आख़िर और आज़ादी किसे कहते हैं?"

"तात्या भाऊ जब तक अंग्रेज़ हैं, न कानपुर अपना है, न आज़ाद है।"

अज़ीमुल्ला बोले, "अभी तो हमने साहेब की ताजपोशी भी नहीं की है।"

नाना ने बीच में टोका, "ठीक है, हम व्हीलर की सेना से युद्ध करेंगे।"

इस मर्तबा ज्वाला बोले, "कैसा युद्ध और किसलिये युद्ध?"

तात्या गद्दी से खड़े हो गये, "युद्ध भी नहीं करना, दिल्ली भी नहीं जाना तो करना क्या है। कोई योजना है या बस बोले जा रहे हैं।"

ज्वाला ने नाना को चौंका दिया, "इंट्रेंचमेंट को गोरों की कब्रगाह बना देते हैं।"

पाण्डुरंगा ने सुर मिलाया, "मैं ज्वाला की बात का समर्थन करता हूँ।"

"युद्ध तो फिर भी करना ही होगा पाण्डुरंगा।" तात्या तल्ख़ हुए।

बाला और बाबा भट्ट के अलावा अज़ीमुल्ला भी भौंचक थे। तभी ज्वाला और पाण्डुरंगा एक-दूसरे को देखकर मुस्कुराये फिर पाण्डुरंगा बोले, "न, कोई युद्ध नहीं।"

"तो क्या इंट्रेंचमेंट के तालाब में ज़हर मिलाकर कब्रगाह बनाओगे तुम?"

ज्वाला कुटिल हुआ, "पानी में ज़हर मिलायें या जल समाधि दे दें बात एक ही है..तात्या भाऊ।"

तात्या बिफ़रे, "फ़ोर्ट विलियम तक बात पहुँची तो नरसंहार होगा कानपुर में।"

पाण्डुरंगा के चेहरे का नक़्शा बदल गया, जैसे उसने और ज्वाला प्रसाद ने पहले से ही कुछ सोच कर रखा था, "हमें ऐसा मसौदा तैयार करना है जिसमें एक-एक अंग्रेज़ मार भी दिया जाये और फ़ोर्ट विलियम भी कुछ न कर पाये। आप हामी भरिये साहेब बाक़ी हम दोनों पर छोड़ दीजिए।"

तात्या टोपे और अज़ीमुल्ला की ख़ामोशी पढ़ते ही नानाराव ने चुप्पी तोड़ी, "शासन और सियासत हम पर छोड़ दीजिए ज्वाला, वक़्त आने पर फ़ैसला किया जायेगा, फ़िलहाल जनरल को हमारा पैग़ाम भेजिए। कहिए कि हम दो दिन की मोहलत देते हैं, फिर नाना की सेना इंट्रेंचमेंट पर हमला करेगी। कानपुर की आज़ादी का फ़ैसला सिर्फ़ युद्ध से होगा।"

तात्या अभी भी अड़े थे, "मतलब हम दिल्ली नहीं जायेंगे।"

"आपकी हर सलाह सिर आँखों पर तात्या भाऊ लेकिन मुझे लगता है कि ज्वाला और पाण्डुरंगा के तर्क में दम है। बेग़म हज़रत महल, मौलवी अहमदउल्ला, नवाब खाँ, बहादुर खाँ ने लखनऊ, फ़ैज़ाबाद और बरेली में आज़ादी की जंग छेड़ रखी है। बस हमें भी पहले कानपुर जीतना चाहिए। आख़िर लियाक़त अली ने भी पहले इलाहाबाद जीता।" नानाराव ने तात्या को साफ़ जवाब दिया।

पाण्डुरंगा ने हाँ में हाँ मिलाई, "लक्ष्मीबाई का भी लक्ष्य झाँसी की आज़ादी है।"

"कर्नल नील इलाहाबाद पहुँच चुका होगा नाना साहेब, कब तक लड़ेगा लियाक़त?" तात्या ने सवाल पूछा।

नानाराव मुस्कुराये "हम सिर्फ़ तलवारों और तोपों से युद्ध नहीं लड़ेंगे भाऊ। आज़ादी साम-दाम-दण्ड-भेद से भी हासिल की जायेगी। वक़्त आने दीजिए, गोरों ने घुटने न टेके तो नाना नाम नहीं।"

ज्वाला प्रसाद बोले, "भाऊ हुक़्म दें तो एक सवाल करना चाहता हूँ।"

"कुछ बचा तो वो भी बोलिए ज्वाला।" तात्या ने तंज़ कसा।

"पहले दिल्ली जाकर क्या फ़ायदा है, न दिल्ली मिलेगी, न कानपुर।"

"नाना, हुक़्म के आगे तात्या न नफ़ा देखता है, न नुक़सान।"

नाना ख़ुश हुए, "तात्या की अगुवाई में युद्ध की तैयारी की जाये अज़ीम।"

अज़ीमुल्ला बोले, "आप कहें तो पैग़ाम शम्सुद्दीन के हाथों भेज दूँ।"

"शम्सुद्दीन ही पैग़ाम व्हीलर तक ले जायेगा। शम्सुद्दीन इस अन्तिम युद्ध में हमारी सेना का अगुवाकार भी होगा...हिन्दुस्तान ज़िन्दाबाद।"

समूची सवादा कोठी हिन्दुस्तान ज़िन्दाबाद के नारों से गूँज उठी। अज़ीमुल्ला के साथ बाला और बाबा भट्ट को युद्ध की ज़िम्मेदारी सौंपी गयी। तात्या टोपे को युद्ध रणनीतिकार और राव पाण्डुरंगा के साथ ज्वाला प्रसाद को सलाहकार तैनात किया गया। कुछ ही घण्टों बाद नाना का मोहरबन्द पैग़ाम शम्सुद्दीन को सौंपा गया। वो शम्सुद्दीन जिसने कानपुर से दिल्ली कूच कर रहे सैनिकों को दोबारा अंग्रेज़ों की सेना में शामिल कराया और बग़ावत के लिए तैयार किया। वही शम्सुद्दीन जिसने अपने फ़र्माबरदार सैनिकों के दम पर कानपुर की मैग्ज़ीन और ख़ज़ाना गोरों से छीन लिया था।

बीस घुड़सवारों की हथियारबन्द टोली के साथ शम्सुद्दीन इंट्रेंचमेंट के सामने रुका और घोड़े से उतर कर मुहाने पर आ गया। गहराई में बसे इंट्रेंचमेंट में सनसनी फैल गयी। अंग्रेज़ सैनिक बन्दूकें लोड कर ही रहे थे कि तभी शम्सुद्दीन चिल्लाया, "कम्पनी बहादुर...बारूद बचा कर रखिये, वक़्त पर काम आयेगा। हम आज लड़ने नहीं, नाना साहेब का पैग़ाम लेकर आये हैं।"

इधर एक गोरा सैनिक व्हीलर के कैम्प की तरफ़ भागा उधर दूरबीन में आँखें लगाये बैठा मॉब्रे थॉमसन भी बदहवास व्हीलर की कॉटेज की ओर दौड़ा। व्हीलर टेलीग्राम मशीन को चाँद समझ कर चकोर की तरह गौर से देख रहा था लेकिन आज भी कोई जवाब नहीं आया था। थॉमसन बिना इजाजत अन्दर घुसा और फ़िक्रमन्द सुरों में बोला, "नानाराव ने बाग़ियों के हाथों मैसेज भेजा है सर।"

"व्हॉट मैसेज मॉब्रे?"

थॉमसन ने दूरबीन व्हीलर को थमाई, "डोंट नो सर, जस्ट हैव अ लुक।"

तब तक गोरा सिपाही भी कैम्प पहुँचा और सिर झुकाकर खड़ा हो गया। व्हीलर ने दूरबीन से नज़र हटाई, "पुट द लैडर एंड लेट हिम कम।"

मॉब्रे के साथ सिपाही तेज़ी से इंट्रेंचमेंट के मुहाने पहुँचा। कई सिपाहियों ने मिलकर दस फुट की सीढ़ी खड़ी की और आवाज़ लगाकर शम्सुद्दीन को नीचे उतरने को कहा। ऊपर की तरफ़ सारे बाग़ी सिपाही बन्दूकें तानकर खड़े हो गये और शम्सुद्दीन को सीढ़ियों से उतारकर सीधे व्हीलर के दफ़्तर ले जाया गया। बेहद अदब से झुककर शम्सुद्दीन ने जनरल व्हीलर को सलाम किया और कमरबन्द में खुँसा पैग़ाम निकालकर थॉमसन को थमा दिया। व्हीलर के इशारे पर गोरे सिपाही शम्सुद्दीन को दफ़्तर से बाहर ले गये। इंट्रेंचमेंट में सैनिकों, तोपों और बन्दूकों की तैनाती के साथ चौतरफ़ा नज़र दौड़ाते हुए एक बार फिर शम्सुद्दीन ने सीढ़ियों का रास्ता पकड़ा और ऊपर आते ही बाग़ियों की टोली के साथ लौट गया। इंट्रेंचमेंट में ख़ासी चखचख मच चुकी थी। व्हीलर के दफ़्तर के अन्दर थॉमसन के अलावा अब डेलाफ़ॉस और मेटिल्डा भी पहुँच चुके थे। बाक़ियों को बाहर रहने की ताकीद थी। बावजूद इसके तमाम अफ़सरों के साथ व्हीलर की बेटी मार्गरेट भी कैम्प के बाहर कान लगाकर खड़ी थी। ज़ुबानें ख़ामोश थीं मगर मन के करघे शोर मचा रहे थे। शक में गुँथी हुई चिन्ता के धागे अपना-अपना ताना-बाना बुन रहे थे। किसी को नाना के दिल्ली चले जाने का अन्दाज़ा था तो कोई युद्ध होने के ख़ौफ़ में था। तभी व्हीलर ने सिगार सुलगाई, "क्या मैसेज भेजा है नानाराव ने थॉमसन?"

थॉमसन ने पैग़ाम खोलकर बांचना शुरू किया, "माई डियर फ्रेंड व्हीलर, वॉर इज़ नॉट ऐन ऑप्शन बट रामायणा एंड महाभारत टॉट अस दैट इफ़ वी वॉन्ट टू ब्रिंग बैक मदर सीता ऑर रीगेन द थ्रॉन ऑफ़ हस्तिनापुर, देन वॉर इज़ नेसेसरी। बिकॉज़ वी वॉन्ट फ्रीडम विच द कम्पनी विल नॉट गिव विदाउट वॉर, यू हैव टू डेज़ एंड देन द वॉर विल बिगन...हर हर महादेव।"

कॉटेज के भीतर से बाहर तक माहौल सन्न हो गया। व्हीलर का दाँव दम तोड़ चुका था। व्हीलर ने थॉमसन के कन्धे पर हाथ रखा, "सो सॉरी।"

थॉमसन झिझका, "फ़ॉर व्हॉट सर?"

"यू वर राइट मॉब्रे, हमें मदद के लिए पहले ही सेना बुला लेनी चाहिए थी फिर इंट्रेंचमेंट में शिफ़्ट होना चाहिए था, तुम्हारा कैल्क्युलेशन सही था, नाना दिल्ली नहीं गया।"

मेटिल्डा बिफ़री, "यू हैव नो आइडिया मैसी, व्हॉट वी आर गोईंग टू फेस।"

व्हीलर उसकी तरफ़ बढ़ता तब तक मेटिल्डा पैर पटकती हुई कैम्प से बाहर चली गयी। कॉटेज के बाहर कानाफूसी सुन रही अफ़सरों की भीड़ उसे देखते ही छिटकने लगी। अली खाँ के मसले पर अपनी मॉम से भुनभुनाई बिटिया मागरिट हालात को समझते हुए मेटिल्डा के पीछे लपकी लेकिन मेटिल्डा ने उसे पलट कर ग़ुस्से से घूरा और बिटिया की कोशिशों को बिना माचिस के फूँक डाला। दो दिन बाद युद्ध होने की ख़बर इंट्रेंचमेंट में रोशनी की रफ़्तार से फैल गयी। ज़्यादातर घबरा गये और कुछ उम्मीद बाँधे थे कि युद्ध के बाद कम्पनी फिर कानपुर पर राज करेगी।

व्हीलर के दफ़्तर में एक बार फिर फ़ोर्ट विलियम को टेलीग्राम भेजकर सेना की माँग की गयी लेकिन नतीजा सिफ़र ही रहा, न पहले तार का कोई जवाब आया, न ही दोबारा तार भेजने का कोई एक्नॉलेजमेंट। लेफ़्टीनेंट डेलाफ़ॉस का दिमाग़ जो बोल रहा था वही ज़ुबान ने कह डाला, "सर आई हैव अ सॉलिड डाउट।"

थॉमसन ने भौंहें उचकाईं, "देन टेल अस।"

"सर मुझे लगता है टेलीग्राम के वायर ही काट दिये गये हैं।"

व्हीलर गुर्राया, "आई एम गोइंग टू किल दैट बास्टर्ड नाना।"

थॉमसन ने टोका, "सर ये वक़्त परेशान होने का नहीं है, अगर वॉयर काट दिये गये हैं तो कोई सेना हमारी मदद के लिए कानपुर नहीं आ रही है। हमें कुछ और प्लान करना होगा।"

"कैसा प्लान सर?" डेलाफ़ॉस ने पूछा।

"हमारे पास दो रातें हैं, हमको चारों तरफ़ लैंड माइन्स बिछा देनी चाहिए।"

व्हीलर ने हामी भरी, "डू व्हॉट थॉमसन सेड, डोंट वेस्ट अ सिंगल मिनिट। हमारे पास बर्बाद करने के लिए वक़्त ही नहीं है।"

बीवी बच्चों की हिफ़ाज़त एक ख़ौफ़नाक सच की तरह दहक रही थी।

टेलीग्राम के कट चुके तार ऐलान कर चुके थे कि व्हीलर को अपने दम पर न सिर्फ़ युद्ध करना है बल्कि जीतना भी है। अफ़सरों के कैम्प तैयारियों का खाका खींचने लगे और इंट्रेंचमेंट हमले का इन्तज़ार करने लगा था।

चैप्टर-5

अगले जनम मोहे बिटिया न कीजो

रात का पहला पहर तब शुरू हुआ जब साफ़े के कपड़े से मुँह ढके शम्सुद्दीन ने लुर्की मोहाल के कोठे की पहली सीढ़ी पर पाँव रखा। साज़ मौन साधे बैठे थे और आवाज़ें हड़ताल पर थीं। सत्ताईस जीने चढ़ने के बाद शम्सुद्दीन ने बन्द किवाड़ की कुण्डी खटखटाई। अन्दर से पान चुगलाती बड़ी आपा बोलीं, "ए री लड़की, देख तो बेवक़्त कौन है।"

तवायफ़ ने कुण्डी खोली, शम्सुद्दीन ने चेहरे से कपड़ा हटाया। लड़की मुस्कुराई फिर ज़ोर से बोली, "अजीजन जिज्जी से मिलने आये हैं आपा।"

"अरे...वापस लौटा दे...बता दे न...अजीजन की तबीयत नासाज़ है।"

"अजीजन से बोलिये शम्सुद्दीन आया है।" शम्सुद्दीन चिल्लाया।

शम्सुद्दीन का नाम सुनते ही आपा ने उगालदान में पीक उड़ेल दी। गद्दे पर हाथ मारते हुए बैठने का इशारा करते हुए बोलीं, "अरे शम्स मियाँ, आप किलेबन्दी की जगह कोठे पर कैसे, हमने सुना है जंग होने वाली है।"

"अजीजन को बुलाइये बड़ी आपा।"

"अजीजन तो कानपुर में है ही नहीं शम्स मियाँ।"

"अभी तो आपने कहा कि उसकी तबीयत नासाज़ है।"

"झूठ बोला शम्स, तबीयत नहीं, अजीजन की ज़िन्दगी नासाज़ है।"

"ज़िद छोड़ दीजिए आपा, उसे बुलाइये।"

"अल्लाह क़सम, नहीं है, चाहें तो कोठे की तलाशी ले लीजिए।"

"कहाँ गयी है?"

"टीकमगढ़ गयी है।"

"टीकमगढ़...वहाँ क्या है?"

"पता नहीं कमबख़्त ग़मों की गठरी उठाये कहाँ-कहाँ घूमती है मरी।"

"मेरा दिल बैठा जा रहा है आपा।" शम्सुद्दीन की आवाज़ भरभरा गयी।

आपा की आँखें छलक उठीं, "अपने बचपन से मिलने गयी है नामुराद।"

"पहले समझ नहीं पाया और जब समझा...वो ही ग़ुम हो गयी।"

आपा के चेहरे पर लोबान सी मुस्कान उभरी, "कुरेद लेने दे उसे अपनी काजल की डिबिया, जब कालिख़ मिलेगी तो ख़ुद लौट आयेगी सुरों का सुरमा लगाने।"

"मुझसे रूठ गयी है क्या?"

"अरे ससुरी आज़ादी की धुन पाले-पाले ख़ुद से रूठ गयी है...टूट गयी है कमबख़्त।"

रेगिस्तान-सी नाउम्मीदी के बीच शम्सुद्दीन की आँख से एक आँसू टप्प से आपा की हथेली पर गिरा। उसने आपा की हथेली अपनी हथेली में कस ली, "अजीजन लौटे तो कहियेगा कि शम्सुद्दीन आया था...निकाह की ज़िद नहीं, आख़िरी वादा करने। कह दीजिएगा कि जंग में शम्स की साँसें भले ही सलीब चढ़ा दी जायें मगर अजीजन की आस, अजीजन की धुन और आज़ादी ज़रूर साँसें लेगी। शम्स के रहते वो न रूठेगी, न टूटेगी...ज़िन्दा रहा तो ठीक वर्ना अगले जन्म ही सही।"

यूँ तो इस्लाम में दूसरे जन्म का ज़िक्र ही कुफ्र है मगर इश्क़ की न जात होती है, न मज़हब, शायद इसीलिए अजीजन के ख़्वाब को शम्स अपनी क़िस्मत समझ चुका था।

शम्सुद्दीन काफ़िर हो चुका था। ख़ज़ाना और मैग्ज़ीन जीतने की अगली सुबह गंगा घाट पर आज़ाद की शक्ल में अजीजन की कही बातें शम्सुद्दीन की रगों में गीता सार की तरह रक्त सूत्र बनकर बह रही थीं। शम्स अब प्रेम के आख़िरी पड़ाव पर लंगर डाल चुका था, जहाँ आज़ादी ही मक़सद था, आज़ादी ही ख़्वाब, आज़ादी ही अन्त था, आज़ादी ही अनन्त।

पुराना कानपुर इलाक़े के एक मकान में दुर्जन सिंह और सरदार खाँ के ज़ख़्मों

पर एक बेवा मरहम लगाकर पट्टी बाँध रही थी। दोनों ही आज़ाद के दुश्मन, दोनों ही आज़ाद की तलवार और कटार के शिकार थे। कानपुर में क्रान्ति की रात दोनों एक अंग्रेज़ की बीवी और बच्चों को मौत के घाट उतारने जा रहे थे लेकिन ऐन मौके पर आज़ाद ने गोरों को बचा लिया था। दुर्जन के घावों से मवाद की जगह आज़ाद के नाम का तेज़ाब रिस रहा था। उसके भाई सम्मान सिंह को आज़ाद ने फाँसी पर लटका दिया था। अनाथ बच्चों और बेवा भाभी की शक्ल आज भी उसके कलेजे को नश्तर की तरह छील रही थी, कुरेद रही थी। दुर्जन दर्द से कराहा, "कमबख़्त वैद्य कह रहा था कि संजीवनी बूटी की तरह दवा भी काम करेगी, पता नहीं कौन सा चूरन पकड़ा गया है।"

सरदार खाँ कसमसाया, "न दर्द से निजात है, न ज़ख्म रिसना बन्द हो रहे हैं।"

बेवा ने ख़ामोशी तोड़ी, "लानत है, भाई की मौत भी तुम्हें मर्द नहीं बना सकी।"

दुर्जन ने भाभी की आँखों में देखा, "भाभी माँ...आप भी कोसेंगी?"

"तुम भी नपुंसक हो और तुम्हारा यह दोस्त सरदार खाँ भी।"

सरदार खाँ बिस्तर पर बैठ गया, "मुफ़ीद मौक़ा नहीं मिला भाभी जान।"

"मौक़ा तलवार के वार से नहीं, दिमाग़ की धार से हासिल होता है।"

भाभी पट्टी बाँध ही रही थी कि दुर्जन पूरी ताकत से उठा और दीवार पर टंगी तलवार उतारते ही लड़खड़ा कर गिर गया। भाभी के चेहरे पर कटीले तार सी मुस्कुराहट थी, "बावला मत बन लेट जा, तन के ज़ख्म भरने दे फिर मन के जख़्मों से लड़ना।"

भाभी ने ज़मीन पर गिरे दुर्जन की पट्टी कस कर बाँधी फिर सहारा देकर लिटाया। दुर्जन बोला, "ठीक हो जाऊँ फिर इस बार नाना साहेब से मिलता हूँ। बताता हूँ उनको कि कैसे उनका ही एक सिपाही अंग्रेज़ों को बचाने के लिए अपनी सेना के सिपाहियों को निशाना बना रहा है।"

"पागल है तू, क्या लगता है नाना आज़ाद की शिकायत सुनेंगे।"

सरदार ने टोका, "तो करें क्या, हम पहचानते भी तो नहीं कि आज़ाद है कौन?"

"आज़ाद का पता भी मिलेगा और पहचान भी, बस इन्तज़ार कर दुर्जन।"

"मगर कैसे भाभी माँ?"

"आज़ाद की चाबी नाना के पास है और नाना की चाबी कहाँ है...मैं जानती हूँ।"

सरदार और दुर्जन चौंक गये, "कौन?"

बेवा की आँखों में सिन्दूर छलक आया, "अदला।"

"मतलब नाना अदला की बात मानेंगे?"

"नाना अदला को न नहीं कह सकते।"

"तो इस चाबी का इस्तेमाल पहले क्यों नहीं किया?"

"क्योंकि मैं एक नपुंसक देवर के बाज़ुओं पर भरोसा कर बैठी थी।"

सुर्ख तपते लोहे की तरह भाभी की दुत्कार ने दुर्जन और सरदार की ख़ामोशी को भी चीख़ने पर मज़बूर कर दिया था। इधर नाना अजीजन से नाराज़ थे उधर अजीजन अदला के निशाने पर थी। इंट्रेंचमेंट में आज़ाद के नाम पर घात लगाये बैठा जनरल व्हीलर कानपुर पर दोबारा काबिज़ होने की फ़िराक में था और अपनी टूटती बिखरती मोहब्बत से बेहाल अजीजन सुरैया के साथ टीकमगढ़ के रास्ते पर थी। दुर्जन, सरदार और बेवा भाभी की नयी साज़िश ने भी अब अजीजन को घेर लिया था। अजीजन सिर्फ़ पूरब, पश्चिम, उत्तर दक्षिण ही नहीं बल्कि तीन सौ साठ अंश से घिरे हर कोण के त्रिकोण में फँस चुकी थी। उसकी ज़िन्दगी का वास्तु बिगड़ चुका था और वास्तु के सँवरने के आसार घूम फिर कर शून्य थे।

दो दिन गुज़र चुके थे। इंट्रेचमेंट के सामने अज़ीमुल्ला, बाबा और बाला भट्ट की रणनीति के मुताबिक़ शम्सुद्दीन की बाग़ी सेना युद्ध को तैयार थी। गहराई में बसे इंट्रेंचमेंट में डेलाफ़ॉस और मॉब्रे थॉमसन की अगुवाई में अंग्रेज़ सैनिक बस इशारे के इन्तज़ार में थे। इधर बाबा भट्ट ने बिगुल फूँका उधर बाग़ियों की सेना ने तोप के मुहाने पर मशाल से आग का रिश्ता करा दिया। दनदनाता हुआ गोला पहली क़तार में खड़े उन हिन्दुस्तानी सैनिकों के बीच गिरा जो आज भी अंग्रेज़ों के लिए लड़ने मरने को तैयार थे। ज़ोरदार धमाके के साथ

पाँच सैनिक बारूद का निवाला बन गये। ग़ुस्से में थॉमसन चिल्लाया, "ऑल सिक्सटीन पाउन्डर्स, फ़ायरऽऽऽऽ।"

एक साथ तीस तोपों ने गोले दागना शुरू कर दिये। एक दो तीन चार पन्द्रह बीस करते-करते नानाराव की सेना के तीस-से ज़्यादा सिपाही महज़ दस मिनट में शहीद हो गये। तोपें, बन्दूकें दोनों तरफ़ से अगिया बेताल बनी हुईं थीं। नाना की सेना के पास तोपों की गिनती भी कम थी और ऊँचाई पर होने की वजह से बाग़ी अंग्रेज़ी सेना के सीधे निशाने पर थे। जून की चिलचिलाती धूप में युद्ध तक़रीबन पाँच घण्टे से जारी था। बाग़ी सैनिकों की मौत का आँकड़ा सवा सौ पार था। आधा कोस दूर बसे सैनिकों के कैम्प में बैठे अज़ीमुल्ला का रक्तचाप घट-बढ़ रहा था। बाला भट्ट ने शम्सुद्दीन को तलब किया। कैम्प में घुसते ही सुराही का पानी घूँट दर घूँट पीने के बाद शम्स बोला, "अज़ीम भाई आप फ़िक्र मत कीजिए, हम हमला और तेज़ करेंगे। तोपों की गिनती में गोरे हमसे बहुत ज़्यादा हैं लेकिन हमारे सैनिक और उनका जज़्बा उस गिनती पर बादल बनकर फटेगा।"

अज़ीमुल्ला ने गहरी साँस ली, "आँकड़ों के दिल नहीं हुआ करते शम्सुद्दीन, हमको आँकड़ों की नहीं सिपाहियों की फ़िक्र है, कहीं ऐसा न हो कि सैनिकों का आँकड़ा मौत के आँकड़े से हार जाये, कहीं सैनिकों के दिल में ख़ौफ़ न भर जाये शम्सुद्दीन।"

"अज़ीम भाई बंगाल की बैरकपुर की छावनी में सिर्फ़ एक मंगल पाण्डे था जिसने कम्पनी को बारूद से नहला दिया, कानपुर के हर बाग़ी में मंगल पाण्डे ज़िन्दा है। ख़ौफ़, दहशत, डर जैसे शब्द शम्स के सैनिकों के लिए नहीं उस बारूद के लिए गढ़े गये हैं जो बाग़ियों को मारते-मारते थक जायेगी, डर जायेगी, मर जायेगी।"

बाबा भट्ट ने टोका, "तुम्हें लगता है मंगल पाण्डे बेवजह फाँसी पर झूल गया, अरे वो भी जानता था कि बिना आग के बारूद भी मिट्टी है।"

"मतलब?"

"मतलब ये कि युद्ध सिर्फ़ जज़्बे से नहीं नीति से भी लड़ा जाता है और मंगल पाण्डे ने जज़्बे के साथ वही नीति अपनाई।"

"आप बताइये हमें क्या करना है?"

इधर बाला ने शम्सुद्दीन के सामने नीति का खाका खींचा उधर शम्स ने अपने तीस सैनिकों को रस्सियों के साथ इंट्रेंचमेंट में उतरने का फ़रमान सुनाया। तय हुआ कि इंट्रेंचमेंट के फ्रंट से नाना की सेना तोपों और बन्दूकों से कवर फ़ायर देती रहेगी और बाक़ी तीन तरफ़ से दस-दस सिपाही हथियारों के साथ तोपचियों और संगीनों से लैस सैनिकों को गोरिल्ला युद्ध नीति से मौत की नींद सुलायेंगे। बाला, बाबा और अज़ीमुल्ला को उम्मीद थी कि इंट्रेचमेंट के अन्दर उतर कर युद्ध करना ज़्यादा मुफ़ीद होगा, अंग्रेज़ ज़्यादा मरेंगे और हताहत होते बाग़ियों की गिनती को क़ाबू किया जा सकेगा। तैयारी पूरी हो चुकी थी, एक दिशा से युद्ध और बाक़ी दिशाओं से हथियारबन्द बाग़ी कूदने की तैयारी में थे। अंग्रेज़ों ने तीनों तरफ़ तोपें ज़रूर तैनात कर रखी थीं लेकिन अंग्रेज़ सैनिक और तोपची रिज़र्व कैम्पस में बैठे थे। तीन दिशाओं से ख़ाली मैदान देखकर ही बाला और बाबा भट्ट ने गोरिल्ला युद्ध का ख़ाका खींचा था लेकिन मॉब्रे थॉमसन का ब्लूप्रिंट भट्ट बन्धु के खाके पर भारी पड़ने वाला था, जिसकी वजह सिर्फ़ थॉमसन जानता था।

शम्सुद्दीन का इशारा होते ही रस्सियों के सहारे बाग़ी सिपाही इंट्रेंचमेंट में उतर रहे थे उधर अपने कैम्प में बैठा जनरल व्हीलर धीरे-धीरे नीचे आ रहे बाग़ियों को देखकर मुस्कुरा रहा था। वो बेफ़िक्र था, मज़े ले रहा था, जैसे उसे ख़ुद इस वक़्त का इन्तज़ार था। कुछ ही पलों में तीस बाग़ियों के पैर जैसे ही इंट्रेंचमेंट की ज़मीन पर पड़े वैसे ही ज़ोरदार बारूदी धमाकों से पूरा इलाक़ा गूँज उठा। एक लम्हे के चौथाई हिस्से में तीस सैनिकों के चीथड़े हवा में उड़ गये। अज़ीमुल्ला, बाला और बाबा भट्ट के अलावा सेनापति शम्सुद्दीन सन्न रह गया। व्हीलर ने दूरबीन मेज़ पर रख दी और रावण की तरह अट्टहास करने लगा। आज़ादी के लिए लड़ रहे बाग़ियों और बाग़ियों के अगुवाकारों को अन्दाज़ ही नहीं था कि दो रातों में इंट्रेंचमेंट के चारों तरफ़ लैंडमाइन्स बिछाई जा चुकी थीं और बाग़ी लैंडमाइन्स के जाल में चूहे की तरह फँस कर दम तोड़ चुके थे। इससे पहले कि शम्सुद्दीन इंट्रेंचमेंट के चारों तरफ़ तोपें और बन्दूकची तैनात करता रिज़र्व कैम्प में बैठे अंग्रेज़ तोपचियों ने हर तरफ़ से पोज़िशन ले ली और तोपचियों को कवर देने के लिए सैनिक मोर्चे पर डट गये। पहले दिन ही मात खा चुके बाग़ियों की बोहनी आज फिर ख़राब हो चुकी थी। घण्टे

भर तक युद्ध चला फिर सूरज ढला और युद्ध थम गया। थके हारे बाग़ी कैम्प चल दिये। मगर गोरों की थकान जीत के उफ़ान में बह चुकी थी। थॉमसन ने सैनिकों को शाबाशी दी, "वी आर गोइंग टू विन कानपुर अगेन। जनरल व्हीलर के साथ आज रात हम सब एक-एक पैग पियेंगे लेकिन मेरा वादा है कि ये जंग जीतने के बाद हम सब जश्न और शराब के नशे में पूरी रात डूबे रहेंगे।"

हाथ में बन्दूक लिए व्हीलर भी कॉटेज से बाहर आया और हवा में गोली दाग कर उसने लड़ाकों का इस्तक़बाल किया, "मैं प्रॉमिस करता हूँ कि कानपुर क़ब्ज़ा करने के बाद सबकी सैलरी तीन गुना कर दी जायेगी, लेट्स क्रश दिस म्यूटिनी फ़ॉरएवर।"

ईस्ट इंडिया कम्पनी और व्हीलर ज़िन्दाबाद के नारों और गोरे सैनिकों के जश्न का शोर इंट्रेंचमेंट से दौड़ता हुआ गंगा के घाट तक टकरा रहा था जहाँ शहीद बाग़ियों की क़तार में लगी चिताओं को मुखाग्नि दी जा रही थी और गंगा की बालू में बाग़ी दफ़नाये जा रहे थे। आख़िरी कब्र पर ख़ाक डालकर ग़ुस्साये शम्सुद्दीन ने मुट्ठी भर बालू उठाकर माथे पर मल डाली फिर गंगा किनारे जुटे सैकड़ों बाग़ियों की ओर जैसे ही पलटा उसकी आँखों में चिताओं की आग और आग में सुन्दर काण्ड का लंका दहन धधक रहा था। ललाट पर लगी कब्र की मिट्टी में नारा-ए-तकबीर की हुंकार बुलन्द थी। शम्स ज़ोर से चिल्लाया, "जो मौत से ख़ौफ़जदा हों पहले से पेशतर लौट जायें। तलवारें धार से नहीं वार से चलती हैं, जिनके जिगर का वार कुन्द हो गया हो वो तलवारों को लोहे के दाम बेचकर नमक ख़रीद सकते हैं। मुझे दरकार है उन नमक हलालों की जो जंग में गोरों को हलाल कराने के लिए ख़ुद अपनी गर्दन के साथ तैयार हैं...हिन्दुस्तान ज़िन्दाबाद।"

भीड़ से अचानक एक आवाज़ आई, "हिन्दुस्तान ज़िन्दाबाद।"

दूसरी, चौथी, सौंवी और हजारवीं आवाज़ नारे के साथ जुड़ती रही, इलाक़ा नारों से धमक उठा। गंगाघाट से बाग़ियों की फ़ौज तम्बुओं की ओर चल दी जहाँ दर्जनों वैद्य दो सौ से ज़्यादा सिपाहियों की मरहम पट्टी कर रहे थे। पड़ाव के दूसरी तरफ़ ख़ानसामे बड़ी-बड़ी देगों में जड़ी-बूटियों और मसालों का छौंक लगा रहे थे। बस एक था जिसे ये जंग सच में ज़ंग की तरह गला रही थी। उसका नाम था अली खाँ जो ख़ानसामों का लीडर था।

चावल, दाल, ग़ोश्त, आलू और आटे की माप-जोख बता कर अली खाँ साथी ख़ानसामे के साथ आधा मील टहलता हुआ इंट्रेंचमेंट के ठीक सामने खड़ा उन गोरों की कॉटिजेस बस देखे जा रहा था। शायद इस उम्मीद में कि दूर से ही सही बस एक बार मार्गरिट दिख भर जाये उसे। टिमटिमाती लालटेनों और आधे चन्द्रमा की रोशनी में ये उम्मीद जुगनू के जहाँ रोशन करने जैसी थी। मगर बात सच ये भी थी कि इंट्रेंचमेंट में ख़ुशियाँ मनाते गोरों से थोड़ी दूर अपनी कॉटेज के बेड पर पट्टू का पिंजरा लिए मार्गरिट उदास लेटी थी। बगल में बैठी अमेलिया हॉर्न उसका सिर सहला रही थी तभी मार्गरिट बोली, "कितने लोग मार दिये गये आज, पता नहीं कितने और मरेंगे।"

अमेलिया ने उसका माथा चूमा, "वी आर इन वैरी साउंड पोज़िशन।"

"हम क्या करेंगे ऐसा कानपुर दोबारा लेकर अमेलिया।"

"जंग में जानें जाती हैं मार्गरिट वर्ना हम राज कैसे करेंगे डार्लिंग।"

"राज तो हमने छीना है अमेलिया, ग़ुलाम तो हमने बनाया है उन्हें।"

"दैट्स...ईस्ट इंडिया कम्पनी...यू नो।"

"मैं नाना साहेब को ग़लत समझती थी बट नाऊ आई नो दैट वी वर राँग फ्रॉम द बिगिनिंग। जस्ट थिंक, हम बेटेल हार गये तो हमारा क्या होगा।"

"गॉड विल सेव अस मार्गरिट।"

"ह्यूमैनिटी सेज़ दैट वन हू सेव्स अस... इज़ गॉड।"

"तुम किस साइड हो मार्गरिट?"

"आई एम विद गॉड।"

इतना कहते ही मार्गरिट बिलख पड़ी। कच्ची उम्र में ख़ूनी जंग ने उसे हिलाकर रख दिया था। शायद व्हीलर की इस बिटिया का ताल्लुक अब इन्सानियत की नाभिकीय संरचना से हो चुका था जिसके अणुओं को कितने भी परमाणुओं में तोड़ दिया जाये लेकिन हर विघटन का नतीजा सिर्फ़ प्रेम की शक्ल में सामने आता है। उस की नज़र में मज़हब, चमड़ी का रंग, नस्ल, राजा-रंक, ग़ुलामी और आज़ादी इस संरचना से कोसों दूर थी। ऐसी दूरी से जूझ रहा अली अपने साथी से बुदबुदाया, "जंग बहुत ज़रूरी है क्या दोस्त?,"

"आज़ादी कैसे मिलेगी अली खाँ?"

"आज़ादी मिलेगी क्या?"

"मिलेगी...ज़रूर मिलेगी...चाहे गोरों को मारना पड़े या भगाना पड़े।"

अली खाँ ख़ामोश हो गया, शायद इसलिए कि वो जंग में मार्गरेट को खोना नहीं चाहता था, शायद इसलिए कि मार्गरेट को कानपुर से जाते देखकर रोना नहीं चाहता था या शायद इसलिए कि वो आज़ादी भी चाहता था और मार्गरेट भी। उधर सैनिकों से लेकर कानपुर के बाशिन्दों तक एक ही सवाल तैर रहा था कि आख़िर जंग के इस मुश्किल वक़्त में आज़ाद कहाँ है। जवाब एक ही था या तो बहुरूपिया आज़ाद युद्ध के किसी ख़ास चक्रव्यूह का खाका ख़ामोशी से खींच रहा है या बाग़ियों के बीच ही जंग पर नज़र बनाये हुए है। असल में सच्चाई क्या थी, ये नानाराव और उनकी सवादा कोठी का दरबार जानता था। अज़ीमुल्ला हो या तात्या टोपे, बाला, बाबा भट्ट हो या ज्वाला प्रसाद और पाण्डुरंगा राव, सब जानते थे कि आज़ाद तब तक नहीं आयेगा जब तक नानाराव अजीजन को ख़ुद नहीं बुलाते। आज़ाद के न रहते जाँबाज़ी और जासूसी में रफ़ूगरी का काम बचा ही रह गया था। आख़िरकार नानाराव ने फ़ैसला किया कि अब इंट्रेंचमेंट पर सिर्फ़ पूरब से नहीं चारों दिशाओं से एकसाथ युद्ध होगा। नानाराव अच्छी तरह वाक़िफ़ थे कि इंट्रेंचमेंट की बनावट गोरों की फ़ौलादी ढाल है लेकिन उन्हें बख़ूबी इल्म था कि फ़ौलादी बाग़ियों की गिनती के चक्रव्यूह में व्हीलर का सुरक्षाचक्र एक न एक दिन फँस ही जायेगा। इस नीति में वक़्त लग सकता था, बाग़ियों की शहादत के आँकड़े में भी इज़ाफ़ा हो सकता था लेकिन जिस दिन क्रान्तिवीर हावी हुए उस दिन इंट्रेंचमेंट गोरा कब्रिस्तान बनकर रह जायेगा।

पाँच दिन गुज़र चुके थे। इलाहाबाद के आसमान पर चील और गिद्धों का मरघट मँडरा रहा था। सौ से ज़्यादा गाँवों को जलाकर राख कर दिया गया था। ये गाँव सिर्फ़ गाँव नहीं बल्कि इलाहाबादियों की जीती-जागती चितायें थीं। फ़ौजों ने घेरकर गाँवों को आग लगाई और जिस बाशिन्दे ने भागने की कोशिश भी की उसे या तो संगीनें घोंप-घोंप कर आग में झोंक दिया गया या गोलियों से भूनने के बाद आग में भुनने के लिए छोड़ दिया गया। लियाक़त अली की तलाश में बौराये कर्नल जेम्स नील ने सिर्फ़ तीन घण्टे चालीस मिनट में साढ़े

नौ सौ लोगों को सरेआम फाँसी पर लटका दिया था। बरगद के पेड़ और बिजली के खम्भों पर लटकती बच्चों की लाशें नील की दरिन्दगी की गवाही दे रही थीं। सड़कों पर लाशें ही लाशें और लाशों को नोचते कुत्तों के झुण्ड। नील की नीचता का आलम ये था कि उसने हर कुनबे में किसी एक को ज़िन्दा छोड़ दिया था। ज़िन्दा छोड़े गये इलाहाबादियों को हुक़्म था कि वो कुत्तों के झुण्ड से अपनों की लाशें छीनेंगे और बैलगाड़ियों में कूड़े की तरह मुर्दे लाद कर गंगा किनारे एक साथ फूँकेंगे फिर चाहे वो हिन्दू हो या मुसलमान। नील नाम की सुरसा तीन हज़ार से ज़्यादा लोगों को लील कर ईस्ट इंडिया कम्पनी को दोबारा इलाहाबाद सौंप चुकी थी।

उधर फ़तेहपुर के औंग इलाक़े में एक जासूस के घर पर लियाक़त अली अभी भी बेहोश पड़ा था। दो लाख इनाम के लालच में कोई सुरागरशी न हो जाये इसलिए रामचन्द्र ने लियाक़त अली की दाढ़ी मूँछें साफ़ करा दी थीं। वैद्य ने नब्ज़ टटोली और मुस्कुराया, "कृपा है ईश्वर की, गोलियाँ पेट को चीर कर पीठ से बाहर निकल गयीं। घाव तो तेज़ी से भर रहे हैं रामचन्द्र।"

रामचन्द्र ने हाथ जोड़े, "महादेव...महादेव...होश कब तक आयेगा।"

"नाड़ी दुरुस्त है...हल्दी, पुठकंडा और मुरीकूटी आप देते रहिये।"

रामचन्द्र फफक पड़ा, "संजीवनी बूटी नहीं मिल सकती मेरे लक्ष्मण को?"

वैद्य ने रामचन्द्र की पीठ पर हाथ फेरा, "तुम्हारी चिन्ता समझ सकता हूँ, श्रेष्ठ व सर्वोत्तम औषधियाँ दी हैं, किसी भी क्षण होश आ सकता है।"

तभी लियाक़त अली कुनमुनाया, "राम...चन्द्र"

खटिया के मुहाने पर बैठे रामचन्द्र की आँखों से आयतें और चौपाइयाँ बहने लगीं। जैसे महादेव ने राम की गुहार सुन ली और मूर्छित लक्ष्मण होश में आ गये हों। उसने लियाक़त को छाती से चिपका लिया, "अल्लाह का शुक्र है, प्रभु राम को दण्डवत प्रणाम है।"

लियाक़त ने उठने की नाक़ाम कोशिश की और फिर धम्म से तकिये पर गिर गया। वैद्य बोला, "अभी विश्राम कर लीजिए फिर लड़ लीजियेगा।"

"उठा...ओ....मुझे...वर्ना...इलाहा...बाद...हार...जायेंगे...हम।"

रामचन्द्र ने दिल को पत्थर किया, "तुम ठीक हो जाओ, फिर लड़ते हैं।"

रूह बाग़ी थी मगर जिस्म लाचार था। लियाक़त ने दर्द से थक कर आँखें मूँद ली। रामचन्द्र जानता था कि लियाक़त की बन्द आँखों में भी इलाहाबाद के ख़्वाब ज़िन्दा थे। उसकी याद्दाश्त आज भी दारागंज के उसी पुल पर ठहरी हुई थी जहाँ लड़ते-लड़ते वो गोरों की गोलियों का शिकार हो गया था। बेचारा बेख़बर था कि जिस इलाहाबाद को उसने आज़ाद कराया था वो इलाहाबाद श्मशान और कब्रिस्तान बन चुका था। रक्त रेखायें लिए गंगा मइया जमुना के साथ आँसुओं के सैलाब में बहे जा रही थीं, संगम मौत के ताण्डव का गूँगा चश्मदीद था जिसकी आँखों की इबारत चीख़-चीख़ कर कह रही थी कि आज़ादी फिर ग़ुलाम हो चुकी है।

उधर कानपुर में जनरल व्हीलर और नानाराव की सेना के बीच चल रहा कानपुर युद्ध दस दिन पार कर चुका था। मौत का लेखा-जोखा बता रहा था कि दोनों तरफ़ से अब तक साढ़े तीन सौ सैनिक जान गँवा चुके हैं। हताहत होने वाले गोरों की गिनती भी क़रीब सौ थी। इंट्रेंचमेंट में लाशों को दफ़नाने के लिए एक इंच जगह नहीं बची थी लिहाज़ा पानी के लिए बनाये गये तालाब से पचास क़दम की दूरी पर मौजूद सूखे कुएँ में लाशें डंप की जाने लगीं। नानाराव का चौतरफ़ा हमला जारी रखने का फ़ैसला मुसलसल था। नाना की फ़ौज में शहीदों की गिनती कम तो हुई थी मगर थमी नहीं थी। किसी कबीर की तरह मार्गरेट और किसी रसखान के मानिंद अली खाँ इस ख़ूनी जंग के थमने का इन्तज़ार कर रहे थे। अली रोज़ इंट्रेंचमेंट के मुहाने पर आकर मार्गरेट को ऐसे ताकता था जैसे बच्चा छत पर लेटे हुए टिमटिमाते तारे देख कर ख़ुश होता है। नानाराव से बात करने की आस में मार्गरेट दूरबीन में घण्टों आँख लगाये रहती थी। उसने तय कर लिया था कि जिस दिन नाना दिखेंगे वो सफ़ेद झण्डा लेकर भागेगी और युद्धविराम की भीख माँगेगी। नाना तो नहीं मगर अली खाँ उसकी दूरबीन की ज़द में कई बार आ चुका था।

कुछ ऐसे ही माहौल में अजीजन सुरैया के साथ टीकमगढ़ के उस मकान पर खड़ी थी जो पहले छप्पर की छाँव में था आज उस पर लखौरी ईंटों की छत पड़ी हुई थी। क़दम ठिठक रहे थे, साँसें तेज़ थीं, दिल ख़ुशी के मारे घबरा रहा था। नाटी इमली जैसे पूछ रही हो, "कहाँ थी बिटिया"।

नीम की टहनी पर रस्सी के निशान बचपन के झूले को आज भी गोद में लिए बैठे थे, जैसे पता ही नहीं चला कि पींगे बढ़ाती मासूमियत कब जवान होती गयी, कब पिपिहरी की पीं-पीं घुँघरुओं की छन-छन बन गयी। निशानियों को टटोलते-टटोलते अजीजन बचपन में खो गयी। वो दिन याद आया उसे जब वो नीम पर पड़े झूले पर अपने दुधमुँहे भाई को झुला रही थी। दूर से अम्मा की आवाज़ सुनाई दी, "ए री बन्दरिया...दौड़ के आ रे घरै...।"

"आईत है अम्मा, नन्हें का गोद मा झूल रही हनैं...झूला रुकैं दे।"

कुछ ही लम्हों बाद आँगन में बैठी अम्मा के कानों में नन्हीं अंजुला के चीख़ने की आवाज़ आयी, "अम्माऽऽऽ...ए बाबूऽऽऽ...साहब लोग हमका छांड़ि नाई रहे हैं।"

अम्मा दौड़कर बाहर आयी तो चार अंग्रेज़ सिपाही पन्द्रह साल की अंजुला को उठा कर घोड़े पर बैठा चुके थे। अम्मा दौड़ी, "ए साहेब... हाय छोड़ि देओ हमरी बिटिया का...साहेब...बहुत छ्वाटि है बच्ची हमार... साहेब...उरे अंजुला के बाबू...ए बाबू।"

अंजुला के साथ खेल रही बच्चियों को उठाकर उनके घरवाले घरों की तरफ़ भागे। गोद में खेल रहा छोटा भाई नन्हें मिट्टी में पड़ा था। बेचारा बोल तो पाता नहीं था बस चीख़-चीख़ कर रो रहा था। अम्मा ने घोड़े पर बैठे अंग्रेज़ सिपाही के पैर को जकड़ लिया। गोरे ने अम्मा के मुँह पर बूट की ज़ोरदार ठोकर मारी कि उसके मुँह से भलभला कर ख़ून बहने लगा। ठोकर मुँह पर थी लेकिन चोट अम्मा की कोख पर लगी। वो फिर उठी और शैतानों के पीछे भागी लेकिन तब तक चारों अंग्रेज़ भाग निकले। बेचारी अम्मा सन्निपात में चली गयी। गाँव वालों के लिए ये आये दिन का तमाशा था लिहाज़ा सबने दरवाज़े-खिड़कियों की साँकल चढ़ा ली। तमाशबीन ख़ुश तो नहीं थे मगर तसल्ली इस बात की थी कि आज फिर उनकी गुड़िया बच गयी। गायों की सानी लगा रहा अंजुला का बापू चीख़-पुकार सुन कर बाहर आया। समझ में नहीं आ रहा था कि बेहोश घरैतिन को सँभाले या दुधमुँहे बेटे को उठाये। धूल का गुबार देखते ही वो समझ गया कि आज उसके घर की बारी थी। वो घोड़ों के पीछे दौड़ा और चीख़ने लगा, "साहब...ओ साहब...अरे बच्ची हैं साहब... अरे हमाई बिट्टो का छांड़ि देओ।"

हाँफता-गिरता-चीख़ता बेचारा बाप कोस भर दौड़ा चला गया। धूल उड़ाते घोड़ों पर सवार गोरे भेड़िये शिकार को जबड़ों में दबोचे आँखों से ओझल हो ही रहे थे कि धम्म से ज़मीन पर गिरा बदहवास बाप उठा और दस क़दम चल कर एक टीले पर रुक गया। घोड़े पलटे और शैतान सैनिकों ने अंजुला को छोड़ दिया। फट कर चिथड़ा हो चुके कपड़ों को सँभालती हुई अंजुला बापू की तरफ़ भागी। तभी एक सिपाही ने घोड़े से कूद कर दौड़ते हुए उसके बाल पकड़ लिए। टीले पर खड़ा बाप बिटिया की तरफ़ पलटा। एक बार बिटिया को देखा और एक बार आसमान। बिटिया का बापू जान चुका था कि उसकी दुलारी कभी नहीं लौटेगी और लौटेगी भी तो शैतानियत के वो ज़ख़्म लेकर लौटेगी जो ज़िन्दगी भर किसी मरहम से भरेंगे नहीं। बेबस ने एक क़दम और बढ़ाया और दो सौ फुट नीचे बह रही नदी में कूद गया। चट्टानों ने उसका क्रियाकर्म कर दिया और नदी ने विसर्जन।

चीखती-चिल्लाती, गुहार लगाती अंजुला मानो बापू को गिरता देखकर एकदम से गूंगी हो गयी। पन्द्रह साल की उम्र में गोरे वहशियों का निवाला बनने के बाद जब बेहोश अंजुला को होश आया तो वो लुर्की मोहाल में कल्लूमल के कोठे में बड़ी आपा की गोद में लेटी थी और आपा उसके सिर पर ठंडे पानी की पट्टियाँ रख रही थीं। तभी कोठे की सीढ़ियाँ चढ़ती हुई लखनऊ की मशहूर तवायफ़ उमराव जान अदा दल्लान में पहुँची, "क्या हुआ फिर एक उमराव जान आ गयी कोठे पर।"

आपा सिसक उठी, "बड़ी बेरहमी की है गोरों ने नन्हीं सी जान के साथ।"

दरेट पर बैठकर उमराव जान ने अंजुला का सिर सहलाया, "बेचारी बच्ची।"

दिन, महीने, साल गुज़रे। उर्दू और लखनवी तहज़ीब की तालीम देकर उमराव जान लखनऊ लौट गयीं। ग़ज़ल और शायरी के दर्द ने अंजुला को बचपन का दर्द दबाना सिखा दिया था। आपा ने संगीत के सुरों से अंजुला का अन्नप्रासन कराया और अजीजन बाई नाम दिया। कोठे पर आये एक सेठ ने नानाराव से मिलाया और नानाराव ने अजीजन को झाँसी की रानी के किस्सों से वाक़िफ़ कराया। कुछ ही सालों में नाना की चेली ने उमराव की अदा को जासूसी का औज़ार बना लिया। तलवार का वार, कटार की धार और बन्दूक

से निकली गोली की रफ़्तार अजीजन के इशारों की ग़ुलाम थीं। टीकमगढ़ की अंजुला का सफ़र कानपुर की सबसे हसीन तवायफ़ अजीजन बाई पर नहीं रुका। बेज़ार तवायफ़ों के दर्द को मर्द का चोला पहना कर उसने मस्तानी टोली बनाई और ख़ुद बन गयी आज़ाद, यानी कानपुर का फ़ैंटम और ईस्ट इंडिया कम्पनी का मोस्ट वॉन्टेड।

बचपन में डूबी अजीजन फिर कल से आज में लौटी। अम्मा की गुहार और बापू की ख़ामोश आँखों का शोर अभी भी उसके कानों में गूँज रहा था। उसके क़दम घर की तरफ़ चल पड़े। धड़कनों को क़ाबू में करते हुए अजीजन ने कुण्डी खटखटाई। किवाड़ खुला और सामने छह फुट का हट्टा-कट्टा जवान बाहर आया, "जी...बतायें जिज्जी, किससे मिलना है?"

अजीजन जवान को ऐसे निहारे जा रही थी जैसे आँखों के रास्ते उसे किसी बच्चे की तरह दिल की गोद में बैठा लेगी। दोनों हथेलियों में उसके गाल भरते हुए अजीजन बुदबुदाई, "रे सुरैया...हाय हमारा नन्हें कितना सायाना हो गया।"

नन्हें सुनकर जवान तपाक से बोला, "अंजुला जिज्जी।"

तभी भीतर से आवाज़ आई, "कौन है बुलबुल के बापू?"

नन्हें हिचकिचाया, "अरे बन्जारन है, खाने को माँगने आयी है।"

नन्हें की हिचकिचाहट समझते ही अजीजन आँसू पी गयी और ख़ुद को सँभालते हुए बेशर्मी के साथ बिना बुलाये अन्दर चल दी। सुरैया के साथ नन्हें भी पीछे चल पड़ा। छतों, दीवारों और बचपन की आवाज़ों की पराश्रव्य तरंगों को सहलाती अजीजन ने पूछा, "अम्मा दिखाई नहीं दे रही हैं रे नन्हें, कहाँ हैं...ए अम्मा।"

तभी नन्हें की पत्नी अपनी बिटिया बुलबुल के साथ दाख़िल हुई, "मर गयीं अम्मा अपनी बेसरम बिटिया की याद में गलते-गलते, अब न अम्मा हैं, न बिटिया।"

अम्मा के सिधार जाने का ताना सुनते ही सुरैया ने अजीजन का हाथ जकड़ लिया। अजीजन एक साँस में आँसू के साथ ग़म गटक गयी। बापू को मरते देखा था और आज क़िस्मत ने टीकमगढ़ शायद इसी गरज से भेजा था कि जाओ और जाकर अपनी अम्मा का पिंडा पार आओ। बेकाबू अंजुला को क़ाबू करती अजीजन ने नन्हें के सिर पर हाथ फेरा, "बेटा, बहू सच ही कह

रही है, जिज्जी बेसरम ही होगी जिसने बेचारी अम्मा को गल-गल कर मरने पर मजबूर किया।"

नन्हें ने पत्नी को डपटा, "बेसरम नहीं थीं हमारी जिज्जी, उसे गोरे उठा ले गये थे, कल कोई तुम्हारी बुलबुल को उठा ले जाये तो क्या उसे भी गाली दोगी तुम। बापू चले गये, अम्मा सिधार गयीं, तुम्हें लिहाज़ ही नहीं।"

"लिहाज़ धरा है भुसौरे में, लिहाज़ होता तो कोठे न बैठतीं तुम्हाई... जिज्जी।"

अजीजन और सुरैया ख़ुद में सिमट गयीं। नन्हें तमतमाया, "बुलबुल की अम्मा।"

"हमें जादा तन्न न दिखाओ, बुलबुल को उठा ले जाने की बात कहते हुए सरम न आयी तुम्हें। तुम्हाईं तरह कमज़ोर खानदान की नहीं है बुलबुल, दोनों मामा कम्पनी में सिपाही हैं...बड़े आये बताने।"

पथराई सी अजीजन तानों की छेनी-हथौड़ी के वार झेलते-झेलते पत्थर का बुरादा बन गयी। अजीजन ने नन्हें की तरफ़ देखा, फिर नन्हीं बुलबुल को निहारते हुए अनामिका से अँगूठी उतारी और न्योछावर करते हुए बोली, "मेरी बुलबुल को किसी गोरे की काली नज़र न लगे। किसी ग़रीब को नज़र उतराई दे देना। तेरी जिज्जी को बचाने वाला कोई नहीं था मगर किसी ने बुलबुल पर नज़र डाली तो आँखें निकाल लेगी बुलबुल की बन्जारन बुआ।"

नन्हें की पत्नी ने फट्ट से अँगूठी नन्हें के हाथ से छीन ली, "बन्जारन बुआ का तोहफ़ा है, भला ग़रीब को क्यों देंगे...देख लो इसे कहते हैं बुआ, जो कुछ दे कर जा रही हैं...तुम्हाई जिज्जी जैसी नहीं हैं जो देंगी सिंगट्टा और लेकर भाग जायेंगी घर की इज़्ज़त, हर लेंगी अम्मा-बापू के प्राण।"

नन्हें दौड़कर अन्दर गया और पूजा की तश्तरी में रोली और अक्षत लेकर लौटा। बिना वक़्त गँवाये उसने अजीजन के माथे पर टीका लगाया और अक्षत छिड़कते हुए बोला, "आप भी तो मेरी जिज्जी की तरह हैं।"

अजीजन ने नन्हें को भींच लिया, "मेरा प्यारा भैय्या, मेरा नन्हें।"

डबडबाई आँखें लिए नन्हें अजीजन के कान में बुदबुदाया, "जिज्जी अब यहाँ कुछ नहीं बचा तुम्हारा, मज़बूर हूँ, अब कभी मत आना।"

नन्हें की पत्नी ने टोका, "अरे का खुसुर-पुसुर चल रही है।"

नन्हें अजीजन से दूर हो गया, "मैं कह रहा था कि आती रहना।"

लालच से लबरेज नन्हें की पत्नी बोली, "अरे क्यों नहीं, मायका है तुम्हारा...अब बुलबुल की नज़र उतारने का ज़िम्मा लिया है बुआ ने फिर तो आना ही पड़ेगा।"

अजीजन ने नज़रों से पूरे घर को नाप लिया और बचपन को दिल में भरते हुए बोली, "बन्जारे तो ख़ानाबदोश होते हैं, उनका न कोई ससुराल होता है न मायका।"

इतना कहते ही अजीजन ने सुरैया का हाथ पकड़ा और बाहर की तरफ़ चल दी। पत्नी और बुलबुल के साथ घर की चौखट पर खड़ा नन्हें उसे दूर तक जाते हुए देखता रहा। ओझल होने से पहले अजीजन जैसे ही आख़िरी बार पलटी उसकी आँखों के बाँध के सारे फाटक खुल गये और झरझरा कर बहने लगे। क़रीब एक कोस पैदल चलने के बाद अजीजन उसी टीले पर खड़ी हो गयी जहाँ बापू ने दम तोड़ा था। नीचे गिरता, चट्टानों से टकराता और नदी में समाता बापू उसे साफ़ दिखाई दे रहा था। अजीजन की मुट्ठियाँ भिंच गयीं, दिल पर किसी कुरैशी कसाई की चापड़ चलने लगी, वो ज़ोर से चीख़ी, "बापूऽऽऽऽऽऽऽऽऽ।"

इससे पहले कि टीले की मिट्टी दरकती और अजीजन नीचे गिर जाती सुरैया ने पीछे से उसे बॉहों में दबोच लिया और उसे लेकर टीले के कुन्ने पर बैठ गयी। बेहाल बेजान बेख़ुद सी अजीजन जैसे अनन्तकाल तक सुरैया की गोद में पसर गयी। आँखें मूँदे सुबकते-सुबकते कब हालात से थक कर सो गयी पता ही नहीं चला। ये नींद नहीं बल्कि वो पहर था जिस पहर वो रूह से रूबरू थी और उम्र की किताब से बचपन का एक-एक पन्ना नाखूनों से कुतर-कुतर कर आग के हवाले कर रही थी। अम्मा की आस में आयी थी और बचपन से बनवास लेकर वापस जा रही थी। वक़्त गुज़रा, परछाइयाँ लम्बी हो चलीं, तभी तन्द्रा टूटी और अंजुला नाम का हर सफ़्हा राख करने के बाद अजीजन उठ बैठी। अम्मा की तरह अजीजन के बाल और हाल सहला रही सुरैया ने प्यार से पुचकारा, "चलें।"

“चल।”

“कहाँ चलें?”

अजीजन मुस्कुराई, “पीतल की गुरिया में लोहे के कंकड़ को क़ैद करने।”

सुरैया का चेहरा खिल उठा, “चल फिर से छनछनाते हैं, गुनगुनाते हैं।”

दोनों सहेलियाँ उठीं और हाथ पकड़कर कानपुर के रास्ते चल पड़ीं। दोनों जानती थीं कि पीतल के घुँघरू की गुरिया उनका दयार भी है और दायरा भी, पिंजरा भी है और परवाज़ भी। उन्हें इल्म था कि दोनों लोहे के वो कंकड़ हैं जो गुरिया छनकाते हैं तब घुँघरू का वजूद मुक़म्मल होता है। नाना की नाराज़गी से टूटी बिखरी अजीजन भूल गयी थी कि एक पट्टे में ऐसे पचासों घुँघरुओं को पिरो कर उसने बनाई थी मस्तानी टोली, जो कोठे में छमछम और युद्ध में शमशीरों की खनखन बन चुकी थीं। सुरैया अजीजन के साथ इसी मक़सद से तो आयी थी ताकि उसे वापस ले जा सके। वो बख़ूबी वाक़िफ़ थी कि नानाराव की चेली गुरु से रूठ सकती है मगर क्रान्ति के रास्ते पर टूट नहीं सकती थी। सुरैया से बेहतर कौन जानता था कि हर तवायफ़ के बचपन की कहानी का हश्र या तो फ़ैज़ाबाद होता है या टीकमगढ़। आगे क्या होगा, ऐसे हर सवाल के बवाल से बेफ़िक्र कल्लूमल के कोठे की ज़िद्दी, जाँबाज़, जीदार जासूस अजीजन टीकमगढ़ को हमेशा के लिए पालने में सुला कर, बिसरा कर लुर्की मोहाल को बढ़ने लगी।

इतिहास की तारीख़ में अठारह दिन और जुड़ चुके थे। चिलचिलाती जून की चिल्लाती गर्मी में यदा-कदा की बरसात उमस की ज़हरीली खर-पतवार बन चुकी थी। कानपुर फिर भी दुरुस्त था लेकिन इंट्रेंचमेंट की सेहत ख़राब थी। प्यास बुझाने वाले तालाब के बगल में बना कुआँ अंग्रेज़ों की लाशों से पट रहा था। हालाँकि मौतें युद्ध में ही ज़्यादा हुई थीं मगर दस से ज़्यादा लोग तो हैजे से भी मर गये थे। इंट्रेंचमेंट हॉस्पिटल के बिस्तरों पर मरीजों की आमद बढ़ रही थी और कुएँ में सड़ती लाशों ने हैजे से दोस्ती कर ली थी। अजीजन सुरैया के साथ कानपुर लौट चुकी थी और युद्ध बदस्तूर था। तोपें और बन्दूकों

की गोलियाँ काम पर लगीं थी कि तभी फिर झरझरा कर बारिश शुरू हो गयी। बारिश होते ही शम्सुद्दीन चिल्लाया, "युद्ध रोका जाये।"

शम्स की बात साथियों ने तो सुन ली लेकिन इंट्रेंचमेंट तक ये आवाज़ पहुँचने से पहले एक सनसनाती हुई गोली शम्सुद्दीन की छाती और कन्धे के बीच धँस गयी। शम्सुद्दीन घोड़े से गिरा, उधर दूरबीन लगाये बैठा व्हीलर नाना के सेनापति के गिरते ही कुर्सी से ताली मारता हुआ उठा, "ग्रेट वर्क मॉब्रे, नाऊ होल्ड ऑन।"

बरसात के साथ शम्सुद्दीन का ज़ख्म भी मूसलाधार था। बाग़ी उसे उठाकर सीधे कैम्प की तरफ़ भागे जहाँ वैद्यों की पूरी टोली मौजूद थी। वैद्यों ने आग में चाकू लाल कर के पैनी नोंक से शम्सुद्दीन की गोली निकाल डाली मगर इंट्रेंचमेंट में मौजूद डॉक्टर ट्रेसीडर व्हीलर के कैम्प के बाहर परेशान घूम रहे थे। अन्दर मॉब्रे और डेलाफ़ॉस के साथ मीटिंग चल ही रही थी कि तभी डॉक्टर ने इन्तज़ार से ऊब कर आवाज़ लगा ही दी, "मे आई कम इन जनरल।"

"कौन?"

"डॉक्टर ट्रेसीडर।"

"प्लीज़ डॉक्टर।"

डॉक्टर ट्रेसीडर फ़िक्रमन्द थे, "बारिश और गर्मी से लाशें सड़ रही हैं।"

"यस आई नो, टेल मी द क्रक्स।"

"हैजा और मरीज़ बढ़े तो सिचुएशन अनकंट्रोल हो सकती है सर।"

व्हीलर ने सिगार जलाई, "कॉल हिल्सर्डन।"

थोड़ी देर बाद मजिस्ट्रेट हिल्सर्डन कैम्प में घुसा, "यस जनरल।"

"कितने बेड हैं हॉस्पिटल में हिल्सर्डन?"

"फ़िफ़्टी सर।"

"और मेडिसिन्स।"

"दवाओं का स्टॉक ठीक ठाक है सर।"

डॉक्टर ट्रेसीडर ने टोका, "हैजे की मेडिसिन्स कम पड़ सकती हैं?"

हिल्सर्डन ने मुँह बनाया, "इट्स नॉट योर जॉब, दवायें ख़ूब हैं।"

"आप समझ नहीं रहे हैं मिस्टर हिल्सर्डन, इट्स अ पेंडेमिक सिचुएशन।"

थॉमसन ने आइडिया दिया, "कुएँ में नमक डाल कर लाशें गला देते हैं।"

हिल्सर्डन ने बात काटी, "नमक कुएँ में भरा तो खाने के लिये कम पड़ जायेगा।"

डॉक्टर बोले, "हैजे में वॉटर लॉस होता है, डिहाईड्रेशन से बचाने के लिए हमें बहुत सारा नमक और चीनी चाहिए, वी कान्ट वेस्ट साल्ट ऑन डेड बॉडीज।"

डॉक्टर ट्रेसीडर की बात सुनते ही व्हीलर के साथ-साथ मॉब्रे, डेलाफ़ॉस और हिल्सर्डन चौंक गये। हालात अजब हो रहे थे। नमक सबसे मज़बूत सहारा था और लाशें सबसे खौफ़नाक मुश्किल। तय किया गया कि कुएँ में चूना डाला जायेगा ताकि सड़ांध और कीड़ों को रोका जा सके। व्हीलर के सामने अब दो दुश्मन थे, एक नानाराव और दूसरा महामारी। गोरों के लिए लाशें दोतरफ़ा नुक़सान का सौदा बन चुकी थीं। पहला यह कि मर कर एक सैनिक कम हो रहा था, दूसरा मरने के बाद सैनिक की लाश काल बन रही थी। मतलब साफ़ था, नानाराव को हराना फिर भी मुमकिन था मगर हैजे को हराना तक़रीबन नामुमकिन। मुमकिन और नामुमकिन के बीच बरसात बहाना बनकर खड़ी थी और युद्ध धूप के इन्तज़ार में थमा था।

दिन चुटकी भर इत्मिनान का था क्योंकि बरसात ने पारे पर पोर भर पानी किंछ दिया था। उमस बता रही थी कि वो बस यहीं कहीं दुबकी बैठी है। ऐसी ही उमस में बिठूर महल के एक कमरे में साज़िश की फफूँद उग रही थी। नानाराव साहेब की हमदर्द और बेहद मुँह लगी अदला माथे पर मोटी सी सिन्दूरी बिन्दी, सुराहीदार गर्दन में नौलखा हार और लाल रंग की साड़ी में पैर पर पैर चढ़ाकर तनी बैठी थी। आज अदला को पान की चाहत जागी थी इसलिए पनवाड़ी दोहरे बीड़े के एक दर्जन जोड़े महुआ के भीगे पत्तों में सजा कर लाया था। अदला के सामने सफ़ेद धोती में सम्मान सिंह की बेवा खड़ी थी। अपनी बेवा भाभी की आड़ लेकर आज़ाद का दुश्मन दुर्जन सिंह सरदार खाँ के साथ खड़ा था। अदला ने तश्तरी से एक जोड़ा उठाया और मुँह में भरते हुए बोली, "कैसे आना हुआ?"

"नाना साहेब तो सुनेंगे नहीं इसलिए आप से गुहारने आयी हूँ।"

"मसला क्या है?"

"आज़ाद।"

अदला चौंक गयी, पैर से पैर उतारा और पीकदान में पीककर बोली, "आज़ाद?"

"जी मालकिन, आज़ाद...देखिए दुर्जन और सरदार का क्या हाल किया है उसने।"

अदला ने दोनों के ज़ख़्म गौर से देखे, "ज़रूर कुछ किया होगा दोनों ने।"

"बस कुछ गोरों का सिर कलम करने की कोशिश की थी।"

"मतलब?"

"मतलब ये कि आज़ाद ख़ुदमुख़्तार हो गया है, शासक बन गया है।"

दुर्जन बीच में बोला, "साहेब की मर्ज़ी बग़ैर वो व्हीलर को अगवा कर के जाजमऊ के टीले पर मारने ले गया था। ख़ुद मुंसिफ़ बन गया है वो, सज़ा देने लगा है।"

अदला ने गहरी साँस ली, "साहेब ख़ुद ख़फ़ा हैं आज़ाद की हरकतों से।"

बेवा आकर अदला के क़दमों में बैठ गयी, "माफ़ कीजिएगा मालकिन ये नाराज़गी तब होनी चाहिए थी जब आज़ाद ने हमारे पति को फाँसी चढ़ाया था। उसी दिन तय हो गया था कि आज़ाद ही सत्ता है, राजा है, मुंसिफ़ है और आज़ाद ही जल्लाद है।"

"सम्मान सिंह नाना की सुरक्षा में था और गोरों का जासूस भी।"

"जासूसी साहेब की नहीं, आज़ाद को पकड़ाने के लिए की थी।"

सरदार खाँ ने चुप्पी तोड़ी, "सज़ा देनी थी तो साहेब देते, वो कौन होता है।"

बेवा बिफरी, "आज भी वो दुर्जन के पीछे पड़ा है, क्यों? क्योंकि वो सम्मान सिंह का भाई है। दुर्जन और सरदार भी क्रान्ति में लड़े हैं, उन्हें क्यों मारने पर तुला है?"

"आज़ाद की सिफ़ारिश पर ही तुम्हारे पति की तनख़्वाह तुमको मिल रही है।"

"मालकिन आज़ाद को भी सम्मान सिंह की तरह फाँसी चढ़वा दीजिए, जितना पैसा लिया है वापस कर देंगे और कभी एक कौड़ी नहीं माँगेंगे।"

अदला ने फिर महुआ का पत्ता खोलकर बीड़ा निकाला और अपनी

बत्तीसी के हवाले कर दिया, "आज़ाद को पहचानती हो, जानती हो कौन है, कहाँ रहता है?"

दुर्जन ग़ुस्साया, "जानता होता तो खोद निकालता और फिर गाड़ देता।"

अदला ने अपनी कारख़ास हुसैनी बेग़म को आवाज़ दी। हुसैनी बेग़म चाँदी की थाल में कलाकन्द और पानी लेकर आयी। अदला ने क़दमों में बैठी बेवा को दोनों हाथों से पुचकारते हुए उठाया और थाल से एक टुकड़ा उठाकर उसका मुँह मीठा कराया। सरदार और दुर्जन सिंह कलाकन्द खाने ही वाले थे कि अदला ने हुसैनी के कानों में कोई मन्त्र फूँका जिसे सुनते ही वो थाल रख कर वापस चली गयी। अदला बोली, "चलो अब जाओ तुम, हम मौक़ा देखकर साहेब से बात करेंगे।"

अदला के पाँव छूकर तीनों चलने को थे कि हुसैनी बेग़म एक थैली लेकर दाख़िल हुई। अदला ने इशारा किया और हुसैनी ने थैली बेवा को थमा दी, "ये अदला की तरफ़ से है, न आज़ाद की सिफ़ारिश है, न साहेब का हुक़्म, अब जाओ तुम।"

बेवा बाहर निकल गयी, दुर्जन के साथ सरदार खाँ भी निकलने वाला था कि तभी अदला पीछे से बोली, "कितने सिपाही हैं साथ जो आज़ाद से दुश्मनी रखते हों?"

दुर्जन पलटा, "सौ से ज़्यादा हैं मालकिन।"

"ठीक है जाओ, मगर ध्यान रहे, तुम तीनों महल में कभी नहीं आये।"

"जी मालकिन।"

"न तुम हमें जानते हो, न हम तुम्हें पहचानते हैं।" इतना कह कर अदला उठी और अन्दर के कमरे में चली गयी। दुर्जन ने अदला के चेहरे पर आज़ाद की मुख़ालफ़त पढ़ ली थी और अदला की ख़ाली बिसात पर अब दुर्जन के साथी सैनिकों की शक्ल में मोहरे खड़े थे, एक, दो या दस नहीं बल्कि सौ से ज़्यादा। जिस दिन नाना ने अजीजन बाई को दुत्कार कर बिठूर महल से चलता किया था उसी दिन दरवाज़े के बाहर कान लगाये खड़ी अदला के सामने अजीजन और आज़ाद का राज़ खुल गया था। अदला जान चुकी थी कि अजीजन ही आज़ाद है और आज़ाद ही अजीजन। नानाराव ने अजीजन को भले ही फटकार कर किनारे कर दिया है लेकिन अदला को बख़ूबी अहसास

था कि नानाराव अजीजन से बहुत दिन दूर नहीं रह सकते। बस इसी गरज से अदला नाना और अजीजन के रिश्तों की मिट्टी में बबूल की वो फ़सल बो रही थी, जो ज़मीन को बन्जर बनाती है और गुंजाइशों को कांटे चुभोती रहती है। उसके पास ज़हर बुझे एक तीर से दो निशाने लगाने का मुफ़ीद मौक़ा था, बस इस मौक़े को सही वक़्त का बेसब्र इन्तज़ार था।

गरजते बादलों और बरसते पानी में कानपुर के चार दिन और ख़ामोशी से गुज़र गये। दोनों तरफ़ की तोपें मुँह पर ताला लगाये खड़ी थीं और बन्दूकें बैरक में सुस्ता रही थीं। सवादा कोठी की गद्दी पर बैठे नानाराव तीन हफ़्तों के युद्ध के बाद ख़ासी तसल्ली में थे, तभी पाण्डुरंगा दाख़िल हुए, "महादेव ने तीसरा नेत्र खोल दिया है साहेब, सत्तर गोरे और मारे गये।"

नानाराव ने ख़म ठोंकते हुए एक बार में समूचे दरबार को नाप लिया, "युद्ध नीति कहती है कि हथियारों के साथ श्मशान-कब्रिस्तान का इन्तज़ाम भी बेहद ज़रूरी है वर्ना मरा हुआ इन्सान भी मौत का सामान बन जाता है।"

ज्वाला प्रसाद ने दम भरा, "सुनते हैं नमक कम पड़ गया है इंट्रेंचमेंट में।"

पाण्डुरंगा ने हामी भरी, "आपने सही सुना है, जनरल तय ही नहीं कर पा रहा है कि नमक की ख़ुराक ज़िन्दा सैनिकों को दें या लाशों को।"

"जासूस तो हैं नहीं फिर किस कुएँ से ख़बरें निकाल रहे हैं आप?"

"तालाब की ओर तैनात बाग़ियों ने बताया कि कुएँ में चूना फेंका जा रहा है और अस्पताल की तरफ़ से ख़बर मिली है कि वहाँ भीड़ बढ़ रही है।"

नाना ने फिर पूछा, "जिसे चूना समझ रहे हैं वो नमक भी हो सकता है।"

पाण्डुरंगा बोले, "नमक का गुबार नहीं उठता साहेब, चूना ही था।"

तात्या ने आख़िरकार ख़ामोशी तोड़ी, "अजीजन होती तो पक्के तौर पर एक-एक ख़बर लाती। कानपुर जीत के मुहाने पर खड़ा है और अजीजन हमसे दूर है।"

अज़ीमुल्ला भी बोल पड़े, "अजीजन न तो होती तो इंट्रेचमेंट की मदद के लिए बाहर से सेना आ चुकी होती और हम हार के मुहाने पर खड़े होते।"

नानाराव का सब्र टूट गया, "अजीजन ने ऐसा क्या किया?"

अज़ीमुल्ला खड़े हो गये, "अजीजन और उसकी मस्तानी टोली ने कई किलोमीटर तक टेलीग्राम के तार काटकर गंगा में बहा दिये वर्ना सेना की माँग का तार कलकत्ता तक पहुँच चुका होता और सेना धमक चुकी होती।"

नाना ने धीमे सुर में पूछा, "कहाँ है अजीजन?"

"सुरैया मिली थी, उसने बताया कि टीकमगढ़ गयी थी अजीजन के साथ।"

तात्या ने टोका, "मुझे लगता है अजीजन को माफ़ कर देना चाहिए।"

नाना ने तेवर दिखाये, "ग़लती पर अगर ग़ुरूर का मुलम्मा चढ़ जाये तात्या तो उसे ज़िद कहते हैं। वो चाहती तो ख़ुद माफ़ी माँग लेती।"

ठीक इसी वक़्त बाबा और बाला भट्ट सवादा कोठी में आये। बाबा ने आते ही एक और अच्छी ख़बर सुनाई, "साहेब बारिश महीन हो गयी है, हवा भी तेज़ है, लगता है देर रात तक बन्द ही हो जायेगी बरसात।"

नानाराव ख़ुश हो गये, "फिर तो कल युद्ध करने का सबसे शुभ दिन है।"

पाण्डुरंगा ने पूछा, "शुभ दिन...कैसे साहेब?"

"किसी को याद है, तेईस जून को सौ साल पहले क्या हुआ था?"

अज़ीमुल्ला तपाक से बोले, "प्लासी का युद्ध हुआ था साहेब।"

"तो कल तेईस जून ही है अज़ीमुल्ला। सौ साल पहले प्लासी का युद्ध छल से जीतकर ही ईस्ट इंडिया कम्पनी ने देश में क़ब्ज़ा किया था। व्यापार करने आये थे, कमबख़्तों ने पूरे हिन्दुस्तान को ही ग़ुलाम बना डाला।"

"करना क्या है साहेब।" अज़ीमुल्ला ने सवाल किया।

"अस्पताल और गोदामों को निशाना बनाओ। दवा उन्हें मिलेगी नहीं, दया हम करेंगे नहीं। वक़्त आ गया है अज़ीम, देश का नमक खाकर देश से नमक हरामी करने वाले गोरों को नमक के लिए तरसा दो।"

गद्दी से नानाराव के उठते ही सभी खड़े हो गये। तात्या टोपे, पाण्डुरंगा राव, बाबा, बाला और ज्वाला प्रसाद सवादा कोठी से बाहर चल दिये। अज़ीमुल्ला कुछ सोच कर वहीं रुक गया और नानाराव के पीछे-पीछे चल दिया। नाना ने पलट कर देखा तो अज़ीमुल्ला ने धीरे से पूछा, "आप कहें तो अजीजन को बुला लें साहेब।"

“उसे ग़ुस्से और ग़ुरूर से लड़ने दो अज़ीम, तुम शम्सुद्दीन का हाल लेने जाओ।”

शाम ढल चुकी थी, बरसात थम चुकी थी। उल्टी-दस्त और मरते मरीजों से जूझता इंट्रेंचमेंट बेख़बर था कि कल सबसे बड़ा हमला होने वाला है। नाना की नीति अस्पताल और गोदाम के साथ व्हीलर को तोड़ने की थी। समूची क्रांति आज़ाद की जासूसी पर टिकी थी, बावजूद इसके अज़ीमुल्ला की पैरोकारी सिफ़र साबित हुई क्योंकि नानाराव अभी भी अजीजन बाई से खफा थे। अजीजन के हालात से हताश अज़ीमुल्ला नाना के हुक्म पर घायल सेनापति शम्सुद्दीन की तरफ बढ़ चला।

शम्सुद्दीन निवाड़ के पलंग पर लेटा था। गोली तो निकल गयी थी मगर कन्धे की हड्डी चटख चुकी थी। सिरहाने बैठी अजीजन हाथ के पंखे से उसे हवा कर रही थी। शम्स बुदबुदाया, “कहाँ चली गयीं थी अजीजन।”

“बस भटक रही थी इधर-उधर।”

“मेरे रहते क्यों मारी-मारी घूमती हो तुम?”

“बड़ी ख़ुदगर्ज़ है तुम्हारी अजीजन शम्स।”

“ख़ुदगर्ज़ तो मैं हूँ, युद्ध छोड़कर निकाह की ज़िद पर अड़ा था।”

“आज़ादी लब-ए-बाम है शम्स, बस निकाह की तारीख़ निकलवा लो।”

इतना सुनते ही शम्स ने घने बालों को खींचते हुए अजीजन को सीने से लगा लिया। अजीजन ने भी प्यार से शम्स का माथा चूमा ही था कि शम्स की अम्मी ने किवाड़ खटखटाया, “अज़ीमुल्ला साहब आये हैं नीचे।”

अजीजन शम्सुद्दीन से झट्ट से अलग हुई, पहले बेतरतीब बालों को ठीक किया फिर साँकल खोलकर बोली, “अम्मीजान, अज़ीम भाई को ऊपर ही भेज दीजिए।”

अम्मी नीचे उतर गयीं अजीजन पलंग के पास पड़े एक मूढ़े पर बैठ गयी। इसी बीच अज़ीमुल्ला दाख़िल हुआ, “अरे...अजीजन आप, थोड़ी ही देर पहले याद कर रहा था आपको। देखिए कितना अच्छा इत्तेफ़ाक है कि आपसे मुलाक़ात हो गयी।”

"चलो कोई तो है जो शब-ए-बारात पर चराग रोशन करेगा हमारी क़ब्र पर।"

"ऐसा कुफ्र मत बोलिये, मरें आपके दुश्मन।"

"कभी साहेब भी याद करते हैं, कमी खलती है उन्हें अजीजन की?"

"साहेब सरपरस्त हैं हमारे, थोड़ा ग़ुस्सा हैं, आप ही जाकर मना लीजिए।"

"दिक़्क़त साहेब के ग़ुस्से से नहीं, उनके तिरस्कार से है अज़ीम भाई।"

"तिरस्कार वो भी अजीजन का, मुमकिन ही नहीं है।"

"जब कोई जाते वक़्त भी न रोके, उसे बेदख़ली ही कहा जाता है अज़ीम भाई।"

"साहेब के दिल से अजीजन कैसे ख़ारिज हो सकती है?

"आप ही सिफ़ारिश कर देते, कह देते हमें एक बार बुला लें।"

"आज ही कहा था, कह रहे थे अजीजन ग़ुस्से में नहीं, ग़ुरूर में है।"

अजीजन गुमसुम-सी हो गयी और बड़बड़ाने लगी, "हम और ग़ुरूर, नाना साहेब से ग़ुरूर...अरे जिनसे ख़ुद ग़ुरूर है हमारा, उनसे कैसा ग़ुरूर...।"

बदहवासी, बेख़याली में बड़बड़ाती अजीजन कुछ ही पलों में एकदम चुप हो गयी और खिड़की से बाहर झाँकने लगी। शम्सुद्दीन समझ ही नहीं पा रहा था कि दोनों के बीच किस मसले पर बात हो रही है। अज़ीमुल्ला ने शम्सुद्दीन का सिर सहलाया, "अपना ख़याल रखो मेरे जाँबाज़।"

"कोफ़्त हो रही है, जंग अभी जारी है और सेनापति बिस्तर पर पड़ा है।"

"फ़ख़्र है आप पर शम्सुद्दीन, सिर्फ़ हमें नहीं पूरे कानपुर को फ़ख़्र है।"

"क्या लग रहा है अज़ीम भाई हम जीत तो जायेंगे न?"

"इंशाअल्लाह...सरज़मीं-ए-कानपुर कम्पनी की जंज़ीरों से आज़ाद होने को है।"

"हमें बेसब्री से इन्तज़ार है उस पल का अज़ीम भाई।"

"बारिश थम गयी है, महादेव की कृपा से कल युद्ध का आख़िरी दिन साबित होगा और साहेब होंगे आज़ाद कानपुर के स्वतन्त्र शासक।"

उठने की कोशिश में कराहती आवाज़ में शम्स ने नारा लगाया, "हर हर महादेव।"

अजीजन अभी भी चुप्पी साधे बैठी थी। अज़ीमुल्ला ने उसके कन्धे पर हाथ रखा, "हमने साहेब की आँखों में आपका इन्तज़ार देखा।"

अजीजन ने नज़रें उठाईं और अज़ीमुल्ला से बिना बोले जैसे आने का वायदा कर लिया। अज़ीमुल्ला के जाते ही शम्स बोला, "क्या है जिसकी हमसे ही पर्दादारी है अजीजन। आख़िर साहेब आपसे क्यों ख़फ़ा हैं और आप क्यों नाराज़ हैं उनसे?"

अजीजन ने शम्स की बात टाली, "तुम आराम करो शम्स, मैं चलती हूँ।"

"मतलब मैं इस लायक भी नहीं कि अजीजन का दिल जान सकूँ।"

अजीजन ने शम्स का तकिया ठीक किया, "आपकी अजीजन बारिश में सराबोर खेत की वो कच्ची मेड़ है जो किसी भी पल दरक सकती है, बह सकती है। और जिस दिन ये मेड़ टूटकर बही उस दिन आपकी बाँहों में ही बहेगी। भरोसा रखिये न कोई पर्दा होगा न राज़, सिर्फ़ सच्चाई बहेगी शम्स।"

हालात बयाँ करते-करते अजीजन ने शम्सुद्दीन की छाती पर फिर सिर रख दिया और टपर-टपर रोने लगी और रोते-रोते जैसे थक कर सो गयी। शम्स भी उसे समेटे रहा और अपना दर्द दरकिनार कर उसके आँसुओं को दामन और नींद को तसल्ली देता रहा। सच ही तो था, शम्स कुछ नहीं जानता था, ये भी नहीं कि उसकी अजीजन ही आज़ाद है।

सौ साल बाद सूरज उगते ही रोशनी की नयी इबारत लिखने जा रहा था। आज ही के दिन रॉबर्ट क्लाइव ने मीर ज़ाफ़र को सत्ता सौंपने का लालच देकर नवाब सिराजुद्दौला को न सिर्फ़ मौत के घाट उतारा था बल्कि प्लासी का युद्ध हराकर समूचा बंगाल जीतने के बाद ईस्ट इंडिया कम्पनी ने पूरे भारत में अपना साम्राज्य फैला लिया था। प्लासी का बदला लेने के लिए नानाराव की सेना ने कानपुर इंट्रेंचमेंट को चारों तरफ़ से घेर लिया था। आज पहली बार ख़ुद नानाराव युद्ध की अगुवाई कर रहे थे। नाना का इशारा पाते ही तोपें आग उगलने लगीं। आज तोपों का निशाना जनरल व्हीलर की सेना नहीं बल्कि अस्पताल और गोदाम थे। अस्पताल के बाहर तक मरीज़ क़तार में लेटे कराह

रहे थे। हालात इस कदर बदतर थे कि गोरों की सेना में रिज़र्व सैनिक कम, हैजे से जूझ रहे मरीज़ ज़्यादा थे। नाना की सेना के बीच अली खाँ भी ख़ामोश खड़ा हमले को कोस रहा था। बेचारा ख़ानसामा युद्ध की इस दुनिया से मागरिट को महफ़ूज़ रखना चाहता था। चौतरफ़ा युद्ध का आग़ाज़ होते ही थॉमसन और डेलाफ़ॉस परेशान हो गये। उन्होंने देखा कि नाना की फ़ौज की सबसे बड़ी टुकड़ी मरीज़ों वाले हिस्से पर तैनात थी। मॉब्रे दौड़कर व्हीलर के कॉटेज पहुँचा, "जनरल दे आर मेसिवली अटैकिंग ऑन हॉस्पिटल।"

"कितने पेशेंट हैं हॉस्पिटल और आसपास?" व्हीलर परेशान हो गया।

"दो सौ से ज़्यादा है सर।" बेहद बुझे सुरों में थॉमसन ने जवाब दिया।

व्हीलर मुरझा गया, "रेज़िडेंशियल कैम्प्स में कितने बीमार हैं?"

"ढाई सौ के आसपास सर।"

इधर व्हीलर और थॉमसन की बात चल रही थी कि उधर अस्पताल से क़रीब क़रीब सटे हुए एक कैम्प में अपनी सहेली अमेलिया, भाई जॉर्ज गॉडफ्रे फ्राँसिस और बड़ी बहन एलिज़ा के साथ मागरिट कई मरीजों को दवा दे रही थी। बस इसी बीच एक गोला अस्पताल के उस हिस्से पर गिरा जहाँ गद्दों, चादरों, तकियों और पट्टियों की भारी-भरकम लॉट जमा थी। धधकता बारूद आफ़त की आग बन गया। अस्पताल में भगदड़ मच गयी। सैनिक तालाब से पानी भर-भर कर आग बुझाने लगे लेकिन गोलों की बौछार सैकड़ों बाल्टी पानी पर पानी फेर रही थी। अस्पताल की आग कैम्प्स की तरफ़ बढ़ने लगी। तभी एक अंग्रेज़ सैनिक आया, "मागरिट, जॉर्ज, तुम लोग भागो यहाँ से।"

अस्पताल पर हमले से चिढ़ी बैठी मागरिट चीख़ी, "पेशेंट्स उठाओ पहले।"

सैनिक ने मरीज़ों को देखा, "ये मर जायेंगे, प्लीज़ रन...प्लीज़ मागरिट...।"

तभी आग ने कैम्प को घेर लिया। अमेलिया और जॉर्ज जबरन हाथ घसीट कर मागरिट को लेकर चल दिये। कैम्प से बाहर आते ही मागरिट ने देखा कि पूरा का पूरा अस्पताल आग का गोला बन चुका था। जो मर चुके थे वो जल रहे थे, जो जल रहे थे वो ख़ुद को बचाने के लिए भागने की नाकाम कोशिश कर रहे थे। सैनिकों के तमाम जत्थे मरे हुए लोगों को तालाब के पास बने कुएँ में कूड़े की तरह फेंक रहे थे। चौतरफ़ा युद्ध भी जारी था और आग का

ताण्डव भी। हालात बिगड़ते देखकर व्हीलर उठा और थॉमसन के साथ ख़ुद तोप पर जाकर खड़ा हो गया। लम्हा-लम्हा श्मशान में तब्दील हो रहे इंट्रेंचमेंट के एक हिस्से में आग के बियाबान और सुलगती लाशों के बीच मार्गरिट खड़ी थी। अमेलिया, जॉर्ज और एलिज़ा थककर धम्म से ज़मीन पर बैठ गये। अपने बच्चों को हाँफ़ती, दौड़ती, तलाशती मेटिल्डा ज़ोर से चीख़ रही थी, "जॉर्जऽऽऽ...मार्गरिट...जॉर्जऽऽऽ...एलिज़ा।"

जॉर्ज ने आवाज़ दी, "मॉमऽऽऽऽऽ।"

मेटिल्डा ने जॉर्ज को गले लगाया, "प्लीज़ मूव माई सन...प्लीज़।"

पीछे से डेलाफ़ॉस दौड़ता हुआ आया और सबको लेकर उनके कैम्प तक ले गया जो दूर भी था और महफ़ूज़ भी। मार्गरिट ने ग़ुस्से में कैम्प में रखी मेज़ पलट दी, "वॉय...वॉय दे आर अटैकिंग हॉस्पिटल, वॉय दे आर किलिंग पेशेंट्स?"

डेलाफ़ॉस ने बिलबिलायी हुई मार्गरिट को दबोच लिया और चिल्लाया "उन्हें मालूम है कि इंट्रेंचमेंट में हैजा फैल चुका है।"

मार्गरिट ने डेलाफ़ॉस की कलाई दांतों से काट ली, "लीव मी प्लीज़... लीव मी।"

मार्गरिट को क़ाबू करने के लिए मेटिल्डा ने उसके गाल पर चार-पाँच तमाचे जड़ दिये। मार्गरिट निढाल पड़ गयी। डेलाफ़ॉस ने भी उसे छोड़ दिया और वो ज़मीन पर बैठकर बुदबुदाने लगी, "नाना साहेब कान्ट डू दिस।"

डेलाफ़ॉस धीरे से बोला, "नाना साहेब आज ख़ुद मैदान में डटे हैं।"

नानाराव का नाम सुनते ही जैसे मार्गरिट के बदन में बिजली दौड़ गयी, पैरों में ताकत आ गयी, वो तेज़ी से उठी और कैम्प से चीख़ती हुई भागी, "नाना साहेबऽऽ।"

मार्गरिट को भागते देखकर उसका भाई जॉर्ज, अमेलिया, एलिज़ा और डेलाफ़ॉस पीछे दौड़े। मेटिल्डा भी 'मार्गरिट, मार्गरिट' चिल्लाती भागी। मार्गरिट पागल हो चुकी थी। कैम्प पार करती हुई मार्गरिट धधक रहे अस्पताल तक पहुँची। उसने अस्पताल के बाहर पड़ी सफ़ेद चादर उठाई और बेतहाशा दौड़ने लगी। शायद उसकी क़िस्मत थी कि वो सामने से दग रही गोलियों की ज़द से

बाहर थी। डेलाफ़ॉस सबसे तेज़ था मगर तभी एक गोली उसका कान छूकर निकल गयी और वो कूद कर बालू की बोरियों की आड़ में बैठ गया, जैसे ही अमेलिया और एलिज़ा निकलीं उसने उन्हें भी रोक कर आड़ में बैठा लिया। मेटिल्डा बहुत पीछे थी। तोप चला रहे जनरल व्हीलर की नज़र जैसे ही मार्गरिट और उसके भागते भाई जॉर्ज पर पड़ी, वो चौंक गया। तोप थॉमसन के हवाले कर वो भी मार्गरिट की तरफ़ लपका। असल में सब पीछे छूट चुका था, हर उम्मीद, हर पकड़, हर दौड़ और सामने खड़ी तोप में लोड हो रहा था बेरहम बारूद का गोला।

दौड़ते-दौड़ते मार्गरिट इंट्रेंचमेंट में सबसे आगे बालू की बोरियों से बने मोर्चे तक पहुँची और मोर्च पर चढ़कर खड़ी हो गयी। उसने हाथों से सफ़ेद चादर फैलाई, "नानाऽऽऽऽ साहेबऽऽऽऽऽऽ, प्लीज़ स्टॉप...डोंट किल इन्नोसेंट्स नाना साहेबऽऽऽऽऽ।"

गोलों और गोलियों की दोतरफ़ा बौछार के बीच नाना की सेना को अन्दाज़ा ही नहीं लगा कि सफ़ेद चादर दिखाने की वजह क्या है। भीड़ में खड़ा अली खाँ मार्गरिट को पहचान गया और चिल्लाया, "रोक दो, रोक दोऽऽऽ।"

बेचारे अली खाँ की गुहार धमाकों के नक्कारखाने में तूती की आवाज़ बन गयी और मार्गरिट की कोशिश सोने की तश्तरी में मौत को दावत। नाना की तरफ़ से एक सिक्स पाउंडर तोप से निकला। उधर पीछे-पीछे दौड़े आ रहे जॉर्ज ने मोर्चे पर खड़ी मार्गरिट के पाँव अपनी तरफ़ खींचे। इधर मार्गरिट धम्म से गिरी, उधर सामने से चला आ रहा सिक्स पाउंडर सीधे जॉर्ज के सिर से टकराता हुआ पचास क़दम दूर फटा। तीन सैनिक धमाके में उड़ गये। व्हीलर पूरी ताकत से चिल्लाया, "जॉर्ज।"

जॉर्ज का सिर धड़ से अलग हो चुका था। आसमान जैसे रो पड़ा। तेज़ बरसात फिर शुरू हो गयी, अज़ीमुल्ला चिल्लाया, "विश्रामऽऽऽ।"

इंट्रेंचमेंट के अस्पताल वाले हिस्से और मोर्चे पर धुआँ ही धुआँ था। बोरियों के दूसरी तरफ़ गिरी मार्गरिट उठी तो देखा भाई की सरकटी लाश पड़ी हुई थी। वो चीख़कर बेहोश हो गयी। व्हीलर, मेटिल्डा, थॉमसन, अमेलिया,

एलिज़ा और डेलाफ़ॉस भीगते-दौड़ते जॉर्ज की लाश तक पहुँचे। सुलगती लाशों, धधकती आग और आग पर पड़े बारिश के पानी से उठते धुएँ के घनघोर कुहासे के बीच बेटे की लाश पर बैठा व्हीलर सुन्न था, मेटिल्डा सन्निपात में थी और समूचे इंट्रेंचमेंट में फैला था श्मशान का सन्नाटा।

चैप्टर-6

ख़ूनी ख़ंजर का ख़ौफ़नाक खेल

अगली सुबह घटायें ज़रूर घनघोर थीं लेकिन बारिश की कोहिनूर सी मोटी बूँदे मोतियों की तरह दुबला चुकी थीं। बीच-बीच में कड़कती बिजली अपनी मौजूदगी के ज़रिये एहसास करा रही थी कि बादल अभी टकरा रहे हैं और कभी भी फट सकते हैं। ऐसे ही माहौल में कानपुर की मशहूर कपड़ा कारोबारी मिस जैकोबी के घर के बाहर लटकी डोर खिंची और अन्दर पीतल की घण्टी घनघना उठी। चाय पी रहीं मिस जैकोबी ने बेडरूम से ही आवाज़ लगाई, "हू इज़ देयर, कौन है?"

बाहर से आवाज़ आयी, "जी हम हैं जैकोबी मैडम।"

बिस्तर से उठकर जैकोबी बाहर आयीं, दरवाज़ा खोला तो सामने अजीजन खड़ी थी। मिस जैकोबी गौर से देखने के बाद मुस्कुराईं, "मैंने पहचाना नहीं आपको।"

"जी आप मुझे नहीं जानतीं लेकिन मैं बहुत पहले से आपसे वाक़िफ़ हूँ।"

"एनिथिंग इंपॉर्टेंट...मतलब कोई ख़ास बात?"

"बात तो बहुत ही ख़ास है, अगर आप अन्दर आने की इजाज़त दें।"

"प्लीज़ कम।"

झाड़-फ़ानूस और दीवार पर लटके कई भूसा भरे जानवरों को ताकती हुई अजीजन को जैकोबी ने कुर्सी पर बैठाया और अन्दर चली गयीं। थोड़ी देर में ट्रे में चाय लेकर लौटी जैकोबी ने अजीजन को कप पकड़ाया और पूछा, "कैसे आना हुआ?"

"आज इंट्रेंचमेंट में बहुत सारे लोग मारे गये मिस जैकोबी।"

जैकोबी ने अफ़सोस जताया, "सुना मैंने, वहाँ हैजा फैल गया है।"

"अस्पताल राख हो चुका है, तमाम हैजे से मर गये और तमाम जलकर।"

बूढ़ी जैकोबी सिहर उठी, "ओह्ह गॉड...हैव मर्सी ऑन दीज़ सोल्स।"

मिस जैकोबी देर तक नम आँखों संग सिर झुकाये प्रार्थना करती रहीं। अजीजन उठी और उसे चिपकाते हुए बोली, "मैं आपका दर्द समझ सकती हूँ मिस जैकोबी, ख़ुद को सँभालिये, अभी आपको बहुत दर्द झेलना है।"

फफकती जैकोबी ने चेहरा उठाकर आँसू पोंछे, "सॉरी, नाऊ टेल मी।"

"आज व्हीलर के बेटे की भी मौत हो गयी मिस जैकोबी।"

जैकोबी की चीख़ निकल गयी, "ओह्ह...लिटिल जॉर्ज...माई सन।"

जैकोबी को रोता देखकर अजीजन की भी आँखें भर आयीं। जैकोबी उन एंग्लो-इंडियन कुनबों में से थीं जो इंट्रेंचमेंट नहीं गये थे। ये कुनबे पुश्तों से कानपुर रह रहे थे और व्यापार करते थे। मिस जैकोबी के जितने घरेलू रिश्ते व्हीलर से थे उतना ही साथ नाना साहेब से भी था। मगर मजबूर थीं, न व्हीलर को रोक सकती थीं, न नाना को टोक सकती थीं। सब कुछ सुनकर जैकोबी मन ही मन बुदबुदायीं, "ओ जीज़स, प्लीज़ गिव स्ट्रेंथ टू व्हीलर्स फ़ैमली।"

बुदबुदाते हुए वो दूसरे कमरे में चली गयीं। अजीजन असल में किसी इरादे से आयी थी, मगर वो इरादे अजीजन ही जानती थी। मौक़े की तलाश में बैठी अजीजन दुपट्टे के किनारों में बार-बार उँगलियाँ लपेट-खोल रही थी, तभी आत्माओं के लिए प्रार्थना कर के मिस जैकोबी कमरे में लौटीं, "टेल मी माइ डॉटर, व्हॉट कैन आई डू?"

"आपको नाना साहेब के पास जाना है, गुज़ारिश करनी है कि जंग रोक दी जाये। युद्ध आगे हुआ तो किलेबन्दी लाशों की कब्रगाह बन जायेगी।"

"नाना मेरी बात क्यों मानेंगे?"

"कानपुर को आज़ादी चाहिए, ज़रूरी नहीं कि वो अब और ख़ून बहाकर मिले।"

"सीज़फ़ायर हो भी गया तो क्या व्हीलर सैकड़ों ब्रिटिशर्स को लेकर कानपुर से कहीं और चला जायेगा?"

"व्हीलर जायेगा...ज़रूर जायेगा।"

"कैसे?"

"आप साहेब के पास जाइये तो, आप की बात नहीं टालेंगे।"

इतना कहते ही अजीजन खड़ी हो गयी। जैकोबी ने उसके गाल हथेलियों में ले लिए और माथा चूमते हुए पूछा, "अंग्रेज़ों की मौत से तुम्हें क्या लेना?"

अजीजन ने जैकोबी को गले लगा लिया, "गुलामी करते-करते थक चुके हैं हम, हमें आज़ादी चाहिए, वो आज़ादी अंग्रेज़ों को मार कर मिले या भगाकर। ख़ून ख़राबे से बेहतर है भागने का रास्ता देना।"

जैकोबी का हाथ पकड़कर अजीजन दरवाज़े तक आयी और सलाम कर के जैसे ही चलने को हुई जैकोबी बोली, "तुम कहाँ की हो, तुम्हारा नाम क्या है?"

"पता मत पूछिये क्योंकि कुछ लोग कहीं के नहीं होते, बाक़ी रही नाम की बात तो हम दरिन्दों के दुश्मन हैं और मासूमों के ख़ैरख़्वाह।"

इतना कह कर अजीजन चली गयी। मिस जैकोबी बहुत दूर तक उसे जाता देखती रहीं लेकिन उसने एक बार भी मुड़ कर नहीं देखा। जैकोबी ने मन ही मन ऊपर वाले का शुक्रिया किया और अजीजन को न जानते हुए भी ढेरों दुआयें दे डालीं। सवाल ये था कि आख़िर अजीजन ने जैकोबी को नानाराव के पास जाने और अंग्रेज़ों को भागने का रास्ता दिलाने का जाल क्यों बिछाया, क्यों उसने फिर अपने मन की सुनी। जवाब साफ़ था, नाना से रूठी और टीकमगढ़ से टूटी अजीजन समझ चुकी थी कि मक़सद के लिए जीना उसका अपना फ़ैसला ज़रूर था मगर उसके फ़ैसले से बँधी थी पूरी की पूरी मस्तानी टोली। शायद बुरे वक़्त ने उसे लोहे की तरह तपना और हथौड़ों की मार से आकार बदलना सिखा दिया था। बस इसी दम पर अजीजन उर्फ़ आज़ाद ने तय किया कि वो जासूस का किरदार और क्रान्ति का साथ कभी नहीं छोड़ेगी और आज उसने वही धर्म निभाया और जाल बिछाया।

सवादा कोठी के दरबार में ज़िन्दाबाद के नारे बस थमे ही थे कि दरबान ने मिस जैकोबी के आने की ख़बर दी। नाना ने साथ में बैठे राव पाण्डुरंगा, तात्या

टोपे, बाबा और बाला भट्ट के साथ ज्वाला प्रसाद की तरफ़ सवालिया नज़रों से मिस जैकोबी के आने की वजह पूछी। हर कोई लाजवाब था। नाना ने जैकोबी को अन्दर भेजने को कहा। थोड़ी ही देर में जैकोबी दाख़िल हुई और नाना ने गद्दी से उठकर उसका इस्तक़बाल किया, "आफ़्टर अ लाँग टाइम मिस जैकोबी, माफ़ी चाहूँगा आपका हाल नहीं लिया।"

"इट्स वॉर टाइम नाना साहेब, वर्ना मैं आपके लिए स्विस कोट बनवाती।"

नाना साहेब ने तात्या को सवालिया नज़रों से देखा फिर जैकोबी से मुख़ातिब हुए, "मुझे उम्मीद है कि जितनी भी एंग्लो-इंडियन फ़ैमलीज़ इंट्रेंचमेंट में नहीं गयीं उन्हें कोई दिक़्क़त-परेशानी नहीं हुई होगी।"

तात्या बोले, "जितने भी परिवार हैं वो कम्पनी से नहीं जुड़े हैं और पुश्तों से रह रहे हैं। सब महफ़ूज हैं, रसद पानी की भी कमी नहीं हुई।"

"नो नो नाना साहेब, आई एम नॉट हियर फ़ॉर एनी कम्प्लेंट।"

"ओके मिस जैकोबी, तो बतायें कैसे आना हुआ।"

जैकोबी ने चारों तरफ़ नज़र घुमाई, नाना समझ गये, उन्होंने दरबार ख़ाली करने का इशारा किया। सब बाहर लॉन में चले गये और तभी अदला के साथ हुसैनी बेग़म ट्रे में कहवा लेकर जैकोबी के सामने पहुँची। जैकोबी ने मुस्कुराते हुए प्याला उठाया। नाना बोले, "इट्स कहवा फ्रॉम कश्मीर।"

जैकोबी ने मुस्कुराते हुए चुस्की ली और भौंहें उचकाईं, "इट्स फैंटेबुलस।"

नाना भी मुस्कुराये, "बताइये क्या ख़िदमत कर सकता हूँ आपकी?"

कहवा गटकने के बाद प्याला रखते हुए जैकोबी बोली, "बाप के कन्धे पर बेटे का जनाज़ा बहुत भारी होता है, मुझे लगता है आप समझेंगे मेरी बात।"

"मैं समझा नहीं।"

"मैं व्हीलर की बात कर रही थी, उसका बेटा मारा गया साहेब।"

"कम्पनी राज में सैकड़ों बेटे मारे गए, बेटियाँ लूटी गयी हैं, मिस जैकोबी।"

"मैं कम्पनी को सही साबित करने नहीं आयी हूँ नाना साहेब।"

"हुक़्म करें, मैं क्या कर सकता हूँ...मिस जैकोबी?"

"हुक़्म नहीं, गुज़ारिश है आपसे।"

"आप फ़रमाइये, हमारे वश में जो होगा, करेंगे हम।"

"जो भी ब्रिटिशर्स इंट्रेंचमेंट में बचे हैं अब उन्हें जाने का रास्ता दे दीजिए।"

नानाराव क़रीब-क़रीब चौंक गये, "जाने का रास्ता...मैं समझा नहीं।"

अदला ने हुसैनी बेग़म को इशारा कर कमरे से चलता किया, तो नाना ने अदला को भी बाहर रुकने को कहा। अदला जैकोबी को तरेरती निकल गयी। नाना बोले, "शायद आप भूल गयीं युद्ध अभी जारी है।"

"मासूम मरीज़ जल गये, मर गये अब सीज़फ़ायर का ऐलान कीजिए।"

नाना गुर्राये, "आप चाहती हैं कि हम कानपुर फिर कम्पनी को सौंप दें?"

"आपको कानपुर चाहिए, आज़ादी चाहिए...वो आपको मिलेगी।"

"तो ये जो आठ-नौ सौ ब्रिटिशर्स बचे हैं उन्हें कहाँ भेज दूँ मैं?"

"उन्हें गंगा के ज़रिये इलाहाबाद जाने का रास्ता दे दीजिए, लेट देम गो।"

"क्या गारंटी है कि व्हीलर जाना चाहेगा और आप इतना श्योर कैसे हैं?"

"आई विल टॉक टू व्हीलर, वो ज़रूर जायेगा, उसके पास कोई रास्ता नहीं बचा।"

"आप बेरहमों पर रहम करने की बात कर रही हैं मिस जैकोबी।"

"मैं एक दोस्त से बिना ख़ून ख़राबे कानपुर हासिल करने को कह रही हूँ।"

"बारिश रुकने के बाद कानपुर तो हम यूँ भी हासिल कर लेते।"

"इसमें कोई डाउट नहीं नाना साहेब मगर आप में और कम्पनी में जो फ़र्क़ है वो है ह्यूमेनिटी। मैं यहाँ यूरोपियन होने के नाते नहीं, इन्सान के नाते आयी हूँ।"

"मुझे अपने लोगों से बात करनी होगी मिस जैकोबी।"

"मुझे पता है नाना के लोग नाना की बात को ना नहीं करते हैं।"

नाना साहेब मुस्कुराये, "यू आर सो वैरी करेक्ट मिस जैकोबी, फिर भी।"

"प्लीज़ नाना साहेब इट्स अ हम्बल रिक्वेस्ट।"

नाना ने दरबान को आवाज़ लगाई और तात्या टोपे को अन्दर भेजने को कहा। दरबान गया ही था कि नाना का दिमाग़ ठनका, "एक बात पूछूँ?'

"यस यस श्योर।"

"आप ख़ुद आयी हैं या किसी ने भेजा है आपको, जस्ट अ क्वैश्चन?"

"गॉड ने आज एक फ़रिश्ते को भेजा था मेरे पास।"

"कौन था वो?"

"एक एंजल थी, ख़ूबसूरत, ख़ूबसीरत, आप की ख़ैरख्वाह।"

"क्या नाम था उसका?"

"नाम तो नहीं बताया, थी ख़ुदा की कोई नेक बन्दी जिसने मुझे हौसला दिया।"

नाना साहेब जैसे कुछ समझकर मुस्कुरा दिये। तब तक तात्या अन्दर आ चुके थे। नाना ने तात्या को जनरल व्हीलर के नाम चिट्ठी लिखने का हुक्म दिया। चिट्ठी की शर्त थी कि व्हीलर को पहले सरेंडर करना पड़ेगा। सरेंडर के बाद ही इंट्रेंचमेंट के एक-एक बाशिन्दे को तैयारी के लिए चौबीस घण्टे का वक़्त और फिर गंगा के ज़रिये इलाहाबाद जाने का सुरक्षित रास्ता दिया जायेगा। नाना की मोहर के साथ चिट्ठी अभी जैकोबी को सौंपी ही जा रही थी कि अज़ीमुल्ला आया, "बिना इजाज़त आने की माफ़ी।"

"बोलो अज़ीम।"

"इलाहाबाद में मौत का नंगा नाच हुआ है, सैकड़ों जला दिये गये, मार दिये गये, लटका दिये गये। लियाक़त अली लापता है।"

नाना बिलबिला उठे, "हे भगवान।"

चिट्ठी थामे बैठीं मिस जैकोबी ने नज़र झुका ली, "ओह गॉड।"

नाना ने तंज कसा, "इन्हीं के लिए आप दया माँग रही थीं।"

"आपका ग़ुस्सा समझती हूँ, रहने दीजिए, नहीं चाहिए कोई चिट्ठी।"

"नहीं नहीं मिस जैकोबी, नाना का फ़ैसला एक बार हो गया तो हो गया।"

नाना ने अज़ीमुल्ला को पचास सैनिकों और मिस जैकोबी के साथ इंट्रेंचमेंट रवाना किया। अज़ीम के जाते ही पाण्डुरंगा, बाबा, बाला भट्ट और ज्वाला प्रसाद अन्दर आ गये। बिना हिचक पाण्डुरंगा बोले, "कुछ कहना चाहता हूँ साहेब।"

"हमें पता है आप क्या फ़रमाना चाहते हैं।"

पाण्डुरंगा ने गुस्सा क़ाबू करते हुए कहा, "अंग्रेज़ों को जाने का रास्ता देना शहीद सैनिकों और जनता के साथ नाइन्साफ़ी है साहेब।"

"शहीदों को श्रद्धांजलि और जनता को खुली साँस देगी ये आज़ादी।"

तभी अदला अन्दर आयी, "और मुआवज़ा कौन देगा?"

नाना ने अदला की तरफ़ नज़र घुमाई, "कैसा मुआवज़ा अदला?"

"ग़ुलामी का मुआवज़ा, मौत के बदले मौत का मुआवज़ा।"

"आप अन्दर जाइये।"

"माफ़ कीजिएगा इलाहाबाद के ख़ूनी खेल की ख़बर कानपुर में फैलते ही आग लग जायेगी, जब लोगों को पता चलेगा कि आप ने इन रक्तबीज गोरों को मौत से बचने का रास्ता दिया है तो लोग आप की भी नहीं सुनेंगे।"

भरे दरबार में अदला की बदज़ुबानी से नाराज़ नानाराव गद्दी से उठे और अन्दर चल दिये। दरबार में सन्नाटा छा गया, अदला पीछे-पीछे दौड़ी और चीख़ी, "आप ग़लत कर रहे हैं साहेबऽऽऽ, अभी भी देर नहीं हुई है, चिट्ठी वापस मँगा लीजिए।"

तेज़ क़दमों से नाना आरामगाह पहुँचे और आँखें तरेरते हुए अदला से बोले, "आप बिठूर महल वापस लौट जाइये अदला, अभी, फ़ौरन।"

अदला भी उफ़ान पर थी, "हाँ हाँ, क्यों नहीं साहेब, हमें तो हर हाल में लौट ही जाना चाहिए, क्योंकि पूरे कानपुर में सिर्फ़ एक ही औरत है जो समझदार है।"

"तुम हद पार कर रही हो अदला।"

अदला का चेहरा कुटिल हो गया। उसने एक भौंह की प्रत्यंचा चढ़ाई, "आप नहीं समझ रहे हैं या सिर्फ़ मुझे नासमझ रहने का हुक़्म दे रहे हैं। जैकोबी की सारी बातें सुनी हैं हमने। उस अंग्रेज़न को भेजने वाली वो परी, वो ख़ूबसूरत, ख़ूबसीरत कोई और नहीं आपकी अजीजन ही है।"

"अजीजन से जलन ने आपको पागल कर दिया है अदला।"

अदला ने खूँटे से तौलिया उठाया और नाना को थमा दिया फिर बिस्तर ठीक करते हुए बड़बड़ाई, "एक बात कहें साहेब, हमारा काम केवल आपके गुसल में तौलिया लगाना, काढ़ा पिलाना ही नहीं है, हम आपके हर दुश्मन, आप के ख़िलाफ़ हर गवाह और आपका अनर्थ करने वाले हर शख़्स की चिता की लकड़ी का भी इन्तज़ाम करेंगे, और वादा है आपसे मुखाग्नि भी हम ही देंगे।"

इतना कह कर अदला जाने लगी। नाना ने टोका, "इतना ही ख़याल है तो हमारे फ़ैसलों की क़द्र करना सीखिये और पागलपन छोड़ दीजिए।"

अदला पलटी, “कानपुर क्रान्ति की फेहरिस्त में मेरे साहेब का नाम सबसे ऊपर होगा लेकिन कहीं एक कोने में अदला का नाम भी ज़रूर लिखा जायेगा। जानते हैं क्यों, क्योंकि कानपुर को आज़ाद तो आप करायेंगे लेकिन आपको हर बुरी नज़र से सिर्फ़ हम ही बचायेंगे...आज कह रहे हैं कल साबित भी कर देंगे।”

अदला ने आरामगाह की चौखट की तरफ़ क़दम बढ़ाया और किवाड़ बन्द करने से पहले बोली, “एक और बात, अभी आपने हमारा पागलपन देखा ही कहाँ है।”

नानाराव समझ रहे थे कि अजीजन की डाह में अदला अंड-बंड बोला करती है। मगर नाना को अन्दाज़ा ही नहीं था कि अदला उनके लिए फिदाइन बन चुकी थी। उसे अंग्रेज़ों से उसी दिन पागलपन की हद तक नफ़रत हो गयी थी जिस दिन कम्पनी ने नानाराव की दोस्ती को ठेंगा दिखाकर राजपाट, सम्पत्तियाँ, जायदाद और पेंशन ही नहीं, उनके सिर से पेशवा की पगड़ी तक छीन ली थी। अदला आज़ादी की मीनार पर खड़ी होकर खुली साँस तो लेना चाहती थी मगर उसकी चाहत थी कि इस मीनार की बुनियाद अंग्रेज़ों की लाशों से भरी गयी हो। गोरों से नफ़रत में बारूद का बघार तब और लग गया जब अदला को शक हो गया कि अजीजन नाना के ज़्यादा क़रीब आ चुकी है। कानपुर का क्रान्ति युद्ध तक़रीबन अपने नतीजे तक पहुँचने को था मगर बिठूर महल से सवादा कोठी तक शक, जलन और रक्त पिपासा की जंग का नतीजा क्या होगा ये वक़्त की गर्त में था।

हल्की बूँदा-बाँदी के बीच इंट्रेंचमेंट के कुएँ में व्हीलर अपने बेटे जॉर्ज गॉडफ्रे को दफ़ना रहा था। मेटिल्डा रो-रो कर पथरा चुकी थी। जॉर्ज की मौत के लिए ख़ुद को ज़िम्मेदार मानकर मागरिट सुन्न सी खड़ी थी और बड़ी बहन एलिज़ा बेहाल सी एकतरफ़ बैठी थी। मिस्टर कुक और उनकी बीवी ने अपनी बेटी अमेलिया को मागरिट के बगल में खड़ा होने को कहा। तमाम अंग्रेज़ अफ़सर और सैनिक सिर झुकाये अफ़सोस में खड़े थे। ग़मी के इस माहौल के बीच इंट्रेंचमेंट के चारों हिस्सों में तने वॉच टावर्स पर बैठे कम्पनी सैनिक बाहर की

हर हरक़त पर दूरबीन से नज़र बनाये थे। तभी पचास सैनिकों के साथ मिस जैकोबी की बग्घी रुकी। अज़ीमुल्ला पहले उतरा फिर उसने जैकोबी को हाथ का सहारा देकर बग्घी से उतारा। टावर पर बैठे एक सैनिक ने आवाज़ देकर सबको अलर्ट किया। अलर्ट सुनकर जॉर्ज के फ़्यूनरल में खड़ा डेलाफ़ॉस वॉच टावर की तरफ़ भागा। आवाज़ डेलाफ़ॉस तक पहुँच जाये इसलिए अज़ीमुल्ला ज़ोर से चिल्लाया, "मिस जैकोबी आयी हैं, जनरल व्हीलर से मिलने, उनको बताइये कि ज़रूरी काम से मिलना चाहती हैं।"

बरसात में युद्ध बन्द था लेकिन अचानक सैनिकों के बेड़े के साथ जैकोबी का आना डेलाफ़ॉस को शक की तरफ़ ले जा रहा था। पहली बार में उसे लगा कि शायद दुश्मन की ये कोई चाल है, लिहाज़ा उसने बिना कुछ सोचे सैनिकों को फ़ौरन तोपों और बन्दूकों से चारों तरफ़ तैनाती के आदेश दिये। कुएँ के पास खड़े सैनिक भी मोर्चे पर डट गये। इन्तज़ामात चाक-चौबन्द होने के बाद डेलाफ़ॉस कुएँ के पास पहुँचा जहाँ रस्सियों के सहारे जॉर्ज गॉडफ्रे की लाश उतारी जा रही थी। सैकड़ों सड़ी-गली-जली लाशों के ढेर पर जैसे ही जॉर्ज की लाश ठहरी, मेटिल्डा के भीतर पत्थर हो चुकी माँ फिर जागी। वो ज़मीन से उठी और कुएँ में आधा लटक गयी। एलिज़ा और मागरिट दौड़ कर लपकीं और उसके कन्धे पकड़कर बाहर की तरफ़ खींचने लगीं। मेटिल्डा फड़फड़ाने लगी, चीख़ने लगी, "ओ जॉर्ज...माई सन, कम बैक प्लीज़, कम टू मॉम...जॉर्ज।"

ख़ुद को सँभाले खड़े व्हीलर ने मेटिल्डा को कन्धा पकड़कर जैसे ही उठाने की कोशिश की मेटिल्डा ने उसे घूरा और पूरी ताकत से व्हीलर का हाथ झटक दिया। अमेलिया, मागरिट और एलिज़ा मेटिल्डा को लेकर कॉटेज की तरफ़ चल दिये। मौक़ा देखकर डेलाफ़ॉस ने मॉब्रे के और मॉब्रे ने व्हीलर के कान में जैकोबी के आने की ख़बर फूँक दी। व्हीलर ने जैकोबी को अन्दर लाने की इजाज़त दी। अज़ीमुल्ला ऊपर ही रुक गया और सीढ़ियाँ खड़ी कर के जैकोंबी को डेलाफ़ॉस ने अन्दर उतार लिया। कैम्प तक पहुँचते ही मिस जैकोबी व्हीलर के गले लगकर अफ़सोस जताने लगीं, "ओ मैसी, सो सॉरी टू हियर अबाउट जॉर्ज।"

"दिस इज़ वॉर जैकोबी...ब्रूटल वॉर। सैकड़ों शहीद हो गये, पचासों मरीज़ राख हो गये...इत्तेफ़ाक है, इस बार मेरा बेटा मार दिया गया, बाप दुखी है मगर कम्पनी का जनरल अभी हारा नहीं है।"

"नो मैसी, डोंट से सो...स्टॉप दिस वॉर।"

"जंग तो अब नहीं रुकेगी मिस जैकोबी, अब सिर्फ़ फ़ैसला होगा।"

तभी एक जानी पहचानी आवाज़ आयी, "दिस वॉर विल स्टॉप एट एनी कॉस्ट मिस्टर जनरल...और तुमको जंग रोकनी होगी। अब कोई भी नहीं मरेगा इस मनहूस इंट्रेंचमेंट में। बहुत झेल चुके हम तुम्हारा पागलपन...मैसी।"

व्हीलर और मिस जैकोबी पलटे तो सामने ग़ुस्से से तमतमाई हुई मेटिल्डा खड़ी थी। व्हीलर उसकी तरफ़ बढ़ा तो मेटिल्डा ने दोनों हाथ आगे कर के उसे अपनी जगह रुके रहने की सख़्त ताकीद की, "तुम हार चुके हो मैसी... आज नहीं उसी दिन हार गये थे जब नानाराव को दोस्ती के नाम पर तुमने बेवकूफ़ बनाया...तुम उसी दिन हार गये थे जब ओवरकॉन्फ़ीडेंस में मदद के लिए सेना नहीं बुलाई तुमने, असल में तुम उस दिन हार गये थे जब तुम हमें इंट्रेंचमेंट में लेकर आये थे।"

"मेटिल्डा।" मॉब्रे और डेलाफ़ॉस की मौजूदगी में बीवी की डांट सुनकर व्हीलर सकपका गया और उसे घूरने लगा लेकिन मेटिल्डा बेलगाम बोले जा रही थी,

"क्या कहते थे तुम...नाना दिल्ली चला जायेगा...मिस्टर जनरल मगर बेवकूफ़ नाना नहीं, तुम थे। जॉर्ज की मौत का ज़िम्मेदार नानाराव की तोप का गोला नहीं, तुम्हारी नासमझी है, तुम्हारे ग़ैर-ज़िम्मेदाराना फ़ैसले थे...।"

व्हीलर ने थॉमसन की तरफ़ लाचार नज़रों से देखा। उसे वो मौक़ा याद आ गया जब थॉसमन ने भी उसे ऐसे ही कड़वे सच का घूँट पीने पर मज़बूर कर दिया था। जैकोबी ने मेटिल्डा के कन्धे पर हाथ रखा, "मेटिल्डा, मैं तुम्हारा दर्द समझती हूँ, लेकिन ये वक़्त व्हीलर को लेट डाउन करने का नहीं, फ़ैसला लेने का है।"

"फ़ैसला हो गया मिस जैकोबी, अब बताइये नाना से कौन बात करेगा।"

"जॉर्ज की मौत ने मुझे हिला दिया है मेटिल्डा, पता नहीं मैंने अच्छा किया या बुरा लेकिन मैं नाना से बात करने के बाद ही यहाँ आयी हूँ।"

मेटिल्डा ने जैकोबी को गले लगा लिया, "आपने एक़दम सही किया।"

व्हीलर ने चुप्पी तोड़ी, "क्या कहा है नानाराव ने।"

"नाना ने ब्रिटिशर्स को इलाहाबाद जाने का रास्ते देने का वादा किया है।"

इतना कहते ही मिस जैकोबी ने हैंडबैग से निकालकर नाना की मोहरबन्द चिट्ठी व्हीलर को थमा दी। व्हीलर ने चिट्ठी थॉससन को बढ़ा दी। थॉमसन ने मजमून पढ़कर सुनाया। ख़ुद की नज़रों में गिर चुके व्हीलर ने फिर मेटिल्डा की तरफ़ देखा, मेटिल्डा ने व्हीलर को घूरा, "मैंने चिट्ठी सुन भी ली, समझ भी ली, तुम दस्तख़त करो।"

व्हीलर ने मॉब्रे से आँखों-आँखों में सवाल किया। मॉब्रे ने हामी भर दी और बगल में खड़े डेलाफ़ॉस ने भी। महज़ दो पल रुकने के बाद ईस्ट इंडिया कम्पनी के कानपुर गैरिसन के कमांडर जनरल ह्यू मैसी व्हीलर ने चिट्ठी पर दस्तख़त कर दिये। जैकोबी ने राहत की साँस ली और सफ़ेद झण्डे की दरकार जताई। डेलाफ़ॉस एक सफ़ेद चादर को डण्डे में फँसा कर लाया और जैकोबी को थमाकर व्हीलर के कैम्प से बाहर चल दिया। डेलाफ़ॉस और थॉमसन के साथ जैकोबी बाहर निकलीं और सफ़ेद झण्डा निकालकर लहराने लगीं। झण्डा देखते ही अज़ीमुल्ला ने मुट्ठी बाँधी और हवा में लहराते हुए 'हर हर महादेव' का नारा लगाया। साथ आये बाग़ी सैनिकों ने भी नारे लगाना शुरू कर दिये। गूँजते नारों के बीच दो सैनिक नाना को ख़ुशख़बरी देने दौड़ गये। थोड़ी ही देर बाद गोरे सैनिक अज़ीमुल्ला को इंट्रेंचमेंट के अन्दर ले आये। अज़ीमुल्ला ने नाना साहेब की तरफ़ से सीज़फ़ायर को मंज़ूरी दी फिर व्हीलर के साथ बैठ कर सारी शर्तें तय हुईं। शर्तों के मुताबिक़ नानाराव इंट्रेंचमेंट से सत्तीचौरा घाट तक अंग्रेज़ों को ले जाने के लिए गाड़ियों का और इलाहाबाद के लिए गंगा में क़रीब सौ नावों का इन्तज़ाम करेंगे। सुरक्षा के मद्देनज़र हथियारों की खेप नावों में रखने की इजाज़त भी दी गई और एक दिन का वक़्त तैयारी के लिए दिया गया। समझौते पर व्हीलर के दस्तख़त लेकर अज़ीमुल्ला जैकोबी के साथ सैनिकों संग वापस हो गये।

सेरेंडर कर चुका व्हीलर धम्म से कुर्सी पर बैठ गया। जंग में शिकस्त शायद उसके लिए फिर भी छोटी चीज़ थी मगर आत्मसमर्पण उसकी डिक्शनरी में था ही नहीं। बेटे की मौत, बीवी की नाराज़गी और इंट्रेंचमेंट का काला सच

उसने मॉब्रे और डेलाफ़ॉस की नज़रों में पढ़ लिया था। व्हीलर का घटता हुआ रक्तचाप उसे बता रहा था कि उससे ग़लती नहीं, महापाप हो चुका है। आज एक बाप और पति ही नहीं बल्कि कम्पनी का सबसे उम्दा और छाती पर दर्जनों मैडल जड़ने वाला जनरल भी घुटनों पर था। मनहूस से माहौल में गोरों ने इलाहाबाद जाने की तैयारियाँ शुरू कर दी थीं मगर कानपुर की फ़िज़ा में मलंगियत थी क्योंकि आज़ादी महज़ चौबीस घण्टे दूर थी।

नानाराव ने समझौते के मुताबिक़ ज्वाला प्रसाद और पाण्डुरंगा राव को नावों के इन्तज़ामात करने में झोंक दिया। घाट माँझियों से सौ नावें किराये पर ली गईं और अड़तालीस घंटों के लिये सत्तीचौरा घाट पर सवारियाँ ढोने और मछली के शिकार पर रोक लगा दी गई। इट्रेंचमेंट से लेकर सत्तीचौरा घाट तक अंग्रेज़ों को विदा करने के लिए अज़ीमुल्ला, बाबा और बाला भट्ट ने सैकड़ों महावतों, घुड़सालों, बग्घी और बैलगाड़ी के मालिकों को एकमुश्त रकम चुका कर उनके जानवर और गाड़ियों को दो दिन के लिए क़ब्ज़े में ले लिया। सुनामी की तरह दो ख़बरों ने पूरे कानपुर को अपनी ज़द में ले लिया था। पहली ख़बर थी इलाहाबाद में ख़ूनी जनसंहार और दूसरी अंग्रेज़ों के कानपुर छोड़ने की ख़ुशी।

आज़ादी को शहर के मुहाने पर देख कर तमाम हलवाइयों की दुकानों पर बर्फ़ी और लड्डू के लिए कुंतलों खोया और बेसन औंटा जा रहा था, रोशनी के लिए कुम्हार अपनी चाक पर मिट्टी के लाखों दीये बनाने, सुखाने और पकाने में जुट गये। ख़ुशियों की तैयारियों के बीच एक बहुत बड़ा तबका था जिनके दिलों में ग़ुस्से की लपटें धधक रही थीं। नाराज़गी की वजह थी इलाहाबाद में सैकड़ों की हत्या और ऐसे ख़ूँख़ार गोरों को इलाहाबाद जाने के लिए गंगा का रास्ता देना। कुछ ऐसे भी थे जो इन दिलजलों की जलन का फ़ायदा उठाने की फ़िराक में थे।

गीले-गीले से मौसम में पुराने कानपुर की एक गली में बुर्का ओढ़े एक औरत किसी ख़ास मकान की तलाश में थी। वो अचानक एक घर की तरफ़

मुड़ी और दोहरे किवाड़ पर लगी ज़ंजीर खटखटाने लगी। किवाड़ खुला और अन्दर से सफ़ेद साड़ी में दिखाई दी दुर्जन सिंह की बेवा भाभी। "जी बतायें।"

"घर पर कौन-कौन है?"

"अरे आप तो बतायें कि आप कौन हैं?"

"हम अपने बारे में दरवाज़े पर कुछ नहीं बता सकते।"

"मेरे देवर हैं, उनका दोस्त है, दो बच्चे हैं...पर आप कौन हैं?"

"अन्दर तो आने दीजिए, सब पता चल जायेगा।"

"अजब तमाशा है...आ जाइये।" दुर्जन सिंह की भाभी खिसियाकर बोली।

बुर्कानशीं अन्दर चल दी और आँगन में आकर रुक गयी। कमरे में भाभी के बच्चों के साथ खेल रहा दुर्जन और सरदार खाँ उठकर जैसे ही आँगन की तरफ़ चले तो 'चाचा-चाचा' दुलारते बच्चे भी बाहर आ गये। सरदार और दुर्जन से खेलने की ज़िद कर रहे बच्चे उनका कुर्ता खींचने लगे। सब एक-दूसरे को हैरत भरी नज़रों से देख रहे थे, तभी बुर्के वाली औरत बोली, "हम बिठूर महल से आये हैं, अदला बीबी ने भेजा है।"

सरदार समझ गया, "आप ही ने महल में कलाकन्द खिलाया था।"

बुर्का खोलते हुए औरत बोली, "जी, जी...हमारा नाम हुसैनी बेग़म है।"

दुर्जन ने मूढ़ा उठाकर हुसैनी को बैठाया। बेवा ने डपट कर बच्चों को कमरे में भेज दिया। दुर्जन बेसब्र हो गया, "बतायें बेग़म, कैसे आना हुआ।"

हुसैनी के लब खुले, "अदला बीवी ने आपके लिए पैग़ाम भेजा है।"

सरदार और दुर्जन एक साथ बोले, "जी बतायें।"

"आज़ादी मनाने और आज़ाद को निबटाने का वक़्त आ गया है।"

"मैं समझा नहीं।" हुसैनी को देखते हुए दुर्जन ने सवाल किया।

अदला की बात सरदार खाँ समझ चुका था, बेवा भी हिसाब-किताब करने लगी मगर दुर्जन जैसे पूरा पैग़ाम सुनना चाहता था। हुसैनी को अच्छी तरह पता था कि दीवारों के भी कान होते हैं। बस यही सोचकर वो मूढ़े से उठी और आँगन से खुले किवाड़ की तरफ़ बढ़ी। पहले गली में झाँककर देखा फिर किवाड़ उढ़काने के बाद उसने अन्दर से ज़ंजीर चढ़ा ली। अब सब कुछ

किवाड़ के उस तरफ़ था। अदला ने क्या कह कर भेजा था हुसैनी को, क्या ये कोई साज़िश थी, कोई मसला था, कोई बड़ा फ़ैसला था, या क्या था, ये सिर्फ़ हुसैनी जानती थी।

कानपुर में एक और सुबह नींद से जागी मगर आज आसमान का रंग भगवा था। धान की बुआई के लिए रोपी गयी पौध ज़मीन को हरा रंग चुकी थी। दाने-पानी के जुगाड़ में उड़ रहे तोतों की टांय-टांय जैसे आज़ादी के ठीक पहले मंगल गीत के सुर साध रही थी। थम चुकी बारिश ने मिट्टी की महक सौंधी कर दी थी। ठीक इसके उलट इंट्रेंचमेंट शिकस्त, ग़म और कुण्ठा की उमस से तर-ब-तर था। मारे गये सैनिकों और बेटे जॉर्ज को आँसुओं से अन्तिम श्रद्धांजलि देने के बाद इंट्रेंचमेंट का कुआँ मिट्टी से पाटा जा चुका था। हाथियों, घोड़ों, पालकियों के अलावा बग्घियों, बैलगाड़ियों पर हथियारों के साथ अंग्रेज़ अपने बीवी बच्चों को लेकर सत्तीचौरा घाट निकल पड़े थे। नानाराव के आदेश पर इंट्रेंचमेंट में कम्पनी की तरफ़ से युद्ध लड़ने वाले बचे-खुचे हिन्दुस्तानी सैनिकों को बन्दी बनाकर अस्थायी जेल रवाना किया गया और अंग्रेज़ों का काफ़िला सत्तीचौरा घाट की ओर बढ़ रहा था।

उधर गंगा के सत्तीचौरा घाट पर सड़क से घाट तक सैकड़ों की भीड़ जमा थी। तात्या टोपे, अज़ीमुल्ला, बाला और बाबा भट्ट के साथ राव पाण्डुरंगा और ज्वाला प्रसाद भी नावों और मल्लाहों के इन्तज़ामात सँभाले हुए थे। सड़क से नीचे घाट को जा रही सीढ़ियों पर ख़ानसामा अली खाँ मार्गरेट के इन्तज़ार में था। उसके दिल में मार्गरेट को बस एक झलक देखने भर की आख़िरी उम्मीद थी, मार्गरेट के बच जाने की ख़ुशी थी और कानपुर से उसके विदा होने का बेहिसाब दर्द भी था। कानपुर में जगह-जगह होली खेली जा रही थी, मुसलमान बिना ईद के सेवइयाँ बाँट रहे थे। सिख चौराहों पर शर्बत पिला रहे थे। ईसाइयों में जबरन कराये गये धर्म परिवर्तन को छोड़ने की ख़ुशी थी। दो दर्जन से ज़्यादा एंग्लो-इंडियन कुनबे भी आज़ादी के जश्न में शामिल थे

क्योंकि उनके पुरखे कानपुर से जुड़े थे और इन सब के बीच सूरदास मलंग अपना इकतारा टुनटुना कर गाये जा रहा था...

चल दिये आज व्हीलर साहब
जनता का हाहाकार चला
हर कोने अतरे चप्पे पर
फैला ये भ्रष्टाचार चला

हाथी पर बैठा व्हीलर कानपुर की ख़ुशी देखकर कोफ़्त में था और मलंग मस्त...

कितनों की फसलें खा डालीं
कितनों को फाँसी लटकाया
कितने आँचल लूटे इसने
व्यभिचार का ये सरदार चला

इक़तारे के सुर में मलंग के गीत को जनता भी ताली बजा कर दोहरा रही थी....

नाना ने ऐसा वार किया
ये टूट गया, ये हार गया
चल दिये आज व्हीलर साहब
जनता का हाहाकार चला

मलंग पीछे छूटा, काफ़िला और आगे बढ़ा। थोड़ी दूर पर एक ऐसा चौराहा आया जहाँ हिन्दू और मुस्लिम मिलकर नारेबाज़ी कर रहे थे। क्या 'हर हर महादेव' और क्या 'नारा-ए-तदबीर'। हिन्दुस्तान, मंगल पाण्डे, नाना साहेब के साथ बहादुर शाह ज़फ़र की जयकार के बीच एक आदमी भीड़ के बीच से दौड़कर डिस्ट्रिक्ट मजिस्ट्रेट हिल्सर्डन की बग्घी के पास गया और चिल्लाने लगा, "अरे ओ...कलेक्टर साब...आज ये मैक फिर मैकू बन गया...तुम लोग धर्म भ्रष्ट किये थे न हमारा...देखा हम फिर शुद्ध हो गये।"

तभी दूसरा कनपुरिया भी पास आकर चीख़ा, "हम भी मार्टिन से मोबीन बन गये आज, यहाँ रुक गये तो तुमको भी हिल्सर्डन से हल्दीराम बना देंगे।"

ग़ुस्साई जनता को क़ाबू करने के अलावा किसी वारदात की शंकाओं के मद्देनज़र सड़क की दोनों तरफ़ नानाराव के सैनिक तैनात किये गये थे जिन्होंने

हिल्सर्डन की बग्घी के आगे आये लोगों को समझा बुझा कर किनारे किया। असल में बरसों का तेज़ाब था जो कानपुर के लोगों में लबलबा रहा था। किसी को अपनी ज़मीन से बेदख़ली का ग़ुस्सा था तो किसी के दिल में गोरों के हाथों अपनों की मौत का नासूर पक रहा था। दो वक़्त की रोटी नहीं नसीब थी लेकिन मौसम के कहर, फ़सलों की बर्बादी के बावजूद चार-चार गुना लगान लोगों को दीमक की तरह कुतर रहा था। कुछ ऐसा ही ज़ख़्म जबरन धर्म परिवर्तन का भी था जिसके टाँके खुल गये थे। नाराज़ भीड़ किसी को भी बख़्श नहीं रही थी। कम्पनी के लिए काम कर चुका एक सैनिक व्हीलर के हाथी के सामने आया। उसने सेना की वर्दी फाड़ी और टोपी पैरों तले कुचलते हुए चीख़ा, "क्यों व्हीलर साहब, आज हमारी वर्दी ठीक है कि नहीं, टोपी सिर की जगह पैर पर है, आओ, हाथी से उतर कर हमें कोड़े मारो।"

सुरक्षा में लगे सिपाही ने नाराज़ सैनिक को फुसलाते हुए फिर भीड़ में खड़ा कर दिया। खिसियाया व्हीलर जनता का तमाशा देखते-देखते क़ाफ़िले के साथ आगे बढ़ता हुआ सत्तीचौरा घाट पहुँच गया। तमाशबीनों, कारोबारियों और तमाम धन्ना सेठों की भीड़ की नारेबाज़ी शोर के सारे मानक तोड़ रही थी। अजीजन बाई सुरैया के साथ घाट के ऊपर की तरफ़ मिट्टी के टीले पर खड़ी थी। लुर्की मोहाल की तवायफ़ें उन गोरों को वापस जाता देख रही थीं जिनकी वजह से उनका बचपन बिलख रहा था और इज़्ज़त कोठे में घुंघरू खनका रही थी। व्हीलर हाथी से उतरा ही था कि थॉमसन और डेलाफ़ॉस के साथ तमाम अंग्रेज़ सैनिकों ने उसे सुरक्षा घेरे में ले लिया। व्हीलर नीचे पहुँचकर अभी नाव पर चढ़ ही रहा था कि एक बग्घी से व्हीलर की छोटी बेटी मार्गरिट हाथ में तोते का पिंजरा लिए अपनी सहेली अमेलिया हॉर्न के साथ उतरी। ठीक पीछे वाली बग्घी से मेटिल्डा, उसकी बड़ी बेटी एलिज़ा, मिस्टर कुक और उनकी पत्नी उतरे और नीचे की तरफ़ चल दिये। धीरे-धीरे कम्पनी के तमाम अफ़सर, सैनिक, डॉक्टर ट्रेसीडर और कलेक्टर हिल्सर्डन कुनबों के साथ नावों की ओर बढ़ लिए। नीचे सीढ़ी पर पहले से खड़े अली खाँ ने मार्गरिट को आवाज़ दी, "छोटी मेमसाब...छोटी मेमसाब।"

ज़बरदस्त शोर के बीच मागरिट तो नहीं सुन पाई लेकिन अमेलिया ने अली खाँ को देख लिया और कोहनी मार कर मागरिट को रोका। मागरिट पीछे पलटी तो अली खाँ को देखकर मुस्कुराने लगी, "अरे अली खाँ, आप यहाँ...।"

अली हाथ बाँध कर खड़ा था। मागरिट ने पिंजरा उठाकर उसे दिखाया, "देखिए हम आपका पट्टू साथ लिए जा रहे हैं, ये हमेशा हमारे साथ रहेगा।"

अली खाँ छलछला गया, "जी छोटी मेमसाब।"

मागरिट की भी आँखें भर आयीं, तभी मेटिल्डा वहां से गुज़री और दोनों को साथ देखकर ठिठकी और "कम सून" कहकर चल दी।

मेटिल्डा के जाते ही अली ने सिर उठाया, "पता नहीं छोटी मेमसाब अब कब आपकी ख़िदमत का मौक़ा मिलेगा।"

"हम पट्टू के साथ तुम्हें और कानपुर को याद करते रहेंगे...चलते हैं।"

इतना कह कर मागरिट ने अमेलिया का हाथ खींचा और सब्र करते हुए तेज़ी से आगे बढ़ गयी। सत्तीचौरा घाट पर कोलाहल, क्रोध और कसमसाहट के माहौल में पनपते-पनपते मुरझा रही एकतरफ़ा प्यार की ये कहानी मन्द क़दमों से बढ़ रही थी और नाव पर सवार होकर हमेशा के लिए ग़ुमशुदा होने को थी। मागरिट को ओझल होने तक देखने के बाद अली दहकते दिल के संग मोम के मानिंद पिघलती आँखें लिए पलटा और उस टीले पर जाकर बैठ गया जहाँ अजीजन सुरैया के साथ खड़ी थी, तभी सूरज की रोशनी से चमचमाई दुर्जन की तलवार से अजीजन की आँखें चुंधिया गयीं। उसने देखा कि सरदार खाँ और दुर्जन सिंह के अलावा तमाम हथियारबन्द बाग़ी सादे कपड़ों में मौजूद हैं और एक-एक कर के पगड़ी के कपड़े से मुँह ढक रहे हैं। दिक़्क़त हथियारों से नहीं बल्कि दुर्जन और सरदार की नीयत से थी। अजीजन ने फ़ौरन सुरैया का हाथ खींचा और टीले से नीचे की तरफ़ दौड़ी और भीड़ को चीरती हुई तात्या टोपे की तरफ़ बढ़ी। तात्या टोपे उसे देखते ही चौंक गये, "अरे अजीजन तुम यहाँ कैसे, कहाँ लापता थीं इतने दिनों तक, आयीं क्यों नहीं?"

अजीजन ने तात्या की बातों को टाल दिया, "भाऊ कुछ गड़बड़ है, भीड़ में तमाम हथियारबन्द बाग़ी नावों के क़रीब खड़े हैं, कुछ अनर्थ न हो जाये।"

तात्या ने पाण्डुरंगा को देखा और साथ खड़े नाना के दरबारी हँस दिये, "युद्ध होना था हो गया, अब क्या होगा, गोरे जा रहे हैं, उन्हें जाने दो।"

इससे पहले कि अजीजन कुछ कहती राव पाण्डुरंगा ने टोका, "ग़लतफ़हमी है आपको, अंग्रेज़ों की सुरक्षा के लिए हथियारबन्द सैनिक तैनात हैं।"

"सैनिक बावर्दी होते हैं और सब के सब बेवर्दी हैं राव साहेब।"

ज्वाला प्रसाद बोले, "आप बेवजह परेशान हैं।"

अजीजन गिड़गिड़ाई, "मैंने वो चेहरे देखे हैं जिनके इरादे नेक नहीं हैं भाऊ।"

तात्या से रहा नहीं गया, "इलाहाबाद की घटना के बाद जनता और बाग़ियों का बड़ा तबका गोरों से नाराज़ है, हमने इस वक़्त दखल दिया तो भगदड़ मच सकती है। तसल्ली रखिये और अंग्रेज़ों को आराम से जाने दीजिए बाक़ी सब उनके जाने के बाद देख लिया जायेगा।"

पतवारें पानी को पछाड़ने लगीं। अंग्रेज़ों की नावें बढ़ने लगी। अजीजन और तात्या के बीच बहसा बहसी जारी थी कि तभी बुलन्दी पर बैठे शोरगुल का गला घोंटता हुआ बिगुल ऊँचे सुर में बज उठा और बिगुल बजते ही 'धांय' की आवाज़ ने जता दिया कि गोली चल गयी है। देखते ही देखते बिगुल की आवाज़ के साथ शंखनाद और घण्टों की घनघनाहट ने समूचे सत्तीचौरा को अपनी आगोश में समेट लिया। धक्का-मुक्की भागदौड़ में बदल गयी और गोलियों की धांय-धांय ने शंख, बिगुल और घण्टों को कान पकड़कर बैठा दिया। चौतरफ़ा चीख़-चिल्लाहट शुरू हो गयी। तात्या टोपे, पाण्डुरंगा, बाला, बाबा, ज्वाला और अज़ीम टीले की तरफ़ भागे। उधर ख़ानसामा अली खाँ शोर सुनकर नीचे दौड़ा। नीचे से ऊपर की ओर भागती आ रही बौराई भीड़ के धक्के से अली खाँ गिर पड़ा और पैरों तले कुचलता लुढ़कता सीढ़ियों से नीचे बालू के एक ढेर पर गिरकर बेहोश हो गया। अफ़रा-तफ़री के बीच बाग़ियों ने घाट पर जमा कनपुरिया भीड़ को चिल्लाकर ताकीद की...

पीछे हटोऽऽऽऽ, घाट छोड़ दोऽऽऽऽ
गोली चला रहे हैं गद्दार फिरंगी

गोलियों की धांय-धांय के बीच गूँजती चेतावनी को सुनकर आम भीड़ घाट से ऊपर की तरफ़ भागने लगी। दुर्जन और सरदार खाँ के साथी सैनिकों ने गोरों को ललकारा...

THE MASSACRE GHAT, CAWNPORE.

कानपुर का सत्तीचौरा घाट जहाँ क़रीब 450-500 अंग्रेज़ मारे गये थे।
(आज का 'द मैस्कर घाट')

आज़ाद ज़िन्दाबाद...आज़ाद ज़िन्दाबाद
सिपाहियोंऽऽऽऽ हल्ला बोलऽऽऽ
हर हर महादेव...हर हर महादेव
नारा-ए-तक़बीर...अल्लाह-ओ-अक़बर

तलवारें लहराते बन्दूकें उठाते बाग़ी अंग्रेज़ों पर हमलावर हो गये।

आज़ाद ज़िन्दाबाद...आज़ाद ज़िन्दाबाद
एक भी गोरा बचने न पाये
गंगा मइया को लाल कर डालो
इलाहाबाद का बदला कानपुर लेगा

'आज़ाद ज़िन्दाबाद...आज़ाद ज़िन्दाबाद' के नारे सुनकर अजीजन बाई सकपका गयी। आख़िर क्यों सैनिक आज़ाद नाम के नारे लगा रहे थे, क्या कोई था जो आज़ाद के भेष में वहाँ मौजूद था या आज़ाद को बदनाम करने के लिए ये नारे लगाये जा रहे थे। अजीजन जैसे सुन्न हो गयी, वो समझ ही नहीं पा रही थी कि करे क्या। ऊपर जाये या नीचे जाकर देखे कि आख़िर हुआ क्या है। भाग रही भीड़ को उलटा चीरते हुए अजीजन सुरैया के साथ नावों की तरफ़ दौड़ी। कोई गिर पड़ रहा था कोई गिरे हुए लोगों को कुचलता भाग रहा था। पास पहुँचते ही अजीजन को ख़ौफ़नाक मंज़र दिखाई दिया। घाट पर तमाम बाग़ी अंग्रेज़ों पर गोलियाँ चला रहे थे और दूसरी तरफ़ से गोरे सैनिकों की भी जवाबी फ़ायरिंग जारी थी। तलवारों से लैस हिन्दुस्तानी सिपाही गंगा में कूदते तैरते नावों पर मोर्चा ले रहे फिरंगियों को मारने काटने पर आमादा थे। कम्पनी के सिपाही भी धारदार संगीनें हिन्दुस्तानियों की गर्दनों और सीने में उतार रहे थे। औरतें, लड़कियाँ चीख़-चीख़ कर बेहाल थीं, बच्चे दहाड़ मार कर अपनी माँ की गोद में समाये जा रहे थे। बुज़ुर्गों की जल समाधि साफ़ दिख रही थी। तभी कम्पनी कमांडर व्हीलर चीख़ा, "कम बैक टू बोट्स...कम बैक...तेज़ चलाओ...निकलो यहाँ से।"

व्हीलर का हुक़्म सुनते ही अंग्रेज़ सैनिक मोर्चा छोड़ कर नावों की ओर वापस तैरने लगे, मल्लाहों ने चप्पुओं की रफ़्तार बढ़ा दी। मगर सबसे बड़ी दिक़्क़त ये थी कि गोरों की गिनती में आधे के क़रीब औरतें, बच्चे और बुज़ुर्ग

थे। हाँफ़ते भागते फिरंगियों को देख कनपुरियों का हौसला हिलोरें मारने लगा। देखते-देखते कम्पनी की सुरक्षा में लगे नाना के सिपाही भी अंग्रेज़ों पर टूट पड़े।

हैरान परेशान बौराई सी अजीजन जैसे अहिल्या हो चुकी थी। अभी तक समझ ही नहीं पा रही थी कि किस तरफ़ से लड़े और किसे बचाये। तभी उसने देखा बिलखता बिलबिलाता चार साल का अंग्रेज़ बच्चा पिता की तैरती लाश को पकड़कर ख़ुद को डूबने से बचा रहा था। अजीजन पलटी और पानी में कूदने से पहले चिल्लाई, "तलवार उठा ले सुरैयाऽऽऽ, बुला अपनी लड़कियों को।"

अंग्रेज़ों और हिन्दुस्तानी सिपाहियों की लाशों के हाथों से तलवारें लेकर अजीजन, सुरैया और मस्तानी टोली की लड़कियाँ अपने ही सैनिकों से लड़ने लगीं। अजीजन तैरते हुए बच्चे तक पहुँची और एक हाथ से उसे पकड़कर उस नाव तक ले गयी जिसमें पहले से ही कई औरतें बच्चों को समेटे बैठी थीं। बच्चे को माँ की गोद में सौंप कर अजीजन फिर पलटी। ख़ून से लाल हो चुकी गंगा में अजीजन और मस्तानी टोली उन नावों के सामने फ़ौलाद की ढाल बन कर खड़ी थीं जिन पर ज़्यादातर औरतें और बच्चे थे। मगर सवाल था कब तक, आख़िरकार कब तक अजीजन और उसकी टोली की पचास साठ लड़कियाँ हज़ार से ज़्यादा आग बबूला हिन्दुस्तानी सैनिकों और अंग्रेज़ों के जुर्म से ज्वालामुखी बनकर फूटी कनपुरियों की भीड़ रोक पातीं। इलाहाबाद का नरसंहार आज कानपुर के सत्तीचौरा घाट पर लावा बनकर बह रहा था। अजीजन एक ऐसे दोराहे पर खड़ी थी जहाँ उसे अपने सैनिकों को मारना नहीं बल्कि सिर्फ़ घायल करके छोड़ना था और मौत से जान बचाकर भाग रहे गोरों की हिफ़ाज़त करनी थी। उसका असली मक़सद था बिना ख़ून ख़राबे गोरों को जाने देना। शायद इसी गरज से उसने मिस जैकोबी को सीज़फ़ायर के लिए नाना साहेब के पास भेजा था। तलवारों की धार झेलते-झेलते अजीजन के बाजू पर आये ज़ख़्म ख़ून फेंक रहे थे मगर कोई नहीं जानता था कि जिस अजीजन पर तलवार के वार हो रहे हैं वो ही क्रान्तिवीर आज़ाद है। हालाँकि भीड़ का एक बड़ा हिस्सा शहर की मशहूर तवायफ़ के हाथों में तलवार और तजुर्बेकार योद्धा के वार देखकर हैरान था।

उधर टीले पर खड़े तात्या चिल्लाये, "हमें सवादा कोठी चलना चाहिए।"

अज़ीमुल्ला ने जवाब दिया, "हमें औरतों-बच्चों को बचाना चाहिए।"

तात्या ने तर्क रखा, "नाना के आदेश के बिना हम कुछ नहीं कर सकते।"

पाण्डुरंगा ने भौंहें उचकाईं, "जनता नाराज़ है, सैनिक आग बबूला हैं, न हम इन्हें रोक सकते हैं, न साहेब के कहने पर कोई रुकेगा, क्या फ़ायदा है चलकर।"

ज्वाला ने शक ज़ाहिर किया, "ये आज़ाद ज़िन्दाबाद के नारे क्यों लग रहे हैं।"

पाण्डुरंगा मुस्कुराये, "होगी अजीजन बाई की फिर कोई एकतरफ़ा चाल, वो करने से पहले कुछ बताती कहाँ हैं। नाना साहेब यूँ ही नाराज़ नहीं हैं अजीजन से।"

तात्या ने डपटा, "पाण्डुरंगा...होश में रहिये, अजीजन ने आज़ाद बनकर क्रान्ति को आज़ादी तक लाने का रास्ता रोशन किया है। भूलिये मत कि अंग्रेज़ हारे हैं तो आज़ाद की वजह से, उसने तार न काटे होते तो बाहरी फ़ौजें आ चुकी होतीं।"

अज़ीमुल्ला ने अफ़सोस जताया, "हमारी बहादुर बहन है वो। नाना भी नाराज़ हैं और यही फ़ायदा उठाकर अजीजन के दुश्मन उसके ख़िलाफ़ साज़िश में जुटे हैं।"

तात्या बिफरे, "आप और पाण्डुरंगा भी तो गोरों की कब्रगाह चाहते थे ज्वाला।"

अज़ीमुल्ला ने टोका, "भाऊ आप कहेंगे तो औरतें-बच्चे बच जायेंगे।"

तात्या हाथ में तलवार लहराते हुए चिल्लाये, "औरतों-बच्चों को छोड़ दो।"

अज़ीम, पाण्डुरंगा और ज्वाला भी चीख़े, "औरतों और बच्चों को छोड़ दो।"

कई मर्तबा चिल्लाने के बाद गंगा को रक्तवर्ण कर चुके सैनिक भी औरतों-बच्चों को ना मारने का ऐलान करने लगे लेकिन तभी बन्दूक से निकली गोली जनरल व्हीलर के माथे को छेदती चली गयी। डगमगाती नाव में व्हीलर की तरफ़ दौड़ी मेटिल्डा की छाती में भी दो गोलियाँ धँस गयीं। कुछ सैनिक थे जो व्हीलर की नाव पर किसी को ज़िन्दा नहीं छोड़ना चाहते थे और अमेलिया

के डैडी मिस्टर कुक, उनकी पत्नी और व्हीलर की बड़ी बेटी एलिज़ा भी इसी ज़िद का शिकार हो गई। तात्या टोपे समझ चुके थे कि जनता कम्पनी के बड़े अफ़सर को बख़्शेगी नहीं लिहाज़ा टीले पर खड़े नाना के मन्त्रिमण्डल के सभी अहम् लोगों को लेकर सवादा कोठी की तरफ़ चल दिये, मगर ख़ून खराबा जारी था। दुर्जन और सरदार की साज़िश क़ामयाब हो चुकी थी और नासमझ नाना के सैनिक भी इस साज़िश का शिकार हो चुके थे।

व्हीलर की मौत देखते ही मॉब्रे थॉमसन और डेलाफ़ॉस चार नावों में हथियार लेकर इलाहाबाद की तरफ़ भागे। तभी गंगा के ऊपरी हिस्से से जलते हुए फूस के गट्ठर नावों पर फेंके जाने लगे। भागती हुई चार नावों पर अट्ठारह सैनिक थे। तमाम सैनिक गंगा के मुहाने-मुहाने नावों का पीछा करने लगे। इसी बीच बालू के ढेर पर बेहोश पड़ा ख़ानसामा अली खाँ तब होश में आया जब अजीजन, सुरैया और मस्तानी टोली चार सौ के क़रीब अंग्रेज़ औरतों और बच्चों को लेकर ऊपर की तरफ़ जा रही थीं। टोली की किसी लड़की ने अली के चेहरे पर पानी की छींटें डाली थीं। अली उठा तो माहौल ख़ूना ख़ून था। गंगा में लाशें तैर रही थीं और तीन चार हिन्दुस्तानी सिपाही लाशों को उलट-पलट कर उनकी साँसों की तस्दीक कर रहे थे। लाशें सिर्फ़ मर्दों की नहीं बल्कि औरतों और बच्चों की भी थीं जो तात्या टोपे के ऐलान से पहले शिकार हो चुके थे। अली खाँ की तन्द्रा टूटी। वो तेज़ी से ऊपर की तरफ़ भागा। सैनिकों के घेरे में अजीजन अपनी टोली के साथ औरतों, लड़कियों और बच्चों के सामने खड़ी थी, "मुझे उम्मीद है कि तात्या के हुक़्म के बाद आप में से कोई भी इनको नुकसान नहीं पहुँचायेगा।"

एक सैनिक बोला, "भाऊ का हुक़्म न होता तो एक अंग्रेज़ नहीं बचता।"

अजीजन ने हाथ जोड़े, "आपसे गुज़ारिश है नाना के हुक़्म का इन्तज़ार कीजिए।"

आज़ाद की पहचान से नावाक़िफ़ दुर्जन बोला, "हमने किसी तवायफ़ को तलवार चलाते नहीं देखा बाई जी, वो भी अपने सैनिकों पर।"

"हम सिर्फ़ मासूमों की हिफ़ाज़त कर रहे थे, हमने मारा नहीं किसी को।"

सरदार खाँ ने टोका, "बख़्शने लायक तो अंग्रेज़नें भी नहीं थीं।

"युद्ध नीति कहती है कि औरतें, बच्चे, बुज़ुर्ग निशाना नहीं बनाये जाते।"

एक सैनिक गुर्राया, "नीति उनके लिए होती है जो ख़ुद नीति पर चलें।"

बहस को टालते हुए अजीजन ने सैनिक का कन्धा थपथपाया फिर इशारों में सुरैया के साथ मस्तानी टोली को सबका ख़याल रखने की ताकीद की और घोड़े पर सवार होकर सीधे सवादा कोठी निकल पड़ी। उसके जाते ही सैनिकों ने रोती बिलखती सुबकती अंग्रेज़ महिलाओं, लड़कियों, बच्चों को टीले पर बैठा दिया और नाना के हुक़्म का इन्तज़ार करने लगे। चुपचाप सारी बातें सुन रहा अली खाँ दबे पाँव नीचे की तरफ़ गया और किनारे लगी नाव से पानी भरी मशक के साथ फिर ऊपर आया। अली ने दुर्जन सिंह को टोका ,"सब प्यासे होंगे, आप कहें तो पानी पिला दूँ।"

दुर्जन ने अली को ऊपर से नीचे तक देखा और बोला, "पिला दो...पिला दो...जल्दी।"

हैरान परेशान अली खाँ पानी पिलाने के बहाने पागलों की तरह भीड़ में मागरिट को तलाश रहा था। आख़िरकार न मागरिट मिली, न ही उसकी सहेली अमेलिया। बौराया सा अली मशक लेकर नीचे की तरफ़ भागा और नदी में उतर गया। अब तक़रीबन-तक़रीबन सन्नाटा हो चुका था। चार-पाँच सैनिक गंगा के ऊपरी टीलों वाले हिस्सों में दिखाई दे रहे थे, जो शायद इस तलाश में थे कि कहीं कोई ज़िन्दा न बचा हो। तभी अली को किसी के कराहने की आवाज़ सुनाई दी। ऊपर की तरफ़ गश्त कर रहे सैनिकों से नज़र बचा कर अली बिना शोर किये एक जलती हुई नाव की तरफ़ तैर गया। उसने नाव का सिरा पकड़ा और अन्दर कूद गया। नाव में मेटिल्डा कराह रही थी, "मागरिट.. अली खाँ...मागरिट...सेव हर।"

अली फुसफुसाया, "बड़ी मेमसाब, आप फ़िक्र न करें, मैं ढूँढता हूँ।"

"फ़ाइंड हर अली...ख़ाँ...प्लीज़।" इतना कहते ही मेटिल्डा की साँसें थम गयीं।

मेटिल्डा की साँसें शायद अली का ही इन्तज़ार कर रही थीं और उसके लिए अली खाँ ही इस वक़्त सबसे भरोसेमन्द हिन्दुस्तानी था। व्हीलर और एलिज़ा की लाशें देखकर अली खाँ की आँखें नम हो गयीं। अली सबका पसन्दीदा ख़ानसामा था। अली ख़ामोशी से फिर पानी में उतरा और औरतों,

लड़कियों की उतराती लाशों को उलटने-पलटने लगा। लाशों की इस खोजबीन में उसे कलेक्टर हिल्सर्डन, डॉक्टर ट्रेसीडर के अलावा उनके बीवी-बच्चों और अमेलिया के मॉम-डैड की लाशें भी मिलीं। अब तक अली खाँ मुतमइन हो चुका था कि मार्गरेट और अमेलिया दोनों ज़िन्दा हैं, तभी उसे एक नाव से पट्टू की आवाज़ आयी। हमले और हिचकोलों ने शायद पट्टू का पिंजरा खोल दिया था। पट्टू एक नाव के ऊपरी हिस्से पर भीगा बैठा था। ये तक़रीबन घाटी जैसा हिस्सा था जहाँ बीच से गंगा बह रही थी और बीस फुट ऊपर मिट्टी के टीले थे। अली ने एक नज़र ऊपर देखा तो सैनिक नहीं दिखे, उसने सँभलते हुए आवाज़ लगाई, "छोटी मेमसाब...छोटी मेमसाब।"

दक्षिण की तरफ़ मोड़ लेती गंगा के बलुई हिस्से में छिछले पानी की तरफ़ सरकण्डे की झाड़ियों के पीछे से खुसफुसाहट सुनाई दी, "मार्गरेट...प्लीज़ स्टे हियर...डोंट गो।"

"ये अली खाँ की आवाज़ है...तुम यहीं रुको अमेलिया प्लीज़।"

"अब मुझे किसी भी अली खाँ पर भरोसा नहीं है...अँधेरे का इन्तज़ार करो।"

"अली खाँ ऐसा कुछ नहीं करेगा।"

इतना कहते ही मार्गरेट सरकण्डों से बाहर आयी और तैरती हुई अली खाँ की आवाज़ की ओर बढ़ने लगी। थोड़ी दूर तैरने के बाद भी उसे कोई दिखाई नहीं दिया, तभी सरकण्डों की तरफ़ से अमेलिया के चीख़ने की आवाज़ आयी, "नोऽऽऽऽ।"

मार्गरेट समझ गयी कि अमेलिया को गश्त कर रहे सैनिकों ने दबोच लिया है। वो पलटी और चीख़ने को हुई कि तभी पानी के अन्दर से अली खाँ निकला और उसके मुँह को अपनी हथेलियों से बन्द करता हुआ फिर पानी में समा गया। चार सैनिक अमेलिया को मुँह बाँध कर उठा ले गये। कुछ लम्हों का सन्नाटा और फिर अली खाँ मार्गरेट को लेकर पानी से बाहर निकला। काफ़ी देर साँस रोकने की वजह से दोनों हाँफ रहे थे। मुट्ठी भर सांस लेकर दोनों फिर पानी के अन्दर चले गये और अन्दर ही अन्दर तैरते-तैरते सत्तीचौरा घाट पर बने मन्दिर के पीछे दस फुट ऊँची झाड़ियों के पीछे छिपकर रात होने

का इन्तज़ार करने लगे। इधर नाना का हुक्म लेकर लौटा अज़ीमुल्ला अंग्रेज़ औरतों, लड़कियों और बच्चों को लेकर सवादा कोठी निकल चुका था। सन्नाटा कह रहा था कि अब कोई नहीं है तभी पट्टू की टांय-टांय सुनाई दी। झाड़ी के पीछे छिपी बैठी मार्गेरेट ने अली की तरफ़ देखा, "पट्टू भीग गया है, उड़ नहीं पा रहा है।"

"जी छोटी मेमसाब...अभी लाता हूँ आप यहीं रहियेगा।"

अली ने झाड़ी हटाई ही थी कि पट्टू फिर बोला "मागरिट...ओ मागरिट।"

तभी धांय की आवाज़ आयी और नाव पर बैठे पट्टू के परखचे उड़ गये।

चैप्टर-7

साहब का सिंहासन, सत्ता की साज़िश

ख़ून से सना चूड़ीदार पायजामा और पंजों तक घेरदार कुर्ता पहने अजीजन घोड़े से कूदी और बिना किसी परवाह के मज़बूत क़दमों से सवादा कोठी में सीधे दरबार तक पहुँच गयी, "बिना इजाज़त आने की माफ़ी।"

"आख़िर तुम आ ही गयीं अजीजन।" नाना गद्दी से खड़े होकर बोले।

तात्या, पाण्डुरंगा राव, ज्वाला प्रसाद के अलावा बाबा और बाला भट्ट को तरेरते हुए अजीजन बिफरी, "मैंने गुहार लगाई थी, गुज़ारिश की थी, मगर सब हँस रहे थे। आप चाहते तो गंगा मइया लाल नहीं होतीं, आप लोगों ने ख़ून ख़राबा रोकने के बजाय सवादा कोठी आना ज़रूरी समझा।"

पाण्डुरंगा ने डपटा, "हम आप की तरह साहेब के आदेश के बिना कुछ नहीं करते।"

"फिर औरतों, बच्चों को बख़्शने की तकलीफ़ क्यों उठाई राव साहेब।"

तात्या टोपे ने टोका, "वो मेरा वक़्ती और नीतिगत फ़ैसला था।"

"फ़ैसला बाक़ी अंग्रेज़ों के लिए भी किया जा सकता था भाऊ।"

"बिगुल गोरों ने फूँका, गोलियाँ पहले गोरों ने चलायीं।" ज्वाला भड़क उठे।

अजीजन ने नाना की तरफ़ रुख किया, "आपसे अकेले में बात हो सकती है?"

तभी अज़ीमुल्ला दरबार में घुसा, "साहेब, औरतें-बच्चे बाहर आ गये हैं।"

नाना ने दरबान भेजकर अदला को अन्दर बुलाया फिर बोले, "ज़रा सबका इन्तज़ाम कर लें हम फिर आपसे अकेले में बात ज़रूर करेंगे। आपकी सुनेंगे, अपनी कहेंगे।"

अन्दर आते ही अदला की नज़र अजीजन पर पड़ी, बड़ी मुश्किल से उसने अपनी मुस्कुराहट पर क़ाबू किया फिर नाना का रूख़ कर के बोली, "जी साहेब हुक़्म करें।"

नाना ने तात्या को हुक़्म दिया, "भाऊ आप कुछ सैनिकों के साथ बीबीघर जाइये, वहीं औरतों-बच्चों के रहने का इन्तज़ाम कीजिए। अदला और हुसैनी बीबीघर की ज़िम्मेदारी सँभालेंगी। ख़याल रखियेगा कि कोई कमी न रहने पाये।"

तात्या ने हुक़्म मानते हुए ब्यौरा दिया, "चार-पाँच नावों पर अट्ठारह-बीस गोरे सैनिक हथियारों के साथ इलाहाबाद की तरफ़ भाग गये हैं, उनका क्या करें?"

अज़ीमुल्ला बोला, "कैप्टन मॉब्रे और डेलाफ़ॉस भी हैं।"

नाना ने भौंहें चढ़ाईं, "सैनिकों को भेजिये उनको पकड़कर लायें।"

"सब इलाहाबाद पहुँच गये तो सत्तीचौरा नरसंहार का ज़िम्मा हमारे सिर पर होगा।"

नाना तेवर में आ गये, "क्या बेवकूफ़ी है, उसी वक़्त किसी को क्यों नहीं भेजा।"

बाला भट्ट बोले, "दर्जन भर सिपाही उनके पीछे गये हैं साहेब।"

"सैनिकों को ख़बर भेजिये कि वो गोली का जवाब गोली से देंगे।"

बाबा ने सलाह दी, "उन्नाव तक तो ठीक है, उसके आगे ख़तरा होगा।"

"उन्नाव में राजा राव रामबख्श को ख़बर पहुँचा दो।"

तात्या टोपे ने अज़ीमुल्ला और ज्वाला प्रसाद की अगुवाई में मज़दूरों, कारीगरों, ख़ानसामों के बड़े दल के साथ अदला और हुसैनी को बीबीघर रवाना कर दिया ताकि वहाँ रहने-खाने के अलावा दवा और रोशनी के इन्तज़ामात सबके पहुँचने से पहले ही पूरे हो जायें। बाबा, बाला और पाण्डुरंगा सवादा कोठी पर जमा अंग्रेज़ औरतों-बच्चों के लिए भोजन-पानी और वैद्य की व्यवस्थाओं में जुट गये। क़रीब पाँच घण्टे रोकने के बाद सबको बीबीघर रवाना कर दिया गया।

देखने में यही लग रहा था कि अब अजीजन और नानाराव दरबार में अकेले हैं लेकिन सच कुछ और था। असल में दोनों अकेले नहीं बल्कि

सवालों की भीड़ के साथ बैठे थे। यहाँ एकान्त नहीं बल्कि एक-दूसरे पर शक के शोर का माहौल था। अजीजन ने चुप्पी तोड़ी, "आप सरपरस्त हैं हमारे, आपके हुक़्म के बिना कानपुर में पत्ता भी नहीं हिलता फिर सत्तीचौरा घाट पर संहार क्यों हुआ साहेब?"

नाना मुस्कुराये, "इलाहाबाद काण्ड से जनता नाराज थी, सैनिक अंगारा बन चुके थे। आपने सुना नहीं क्या, बिगुल अंग्रेज़ों ने फूँका, गोलियाँ पहले उधर से चलीं।"

"मैंने नंगी आँखों से दुर्जन सिंह और सरदार खाँ जैसे गद्दारों को देखा है साहेब, जो हथियारबन्द बाग़ियों के साथ सत्तीचौरा को मरघट बनाने के इरादे से मौजूद थे। मैं तात्या भाऊ से गुहारती रही, हाथ जोड़ती रही मगर सबने आपके आज़ाद को अनसुना कर दिया।"

"सुना तो हमने भी है कि वहाँ आज़ाद ज़िन्दाबाद के नारे लग रहे थे।"

"क्या कहना चाहते हैं साहेब?" अजीजन परेशान हो उठी।

"क्या ये ग़लत है कि मिस जैकोबी को तुमने ही हमारे पास भेजा था?"

"सही है, एक़दम सही है" अजीजन सकपका सी गयी।

"तो क्यों न समझा जाये कि तुमने जैकोबी को भेजकर अंग्रेज़ों को रास्ता दिलाया और जब अंग्रेज़ सत्तीचौरा पर जमा हो गये तो रक्तपात करा डाला।"

"साहेब, हमने जैकोबी को न भेजा होता, रास्ता न दिलाया होता तो क्या आप ख़ुद किलेबन्दी को गोरों की कब्रगाह नहीं बनाने जा रहे थे, क्या आप छोड़ देते।"

"हाँ, नहीं छोड़ते लेकिन मुझे इसमें साज़िश की बू आ रही है अजीजन।"

"साज़िश बिठूर महल से सवादा कोठी के बीच तैयार की गयी साहेब।"

"मतलब कौन, तात्या, अज़ीम, पाण्डुरंगा या...ख़ुद हम?"

"बेहद करीने से साज़िश की बुनियाद में आज़ाद नाम की ईंट रखी गयी है साहेब। कमाल देखिए कि अजीजन ख़ुद ग़ैरों के लिए अपनों से ही लड़ रही थी।"

"तुमने मेरे सवाल का जवाब नहीं दिया अजीजन, किसने साजिश रची?"

"जासूस हूँ, मौक़ा दीजिए, सबूत, गवाह और गुनहगार आपके सामने होगा।"

"तुमने साज़िश का सच खोला तो वादा है...सज़ा हम देंगे।"

अजीजन ने जीदारी से पूछा, "अगर कोई अपना ही गुनहगार निकला तो?"

नाना भी दमदारी से बोले, "अगर आज़ाद गुनहगार निकला तो?"

अजीजन मुस्कुराई, "तो फिर मेरा सर सिर्फ़ आपकी तलवार ही कलम करेगी।"

"वचन देते हैं, सत्तीचौरा का षड्यन्त्रकारी हमारा अपना भी होगा तो सज़ा देंगे।"

"नहीं साहेब, गवाह और सबूत के साथ गुनहगार का सिर धड़ से हम अलग करेंगे।"

अजीजन ने नानाराव के पैर छुये और पलट कर चलने लगी तभी नाना साहेब ने पीछे से आवाज़ दी, "उस दिन नहीं रोका था आज रोक रहा हूँ, वापस आओ।"

अजीजन की आँखें छलछला उठीं, वो नाना के क़दमों में बैठ गयी, "आपने तो श्राप दे दिया था हमें, आज हमारी रूह को सुकून मिला है साहेब।"

नाना ने अजीजन के सिर पर हाथ फेरा, "साज़िश का हिसाब-किताब होता रहेगा फ़िलहाल जो सपना कानपुर ने साथ देखा था आज उसके साकार होने का वक़्त है और तुम इस सपने का अहम् हिस्सा हो।"

"तवायफ़ को आपने आज़ाद बना दिया साहेब, सजदा है आपको।"

"ये मौक़ा आँसुओं का नहीं अजीजन, कानपुर में खुली साँस लेने का है, अब आज़ादी के जश्न का मौक़ा है, पेशवाई के स्वागत का मौक़ा है।"

"और आपकी अजीजन अपने राम के अयोध्या लौटने पर मंगल गीत गायेगी।"

नाना साहेब ने मुट्ठी बाँधी, "आज़ादी ज़िन्दाबाद।"

अजीजन ने भी मुट्ठी लहराई, "आज़ादी ज़िन्दाबाद।"

साज़िश की छानबीन अपनी जगह, आज़ादी का उल्लास अपनी जगह। बस कुछ इसी अन्दाज़ में अजीजन और नाना की मुलाक़ात ख़त्म हुई। ऐसा नहीं था कि ख़तरा ख़त्म हो गया था क्योंकि बीबीघर ले जाई जा रही औरतों-

लड़कियों ने आज़ाद नाम के नारे खुलेआम सुने थे। वो भरोसा कर चुकी थीं कि आज़ाद ने ही सत्तीचौरा पर उनके एक-एक आदमी को मरवा डाला है। एक, दो या दस नहीं, साढ़े चार सौ से ज़्यादा अंग्रेज़ों की मौत की गवाह थीं ये अंग्रेज़ बेवाएँ और अनाथ लड़कियाँ, लड़के। बस छोटे-छोटे बच्चे नहीं समझ पाये कि आख़िर हुआ क्या। बेचारे मासूम माँ की गोद को सबसे महफ़ूज़ कोना समझ कर सिमटे हुए थे। अदला अपनी पहली ही चाल में क़ामयाब हो चुकी थी। उसने अजीजन से जलन की आड़ में आज़ाद को बदनाम कर दिया था मगर नानाराव अदला, हुसैनी, दुर्जन और सरदार की साज़िश से नावाक़िफ़ थे।

शाम हो चुकी थी। कम्पनी सैनिकों और अफसरों की बीवियाँ, बच्चे बीबीघर पहुँच चुके थे। वो बीबीघर जो अंग्रेज़ों की अय्याशी का अड्डा था, आज उनकी ही बीवियों का ठिकाना बन चुका था। उजाड़ से हो चुके इस अड्डे के नौ हॉल और क़रीब बीस कमरों में बिस्तर लगे थे, फ़ानूस सजे थे और बाहर ख़ानसामों की फ़ौज डिनर की तैयारियों में जुटी थी। एक दर्जन वैद्य घायलों की मरहम पट्टी कर रहे थे और अदला के साथ हुसैनी हर इन्तज़ाम पर नज़र बनाये हुए थी।

उधर गंगा नदी में मॉब्रे थॉमसन और डेलाफ़ॉस के साथ चार नावों पर भाग रहे अट्ठारह सैनिक मुसलसल ऊपर की तरफ़ से हमले झेल रहे थे। गोलीबारी दोनों तरफ़ से जारी थी मगर फूस के दहकते गट्ठर मुसीबत बने हुए थे। क़रीब पाँच मील भाग चुकी इन नावों में से एक नाव आग पकड़ चुकी थी। चार सैनिकों ने जलती नाव से हथियार समेटे और दूसरी नाव पर फेंकना शुरू कर दिये। थोड़ी ही देर में नाव आग का गोला बन गयी। आग में फँसे चारों सैनिक कूदे और बाक़ी नावों के सैनिक इन चारों को हाथ बढ़ा कर अपनी नावों में खींचने लगे। तभी ऊपर से चली गोलियाँ चार में से दो सैनिकों के शरीर चीर कर आर-पार हो गयीं और दोनों की लाशें गंगा में बह गईं। नाना के भेजे गये सैनिक भी पीछा कर रही टोली के साथ हमलावर थे। हिन्दुस्तानी सैनिक समझ चुके थे कि जब तक घाटी में नाव रहेगी तब तक अंग्रेज़ों को निशाना बनाना मुश्किल था। तभी नाना के चार सैनिक घोड़े छोड़कर बीस फुट

ऊपर से नीचे नदी में कूद गये। मॉब्रे ने आवाज़ लगाई, "ऊपर छोड़ो सीधे नदी में तैर रहे सिपाहियों पर गोली चलाओ।"

सैनिकों ने बन्दूकें लोड कीं और कुछ ही पलों में ताबड़तोड़ फ़ायरिंग करते हुए चारों सिपाहियों को मार डाला। तीन फिर कूदे और इस बार मॉब्रे ख़ुद संगीन लेकर नाव से नदी में उतर गया। इससे पहले कि मॉब्रे हमला कर पाता नदी में कूदे कनपुरिया सिपाहियों ने नावों पर सवार तीन और अंग्रेज़ सैनिकों को मौत की नींद सुला दिया। मॉब्रे तैर कर आगे पहुँचा और संगीन की धार घोंप-घोंप कर तीनों सिपाहियों को नदी से मौत के घाट तक पहुँचा दिया। आग लगे कई और गट्ठर नीचे गिरे और एक नाव ने फिर आग पकड़ ली। तभी उन्नाव मोड़ आया और शाम ढल कर रात की तरफ़ चल दी। नदी की रेखा ने थॉमसन की भाग्य रेखा बदल दी। दो नावों पर अब भी तेरह गोरे सैनिक ज़िन्दा बचे थे। नावें आगे बढ़ गयीं और बाग़ियों को मजबूरन रुकना पड़ा क्योंकि न सिर्फ़ मोड़ और अँधेरा ही नहीं बल्कि गंगा का फ़ैलाव भी बढ़ चुका था। अब बारी थी उन्नाव के राजा राव राम बख़्श की जिनको नाना के सैनिक गोरों के भागने की ख़बर पहुँचा चुके थे।

रात के तीसरे पहर ने मध्यमा उँगली में चाँद-तारों को नगीना बनाकर अँगूठी पहन रखी थी। कैंट के घण्टाघर की टन-टन ने दो बार गूँज कर दो बजे का वक़्त बयां कर दिया। सन्नाटे में कुत्तों के भौंकने की आवाज़ें दूर से सुनाई दे रही थीं। आज़ादी की पहली रात थी लिहाज़ा पूरे दिन की थकान के बाद कानपुर खर्राटे भर रहा था। कुछ ऐसे ही माहौल में चौबेगोला इलाक़े की महीन गलियों के एक किवाड़ की कुण्डी हौले-हौले खटक रही थी। अन्दर से आवाज़ आयी, "कौन है भाई।"

कुण्डी खटखटा रहा शख़्स फुसफुसाया, "मैं हूँ अम्मी...अली।"

कुण्डी खुली, सामने अली के साथ काली चादर ओढ़े लड़की भी थी जिस का गोरा रंग अँधेरे में भी चमक रहा था। अम्मा बोली, "ये किसे ले आया बेटा?"

"पहले अन्दर तो आने दे अम्मी।"

अम्मी ने पूरा किवाड़ खोला और दोनों को भीतर जाने का रास्ता दिया। कुण्डी चढ़ाकर अम्मी पीछे-पीछे आयी, "अली...बेटा कौन है ये?"

अली के चादर हटाते ही अम्मी चौंक गयी, "ये फिरंगन कौन है?"

"छोटी मेमसाब हैं अम्मी...हमारी छोटी मेमसाब।"

अम्मी ने हाथों में मार्गरेट के गाल भर लिए, "अरे ये तो कमांडर साहब की बेटी है...मेमसाब कहाँ हैं...साहब क्यों नहीं आये...?"

मार्गरेट फफक पड़ी, "दे किल्ड माई फैमली, सब को मार डाला... डैडऽऽऽ...मॉमऽऽ।"

"या अल्लाह रहमत बख़्श, जन्नत मुकाम दे साहब के कुनबे को।"

मार्गरेट की आवाज़ सुनकर अली की दोनों छोटी बहनें भी जाग गयीं और तेज़ी से कमरे में आईं। एक बोली, "अरे भाईजान...अम्मी क्यों रो रही हैं।"

अली ने इशारा किया, "छोटी मेमसाब हैं, हम इन्हें घर ले आये हैं।"

अम्मी ने मार्गरेट के आँसू पोंछे, "ठीक किया, उसका ही घर है।"

दोनों बहनें मार्गरेट के अगल-बगल बैठ गयीं और उसके आँसू पोंछने लगीं। अम्मी ने माहौल बदलने की कोशिश की, "अरे कमबख़्तों, कुछ कपड़े ले आओ जाकर।"

"जी अम्मी।"

"सुनो...वो जो नये सिये थे दर्जी ने, वो लाना।"

अली ने बहन को डपटा, "कुछ खाना रखा है या भूखा सुला देगी।"

अम्मी मार्गरेट को दुलराते हुये बोलीं, "साहब के चौके से कितनी बार ये नामुराद कुछ न कुछ लेकर आता था। आज हम खिलायेंगे अपनी गुड़िया को, क्या खायेगी मेरी बच्ची? जो कहेगी, वो बनेगा।"

मार्गरेट ने आँसू पोंछे, "मुझे भूख नहीं है, प्लीज़ रहने दीजिए।"

"बेटा मुझे अम्मी ही समझ ले, ये छोटी-छोटी बच्चियाँ तुझे सहेलियों जैसे प्यार देंगी, बस तू आँसू मत बहा।"

मार्गरेट अम्मी से लिपट गयी और रोने लगी, "ऐसे क्यों किया...क्यों?"

"सब्र कर बच्ची, सब्र कर।"

"हमको मारने कोई इस घर में घुस आया तो आप को कौन बचायेगा।"

"जान दे देंगे मगर तुझ पर आँच नहीं आने देंगे...रहम कर अल्लाह, करम कर, हमें महफ़ूज़ रख मौला।"

अली बीच में बोला, "आपका दर्द समझता हूँ छोटी मेमसाब लेकिन बड़ी मेमसाब ने मरने से पहले आपको महफ़ूज़ रखने का हुक़्म दिया था।"

"थैंक्यू अली...एक आज़ाद था जिसने सबको मार डाला।"

"हिम्मत रखिये छोटी मेमसाब, अल्लाह सबको इन्साफ़ देगा।"

घाट से घर तक मुसलसल रो रही मागरेट ने ख़ुद पर क़ाबू किया ही था कि एक बहन चौके से लौटी, "भाईजान खिचड़ा बहुत लज़ीज़ बना है।"

दूसरी बोली, "खिचड़ा नहीं पसन्द आयेगा, मैं आलू के पराठे बनाती हूँ।"

आँखे झुकाये हुए अली बोला, "छोटी मेमसाब को खिचड़ा पसन्द है, मैंने कई बार बनाया है कोठी पर, जो बनाना है जल्दी बना, बहुत तेज़ भूख लगी है।"

अम्मी ने मागरेट की ठोढ़ी उठाई, "कुछ खा ले बिटिया।"

मागरेट गहरी साँस लेकर उठी और हाथ-मुँह धोकर बहनों वाले कमरे में कपड़े बदलने चली गयी। उसके जाते ही अम्मी बोली, "सुने हैं बीबीघर में अंग्रेज़नें हैं।"

आँखों में डर लिए अली बोला, "सुना तो है लेकिन किसी पर भरोसा करना ठीक नहीं है। मौक़ा निकाल कर छोटी मेमसाब से पूछ लूँगा, कहेंगी तो छोड़ आऊँगा।"

मागरेट कपड़े बदलकर आयी तो सब उसे देखते रह गये। मन ही मन में मोहब्बत पाले बैठा अली खाँ तो एक नज़र देखने के बाद आँखें ही नहीं उठा रहा था। बस थोड़ी देर में पराठों के साथ लखनवी खिचड़ा परोसा गया जिसे सबने हैदराबादी हलीम समझ कर नोश फ़रमाया। अली का कमरा मागरेट को सोने के लिए दिया गया। मागरेट ने ग़म, दर्द और डर को दबा तो लिया था लेकिन उसे सत्तीचौरा के ख़ौफनाक ख़्वाबों पर भरोसा नहीं था लिहाज़ा दोनों बहनों को मागरेट के साथ ही अली के कमरे में सुला दिया गया। अम्मी के बगल में लेटा अली भी आँखों-आँखों में जाग रहा था और मागरेट भी छत की तरफ़ एकटक देखते हुए सिर्फ़ यही सोच रही थी कि क्या ये उसकी नयी ज़िन्दगी का आग़ाज़ है या महज़ अली के घर की तंग सी गली के मोड़ का छोटा सा एक नुक्कड़ भर है। सच्चाई तो यही थी कि अली के इस एकतरफ़ा प्यार के तालाब से मागरेट ने अभी तक कोई कमल तोड़ा तो नहीं था, लेकिन

उसने रिश्ते का गुलाबी रंग ज़रूर महसूस किया था। रात भर दोनों छतें टटोलते रहे मगर नींद का एक भी सिरा नहीं मिला, ठीक वैसे ही जैसे चाँद को ताकते चकोर को आज तक कहावतों में भी मिलन का कोई सिरा हासिल नहीं हुआ। मगर उम्मीद का सिरा तलाशना कल भी बदस्तूर था और आज भी। क्या पता, क्या होगा इस अनकहे से रिश्ते का जिसने क्रान्ति के बारूद की झुलस बुझाने के लिए गंगा में रक्त स्नान किया था।

अगली सुबह सत्तीचौरा पर सफ़ाई शुरू हो चुकी थी। तक़रीबन चार-साढ़े चार सौ लाशों में कुछ बह गयी थीं, कुछ रह गयी थीं और जो रह गयी थीं उन्हें गंगा कछार में दफ़ना दिया गया। टूटी और ध्वस्त हो चुकी नावों का मलबा समेटने का काम भी ज़ोरों पर था। नदी से लेकर इंट्रेंचमेंट तक अंग्रेज़ों की छूटी हुई तोपें, बन्दूकें और गोला बारूद मैग्ज़ीन में ज़मा करने का काम अज़ीमुल्ला की अगुवाई में जारी था। इन सब से इतर समूचा कानपुर अब अपने राजा के गद्दीनशीं होने के इन्तज़ार में था। दिन चढ़ा और कानपुर की ये मन्नत भी कबूल हो गयी। ज्वाला प्रसाद और पाण्डुरंगा राव की देखरेख में डुग्गी पीटने का सिलसिला शुरू हो गया।

सुनो सुनो सुनो
कानपुर वालों सुनो
सुनो सुनो सुनो
हर ख़ास-ओ-आम को
नाना साहेब की तरफ़ से
कानपुर की आज़ादी मुबारक़
आज से दो दिन बाद
गोधूलि बेला पर
कानपुर के पनचक्की चौराहे पर
नाना साहेब गद्दीनशीं होंगे

आप सब तशरीफ़ ज़रूर लायें
सुनो सुनो सुनो
कानपुर वालों सुनो

शहर के अलग-अलग हिस्सों से गुज़र रही डुग्गियाँ शम्सुद्दीन के घर के नीचे से भी निकलीं। अजीजन ने कन्धे का सहारा देकर शम्सुद्दीन को खिड़की से नज़ारा दिखाया, "कभी सोचा था कि हम साहेब को राजा बनते देखेंगे?"

"ख़्वाब था, लेकिन यक़ीन अब हो रहा है अजीजन।"

"हम चलेंगे साहेब की ताजपोशी में ज़रूर।"

बेहद मुश्किल से हाथ उठाकर शम्सुद्दीन ने अजीजन के सिर पर हाथ फेरा, "मेरा ज़ख़्म अभी रिस रहा है, मगर तुम जाना और बताना, कैसे लगते हैं मेरे साहेब सिंहासन पर बैठ कर, कैसी रौनक थी, कैसा रौब।"

अजीजन शम्स को कन्धे के सहारे खिड़की से बिस्तर की तरफ़ लेकर चल दी, "तुम चलोगे और ज़रूर चलोगे, हम तुम्हें ले चलेंगे।"

"ज़िद मत करो।"

"तुम जिसे ज़िद समझ रहे हो वो मेरा वादा है शम्स।"

शम्स को पलंग पर लिटाकर अजीजन तब तक बातें करती रही जब तक शम्स ने नींद से रिश्ता नहीं गांठा। शम्स के सोते ही वो लुर्की मोहाल चल दी क्योंकि उसे ताजपोशी में मंगल गीत के साथ नृत्य की तैयारी करनी थी।

उधर उन्नाव ख़बर पहुँचते ही राजा राव रामबख़्श ने कानपुर के सत्तीचौरा से भागी नावों की तलाशी शुरू करा दी थी लेकिन दो ख़ाली नावों के अलावा कहीं कुछ नहीं मिला। सब यही समझे थे कि या तो मॉब्रे थॉमसन और डेलाफ़ॉस के साथ अट्ठारह सैनिक उन्नाव में कहीं छिपे हैं या तैर कर आगे निकल गये हैं। महल के मन्दिर में आज बिना पुजारी के राजा साहेब ख़ुद आरती करके दरबार में पहुँचे ही थे कि तभी उनका सैनिक हाज़िर हुआ, "बुरी सूचना है महाराज। डौडियाखेड़ा मन्दिर का पुजारी परिवार के साथ कल देर रात से लापता है।"

"मन्दिर से लगा हुआ ही तो उसका घर है, वहाँ देखा?"

"घर खुला पड़ा है, वहाँ कोई नहीं है, आवाज़ देने पर भी मन्दिर का किवाड़ नहीं खुल रहा है, या तो सब अन्दर हैं या फिर अनर्थ है कुछ।"

"किवाड़ अन्दर से बन्द है क्या?"

"जी महाराज अन्दर से बन्द है, अनिष्ट की आशंका लगती है।"

राजा रामबख़्श की त्यौरियाँ चढ़ गयीं, "मूर्ख, किवाड़ तोड़ा क्यों नहीं।"

"गंगा सीमा पर जो दस-बारह सैनिक अंग्रेज़ों को खोज रहे थे उन्हीं को सूचना दे दी है महाराज। वो अब तक दरवाज़ा तोड़ रहे होंगे।"

राजा राव रामबख़्श ने अपने भाई जदुनाथ सिंह का रुख़ किया "ऐसे महामूर्ख सैनिक क्यों भर्ती किये आपने। आप ख़ुद सैनिकों का जत्था लेकर जल्दी जाइये।"

अब माजरा एकदम शीशे की तरह साफ़ हो चुका था, जो अंग्रेज़ कहीं नहीं मिल रहे थे असल में मन्दिर के भीतर छिपे बैठे थे। मीलों सफ़र करने के बाद गोरों को खाने-पीने और आराम की सख़्त ज़रूरत थी लिहाज़ा गंगा किनारे टीले पर बसे डौडियाखेड़ा मन्दिर के पुजारी और उसका पूरा परिवार बन्धक बनाकर सब वहीं छिपे बैठे थे। अंग्रेज़ इस फ़िराक में थे कि जैसे ही दिन खुलेगा चुपचाप उन्नाव से निकल लेंगे और अगर हमला हुआ तो पुजारी और उसके परिवार को ढाल बनाकर बच निकलेंगे। इधर राव रामबख़्श के भाई जदुनाथ सैनिकों का जत्था लेकर निकले, उधर अंग्रेज़ों को तलाश रहे सैनिकों ने मन्दिर का किवाड़ तोड़ना शुरू कर दिया। थॉमसन के पास कोई रास्ता नहीं था, उसने फ़ौरन पुजारी और उसके कुनबे को बन्दूक की नोंक पर ढाल बनाया और सैनिकों के साथ फ़ायरिंग करते हुए बाहर निकला। दोनों तरफ़ से गोली बारी शुरू हो गयी। डेलाफ़ॉस को दूर से घोड़ों की टापों का शोर सुनाई दिया। वो मन्दिर के ऊपरी हिस्से पर चढ़ा और देखा कि आधा मील की दूरी पर सैनिकों का जत्था धूल उड़ाता आ रहा था। डेलाफ़ॉस चीख़ा, "गंगा की तरफ़ भागो, सैनिक आ रहे हैं।"

डेलाफ़ॉस की ताकीद सुनते ही कम्पनी सैनिक फ़ायरिंग करते हुए गंगा की तरफ़ भागे। पुजारी को ढाल बनाये मॉब्रे लगातार हमलावर था। ठीक इसी

वक़्त क्रॉस फ़ायरिंग में एक गोली पुजारी के सीने में घुस गयी। डेलाफ़ॉस और कई सिपाही पुजारी की पत्नी और बच्चों को ढाल बनाकर बढ़ रहे थे। उलटा भाग रहे गोरों के पास पीछे देखने का मौक़ा ही नहीं था। बमुश्किल दो दर्जन सिपाही दोनों तरफ़ से मोर्चा ले रहे थे और देखते-देखते राजा राव रामबख़्श के सिपाहियों और फिरंगी सैनिकों में सात-आठ की मौत हो गयी। इसी बीच जदुनाथ जत्था लेकर पहुँचा और सीधे हमलावर हो गया। मॉब्रे और डेलाफ़ॉस को फ़ायरिंग छोड़कर सीधे गंगा की तरफ़ भागना पड़ा। धाड़, धाड़, धाड़ चलती गोलियाँ एक के बाद एक गोरे को मौत की नींद सुला रही थीं। चार सैनिकों के साथ डेलाफ़ॉस और थॉमसन पचास फीट ऊँचाई से नीचे कूद पड़े और मिट्टी से टकराकर नदी के किनारे लुढ़कते हुए पहुँचे जहां चार मगरमच्छ धूप सेंक रहे थे। ऊपर से सैनिकों की फ़ायरिंग जारी थी। नीचे शिकार देखते ही मगरमच्छ गोरों पर लपके।

रामबख़्श के भाई जदुनाथ सिंह के चार सैनिक नीचे कूदे। लुढ़कते हुए आ रहे सैनिकों को नीचे से चार गोरे सैनिकों ने मोर्चा लगाकर निशाना बना डाला। उधर निवाले की तलाश में जबड़ा फाड़े बैठे मगरमच्छों को मॉब्रे और डेलाफ़ॉस संगीनें गोद-गोदकर बेहाल कर चुके थे। थोड़ी ही देर में नज़ारा बदल गया। ऊपर से सैनिकों ने एक के बाद एक कूदना शुरू किया। डेलाफ़ॉस चीख़ा, "डोंट वेस्ट टाइम, जम्प इन द बोट्स।"

डेलाफ़ॉस नाव में कूदा और नाव में पड़ी कुल्हाड़ी से उसकी तली तोड़ने लगा। सैनिक समझ नहीं पा रहे थे कि आख़िर वो ऐसा क्यों कर रहा है। डेलाफ़ॉस फिर चिल्लाया, "दूसरी वाली नाव में कूदो थॉमसन, चप्पू चलाओ।"

सैनिक ताबड़तोड़ ख़ाली खड़ी नाव में कूद गये और नाव धकेल कर चप्पू चलाने लगे। मगरमच्छों के जबड़ों से ख़ुद को बचाता हुआ थॉमसन भी भागा और पानी में कूद कर उसी नाव पर सवार हो गया। तब तक कुल्हाड़ी से नाव की तली तोड़ चुका डेलाफ़ॉस जैसे ही नाव से कूदा तभी आठ-दस सैनिक लुढ़कते हुए नीचे आ गये और गोलियाँ चलाने लगे। तैरते हुए डेलाफ़ॉस के लिए गोली चलाना मुश्किल था। उसे फँसा देखकर नाव पर बैठे मॉब्रे और एक सैनिक ने ताबड़तोड़ फ़ायरिंग शुरू की और राजा रामबख़्श

के कई सैनिकों को गिरा डाला। डेलाफ़ॉस बन्दूक के साथ आगे बढ़ती नाव की तरफ़ तेज़ी से तैर रहा था कि तभी मगरमच्छ ने उसके पैर का पंजा जबड़े में जकड़ लिया। थॉमसन के लिए निशाना साधना मुश्किल था। डर था कहीं गोली डेलाफ़ॉस को न लग जाये। संगीन ताने मॉब्रे को जैसे ही मौका दिखा उसने घोड़ा दबा दिया, गोली सीधे मगरमच्छ की आँख में धँस गयी। जबड़े से पंजा छूटते ही डेलाफ़ॉस तैरा और नाव पर चढ़ गया।

जदुनाथ सिंह हुँकारा, "नाव में चढ़ जाओ, पीछा करो गोरों का।"

दो सैनिक किनारे लगी नाव पर कूद कर जैसे ही बैठे नाव डूबने लगी। सैनिक चिल्लाया, "तली फाड़ दी है, नाव डूब रही है।"

गोरों की नाव काफ़ी आगे जा चुकी थी और रामबख़्श का बचाखुचा जत्था नीचे आ चुका था। सैनिक फिर बोला "दूसरी नाव आने में वक़्त लगेगा, तब तक गोरे फ़तेहपुर में होंगे और हम वहाँ नहीं जा सकते।"

हाथ मलते सैनिक वापस चल दिये और गोरे फ़तेहपुर बढ़ लिए।

इधर मॉब्रे थॉमसन की नाव फ़तेहपुर की तरफ़ बढ़ रही थी उधर तक़रीबन बीस-बाइस दिन के मुक़म्मल इलाज और आराम के बाद इलाहाबाद का मौलवी लियाक़त अली मौत से जूझ कर ज़िन्दगी से हाथ मिला चुका था। फ़तेहपुर के एक घर में बैठे लियाक़त अली तक सत्तीचौरा काण्ड से लेकर नानाराव की ताजपोशी तक की ख़बर पहुँच चुकी थी। लियाक़त के चेहरे पर दाढ़ी और सिर पर बालों की तिहरी परत चढ़ चुकी थी और तैयारी थी कानपुर निकलने की। लियाक़त का साथी क्रान्तिवीर रामचन्द्र क़तई नहीं चाहता था कि लियाक़त अब एक पल के लिए भी फ़तेहपुर रुके क्योंकि फ़तेहपुर और आसपास तमाम ज़मींदार कम्पनी के लिए मुख़बिरी करते थे। पुआल की दरी बिछाकर बैलगाड़ियाँ चलने को तैयार थी। बैलगाड़ियों में हरी सब्ज़ियों के बोरे भी लादे गये। बोरों में सिर्फ़ सब्ज़ियाँ नहीं बल्कि हथियारों की खेप भी थी ताकि रास्ते में किसी भी तरह की दिक़्क़त से लड़ा जा सके। किसान की शक्ल में अपने क़रीब एक दर्जन लड़ाकों के साथ लियाक़त चलने को हुआ कि रामचन्द्र बोला, "अपना ख़याल रखना लियाक़त भाई।"

लियाक़त पगड़ी बाँधते हुए बोला, "फ़िक्र मत कीजिए जंग फिर होगी।"

"इंशाअल्लाह, इलाहाबाद फिर जीतेंगे।"

"हालात तो लखनऊ के भी नासाज़ हैं, अंग्रेज़ रेजिडेंसी में दुबक रहे हैं।"

"देखते जाइये, कानपुर के इंट्रेंचमेंट जैसा हाल होगा रेजिडेंसी का।"

"कब तक पहुँचेंगे?"

"रात कहीं रुक लेंगे। कल दोपहर तक उन्नाव और शाम तक कानपुर।"

"हो सके तो पहुँच कर किसी से ख़बर भेज दीजिएगा।"

"इलाहाबाद की कोई ख़बर हो तो हम कल्लूमल के कोठे पर मिलेंगे। बेचारी अजीजन सोच-सोचकर मरी जा रही होंगी कि उनका भाई लियाक़त मर गया होगा।" लियाक़त रामचंद्र के कान में फुसफुसाया।

रामचन्द्र ने लियाक़त को गले लगाया, "अल्लाह हाफ़िज, फिर मिलेंगे।"

सिर्फ़ रामचन्द्र और लियाक़त ही जानते थे कि अजीजन ही आज़ाद है और कल्लूमल का कोठा मस्तानी टोली का अड्डा। आज़ाद की शक्ल में अजीजन ही कानपुर क्रान्ति से ठीक पहले हथियारों की खेप और ख़ज़ाना नाव पर लाद कर इलाहाबाद से कानपुर ले गयी थी। धीरे-धीरे लियाक़त की बैलगाड़ियाँ कानपुर की तरफ बढ़ने लगीं।

ख़ानसामा अली खाँ थोड़ा मुतमइन था। पूरा दिन और एक चौथाई रात के बाद मागरिट के ज़ेहन में गूँज रहे सत्तीचौरा के ख़ौफ़नाक मंज़र का वजन भी रत्ती-माशा-तोला के हिसाब से कम तो हुआ था मगर दिल की तकली अभी भी यादों के महीन धागों को मरोड़-मरोड़ आँसुओं का सूत कात रही थी। अली की दोनों छोटी बहनें उसे बहलाने-फुसलाने की हर कोशिश को अंजाम तक लाने में नाकाम थीं। तभी कमरे में मायूस बैठी मागरिट को तोते की टांय-टांय सुनाई दी। मागरिट मुस्कुराई और ज़मीन में सुराख करतीं एकटक नज़रों को उठा कर बोली, "दे किल्ड माई पट्टू।"

अम्मी कमरे में पिंजरा लिए दाख़िल हुईं, "ले बिटिया तेरा पट्टू।"

मागरिट ने पिंजरे की सलाखों से तोते की चोंच सहलाई, "कैसे हो पट्टू।"

अम्मी बोलीं, "हिन्दी और उर्दू तो जनाब पढ़े नहीं हैं, इंग्लिश सीखने का शौक़ जागा है, सिखायेगी मेरी बिटिया?"

"हू ब्रॉट दिस, कौन लाया ये नया पट्टू?"

छोटी बहन बोली, "अरे नया नहीं है, आप वाले पट्टू का रिश्तेदार है।"

मार्गरिट ने बत्तीसी दिखाई, "रिश्तेदार मीन्स?"

चौखट पर खड़ा अली शर्माता हुआ कमरे में आया और नज़रें झुकाकर बोला, "अपने वाले पट्टू की मौसी की जेठानी का लड़का है ये।"

मार्गरिट ज़ोर से हँसी, "दैट्स गुड वन, मौसी की जेठानी का लड़का।"

अली भी हँसते हुए बोला, "झूठ नहीं बोल रहा, साबित कर सकता हूँ।"

"मीन्स इट्स फ्रॉम सेम फ़ैमली...आई कैन अंडरस्टैंड अली।"

माहौल थोड़ा हल्का हुआ। सब के सब तोते में उलझ गये। हँसी के एक वर्क ने ग़म पर परत चढ़ाई ही थी कि पट्टू में खोई मार्गरिट बोली, "थैंक्यू।"

"अरे छोटी मेमसाब शुक्रिया किस बात का।"

"कैन यू डू मी अ फ़ेवर?"

"जी छोटी मेमसाब।"

"पट्टू का रिलेटिव ढूँढ़ दिया, अब मेरी सहेली ढूँढ़ दो।"

अली सकपका गया, "मैं समझा नहीं।"

मार्गरिट की आँखें चमक उठीं, "प्लीज़ फ़ाइंड अमेलिया फ़ॉर मी अली।"

अम्मी और दोनों बहनों के साथ अली भी चौंक गया, "अमेलिया?"

"मेरे सामने उसे लोग उठा ले गये थे, हंड्रेड परसेंट ज़िन्दा होगी।"

मार्गरिट के लिए अली कुछ भी कर सकता था मगर अमेलिया की तलाश का कोई ओर-छोर उसे पता ही नहीं था। सवाल था कि क्या अमेलिया ज़िन्दा है, अगर ज़िन्दा है तो कहाँ है? कानपुर में, उन्नाव में या फ़तेहपुर में?

उधर फ़तेहपुर में मार्गरिट की दिली ख़्वाहिश एक अस्तबल में पड़ी थी। पीछे से बँधे हुए हाथ और घोड़ों की हिनहिनाहट उसके लिए मुसीबत थी। फटे हुए कपड़े, उलझ कर मूंज हो चुके बाल और बाँहों पर गुदे भेड़ियों के पंजों के निशान उसकी कहानी बयां कर रहे थे। तमाम ज़िद के बाद आँतें जवाब दे चुकी थीं। अमेलिया एक थाली में पड़ी-पड़ी सूख चुकी रोटी दोनों हाथों में पकड़कर खा रही थी। सत्तीचौरा से उसे उठाकर लाये सैनिक हवस की ख़ुमारी

उतार चुके थे। क़रीब चार घण्टे गुज़र चुके थे और एक भी सैनिक इस तरफ़ नहीं आया था। दो-ढाई दिनों में इतनी फुर्सत उसे कभी नहीं मिली थी। कोशिश कई मर्तबा की थी लेकिन इतने वक़्फ़े के बाद पहली रोटी खाते ही जैसे पेट की भूख ने भागने की प्यास जगा दी थी। बदन को तोड़-मरोड़ कर जुगाड़ लगाने के बाद दाँतों से किसी तरह गमछा खुला और ज़िन्दगी के मुहाने पर खड़ी अमेलिया आख़िरी ताकत लगाकर सीधे अस्तबल से बाहर निकली और आँगन की चारदीवारी कूद कर बाहर भागी। घोड़े किसी ख़तरे की घण्टी सुन हिनहिना उठे। हड़बड़ाकर सैनिक उठे और सीधे अस्तबल भागे। अमेलिया को वहाँ न देखकर चारों ने खटिया से तलवारें उठाईं और घर के बाहर दौड़े। गिरती-पड़ती अमेलिया बस भागी जा रही थी। कच्ची मेड़ और खेत में उगे ठूँठ जैसे हैवान सैनिकों के दोस्त थे। ख़ून से सने पैर लिए अमेलिया सड़क तक पहुँची। उसने देखा पचास क़दम की दूरी पर कुछ बैलगाड़ियाँ अपने जुए के सहारे खड़ी थीं और बैल पेड़ों से बँधे थे। वो उसी तरफ़ हाँफ़ती-गिरती दौड़ी जा रही थी। दूरी दो बालिस्त में पूरी करने के बाद वो बैलगाड़ियों के पास पहुँची और पेड़ के नीचे सो रहे किसानों को झिंझोड़कर जगाने लगी, "प्लीज़ सेव मी, वो मुझे मार डालेंगे।"

बस इसी बीच खेतों को पार करते हुए चारों सैनिक भी सड़क पर पहुँचे। दायें-बायें देखने के बाद उन्हें भी बैलगाड़ियों का झुण्ड दिखाई दिया क्योंकि बाक़ी हर तरफ़ कड़क धूप ही सन्नाटे के हाथ में हाथ डालकर सड़क पर टहल रही थी। अमेलिया कहीं नहीं दिख रही थी लिहाज़ा चारों सैनिक आराम कर रहे किसानों के पास पहुँचे और बैलगाड़ियों में ताका-झाँकी करने लगे। ग़ुस्से में एक सैनिक किसान पर चिल्लाया, "अरे ऐ...कोई गोरी मेम इधर भागती हुई आयी थी क्या?"

"नाहीं साहब कौनो नहीं आवा हमरी तरफ़, न हम कौनो का देखा है।"

सैनिकों को भरोसा नहीं हुआ। वो बैलगाड़ियों में बोरे हटा-हटाकर तलाशी लेने लगे, तभी एक बोरे के पीछे से अमेलिया चीख़ती हुई भागी। सैनिक ललकारते हुए उसके पीछे दौड़े। बदहवास अमेलिया किसी से टकराई और हाथ जोड़कर गुहारने लगी "मुझे बचा लीजिये, प्लीज़ बचा लीजिए।"

शख़्स ने अमेलिया को हाथ पकड़कर पीछे छिपाया, "फ़िक्र मत कर बिटिया।"

सामने दौड़कर आये सैनिक ने शख़्स पर तलवार चला दी। शख़्स ने तलवार की धार मुट्ठी में दबोच ली। उसकी हथेली से ख़ून बहने लगा लेकिन सैनिक तलवार छुड़ा नहीं पाया। तभी बाक़ी सैनिक उसकी तरफ़ लपके। शख़्स ने धार की तरफ़ से पकड़ी हुई तलवार ही सैनिक से छीन ली और हवा में लहराते हुए हमलावरों को ताकीद की, "एक बेचारी लड़की और चार-चार सैनिक...गज़ब मर्दानगी है।"

"लड़की हमारे सुपुर्द कर दे वर्ना चील-कौव्वे तेरे टुकड़े खायेंगे आज।"

"क्या करोगे...मार डालोगे...अंग्रेज़ है इसलिए...लूटोगे नन्हीं जान को?"

अमेलिया गिड़गिड़ाई, "ये जानवर हैं, दे आर ब्लडी एनिमल्स।"

"तू दुश्मन को बचा रहा है।"

"औरत के दो ही दुश्मन देखे हैं मैंने...एक रावण था...दूसरा दुर्योधन।"

बहस से ग़ुस्साये सैनिक बर्दाश्त खो चुके थे, तीन सैनिक एक साथ टूट पड़े और जैसे ही अमेलिया के क़रीब आये उस शख़्स की तलवार तीनों की गर्दन माँझे की तरह रेतती चली गयी। तीनों ज़मीन पर फड़फड़ाने लगे। बिना तलवार के खड़ा सैनिक सन्निपात में चला गया और शख़्स के पैर पकड़कर गिड़गिड़ाने लगा, "कौन हो तुम, जो एक अंग्रेज़ के लिए अपनों की जान लेने पर आमादा हो।"

शख़्स ने सैनिक को बाल पकड़कर उठाया, "अंग्रेज़ नहीं, एक लड़की की इज़्ज़त पर हाथ डालने वाले भेड़ियों का वध किया है और भेड़िये इन्सान के अपने नहीं होते।"

"नाम क्या है तुम्हारा?"

"मौलवी लियाक़त अली।" इतना कहते ही लियाक़त अली ने सैनिक को बालों से पकड़ा और एक बाजू में दबोच कर उसकी भी गर्दन रेत डाली। सड़क किनारे बैलगाड़ियों पर किसानों की शक्ल में बैठे इलाहाबादी बाग़ी चुपचाप खड़े तमाशा देख रहे थे। डरी सहमी बेहाल अमेलिया लियाक़त अली की छाती से चिपक गयी, "थैंक्यू, थैंक्यू लियाक़त अली, आपने गॉड बन कर मेरी हिफ़ाजत की है।"

लियाक़त ने अमेलिया के सिर पर हाथ फेरा, "लियाक़त ख़ुदा नहीं बस ख़ुदा का बन्दा है। सजदा है ऊपरवाले को जो उसने ऐन वक़्त पर लियाक़त

को भेज दिया। चल बिटिया अब तेरी हिफ़ाजत मेरा फ़र्ज भी है और अल्लाह का हुक़्म भी।"

अमेलिया ने दो दिन बाद चैन की साँस ली, साँस की गहराई ने एहसास कराया कि वो न सिर्फ़ महफ़ूज है बल्कि उन हाथों में है जिन्हें आदमी नहीं इन्सान कहा जाता है। अमेलिया को बैलगाड़ी में छिपा दिया गया और सब्ज़ी के बोरे लाद कर लियाक़त अली का काफ़िला उन्नाव से कानपुर चल पड़ा।

बीबीघर में शानदार इन्तज़ामात के बीच अंग्रेज़ औरतों को साँसें मरने नहीं दे रही थीं और अपनों की मौत की घुटन जीने नहीं दे रही थी। हर वक़्त चीख़ों का शोर और बेवा होने के ग़म का सन्नाटा नींद छीन चुका था। बस अनाथ बच्चे और सयानी लड़कियों की फ़िक्र उनके ज़िन्दा रहने की मजबूरी बन चुकी थी। अदला और हुसैनी के साथ दुर्जन सिंह और सरदार खाँ की आँखों में खटकतीं बीबीघर की बीवियों को नानाराव का हुक़्म फ़ौलादी कवच दे चुका था।

ख़ानसामों की टोली में एक अली खाँ भी था जो रोज़ खाना परोसने के बहाने इन बेहाल बेवाओं का हालचाल लेता रहता था। बरामदे की तरफ़ छाँव में दुर्जन और सरदार खाँ जी हुज़ूरी के अन्दाज़ में खड़े थे और अदला चबूतरे पर किसी महारानी के अन्दाज़ में बैठी पान के बीड़े चबा रही थी। तभी हुसैनी बेग़म आयी, "बाक़ी सब बन गया है बस बच्चों का दूध कम पड़ रहा है रोज़, कहें तो दुधहों को शाम से ज़्यादा दूध लाने को कह दूँ।"

अदला ने बीड़ा उगला, "मरने दो सपोलों को, दूध में पानी बढ़ा दो।"

"जी दुरुस्त।"

"तराजू से मत तोलो बस दो वक़्त खाना खिलाओ ससुरियों को।"

हुसैनी ने ऐतराज़ जताया, "साहेब तो कहते हैं कमी ना हो कुछ।"

"साहब का ख़ज़ाना लूटने वालों पर ख़ज़ाना लुटाने की ज़रूरत नहीं है।"

"जी...जी समझ गयी।" इतना कहकर हुसैनी भण्डारे की तरफ़ चली गयी। चुपचाप खड़े दुर्जन सिंह ने चुप्पी तोड़ी, "दुरुस्त फ़रमाया आपने,

कम्पनी ने सोने की चिड़िया के पर नोचे हैं, इनको भी सत्तीचौरा घाट पर नोंचकर फेंक देना था।"

अदला ने पान का बीड़ा बाँधने वाले महुवे के पत्ते से सींक निकाली और दाढ़ में फँसी सुपारी कुरेदी, "बीबीघर सिर्फ़ बीबीघर नहीं, हमारी ढाल है।"

"मतलब अंग्रेज़ फिर वापस आयेंगे...मालकिन।"

"औरतों-बच्चों की जान बचायेंगे या कानपुर में दोबारा आयेंगे?"

"बात पूछूँ मालकिन?" दुर्जन ने बेहद संकोच के साथ पूछा।

"जल्दी पूछ और फिर काम धाम देख जाकर।"

"बीबीघर के नाम पर अंग्रेज़ों से सौदेबाज़ी के लिए क्या नाना साहेब राज़ी हैं?"

अदला ने ग़ुस्से में फिर पान उगला और पानी माँगा। दुर्जन दौड़कर किसी नौकर की तरह गिलास लेकर आया। अदला ने कुल्ला किया और गिलास फेंकते हुए उठी, "पान की मोहब्बत में चूने को मुँह लगा लो तो कमबख़्त जीभ काट देता है।"

दुर्जन सहम गया और डर के मारे गिलास उठाने लगा। अभी वो उठा ही था कि अदला ने उसके गाल पर ज़ोरदार तमाचा जड़ा, "चूने को अपनी ज़ात और दो कौड़ी के सिपाही को अपनी औकात कभी नहीं भूलनी चाहिए दुर्जन।"

दुर्जन हाथ जोड़कर खड़ा हो गया, "ग़लती हुई मालकिन।"

इस कहानी में अदला ज़बरदस्त ईमानदार किरदार थी। नानाराव हों या कानपुर की आज़ादी, वो सौ फ़ीसद ईमानदार थी लेकिन बात अगर अजीजन उर्फ़ आज़ाद से नफ़रत की हो तो उस नफ़रत के लिए वो दो सौ फ़ीसद ईमानदार थी। उसने आज तक किसी को ज़ाहिर नहीं होने दिया था कि वो जानती थी अजीजन ही आज़ाद है। वो पूरी तौर पर वाक़िफ़ थी कि जैसे ही सत्तीचौरा काण्ड की ख़बर कलकत्ता के फ़ोर्ट विलियम तक पहुँची, अंग्रेज़ ज़रूर कानपुर आयेंगे और शायद इसी गरज में उसने बीबीघर को सौदे की ढाल की तरह पाल रखा था। वो जानती थी कि बीबीघर को बचाने के लिए अंग्रेज़ झक मारकर कानपुर घुसने की हिम्मत नहीं करेंगे और हिम्मत कर भी लें तो सत्तीचौरा के लिए आज़ाद को नहीं छोड़ेंगे। मगर ये ख़ुलासा अभी

बाक़ी था कि बीबीघर को ढाल बनाने की सियासत सिर्फ़ और सिर्फ़ अदला का दिमाग़ी फ़ितूर था या इसमें नाना या उनके दरबारियों की हामी भी शामिल थी। क्योंकि राव पाण्डुरंगा और ज्वाला प्रसाद भी यही चाहते थे कि अंग्रेज़ मार दिये जायें और ये इरादा वो भरे दरबार में ज़ाहिर कर चुके थे।

कल्लूमल के कोठे पर बड़ी आपा राज्याभिषेक के लिए मंगल गीत और नृत्य तैयार करा रही थीं। सुरैया और अजीजन के पैर भी थिरक रहे थे। वो दोनों नहीं जानती थीं कि डेलाफ़ॉस और थॉमसन अभी ज़िन्दा थे। यानी वो दो शख़्स जो जानते थे कि आज़ाद की कलाई पर सुरैया नाम गुदा था और अगर वो लौटते हैं तो सबसे पहले आज़ाद को तलाशेंगे। इस तलाश की पहली वजह थी जाजमऊ का टीला जहाँ आज़ाद ने जनरल व्हीलर की गर्दन पर कटार की धार टिकाई थी। दूसरी वजह थी सत्तीचौरा काण्ड जहाँ आज़ाद नाम के नारे लगने के बाद ही नरसंहार हुआ था और थॉमसन के साथ डेलाफ़ॉस दोनों जगहों पर मौजूद थे। मंगल गीत की तैयारियों के इसी माहौल में मौलवी लियाक़त अली दल्लान में एक बुर्क़ानशीं को लेकर दाख़िल हुआ। अजीजन को दो पल लगे लेकिन उसने पहचानते ही लियाक़त को गले लगा लिया, "भाई।"

"हाँ बहन, तेरा भाई अभी ज़िन्दा है।"

कोठे में सन्नाटा छा गया और दोनों मुँहबोले भाई-बहन देर तक बिना कुछ कहे एक-दूसरे के कन्धों को भिगोते रहे फिर अजीजन ने कन्धे से सिर हटाकर पूछा, "मैं तो मर गयी थी, ख़बर तक भेजने की ज़हमत नहीं की।"

"मैं ख़ुद बेख़बर था, शायद बच गया आज़ाद कानपुर देखने के लिए।"

अजीजन ने इशारे से बुर्केवाली के बारे में पूछा। लियाक़त ने उसका बुर्क़ा खोला। सब के सब अंग्रेज़ को देखकर चौंक गये। लियाक़त संजीदा हुआ, "ये अमेलिया हॉर्न है...अफ़सोस हमारे ही सैनिकों ने.....ख़ैर छोड़िये अब ये हमारी बिटिया है।"

अजीजन ने अमेलिया को गले लगाया, "गिद्धों की क़ौम नहीं होती बिटिया, फिर चाहे हम हों या तुम...बस औरत होना ही गुनाह है।"

तवायफ़ें अमेलिया को घेर कर खड़ी हो गयीं, सब ने उसके दर्द को अपने दर्द की चादर से ढक दिया। सबकी कहानी सुनने के बाद अमेलिया को इल्म हो गया कि मसला सिर्फ़ यूरोपियन या हिन्दुस्तानी होने का नहीं बल्कि औरत होने का है। अमेलिया सुबकते हुए बोली, "जनरल व्हीलर की बेटी मागरिट ज़िन्दा है।"

"कहाँ है वो, क्या उसे भी कोई भेड़िया उठा ले गया?" लियाक़त के साथ अन्दर कमरे में जा रही अजीजन ने पलट कर पूछा। अमेलिया ने आँसू पोंछे, "लगता तो नहीं कि वो भी ऐसा होगा।"

"मतलब तुम जानती हो वो कौन है?" अजीजन पास आयी और उसकी ठोढ़ी उठा कर बोली। अमेलिया ने हामी भरी, "जी जानती हूँ। ख़ानसामा है वो, अली खाँ।"

सब एक-दूसरे का चेहरा ताकने लगे। तभी सुरैया बोली, "बीबीघर में बहुत ख़ानसामे हैं, शायद उनमें कोई हो...बिटिया तुम पहचानती हो अली को?"

अमेलिया ने सिर हिला कर अली खाँ को पहचानने की हामी भरी फिर अजीजन के कहने पर कुछ लड़कियाँ अमेलिया को नहलाने-धुलाने और खाना खिलाकर आराम कराने के लिए ले गईं। तय किया गया कि नाना की ताजपोशी के बाद अमेलिया को बीबीघर ले जाया जायेगा ताकि अली खाँ को खोजा जाये और इसी बहाने व्हीलर की बेटी मागरिट की तलाश की जाये। अजीजन लियाक़त के साथ दूसरे कमरे में चल दी और उसके साथ तख़्त पर बैठी, "इलाहाबाद का सुनकर बहुत दिल दहल गया लियाक़त भाई, सच में कसाई ही निकला नील।"

"और कानपुर ने इलाहाबाद का बदला सत्तीचौरा पर ले डाला।"

"सत्तीचौरा तो जैसे सिर्फ़ आज़ाद को बदनाम करने की साज़िश थी।"

"क्या लगता है अजीजन...साज़िश के पीछे नाना का दरबार तो नहीं है?"

"हम जैसे तो एक हाथ में तलवार, दूसरे में सर लिए फिरते हैं।"

"जासूस हो...बटोरो सबूत...करो पर्दाफ़ाश गुनहगार का...।"

"ज़रूर, बस डर है कहीं डोर का छोर साहेब तक न पहुँच जाये।"

अजीजन ने मौलवी लियाक़त अली के सामने तक़रीबन-तक़रीबन सब कुछ साफ़ कर दिया था, लियाक़त भी सब समझ रहा था मगर उसे भी शायद

सबूतों और गवाहों का इन्तज़ार था। इलाहाबाद भले ही ग़ुलाम हो चुका था लेकिन लियाक़त अली को ज़िन्दा देखने के बाद आँसुओं से लबरेज ख़ुशियों के इन्हीं पलों में अजीजन ने अंजुला से अजीजन और अजीजन से आज़ाद तक की कहानी से लेकर शम्स की मोहब्बत और नानाराव की नाराज़गी का एक-एक किस्सा लियाक़त के दिल में उतार दिया। न कोख का साथ था, न धमनियों में बहते ख़ून की कुण्डली एक थी, बावजूद इसके लियाक़त और अजीजन का रिश्ता सगे से ज़्यादा रस पगा था। इसीलिए इलाहाबाद में अजीजन का ठिकाना लियाक़त का घर था और कानपुर में लियाक़त का हाल पता था कल्लूमल का कोठा।

कल्लूमल के कोठे के ठीक उलट सवादा कोठी में भी ज़िक्र अंग्रेज़ों के आने का ही छिड़ा था। हर किसी को फ़िक्र थी कि सत्तीचौरा की आग जिस दिन गोरों तक पहुँची उसी दिन कम्पनी की सेनायें कानपुर की तरफ़ रवाना होंगी। ऐसे ही माहौल में पाण्डुरंगा दरबार में दाख़िल हुये, "साहेब हमारे सैनिक लौट आये हैं, डेलाफ़ॉस और थॉमसन अगर इलाहाबाद पहुँचे तो सत्तीचौरा काण्ड की ख़बर कर्नल नील तक पहुँच जायेगी।"

ज्वाला प्रसाद ने ताली ठोंकी, "पहुँचने दो ख़बर, बीबीघर हमारे पास है।"

तात्या चौंके, "बीबीघर से क्या मतलब?"

ज्वाला प्रसाद ने त्योरी चढ़ाई, "अंग्रेज़ सेनायें कानपुर आयीं तो बीबीघर में बन्द बेवाओं और बच्चों की जान के बदले कानपुर की आज़ादी का सौदा करेंगे गोरों से और फिर बैरंग लौटा देंगे अंग्रेज़ों को।"

नाना ग़ुस्साये, "नाक में नहीं अपनी ज़ुबान पर नकेल डालिये ज्वाला प्रसाद।"

"मैंने ऐसा क्या अनर्थ कह दिया साहेब?"

"सत्ता और सियासत में सुगबुगाहट भी सैलाब की वजह बनती है।"

तात्या ने टोका, "बारूद जब तक ख़ामोश रहे तब तक डर बना रहता है, आग लगने के बाद तो बारूद तय करता है कि वो कहाँ, कैसे और किस तरफ़ फैलेगा।"

नाना और तात्या के दख़ल के बाद ज्वाला और पाण्डुरंगा ख़ामोश हो गये। नाना ने ऐलान किया कि सत्तीचौरा की ख़बर अंग्रेज़ों तक पहुँची तो सीधे युद्ध होगा और बीबीघर के मसले पर फ़ैसला उस वक़्त के हालात को देखते हुए

होगा। अज़ीमुल्ला को कानपुर का कलेक्टर घोषित किया गया। सबने शपथ ली कि कम्पनी को साम-दाम दण्ड-भेद की नीति इस्तेमाल करते हुए कानपुर में दोबारा दाख़िल नहीं होने दिया जायेगा।

उधर चार अंग्रेज़ सैनिकों के साथ डेलाफ़ॉस और थॉमसन की नाव फ़तेहपुर के मुरारमऊ इलाक़े की तरफ़ से गुज़र रही थी। तीन घण्टा पहले मुरारमऊ तक सत्तीचौरा काण्ड की दहक पहुँची चुकी थी और ये भी पता चला कि कुछ कम्पनी अफ़सर गंगा के रास्ते भाग रहे हैं। नाव पर बैठे एक अंग्रेज़ सैनिक की नज़र ऊपर टीले पर पड़ी जहाँ दो दर्जन से ज़्यादा सैनिक मुरारमऊ के राजा दिग्विजय सिंह के साथ मोर्चा लिये खड़े थे। सैनिक ने इशारा किया और मॉब्रे थॉमसन ने संगीन उठाकर फ़ायर कर दिया। गोली हवा में चली गयी और राजा मुरारमऊ ने आवाज़ लगाई, "मैं राजा मुरारमऊ दिग्विजय सिंह हूँ, मुझे अपना दुश्मन नहीं, दोस्त समझिये।"

चप्पू तेज़ हो चुके थे तभी थॉमसम चिल्लाया, "दोस्त हैं तो दोस्ती का सबूत दीजिए।"

दिग्विजय सिंह की आवाज़ बुलन्द हुई, "आप कहें तो हथियार गंगा में फेंक दें।"

ठीक इसी वक़्त दिग्विजय सिंह की आड़ से निकल कर अंग्रेज़ों का पिट्ठू, गोरों का ग़ुलाम नानकचन्द सामने आया, "थॉमसन साहेब, रुक जाइये, हम दोस्त हैं।"

नानकचन्द नीचे से दिखा तो लेकिन दूरी क़रीब तीस फीट की थी। थॉमसन को शक था कि दुश्मन नानकचन्द को मोहरा बनाकर चौपड़ की कोई नयी चाल चल रहे हैं। उसने सौ फ़ीसद मुतमइन होने के लिए नानकचन्द को नीचे भेजने और डेलाफ़ॉस के साथ बाक़ी सैनिकों को निशाना साधे रखने का इशारा किया। ऊपर से रस्सी वाली सीढ़ी फेंककर राजा मुरारमऊ ने नानकचन्द को नीचे उतारा। नीचे बलुई मिट्टी में उतरते ही नानकचन्द नब्बे अंश पर झुक गया, "कम्पनी बहादुर की जय हो, राजा मुरारमऊ की रियासत में आपका स्वागत है, चलिए साहब।"

"नानकचन्द तुम हमारे पुराने वफ़ादार हो, तुम्हें बन्धक बनाया हो तो भाग चलो।"

नानकचन्द बोला, "साहब बस अभी पता चला कि कानपुर में हमारे साहब बहादुर व्हीलर साहब के पूरे कुनबे के साथ सैकड़ों लोग मारे गये हैं। जैसे ही उन्नाव से आपके भागने की ख़बर मिली, मैं राजा साहब को आपके स्वागत में लेकर आया। राजा साहब कम्पनी के वफ़ादारों में हैं।"

"आप पर भरोसा है, लेकिन अब किसी पर भी भरोसा नहीं है नानकचन्द।"

विश्वास और अविश्वास के बीच खड़े अंग्रेज़ों के हालात को अपनी दिमाग़ी चक्की में पीसने के बाद नानकचन्द ने बुद्धि लगाई और राजा दिग्विजय सिंह को भी नीचे बुला लिया। थॉमसन के सामने राजा दिग्विजय सिंह की कमर का कोण भी नानकचन्द को मात दे रहा था। उसने ख़ुद को थॉमसन के हवाले किया और बन्दूक की नोंक ख़ुद की कनपटी पर रखवा ली फिर सब सीढ़ियों से टीले की तरफ़ चढ़ने लगे। ऊपर पहुँचते ही राजा दिग्विजय सिंह के सैनिकों ने थॉमसन, डेलाफ़ॉस और उनके चारों अंग्रेज़ सिपाहियों को घेर लिया, कनपटी पर सटी बन्दूक की नोंक को कनखियों से देखकर दिग्विजय सिंह बोला, "भले ही आप मेरी हत्या कर दें लेकिन मेरे एक इशारे पर मेरे सैनिक आपके शरीर को छन्नी बना सकते हैं।"

मॉब्रे चौंका, नानकचन्द ने बात सँभाली, "राजा साहेब के कहने का मतलब है कि आप उन पर भरोसा कर सकते हैं वर्ना वो ख़ुद अपनी कनपटी बन्दूक से क्यों सटाते। राजा साहेब कम्पनी के दोस्त हैं साहेब।"

मॉब्रे ने बन्दूक हटाई, "ग़लती मेरी नहीं मेरे भरोसे की है, नाना को दोस्त समझा, ही चीटेड अस। पहले बाग़ी सैनिकों को कम्पनी में दोबारा रखवाया फिर बग़ावत करा दी, सत्तीचौरा से इलाहाबाद जाने का रास्ता दिया, फिर सैकड़ों यूरोपियन्स मार डाले, उन्नाव में भी हम पर हमला हुआ, टेल मी, कैसे भरोसा कर लें हम।"

माहौल ठण्डा हुआ। दोनों तरफ़ से बन्दूकें गिरा दी गयीं। राजा दिग्विजय सिंह ने थॉमसन को गले लगाने की कोशिश की ही थी कि थॉमसन ने राजा के कन्धे पर हाथ रख कर जता दिया कि राजा कम्पनी के रहम-ओ-क़रम पर

है। राजा के गले में हाथ डाले-डाले मॉब्रे पहले से खड़ी बग्घी की तरफ़ चल पड़ा, "लेट मी रीच इलाहाबाद, फिर बताता हूँ नाना को उसकी औक़ात।"

दिग्विजय सिंह बोला, "एक-एक मौत का बदला लिया जायेगा, कम्पनी बहादुर।"

मॉब्रे का चेहरा लाल हो गया, "सत्तीचौरा की घटना पूरा कानपुर भुगतेगा।"

पीछे-पीछे चल रहे नानकचन्द ने दौड़कर बग्घी का दरवाज़ा खोला, "धोखेबाज नानाराव ने अभी कर्नल नील का बूचड़खाना देखा ही कहाँ है। इलाहाबाद का नज़ारा देख लेता तो काँप जाता। नानाराव का बुरा वक़्त मुहाने पर ही खड़ा है।"

गोरों का ग़ुलाम नानकचन्द शायद सही कह रहा था। मुरारमऊ का राजा दिग्विजय सिंह सच में कानपुर की कुण्डली का सबसे भारी ग्रह बन कर छठे खाने पर बैठ गया था। बस अब फ़तेहपुर और इलाहाबाद के बीच कुछ मील की दूरी बची थी और ये तय था कि थॉमसन एंड कम्पनी के इलाहाबाद पहुँचते ही कानपुर फिर ख़तरे में आ सकता था और उस ख़तरे का नाम था बुचर (कसाई) ऑफ़ इलाहाबाद, कर्नल जेम्स स्मिथ नील।

ख़तरों से बेख़बर, हालात से बेफ़िक्र और ख़ौफ़ से सौ फ़ीसद बेख़ौफ कानपुर में सवादा कोठी मैदान से बिठूर महल तक अशोक के पत्तों और बेशरम के बैंगनी फूलों से लदे तोरणद्वार समूचे रास्ते का दिल खोल कर इस्तक़बाल कर रहे थे। जगह-जगह नक्कारों की लय पर चौघड़े, ताशे, नगाड़े और गूँज रहे थे। कोठी से निकलकर नाना साहेब अपने मन्त्रिमण्डल के साथ मंच पर आये। कानपुर की आज़ादी भले ही नाना के खाते में दर्ज थी मगर नाना से सेना और सेना से शहर तक एक भी बाशिन्दा ये भूला नहीं था कि क्रान्ति का सिरमौर शहंशाह-ए-हिन्दुस्तान के सिर ही सजाना है लिहाज़ा सवादा मैदान में क़तार से खड़े तोपचियों ने एक सौ एक मर्तबा तोपें दाग कर बहादुर शाह ज़फ़र की शान में सलामी दी। मंगल पाण्डे ने जिस क्रान्ति की चिंगारी सुलगाई थी, कानपुर उस क्रान्ति की पहली मशाल बन कर दमक रहा था। बहादुर शाह

ज़फ़र के कसीदे पढ़ती तोपें अभी ख़ामोश हुई ही थीं कि कानपुर कलेक्टर अज़ीमुल्ला ने मंच से आवाज़ बुलन्द की, "सैनिक...नाना साहेब धूधूपंत को इक्कीस तोपों की सलामी देगा...सलामी दे।"

धमाकों की आवाज़ कानपुर के तक़रीबन हर कोने में सुनाई दे रही थी। पूरा का पूरा शहर आज़ादी के उल्लास में था। तात्या टोपे, राव पाण्डुरंगा, बाला और बाबा भट्ट के अलावा ज्वाला प्रसाद और जाँबाज़ी से मोर्चा लेने वाले सैनिकों और शहीदों के किस्से तोप के गोले लगातार बयाँ कर रहे थे। सलामी देने के बाद नाना की सवारी पनचक्की चौराहे की तरफ़ निकल पड़ी। नानाराव की पालकी के आगे-पीछे हाथियों और घोड़ों पर नानाराव के ख़ासमख़ास बैठे थे। सैकड़ों पैदल और घुड़सवार सैनिक भी साथ चल रहे थे। पूरे रास्ते जनता अपने राजा पर फूल और दूब बरसा रही थी। ढम-ढम-ढम बजाते ड्रम और मंगलवाद्य की धुन पर जगह-जगह लोग नाच रहे थे। बूढ़ी महिलायें बीच-बीच में नानाराव की पालकी रोक कर उनका तिलक कर रही थीं। चलते-चलाते ये सवारी कई घण्टे बाद पनचक्की चौराहे के मैदान पर रुकी। मिट्टी और ईंटों की बुनियाद पर पौन बीघा ज़मीन पर दस फीट ऊँचाई का मंच तैयार था। मंच के पीछे ताड़ के पेड़ों से रस्सियाँ खींचकर सत्तर फिट ऊँचा और दो गुना चौड़ा पर्दा बँधा था जिस पर गेंदा, गुलाब, कमल, चमेली, गुड़हल, मालती के फूलों की हज़ारों लड़िया इठला-बलखा रही थीं। पर्दे से दस हाथ की दूरी छोड़कर सिंहासन सजा था और मंच के दायें-बायें लोहे की चादर से बनी लम्बी-लम्बी चिमनियों के ऊपर रखे बड़े-बड़े तसलों में जलती महामशालें ढलती शाम के साथ दाख़िल होती रात को मात दे रही थीं। चोट से काफ़ी कुछ उबर चुके सेनापति शम्सुद्दीन के साथ नानाराव का मन्त्रिमण्डल सिंहासन के दोनों तरफ़ तैनात था। गद्दी के दायें हत्थे से थोड़ा हट कर अदला भी सोने के थाल में महादेव पर चढ़ाया गया प्रसाद, पंचामृत और गंगाजल भरी कलशी में तुलसी दल भी लेकर खड़ी थी जबकि हुसैनी कई दासियों के साथ मोरपंखों से बना पंखा लेकर अपने साहेब के इन्तज़ार में थी।

इधर जय जयकार के बीच फूलों की कालीन पर चलते नानाराव राजगद्दी की तरफ़ बढ़ रहे थे उधर गंगाजल छिड़क कर मंच शुद्ध किया जा रहा था। मन्त्रोच्चार के साथ ही मराठी कुलपुरोहित ने नानाराव के माथे पर लम्बा लाल

तिलक लगाकर अक्षत छिड़का और फिर महकते चन्दन से ललाट पर त्रिपुंड भी रेखाँकित कर दिया। आसमान भेदते नगाड़ों के साथ बिगुल जुगलबन्दी करने लगे। एक सौ एक पण्डितों ने नाना के सिर पर हीरे-मोती-रत्नों से जड़ी पेशवाई पगड़ी रखी और शुभ मुहूर्त में शंखनाद होते ही उन्हें सिंहासन पर बैठाया। ईस्ट इंडिया कम्पनी का छीना हुआ सम्मान अब पेशवा पद के साथ नाना को हासिल हो चुका था। नाना उठे और मंच पर चारों तरफ़ चहलक़दमी कर नारे लगाने लगे, "हर हर महादेव।"

महादेव का नारा दोहरा रही हज़ारों की भीड़ में सिर्फ़ कानपुर ही नहीं बल्कि आसपास के इलाक़ों के दर्जनों ज़मींदार, नगर और गाँव प्रमुख के साथ सरहदी रियासतों के कई राजा मौजूद थे। हर ख़ास-ओ-आम ने पेशवा नानाराव को नारे लगाकर अपना राजा क़ुबूल किया।

सूरज ढल चुका था, रात ने कुण्डी खटखटाई, मैदान के चारों तरफ़ नाना के सैनिक मशालें हवा में लहराने लगे। इसी बीच तात्या टोपे के इशारे पर एक मौलवी और एक पण्डित साथ-साथ उठे और चाँदी के थाल में सम्मान सजे झण्डे लेकर आगे बढ़ लिए। मंच के ठीक आगे गड़े तीस फीट के बाँस पर झण्डों को डोरी में बाँध कर खींचा गया। नज़ारा शानदार था। हरे रंग का झण्डा बहादुर शाह ज़फ़र की जीत और पेशवाई का प्रतीक भगवा झण्डा साथ-साथ लहरा उठे। दोनों झण्डों का ऐलान था कि इस्लाम और हिन्दुत्व जब भी संग-संग लहरायेंगे तब-तब हिन्दुस्तान कहलायेंगे। नारे फिर बुलंद हुये।

नानाराव धूधूपंत साहेब ज़िन्दाबाद
शहंशाह-ए-हिन्दुस्तान ज़िन्दाबाद
अमर शहीद मंगल पाण्डे ज़िन्दाबाद

ठीक इसी दौरान सिंहासन मंच के दायीं तरफ़ यकायक सैकड़ों दीपक झिलमिला उठे। हरे और भगवा रंग में सजी-धजी अजीजन बाई की टोली हाथों में दीपदान लिए मंच की सीढ़ियों पर चढ़ने लगीं। सौ से ज़्यादा सारंगियों ने एक साथ सुर छेड़ा और मृदंगों की क़तारें धमधमा उठीं। अजीजन और सुरैया के साथ पूरी की पूरी टोली सुर-ताल के साथ सिर्फ़ घुँघरू पगे पाँव ही नहीं

बल्कि दीपदानों को भी नृत्य मुद्रा में लहरा रही थीं। दृश्य ऐसा था कि मानो स्वयं मर्यादा पुरुषोत्तम राम लंका विजय कर अयोध्या पधारे हैं। ताल से ताल मिलाते दीपदानों के साथ मस्तानी टोली राम चरित मानस की चौपाइयाँ गाकर आरती उतारने लगी...

सब रघुपति मुख कमल बिलोकहिं।
मंगल जानि नयन जल रोकहिं।।
कनक थार आरती उतारहिं।
बार बार प्रभु गात निहारहिं।।
कंचन कलस बिचित्र सँवारे।
सबहिं धरे सजि निज निज द्वारे।।

पेशवाई पगड़ी पहनकर सिंहासन पर बैठे अपने राजा को देख कर जनता मगन थी। तात्या टोपे, अज़ीमुल्ला, ज्वाला प्रसाद, राव पाण्डुरंगा, बाबा और बाला भट्ट भी खड़े होकर चौपाइयाँ दोहरा रहे थे मगर नाना के सिंहासन के बगल में खड़ी अदला का दिल दीपदान की तपिश और अजीजन की मुस्कान के तेल से जला भुना जा रहा था। मोरपंखा झलती हुसैनी अपनी मालकिन की कुढ़न बिना किसी कोशिश के महसूस कर पा रही थी। मंच के नीचे आगे की क़तार में खड़े दुर्जन और सरदार खाँ के सुलगते दिलों की लपटें आँखों में दहकती दिख रही थीं। मगर नानाराव के चेहरे पर मुस्कुराहट थी और अजीजन की चौपाइयाँ जारी थीं।

बन्दनवार पताका केतू।
सबहिं बनाये मंगल हेतू।।
बीथीं सकल सुगन्ध सिंचाई।
गजमनि रचि बहु चौक पुराई।।
नाना भाँति सुमंगल साजे।
हरषि नगर निसान बहु बाजे।।

राग मालकौंस की मिठास और कहरवा की विलम्बित ताल में पिरोई हुई मानस चौपाइयों पर आज़ाद कानपुर राम के रंग में रंग चुका था। सैकड़ों

मशालों की लौ से रौशन सिंहासन पर बैठे नानाराव जैसे ही खड़े हुए उनकी छाया पीछे लगे पर्दे पर सौ गुना विशाल दिखाई देने लगी। मानो छाया नानाराव का कद, पद, गौरव और साम्राज्य बयाँ कर रही हो। मृदंग विलम्बित ताल से दुगुन, दुगुन से तिगुन हुई और आरती अन्तिम चरण की तरफ़ चल दी।

जंह तंह नारि निछावरि करहीं।
देंहि असीस हरष उर बरहिं।।
कंचन थार आरती नाना।
जुबतिं सजें करहिं सुभ गाना।।

तभी पनचक्की चौराहे पर राज्याभिषेक का गवाह मैदान एक साथ गा उठा....

सुमन बृष्टि नभ संकुल भवन चले सुखकंद।
चढ़ीं अटारिन्ह देखहिं नगर नारि नर बृंद।।

राज्याभिषेक समारोह देर रात तक जारी था। नानाराव ने सेनापति शम्सुद्दीन से लेकर सैनिकों और सैनिकों से लेकर अपने मन्त्रिमण्डल के अलावा अजीजन, सुरैया और मस्तानी टोली की हर लड़ाका लड़की को सोने का कड़ा आज़ादी के विजय चक्र के रूप में पहनाया। शहीद सैनिकों के कुनबों को शहरी आमदनी के एक दिन का पूरा पैसा सांत्वना के तौर पर सौंपा गया और ताउम्र पेंशन का ऐलान किया गया। इधर कानपुर की सत्ता और जनता गीत संगीत और जश्न में तैर रही थी, उधर मुरारमऊ के राजमहल में आराम फ़रमा रहे डेलाफ़ॉस और थॉमसन सुबह के इन्तज़ार में थे।

राजा दिग्विजय सिंह और उसके सैनिकों की अभेद्य सुरक्षा में नानकचन्द को साथ लेकर मॉब्रे थॉमसन और डेलाफ़ॉस गंगा के रास्ते इलाहाबाद पहुँच चुके थे। चन्द दिनों पहले बतौर गवर्नर लियाक़त अली अलोपीबाग के जिस दफ़्तर की शान हुआ करता था आज उसी कुर्सी पर इलाहाबाद को श्मशान

बनाने वाला शैतान कर्नल नील तमतमाया बैठा था। सत्तीचौरा काण्ड से लेकर बीबीघर में बन्द बीवियों की ख़बरें सुनकर लावा हो चुके नील का ख़ून आज़ाद के नाम पर उबल रहा था। नील गरजा, "हू इज़ दिस ब्लडी आज़ाद?"

मेज़ के दूसरी तरफ़ बैठा थॉमसन बोला, "सर, आज़ाद इज़ अ फ़ैंटम। आज़ाद ने ही जनरल व्हीलर को किडनैप किया था।"

कर्नल नील फुफकारा, "उसके पास इतनी पावर कैसे आयी, कौन है उसके पीछे?"

"हंड्रेड परसेंट नानाराव ही हैं सर।" इस बार डेलाफ़ॉस बोला।

आज़ाद और नाना पर बिफ़रा हुआ नील जनरल व्हीलर की बेवकूफ़ी पर भनभना गया कि आख़िरकार इतना सब कुछ होने के बावजूद व्हीलर ने टेलीग्राम पर ख़बर क्यों नहीं भेजी। डेलाफ़ॉस ने उसे तार काटने की साज़िश से वाक़िफ़ कराया और राजा दिग्विजय सिंह ने युद्ध छेड़ने के लिए ललकारा, "आप कानपुर पर हमला कीजिए हम कम्पनी के साथ नानाराव से मोर्चा लेने का वचन देते हैं।"

नील की त्योरियाँ चढ़ीं, "लेट मी इंफ़ॉर्म इट टू गवर्नर जनरल।"

बिना वक़्त गँवाये कर्नल नील ने फ़ोर्ट विलियम को तार भेजा।

"सर, लॉर्ड कैनिंग, ऑनरेबल गवर्नर जनरल ऑफ़ इंडिया। हम कानपुर खो चुके हैं। जनरल ह्यू मैसी व्हीलर और कम्पनी ने तक़रीबन तीन हफ़्ते तक इंट्रेंचमेंट में नानाराव के ख़िलाफ़ युद्ध लड़ा। युद्ध में जनरल व्हीलर का बेटा जेम्स और सैकड़ों सैनिक मारे गये। जनरल ने सरेंडर किया और नानाराव ने उन्हें गंगा के रास्ते इलाहाबाद जाने का ऑप्शन दिया, लेकिन ये विकल्प नहीं, छल था। नाना ने आज़ाद नाम के इनामी जासूस के ज़रिये साढ़े चार सौ से ज़्यादा यूरोपियन को मरवा डाला। जनरल व्हीलर, कलेक्टर हिल्सर्डन और डॉक्टर ट्रेसीडर कुनबों सहित मारे गये। साढ़े चार सौ के क़रीब महिलायें और बच्चे बीबीघर में नानाराव के क़ब्ज़े में हैं। मुझे परमिशन दीजिए कि मैं कानपुर कूच कर जाऊँ या आप जल्द सेना भेजकर कानपुर पर दोबारा क़ब्ज़ा कर के बीबीघर के कैदियों को छुड़वाइये।"

उधर टेलीग्राम मिलते ही लॉर्ड कैनिंग ने मेजर जनरल हैनरी हैवलॉक को फ़ोर्ट विलियम तलब किया और कानपुर के हालात से वाक़िफ़ कराया, "इट्स टाइम टू मूव टू कानपुर हैनरी। टेक रंगून, पंजाब एंड बंगाल फ़ोर्सेस विद यू एंड सेव अवर लेडीज़ देयर।"

हैवलॉक ने सुझाव माँगा, "सर गंगा के रास्ते निकलूँ या जीटी रोड पकड़ लूँ।"

"गैंजेस इज़ नॉट वैरी सेफ़, टेक ग्रैंड ट्रंक रोड टू रीच फ़ास्ट, हैनरी।"

मेजर जनरल हैवलॉक ने पैर पटक कर लॉर्ड कैनिंग को सैल्यूट किया और भारी-भरकम फ़ोर्स के साथ कानपुर निकल पड़ा। हैवलॉक छोटा-मोटा अफ़सर नहीं था, वो एंग्लो-अफ़गानिस्तान और एंग्लो-पर्शियन युद्ध का नायक था। गवर्नर जनरल ने सोच समझ कर हैवलॉक को चुना था। फ़ोर्ट विलियम ने हैवलॉक के रवाना होने की ख़बर कर्नल नील को भेजी और हैवलॉक के पहुँचने से पहले इलाहाबाद न छोड़ने की ताकीद की।

कानपुर का बीबीघर अब ईस्ट इंडिया कम्पनी और नानाराव की सत्ता का सबसे अहम् केन्द्र बन चुका था। फ़तेहगढ़ से बयालीस अंग्रेज़ सैनिक बन्दी बनाकर आज बीबीघर लाये गये थे। कैदियों को ऊपर वाले हॉल में भेजा ही जा रहा था कि तभी अमेलिया को लेकर अजीजन, लियाक़त अली और सुरैया के साथ वहाँ पहुँची। तीनों बुर्के में थीं जबकि लियाक़त मज़दूर के भेष में। सब ख़ानसामा अली खाँ को ढूँढने आये थे क्योंकि अली के ज़रिये मार्गरेट का पता हासिल होने की उम्मीद थी। सूरज चढ़ चुका था, ताँगों, बैलगाड़ियों से मज़दूर सब्ज़ियों और अनाज के बोरे उतार रहे थे। बस कुछ ऐसे ही ज़कात देने के बहाने खच्चरों में सामान लादकर अजीजन भी आयी थी। छिटपुट भीड़ और बावर्चियों की आड़ में अजीजन ने देखा कि बरगद की छाँव में अदला कुर्सी डाले बैठी थी। सरदार और दुर्जन हाथ बाँधे खड़े थे। हुसैनी बेग़म हिसाब-किताब में जुटी थी। अदला के साथ दुर्जन और सरदार को देखकर सत्तीचौरा की साज़िश के शक का बीज अजीजन के यक़ीन में तब्दील हो चुका था, बस सबूत नहीं थे।

सुरैया को इशारा करती हुई अजीजन अदला की तरफ़ बढ़ी और बीबीघर के एक खम्भे के पीछे ख़ामोशी से खड़ी हो गयी। आमदरफ़्त करते लोगों से नज़रें बचाये हुए अजीजन सरदार खाँ, दुर्जन और अदला के गठजोड़ के भौतिक-रासायनिक गुणों को बारीकी से पढ़ रही थी। उसका मक़सद था इस तिगड्डे की त्रिकोणीय मिलीभगत में सत्तीचौरा के षड़यन्त्र के चौथे कोण की तलाश। उधर अमेलिया की जानिब से लियाक़त और सुरैया की आँखें भी चौतरफ़ा खोजबीन में थीं, तभी अमेलिया को अली नज़र आ गया। बुर्का पहने अमेलिया ने सुरैया को कोहनी मारी, "सुरैया...अली खाँ इज़ देयर।"

हिफ़ाज़त के मद्देनज़र लियाक़त अली दूर से ही अजीजन पर नज़र बनाये था। अली का नाम सुनते ही उसने सब्ज़ी की बड़ी डलिया उठायी और सुरैया के साथ अमेलिया को लेकर अली की ओर चल दिया। किसी को शक न हो लिहाज़ा तीनों सँभले हुए क़दमों से अली के पास पहुँचे। अकेला खड़ा अली खाँ चूल्हे पर चढ़ी देग में छौंका लगा रहा था। अली के बगल में डलिया उतार कर लियाक़त ज़मीन पर बैठ गया और चौकन्ने सिपाही की तरह बीबीघर की हर हरकत को आँखों में क़ैद करने लगा। सुरैया ने खुसफुसाते हुए पूछा, "कैसे हो अली खाँ?"

अपना नाम सुनकर अली खाँ चौंक गया, "आप कौन...आपा?"

"सुरैया नाम है हमारा।" सुरैया ने बुर्का हटाया।

"याद तो नहीं आ रहा लेकिन शायद आपको कहीं देखा है।"

"हम बदनाम औरतों को शरीफ़ लोग तवायफ़ कहते हैं।"

"याद आया...लाला जुगुल किशोर की बेटी की शादी में देखा था।"

"ओहहो...तो आप भी हमारे मुजरे के चश्मदीद थे?"

"ख़ानसामा तो बस मालिक के हुक़्म पर कल्छुल चलाते हैं।"

"तो कल्छुल चलाओ और हमारी तलाश दस्तरख़्वान पर परोस दीजिए।"

"मैं समझा नहीं आपा।"

"जनरल व्हीलर की बेटी मागरिट कहाँ है?" सुरैया ने सीधा सवाल दागा।

"हम नहीं जानते किसके बारे में पूछ रही हैं आप?" अली सकपका गया।

"अली खाँ...आप तो व्हीलर साहब की कोठी पर ख़ानसामा थे फिर मागरिट को कैसे नहीं जानते...हमसे सच बोलियेगा या फिर हम कोई और तरीक़ा आज़मायें?"

अमेलिया से रहा नहीं गया उसने फ़ौरन अपने चेहरे से बुर्का हटाया। अमेलिया को देखते ही अली सन्न रह गया, "हम लोगों को यहाँ से चलना चाहिए, किसी की भी नज़र पड़ गयी तो क़यामत आ जायेगी, यहाँ भरोसे लायक कोई नहीं है।"

अमेलिया ने फ़ौरन चेहरा ढक लिया फिर ख़ाली पड़े बोरे उठाकर सुरैया के साथ बीबीघर की चारदीवारी से बाहर आयी और पचास क़दम की दूरी पर पीपल के पेड़ के नीचे अली का इन्तज़ार करने लगीं। अली ने अपने साथियों को बुलाकर चूल्हे से देग उतरवाई और बीबीघर के अन्दर रखवा दी। अली ने लियाक़त को अपने घर का पता बताया और सधे क़दमों से बाहर चला गया। अब लियाक़त अली की नज़र अजीजन पर थी जो दुर्जन और सरदार के जाते ही अदला के ठीक सामने खड़ी थी। अजीजन को देखते ही शान से बैठी अदला न चाहते हुए भी कुर्सी से खड़ी हो गयी, जैसे उसके मन में चोर हो, जैसे वो अजीजन को देखकर सहम गयी हो या फिर अजीजन के रुतबे ने उसे अजीजन की शान में खड़ा होने को मजबूर कर दिया हो। अदला ने अपने हाव-भाव सँभाले, "कानपुर शहर की मशहूर तवायफ़...यहाँ कैसे आयी?"

"बीबीघर के लिए ज़कात का हिस्सा लेकर आयी थी अदला बेग़म।"

"तुम्हारी ज़कात के मोहताज नहीं हैं हमारे इन्तज़ामात अजीजन।"

"आप तो ख़ुद नाना साहेब की ज़कात पर ज़िन्दा हैं बेग़म।"

अदला ने तेज़ी से अजीजन का जबड़ा पंजे में जकड़ा और चेहरे से चेहरा सटा कर दाँत पीसते हुए गुर्राई, "ज़ुबान दराज़ों की ज़ुबान कलम कर देती है अदला।"

अजीजन आर-पार का मन बनाकर आयी थी। उसने अदला का पंजा अपने पंजे में जकड़ा और हाथ मरोड़ते हुए गुर्राई, "साहेब के लिहाज़ में अब तक ख़ामोश थे हम पर आज लुकाछिपी का खेल ख़त्म ही कर देते हैं।"

दर्द के बावजूद अदला ने चौतरफ़ा नज़र दौड़ाई। उसे फ़िक्र थी कि उसकी बेइज़्ज़ती का कोई गवाह न बन जाये, वो कराही "मेरा हाथ छोड़ बदज़ात।"

अजीजन ने हाथ और कस के मरोड़ दिया, अब अदला बेग़म की पीठ अजीजन की तरफ़ थी। अदला ने चीख़ को क़ाबू किया। अजीजन ने उसकी

चोटी पकड़ी और उसका कान अपने मुँह के पास लाकर बोली, "सौ ग़लतियाँ तो श्री कृष्ण ने भी माफ़ की थीं, मुझ पर हाथ उठाकर तेरे पापों का सैकड़ा आज पूरा हो गया अदला।"

इतना कहते ही अजीजन ने हाथ छोड़ दिया। कलाई सीधी करते हुए अदला ने अजीजन को घूरा, "तू फँस चुकी है अजीजन बाई...तू ऐसे जाल में फँस चुकी है कि गोरे लौटे तो सत्तीचौरा के क़ातिल आज़ाद को सरेआम चौराहे पर लटकायेंगे और न लौटे तो नाना साहेब अजीजन को ज़िन्दा नहीं छोड़ेंगे...ये वादा है मेरा।"

"अजीजन और आज़ाद के बारे में सोचना बन्द कर दे अदला। अल्लाह से दुआ कर कि तुझसे एक और ग़लती अब कभी न हो क्योंकि तेरी कुण्डली में एक सौ एक का आँकड़ा मनहूस भी है और मौत की वजह भी। महाभारत में तब शिशुपाल नहीं बचा था और अब क्रान्ति के कुरुक्षेत्र में तू नहीं बचेगी।"

अदला और अजीजन के बीच नाना के लिहाज़ की पर्दादारी ख़त्म हो चुकी थी। अजीजन नाना के सामने सत्तीचौरा से बिठूर महल तक फैले साज़िशों के तारों में उलझी थी और अदला अजीजन की मौत का तमाशा देखने को बेसब्र। दोनों कम्पनी की दुश्मन थीं, नाना की ख़ैरख़्वाही पर दोनों कुर्बान थीं मगर अदला के सौतिया डाह ने उसे रामायण की मन्थरा और महाभारत का शकुनि बना डाला था। वो अजीजन के नुकसान में कानपुर का नुकसान नहीं बल्कि अपना नफ़ा तलाश रही थी। क्रान्ति की इस कहानी में नफ़े और नुकसान का ये खेल अपना अन्तिम अध्याय लिख रहा था। बस दिन और मौक़ा तय होना बाक़ी था और मौके की गर्त में सबसे अहम् सवाल छिपा था कि आख़िर मौत कौन तय करेगा, अदला बेग़म की ख़ूनी साज़िश की धार या फिर ख़ून माँगती अजीजन बाई की तलवार।

उधर चौबेगोला इलाक़े में अली खाँ के घर की कुण्डी खटकी। छोटी बहन ने किवाड़ खोला और बुर्के में सुरैया के साथ अमेलिया को लेकर अली खाँ अन्दर हो लिया। आटा सने हाथों के साथ अम्मी चौके से दौड़ती हुई आयी और दुछत्ती पर कपड़े सुखा रही दूसरी बहन भी दो अनजान बुर्केवालियों को

देखकर धड़धड़ाती हुई आँगन में पहुँच गयी। अली ने अपने होठों पर उँगली लगाकर सबको ख़ामोश रहने का इशारा किया और मागरिट के बारे में पूछा। सबसे छोटी बहन ने आँखें मटकाते हुए बताया कि मागरिट अपने कमरे में है। सुरैया बाहर ही बहनों और माँ के साथ रुक गयी और दबे पाँव अली अमेलिया को लेकर कमरे की तरफ़ बढ़ा। मागरिट की पीठ दरवाज़े की तरफ़ थी, अमेलिया ने गुमसुम-सी बैठी मागरिट की आँखें अपनी हथेलियों से बन्द कर दीं। मागरिट ने अमेलिया की हथेलियाँ टटोलीं और पहचानने की नाकाम कोशिशों के बाद बोली, "हूज़ दैट?"

अमेलिया ने हथेलियाँ हटा ली, अब मागरिट के सामने बुर्के में एक लड़की खड़ी थी। उसका दिल धौंकनी, मन ज्वार भाटा हो गया और आँखें अर्से बाद एकटक थीं, तभी अमेलिया ने बुर्का हटा दिया। मागरिट उसे देखते ही धम्म से ज़मीन पर बैठ गयी। शायद मौत के ताण्डव भोग चुकी आँखों से किसी अपने के ज़िन्दा होने का भरोसा ही उठ चुका था, सच क़ुबूलने की ज़ेहनी ताकत सिफ़र पर टिकी थी और झूठ की केंचुल ही उम्मीदों के सच का मुलम्मा थी। उसकी आँखें चीख़-चीख़ कर रोने लगीं, ज़ुबान पर ताला था और गले की आवाज़ गूँगी हो चुकी थी। ताकीद थी कि आस पड़ोस में कोई सुन न ले, कोई जान भी न पाये कि कोई अंग्रेज़न इस घर में रहती है। करघे के उलझे फन्दों के मानिन्द ख़ुद को सुलझाती मागरिट अभी सिरा तलाश भी नहीं पाई थी कि अमेलिया ज़मीन पर बैठ गयी और दोनों हथेलियों में उसका चेहरा भरते हुए फुसफुसाई, "प्लीज़ बिलीव मी, आई एम योर अमेलिया।"

मागरिट जैसे फट पड़ी और अमेलिया को भींच कर बिलखने लगी। सुरैया और अली खाँ की बहनें भी कमरे में दाख़िल हुईं। अली ने सुरैया के हाथ जोड़े, "बड़ा करम है जो आप ने मुझे ढूँढ लिया, अब जी भर कर रो लेने दीजिए दोनों को।"

सुरैया ने अली के हाथ थाम लिए, "फरिश्ता तो तू है अली।"

सुरैया की बात सुनते ही मागरिट उठी और अली खाँ के गले से लगकर रोने लगी, "थैंक्यू अली खाँ, आप सच में एंजल हैं, कभी कुछ माँगा नहीं बस यही फ़िक्र की कि हम कैसे ख़ुश रहें, हमारी ज़िन्दगी आपकी एहसानमन्द है।"

अली ने बहुत कोशिश की कि वो मार्गरेट को बाँहों में भर ले लेकिन उसकी बाज़ुओं को जैसे इजाज़त नहीं थी। उसकी हैसियत ने उसे रोक रखा था। उसे एहसास था कि वो सिर्फ़ एक ख़ानसामा है और मार्गरेट उसकी छोटी मेमसाब। बस इतना सोचते ही अली की आँखें रिसने लगीं और छाती से चिपकी मार्गरेट के गालों से टप-टप टपकने लगीं। चेहरे पर आँसुओं की दस्तक होते ही मार्गरेट की रूह ने आवाज़ दी कि इस दुनिया में कोई है जो उसके लिए रोता है। आज पहली मर्तबा उसे अली के गुनगुने नमकीन आँसुओं में मिसरी की ठण्डी तासीर का एहसास हुआ। अली का इश्क़ अब मार्गरेट के लिए हमदर्दी से थोड़ा ज़्यादा और मोहब्बत से थोड़ा कम था मगर जो था आज भी अनकहा था। शायद बयाँ करने का कोई वक़्त था, कोई तारीख़ थी जिसका आना अभी बाक़ी थी। दोनों के आँसुओं की गंगा जमुना में सुरैया और अली खाँ का परिवार भी सरस्वती की तरह संगम हो चुका था।

इसी बीच कुण्डी फिर खटकी। अम्मी ने दरवाज़ा खोला। अजीजन और लियाक़त अली भी बीबीघर से अली के घर पहुँच चुके थे। कमरे में दाख़िल होते ही अमेलिया लियाक़त अली को देखकर मुस्कुराई और मार्गरेट से मुख़ातिब होते हुए बोली, "ही इज़ लियाक़त अली, मैन ऑफ़ गॉड, ही सेव्ड मी मार्गरेट। ये नहीं होते तो पता नहीं तेरी अमेलिया ज़िन्दा होती या नहीं।"

"थैंक्स फ़ॉर सेविंग ऐन यूरोपियन एनिमी।" मार्गरेट ने लियाक़त की तरफ़ हाथ बढ़ाया, लियाक़त ने मार्गरेट का हाथ थाम लिया, "तुम दोनों मेरी बेटी की तरह हो, बाप के रहते बेटियों को कोई छू नहीं सकता।"

इतना कहकर मार्गरेट व्हीलर और अमेलिया हॉर्न को लियाक़त अली ने गले लगा लिया। अजीजन और सुरैया ख़ुशी से दोनों को निहार रही थीं कि अमेलिया बोली, "मीट अजीजन बाई एंड सुरैया, एंजल्स ऑन दिस अर्थ।"

सुरैया, अजीजन, मार्गरेट, अमेलिया एक साथ गले लग गईं और तभी अली की अम्मी चाय लेकर कमरे में दाख़िल हुईं। चाय की चुस्कियाँ शुरू ही हुई थीं कि गली से ढम-ढम-ढम के साथ मुनादी सुनाई दी।

सुनो सुनो सुनो...कानपुर वालों सुनो
हर ख़ास-ओ-आम को ताकीद की जाती है

अगर आपने किसी अंग्रेज़ को पनाह दी है
अगर आपने किसी अंग्रेज़ को छिपाया है
तो आप के ख़िलाफ़ क़ानूनी कार्रवाई होगी
सुनो सुनो सुनो...कानपुर वालों सुनो

अजीजन ने चाय का घूँट लेते हुए पूछा, "किसी को ख़बर तो नहीं है?"

"अभी तक तो नहीं है आपा।" अली ने गहरी साँस ली।

"ख़बरदार रहियेगा, एक़दम ख़बरदार।"

"जी ज़रूर।"

अजीजन ने अमेलिया और सुरैया को देखकर कहा, "हमें चलना चाहिए।"

सब आँगन की तरफ़ चले ही थे कि पीछे से मार्गरेट ने अमेलिया का हाथ पकड़ लिया और इशारों में न जाने की गुज़ारिश की। अमेलिया ठिठक गयी, "क्या मैं मार्गरेट के साथ रह सकती हूँ अजीजन?"

अजीजन ने अली और अम्मी की तरफ़ देखा, "मुझे कोई ऐतराज़ नहीं।"

अम्मी ने अली को देखा, "जैसे छोटी मेमसाब वैसे छोटी मेमसाब की सहेली भी हमारी ख़ास हैं। इसी बहाने दोनों का यहाँ मन लगा रहेगा।"

मार्गरेट ने अम्मी का गाल चूम लिया, "थैंक्यू अम्मी, थैंक्यू वैरी मच।"

लोगों की नज़रों से मार्गरेट और अमेलिया को बचाये रखने की ताकीद के साथ अजीजन, सुरैया और लियाक़त चल दिये। ख़तरा था और सौ फ़ीसदी ख़तरा था क्योंकि मार्गरेट सिर्फ़ मार्गरेट नहीं थी बल्कि जनरल व्हीलर की बेटी थी जिसे सत्तीचौरा पर पूरे कुनबे के साथ मौत के घाट उतारा गया था। असल में अली खाँ मुनादी सुनने के बाद भी अपनी ही सत्ता से बग़ावत कर रहा था। उसे मालूम था कि उसकी एक चूक उससे उसकी मोहब्बत छीन लेगी, उसे इल्म था कि हवा का झोंका भी ख़बर उड़ा कर ले गया तो उसका कुनबा दफ़ना दिया जायेगा।

गोरों की वापसी से बेफ़िक्र कानपुर की सत्ता जलसों में मशग़ूल थी। कलकत्ता में मेजर जनरल हैनरी हैवलॉक भारी-भरकम सेना, तोपों, तलवारों और बन्दूकों के साथ कानपुर की तरफ़ कूच कर चुका था। हैवलॉक ने फ़ैसला किया था कि इलाहाबाद पहुँचने के बाद वहाँ के सैनिक भी सेना में शामिल किये जायेंगे। लेकिन पेशवा नानाराव का पूरा तन्त्र अभी तक बेख़बर था। पाण्डुरंगा, ज्वाला प्रसाद, बाला और बाबा भट्ट दीवानी, फौजदारी और आपराधिक अदालतों में जज तैनात हो चुके थे मगर कोर्ट में तारीख़ें मुक़दमों की सुनवाई का इन्तज़ार कर रही थीं। हफ़्ते भर में कानपुर के तीन कोतवाल बदले जा चुके थे और इस बदलाव की वजह थी रिश्वतख़ोरी। शहर के तमाम धन्नासेठ शिकायतें लिए नाना के दरबार में बैठे थे और लगान वसूली से लेकर पुलिसिया घूसख़ोरी तक के क़िस्से बयाँ कर रहे थे। डिस्ट्रिक्ट मजिस्ट्रेट अज़ीमुल्ला नाना से सख़्त फ़ैसलों की बात कर ही रहा था तभी लियाक़त अली कलकत्ता से निकलने वाला दूरबीन अख़बार लेकर दरबार में हाज़िर हुआ, "हमारी सत्ता चौतरफ़ा बदनाम हो रही है साहेब, मसला अब कलकत्ता तक पहुँच गया है, अख़बार देखिये, आपके होश उड़ जायेंगे।"

लियाक़त ने नाना को अख़बार थमाया। अखबार में लिखा था कि नानाराव के इशारे पर आज़ाद ने सत्तीचौरा काण्ड अंजाम दिया है, औरतों-बच्चों को जानबूझकर बचाया गया ताकि अंग्रेज़ अगर वापस लौटें तो पेंशन, ख़ज़ाना और कानपुर की गद्दी के नाम पर बीबीघर का सौदा किया जा सके।

अज़ीमुल्ला ने चौबीस घण्टे में दागी दरोगा और लगान वसूलकारों को हटाकर भ्रष्टाचार ख़त्म करने का यक़ीन दिलाया और व्यापारियों, सेठों को वापस लौटा दिया। सबके जाते ही नाना ने पाण्डुरंगा को अख़बार थमाया। पाण्डुरंगा इबारत बाँचते हुए मुस्कुराया, "मैं शुरू से कह रहा हूँ कि बीबीघर हमारी ढाल है साहेब, हमने तो पहले ही साम-दाम-दण्ड-भेद की नीति अपनाने का फ़ैसला किया था फिर इसमें ग़लत क्या है।"

तभी जनाना आवाज़ आयी, "इसे नीति नहीं औरतों की आड़ में सत्ता चलाना कहते हैं राव साहेब। बेहतर होगा कि ख़ुश होने के बजाय बदनामी की फ़िक्र की जाये।"

सबकी नज़रें आवाज़ की तरफ़ गईं तो अजीजन हाथ में कई अख़बार लेकर बढ़ी चली आ रही थी। पाण्डुरंगा बिफरे, "नसीहत छोड़ो और ये बताओ कि सत्तीचौरा पर आज़ाद के नाम पर कौन-सी नीति अपनाई गयी थी।"

अजीजन ने पाण्डुरंगा को तेवर दिखाये और नाना की तरफ़ देखते हुए गुर्राई, "वक़्त आने पर सत्तीचौरा के सबूत अजीजन ही पेश करेगी राव साहेब और सबूत तय करेंगे कि गुनहगार आज़ाद है या महल में बैठा कोई अपना।"

नाना ने त्योरियाँ चढ़ाई और बाबा भट्ट से बोले, "बाबा...अपने पानदान से एक बीड़ा पाण्डुरंगा को खिलाइये, ज़रा चूना तेज़ ही रखियेगा।"

बाबा पानदान लेकर उठे और पाण्डुरंगा के पास पहुँचे। पाण्डुरंगा ने नाना की तरफ़ देखा, "हम पान नहीं खाते हैं साहेब।"

अन्दर सुलग रहे नाना ग़ुस्साये, "हुक़्म है हमारा राव साहेब।"

पाण्डुरंगा ने बेमने बीड़ा मुँह में रख कर चबाना शुरू किया। नानाराव ने फिर बाबा की तरफ़ देखा। बाबा ने सींक में चूने की डली फँसाकर पाण्डुरंगा की तरफ़ बढ़ा दी। राव ने एक बार में बड़ी सी डली मुंह में रख ली। नाना के ग़ुस्सैल अन्दाज़ पर सब के सब सन्नाटा साधे थे। तेज़ चूने से राव का मुँह कटने लगा। उसने नाना से इशारों में पान उगलने की इजाज़त माँगी। नाना ने सिर हिलाकर साफ़ इन्कार किया और अजीजन से मुख़ातिब हुए, "हाँ तो आप क्या कह रही थीं अजीजन?"

अजीजन ने नाना के हाथ में तीन-चार अख़बार थमाये, "दूरबीन अख़बार कलकत्ता से निकलता है साहेब और उसे कानपुर आने में पन्द्रह से सत्रह दिन लगते हैं मगर कानपुर आज़ाद हुए तो अभी सिर्फ़ एक हफ़्ता ही गुज़रा है।"

"क्या कहना चाहती हैं आप?"

अजीजन ने जोड़-घटाना समझाया, "बीबीघर में अंग्रेज़नों को भेजे हफ़्ता गुज़रा है साहेब। फिर कैसे मुमकिन है कि सात दिनों में सत्तीचौरा से बीबीघर तक की ख़बरें कलकत्ता पहुँच गयीं, छप गयीं और कानपुर आ भी गयीं।"

तात्या बोले, "बात तो सोलह आना सही है, आख़िर हुआ क्या?"

अजीजन ने नाना को ब्यौरा दिया, "आपके हाथ में आज का भी अख़बार है और कुछ पुराने भी, ग़ौर से देखिये, सारे अख़बारों में क, स, फ, अक्षर ऊपर की तरफ़ उठकर छपे हैं यानी शब्द से अक्षर अलग हैं।"

नाना ने अख़बार तात्या को थमा दिया। तात्या बोले, "बात तो एकदम दुरुस्त है साहेब।"

नाना के चेहरे पर सवालिया निशान था। अजीजन ने जवाब दिया, "दूरबीन के नाम से ये अख़बार कलकत्ता में नहीं बल्कि कानपुर में नानकचन्द के छापेखाने में छपा है। उसके घर का ताला तोड़कर हम छापाखाना देखकर आये हैं साहेब।"

अज़ीमुल्ला चौंक गया, "यानी ख़बर नानकचन्द तक पहुँच गयी है।"

अजीजन मुस्कुराई, "ये सोचिये क्या ख़बर गोरों तक भी पहुँच गयी है?"

तात्या फ़िक्रमन्द थे, "कर्नल नील तक तो पक्का पहुँच गयी होगी।"

नाना ने टोका, "नील के पास इतनी सेना नहीं कि वो कानपुर कूच कर सके।"

तात्या ने अन्तिम सत्य बोला, "अब तो सौ फ़ीसदी मान लीजिए कि नील के ज़रिये सत्तीचौरा और बीबीघर का मसला कलकत्ता पहुँच चुका है और कलकत्ता तक पहुँचने का साफ़ मतलब है बड़ी सेना का जल्द हमला।"

नाना ने लियाक़त अली की तरफ़ देखा, "इलाहाबाद से कोई ख़बर?"

"अभी तक तो नहीं।" लियाक़त बोला।

उधर अभी तक पान चबा रहे पाण्डुरंगा और ख़ामोश बैठे ज्वाला प्रसाद की तरफ़ देखकर अजीजन ने चुप्पी तोड़ी, "पहला सवाल, बीबीघर की सौदेबाज़ी की ख़बर क्यों छापी नानकचन्द ने, दूसरा ये कि क्या हम सच में ऐसी कोई तैयारी कर रहे हैं?"

नाना ने दावा किया, "सत्तीचौरा जनता और सिपाहियों के ग़ुस्से का नतीजा था। बीबीघर की सौदेबाज़ी की ख़बर हमको और कानपुर की क्रान्ति को बदनाम करने के लिए छापी गयी है। सच तो ये है कि बीबीघर सौ फ़ीसदी महफ़ूज़ है अजीजन।"

नानाराव की दलील सुनते ही अजीजन को अदला याद आ गयी। उसका दिल अंगीठी पर चढ़े पानी की तरह खौलने लगा, मन लावा हो गया मगर मौक़े की नज़ाकत देखते हुए उसने ख़ून का घूँट पिया और पाण्डुरंगा को तरेरती हुई बोली "पता नहीं क्यों मुझे बीबीघर के महफ़ूज़ होने पर शक है।"

नानाराव ने अजीजन की आँखें पढ़ीं, "शक तो आपको सत्तीचौरा पर भी है मगर हम वचन दोहराते हैं कि अगर वो साज़िश थी तो सबूत दो, हम सज़ा देंगे।"

इतना कहते ही नाना ने तात्या, बाला, बाबा और अज़ीमुल्ला को सेनायें तैयार करने का हुक़्म दिया। नानाराव को अन्दाज़ा हो चला था कि अंग्रेज़ कभी भी कानपुर लौट सकते हैं और युद्ध किसी भी पल हो सकता है। अजीजन को बतौर जासूस एक मर्तबा फिर अख़बार की सच्चाई खोजने के नाम पर शाबाशी मिली और सब के सब अपने-अपने काम पर निकल लिए। ज्वाला और पाण्डुरंगा अभी भी दरबार में थे। नानाराव उठने को थे कि उनकी तरफ़ देखते हुए ज्वाला प्रसाद धीरे से बोले, "राव साहब को इजाज़त दीजिए साहेब।"

"कैसी इजाज़त ज्वाला प्रसाद, मुँह से बीड़ा उगलने की?"

"जी साहेब, राव साहेब का मुँह कट गया है चूने से।"

नाना गद्दी से उठे और पाण्डुरंगा को देखते हुए बोले, "समझाइये राव साहेब को कि जब बात साम-दाम-दण्ड-भेद की हो तो अपना मुँह बन्द रखा करें और बन्द न रख पायें तो बीड़ा खाया करें वर्ना चूना उनके मुँह को यूँ ही काटता रहेगा।"

इधर पाण्डुरंगा और ज्वाला को ताकीद के साथ सियासी नसीहत देकर नानाराव दरबार से चले, उधर क्रान्ति और कलह की कहानी अगले पड़ाव की ओर बढ़ गई।

चैप्टर-8

ईस्ट इंडिया कम्पनी का पाताललोक

नानाराव की सत्ता ध्वस्त करने के लिए सेना के साथ कलकत्ता से निकला मेजर जनरल हैनरी हैवलॉक इलाहाबाद से तक़रीबन दो दिन की दूरी पर था। उधर कल्लूमल के कोठे के एक कमरे में लियाक़त और अजीजन, पाण्डुरंगा राव, ज्वाला प्रसाद और अदला बेग़म की नीयत पर सवाल जवाब में उलझे थे। तभी बड़ी आपा कमरे में आयीं, "इलाहाबाद से कोई आया है मिलने।"

लियाक़त चौंका, "ज़रूर कोई ख़बर आयी है।"

अजीजन तपाक से बोली, "उसे फ़ौरन अन्दर भेज दीजिए।"

दो पल बाद ख़बरी कमरे में आया, "रामचन्द्र भाई ने भेजा है।"

लियाक़त ने सिर हिलाया, "हाँ हाँ क्या ख़बर है?"

ठीक इसी वक़्त कोठे की सीढ़ियाँ चढ़ते हुए शम्सुद्दीन ऊपर चला आ रहा था। उस बेचारे को इल्म ही नहीं था कि सत्ता और सियासत में कैसा ख़ूनी खेल चल रहा है। उसे अन्दाज़ा ही नहीं था कि अंग्रेज़ों की वापसी का काला साया कानपुर पर ख़तरा बन कर मण्डरा रहा था। नानाराव के राजा बनते ही वो मुतमइन था। उसे तो अब बस ख़ुशी की तलाश थी, ख़ुशी यानी अजीजन का प्यार, अजीजन का साथ, अजीजन से निकाह। बस ऐसी ही उम्मीदों की गठरी बाँधे वो सीधे कोठे की पहली मंज़िल पर आया और बरामदे में बैठी बड़ी आपा के गले लग गया। आपा चौंक गयीं, "अरे शम्स इस वक़्त कैसे?"

"बस आपा कुछ सोचा और चला आया।"

"ज़ख़्म कैसा है अब?" आपा ने फ़िक्र जताई।

"जिस्म का ज़ख़्म भर गया है, दिल का घाव बस भरने को है।"

"आज ख़ुश बहुत हैं आप?"

"कानपुर आज़ाद है, साहेब का राज़ है, बस आप से एक गुज़ारिश है।"

"बोलिए शम्स मियाँ, भला हम क्या दे सकते हैं?"

"अजीजन का हाथ हमें सौंप दीजिए, हम निकाह करना चाहते हैं उससे।"

आपा ने शम्स को पुचकारा, "अजीजन तैयार है तो हम तैयार हैं।"

"तो फ़ौरन बुलाइये उसे।" शम्सुद्दीन ख़ुशी से छलक पड़ा।

बड़ी आपा अन्दर से अजीजन को बाहर तो लाईं मगर इलाहाबादी ख़बरी की ख़बर सुनने के बाद अजीजन का चेहरा उदास था। उस ने फ़ौरन माथे की सिलवटों को सँवारा और जैसे ही शम्स के बगल में बैठी शम्स उसका हाथ पकड़कर बावरों की तरह सीढ़ियाँ उतरने लगा। अजीजन बिना कुछ पूछे-जाँचे पीछे-पीछे चलने लगी। अजीजन सब समझ कर भी नासमझ शम्स का साया बनी हुई थी। फ़र्लांग भर की गली के बाहर आते ही शम्स ने मैदान में बँधा घोड़ा खोला और अजीजन को बैठाकर सरपट हो लिया। सुकून था, ख़ुशी थी और शायद आज वो वक़्त, वो मौक़ा था जो शम्सुद्दीन के लिए माकूल था। अपना राज था, शहर आज़ाद था, अब बचा ही क्या था। अजीजन बस यही तो चाहती थी। अजीजन के ज़ेहन में ख़बरी की ख़बर गूँज रही थी और शम्सुद्दीन के दिल में शहनाई। पक्की सड़क फिर मिट्‌टी, रेत और बालू भरा रास्ता पार करने के बाद घोड़ा गंगा किनारे रुका। ठीक बीस क़दम की दूरी पर जोधपुर की पंचकुण्डा छतरियों जैसी लखौरी की ईंटों और संगमरमर की नक्काशीदार छतरियाँ बनी हुई थीं। घोड़े से उतरकर शम्स ने अजीजन का हाथ पकड़ा और प्यार से छतरी की तरफ़ चल दिया, "देख अजीजन तेरे लिए आज छतरी सजाई है मैंने।"

सूरज की अन्तिम लालिमा शम्स के चेहरे की ख़ुशी में अजीजन को साफ़ नज़र आ रही थी मगर सूरज के डूबते ही अमावस आने को थी, जिसकी कालिमा अजीजन के दिल को जकड़े थी। मोमबत्तियाँ छतरी में रोशन थीं, फ़र्श पर गुलाब की पंखुड़ियाँ का मखलमी गलीचा बिछा था। इश्क़ के शहद से नहाये वक़्त को गँवाये बिना शम्स ने अजीजन को गंगा की तरफ़ वाली छतरी के छज्जे पर बैठाया और ख़ुद एक घुटना टेक कर बैठ गया। शम्स ने छतरी में पहले से रखी रेशमी थैली खोली और थैली से पाज़ेब निकालकर

अजीजन को जैसे ही पहनाई मानो अजीजन के सोने जैसे पाँव पर चाँदी दमक उठी। अजीजन की आँख से एक आँसू टप्प से टपका, "थोड़ा रुक जाओ शम्स।"

शम्स आज हद पार था, बेपनाह था, बेहिसाब था। उसने अजीजन का हाथ पकड़ा और अनामिका में पन्ना जड़ी अँगूठी पहनाकर बोला, "कबूल है आपको?"

अजीजन बह चली थी, "ओ शम्स...रुकिये ज़रा...रहम कीजिए।"

रेशम की थैली जैसे शम्सुद्दीन की उम्मीदों का पिटारा थी। लाल रंग की मीनाकारी वाली हरे काँच की चूड़ियाँ अब क़तार में थीं। रिसती टपकती आँखें लिए अजीजन कलाई खींचे जा रही थी मगर शम्स जैसे रुकने को तैयार ही नहीं था। पहले छह-छह हरी चूड़ियों का जोड़ा और फिर दोनों हाथों में सोने का एक-एक कंगन पहनाने के बाद शम्स अजीजन के गले में मूँगा, माणिक, फ़िरोज़ा और पुखराज से जड़ा हार पहनाने को ही था कि अजीजन ने उसे कस के भींच लिया और ज़ार ज़ार रोने लगी। गले लगे लगे शम्स बोला, "हमें क़ुबूल कर लीजिये।"

"आप पहले दिन से क़ुबूल हैं हमें शम्स, हमें कुछ कहने का मौक़ा तो दीजिए।"

"ज़रूर मौक़ा देंगे, पहले हमारी मुश्किल को आसान कर दीजिए।"

"कैसी मुश्किल शम्स?"

शम्स फिर ज़मीन पर बैठ गया और अजीजन का पैर अपनी गोद में रखते हुए उसने पिटारे से एक शीशी निकाली, "हमको महावर लगाना नहीं आता अजीजन।"

"अल्लाह के लिए ठहरिये शम्स।" अजीजन भी जमीन पर बैठ गयी और शम्स का चेहरा अपने हाथों में लेकर बोली। शम्स से रहा नहीं गया, "हम उम्र भर आपके पैरों का महावर बनकर रहेंगे अजीजन।"

अजीजन पालथी मारकर बैठ गयी और पाज़ेब उतारने लगी, "हमें पता है शम्स हम आपको बहुत सताते हैं, मगर शम्स पैरों में पाज़ेब सजाने और महावर लगाने का लम्हा हमसे अभी दो सौ कोस दूर खड़ा है। नगों से सजा हार, ये हरी चूड़ियाँ, ये कंगन हम पर क़र्ज़ है शम्स।"

इस लम्हे के इन्तज़ार में उम्र गुज़ार रहा शम्सुद्दीन आज टूट गया और अजीजन की गोद में सिमटकर सिसकने लगा, "आख़िरी बार पूछ रहा हूँ, क्या मुझे हक़ है जानने का कि क्यों नहीं है ये वक़्त चूड़ियाँ पहनने का, आलता सजाने का अजीजन?"

मजबूर सी अजीजन खड़ी होकर चीख़ने लगी, "क्योंकि हैवलॉक की फ़ौज कानपुर चल चुकी है शम्स। ये आज़ादी, सत्ता, सिंहासन फिर ग़ुलामी के सफ़र पर निकल चुके हैं। ये मूँगा, माणिक, पन्ना, ये फिरोज़ा हमारी कुण्डली का लिखा नहीं सँवार सकते हैं। फिर वक़्त है युद्ध का, बस युद्ध ही कर सकते हैं हम...सिर्फ़ युद्ध।"

थके-हारे शम्स ने अजीजन को भींच लिया, "अजीजन...अजीजन।"

"ख़ुद को मज़बूत कीजिए शम्स, इलाहाबाद से ख़बरी तबाही की ख़बर लाया है।"

शम्सुद्दीन बिलखने लगा, "क्या हम...गोरों के आने से पहले....?"

"नहीं शम्स नहीं...क्या देंगे हम अपने बच्चों को...ग़ुलामी की साँसें... उधार की रोशनी...क़र्ज़ की ज़मीन...और बिटिया हुई...तो शायद कोठा...।"

तेज़ाबी हक़ीक़त बयाँ करती अजीजन को ख़ामोश करने के लिए शम्स ने उसके होंठों पर हाथ रख दिया। अजीजन ने हाथ हटाया, "जो सच आपके कानों में लावा उगल रहा है वो आपकी अजीजन का सच है, वो बच्ची थी जिसके खिलौने जैसे बचपन को रौंद कर गोरों ने कोठे पर बैठा दिया। मेरा झूला, मेरा बापू, अम्मा, मेरा घर सब छीन लिया शम्स। अब अजीजन अपनी कोख़ से एक और अजीजन किसी हाल में पैदा नहीं होने देगी।"

अजीजन का दर्दनाक सच सुनकर शम्सुद्दीन की धड़कने गूँगी हो गयीं, ज़ुबान को लकवा मार गया मगर अजीजन का दिल आज चीख़े जा रहा था। उसने दोनों हाथ फैलाये और गंगा की तरफ़ रुख़ करते हुए गरजी, "गंगा मइया गवाह हैं शम्स, आज़ादी की जिस जंग के आप सेनापति हैं, उस क्रान्ति के आज़ाद हम हैं और आज़ाद आज़ादी के लिए ज़िन्दा है किसी अजीजन की ख़ुशी के लिए नहीं।"

पहले अजीजन के साथ ज़िन्दगी ग़ुज़ारने की उम्मीद टूटी फिर अजीजन की कहानी के दर्द ने तोड़ दिया और अब अजीजन के आज़ाद होने का राज़

खुलते ही शम्स चौंक गया, "आज़ाद...मेरी अजीजन ही आज़ाद है...कभी मुझसे ज़ाहिर ही नहीं किया।"

"बात नीति की थी, क्रान्ति की थी, नाना को दिये वचन की थी। मगर अब न ज़िन्दगी का भरोसा है, न आज़ादी का, शायद आज सबसे माकूल वक़्त था बयाँ करने का।"

शम्स की ख़ूबसूरत दुनिया एक झटके में खण्डहर हो चुकी थी। वो समझ चुका था कि दोनों की क़िस्मत में प्यार नहीं, तलवार लिखी है। शम्स के लिए अब वक़्त था चाहतों और ख़्वाबों को दिल की चारदीवारी में क़ैद कर के अजीजन की पुश्त के साथ मज़बूती से खड़े होने का। बस कुछ ऐसा ही वादा ख़ुद से कर के शम्स ज़ोर-ज़ोर से हँसने लगा, "हा हा हा हा...कमाल है शम्स मियाँ, जाजमऊ में बाग़ी सिपाहियों की पहली मुलाक़ात से लेकर गंगा की सीढ़ियों तक बगल में आज़ाद की शक्ल में अजीजन खड़ी थी...और तुम बेवकूफ़ समझ नहीं पाये...।"

"हँसी का मुखौटा पहनकर हमें बहला रहे हो शम्स।"

"अरे नहीं...हा हा...हम सच में बेवक़ूफ़ हैं...दावा रुहानी इश्क़ का और एक बार भी अजीजन को पहचान नहीं पाये...क्या शम्स मियाँ...बेकार आदमी निकले।"

अजीजन ने जैसे ही शम्स को बाँहों में जकड़ने की कोशिश की शम्स उसके पैरों में गिर पड़ा। आज वो महबूबा के क़दमों में जन्नत नहीं ढूँढ रहा था बल्कि क्रान्तिवीर आज़ाद के सजदे में था। अजीजन ने झुककर उसे झट से पकड़ा और गाल पर थपकी मारते हुए बोली, "नर्क मिलेगा हमको।"

ये कहते हुये अजीजन ने शम्स को अपनी तरफ़ खींचा और बाँहों में भींच लिया। अब छतरी के बगल में गंगा बह रही थी और दोनों की आँखों से जमुना। एक दूसरे में घुले दो प्रेमियों का ये शायद आख़िरी लम्हा था। शम्स ने आज उस नौकरी से इस्तीफ़ा दे दिया था जिस नौकरी का नाम था इश्क़। ऐसी नौकरी जिसकी सारी कमाई उसने अजीजन के इन्तज़ार में ख़र्च कर दी थी। सच तो ये था कि इश्क़ की ये दर्द भरी ग़ज़ल मुक़म्मल हो ही नहीं सकती थी, क्योंकि ये मोहब्बत ग़ैर-मुरद्दफ़ गज़ल थी जिसका रदीफ़ ही लापता था और सारी ज़िम्मेदारी सिर्फ़ क़ाफ़िये पर थी। शम्स-अजीजन की मोहब्बत

और निकाह में फ़ासला बस एक नुक्ते का था मगर इस ग़ज़ल के किसी भी शब्द की मात्रा गिराकर बहर मिलाने की इजाज़त कानपुर की क्रान्ति ने बख़्शी ही नहीं थी। गंगा के छोर से हाथ में हाथ पकड़कर शम्सुद्दीन और अजीजन बस अभी चले ही थे कि तीन छतरियाँ छोड़कर बैठे सूरदास मलंग ने इकतारे को ठुनकी दी। इकतारे से इकलौता षड़ज सुर निकला और वो ग़ालिब गाने लगा...

दिल-ए-नादां तुझे हुआ क्या है
आख़िर इस दर्द की दवा क्या है
हम हैं मुश्ताक़ और वो बेज़ार
या इलाही ये माज़रा क्या है
जबकि तुझ बिन नहीं कोई मौजूद
फिर ये हंगामा-ए-ख़ुदा क्या है
जान तुम पर निसार करता हूँ
मैं नहीं जानता दुआ क्या है
दिल-ए-नादां तुझे हुआ क्या है
आख़िर इस दर्द की दवा क्या है

कानपुर की आज़ादी के कैलेंडर में दो दिन और गुज़र चुके थे। रंगून, पंजाब, बंगाल और यूरोपियन सैनिकों को लेकर मेजर जनरल हैनरी हैवलॉक कुछ घण्टे इलाहाबाद रुककर कानपुर की तरफ़ मार्च कर चुका था। बन्दूकों, तोपों और बारूद का ज़ख़ीरा बता रहा था कि ईस्ट इंडिया कम्पनी कानपुर को दोबारा जीतने नहीं बल्कि बर्बाद करने के इरादे से आगे बढ़ रही थी। हैवलॉक के ब्लूप्रिंट का सबसे अहम मसला था बीबीघर, जहाँ क़रीब साढ़े चार सौ औरतें-बच्चे और फतेहगढ़ से लाये गये अंग्रेज़ सैनिक क़ैद थे। इलाहाबाद लाशों का शहर बन चुका था और बनारस श्मशान। कानपुर निकलने से पहले हैवलॉक ने बुचर ऑफ़ इलाहाबाद कर्नल जेम्स नील को ताकीद की थी कि वो बनारस की चार और इलाहाबाद की छह टुकड़ियाँ लेकर तीन दिन बाद कानपुर कूच करेगा।

हालात के मद्देनज़र पेशवा नानाराव ने कई दौर की बैठकों के बाद बाबा भट्ट और मौलवी लियाक़त अली को हैवलॉक की सेना से लड़ने के लिए फ़तेहपुर रवाना कर दिया। एक दर्जन तोपों के अलावा क़रीब तीन हज़ार पैदल और घुड़सवार सैनिकों की कमान ज्वाला प्रसाद को सौंपी गयी। कानपुर से फ़तेहपुर तक सभी रियासतों, ज़मींदारों, कास्तकारों और आम लोगों पर सेना के लिए रसद मुहैया कराने की ज़िम्मेदारी थी। नाना का लक्ष्य था आज़ादी को बरक़रार रखना और ज़रिया था सिर्फ़ युद्ध। हालाँकि कड़वा सच ये भी था कि नाना की सेना ने कभी कोई मैदानी युद्ध लड़ा ही नहीं था। अंग्रेज़ों से इकलौती जंग इंट्रेंचमेंट में हुई थी वो भी तब जब अंग्रेज़ दस बीघे की किलेबन्दी में सिमटे हुए थे।

फ़तेहपुर पहुँचते ही ज्वाला प्रसाद ने बड़े मैदान में पड़ाव डाला। इस पड़ाव से ठीक सात सौ मीटर दूरी पर बड़े जंगल में हैवलॉक का हॉल्ट था। ख़बर मिलते ही ज्वाला ने सैनिकों को दो सौ मीटर आगे जाकर हमला बोलने का हुक़्म दिया। हैवलॉक की सेना क़रीब तीन सौ मीटर आगे बढ़कर जवाबी हमले के लिए तैयार थी। दोनों तरफ़ से गोलीबारी शुरू हुई। सेनाओं के बीच की इस दूरी ने पासा पलट दिया। हैवलॉक की बन्दूकें तीन सौ मीटर तक मार कर रही थीं जबकि ज्वाला के हथियार महज़ डेढ़ सौ पर थक कर गिर रहे थे। हुआ वही जिसका डर था। हैवलॉक ने तोपें तैनात कर गोले दागने शुरू कर दिये। खुले मैदान पर मुकाबला कर रही ज्वाला की सेना सीधे निशाने पर आ गयी जबकि जंगल की ओट में अंग्रेज़ सेना महफूज़ थी। देखते ही देखते हैवलॉक की तोपों और बन्दूकों ने तीन सौ से ज़्यादा क्रान्तिकारियों को मौत के घाट उतार दिया। ज्वाला प्रसाद की नातजुर्बेकारी की वजह से खुला मैदान ही क्रान्तिकारियों का दुश्मन बन गया। शाम तब हुई जब नाना की सेना पहला मैदानी युद्ध हार गयी और ज्वाला प्रसाद को फतेहपुर से भाग कर छब्बीस मील दूर औंग नाम के गाँव में डेरा डालना पड़ा।

फ़तेहपुर हारने की ख़बर कानपुर पहुँचते ही नानाराव ने बाला भट्ट को ज्वाला प्रसाद के साथ युद्ध की अगुवाई करने के लिए औंग भेज दिया। दूसरे दिन जंग फिर शुरू हुई। फ़तेहपुर युद्ध से सबक लेकर इस बार खुले मैदान

में सेना ने मोर्चा नहीं साधा। इस मर्तबा पड़ाव ऐसी जगह डाला गया जहाँ दो तरफ़ से बाग की दीवारें सुरक्षा चक्र थी और सामने एक बड़ी खाई। इसी खाई में तीन तोपें जमाई गयीं क्योंकि फ़तेहपुर युद्ध से भागते वक़्त ज्वाला को अपनी बारह तोपें छोड़कर भागना पड़ा था जो अब हैवलॉक के क़ब्ज़े में थीं। एक तरफ़ बाग़ीचे की आड़ लेकर क्रान्तिकारियों ने अंग्रेज़ों पर गोलियाँ दागनी शुरू कर दीं और दूसरी तरफ़ बाला भट्ट ने सौ से ज़्यादा सैनिकों को लेकर हैवलॉक की सेना पर पीछे से हमला बोल दिया। तक़रीबन पाँच घण्टे तक अंग्रेज़ सेना को दोतरफ़ा घेरकर युद्ध हुआ, तभी मूसलाधार बारिश शुरू हो गयी। घिरे हुए बादलों और कम-से-कम चौबीस घण्टे बारिश के आसार देखते ही बाला भट्ट ने फ़ौरन नीति बदली। बाला और ज्वाला समझ चुके थे कि तोपों और सैनिकों की गिनती में अंग्रेज़ भारी है लिहाज़ा क्रान्तिकारियों ने पीछे हटकर पाण्डु नदी पार करने की रणनीति बनाई और तय किया कि पुल पार कर के अंग्रेज़ों का इन्तज़ार किया जायेगा।

इधर हैवलॉक समझ रहा था कि क्रान्तिकारियों की सेना भाग गयी, उधर ज्वाला और बाला ने ज़बरदस्त बारिश के बावजूद वक़्त गँवाये बग़ैर पाण्डु नदी के नीचे बारूदी सुरंग बिछा डाली। तक़रीबन बीस घण्टे बाद कम्पनी सेना पाण्डु नदी की तरफ़ बढ़ी। हैवलॉक का दिमाग़ भी किसी शैतान से कम नहीं था उसने फ़ौरन दो टुकड़ियाँ आगे कर पाण्डु नदी के उस पार से हमला शुरू कर दिया। बाला और ज्वाला ने भी बारूदी सुरंगों को आग के हवाले कर दिया लेकिन बदकिस्मती अब भी क्रान्तिकारियों का साया बनी हुई थी। बारिश में सील चुकी बारूदी सुरंगों के धमाके इतने दमदार थे ही नहीं कि पूरा पुल उड़ा सकें। दीवारें ज़रूर दरकीं मगर गोले दागती अंग्रेज़ों की तोपों के आगे एक बार फिर क्रान्तिकारियों को पीछे हटना पड़ा। दोनों तरफ़ से जारी हमले में बन्दूक से निकली एक गोली बाला भट्ट के कन्धे को चीरती चली गयी। बाला को घायल देखकर नानाराव की सेना फ़तेहपुर और औंग का युद्ध हारने के बाद पाण्डु नदी से अहिरवां इलाक़े की तरफ़ लौट गयी जो कानपुर से सिर्फ़ सात मील दूर था। हालाँकि इस हमले में हैवलॉक के कई बड़े अफ़सर मारे गये मगर पाण्डु नदी पुल की शक्ल में कम्पनी की कुण्डली का काल सर्प योग निकलकर नानाराव की कुण्डली में बैठ चुका था।

मुसलसल शिक़स्त से परेशान नानाराव ने ख़ुद मोर्चे की कमान सँभाली और तात्या टोपे के साथ युद्ध की अगुवाई का फ़ैसला किया। सेना ने ग्रैंड ट्रंक रोड के बायीं तरफ़ ऊँचे टीले पर चार तोपें तैनात कीं और दायीं तरफ़ मौजूद आम के बाग को ढाल बनाकर अंग्रेज़ों पर हमला बोला। हैवलॉक के सैनिकों की लाशें धड़ाधड़ गिरने लगीं। 16 जुलाई 1857 का ये वो वक़्त था जब कानपुर में रेलवे लाइन बिछाने का काम चल रहा था। कम्पनी और नाना की सेना लगातार दो दिन तक बारूद उगलती रहीं। रेलवे के तमाम इंजीनियर और कर्मचारी भी गोलियों और गोलों का शिकार हो गये। 48 घण्टों के भीषण घमासान में तीन सौ से ज़्यादा सैनिकों को खोने के बावजूद हैवलॉक बेफ़िक्र था। वो जानता था कि उसकी सेना का आकार सुरसा के मुँह के मानिन्द है और नानाराव की फ़ौज पसंगा। हैवलॉक अपनी सेना को बालू की बोरियों के मोर्चे की तरह इस्तेमाल कर रहा था। कम्पनी सैनिक मरते जा रहे थे मगर हैवलॉक की रफ़्तार बेकाबू थी। बढ़ते-बढ़ते युद्ध कानपुर के क़रीब महाराजपुर तक पहुँच गया। नानाराव का गोला-बारूद ख़त्म हो चुका था, तोपें ख़ामोश हो चुकी थीं, गोलियाँ थक चुकी थीं और अंग्रेज़ सैलाब की तरह आगे बढ़ रहे थे।

उधर कानपुर के जाजमऊ तिराहे पर अज़ीमुल्ला, पाण्डुरंगा के साथ लियाक़त अली और शम्सुद्दीन एक टुकड़ी लेकर नाना का इन्तज़ार कर रहे थे। तात्या और ज्वाला के साथ बाक़ी सेना लेकर नाना डेढ़ घण्टे बाद जाजमऊ पहुँचे। सैनिकों के कन्धे झुके थे, युद्ध का जज़्बा पसीने में बह चुका था, लड़ने के लिए तलवारें थीं मगर बाजुओं की ताक़त गरजते बारूद के सामने मौन खड़ी थी। नानाराव की आँखों में घर वापसी की इबारत पढ़ने के बावजूद अज़ीमुल्ला ने आगे बढ़ने की इजाज़त माँगी लेकिन नाना ने साफ़ इन्कार कर दिया, "युद्ध करना अब बेवकूफ़ी है अज़ीमुल्ला, हमारे ज़ख़ीरे में अब बारूद और गोलियाँ नहीं, सिर्फ़ सैनिक हैं। जंग लड़ना कर्म है और जंग में मर जाना सैनिक धर्म मगर जानबूझकर अपनी फ़ौज को मरने के लिए मैदान में छोड़ देना पेशवा नानाराव के लिए अधर्म है अधर्म।"

अज़ीमुल्ला ने तलवार म्यान में डाली, "मतलब हमने हार मान ली।"

नाना ने अज़ीम का कन्धा पकड़ा, "हार नहीं अज़ीम, नीति की दरकार है।"

तात्या ने टोका, "हमारे पास सेना और असलहे इतने नहीं कि हम युद्ध कर सकें। बेहतर होगा हम भूमिगत हो जायें और इन्तज़ार करें।"

नाना फ़ौरन एक टीले पर चढ़ गये और सन्नाटे में खड़ी सेना को देखकर हुँकारे, "क़सम क्रान्ति की हम पीछे नहीं हट रहे हैं, हम भाग नहीं रहे हैं। कल इतिहास गवाही देगा कि जब हिन्दुस्तान ईस्ट इंडिया कम्पनी का ग़ुलाम था उस वक़्त कानपुर ने 19 दिन तक आज़ादी का परचम लहराया। समय बेवजह प्राण गँवाने का नहीं है, हम फिर मिलेंगे, फिर जुटेंगे, फिर छेड़ेंगे क्रान्ति। कानपुर फिर आज़ाद होगा और इस बार ये आज़ादी हमेशा क़ायम रहेगी।"

तात्या ने मुट्ठी लहराई, "हर हर महादेऽऽऽऽव...।"

सेना ने एक साथ महादेव का नारा बुलन्द किया। तभी नाना के बगल में खड़े तात्या की बुलन्द आवाज़ गूँजी, "याद रखना कानपुर के शेरों, कम्पनी के ये गोरे तुम पर जुल्म करेंगे, तुम्हें मौत के घाट उतारेंगे, तुम्हारे बीवी-बच्चों को फाँसी पर लटकायेंगे लेकिन हम मरते दम तक अपनी ज़ुबान नहीं खोलेंगे, कोई गवाही नहीं देंगे। हम मंगल पाण्डे की तरह शहीद हो जायेंगे पर क्रान्ति में किसने क्या किया ये सच कभी नहीं क़ुबूलेंगे। जाइये अपने-अपने घरों को जाइये...हम फिर मिलेंगे।"

अज़ीमुल्ला का गला रुंध गया, "नारा-ए-तकबीऽऽऽऽऽर...।"

सेना ने तलवारें लहरा कर नारा पूरा किया, "अल्लाह-ओ-अक़बर।"

देखते-देखते सेना का एक-एक सैनिक घोड़ों पर सवार होकर कानपुर की तरफ़ चल दिया। नानाराव, पाण्डुरंगा, ज्वाला प्रसाद, तात्या टोपे, बाबा, लियाक़त और अज़ीमुल्ला भरी आँखों से जाते हुए सैनिकों को ओझल होने तक देखते रहे। तय हुआ कि बिठूर महल में घायल पड़े बाला भट्ट के साथ नानाराव वाया लखनऊ नेपाल निकल जायेंगे। तात्या और पाण्डुरंगा बुन्देलखण्ड की तरफ़ पनप रही क्रान्ति को अपनी युद्ध नीति से तराशेंगे। नाना ने बाबा भट्ट, ज्वाला प्रसाद को अलग-अलग रास्तों से नेपाल पहुँचने का हुक़्म दिया। अज़ीमुल्ला नाना के पैरों में गिर गया, "अपने इस सिपाही को साथ ले चलिए साहेब, जहाँ रहूँगा साया बन कर आपके लिए लड़ता रहूँगा।"

नाना ने कंधे पकड़कर अज़ीम को उठाया, "हौसला रखिये, हम मिलेंगे।"

अज़ीमुल्ला ने नाना के पैर छुये, "माफ़ कीजिए साहेब, लेकिन ये सिपाही पहली मर्तबा आपका हुक़्म नहीं मानेगा।"

"ठीक है अज़ीम तुम कलकत्ता चले जाओ, हम जल्द बुलायेंगे तुमको।"

"मेरे लिए क्या हुक़्म है साहेब?" लियाक़त अली ने भरी आँखों से पूछा।

"आप महाराष्ट्र जाइये, इन्तज़ार कीजिएगा हमारे आदेश का।"

नाना ने पाण्डुरंगा को बीबीघर जाकर अदला को बिठूर भेजने का हुक़्म दिया और लियाक़त से बोले, "अजीजन से कहना हम फिर मिलेंगे।"

इतना कहते ही नानाराव ने बाँहें फैलाईं। अज़ीमुल्ला ने नानाराव को भींच लिया। आज मौक़ा अलग होने का था, पता नहीं अब कब कौन कहाँ और कैसे मिलेगा लिहाज़ा सब के सब नाना के गले लग कर रोने लगे। इससे पहले कि हाथी की तरह मदमस्त क़दमों से हर किसी को कुचलती हैवलॉक की सेना महाराजपुर पहुँचती, नानाराव के क्रान्तिवीर अपने-अपने रास्ते निकल गये। मई से शुरू हुई कानपुर की क्रान्ति 16 जुलाई को गंगा किनारे आज़ादी के इतिहास का आख़िरी सफ़्हा लिखकर कलम तोड़ने की कोशिश कर रही थी। इस क्रान्ति का आग़ाज सियासी था मगर अंजाम उम्मीदों के रुमाल से मुसलसल आँसू पोंछ रहा था क्योंकि नाना का ऐलान था कि कानपुर की क्रान्ति असल में विराम नहीं बल्कि विश्राम करके फिर लौटेगी।

हैवलॉक की फ़ौज क़दम-दर-क़दम आगे बढ़ रही थी। आज़ादी और ग़ुलामी के बीच सिर्फ़ दो मील का फ़ासला बचा था। कानपुर वापस लौटे सैनिकों की भीड़ सड़कों से अपने-अपने ठिकानों को जा रही थी। इस भीड़ को देखकर हर बाशिन्दा दुबकने की फ़िराक़ में था। शहर में ख़बर फैल चुकी थी, सन्नाटा पैर पसार रहा था। आसपास के गाँव, रियासतें ख़ौफ़ज़दा थीं। हर किसी को एक ही डर सता रहा था और उस डर का नाम था सत्तीचौरा काण्ड, जिस काण्ड के सबूत और गवाह बीबीघर में क़ैद थे। ठीक इसी वक़्त में पाण्डुरंगा बीबीघर पहुँचे। दुर्जन सिंह और सरदार खाँ के साथ क़रीब दस सैनिकों से घिरी अदला बेग़म का चेहरा लाल था और आँखों में अंगारे तैर रहे थे। कोई गहरी साज़िश थी जो गुपचुप तैयार हो रही थी। पाण्डुरंगा घोड़े से कूद कर दौड़ते हुए अदला

के क़रीब पहुँचे, "अंग्रेज़ किसी भी वक़्त आते होंगे, एक पल भी मत बर्बाद कीजिए अदला बेग़म, नाना साहेब ने आपको फ़ौरन बिठूर बुलाया है।"

"अंग्रेज़ों के आने की ख़बर हमें भी है राव साहेब मगर ये वक़्त भागने का नहीं बल्कि सौदा करने का है। देखते हैं गोरे कैसे कानपुर में घुसते हैं।"

पाण्डुरंगा ने अदला का हाथ खींचा और अकेले में ले गये, "सौदे का वक़्त निकल गया अदला बेग़म, औरतों-बच्चों को बीबीघर में छोड़िये और चलिए, साहेब नेपाल निकल रहे हैं।"

अदला गुर्राई, "फौजें आती ही होंगी, मुझे छोड़िये और आप निकलिये यहाँ से। हम साहेब को तलवार की धार पर अकेले नंगे पाँव चलने की नौबत नहीं आने देंगे। बीबीघर अगर सौदा नहीं है तो सबूत हर हाल में है।"

"कैसा सबूत अदला?" पाण्डुरंगा ने हड़बड़ाते हुए सवाल किया।

"बीबीघर की एक-एक बेवा सत्तीचौरा का सबूत भी है और गवाह भी। अदला के रहते साहेब के ख़िलाफ़ हर गवाह को ख़ामोश रहना होगा, सबूतों को मुँह पर ताला डालना होगा।"

"लेकिन सत्तीचौरा तो आज़ाद के मत्थे है फिर कैसी फ़िक्र बेग़म?"

"सबूत और गवाह भी आज़ाद के ही मत्थे मढ़ने होंगे।" इतना कह कर अदला चल दी। पाण्डुरंगा ने आवाज़ दी, "सोच लीजियेगा बेग़म।"

"पेशवा नानाराव साहेब, क्रांतिवीर धूधूपंत के नाम पर अदला न सोचती है न समझती है, सिर्फ़ फ़ैसला लेती है।"

पाण्डुरंगा राव घोड़े पर सवार होकर अपने रास्ते चल दिये, तभी बीबीघर के भीतर चीख पुकार गूँजने लगी। औरतें चिल्ला-चिल्ला कर बिलख रही थीं, बच्चे चीख़ रहे थे और फ़तेहगढ़ से पकड़कर लाये गये बयालिस गोरे सैनिक जान की गुहार लगा रहे थे। अदला ने पलट कर देखा तो दुर्जन सिंह के साथी अंग्रेज़ सैनिकों को बालों से घसीटते हुए बाहर ला रहे थे। अदला चीख़ी, "हुसैनी बेग़म।"

दौड़ती-हाँफती हुसैनी अदला के सामने पहुँची, "जी मालकिन।"

अदला ने सरदार खाँ को घूरा फिर हुसैनी से बोली, "पानदान कहाँ है?"

हुसैनी चबूतरे पर रखे पानदान की तरफ़ दौड़ी और सरदार कुर्सी उठाकर लाया, फिर दोनों हाथ बाँधकर अदला के अगल-बगल खड़े हो गये। कुर्सी पर

बैठते ही अदला ने कपड़े से महोबा का हरा पत्ता निकाला और चूना-कत्था मलते हुए कातिल मुस्कान के साथ सरौते की धार पर सुपारी रखकर बोली, "सुपारी बड़ी ही ढीठ होती है, बेहद ज़िद्दी मगर सरौते की धार कतर-कतर कर सुपारी की अकड़ को लच्छा बना देती है हुसैनी बेग़म।"

अदला की बात सुनते ही हुसैनी थर्रा गयी और बीबीघर के फाटक की तरफ़ दौड़ी। उसकी आँखें जैसे किसी के इन्तज़ार में थी। सरदार खाँ भी चीख़ते-चिल्लाते गोरे सैनिकों की तरफ़ भागा। उसने दुर्जन के कान में जैसे ही कुछ फूँका, दुर्जन के साथी सिपाहियों ने गोरे सैनिकों के हाथ बाँधकर मुँह में कपड़ा ठूँसना शुरू कर दिया ताकि अदला तक शोर न जाये। सुपारी काट रही अदला ने दुर्जन को डाँटा, "मुँह में कपड़ा ठूँसने से गले की आवाज़ बन्द नहीं होती दुर्जन।"

बस फिर क्या था गोरे सैनिकों को क़तार में खड़ा कर के दुर्जन के साथी गोलियाँ दागने लगे। किसी का सर, किसी की छाती छलनी हो रही थी और एक के बाद एक लाशें गिर रही थीं। कई गोरे जान बचाकर बीबीघर के अन्दर भागने लगे। अदला के हुक़्म के आगे सिर झुकाने वाले दुर्जन के सैनिक भागते गोरों को घेर कर शिकार-शिकार खेल रहे थे। देखते-देखते बीबीघर के मैदान से लेकर दल्लान तक और दल्लान से गलियारे तक गोरों की लाशें बिछ गयीं। गोलियों की गूँज अभी ख़ामोश ही हुई थी, मौत की घड़ियाँ गिन रहे कई गोरे अभी कराह ही रहे थे कि फ़ाटक पर खड़ी हुसैनी चापड़ों से लैस पाँच कसाइयों को लेकर अदला के पास पहुँची। अदला की शातिर नज़रों ने कसाइयों को ऊपर से नीचे तक देखा फिर सरौते से निकले सुपारी के लच्छे पान में डालते हुए गुर्राई, "जाइये और हमारे बीड़े की पहली पीक उगलने से पहले आ जाइये।"

हुसैनी बोली, "आप बिठूर निकलिये बेग़म, बाक़ी हम सब सँभाल लेंगे।"

अदला ने इशारा किया और हुसैनी पाँचों कसाइयों के साथ अन्दर चल दी। इधर अदला ने बीड़ा दाँतों में दबाया उधर बीबीघर के भीतर कसाईबाड़े में कटते मेमनों के झुण्ड का शोर गूँजने लगा। पहले जान की भीख माँगती औरतों की गुहार, फिर गर्दन पर चलती चापड़ की धार और आख़िर में नालियों से

बहती ख़ून की धार चिल्ला-चिल्ला कर बता रही थी कि सत्तीचौरा को अंग्रेज़ों के लिए क़त्लगाह बनाने वाली अदला बेग़म आज बीबीघर को गोरों की कब्रगाह बनाने पर अमादा थी। जहन्नुम से हालात में जन्नत का इत्मिनान चेहरे पर लिए अदला बेग़म आँखें बन्द कर के किसी सिरफिरे की तरह बस हँसे जा रही थी। अंग्रेज़ों के आने का ख़ौफ़ जैसे उसके पागलपन के नीचे दफ़न हो चुका था मगर दुर्जन को अपनी मालकिन की फ़िक्र थी, उसकी आँखों में अंग्रेज़ों के आने और अदला के पकड़े जाने का डर तैर रहा था। सरदार और दुर्जन एक-दूसरे का मुँह ताक रहे थे क्योंकि आवाज़ देकर अदला को टोकना सबकी औकात से बाहर था। दोनों दिमाग़ी गुणा गणित में लगे थे कि तभी ख़ून टपकती चापड़ लिए हुसैनी अदला के सामने आकर खड़ी हुई। उसका चेहरा और लिबास ख़ून की छींटों से लबरेज था। हुसैनी को देखते ही सरदार खाँ और दुर्जन ने गहरी साँस ली क्योंकि एक हुसैनी ही थी जो अदला को हर हालत में रोक सकती थी, टोक सकती थी। दुर्जन ने हुसैनी को इशारा किया और इशारा पाते ही हुसैनी ने अदला को टोका, "मुबारक हो अदला बेग़म, सरौते ने सुपारी कतर-कतर कर लच्छा कर दी है।"

अदला ने झट से आँखें खोलीं। उसके चेहरे पर जल्लाद नज़र आ रहा था, आँखों में बिच्छू तैर रहे थे और होंठों पर चापड़ की धार से ज़्यादा पैनी मुस्कुराहट, "शाबाश हुसैनी बेग़म...बीबीघर तुम्हें हमेशा याद रखेगा।"

हुसैनी की चापड़ से रिसते ख़ून को देखकर अदला कुर्सी के हत्थों पर हाथ मार कर झटके से उठी फिर चापड़ से ज़मीन पर टपके ख़ून में पीक उगलकर बोली, "अन्दर से बाहर तक एक-एक नस टटोल लो, किसी भी नस में जान बची हो तो रेत कर ख़ामोश कर दो...और मुर्दा गोरों को कुएँ में फेंककर पाट दो।"

"अगर इस बीच फौजें आ गयीं तो?" हुसैनी ने फ़िक्र जताई।

"बीबीघर की एक-एक दीवार क़त्लेआम की गवाही से रंग डालो, फौजें आयें तो बिना तलाशी खुलेआम सबूत मिलने चाहिए हुसैनी।"

इतना कह कर अदला घोड़े पर चढ़ी और सरदार खाँ के साथ बिठूर चल दी। लाशें कुएं में फेंकने के लिये दुर्जन के साथ चार सिपाहियों को छोड़कर बाक़ियों को अपने-अपने ठिकाने रवाना कर दिया गया। चापड़ लेकर हुसैनी

बेगम फिर अंदर चल दी जहां पहले से पांच कसाई सरौते से सुपारी कतर रहे थे। मुर्दाघर में तब्दील बीबीघर क़त्लेआम की ज़िन्दा मिसाल बन चुका था। एक बौराई औरत की हैवानी ज़िद ने क्रांति के पन्नों को खून से रंग डाला। सत्तीचौरा के बाद बीबीघर का नरसंहार कनपुरियों की आफत बनने वाला था। हालांकि अभी तक किसी को भनक तक नहीं थी मगर ये तय था कि कानपुर का काल अब क़रीब है। शहर से सिर्फ़ एक मील की दूरी पर खड़ा हैवलॉक फिर भी एक सुलझा हुआ अफ़सर था मगर हैवलॉक के पीछे-पीछे एक कसाई इलाहाबाद से कानपुर की तरफ बढ़ा आ रहा था। रोजाना ख़ौफ की नई इबारत लिखने वाले उस कसाई का नाम था कर्नल नील।

ख़ामोश हो चुकी क्रांति ने क्रांतिवीरों को तितर-बितर कर दिया था और दरवाज़े पर पैर जमाये खड़ी ग़ुलामी कानपुर की कुंडी खटखटा रही थी। इधर बीबीघर में बिखरी पड़ी लाशों की नब्ज़ टटोलने का सिलसिला जारी था उधर नानाराव से विदा लेकर लियाक़त और शम्सुद्दीन जाजमऊ से कल्लूमल के कोठे पहुंच चुके थे। लियाक़त के ज़रिये नाना के नेपाल निकलने की ख़बर सुनकर अजीजन अहिल्या के मानिंद पत्थर हो चुकी थी। नाना से अब कभी न मिल पाने की टीस का पैना नश्तर उसके दिल पर पड़े फफोलों को बेदर्दी से फोड़ने पर आमादा था। छाती में अजीजन को समेटे सुरैया उसके दर्द की सारी जायदाद अपने नाम दाख़िल-ख़ारिज कराने की कोशिश में थी। अफ़सोस की दीवार पर पीठ का टेक लगाये खड़े लियाक़त अली और शम्सुद्दीन डबडबाई आंखों में भरी बेरंग स्याही से जायदाद के इस बैनामे पर बतौर गवाह पहले ही दस्तख़त कर चुके थे। टूटे सब थे लेकिन ख़ुद को समेटने के बजाये हर कोई बस अजीजन को बिख़रने नहीं देना चाहता था। ठीक इसी वक़्त बड़ी आपा कमरे में दाख़िल हुईं। रुख़सती की दहलीज पर खड़ी आज़ादी का दर्द, ग़ुलामी की दहशत और दरकती अजीजन की हर दरार को जज़्ब करते हुये आपा ने घुड़का, “ए सुरैया, चल छोड़ इसे, हो गया बहुत रोना-धोना...कोठा है ये कब्रिस्तान नहीं, जहां मुर्दनी फैलाये पड़ी हो।”

"आपा...थोड़ा तो रहम कीजिये" सुरैया अकड़ते हुये बोली। आपा ने अजीजन को सुरैया से अलग किया, "उठ और मुंह धोकर अंदर आ।"

भर्राई आवाज में अजीजन बोली, "आप चलिये मैं आ रही हूं।"

"देर नहीं, फ़ौरन चल।"

"ऐसी कौन सी आफ़त आई है आपा, आज हम मुजरा नहीं करेंगे।"

"मुजरा तो अब ग़ुलामी करायेगी हम सबसे, उठ और जल्दी ख़ासगाह में चल।"

शम्सुद्दीन भनभना गया, "सुपारी खा खा कर ज़ुबान ही नहीं, दिल भी सख़्त हो गया है आपका।"

आपा ने शम्स को घूरा, "अब वक़्त तलवार का नहीं सरौते की धार का है मियां। अली की अम्मी आई है, ख़ासगाह में बैठी टेंसुआ बहा रही है।"

आपा की बात सुनते ही लियाक़त और शम्सुद्दीन तेजी से ख़ासगाह की तरफ़ बढ़ गये। अजीजन चलने को हुई तो आपा ने उसका हाथ जकड़ लिया और पलंग पर सुरैया के बगल में बैठाते हुये फुसफुसाई, "अली के घर दो-दो अंग्रेजन बैठी हैं, फ़ौरन उठ और दोनों को बीबीघर छोड़कर आ।"

सुरैया इत्मिनान में थी, "हां तो काहे का ख़ौफ़, हमने पनाह दी है उन्हें।"

"ये वक़्त बेफ़िक्री का नहीं है, पनाह पर गुनाह का मुलम्मा चढ़ाने में देर नहीं लगायेंगे कमबख़्त गोरे। कम्पनी तो यही कहेगी न कि अली खाँ व्हीलर की बेटी को उठा ले गया और दूसरी को लियाक़त ने कोठे पर बैठा दिया।"

"हमारी बेगुनाही की गवाही तो लड़कियां भी देंगी न आपा।" सुरैया बड़बड़ाई।

बौखलाई बड़ी आपा ने सुरैया को कंधों से झकझोरा और दांत पीसकर बोली, "अरे करमजली...मरी भूल गई क्या...गंगा में पानी कम पड़ गया था जिस दिन सत्तीचौरा पर सैकड़ों फिरंगियों का ख़ून बहाया था बाग़ियों ने। तुझे क्या लगता है ख़ून बह गया...अरे वो ख़ून अंग्रेजों के सिर पर सवार होगा और जिस पल वो कानपुर घुसेंगे...कोठे पर मुजरा नहीं...गोरों का नंगा नाच होगा।"

अजीजन को ख़ामोश देखकर सुरैया फुफकारी, "अरे एक अंग्रेजन को पनाह देकर कोठा कैसे गुनहगार हो गया? सैकड़ों अंग्रेजनें अभी ज़िन्दा हैं

आपा, जो चीख-चीख कर गवाही देंगी कि अजीजन के साथ मैंने उन्हें और उनके बच्चों को सत्तीचौरा पर बचाया था।"

"और सत्तीचौरा घाट का इल्ज़ाम किसके सिर है सुरैया?" आपा ने पुचकारा।

सुरैया के सुर कमज़ोर पड़ गये, "आज़ाद पर।"

बड़ी आपा ने सवाल दागा, "फिर बता मेरी बिटिया...आज़ाद कौन है?"

"अजीजन।" सुरैया ने फ़िक्रमंदी के साथ जवाब दिया।

"और किसी अपने ने गवाही दे दी कि अजीजन ही आज़ाद है तो क्या करेगी?"

अजीजन अभी भी ख़ामोश थी। सुरैया ने पूछा, "कौन गवाही देगा बड़ी आपा"

"नाना साहेब के सारे ख़ास दरबारी जानते हैं, हमारी मस्तानी टोली की एक-एक लड़की जानती है कि कानपुर की मशहूर तवायफ़ अजीजन बाई ही आज़ाद है।"

"शम्सुद्दीन और लियाक़त तो हमारे साथ हैं फिर कौन बतायेगा आपा? ख़ुद नाना साहेब, तात्या टोपे, पाण्डुरंगा राव, बाला भट्ट, बाबा भट्ट या फिर ज्वाला प्रसाद।"

"और कोठे की आड़ में क्रांति करने वाली मस्तानी टोली की लड़कियों का क्या?"

"मरते मर जायेंगी लेकिन मुंह नहीं खोलेगी हमारी मस्तानी टोली, बड़ी आपा।"

"अरे गोरे दरिंदों के जुल्म के आगे कब कौन टूट जाये इसका भरोसा नहीं है।"

अब तक ख़ामोश बैठी अजीजन ने मुंह खोला, "आपा ठीक कह रही हैं सुरैया।"

अजीजन के बोलते ही बड़ी आपा ने मन भरकर चैन की सांस ली मगर सुरैया ने फिर सवाल किया, "तुझे भी लगता है कि लड़कियां कमज़ोर हैं।"

अजीजन ने दुपट्टे से चेहरा पोंछा, "मैं जानती हूं सुरैया...कोई भी ज़ुबान नहीं खोलेगा, न तो नाना साहेब के दरबारी न हमारी मस्तानी टोली की लड़कियां।"

बीबीघर का ख़ूनी कुआं, जहाँ 400-450 अंग्रेज़ महिलायें, सैनिक और बच्चे काटकर फेंके गये थे।

"फिर?"

"एक है जो कुछ भी कर सकता है।" अजीजन के सुरों से ग़म गुम हो रहा था।

इस मर्तबा आपा भी चौंक गईं। सुरैया ने पूछा, "कौन?"

"बिना वक़्त बर्बाद किये हमे सीधे बीबीघर चलना चाहिये सुरैया।"

अजीजन मुंह धोने गुसलखाने की तरफ़ चल दी जबकि बड़ी आपा और सुरैया ख़ासग़ाह की ओर बढ़ चलीं जहां अली खाँ की अम्मी संग शम्सुद्दीन और लियाक़त पहले से ही मौजूद थे। अम्मी को फ़िक्र थी बेटे की। उसे इल्म था कि अंग्रेजों के आते ही पूरे शहर में ताबड़तोड़ छापे पड़ेंगे। उसका दिल बैठा जा रहा था कि अगर व्हीलर की बेटी मार्गरेट और उसकी सहेली अमेलिया हॉर्न उसके घर से बरामद हुईं तो अली को सीधे फाँसी चढ़ा दिया जायेगा। बस इसी फ़िक्र में बेचारी कोठे तक दौड़ी चली आई। आती भी क्यों न, आख़िर अली खाँ कई घंटों से गायब था और मां का कलेजा फ़िक्र में फटा जा रहा था। अम्मी चाहती थी कि कम्पनी के आने से पहले ही अमेलिया और मार्गरेट को बीबीघर तक महफ़ूज़ छोड़ दिया जाये। उधर अजीजन का दिमाग़ कोयले की भट्टी के मानिंद धधक रहा था। गुसलख़ाने से वो सीधे ख़ासग़ाह में दाख़िल हुई, "अदला कहां है लियाक़त भाई?"

अचानक अदला के सवाल पर लियायत पहले चौंका फिर याद करते हुये बोला, "जाजमऊ तिराहे पर हम जब अलग हुये तो नाना साहेब ने मुझे और शम्सुद्दीन को तुम्हारे पास भेजा और राव पाण्डुरंगा को बीबीघर रवाना किया था।"

"किसलिये?"

"अदला को फ़ौरन बिठूर महल भेजने का पैग़ाम देने के लिये।"

"कितनी देर हुई?"

"बस जितनी देर मुझे यहां आये हुये हुई है।"

इतना सुनते ही अजीजन शम्सुद्दीन, लियाक़त, सुरैया और अली की अम्मी को लेकर कोठे से उसके घर चल दी। अजीजन को सौ फ़ीसद भरोसा था कि अदला को किसी मादा मच्छर के मानिंद अपने शैतानी इरादों के अंडे पालने

के लिये इंसानी ख़ून की दरकार होती है। उसे याद थी पैंतरेबाज़ अदला की धमकी जब उसने अजीजन से कहा था कि गोरे लौटे तो अज़ाद को फाँसी पर लटका देंगे और नहीं लौटे तो नाना साहेब उसे मौत की सज़ा सुनायेंगे। सत्तीचौरा की साज़िश आज़ाद को गोरों के नरसंहार का गुनहग़ार पहले ही साबित कर चुकी थी। अब बचा था बीबीघर, जहां आज़ाद के ख़िलाफ़ गवाही देने वाली सैकड़ों अंग्रेज़ बेवायें और बच्चे क़ैद थे, मगर इन्हीं गवाहों ने देखी थी अजीजन की हमदर्दी जिसने अपनी जान पर खेल कर उनकी जान बचाई थी। फ़र्क सिर्फ इतना था कि इनमें से कोई नहीं जानता था कि आज़ाद और अजीजन एक ही शख़्स के दो नाम हैं। इसी सच को शमशीर बनाकर अदला अजीजन का गला उतारने की ज़िद में औरत से आदमख़ोर बन चुकी थी और आज अजीजन बाई उस आदमख़ोर से हिसाब-किताब के आख़िरी पर्चे पर दस्तख़त करने जा रही थी।

चौबेगोला इलाके की गलियों में आमदरफ़्त सिफ़र थी मगर ऊपर अली खाँ के घर पर सन्नाटा शोर मचा रहा था। अम्मी की झुर्रियों में चिंता की सीली हुई चिता सुलग रही थी और बहनों की आंखों से रुखसती टपक रही था। पिंजरे में क़ैद पट्टू सबकुछ समझने की जोड़-तोड़ में चुप्पी साधे था। अमेलिया बुर्के में तैयार थी मगर मार्गरेट बर्फ़ की तरह ठंडी और रेगिस्तान की तरह ख़ुश्क खड़ी थी। मार्गरेट के मन का सन्नाटा सुनने की कोशिश के साथ अजीजन उसे बुर्का पहना ही रही थी कि तभी दरवाज़ा खटका, "अम्मी...अम्मी...जल्दी दरवाज़ा खोलिये अम्मी।"

अम्मी के बढ़ने से पहले ही छोटी बहन ने दौड़कर कुंडी खोली। सहमा सा अली तेज क़दमों से उसी कमरे में पहुंचा जहां सब मौजूद थे। अम्मी ने अली के गाल पर एक चपत लगाई, "कहां चला गया था, मैं यहां-वहां भटकती घूम रही हूं।"

अली ने अम्मी को चिपका लिया, "तेरी फ़िक्र ही दूर करने गया था।"

अम्मी के सिर पर हाथ फेरते हुये नकली मुस्कुराहट के साथ अली ने अजीजन को सलाम किया। उसके चेहरे पर पसीने की बूंदे कुछ कहना चाह

रही थीं लेकिन तेज़ सांसें थोड़ा सुस्ता लेना चाहती थीं। कमरे का माहौल बेचैन था। हर कोई एकटक अली को ऐसे मुँह बाये देख रहा था जैसे वो कोई खुलासा करने जा रहा हो। इसी बीच पानी का गिलास लिये छोटी बहन दाख़िल हुई। अली ने गिलास थामा और एक घूंट में पानी गटककर बोला, "आपा मुझे आपसे बात करनी है।"

अली के संग अजीजन दूसरे कमरे में पहुंची, "बोलो अली?"

"अजीजन आपा...मार्गरेट और अमेलिया मेमसाब बीबीघर नहीं जायेंगी।"

फ़िक्रमंद अजीजन ने फ़ौरन सवाल दागा, "क्या हुआ बीबीघर में?"

अली लड़खड़ाती ज़ुबान से बुदबुदाया, "मैं तो अमेलिया और मार्गरेट मेमसाब को बीबीघर छोड़ने से पहले वहां का जायज़ा लेने गया था...लेकिन।"

"लेकिन क्या अली...बताओ...जल्दी?" बेसब्र अजीजन गुस्साई।

"कई हिंदुस्तानी सैनिक गोरों की लाशें बीबीघर के कुएँ में फेंक रहे थे।"

अजीजन सकपका गई, "औरतों-बच्चों की लाशें थीं क्या?"

"मैं बीबीघर से थोड़ा दूर था...तभी देखा घोड़ों पर सवार कई हिंदुस्तानी सैनिक बीबीघर से निकलकर जा रहे थे, मैं वहीं झाड़ी में छिप गया।"

"फिर क्या हुआ?"

"अंदर जाने की हिम्मत नहीं पड़ी।" अली खाँ फुसफुसाया।

बगल के कमरे में चुप्पी छाई थी। थक-हार कर अमेलिया ने उदास बैठी मार्गरेट व्हीलर को बहला कर बुर्का पहना ही दिया था। पता नहीं कौन सा ग़म था जो मार्गरेट के मन को मुर्दाघाट ले गया था। अपने मॉम-डैड को खोने के बाद अमेलिया के चेहरे पर अंग्रेज़ फ़ौज के लौटने की ख़ुशी थी मगर सत्तीचौरा पर पूरा कुनबा गंवा चुकी जनरल व्हीलर की बेटी मार्गरेट को जैसे अंग्रेज़ों का दोबारा आना खल रहा था। इस खलन की वजह सिर्फ़ मार्गरेट ही जानती थी। माहौल गुमसुम सा था कि अली के साथ अजीजन कमरे में दाख़िल हुई "लियाक़त भाई आप कैंट निकलिये...मार्गरेट और अमेलिया को मिस जैकोबी के सुपुर्द करके फ़ौरन कानपुर से भाग जाइये।"

"दोनों को बीबीघर छोड़ देते हैं अजीजन...वहां महफ़ूज रहेंगी।" लियाक़त बोला।

अजीजन ने लियाक़त को घूरा, "बहस का एक पल भी नहीं है हमारे पास, सिर्फ़ उतना सुनिये लियाक़त भाई जितना हम कहें।"

इतना कहते ही अजीजन पलटी, "सुरैया और शम्स हमारे साथ चलेंगे।"

सुरैया बोली, "कहां चलना है?"

सवाल सुनते ही अजीजन का चेहरा तमतमा गया। सुरैया और शम्स ने मुंह पर ताला जड़ लिया। अली बोला, "और हम आपा?"

अजीजन ने अली को समझाया, "आप बस घर संभालिये।"

"चलिये लियाक़त भाई।" इतना कहकर अजीजन झट्ट से मुड़ी और सुरैया और शम्स के साथ सीढ़ियों से नीचे उतरने लगी। लियाक़त का इशारा पाते ही मार्गरेट का हाथ पकड़कर अमेलिया जैसे ही चलने को हुई, अली की बहनें मार्गरेट को छाती से चिपकाकर फफकनें लगीं। अम्मी की आंखें भी नम हो गईं। आंसू एक ऐसे कुनबे की गवाही दे रहे थे जहां चमड़ी का रंग, नस्ल और क़ौम न किसी कोख की मोहताज थी न हिंदी, उर्दू, अंग्रेज़ी ज़ुबान की। सिसकते पलों को लियाक़त ने छेड़ा, "अब चलना होगा बिटिया।"

लियाक़त बढ़ चला। अमेलिया आगे-आगे और मार्गरेट पस्त क़दमों के साथ पीछे-पीछे चल रही थी। सीढ़ी और फिर गली में थोड़ी दूर चलने के बाद जैसे ही सड़क आई मार्गरेट ठिठक गई और पलट कर पीछे देखने लगी।

अमेलिया ने उसे हाथ पकड़कर हल्के से खींचा, "मार्गरेट...लेट्स गो।"

लियाक़त, शम्सुद्दीन, सुरैया ठिठक गये। अजीजन बीबीघर पहुंचने को बेसब्र थी। बावजूद इसके बेसब्री को डांट कर चुप कराने के साथ अजीजन मार्गरेट के ख़ामोश ख्यालों के उलझे हुये फंदे मन ही मन सुलझाने की मशक्कत में थी। शायद उसकी आख़िरी गिरह खुलने का वक़्त सामने खड़ा था या शायद अजीजन ही चाहती थी कि मार्गरेट की गांठ खुले और वो हमेशा के लिये आज़ाद हो जाये। कुछ ऐसा ही ताना-बाना बुनती हुई अजीजन ने आगे बढ़कर अमेलिया के हाथ से मार्गरेट का हाथ छुड़ाया और झट्ट से उसका बुर्का उठा दिया। मार्गरेट की आंखों से गंगाजल बह रहा था मगर ताज्जुब ये था कि गंगाजल में सत्तीचौरा घाट का ख़ून कहीं नज़र ही नहीं आ रहा था। मार्गरेट को देखकर अजीजन ने पुचकारते हुये पूछा, "नहीं जाना है?"

अजीजन से लिपटकर मार्गरिट रोने लगी, "नो...नो...प्लीज़।"

मार्गरिट की बात सुनकर अमेलिया क़रीब आई, "मार्गरिट...लेट्स गो।"

"अमेलिया...डोन्ट फ़ोर्स मी प्लीज़।" मार्गरिट गिड़गिड़ाई।

अमेलिया ने बचपना समझते हुये मार्गरिट की कलाई पकड़ी मगर अजीजन ने कलाई छुड़ाई और मार्गरिट के सिर पर हाथ फेरा, "जाने दे इसे अमेलिया, अब ये नहीं रुकेगी...जा बिटिया...जा ।"

अजीजन की ज़ुबान से निकले लफ़्ज़ मार्गरिट के मन की मुराद पर दस्तख़त साबित हो गये। वो पलटी और अली के घर की तरफ़ चल पड़ी। चार क़दम ही बढ़े थे कि वो फिर पलटी और दौड़कर अमेलिया के लिपट गई। एक दूसरे को जकड़ने का अंदाज़ बता रहा था कि दोनों सहेलियों की ये आख़िरी मुलाक़ात थी, आख़िरी बात थी। झील के ख़ामोश पानी की तरह लम्हे ठहर गये। इससे पहले कि मार्गरिट अपने नये सफ़र पर निकलती उसने अजीजन के दोनों हाथ अपने माथे से लगा लिये, "थैंक्यू अजीजन...प्लीज़ अमेलिया का ख़्याल रखियेगा।"

अजीजन ने मार्गरिट से आंखों ही आंखों में अमेलिया को महफ़ूज़ हाथों में सुपुर्द करने का वादा किया। अजीजन के वादे को दिल में बसाते ही मार्गरिट हमेशा के लिये कानपुर को गले लगाने दौड़ पड़ी। चंद लम्हों पहले जो क़दम मर मर कर उठ रहे थे वो अब ख़्वाहिशों की गली में बेतहाशा डग भरते हुये बस सीढ़ियां चढ़ने को थे। खुली आंखों से तमाशा देख रही सुरैया ने अजीजन के कंधे पर हाथ रखा। अंतिम छोर तक मार्गरिट को देखने के बाद अजीजन जैसे ही पलटी, उसकी आंखों में ख़ुशी बह रही थी। सुरैया बोली, "सच बता अजीजन, तू सब जानती थी न?"

कुर्ते की बाजू से आंखें पोंछते हुये अजीजन फुसफुसाई, "अजीजन ही तो जानेगी।"

"क्यों जाने दिया उसे?" सुरैया ने सबके कानों से सवाल बचाते हुये धीरे से पूछा।

"समझ ले तेरी अजीजन को शम्स मिल गया सुरैया।"

अजीजन और सुरैया गले मिली ही थीं कि लियाक़त बोल पड़ा, "देर हो रही है।"

इधर लियाक़त की ताकीद सुनते ही अजीजन, शम्सुद्दीन और सुरैया बीबीघर बढ़ चले और बुर्का डालकर अमेलिया लियाक़त के साथ कैंट। उधर मार्गरेट एक सांस में अली के घर की सीढ़ियाँ चढ़ गई और ज़ोर-ज़ोर से दरवाज़ा खटखटाने लगी। थोड़ा इंतज़ार और फिर किसी के सुस्त हाथों ने कुंडी खोली। जैसे ही दरवाज़े के दोनों पल्ले खुले सामने पट्टू का पिंजरा लिये अली खड़ा था। रो-रो कर लाल हो चुकी आंखें मार्गरेट को सामने देखकर पथरा गईं, बदन बेजान हो गया, ज़ुबान को लकवा मार गया। दोनों के बीच की दूरी एक बालिस्त भी नहीं थी लेकिन लम्हे घंटों की गिनती से बढ़ रहे थे। सकपकाई सी ख़ुशी में अली बोला, "छोटी मेमसाब।"

मार्गरेट ने अली ख़ाँ को ख़ुद में समेट लिया, "छोटी मेमसाब नहीं, हमे आपकी मेमसाब बनना है...प्लीज़ अली...प्लीज़।"

पट्टू भी मारे ख़ुशी के टांय-टांय चिल्लाने लगा। पट्टू का शोर और मार्गरेट की बिलखन सुनकर अम्मी और बहनें बाहर आ चुकी थीं। दोनों को देखकर तीनों के होठों पर राहत भरी मुस्कुराहट तो थी मगर आंखों से फ़िक्र भी बह रही थी। आख़िर कैसे एक अंग्रेजन को घर में तब पनाह दी जाये जब ख़ुद अंग्रेज़ वापस आ चुके थे। अली के एक हाथ में पट्टू का पिंजरा था और दूसरा हाथ अभी भी छोटी मेमसाब को छूने की हैसियत में नहीं था। कुनबे की चिंता में अली की कसमसाहट को समझते हुये अम्मी ने हौले से अली के हाथ से पिंजरा ले लिया और कंधा सहलाकर जैसे कह डाला कि चल बेटा अब जो होगा देखा जायेगा। अली ने पलट कर अम्मी और बहनों के चेहरों पर लिखी इजाज़त की इबारत जैसे ही पढ़ी वैसे ही उसने मार्गेरट को अपनी बाहों में कस लिया। 1857 की गदर में कानपुर के कम्पनी कमांडर की बेटी और एक मामूली ख़ानसामे के बीच दिलकशी क़दम दर क़दम बढ़ती हुई उन्स, मोहब्बत, अक़ीदत, इबादत और जुनून को पार करती हुई मौत तक पहुंच चुकी थी। पता नहीं ईस्ट इंडिया कम्पनी के आने के बाद ये प्रेम कहानी जिंदा रहेगी या नहीं लेकिन ये तय हो चुका था कि सिर्फ ये दो प्रेमी ही नहीं बल्कि पूरा कुनबा इस इश्क़ पर कुर्बान होने के लिये कफ़न की तैयारी कर चुका था। मार्गरेट व्हीलर दिल ही दिल में उस अजीजन का शुक्रिया अदा कर रही थी

जो ख़ुद अपनी मोहब्बत कोसों दूर छोड़ आई थी मगर इस जोड़े को निकाह का जोड़ा तोहफ़े में नवाज़ चुकी थी।

कम्पनी के हज़ारों पैदल सैनिकों के बूटों की धमक और कैवलरी के घोड़ों की टापों के साथ तोपों के फ़ौलादी पहियों की गरज मेजर जनरल हैवलॉक के कानपुर में दाख़िल होने की गवाही दे रही थी। कानों को फाड़ रही ड्रमर्स की ढम-ढम बता रही थी कि बीबीघर से इस काफ़िले की दूरी बमुश्किल आधा मील बची है। ख़ून से रंगी हुसैनी पांचों कसाइयों के साथ बीबीघर से बाहर आई जहां दुर्जन अपने चार सिपाहियों के साथ अभी भी लाशें कुएँ में फेंक रहा था। हुसैनी ने ताकीद की, "काम हो चुका है दुर्जन... हम चलते हैं।"

"अन्दर पड़ी लाशों का क्या करना है?" दुर्जन के चेहरे पर फ़िक्र थी।

"सेना के आने से पहले जितनी फेंक सकते हो...फेंककर भाग लेना।"

इतना कहते ही हुसैनी ने दूरी का अंदाज़ा लगाने के लिये उस तरफ़ नज़र घुमाई जिधर से ड्रमर्स की आवाज़ें आ रही थीं फिर दुर्जन को इशारा करते हुये पांचों कसाइयों संग बीबीघर के गंगा की तरफ़ वाले पिछवाड़े की दीवार फांद कर भाग गई।

इधर हुसैनी भागी ही थी उधर सुरैया और शम्सुद्दीन के साथ अजीजन बीबीघर की चारदीवारी के भीतर दबे क़दमों से दाख़िल हुई। ख़ून से सने हालात देखकर तीनों दहल गये। दुर्जन सिंह के चार सिपाही बच्चों और औरतों की कटी-फटी लाशों को बालों से घसीटते हुये कुएँ की तरफ़ ला रहे थे और दुर्जन कुएँ के पास खड़ा था। सुरैया ने चौतरफ़ा नज़र दौड़ाई तो देखा कि सबकी तलवारें चबूतरे पर रखी थीं। हमेशा की तरह लैस अजीजन ने कुर्ते के भीतर बंधे पटके से खंजर निकाला फिर सुरैया और शम्स को चबूतरे पर रखी तलवारें उठाकर सिपाहियों को घेरने का इशारा किया। बेहद करीने से नज़रें बचाते हुये शम्सुद्दीन और सुरैया चबूतरे की तरफ दौड़े और तलवारें उठाकर लाशें घसीट रहे सिपाहियों पर टूट पड़े। दुर्जन के चारों कारिंदे लाशें छोड़कर बीबीघर के अंदर भागे। शम्सुद्दीन और सुरैया तलवारें लहराते पीछे दौड़ पड़े। अपने चेलों का शोर सुनकर दुर्जन जैसे ही पलटा सामने अजीजन खड़ी थी

और दुर्जन की गर्दन पर टिकी थी अजीजन की पैनी, चमचमाती और एक वार में गर्दन अलग करने वाली कटार।

सिपाहियों के पीछे शम्सुद्दीन और सुरैया बीबीघर के अंदर पहुंचे। चारों सिपाही लापता थे मगर फ़र्श से अर्श तक बूचड़खाना क़ायम था। फ़र्क़ इतना था कि यहां बकरियां और खस्सी नहीं बल्कि बच्चे और औरतें काटी गई थीं। सुरैया के पांव ख़ून के कीचड़ में सने थे।

उधर बीबीघर के कुएँ के पास गर्दन पर टिकी कटार पर गुदे नाम पर नज़र पड़ते ही दुर्जन सिंह पसीना-पसीना हो गया। दुर्जन की दहशत भरी नज़रें कभी अजीजन को देखतीं, कभी कटार को। वो गिड़गिड़ाया, "तुम आज़ाद हो?"

अजीजन ने जैसे ही कटार की नोंक को कलाइयों के दम का वज़न दिया, वैसे ही गर्दन से बूंद भर ख़ून टपका, "तेरे भाई सम्मान सिंह के साथ तुझे भी फाँसी पर लटका देना था... मगर गल्ती मेरी है...अदला कहां है दुर्जन?"

ये जानकर दुर्जन की रूह कांप रही थी कि जिसे वो मशहूर तवायफ़ अजीजन बाई समझता था असल में वो ही आज़ाद है। अदला में लाख बुराइयां थीं लेकिन आज तक उसने अपने किसी ख़िदमतग़ार को ज़ाहिर नहीं होने दिया कि अजीजन ही असल में आज़ाद है। शायद ये अदला के ख़ूनी खेल की सबसे महीन चाल थी क्योंकि वो अजीजन के साथ आज़ाद को अपने दम पर फ़ना करना चाहती थी। नानाराव के ख़ासमख़ास और कल्लूमल के कोठे की आड़ में मस्तानी टोली की लड़कियों के अलावा दुर्जन पहला शख़्स था जिसने आज़ाद का असली चेहरा देखा था, वर्ना ये चेहरा तो शम्स ने भी तब देखा जब अजीजन ने बयां किया।

कटार की धार पर बैठीं दुर्जन की सांसें कतरा-कतरा होने को थीं मगर बीबीघर के भीतर सुरैया का दम घुट रहा था। लाशों के ढेर में तमाम औरतों और बच्चों की आँखें अभी भी खुली थीं। कुछ में ख़ौफ़ था और कई किसी मसीहा के आने की राह ताक रही थीं। लाशों की आँखों से आँखें मिलते ही सुरैया पथरा गई, उसे जैसे कुछ और दिखना ही बंद हो गया लेकिन शम्सुद्दीन को कुछ ऐसा दिखा जिसने होश हवा कर दिये। शम्सुद्दीन ने सुरैया को कोहनी मारी। सुरैया हड़बड़ा गई। शम्सुद्दीन ने सुरैया को दीवारों की तरफ़ देखने का इशारा किया। सुरैया ने जो देखा उसे उस पर यक़ीन ही नहीं हुआ। बीबीघर

के बरामदे से कमरों तक, कमरों से दल्लान की दीवारों तक ख़ून से एक नाम लिखा था, और वो नाम था आज़ाद। शायद ही बालिस्त भर का कोई हिस्सा बचा हो जहां अंग्रेजों के रक्त से आज़ाद का नाम न छपा हो। यही थी अदला की आखिरी चाल जिसने सत्तीचौरा काण्ड के बाद अब बीबीघर के क़त्लेआम को भी आज़ाद के मत्थे मढ़ दिया था।

सुरैया ने लपककर एक लाश का गाउन फाड़ा और उसे ज़मीन पर पड़े ख़ून से भिगो कर दीवार पोंछने लगी ताकि ख़ून से लिखा नाम ख़ून के रंग के नीचे दफ़न हो जाये। शम्सुद्दीन ने सुरैया का हाथ पकड़ लिया, "पोंछते-पोंछते थक जाओगी सुरैया...ये इल्ज़ाम मिटेगा नहीं...वक़्त आज़ाद का नाम मिटाने का नहीं...अज़ाद को बचाने का है...किसी भी पल कम्पनी सिपाही बीबीघर पहुँचने ही वाले होंगे।"

उधर बाहर अजीजन दुर्जन पर गुर्राई, "किसके हुक़्म पर हुआ ये क़त्लेआम?"

दुर्जन की ज़ुबान लड़खड़ाई, "अ...द...ला बेग़म का हुक़्म था।"

"अदला कहां है?"

"बिठूर पहुंचने ही वाली होंगी।"

अदला का हाल पता मिलते ही अजीजन की कटार दुर्जन सिंह की छाती चीरती हुई गहराई तक उतर गई। अजीजन ने सीने में धंसी हुई कटार का मुट्ठा छोड़ दिया, "कटार सूत भर और अंदर धंसी तो तेरा दिल चीर देगी और मैंने कटार बाहर निकाली तो ख़ून के साथ तेरी जान भी भलभला कर बह जायेगी दुर्जन।"

बेहाल बेजान सा दुर्जन धम्म से घुटनों के बल बैठ गया। अजीजन ने पास में पड़ी एक लाश के हाथों की रस्सी खोलकर दुर्जन के हाथ बांध दिये और छाती पर लात मार कर उसे गिरा दिया। ड्रमर्स की आवाज़ अब कानों से सट कर गूंज रही थी। आगे बढ़ कर अजीजन ने चबूतरे से तलवार उठाई और पेड़ से बंधा घोड़ा खोलते हुये चिल्लाई, "सुरैया...ए सुरैयाऽऽऽऽ।"

अजीजन की अवाज़ सुनते ही शम्स और सुरैया चलने को हुये ही थे कि कोने में लगा लाशों का एक ढेर भरभरा कर गिरने लगा। सुरैया और शम्सुद्दीन

ने पलट कर देखा तो लाशों के ढेर के पीछे चारों सिपाही छिपे थे। बौराई सुरैया चीखती हुई उनकी तरफ़ दौड़ी और अंधाधुन्ध तलवार चलाने लगी। सिपाहियों की गर्दनें हर वार पर ख़ून का फ़व्वारा छोड़ रही थीं। सारे सिपाही ढेर हो चुके थे मगर सुरैया की तलवार रुक ही नहीं रही थी। शम्स ने सुरैया को झकझोरा लेकिन ख़ून के छींटों से सराबोर सुरैया का जैसे ख़ुद पर क़ाबू ही ख़त्म हो गया था। शम्स चीखा, "सुरैयाऽऽऽ।"

अजीजन की आवाज़ फिर आई और इस बार आवाज़ सुनते ही सुरैया जैसे सब भूल गई। झट्ट से उठी और अजीजन की फ़िक्र में शम्सुद्दीन के साथ बाहर चल दी। अजीजन घोड़े पर सवार थी और बचीखुची सांसें गिन रहा दुर्जन पेट के बल घोड़े पर लटका था। ड्रमर्स की आवाज़ें बीबीघर आने वाले रास्ते तक पहुंचने का अंदाज़ा दे रही थीं। सुरैया चीखी, "कहां जा रही है... अब वापस चल अजीजन।"

शम्सुद्दीन भी चिल्लाया, "गोरे आ चुके हैं, हमारे साथ चल वर्ना पकड़े जायेंगे।"

अजीजन हुंकारी, "बीबीघर का कसाईबाड़ा, सत्तीचौरा काण्ड के गुनहगारों का सबूत है सुरैया...अजीजन नाना साहेब की जासूस है और इस जासूस ने सत्तीचौरा के गुनहगार को सबूत के साथ साहेब के क़दमों में डालने का वादा किया था।"

सुरैया पास आकर बोली, "नहीं अजीजन, ये वक़्त ख़ुद को बचाने का है। अजीजन और आज़ाद रहे तो क्रांति फिर होगी, फिर हम कानपुर से कम्पनी को खदेड़ेंगे।"

"नहीं सुरैया, पता नहीं साहेब से अब मुलाक़ात हो न हो। आज साहेब के सामने नहीं गई तो साहेब ताज़िंदगी आज़ाद को सत्तीचौरा का मुजरिम समझते रहेंगे।"

सुरैया ने हाथ जोड़े, "रुक जा अजीजन।"

"रुक जाती सुरैया...ज़रूर रुक जाती अगर बीबीघर को सत्तीचौरा न बनाया गया होता...अगर सैकड़ों क़त्ल करने वाले हैवान को साहेब के सामने लाना न होता।

सुरैया फिर कुछ बोलने को हुई तभी शम्सुद्दीन ने सुरैया को हाथ पकड़कर टोका, "ठीक है अजीजन तू जा, बस एक वादा कर के जा...तू बिठूर से कानपुर नहीं लौटेगी...हम दोनों उन्नाव के पास डौडियाखेड़ा घाट पर तेरा इंतज़ार करेंगे।"

"ज़िन्दा रही तो डौडियाखेड़ा में ही मिलूंगी...वादा है मेरा।"

सुरैया रुंधे गले से बोली, "ख़ुदा तुझे मेरी उमर भी बख़्श दे।"

अजीजन ने लगाम खींची, घोड़ा सरपट बीबीघर से निकलकर पिछवाड़े के रास्ते बिठूर चल पड़ा। शम्सुद्दीन और सुरैया बीबीघर का सच अजीजन से छिपाने में क़ामयाब हो चुके थे। अजीजन बीबीघर के क़त्लेआम से तो वाक़िफ़ थी मगर उसे ख़बर तक नहीं थी कि बीबीघर के चप्पे-चप्पे पर गोरों के ही ख़ून से आज़ाद का नाम गोद दिया गया है और अब आज़ाद के सिर सिर्फ सत्तीचौरा नहीं बल्कि बीबीघर का भी खूंखार गुनाह चस्पा हो चुका था। हैवलॉक की भारी-भरकम सेना से एक टुकड़ी ढम-ढम करती हुई बीबीघर के दरवाज़े पर पहुंची उधर शम्सुद्दीन और सुरैया भी गंगा की तरफ़ वाली दीवार फांद कर डौडियाखेड़ा फ़रार हो गये।

हैवलॉक की सेना कानपुर की सड़कों पर मार्च कर रही थी। चारों तरफ़ तमाशबीन भीड़ छतों-छज्जों और गलियों से झांकती हुई अपनी बदकिस्मती को कोस रही थी तो दूसरी तरफ़ आबादी का बड़ा हिस्सा सड़कों के किनारे खड़ा होकर एक बार फिर ग़ुलामी को ही अपनी क़िस्मत क़ुबूल करते हुये अंग्रेज़ी हुकूमत का इस्तक़बाल कर रहा था। ठीक इसी बीच इलाहाबाद की क्रांति का अगुवाकार और पचास हज़ार का ईनामी मौलवी लियाक़त अली अमेलिया हॉर्न के साथ मिस जैकोबी के कैंट वाले घर के बाहर खड़ा था, "अब तू जा बिटिया, मैं चलता हूं।"

अमेलिया ने गुज़ारिश की, "अंदर चलिये, जैकोबी को अच्छा लगेगा।"

लियाक़त ने अमेलिया का गाल थपथपाया, "अब रुकना ठीक नहीं है।"

मज़बूत, सख़्त और दुनियादारी समझने वाली अमेलिया इन आख़िरी पलों

में ख़ुद पर क़ाबू छोड़ बैठी और लियाक़त की छाती से लगकर फफकने लगी, "थैंक्स फ़ॉर सेविंग मी लियाक़त अली।"

लियाक़त की आंखें भर आईं, "हम तो बंदे हैं मेरी बच्ची, ख़ुदा ने भेजा होगा मुझे...तुम्हें महफ़ूज रखने को।"

"आई प्रॉमिस लियाक़त...विल रिमेंबर यू...टिल आई डाई।" रुंधे गले से अमेलिया ने लियाक़त से वादा किया और दुलराते हुये उसकी हथेलियों से ख़ुद अपने गालों को ढक लिया। ड्रमर्स की आवाज़ें सुनकर मिस जैकोबी बाहर आ गईं, लियाक़त ने साफ़े के कपड़े से मुंह ढका और अमेलिया से अलविदा कह कर चल दिया। ओझल होने तक अमेलिया लियाक़त नाम के फ़रिश्ते को देखती रही और उसकी सलामती की दुआ करते हुये भीतर चल दी। अमेलिया ने जैकोबी को दौड़कर गले लगाया जैकोबी मारे ख़ुशी के पागल हो गई, "माई बेबी...थैंक गॉड तुम ज़िन्दा हो।"

"यस मिस जैकोबी, एक एंजल था जिसने आपकी अमेलिया को बचा लिया।"

"मिस्टर कुक और तुम्हारी मॉम के बारे में सुना, सॉरी टू हियर दैट।"

"सब ख़त्म हो गया मिस जैकोबी।" अमेलिया बुदबुदाई।

"मिस्टर व्हीलर की फ़ैमली भी मारी गई...बेचारी मार्गरेट।"

"कोई नहीं बचा मिस जैकोबी।" अमेलिया मार्गरेट के जिंदा होने की ख़बर ज़हर की तरह पी गई। वो जानती थी कि अगर ये सच जैकोबी से लेकर किसी भी अंग्रेज़ के सामने बेनकाब हुआ तो अली मौत के घाट उतार दिया जायेगा और मार्गरेट को जीते जी मौत आ जायेगी, इसलिये दोनों प्रेमियों की ज़िंदगी को ज़हर करने से बेहतर उसने सच का ज़हर अपने गले ही उतारना मुनासिब समझा।

सूरज आधे घंटे का मेहमान था। बिठूर महल सन्नाटे के कब्ज़े में था। कानपुर क्रांति के अगुवा, आज़ादी के सारथी और ईस्ट इंडिया कम्पनी को भगाकर कानपुर पर राज करने वाले पेशवा नानाराव धूधूपंत का सुनसान साम्राज्य

सिसक रहा था। अस्तबलों में घोड़ों की फौज, सत्ता की शान बघारने वाले हाथियों के झुंड इतिहास बन चुके थे। न कहीं कोई सैनिक, न नौकर, न खानसामों, भिश्तियों की भीड़, न दासियां। तमाम अंग्रेज़ों के डर से भाग गये और बाक़ी को अदला बेग़म ने इनाम देकर अपने-अपने गाँवों को रवाना कर दिया था। शायद इसलिये ताकि किसी को भनक न लगे कि नानाराव किस वक़्त किस दिशा में चले गये। महल की जिस बारादरी में क्रांतिवीर दरबार लगाते थे, जहां क्रांति का ख़ाका खींचा गया था, उसी बारादरी के कछार वाले गुप्त दरवाज़े की ओर गंगा में दो नावें तैयार थीं। सारे इंतज़ामात संभाल रही अदला ने एक नाव पर घायल बाला भट्ट के साथ नाना का परिवार बैठाया फिर दूसरी पर सोने, चांदी की अशर्फियों और ज़ेवरातों से भरे दर्जन भर बक्से लदवाने लगी। वीरान, उजाड़, श्मशान, बियाबान से माहौल में अधमरे दुर्जन सिंह को घोड़े पर लादे अजीजन महल में दाख़िल हुई। घने पेड़ों के बीच से जाने वाले बारादरी के रास्ते पर बीस क़दम की दूरी पर उसे घोड़े की हिनहिनाहट सुनाई दी। अजीजन काठी से उतरकर बरगद की डाल पर चढ़ गई। बारादरी की तरफ़ से सरदार खाँ घोड़े पर सवार आता दिखाई दिया। सामने घोड़े पर औंधे लटके आदमी को देखकर सरदार घोड़े से उतरा और पास जाकर देखते ही चीखा, "दुर्जनऽऽऽ।"

सरदार ने दुर्जन को उतारकर जैसे ही लिटाया उसे उसकी छाती पर धंसी आज़ाद की कटार दिखाई दी। म्यान से फ़ौरन तलवार निकालकर सरदार ललकारा, "अजीजन...ख़त्म हो गया तेरा खेल...सामने आ बहुरूपिया।"

अधमरा सा दुर्जन कसमसाया, "स..र..दा...र...मुझे...बचा ले...।"

सरदार हड़बड़ा गया और तलवार ज़मीन पर रखकर दुर्जन की छाती में धंसी कटार बाहर खींचने लगा, तभी अजीजन आसमानी बिजली से भी तेज़ रफ़्तार से पेड़ से कूदी। दायें घुटने को ज़मीन पर टेकते हुये उसने नब्बे अंश के कोण पर अर्ध गोलाकार तलवार चलाई और पल के हजारवें हिस्से में ख़ून रिसती तलवार लिये सरदार के सामने खड़ी हो गई। सरदार ने फ़ुर्ती से ज़मीन पर पड़ी तलवार उठाने की कोशिश की लेकिन उसके हाथ का पंजा तलवार उठा ही नहीं पा रहा था। ज़मीन पर गिरती रक्तधारा और ज़बरदस्त दर्द ने सरदार को एहसास कराया कि उसका पंजा हाथ से कटकर अलग हो चुका

है और दुर्जन की छाती में धंसी कटार के मूठ को पकड़े हुये है। अजीजन ने तलवार की धार सरदार की गर्दन पर रगड़ी, "अजीजन और आज़ाद को छोड़ सरदार...तलवार का शुक्रिया कर वर्ना हाथ के पंजे की जगह सिर धड़ से रिश्ता तोड़ चुका होता।"

इतना कहते ही गर्दन पर वार करने के लिये अजीजन ने तलवार फिर हवा में उठाई, सरदार उसके पैरों में गिर गया, "मुझे बख़्श दे...अज़ाद।"

"अरे इतनी जल्दी टूट गया अदला का ग़ुलाम...कहां है तेरी हुक़्मरान?"

सरदार इशारा करते हुये बुदबुदाया, "ऊपर बारादरी में...।"

अजीजन की तलवार से ज़्यादा आज़ाद के नाम का ख़ौफ था, वो भी तब जब सरदार जान चुका था कि अजीजन ही आज़ाद है। अहम सवाल ये था कि अदला ने सरदार के सामने अजीजन और आज़ाद के एक होने राज़ क्यों खोला। असल में ये अदला की घातक, ज़हरीली और आख़िरी चाल थी। सत्तीचौरा से बीबीघर तक का इल्ज़ाम आज़ाद पर मढ़ने में क़ामयाब अदला ने आज़ाद का असली चेहरा अंग्रेज़ों के सामने फाश करने का ज़िम्मा सरदार को सौंपा था और सरदार अजीजन उर्फ़ आज़ाद नाम का ये रहस्य मेजर जनरल हैनरी हैवलॉक के सामने खोलने जा ही रहा था कि अजीजन के हत्थे चढ़ गया। आज़ाद की दहशत से कांप रहे सरदार ने अजीजन के सामने अदला का शातिर सच एक झटके में उगल दिया और सारा खेल बदल दिया।

ऊपर बारादरी के सिंहासन का हत्था सहलाकर नाना मन ही मन अपने महल, अपनी सत्ता, कानपुर की आज़ादी और पेशवाई से विदा ले रहे थे। पहली मर्तबा नाना की आंखों से क्रांति पिघल कर रिस रही थी। इसी बीच नावों के इंतज़ाम पूरे कर के अदला बारादरी पहुंची। सिंहासन को सहला रहे नाना का ग़म महसूस करते हुये अदला बोली, "फ़िक्र न करें साहेब...आप फिर सब हासिल कर लेंगे।"

नाना ने अचकन की आस्तीन से आंखें पोंछीं, "अब ये सब इतिहास है अदला।"

अदला ने दम भरा, "कानपुर क्रांति के इतिहास का ये सुनहरा अध्याय है साहेब। कानपुर को यक़ीन है कि आप लौटेंगे और क्रांति की आज़ादी का ग्रंथ लिखेंगे।"

तभी बारादरी के दरवाजे के बाहर से आवाज़ आई, "सुनहरा नहीं, ख़ूनी अध्याय।"

शाम के आख़िरी पलों को बटोर कर उम्रदराज सूरज की टिमटिमाती रोशनी में नाना और अदला ने आंखों पर ज़ोर डालकर देखा तो सरदार खाँ कंधे पर दुर्जन को लादे अंदर आ रहा था। उसकी कटी कलाई से ख़ून अभी भी टप-टप रिस रहा था और उसकी पीठ पर तलवार की नोंक टिकाये अजीजन नाना की तरफ़ पीछे-पीछे बढ़ रही थी। अदला के बदन का कतरा-कतरा सुन्न पड़ गया। सरदार ने अजीजन के इशारे पर अदला से सिर्फ़ एक हाथ की दूरी पर निढाल दुर्जन सिंह को फ़र्श पर लिटा दिया और ख़ुद ख़ामोशी के साथ घुटनों पर बैठ गया।

नानाराव ने दुर्जन की छाती पर घुसी आज़ाद के नाम की कटार देखी फिर अदला के बर्फ़ पड़ते चेहरे पर नज़र डालते हुये अजीजन से मुख़ातिब हुये, "ये सब क्या है अजीजन?"

अजीजन ने अदला को घूरा, "आपकी अजीजन, आपकी जासूस, आपका आज़ाद सत्तीचौरा और बीबीघर के ख़ूनी सच से आप की मुलाक़ात कराने आया है।"

नानाराव ने चौंककर अदला को देखा, "बीबीघर...बीबीघर में क्या हुआ?"

अजीजन ने आंखें तरेरीं, "जिसने सत्तीचौरा में लाशें बहाईं, उसी ने बीबीघर की रोती-बिलखती औरतों और बच्चों को कसाइयों के हाथों कटवाकर फिंकवा दिया।"

ज़मीन पर पड़े दुर्जन और घुटनों पर बैठे सरदार को देखते हुये नाना ने पूछा, "क्या यही दोनों गुनहगार हैं?"

"ये दुर्जन है...ये सरदार खाँ...और इन सरदारों की सरदार है अदला बेग़म...दोनों अदला के गुनाहों में शरीक भी हैं और अदला के गुनाहों के गवाह भी हैं साहेब।"

नाना के पैरों तले ज़मीन गंगा की बालू की तरह फ़िसल रही थी क्योंकि बीबीघर की सारी ज़िम्मेदारी तो ख़ुद नाना ने अदला के सुपुर्द की थी। नानाराव ने अदला को गुस्से में घूरा, "अदला बेग़म...तुमने युद्ध कर के हज़ारों मार

दिये होते तो हम ख़ुद तुम्हें सलामी देते...मगर तुमने अदला...सत्तीचौरा से बीबीघर तक मासूमों का नरसंहार कर डाला...तुमने पेशवा नानाराव की क्रांति...कानपुर की आज़ादी के इतिहास को मासूमों के ख़ून से रंग डाला... आने वाला कल जब इतिहास से सवाल पूछेगा तो सवाल नानाराव पर उठेगा, हर पाप नानाराव के माथे आयेगा।"

अदला हार चुकी थी। नाना फिर चिल्लाये, "जवाब दो अदला।"

नानाराव की चीख सुनते ही अदला ज़मीन पर पड़े दुर्जन की तरफ़ लपकी औंर उसकी छाती से आज़ाद की कटार निकालकर फुर्ती से खड़ी हो गई। इससे पहले कि अजीजन और नानाराव उसे रोकते अदला ने मुस्कुराते हुये कटार से अपनी ज़ुबान रेत डाली। उसकी आंखों से आंसू और मुंह से भलभलाकर ख़ून बह रहा था लेकिन वो पागलों की तरह ज़ोर-ज़ोर से हंसे जा रही थी। उसे अब नाना के सवालों का जवाब न देने की तसल्ली थी और इस तसल्ली को वो अपनी जीत समझने का मुग़ालता पाल बैठी थी। अब साबित हो चुका था कि अदला सचमुच पागल, बददिमाग और फितरती हैवान थी। अदला के अट्टहास से बारादरी गूंज रही थी कि तभी अजीजन गुर्राई, "पागल औरत तूने क्रांति के सबसे बड़े गुनाह के गवाह की ज़ुबान काटी है...तू रहम की नहीं, मौत की हक़दार है।"

अगले ही पल अजीजन बाई ने रोशनी की रफ़्तार से तलवार लहराई। कमाल ये था कि सिर्फ़ एक वार में तलवार की नोंक ने सरदार खाँ का गला रेत डाला और तलवार की धार ने अदला बेग़म के सिर को तन से जुदा कर दिया। अदला का सिर लुढ़कता हुआ नाना के क़दमों तक जाकर रुका। उसकी आंखें खुली थीं और चेहरे पर शैतान मुस्कुरा रहा था मगर धड़ में जान अभी बाक़ी थी। अदला का धड़ अजीजन की तरफ़ बढ़ा और उसका गिरहबान पकड़ते हुये क़दमों में गिर कर ख़ामोश हो गया। घुटनों पर बैठा सरदार खाँ धम्म से गिरा और मर गया। उधर छाती से कटार निकालते ही दुर्जन सिंह की मौत पहले ही हो चुकी थी। महज़ कुछ पलों में शैतान मंडली की कुंडली के सारे ग्रह मृत्यु योग से हार चुके थे। नानाराव ने ख़ामोशी तोड़ी, "तुमने क्यों मारा अजीजन...हम सज़ा देते।"

"आप ने वचन दिया था कि गुनहगार को मौत आज़ाद ही देगा।"

नाना ने अजीजन के कंधे पर हाथ रखा, "हम क़ुबूल करते हैं कि सत्तीचौरा काण्ड को लेकर हमने तुम पर शक किया अजीजन। जाजमऊ टीले पर जनरल व्हीलर को अगवा कर के ले जाने पर हमने तुम्हारा तिरस्कार किया, हमें माफ़ करना।"

अजीजन एक घुटने के बल ज़मीन पर बैठी और नाना के पैरों पर तलवार रखकर बोली, "गुरु हैं आप...आदर्श हैं, अदना से अज़ाद से माफ़ी मांग कर उसे मरने पर मजबूर मत कीजिये, सेना आती होगी आप निकलिये।"

नानाराव ने कंधे पकड़कर अजीजन को उठाया, "तुम भी साथ चलो।"

"आपके बिना कानपुर अनाथ है साहेब, उसे अकेला छोड़ा तो बेचारा टूट जायेगा।"

"मेरे आज़ाद को महफ़ूज़ रखना अजीजन...हम फिर मिलेंगे...फिर होगी क्रांति और इस मर्तबा कानपुर हमेशा के लिये आज़ाद होगा...और वो आज़ादी बिना आज़ाद के मुमकिन नहीं है।" अंतिम वाक्य कह कर नानाराव पलटे और सीढ़ियों के रास्ते गुप्त दरवाज़े से होते हुये अजीजन के साथ नाव तक पहुंचे। अंधेरा हो चुका था। नावों पर मशालें रोशन थीं। अजीजन ने झुककर प्रणाम किया नानाराव ने सिर सहला कर आशीर्वाद दिया फिर मल्लाह का हाथ थाम कर नाव पर बैठ गये। फिर शुरू हुआ पतवारों का शोर, नावें चल दीं। अजीजन हाथ जोड़े नावों के ओझल होने तक खड़ी रही। दूर से टिमटिमा रही मशालें अचानक बुझा दी गईं ताकि बिठूर तक पहुंच चुकी कम्पनी सेना से नाना की दिशा छिपाई जा सके। मशालें बुझते ही अजीजन बारादरी की तरफ़ मुड़ी ही थी कि तभी तोप का एक गोला बिठूर महल की दीवार से टकराया। धमाका सुनते ही अजीजन ने गंगा में छलांग लगा दी और तैरते हुये उन्नाव के डौडियाखेड़ा इलाके की तरफ़ चल दी जहां सुरैया और शम्सुद्दीन वादे के मुताबिक़ उसका इंतज़ार कर रहे थे।

कानपुर में कम्पनी राज दोबारा क़ायम हो चुका था। खज़ाने से मैग्ज़ीन और कैंट से लेकर दफ़्तरों तक ब्रिटिश हुकूमत का झंडा लहरा रहा था। बीबीघर के ख़ूनी हालात की ख़बर गवर्नर जनरल ऑफ इंडिया लॉर्ड कैनिंग तक पहुंच

चुकी थी। ईस्ट इंडिया कम्पनी पेशवा नानाराव से रियायत बरतने को तैयार नहीं थी। फ़ोर्ट विलियम की सख़्त ताकीदों का ही असर था कि सैकड़ों मशालों की रोशनी में हैवलॉक रातों रात महल की एक-एक ईंट उखाड़ने के लिये बिठूर में खड़ा था। गाँवों से शहरों तक छापेमारी जारी थी ताकि सत्तीचौरा और बीबीघर काण्ड के दोषियों की शिनाख़्त हो सके। संगीनों की नोंक, चमड़ी उधेड़ने वाले हंटरों की मार का मक़सद था आज़ाद की तलाश। सत्तीचौरा के नारों से लेकर बीबीघर की दीवारों तक नाम सिर्फ़ आज़ाद का था बस किसी को ये इल्म नहीं था कि आख़िर आज़ाद कौन है, आज़ाद कहां है।

उधर अजीजन तैरती-हांफती डौडियाखेड़ा पहुंच चुकी थी। घाट पर सन्नाटा था, न सुरैया का अतापता था, न शम्सुद्दीन का। अजीजन नदी से बाहर आ ही रही थी कि अचानक पानी के भीतर छिपे दर्जनों सैनिकों ने चारों तरफ से जाल फेंक कर अजीजन को दबोच लिया। रात भर तैरते-तैरते चूर हो चुकी अजीजन अचानक हुये इस हमले से सकपका गई। उठने की नाकाम कोशिशों के बाद वो लड़खड़ाकर बैठ गई। सैनिकों ने फ़ौरन उसके हाथ बांधे और धकेल कर सीढ़ियों के सहारे ऊपर ले जाने लगे। धक्का-मुक्की करती बेहाल सी अजीजन जैसे ही सबसे ऊपर पहुंची सामने हाथों में बंदूक लिये शम्सुद्दीन खड़ा था। उसे देखते ही अजीजन मुस्कुराई, "अरे शम्स..देखो कौन हैं ये, शायद कोई ग़लतफ़हमी है इनको।"

शम्सुद्दीन बंदूक लेकर सैनिकों की तरफ़ दौड़ा और जैसे ही क़रीब पहुंचा उसने बंदूक हवा में उठाई और पूरी ताकत से अजीजन की गर्दन और कंधे के बीच दे मारी। कुंदा लगते ही अजीजन धड़ाम से गिरी। उसकी आंखों के सामने अंधेरा छाने लगा, और कानों में शम्स के आख़िरी शब्द पड़े, "कोठी के तहखाने में डाल दो।"

छापेमारी और गिरफ़्तारी के बीच तीन दिन गुज़र चुके थे। नानाराव की तलाश का नतीजा सिफ़र था मगर कानपुर की सत्ता का सिंहासन कहा जाने वाला बिठूर महल मलबे में तब्दील हो चुका था। उधऱ बेग़म हज़रत महल की अगुवाई में लखनऊ से आ रही गदर की ख़बर से बिलबिलाये लॉर्ड कैनिंग

ने हैवलॉक को डेढ़ हज़ार सैनिकों के साथ लखनऊ कूच करने का फ़रमान सुनाया। इसी बीच कसाई के नाम से कुख्यात और इलाहाबाद को कब्रिस्तान बनाने वाला कर्नल जेम्स स्मिथ नील सेना के साथ कानपुर पहुंच चुका था और बीबीघर के अंदर खड़ा था। ज़बरदस्त बदबू, कुएँ में बजबजाती लाशों और फ़र्श पर कीचड़ की तरह फैले ख़ून और लोथड़ों को देखकर भी उसे मुंह पर रुमाल रखने की ज़रूरत महसूस नहीं हुई। सत्तीचौरा काण्ड के दौरान बचकर भागे कैप्टन मॉब्रे थॉमसन और लेफ़्टीनेंट डेलाफ़ॉस का हाथ जेब तक गया ज़रूर लेकिन दोनों की हिम्मत नहीं हुई कि वो रुमाल निकाल सकें। दीवारों पर ख़ून से लिखे आज़ाद के नाम को पढ़ते हुये कर्नल नील बार-बार अपना जबड़ा चबा रहा था। हिम्मत जुटाकर मॉब्रे थॉमसन बोला, "सर ही इज़ द सेम आज़ाद हू कमिटेड सत्तीचौरा।"

नील की आंखें लाल थीं, "हैव यू ऐवर सीन दैट ब्लडी आज़ाड...मॉब्रे?"

"सर द डे व्हेन म्यूटिनी स्टार्टेड इन कानपुर, दैट वैरी डे आज़ाद किडनैप्ड जनरल व्हीलर टू जाजमऊ टीला। व्हीलर सर ने उसे पकड़ भी लिया था बट ही जम्प्ड इन टू द गैंजेस। व्हीलर ने उसकी कलाई में सुरैया नाम लिखा देखा था। आज़ाद के बाल एड़ियों तक लंबे थे लेकिन कूदने से पहले उसने अपनी कटार से ख़ुद अपने बाल काट लिये थे...दैट मच आई नो सर।"

लेफ़्टीनेंट डेलाफ़ॉस भी बोला "सर सत्तीचौरा में जब ब्लडशेड हो रहा था तब हर तरफ़ आज़ाद ज़िन्दाबाद के नारे लग रहे थे, द क्राउड वॉज़ क्रेज़ी फ़ॉर हिम सर।"

तभी दौड़कर अंदर आये एक सैनिक ने कर्नल नील को बाहर हैवलॉक के आने की ख़बर दी। नील के साथ मॉब्रे और डेलाफ़ॉस भी चल दिये। नील ने हैवलॉक को सेल्यूट किया, "दैट ब्लडी आज़ाड हैज़ स्लॉटर्ड अवर पिपुल लाइक बुचर सर।"

हैवलॉक ने हैट उतार कर ग़म ज़ाहिर किया, "ओह्ह गॉड, इट्स रियली सैड।"

नील गुर्राया, "बुचर से बुचर (कसाई) की तरह ही बात करनी पड़ेगी हम को सर।"

हैवलॉक ने समझाया, "मैं तुम्हारी फीलिंग्स समझ सकता हूं नील...डोन्ट क्रियेट इलाहाबाद इन कानपुर। लोगों को पकड़ो, इंट्रोगेट देम, जांच करो एंड सेंड देम टू कोर्ट विद प्रूफ्स। कोर्ट विल डिसाइड आज़ाद या औरों को क्या सज़ा देनी है।"

नील चिढ़ गया, "आप लखनऊ संभालिये सर, कानपुर मेरे ज़िम्मे है, मुझे अपने तरीके से देखने दीजिये। मैं जो भी करूंगा विल इंफार्म कैलकटा।"

हैवलॉक को इल्म था कि बददिमाग़ नील किसी की नहीं सुनेगा फिर भी वो आख़िरी तक उसे समझाता रहा और सेना के साथ लखनऊ कूच कर गया। कर्नल नील ने डेलाफ़ॉस और मॉब्रे थॉमसन के अलावा सभी मातहतों को आज़ाद और लियाक़त अली के सिर पर पचास-पचास हज़ार का नया इनाम रखने के साथ-साथ दो दिनों में अवध से बुंदेलखण्ड तक फैली कानपुर की सरहद के हर इलाके में दोनों के इनामी पर्चे बंटवाने का हुक़्म सुनाया। ताकीद की गई कि कलाई पर गुदा हुआ सुरैया नाम और छोटे-छोटे बालों का ब्यौरा भी पर्चों पर छापा जाये, साथ ही अब तक हुई गिरफ़्तारियों में हर उस शख़्स को छांट कर अलग करने के आदेश दिये गये जिसकी कलाई पर सुरैया लिखा हो। नील के शैतानी इरादे साफ़ थे, वो हर किसी को सज़ा देने की ज़िद पर था। फिर चाहे सत्तीचौरा की तमाशबीन भीड़ हो या आज़ाद नाम के नारे बुंलद करने वाले लोग।

डौडियाखेड़ा के ज़मींदार की कोठी में क़ैद अजीजन चीख-चीख कर शम्सुद्दीन को बुला रही थी। मगर न सैनिक सुन रहे थे, न शम्सुद्दीन और न सुरैया को ही तरस आ रहा था। अजीजन के दिल को एक सवाल दीमक की तरह चाट रहा था कि आख़िर शम्स और सुरैया उसे दर्द कैसे दे सकते हैं। वो सुरैया जो उसके हर दर्द की विरासत अपने नाम लिखवाने पर आमादा थी और वो शम्स जो उसकी बेपनाह मोहब्बत में मर जाने को तैयार था। ये धोखा था, दर्द था या कोई चाल, इस ख़बर से हर कोई बेख़बर था।

गुजरे दो दिनों में कर्नल नील की ज़ुबान से ज़्यादा अंगारे उगलती आंखों का हुक़्म कानपुर में कहर की आग बन चुका था। डेढ़ सौ से ज़्यादा गांवों की

राख खाक में मिल चुकी थी। गोले उगल रही तोपों के मुंह पर बंधे कनपुरियों के परखच्चे बारूद के साथ धुआं हो चुके थे। बीबीघर के बाहर मैदान पर क़तार में खड़े लोगों पर बंदूकों से निशाने कुछ इस अंदाज़ में लगाये जा रहे थे जैसे कोई युद्धाभ्यास जारी हो। सत्तीचौरा और बीबीघर का लावा गुज़रे अड़तालीस घंटों में ढाई हज़ार से ज़्यादा मासूमों की लाशें बिछा चुका था। सूरज बीच आसमान पर था और बीबीघर के सामने बीघों में फैले मैदान पर खड़ी तक़रीबन पांच सौ लोगों की भीड़ बेगुनाही बयां करने की इजाज़त और बिना सबूत-ओ-गवाह के दी जा रही सज़ा से माफ़ी की मिन्नत करने का मौका तलाश रही थी। छापेमारी में दबोच कर लाये गये इस हुजूम पर आज़ाद का पता न देने, सत्तीचौरा पर तमाशा देखने और गोरों की मौत पर आज़ादी का जश्न मनाने का इल्ज़ाम था। सैकड़ों सैनिकों की बन्दूकों से घिरी ये जनता टस से मस होने के हालात में भी नहीं थी। तभी कर्नल नील बीबीघर के अंदर से निकला, "सेप्रेट हिंदू, मुस्लिम्स इन दिस क्राउड...ब्रिंग अ क्विंटल ऑफ़ बीफ़ एंड पोर्क टू फ़ीड दीज़ ब्लडी इंडियंस।"

कर्नल नील का ऐलान होते ही भीड़ में सनसनी मच गई। अफ़सरों की एक टोली सैनिकों के साथ गाय और सुअर का मांस लेने निकल गई। इसी बीच रस्सी में बंधे चार लोगों को नील के सामने पेश किया गया। इसमें दो बूढ़े, एक औरत, एक छह साल का बच्चा था। दोनों बूढ़े चल पाने के काबिल भी नहीं थे। बीबीघर मैदान के बीचोंबीच चबूतरे पर नील के लिये कुर्सी और छतरी लगाई गई, फिर शुरू हुआ कानपुर के इतिहास का सबसे घिनौना तमाशा। असल में इन चारों की कलाई पर सुरैया गुदा था। शैतान की तरह मुस्कुराते हुये नील के इशारे पर सैनिकों ने दोनों बूढ़ों को घुटनों के बल बैठाकर गर्दन पर तलवार रख दी। पीछे खड़ा मॉब्रे बोला, "दे आर टू ओल्ड, एंड दैट लेडी...उसके तो बाल भी बहुत लंबे हैं...और बच्चा तो काफ़ी छोटा है।"

कर्नल नील हंसा, "बट द नेम सुरैया इज़ टैटूड ऑन देयर रिस्ट मॉब्रे।"

"इज़ इट इनफ टू प्रूव दैट दे आर आज़ाद?" मॉब्रे का तर्क नील ने अनसुना कर दिया। असल में मॉब्रे को नील के सनकीपन का अंदाज़ा ही नहीं था। उस ने डेलाफ़ॉस को कुछ बोलने का इशारा किया लेकिन डेलाफ़ॉस ने

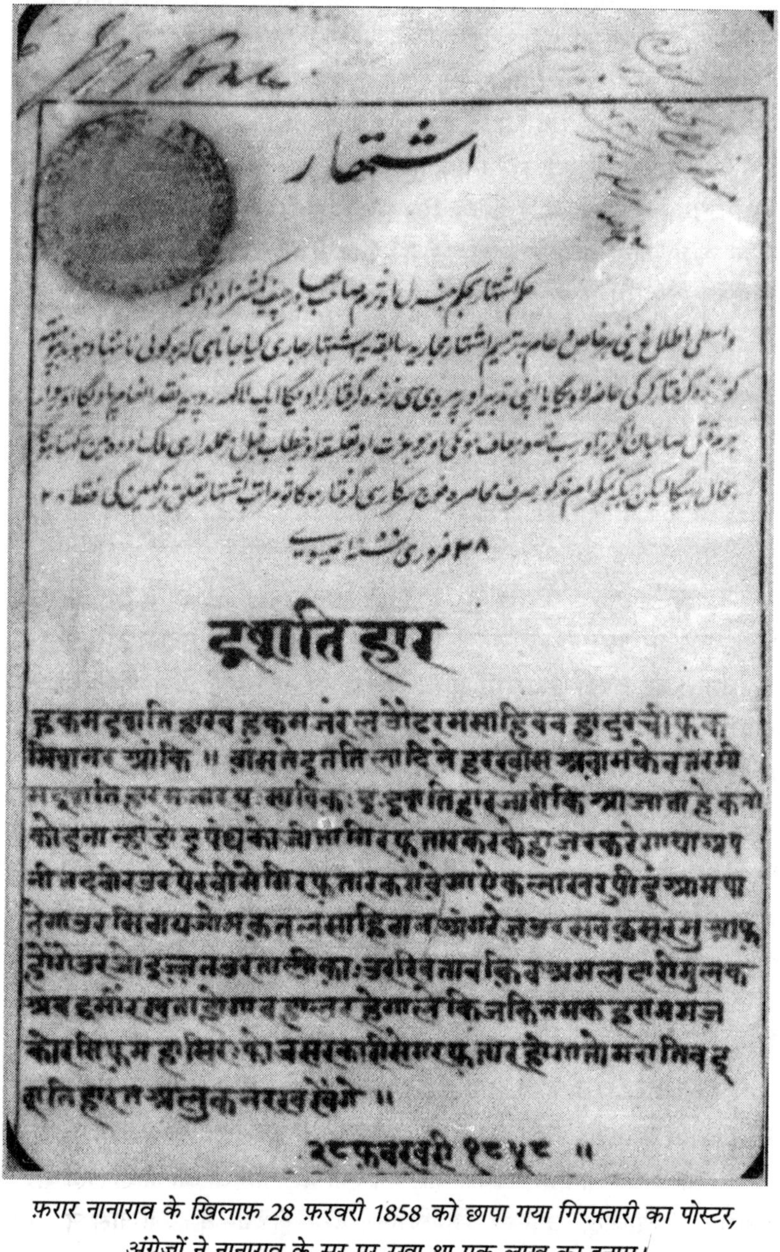

اشتہار

۲۸ فروری ۱۸۵۸ عیسوی

इश्तिहार

२८ फ़रवरी १८५८ ॥

फ़रार नानाराव के ख़िलाफ़ 28 फ़रवरी 1858 को छापा गया गिरफ़्तारी का पोस्टर, अंग्रेज़ों ने नानाराव के सर पर रखा था एक लाख का इनाम।

मुंह पर उंगली रखकर उसे ख़ामोश रहने की ताकीद की। तभी कर्नल नील चिल्लाया, "किल दीज़ बास्टड्र्स।"

हवा में उठाकर पूरी ताकत से दोनों सैनिकों ने एकसाथ तलवार चलाई। पल भर में दोनों बूढ़ों के सिर कट कर मैदान पर लुढ़क गये। सैनिकों से घिरी भीड़ नील का रवैया देखकर दहशत में आ गई। कोई रोने लगा, कोई गिड़गिड़ाने लगा, किसी ने आंखें मूंद लीं, कोई ऊपरवाले से जान की भीख मांगने लगा। दोनों बूढ़ों के साथ दबोचकर लाई गई औरत बगल में खड़े बच्चे के पास आई और ऊंची आवाज़ में बोली, "अरे पगलऊ...का मारत हो बूढ़न का...हमरेऊ हाथ मा सुरैया गुदा है...अम्मा-बप्पा मेला म गुदाईन रहैं...औ ई आये हमार लरिका, हम आपन नाम इके हाथ मा गुदवावा है...का करिहौ हम दुइनन का मार डरिहौ?"

कर्नल नील ने डेलाफ़ॉस से पूछा, "व्हाट शी सेड?"

"शी इज़ कॉलिंग यू क्रेजी मैन...चैलेंजिग यू।" डेलफ़ॉस साफ़ बोला।

"पूछो...क्या वो आज़ाड को जानती है...सच बोली तो नई मारूंगा।"

डेलाफ़ॉस औरत से मुख़ातिब होते हुये चिल्लाया, "साहब बहादुर पूछ रहे हैं कि क्या तुम आज़ाद को जानती हो...अगर सच बोलोगी तो ज़िन्दा रहोगी।"

औरत भी चीखी "अरे मरैं तुम्हरे साहब बहादुर...बता देओ गदहा साहब कहिंयां कि हमऊ आज़ाद हन और हमार बेटौ आज़ाद है...मार डारैं हम दुइनौ का।"

डेलाफ़ॉस ट्रांसलेट करने को हुआ तभी नील बोला, "शी इज़ कॉलिंग मी डंकी।"

नील ने मॉब्रे को घूरा और मॉब्रे ने जल्लाद सैनिक को। हुक़्म की तामील करते हुये बरगद पर लटकी रस्सी का फंदा औरत के गले में डालकर बच्चा उसकी छाती से बांध दिया गया। फाँसी चढ़ाने का इशारा करने से पहले नील गुर्राया, "आज़ाड कहां है बता दो...दोनों को छोड़ दूंगा।"

औरत अट्टहास करने लगी, "आज़ाद के नाम ते डिरात हौ साहब, सामने आ जाये तो पतलूनौ गीली हुई जइहै तुम्हार...आज़ाद ज़िंदाबाद।"

देखते-देखते सैनिकों से घिरी भीड़ का एक बड़ा हिस्सा आज़ाद ज़िन्दाबाद, नानाराव ज़िन्दाबाद...कानपुर ज़िन्दाबाद...ईस्ट इंडिया कम्पनी मुर्दाबाद के

नारे लगाने लगी। चिड़चिड़ाया नील रस्सी खींचने का इशारा करता हुआ कुर्सी से उठा और सैनिक से बंदूक छीनकर आगे बढ़ने लगा। सैनिक ने रस्सी खींच दी। इधर बरगद पर लटकी औरत फाँसी पर फड़फड़ा रही थी उधर छाती से बंधा बच्चा रो-रो कर बेहाल था। औरत के दम तोड़ने से पहले ही आगे बढ़ते हुये नील ने बन्दूक लोड की और बिलखते बच्चे को उसकी मां के मरने से पहले ही मार डाला। नील की दरिंदगी के बावजूद ज़िन्दाबाद के बुलंद होते नारे मैदान की हद तोड़ते हुये कानपुर के दूसरे इलाकों तक गूंजते सुनाई दे रहे थे। मगर बड़ा हिस्सा वो भी था जिसकी रगों में ख़ून की जगह ख़ौफ़ दौड़ रहा था। बस फिर क्या था नारेबाज़ी पर आमादा भीड़ को चुन-चुन कर क़तार में खड़ा किया गया और बन्दूकों को घोड़े के ज़रिये बारूद उगलने का फ़रमान सुनाया गया। ज़िन्दाबाद बुलंद कर रही अबादी कुछ ही पलों में मुर्दाबाद हो चुकी थी। बरगद पर लटकी औरत और छाती से चिपकी बच्चे की लाश कानपुर को कसाइयत का पैगाम देने के लिये लटकाई गई थी। बग्घियों में भरकर गाय और सुअर का गोश्त आ चुका था। मैदान में नरसंहार के बाद बचे क़रीब तीन सौ कनपुरियों को इस ताकीद के साथ क़ैद में छोड़ा गया कि भूख लगने पर हिंदू को गाय और मुसलमान को सुअर खिलाया जायेगा। कर्नल नील के लिये कानपुर अब नया कसाईबाड़ा था, गुनाह किया हो या बेगुनाह हो, नील चाहेगा तो ज़िन्दगी, नील चाहेगा तो मौत।

ये माटी सभी की कहानी कहेगी

आज़ाद के सिर पचास हज़ार के नये इनाम के पर्चे अवध से बुंदलेखण्ड सरहद तक बंट चुके थे। ये पर्चे काग़ज़ की शक्ल में कील थे। ऐसी कील जो आज़ाद के ताबूत की आख़िरी कील साबित हो सकती थी। कल्लूमल के कोठे में रोना-पीटना मचा था, हालात दर्दनाक थे। बड़ी आपा ने नाम गोदने वाले गुदना और बाल काटने वाले नउव्वे को डांटकर कोठे से भगा दिया था। मस्तानी टोली में शामिल हर तवायफ़ अपनी कलाई पर सुरैया नाम गुदवाने और अपने बाल कटवाने की ज़िद पर थी। आपा ने डांटकर, रोकर ज़िद्दी लड़कियों को मनाया और बताया कि हर कलाई पर सुरैया नाम हुआ तो कर्नल नील कोठे पर मौत का मुजरा करायेगा और सब मारे गये तो न अजीजन बचेगी, न आज़ाद, न ही मस्तानी टोली। आपा ने साफ़ कर दिया कि सबको मरता देख अजीजन ख़ामोश नहीं रहेगी, वो भी नाम गुदवायेगी, बाल कटवायेगी और जान दे देगी। आख़िरकार अजीजन को बचाकर आज़ाद को जिंदा रखने का फ़ैसला हुआ लेकिन तय था कि फ़ैसले पर मोहर ठोंकने के लिये किसी एक को कुर्बानी तो देनी ही होगी।

उधर नील का पर्चा डौडियाखेड़ा कोठी भी पहुंच चुका था। भौंचक सी सुरैया से शम्स ने सवाल दागा, "तुम्हारी कलाई पर सुरैया का नाम किसने देख लिया?"

कमरे में इधर-उधर बेचैन टहल रही सुरैया ने भट्टी बन चुके दिमाग पर बहुत ज़ोर डाला फिर अचानक बोली, "याद आया...जिस रात क्रांति हुई, उस रात हम सब लाला जुगुल किशोर की बेटी की शादी में मुजरा कर रहे

थे। आज़ाद के भेष में अजीजन को ख़ज़ाने पहुंचना था और मुझे आज़ाद की शक्ल में व्हीलर को अगवा कर के जाजमऊ टीले ले जाना था।"

शम्सुद्दीन का दिमाग़ चकराया, "फिर क्या हुआ?"

"व्हीलर शादी में आ नहीं रहा था इसलिये हमने नानकचन्द के मुख़बिर से ख़बर पहुंचाई कि आज़ाद शादी में आ रहा है...बस व्हीलर फंस गया और शादी में पहुंच गया...फिर मैंने उसे अगवा कर लिया।"

"लेकिन कलाई में नाम किसने देखा सुरैया?" शम्स चिड़चिड़ाया।

"व्हीलर तक आज़ाद की ख़बर भेजने के लिये नानकचन्द के जिस मुख़बिर के बीवी-बच्चे हमने क़ैद किये थे शायद उस मुख़बिर ने कलाई पर नाम देख लिया हो या फिर व्हीलर ने जाजमऊ टीले पर मेरी कलाई देखी हो... मुझे याद है, गंगा में कूदते वक़्त मेरे बाल व्हीलर की मुट्ठी में थे...मैंने ख़ुद कटार से अपने बाल काटे थे जो व्हीलर के हाथ में रह गये थे...तभी कर्नल नील ने पर्चे पर छपवाया है कि आज़ाद की कलाई में सुरैया नाम गुदा है और आज़ाद के बाल छोटे हैं।"

शम्सुद्दीन ने फ़िक्र जताई, "खरोंच-खरोंच कर मिटा देते हैं नाम...सुरैया।"

"ये वक़्त नाम मिटाने का नहीं आज़ाद को हमेशा के लिये बचाने का है शम्स।" सुरैया ने मुस्कुरा कर जवाब दिया और तहखाने की ओर चल दी जहां अजीजन क़ैद थी। बेहाल अजीजन को नम आंखों से नज़र भर देखकर सुरैया पलटी ही थी कि अजीजन ने आवाज़ दी, "ए सुरैया, छुपकर कहां जा रही है?"

सुरैया क़ैदखाने के क़रीब गई, सलाखों के रास्ते हाथ पसारे और अजीजन का चेहरा हथेलियों में समेटकर दुलारने लगी। बिलखती सुरैया को देखकर अजीजन भी आँखों से बहे जा रही थी मगर बेड़ियों से बंधे हाथ कमबख़्त सुरैया को छूने के लिये तड़प रहे थे। अजीजन सवालों पर सवाल पूछती रही लेकिन आज सुरैया सिर्फ आंसुओं की ज़ुबान ही जवाब देने के क़ाबिल थी। सुरैया ने अचानक हाथ सलाखों से बाहर निकाले और किसी अनजान की तरह वापस जाने लगी। सुरैया, सुरैया गुहारती गिड़गिड़ाती अजीजन को अनसुना कर वो अपने कमरे में चली गई। लाचार और नावाक़िफ़ अजीजन फिर धम्म से बैठ गई। नारंगी सूरज गंगा के चरणों में दंडवत हो चुका था, शाम ढलकर

रात की शक्ल ले ही रही थी कि तभी सुरैया अपने कमरे से निकली और दल्लान में बैठे शम्सुद्दीन के हाथ में बंद लिफ़ाफा सौंपकर कानपुर निकलने लगी, "अजीजन का ख़्याल रखना शम्स।"

शम्सुद्दीन ने रुंधे गले से पूछा, "सच में कोई और तरीका नहीं है सुरैया?"

सुरैया का चेहरा सख़्त था, वो पलटी और बिना जवाब दिये चल दी।

वक़्त अब धधकते इस्पात की तरह गर्म था लिहाज़ा वक़्त से टकराने का फ़ैसला आज़ाद को ग़ुलाम बना सकता था मग़र आज़ाद के दुश्मनों के लिये ये वक़्त इस्पात से ढली शमशीर बन चुका था। शमशीर की धार से आख़िरी वार करने अंग्रेज़ों का पिट्ठू नानकचन्द शहर के नामचीन कारोबारी लाला जुगुल किशोर के साथ कर्नल नील के बंगले में दाख़िल हुआ। जनरल व्हीलर के ज़माने से नानकचन्द मॉब्रे थामसन और डेलाफ़ॉस का ख़ास था। मॉब्रे और डेलाफ़ॉस दोनों को लेकर नील के दफ़्तर पहुंचे। कर्नल नील ने आने की वजह पूछी। लाला जुगुल किशोर बोला, "साहब आप पूरे शहर में सुरैया को ढूंढ रहे हैं लेकिन केवल मैं जानता हूं...सुरैया कौन है, कहां रहती है।"

नील गुर्राया, "व्हॉट डू यू वॉन्ट, टेल मी।"

नानकचन्द नील के पैरों पर बैठ गया, "हम तो ख़िदमतगार है साहब, हमें क्या चाहिये...इनाम का पचास हज़ार मिल जाये।"

कर्नल नील का चेहरा देखते ही मॉब्रे थॉमसन ने जुगुल किशोर को इशारा किया। जुगुल किशोर झट्ट से बोला, "साहब शहर में कल्लूमल का कोठा है, वहां एक मशहूर तवायफ़ है सुरैया जान।"

नानकचन्द नील के पैर दबाते हुये बोला, "साहब, लाला के जलसे में सुरैया ख़ूब नाची थी, आप कलाई और बाल जंचवा लीजिये फ़ौरन।"

जुगुल किशोर की बात सुनते ही कर्नल नील के हुक़्म पर रातोंरात अंग्रेज़ सैनिकों ने कल्लूमल के कोठे पर छापा मार दिया। बंदूक के कुंदे बेदर्दी से सिर और माथे का लहू पी रहे थे, सन्न-सन्न शोर करता चाबुक पीठ की खाल छील रहा था और बूटों की ठोकरें खा-खा कर तवायफें ख़ूना ख़ून हो चुकी थीं। शायद ये दर्द इन तवायफ़ों को तब तक सहना था जब तक सुरैया ख़ुद

सामने नहीं आ जाती। उधर सुरैया घोड़े पर सरपट कानपुर की तरफ़ भागी चली आ रही थी। बेहाल, बेहोश तवायफ़ों को दबोचकर रातों रात बीबीघर मैदान में बरगद के नीचे फेंक दिया गया। सुरैया की जान के सदके तवायफ़ें दुआ कर रही थीं कि इस रात की कभी सुबह न हो, क्योंकि सब जानती थीं कि आने वाली सुबह सुनहली नहीं बल्कि काली थी, ख़ूनी थी, बेदर्द थी, जल्लाद थी, क़ातिल थी।

कल्लूमल के कोठे पर अंग्रेज अफ़सर ताला जड़ गया था। नीचे गली में एक चबूतरे पर बैठी बड़ी आपा की फूटी हुई नाक से ख़ून भी बह-बह कर सूख चुका। बेदर्द गोरे सैनिक आपा की हड्डी पसली एक कर गये थे। डौडियाखेड़ा से लौटी सुरैया हालात समझते ही बनावटी मुस्कुराई, "तुझे क्यों छोड़ गये गोरे?"

आंसू पीते हुये आपा हंसी, "पचास साल की आपा किस काम की है।"

"इतनी भी उमर नहीं लगती है तेरी बुढ़िया।" सुरैया ने मज़ाक किया।

"ससुरी चुड़ैल...तेरी एक लापरवाही ने कोठे पर ताला जड़वा दिया है।"

"अरे तो तेरी चुड़ैल ही जा रही है ताले की चाबी छुड़वाने...याद रखना जिसे चुड़ैल कह रही है वो डायन बनकर तेरे कोठे पर नाचेगी...पीछा नहीं छोड़ूंगी बुढ़िया।"

आपा ने फफक कर सुरैया को गले लगा लिया, "अरे मेरी बच्ची...मेरी गुड़िया...अल्लाह न करे अब किसी भी जनम में तुझे कोठा मिले।"

बड़ी देर गले लग कर दोनों रुदाली बनी रहीं और फिर सुरैया बीबीघर चल दी। बीबीघर के बाहर मैदान पर सिर्फ़ तवायफ़ें ही नहीं, तीन सौ क़ैदियों की सांसें भी सांप-सीढ़ी के निन्यानबे वाले सांप के ठीक एक खाने पहले खड़ी थीं और पासा था कर्नल नील के हाथ में जो अपनी बग्घी से बीबीघर की तरफ़ बढ़ रहा था। उधर नील के आने से पहले मॉब्रे थॉमसन तवायफ़ों की कलाइयां और बाल जांच रहा था, लेकिन नतीजा सिफ़र था। वहीं बीबीघर के भीतर सफ़ाई कराने के लिये डेलाफ़ॉस दर्जन भर भिश्तियों के साथ नील के

इंतज़ार में खड़ा था। सैनिक चाक चौबंद थे तभी सैकड़ा भर घुड़सवार सैनिकों के साथ नील की बग्घी रुकी। नील ने उतरते ही गुस्से में तवायफ़ों की तरफ़ देखा, "मॉब्रे...आज़ाड मिला या नहीं?"

मॉब्रे ने नज़र झुका ली, नील ने डेलाफ़ॉस को घूरा, "वॉटरमेन...फ़ॉर व्हॉट?"

"सर अंदर सफ़ाई करानी थी।" डेलाफ़ॉस ने डरते हुये जवाब दिया। आज़ाद का पता न चलने से खिसियाया नील चीखा, "किल दीज़ बास्टर्ड वॉटरमेन नाऊ।"

बन्दूकधारियों ने निशाना लगाया और एक के बाद एक भिश्तियों को भून डाला। इधर जमीन पर गिरी भिश्तियों की लाशों से ख़ून बह रहा था उधर मशकों से बहता पानी सबूत था कि नील के लिये हिंदुस्तानी सिर्फ़ चमड़े की जीती-जागती मशक थे और उनका ख़ून मशक में भरा पानी। पगलाये नील ने सौ-सौ कैदियों की खेप से बीबीघर की ख़ून से बजबजा रही जमीन और दीवारें साफ़ कराने के लिये सैनिकों को झोंक दिया। सैनिक संगीनों की नोंक पर कैदियों को घसीटकर अंदर ले जा रहे थे, तभी नील गुर्राया, "नो वॉटर... नो मॉपर...ऑन्ली टंग एंड स्लाइवा। बीबीघर का एक-एक इंच चाट-चाट कर साफ़ कराओ बास्टर्ड्स से।"

एक अंग्रेज़ अफ़सर हामी भरकर चिल्लाया, "साहब बहादुर का हुक़्म है कि सारी ज़मीन अपनी जीभ और थूक से साफ़ करनी होगी, नहीं करोगे तो मारे जाओगे।"

नील के घिनौने हुक़्म को सुनते ही सबकी रूह कांप गई। हालात इस कदर बद्तर थे कि जो भी कैदी भागा उसे या तो फ़ौरन गोली मार दी गई या संगीनों से गोद-गोद कर मार डाला गया। तमाम भूखे-प्यासे कैदी ज़मीन का ख़ून चाटते चाटते ही मर गये। जो बेहोश होने लगा उसे फाँसी पर लटका दिया गया मगर हिंदू के मुंह में गाय का और मुसलमान के मुंह में सुअर का गोश्त ठूंसने के बाद। आसमान में तैरते गिद्धों का झुंड ख़बरनवीस बनकर पूरे शहर को मौत के नंगे नाच की ख़बर दे रहा था और ख़बर मिलते ही मैदान के चारों तरफ आम शहरी भी मौत का तमाशा देखने जमा हो गये। ख़ूनी खेल जारी था कि नील ने तवायफ़ों को फाँसी पर लटकाने का फ़रमान सुनाया। इसी

वक़्त तमाशबीन भीड़ को चीरती हुई सुरैया नील की तरफ़ दौड़ी। सैनिकों ने निशाना साधा मगर चबूतरे पर खड़े नील ने उसे आने देने को कहा। हांफती हुई सुरैया सीधे नील के क़दमों में जा गिरी। उसने बुर्का उतारकर छोटे बाल और कलाई पर गुदा सुरैया नाम जैसे ही दिखाया, नील दोनों हाथ हवा में उठाकर चिल्लाया, "यऽऽऽस...यऽऽऽस।"

नील ने मॉब्रे को शिनाख़्त का ज़िम्मा सौंपा। सुरैया ने मॉब्रे को जाजमऊ टीले पर व्हीलर के गले पर कटार रखने से लेकर बाल काटकर गंगा में कूदने तक का किस्सा सुनाया। किस्सा सुनते ही मॉब्रे ने तस्दीक कर दी कि सुरैया ही आज़ाद है।

आज़ाद का मिलना और नील का पारा गिरना सिर्फ अंग्रेज़ों के लिये नहीं बल्कि बचे-खुचे कैदियों और तवायफ़ों के लिये जान की अमान बन गया। बरगद में बांध कर सुरैया पर कम से कम सौ गोलियां दागी गईं मगर सुरैया से लेकर हर तवायफ़ के चेहरे पर आज़ाद के ज़िन्दा रहने की तसल्ली थी। तमाशा ख़त्म कर के कर्नल नील अफ़सरों और सैनिकों के साथ कैंट लौट गया। मैदान पर बची थीं सिर्फ लाशें और लाशें बटोर रहे जमादार, जिन्हें मुसलमानों को जलाने और हिंदुओं को दफ़नाने का जल्लादी हुक़्म दिया गया था।

शाम हो चुकी थी। डौडियाखेड़ा कोठी के क़ैदख़ाने में अजीजन वो चिट्ठी पढ़ रही थी जो सुरैया शम्स को लिफ़ाफ़े में दे गई थी। चिट्ठी में जैसे सुरैया ख़ुद बोल रही थी...

"मेरी जान, मेरा मान, मेरी सहेली, अजीजन। शम्स को माफ़ कर देना। मैंने ही तुझे क़ैद करने को कहा था। बीबीघर की दीवारों पर सिर्फ आज़ाद का नाम लिखा था। हमने ये सच छिपाया क्योंकि हम जानते थे कि सत्तीचौरा के बाद बीबीघर का गुनाह तुझे मौत तक ले जायेगा। सोचा था कुछ महीनों बाद हम कानपुर चलेंगे। क़िस्मत अच्छी थी, कर्नल नील को मुख़बिरी हो गई कि आज़ाद की कलाई पर सुरैया नाम गुदा है। अब मेरा रास्ता आसान था। भला हो तेरा जो क्रांति की रात व्हीलर को अगवा करने का ज़िम्मा तूने मुझे दिया। मस्तानी टोली को बचाने और आज़ाद को हमेशा के लिये महफ़ूज रखने के

लिये कानपुर जा रही हूं। आज़ाद को जिंदा रहना है आज़ादी के लिये, सुरैया की तरह सैकड़ों आज़ाद तैयार करने के लिये। जिंदा रही तो फिर मिलेंगे वर्ना अगले जनम तेरे हाथों फिर आज़ाद बनेंगे, फिर क्रांति करेंगे और आज़ाद के लिये यूं ही मरेंगे। अम्मी का दिया ताबीज़ छोड़े जा रही हूँ तेरे लिये, सुरैया तो रहेगी नहीं लेकिन तेरा रहना ज़रूरी है। ताबीज़ तुझे दुश्मनों से बचायेगा और मेरी याद भी दिलायेगा।"

अजीजन बिलबिला उठी, सीखचों के उस पार शम्स हाथ जोड़े बिलख रहा था। अजीजन उसकी ओर बढ़ी, शम्स ने कुंडी खोली और अजीजन को बाँहों में जकड़ लिया, "ऐसा क्यों किया शम्स, आप तो मेरे थे, मेरी सुरैया को क्यों जाने दिया?"

शम्स और अजीजन देर तक आंखों से मातम बहाते रहे और फिर सुरैया को बचाने घोड़े से कानपुर चल दिये। रफ़्तार तेज़ थी लेकिन रास्ता सुस्त क़दमों से दौड़ रहा था। घंटों काटने के बाद दोनों लुर्की मोहाल पहुंचे। बड़ी आपा अभी भी उसी चबूतरे पर लेटी थी जहां सुरैया ने विदा ली थी। ख़बर मिली कि मस्तानी टोली की लड़कियां बीबीघर के मैदान में ही मौजूद हैं। अजीजन और शम्स वक़्त गंवाये बिना उस बरगद के पास पहुंचे जहां पेड़ में बंधी बेजान बेरूह सुरैया जैसे अजीजन का ही इंतज़ार कर रही थी। सुरैया की लाश देखते ही अजीजन सन्न रह गई। आंसू सूख चुके थे, ज़ुबान सख़्त थी और शरीर पूरी तरह क़ाबू में। आंखों से एक कतरा बहाये बिना उसने सुरैया की रस्सियां खोलीं और उसे गोद में लेकर बैठ गई। गोलियों से छलनी सुरैया की मौत के दर्द से कराहती जागती लड़कियां पत्थर हो चुकी अजीजन का हाल देखकर गुहारने लगीं। लेकिन अजीजन अब किसी और ही किरदार में थी। पेड़ों और मैदान से लाशें बटोर रहे जमादारों में से एक बोला, "हम केत्ती देर से कहि रहे हन कि लई जाओ पर ई सब तुम्हार इंतज़ार करि रही राहैं, अब लई जाओ बिटिया।"

अजीजन ने सुरैया की लाश घोड़े पर लादी और गंगा की तरफ़ चल दी। पीछे-पीछे लड़कियां और शम्सुद्दीन भी बढ़ने लगे। क़रीब एक मील दूर बलुई किनारे पर पहुंच कर अजीजन ने गंगा जल से सुरैया को नहलाया फिर गंगा में प्रवाहित कर दिया। एक लड़की बोली, "सुरैया मुसलमान थी जिज्जी।"

दूर तक सुरैया को बहते देख रही अजीजन बोली, "क्रांतिवीरों और क्रांति पर कुर्बान होने वाली तवायफ़ों का धर्म सिर्फ क्रांति होता है बिटिया, इसे गंगा में ही बह जाने दे क्योंकि जब तक गंगा है क्रांति यूं ही बहती रहेगी।"

सूरज सिर चढ़ चुका था लेकिन गंगा स्नान के बाद सुरैया की याद में अजीजन घाट पर घंटों बैठी रही। शायद उसके दिल-ओ-दिमाग़ में कुछ और पक रहा था। अचानक अजीजन लड़कियों को लेकर शम्स के साथ उसके घर चल दी। शम्स के घर से संज संवर कर सीधे कैंट पहुंची। कर्नल नील कानपुर के हालात पर फोर्ट विलियम को तार भेज रहा था कि तभी मॉब्रे लंबे-लंबे बाल खोले ख़ूबसूरत अजीजन को लेकर दफ़्तर में दाख़िल हुआ, "सर शी इज़ अजीजन बाई, वॉन्टस टू मीट यू।"

कर्नल नील ने नज़र उठाई फिर सामने क़यामत की शक्ल में खड़ी अजीजन को सिर से पांव तक देखते हुये बोला, "सो यू आर अजीजन, क्या चाहिये तुमको?"

"कुछ नहीं साहब, बस आपको क़रीब से देखना था।" अजीजन मुस्कुराई।

बगल में खड़े मॉब्रे ने टोका, "साफ़ बताओ कि कोठे की चाबी लेने आई हो।"

"जी साहेब, तवायफ़ और तवायफ़ का कोठा आप लोगों के लिये ही तो आबाद है। पता नहीं करमजली सुरैया कौन सा पाप करके हम सब पर कालिख पोत गई है...चाबी मिल जाती तो हज़ूर का एहसान होता।"

खोया-खोया सा नील बेख़्याली मे बोला, "मॉब्रे गिव हर द कीज़।"

शुक्रिया अदा कर अजीजन चलने लगी तो नील ने टोका, "आफ़्टर कंट्रोलिंग द रिबेलियन इन लखनऊ....हम सेलिब्रेशन में तुमको डांस करने ज़रूर बुलायेगा।"

"लखनऊ क्या, आप जहां फ़रमायेंगे हम हुकुम से पहले पहुंच जायेंगे।"

कसाई नील मुस्कुराया "मॉब्रे, सेंड हर बैक इन माय कैरज।"

सलाम करती हुई अजीजन बंगले से बाहर निकली। मॉब्रे ने उसे घोड़ा गाड़ी पर इज़्ज़त से बिठाया और कोठे रवाना कर दिया। तय फैसले के मुताबिक़ शम्स लड़कियों के साथ कोठे के नीचे ही इंतज़ार कर रहा था। थोड़ी देर बाद अजीजन गली के बाहर उतरी और पायल छनकाती हुई सीधे

ऊपर पहुंचकर कोठे का ताला खोलने लगी। हर कोई भौंचक था कि आख़िर अजीजन कर क्या रही है, उसके ज़ेहन में चल क्या रहा है। जवाब सिर्फ़ अजीजन के पास थे। वक़्त बर्बाद किये बग़ैर अजीजन ने सबको इकट्ठा किया और शम्सुद्दीन के साथ एक ऐसा ख़ुफ़िया ख़ाका खींचा जो इस कहानी का अंतिम अध्याय उकेर रहा था।

कानपुर में दोबारा क़ाबिज़ हुई ब्रितानी हुक़ूमत के तक़रीबन डेढ़-पौने दो महीने गुज़र चुके थे। लगान वसूली, ज़मीनों पर कब्ज़े, धर्म परिवर्तन और बर्बरता एक बार फिर चौक-चौराहों से लेकर गली-मोहल्लों तक खड़ी थी। शहर से गांव तक आत्मसमर्पण कर चुकी ज़िंदगी फिर डरी सहमी बेबस थी। कारोबारियों ने गोरों की सत्ता कबूल कर ली थी, व्यापार जारी था, अंग्रेज़ों और धन्नासेठों के दम पर कल्लूमल का कोठा आबाद ज़रूर था लेकिन मस्तानी टोली की तमाम लड़कियां कई गुनहगारों की तलाश में कानपुर, झांसी, हमीरपुर, फतेहपुर, उन्नाव, लखनऊ तक डेरा डाले हुये थीं। कटार और तलवार की माहिर अजीजन भी ख़ामोश नहीं बैठी थी बल्कि गंगा कटरी के घने जंगलों में शम्स से बंदूक चलाने और सटीक निशाना लगाने का हुनर सीख रही थी। रानी लक्ष्मीबाई के इलाके बुंदेलखण्ड से बग़ावत की ख़बरें मुसलसल थीं मगर ईस्ट इंडिया कम्पनी के लिहाज से लखनऊ के हालात बद्तर होते जा रहे थे लिहाज़ा फ़ोर्ट विलियम के आदेशों पर सितंबर के पहले पखवाड़े में कर्नल नील को कानपुर छोड़कर लखनऊ कूच करना पड़ा।

कानपुर से लखनऊ की ओर बह रही हवा कभी बारिश से सराबोर थी तो कभी कड़क धूप में उमस से लबरेज़। कर्नल नील को लखनऊ गये क़रीब पांच दिन ही गुज़रे थे कि कानपुर और आसपास के शहरों में डेरा डाले बैठीं मस्तानी टोली की जासूसों के हत्थे वो गुनहगार चढ़ चुके थे जिनकी तलाश अजीजन को थी। कुछ तो सनसनीखेज़ था, कुछ तो था जिसका ख़ाका कर्नल नील से चाबी मिलते ही कोठे में खींचा गया था। कोई तो राज था जिससे पर्दा बस उठने को ही था। क्या था, क्यों था और किसलिये था ये ख़बर तो नहीं

थी लेकिन अजीजन के आज़ाद बन कर कानपुर को हमेशा के लिये छोड़ जाने की ख़बर एकदम पक्की थी। पायजामा, कुर्ता, अचकन, चेहरे पर मूछें और दाढ़ी, सिर पर साफ़ा, कमर में पटका, पटके में कटार, म्यान में तलवार, कंधे पर सफेद कपड़े में बंधी बन्दूक, रास्ते के लिये कुछ खाना और खर्चे के लिये थोड़े सिक्के।

रात का पहला पहर, बारिश की बूंदे बरस-बरस कर महीन हो चुकी थीं मगर कोठे पर मस्तानी टोली की लड़कियों के मोटे-मोटे आँसू अजीजन का दामन भिगो रहे थे। एक आपा थी जो सबको करमजली, कलमुंही, चुड़ैल, डायन कहकर चुप करा रही थी। अब तक अजीजन भी समझ चुकी थी कि आखिर आपा अपने ग़म को किस दम पर दफ़ना देती है। बड़ी आपा की ही तरह सुरैया की मौत के बाद अजीजन की आँखों की डिबिया में आँसुओं की ओस भी नहीं बची, मुस्कुराहट इस्तीफ़ा दे चुकी थी, हँसी बर्ख़ास्त हो चुकी थी और सख़्ती को चेहरे पर मिल चुकी थी नई नौकरी। बेचारा शम्सुद्दीन सीढ़ियों से नीचे उतरने से पहले अजीजन की तरफ़ लपका, "शम्स हमेशा तुम्हारा इंतज़ार करेगा अजीजन...हमेशा।"

अजीजन ने कंधे पर लटके झोले से डिब्बा निकालकर शम्स को थमाया, "डिब्बे में कंगन, बेंदा अंगूठी पायल सब हैं...मेरी अमानत समझ कर रख लो शम्स। आज़ादी लौटी तो मैं भी लौटूंगी...तुम्हारी दुल्हन का शृंगार उधार है मुझ पर।"

शम्स का गला रुंध गया "मेहंदी सजाने, आलता लगाने का इंतज़ार करूंगा मैं।"

"अजीजन तेरी ही दुल्हन बनेगी शम्स, पर अभी आज़ाद को रुख़सत कर दे।"

रिसती आंखें लिये शम्स ने हाथ जोड़ लिये। अजीजन ने उसके हाथ अपने हाथों में ले लिये, "मुझे पहुंचने में दो दिन लगेंगे...याद रखना लापरवाही न हो।"

"यानी?" शम्स को जैसे सब पता था मगर उसने दोबारा पूछ कर पुख़्ता किया।

अजीजन ने साफ़ कर दिया, "यानी 25 सितंबर दोपहर दो बजे के आसपास।"

तरीख़ और वक़्त का संकेत देते ही अज़ाद की शक्ल में अजीजन चादर ओढ़े सीढ़ियों से नीचे उतरी और घोड़े पर सवार होकर बिना किसी से कुछ बोले सरपट चल दी। ताकीद थी कि कोठे से नीचे कोई नहीं उतरेगा, लिहाज़ा सब ऊपर ही रह गये और आपस में लिपटकर अजीजन के कभी वापस न आने की ख़लिश लिये बिलखने लगे। कोठे की दीवारों से गली और गली से हर वो रास्ता गमग़ीन था जहां-जहां से अजीजन गुज़र रही थी मगर वो कहां और क्यों जा रही थी ये सच कोठे के कमरों और अजीजन के दिल में ही क़ैद था।

दो दिन बाद तारीख थी 25 सितंबर और सन था 1857, जगह थी कानपुर और वक़्त था दोपहर का क़रीब एक। ज़बरदस्त मूसलाधार के बीच अंग्रेजों के चेले नानकचन्द के घर का दरवाज़ा किसी ने खटखटाया। कुछ देर में नानकचन्द की बीवी ने कुंडी खोली, "कौन हो भैय्या, के ते मिलिहौ।"

काले कपड़े से मुंह ढक कर खड़ा शख़्स भर्राई आवाज़ में बोला, "नानकचन्द को बोलिये बहुत बड़ा खतरा आ गया है, फ़ौरन मॉब्रे थामसन साहब को ख़बर करे।"

नानकचन्द की बीवी सकपका गई, "अरे उई खाना खाई रहे हैं।"

इतना कहते ही शख़्स ने नानकचन्द की बीवी को एक लिफ़ाफा थमाया। बीवी चिल्लाती रही, रोकती रही लेकिन वो शख़्स दौड़ता हुआ गली के बाहर निकला और गायब हो गया। बीवी की चीख सुनकर नानकचन्द दौड़कर बाहर आया और गली से बाहर सड़क तक गया मगर कहीं कोई नज़र ही नहीं आया। हड़बड़ाते हुये नानकचन्द ने आनन-फ़ानन लिफ़ाफ़ा खोला। लिफ़ाफ़े में एक चिट्ठी थी जिसे पढ़ते ही उसकी पगड़ी ढीली हो गई। एक भी पल कहीं गिराये बग़ैर नानकचन्द दौड़ता-भागता-हांफ़ता हिरन हो गया और सीधे मॉब्रे थॉमसन के कैंट वाले बंगले पर ही रुका। नानकचन्द की दी चिट्ठी देखते ही ख़ुद मॉब्रे थॉमसन बिन वक़्त ज़ाया किये दर्जन भर सैनिकों के साथ बीबीघर पहुंचा। बीबीघर में सन्नाटा गूंज रहा था। एक से दूसरे, दूसरे से तीसरे कमरे में होते हुये मॉब्रे और नानकचन्द सैनिकों के साथ ऊपर वाले हॉल में पहुंचे जहां

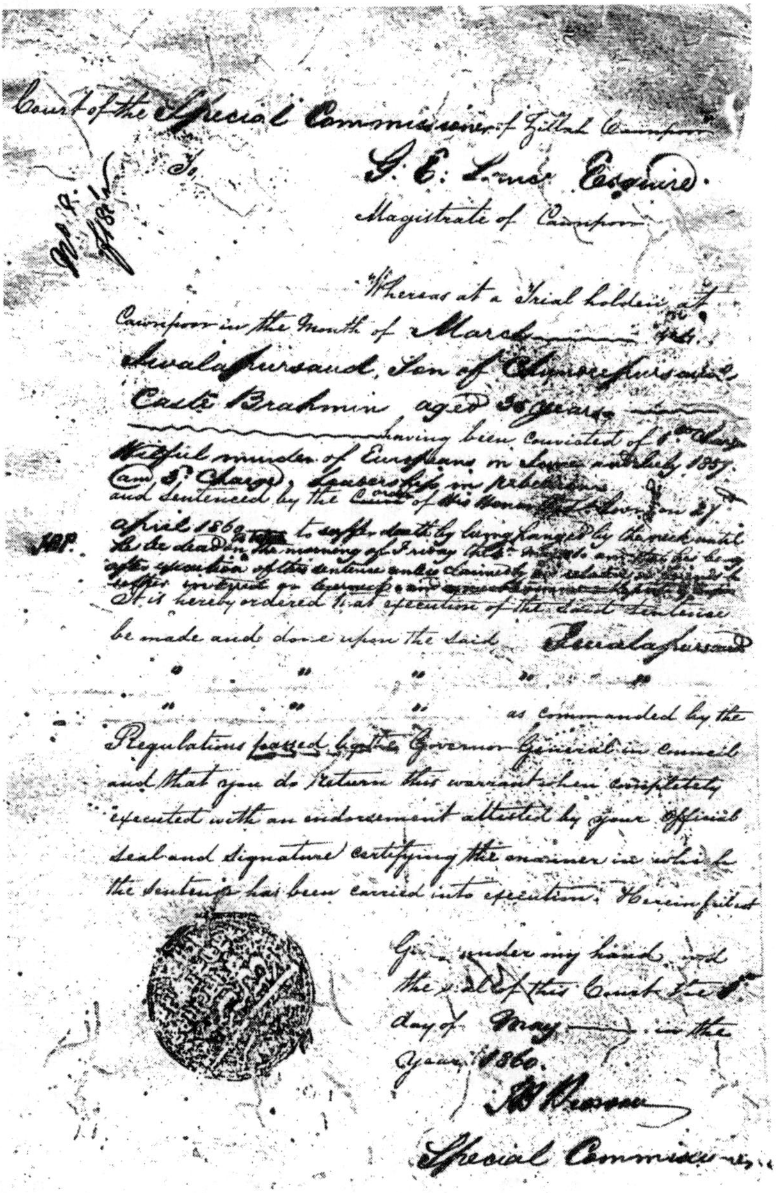
Court of the Special Commissioner of Zillah Cawnpore

To,

G. E. Lance Esquire

Magistrate of Cawnpore

No. 8

Whereas at a Trial holden at Cawnpore in the Month of March 1860 Jwalapursaud, Son of [illegible]pursaud, Caste Brahmin aged 35 years having been convicted of 1st Charge Wilful murder of Europeans in June and July 1857 and 2nd Charge, Leadership in rebellion and sentenced by the Court of the [illegible] on 27 April 1860 to suffer death by being hanged by the neck until he be dead [illegible]

It is hereby ordered that execution of the said sentence be made and done upon the said Jwalapursaud " " " " " " " " as commanded by the Regulations passed by the Governor General in Council and that you do return this warrant when completely executed with an endorsement attested by your Official seal and signature certifying the manner in which the sentence has been carried into execution. Herein fail not.

Given under my hand and the seal of this Court the 5th day of May in the year 1860.

[illegible signature]

Special Commissioner.

ज्वाला प्रसाद की फाँसी का फ़रमान।

छत के बीचोंबीच एक कुंडा लगा था और कुंडे में लटक रही थीं चार लाशें। एक औरत थी, तीन आदमी। सैनिकों ने ताबड़तोड़ लाशें उतारीं। औरत के गले पर झोला लटका था और झोले में एक और चिट्ठी और इस बार चिट्ठी में लिखा था...आज़ाद जिंदा है....कर्नल जेम्स स्मिथ नील मुर्दा है।

मॉब्रे को मजमून का मतलब समझने में पल भर भी नहीं लगा। उसने फ़ौरन तीन सैनिकों को चिट्ठी के साथ लेफ़्टीनेंट डेलाफ़ॉस की तरफ़ दौड़ाया और लखनऊ रेजिडेंसी तुरंत तार भेजने को कहा। लाशें ग़ौर से देख रहे नानकचन्द की आंखें अचानक फटी रह गईं, वो हड़बड़ाते हुये बोला "साहब, ये हुसैनी बेग़म है।"

"कौन हुसैनी बेग़म।" थॉमसन चकराया।

"साहब नाना साहेब की ख़ास दासी अदला बेग़म की चेली है ये।"

"और ये दोनों आदमी कौन हैं?"

"साहब नाना के महल तक मेरे जासूस थे. इसलिये हुसैनी को तो कई बार मैंने कानपुर में अदला बेग़म के साथ देखा है, लेकिन इन आदमियों को नहीं जानता।"

"कोई बात नहीं, इनके पोस्टर बनवा कर पूरे कानपुर में लगवा दो, पता चल जायेगा।"

पोस्टर बनाने वाले चित्रकारों के लिये तीनों लाशें सैनिकों के भरोसे बीबीघर ही छोड़कर मॉब्रे और नानकचन्द कैंट चल दिये। उधर लेफ़्टीनेंट डेलाफ़ॉस ने टेलिग्राफ़ के जरिये लखनऊ रेजिडेंसी तार भेज दिया, जिसमें लिखा था–

"अलर्ट, कानपुर बीबीघर में तीन लाशें मिली हैं और लाशों के साथ मिली चिट्ठी से ज़ाहिर होता है कि या तो हमने किसी गलत आज़ाद को मार दिया या फिर कोई है जो आज़ाद बनकर कर्नल नील की हत्या करना चाहता है। हो सकता है कि ये फ़ालतू की शरारत ही हो लेकिन हमें कर्नल नील की सुरक्षा में कोई कोताही नहीं बरतनी चाहिये। कृपया ध्यान दें और कर्नल नील को अलर्ट करें।"

उधर लखनऊ क्रांति की कमान संभाल रहीं बेग़म हज़रत महल के बाग़ियों की गदर बवंडर बन चुकी थी। रेजिडेंसी में कम्पनी के कुनबे क़ैद थे। कम्पनी की आर्मी लखनऊ के अलग-अलग हिस्सों में लड़ ज़रूर रही थी लेकिन बागियों के आगे बौनी थीं। मेजर जनरल हैवलॉक आलमबाग में जंग लड़ रहा था और नील की रिलीफ़ फ़ोर्स आलमबाग से चारबाग नहर पार करती हुई कैसरबाग के रास्ते पर थी। रेजिडेंसी महफ़ूज़ रखने के लिये सबसे बड़ी सैन्य मदद कानपुर से भेजी जा रही थी। यही वजह थी कि बाग़ियों ने हमले का ऐसा नक़्शा तैयार किया था कि कानपुर से घुसने वाली फौजों को किसी भी हाल में आलमबाग से कैसरबाग वाया चारबाग ही लखनऊ में फैलने का मौका मिल सकता था और मौका नाकाम करने के लिये बाग़ियों की नब्बे फ़ीसदी फौज इसी नक़्शे पर तैनात थी। आसमान साफ़ था। घड़ी में दो बजे थे कि तभी लखनऊ की रेजिडेंसी में टेलिग्राफ़ मशीन ने तार उगला। कानपुर से भेजे गये इस तार को पढ़ते ही अंग्रेज अफ़सरों ने कर्नल नील को फ़ौरन ताकीद करने के लिये एक लेफ़्टीनेंट कैसरबाग दौड़ाया।

नील का फौजी कारवां बाग़ियों को खदेड़ता हुआ कैसरबाग के ख़ास बाज़ार की ओर कूच कर चुका था, जहां दोनों तरफ़ दोमंजिला मकान बने थे, नीचे दुकानें थीं, ऊपर रिहायश। रिहायशी हिस्सों में छज्जों की तरफ़ खिड़कियाँ लगी थीं जो जंग के चलते बंद थी। इसी बीच अंग्रेज़ों की एक टुकड़ी सिकंदरबाग पहुंच गई। ख़बर लगते ही बाग़ियों का बड़ा हिस्सा मुकाबले के लिये सिकंदरबाग चल दिया। बाग़ियों को छंटता-बँटता देख नील के हुक़्म पर सेना ने ज़ोरदार एडवांस किया लिहाज़ा बाग़ी क़रीब तीन फर्लांग पीछे हट गये। ठीक इसी वक़्त कैसरबाग की जानिब से रेजिडेंसी से भेजा गया लेफ़्टीनेंट हाथ में तार लहराता, चिल्लाता कर्नल नील की बग्घी की तरफ़ दौड़ा चला आ रहा था, "कर्नल नीऽऽऽऽल।"

सेना के शोर में लेफ़्टीनेंट की चीख तूती की आवाज़ साबित हो रही थी। सैनिक समझ ही नहीं पा रहे थे कि लेफ़्टीनेंट क्यों चीख रहा था लेकिन लेफ़्टीनेंट दौड़ा चला जा रहा था। कुछ पल गुजरे ही थे कि लेफ़्टीनेंट कर्नल नील के सुरक्षा घेरे तक पहुंच गया। अफ़सरों ने उसे रोका, वजह पूछी, उसने

तार दिखाया, सुरक्षा अधिकारी तार पढ़ने लगे तभी सेना के शोर के बीच गोली चलने की बेहद महीन आवाज़ सुनाई दी। नील के सुरक्षा अधिकारियों ने नज़र उठाई तो देखा कि नील की खोपड़ी के पीछे से भलभला कर ख़ून निकल रहा था और वो बग्घी की गद्‌दी पर बेजान होकर लुढ़क चुका था। अफ़सर हड़बड़ाकर बग्घी पर चढ़े, सामने कसाई के नाम से कुख्यात कर्नल नील के माथे को छेद कर मस्कट की गोली सिर के पीछे रास्ता बनाती हुई निकल चुकी थी। कर्नल नील की मौत हो चुकी थी।

तीन फर्लांग दूर से मुकाबला कर रहे बाग़ियों की बंदूकों की रेंज इतनी थी ही नहीं कि नील का माथा भेद पातीं, लिहाज़ा सुरक्षा अफ़सरों ने मकानों पर पैनी नज़र दौड़ाई। दाईं तरफ़ मकान की पहली मंजिल की खिड़की का पल्ला अधखुला था। बन्दूक हाथों में लिये अफ़सर ऊपर दौड़े। मकान खाली था मगर छत को जाने वाला दरवाज़ा खुला था। दो अफ़सर सीढ़ियां लांघते छत पर चढ़े और भौंचक रह गये। दायें, बायें और पीछे की तरफ सैकड़ों मकानों की छतें आपस में मिली हुईं थीं, कोई होगा भी तो छतों-छत फांद कर न जाने किस तरफ निकल गया होगा। दोनों दौड़ कर नीचे उतरे और सीधे खिड़की वाले कमरे में पहुंचे तो नज़ारा ही आंखें पथरा देने वाला था। अधखुली खिड़की के पास एक तख़्त पड़ा था, तख्त पर मस्कट रखी थी और मस्कट के कुंदे पर एक पर्चा था और पर्चे को चीरती हुई एक कटार कुंदे पर गड़ी हुई थी। बड़े अफ़सर के इशारे पर दूसरे ने कटार निकाली। कटार के मुट्‌ठे पर एक नाम गुदा था और नाम था...आज़ाद। पर्चा खोला गया...पर्चे पर लिखा था "आज़ाद ज़िन्दाबाद, कर्नल नील मुर्दाबाद।"

कानपुर से हमेशा के लिये निकलने के बाद आज़ाद किसी को नहीं दिखाई दिया। कर्नल नील के साथ उसकी मौत का राज़ भी हमेशा के लिए दफ़्न हो गया। दो साल बाद 1859 में देश के अलग-अलग हिस्सों से नानाराव के योद्धा ज्वाला प्रसाद और राव पाण्डुरंगा पकड़े गये। दोनों को सत्तीचौरा काण्ड में सत्तीचौरा घाट पर फाँसी दे दी गई। साल भर बाद ही गंगू और इतवरिया नाम

के दो कसाइयों को भी बीबीघर काण्ड में बीबीघर के बाहर पेड़ पर लटका दिया गया। लेकिन गदर के चौदह साल बाद 1871 में बंबई के भायखला रेलवे स्टेशन से स्कॉटलैंड पुलिस ने इलाहाबाद और कानपुर गदर के इनामिया मोस्ट वॉन्टेड मौलवी लियाक़त अली को गिरफ़्तार किया। सैकड़ों अंग्रेजों को मारने, इलाहाबाद का गवर्नर बनने और कानपुर में नाना का साथ देने के जुर्म में लियाक़त अली को सज़ा-ए-मौत का फ़ैसला सुनाया ही जा रहा था कि तभी कोर्ट में एक महिला की आवाज़ गूंजी, "ही इज़ नॉट ऐज़ ब्रूटल ऐज़ द वन्स ऐट सत्तीचौरा वर...माय लॉर्ड।"

जज ने गुस्से में पूछा, "हू आर यू यंग लेडी?"

"आई एम अमेलिया हॉर्न लॉर्डशिप...सर्वाइवर ऑफ़ 1857 सत्तीचौरा मैसेकर।"

अमेलिया की बात सुनते ही लियाक़त अली ने उसे पहचान लिया और कठघरे में खड़े-खड़े ही उसने हाथ जोड़ लिये। अमेलिया हॉर्न ने जज को 27 जुलाई की पूरी वारदात बताई और लियाक़त के पक्ष में मज़बूत गवाही दी। जज ने अमेलिया हॉर्न की गवाही पर लियाक़त अली की फाँसी की सज़ा को उम्रक़ैद में तब्दील कर दिया और रंगून जेल भेजने का हुक़्म दिया। सज़ा सुनने के बाद लियाक़त कोर्ट से बाहर निकला ही था कि अमेलिया ने उसे गलियारे में रोका, "मुझे दुख है कि मैं आपकी सज़ा माफ़ नहीं करा पाई...मैं जज होती तो सज़ा ही न देती।"

लियाक़त ने उसके सिर पर हाथ फेरा, "हमेशा ख़ुश रहो बिटिया रानी।"

अमेलिया ने लियाक़त को भींच लिया, "मैं आपकी वजह से ज़िन्दा हूं।"

लियाक़त मुस्कुराया, "और मैं तुम्हारी वजह से ज़िन्दा हूं।"

अमेलिया हॉर्न रूंआसी थी कि तभी पुलिस ने लियाक़त को जेल गाड़ी में बैठा दिया और कोर्ट के गलियारे में खड़ी अमेलिया उसे जाते हुये देखती रही। जेल गाड़ी की खिड़की से लियाक़त भी उसे ओझल होते तक देखता रहा। गाड़ी थोड़ी दूर आगे बढ़ी ही थी कि जेल गाड़ी में बैठा अफ़सर बोला, "जज साहब को आज़ाद का पता और पहचान बता देते तो उम्रक़ैद भी ख़त्म हो जाती लियाक़त।"

"आज़ाद तो अल्लाह का बंदा है जो मरने के बाद भी ज़िन्दा रहता है... मुझे नहीं पता वो कौन है...कहां है...मगर इतना जानता हूं कि जहां होगा... आज़ादी के लिये आज़ाद तैयार कर रहा होगा।"

उधर दूर कहीं अनजान पहाड़ों के बीच आज़ाद बच्चों को तलवार, कटार और बन्दूक से निशाना लगाना सिखा रहा था और निशाने पर थी ईस्ट इंडिया कम्पनी। दिन आख़िरी पहर में था और आज़ाद का इस पहाड़ी पर ये आख़िरी दिन था। घोड़े की काठी पर लटकी थैली से आज़ाद ने मिट्टी निकाली और सारे बच्चों का तिलक किया। एक बच्ची बोली, "भला मिट्टी से तिलक कौन करता है।"

आज़ाद ने बच्ची की ठोढ़ी दबाई, "रानी लक्ष्मीबाई के चरणों की धूल है ये।"

"मतलब मैं बड़ी होकर लक्ष्मीबाई की तरह अंग्रेज़ों से लड़ूंगी?"

खिलखिलाते हुये आज़ाद ने गले से सुरैया का ताबीज़ उतारा और बच्ची को पहना दिया, "प्राण देकर जान फूंकने का जज़्बा मंगल पांडे ने सिखाया है, आज़ादी के लिये ज़िम्मेदारियों को पीठ में बांध कर लड़ना रानी लक्ष्मीबाई ने समझाया है। बस लड़ना है...मरना है मगर मुल्क को आज़ाद करना है।"

घुटनों के बल बैठकर आज़ाद ने बच्चों को आगोश में ले लिया और कुछ पल यूं ही दुलारने के बाद चलने लगा तो एक लड़का बोला, "कहां जाओगे आज़ाद?"

"जहां क्रांति की ये राह ले जायेगी...हिंदुस्तान ज़िन्दाबाद।" हवा में मुट्ठी बांधकर लहराते हुये आज़ाद ने लगाम खींची और फिर किसी ठिकाने चल दिया, कुम्हार की चाक पर कच्ची मिट्टी से नन्हें आज़ाद गढ़ने, लड़ने, मरने और क्रांति का नारा हर दिल में मढ़ने।

कहानी फिर 1857 के कानपुर से होती हुई इज़रायल के हर्ज़ीलिया इलाके में मौजूद राबिया के घर लौट आई। अदिति माहेश्वरी की आँखों में नींद और

दहशत की जगह सिर्फ़ आँसू थे। उसने रजिस्टर बंदकर कपड़े में लपेटा ही था कि दरवाज़े की घंटी बजी। राबिया ने दौड़कर कुंडी खोली। सामने इज़रायल डिफेंस फ़ोर्सेस के दो जवान खड़े थे, एक बोला, "अदिति माहेश्वरी फ्रॉम इंडिया?"

"शी इज़ इन साइड...प्लीज़ कम" राबिया दोनों को लेकर अंदर आई। अदिति समझ चुकी थी कि फ्लाइट का वक़्त हो चुका है वो सूटकेस के साथ तैयार खड़ी थी। राबिया को रजिस्टर थमाते हुये वो बोली, "चलती हूं... शुक्रिया, मुझे मेरे ही हिन्दुस्तान की कहानी सुनाने के लिये...ये बताने के लिये कि देश की आज़ादी का बरगद ख़ून से सींचा जाता है...और हम हैं कि फ्रीडम को फॉरग्रांटेड लेते हैं।"

सब बाहर निकले, अदिति कार में बैठने को थी कि राबिया ने पीछे से पीठ थपथपाई और लियाक़त अली का रजिस्टर उसे थमाते हुये बोली "ये कहानी अब तुम्हारी है अदिति...शायद मौलवी लियाक़त इसे तुम्हारे लिये ही लिख गये थे।"

राबिया को ख़ुद में समेटते हुये अदिति ने पूछा, "मौलवी लियाक़त का लिखा तुम्हारे पास कैसे आया राबिया?"

राबिया मुस्कुराई, "1947 में मौलवी साहब के रिश्तेदार पाकिस्तान बस गये थे, मैं उनकी भतीजी के नवासे की नवासी हूं, और उनकी जायदाद तुम्हें सौंप रही हूं।"

लियाक़त का रजिस्टर हाथों में लिये अदिति को लगा जैसे ख़ुद लियाक़त उसके हाथों को थामे हुये हैं। राबिया जमाल ज़ाफ़री का हाथ थामते हुये अदिति बोली, "मौलवी साहब ज़िन्दा होते तो मुल्क के दो टुकड़े देखकर जीते जी मर जाते।"

राबिया की आँखों में ओस उतर आई, "मौलवी लियाक़त ने कागज़ कलम से अजीजन को ज़िन्दा रखा, तुम कहानी से आज़ाद को फिर जिंदा कर दो अदिति।"

हाथ पकड़कर वादा करती हुई अदिति गाड़ी में बैठ गई। दोनों मोड़ आने तक हाथ हिलाकर फिर मिलने का वादा करती रहीं। एयरपोर्ट चौदह किलोमीटर दूर था, अदिति ने फ़ोन निकाला, कानों में इयर पॉड लगाया और

यू ट्यूब पर नवरंग फ़िल्म का वो गाना प्ले किया जो उसके दादा जी अक्सर सुनते थे.....

ये माटी है तबसे के जब तुम न आये
ये माटी रहेगी न जब तुम रहोगे
इस माटी के नीचे दबी हैं कथायें
जो ख़ुद ही कहेगी रे तुम क्या कहोगे
जमी आसमां थर थरा के रहेगी
ये माटी सभी की कहानी कहेगी
ये माटी सभी की कहानी कहेगी।
ये माटी सभी की कहानी कहेगी।

❑❑

चलते-चलते

मेरी दादी श्रीमती नारायणी त्रिपाठी ने छापेमारी के दौरान कुल्हाड़ी से एक अंग्रेज़ सिपाही का हाथ काट दिया था। अदालत ने उन्हें जेल भेज दिया, स्वतंत्रता संग्राम सेनानी मेरी दादी ने ही बचपन में मुझे ये कहानी सुनाई थी। बात 1997-98 की है जब मैं दैनिक जागरण में था, तब मैं कानपुर की हर उस जगह गया जहां 1857 की ग़दर हुई थी। हर मंज़र को पिंजरे में क़ैद कर लिया और फिर 2025 में मैंने पिंजरे में क़ैद यादों को कहानी की शक्ल में वाणी प्रकाशन की सीईओ अदिति माहेश्वरी जी के सामने बयां किया। पहली बार में अदिति जी ने कहानी अप्रूव कर दी और पूरे संयम के साथ मुझे लिखने का वक़्त दिया। देश में हों या विदेश में, मैंने जब भी कोई दिक़्क़त अदिति जी को बताई उन्होंने पब्लिशर की तरह नहीं बल्कि सहयोगी के तौर पर मेरा साथ दिया। रिसर्च के दौरान मैंने क़रीब दो महीने कानपुर, इलाहाबाद, फ़ैज़ाबाद, बरेली, झांसी और लखनऊ में बिताये फिर सीधे कानपुर इतिहास समिति के महासचिव अनूप शुक्ल के पास पहुंचा। अनूप जी ने अपनी मसरूफ़ियत से वक़्त चुरा कर मुझे तमाम दस्तावेज़ों से वाकिफ़ कराया, जिसने कहानी लिखने में मेरी सौ फ़ीसद मदद की। इसी कड़ी में हिस्ट्री के रिसर्चर, लेखक और फ़ेमस स्टैंडअप पोयट गौरव त्रिपाठी (संजू) ने वक़्त देकर मेरी कहानी की बुनियाद तैयार करने में मजबूत साथ दिया। आभारी हूं अपनी मित्र और लोकमत समाचार की समाचार संपादक अर्चना अर्चन का जिन्होंने तार्किक गल्तियों के साथ शब्दरचना और वाक्य विन्यास कसने में कोई कसर नहीं छोड़ी। मैं उन अधिकारियों, कर्मचारियों का भी आभारी हूँ जिन्होंने आर्काइव्स

और रिफ्रेंस मुझे उपलब्ध कराये। आप सब न होते तो दादी से सुनी ये कहानी किताब की जुबानी मैं शायद कभी भी कह ही नहीं पाता।

रिसर्च के दौरान मेरे सामने तीन तरह के तथ्य आये। एक ऐतिहासिक, दूसरे साहित्यिक और तीसरे स्वतंत्र शोध एवं लेख। लिट्रेचर और इंडिपेंडेंट रिसर्चर कहते हैं कि जुलाई 1857 में मेजर जनरल हैनरी हैवलॉक अजीजन बाई की ख़ूबसूरती पर फ़िदा था और माफ़ी मांगने पर उसे छोड़ने के लिये तैयार था लेकिन जब अजीजन ने माफ़ी नहीं मांगी तो हैवलॉक ने अजीजन को तोप के मुंह पर बांध कर उड़ा दिया था, कुछ कहते हैं कि गोलियों से भून डाला था। सच तो ये है कि हैजा और पेचिश की वजह से ख़ुद हैवलॉक की मौत नवंबर 1857 में ही हो गई थी, जबकि अंग्रेज़ों द्वारा सीज़ किया गया कल्लूमल का कोठा छुड़वाने के लिये अजीजन बाई ने 1860 में अर्ज़ी दी और इसी साल कोठा मुक्त कर दिया गया। यानी अजीजन 1860 तक ज़िंदा थी। शोध से पता चला कि लखनऊ की मशहूर तवायफ़ उमराव जान अदा ने कानपुर रहने के दौरान अजीजन को नृत्य सिखाया और तहज़ीब की तालीम दी। अजीजन बाई ने कोठे की तेज तर्रार तवायफ़ों की मस्तानी टोली बनाई। वीर सावरकर ने भी अपनी किताब में अजीजन बाई का बेहद शानदार ज़िक्र किया है।

अदालत में ईस्ट इंडिया कम्पनी के सिपाहियों, अफ़सरों और उनकी पत्नियों के अलावा कानपुर के नागरिकों, कर्मचारियों और सिपाहियों ने बाक़ायदा कानपुर की क्रांति, नानाराव की ताजपोशी, सत्तीचौरा काण्ड और बीबीघर के नरसंहार पर गवाही दी। गवाहों में जॉन फ़िचेट, विलियम क्लार्क, विलियम थॉमस, इज़ा बेल स्पियर्स, एलिज़ाबेथ स्पियर्स, एलिज़ा ब्रैड शॉ, एलिज़ाबेथ लेट्स, थॉमस फ़ॉरनन, एडवर्ड विलियम्स, थॉमस मैलिंग, दरोगा हुलास सिंह, अजीजन बाई, अली खाँ, नायक बुलंद खाँ, सिपाही ग़ौस मोहम्मद, म्यूजीशियन इलाही बख़्श, सिपाही रामबख़्श, सिपाही गोविंद सिंह, कमिश्नरेट गुमास्ता बद्रीनाथ, महाजन अयोध्या प्रसाद, शंकरदास, चुन्नीलाल, कन्हाई प्रसाद, नानकचन्द, श्योप्रसाद, कांजीलाल, शिवचरण गोसाईं, ग्रेन वे कम्पनी के मुंशी कालिका प्रसाद, व्हीलर के जमादार परमानंद, आबकारी दरोगा लाहौरी, चपरासी कल्लू, सत्तीचौरा घाट के चौधरी ऑफ़ बोट्स

गुरुदयाल, सत्तीचौरा घाट के ठेकेदार बुद्ध प्रसाद, लंबरदार फत्ते सिंह, ठाकुर ऑफ़ मऊ बग्गी सिंह, ठाकुर ऑफ़ जमुरही गुलाब सिंह, लाला ऑफ़ बदरका बाबू धर्मदार, मराठा ऑफ़ बिठूर अप्पा शास्त्री, नाना उपभी ओंकार, अप्पा जी लक्ष्मण, मुंगना, मौन, चिरौंजी, चपरासी पंचम और जल्लाद अतुरईया शामिल थे। रिसर्च के दौरान इन गवाहियों से पता चला कि अजीजन बाई हथियारबंद सैनिक के वेश में रहती थी और नानाराव की ताजपोशी में शामिल हुई थी। इंट्रेंचमेंट युद्ध, सत्तीचौरा काण्ड, बीबीघर नरसंहार, अंग्रेज़ों की वापसी, शम्सुद्दीन और अजीजन के इश्क़ के बारे में इन गवाहियों से ख़ासे रिफ़्रेंस हासिल हुये।

लेटर्स, डिस्पैच एंड अदर स्टेट पेपर्स (प्रिज़र्व्ड बाय द मिलिट्री डिपार्टमेंट गवर्नमेंट ऑफ़ इंडिया, जी.डब्ल्यू फ़ॉरेस्ट, वॉल्यूम-3) के अलावा लेफ़्टिनेंट कर्नल विलियम्स (मिलिट्री सेक्रेटरी टू द गवर्नमेंट नॉर्थ वेस्टर्न प्रॉविंस) की रिपोर्ट, फ्रीडम स्ट्रगल इन यूपी (सोर्स मैटीरियल टिल 1857-59, आर्काइव इन्फ़र्मेशन डिपार्टमेंट, एस.ए.ए. रिज़वी, वॉल्यूम-4), कैप्टन मॉब्रे थॉमसन की किताब द स्टोरी ऑफ़ कानपुर, शेरर जॉन की किताब हैवलॉक्स मार्च, मेजर रेनॉड की डायरी, कर्नल जेम्स स्मिथ नील की डायरी, एडवर्ड विब्रॉट की डायरी, मुंशी नानकचन्द की डायरी, एंड्रयू वार्ड की किताब अवर बोन्स आर स्कैटर्ड और अनूप शुक्ल के संपादन में छपने वाली पत्रिका मातृस्थान के संदर्भों से पता चलता है कि कर्नल जेम्स स्मिथ नील एक बददिमाग़, कसाई और ख़ूंख़ार सोच का अफ़सर था। फ़ोर्ट विलियम से लेकर अपने सीनियर मेजर जनरल हैनरी हैवलॉक के हुक़्म भी उसने नहीं माने और बनारस, इलाहाबाद, कानपुर और कानपुर के बीबीघर में हैवानियत की हदें पार कर दी थीं। लखनऊ के कैसरबाग़ ख़ास बाज़ार में मस्कट से चली गोली का बेहद सटीक निशाना ठीक उसके सिर पर लगा और नील की हत्या करने वाला निशानची कभी पकड़ में ही नहीं आया।

तमाम गवाहियों, आर्काइव्स और अंग्रेज़ अफ़सरों के एकाउंट्स में अदला बेग़म और हुसैनी की दरिंदगी और साज़िश का भी ख़ौफ़नाक ज़िक्र है। यही सारे दस्तावेज़ और शोध बताते हैं कि 7 अप्रैल 1859 में तात्या टोपे को मध्य प्रदेश के शिवपुरी से पकड़ा गया और 18 अप्रैल को उन्हें फाँसी दे दी गई।

राव पाण्डुरंगा को 14 जुलाई 1862 को जम्मू से पकड़ा गया और 21 अगस्त को उन्हें कानपुर में फाँसी पर लटका दिया गया। ठीक इसी तरह 1859 में ज्वाला प्रसाद को नेपाल की तराई से गिरफ़्तार किया गया और 1860 में कानपुर के सत्तीचौरा घाट पर ही फाँसी पर चढ़ा दिया गया। इलाहाबाद की क्रांति के अगुवा मौलाना लियाक़त अली को 1872 में मुंबई के भायखला रेलवे स्टेशन से गिरफ़्तार किया गया और फाँसी की सज़ा सुनाई गई लेकिन कानपुर कमांडर जनरल ह्यू मैसी व्हीलर की बेटी मार्गरेट की सहेली अमेलिया हॉर्न की गवाही के बाद फाँसी की सज़ा को उम्रक़ैद में तरमीन कर उन्हें रंगून जेल भेज दिया गया, जहां 1892 में उनका इंतकाल हो गया। शादी के बाद अमेलिया हॉर्न का नाम अमेलिया बेनेट हुआ जिसने अपने एकाउन्ट्स में लिखा कि लियाक़त अली ने उसकी जान बचाई जिस वजह से उसने अदालत में लियाक़त के पक्ष में गवाही दी। अमेलिया की सहेली मार्गरेट व्हीलर ने अली खाँ के साथ ही जीवन गुज़ारा और कानपुर में ही उसकी मृत्यु हुई। फाँसी से पहले ज्वाला प्रसाद और राव पाण्डुरंगा ने अंग्रेज़ों को दिये बयान में कहा कि पेशवा नानाराव का नेपाल में हैजे से देहांत हो गया। कराची और कलकत्ता से दो लोग नानाराव होने के शक में पकड़कर कानपुर लाये गये लेकिन शिनाख़्त न हो पाने की वजह से दोनों को छोड़ दिया गया। अज़ीमुल्ला, शम्सुद्दीन, बाबा और बाला भट्ट का जुलाई 1857 के बाद कोई अतापता नहीं मिला। किताब में दी गईं तस्वीरें उपरोक्त किताबों और आर्काइव्स से साभार ली गई हैं।

किताब कैसी लगी ये ज़रूर बताइयेगा। आपके नकारात्मक, सकारात्मक, सुधारात्मक फ़ीडबैक का दिल से इंतज़ार रहेगा, मेरा मेल आईडी है—

manojrajantripathi@gmail.com

❑❑

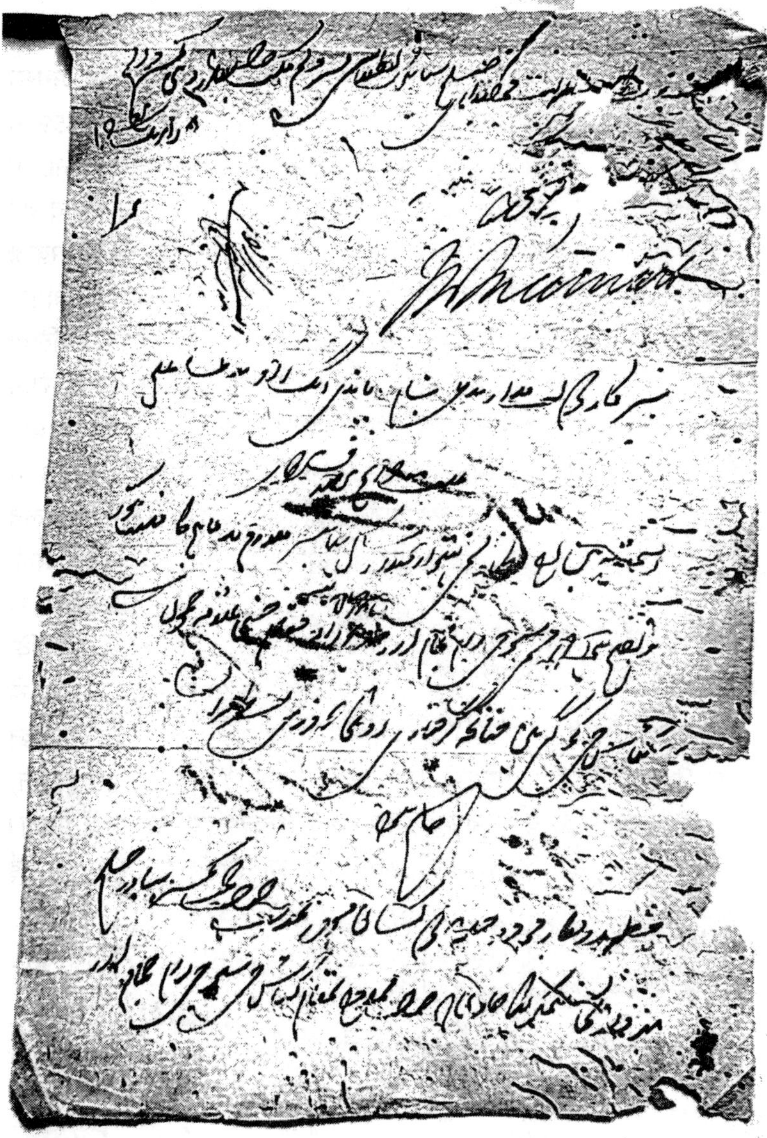

1862 में जम्मू से पकड़कर लाये गये राव पाण्डुरंगा का अंग्रेज़ों को दिया गया बयान, जिसमें उन्होंने बताया कि नेपाल में हैजा से पेशवा नानाराव की मृत्यु हो चुकी है।

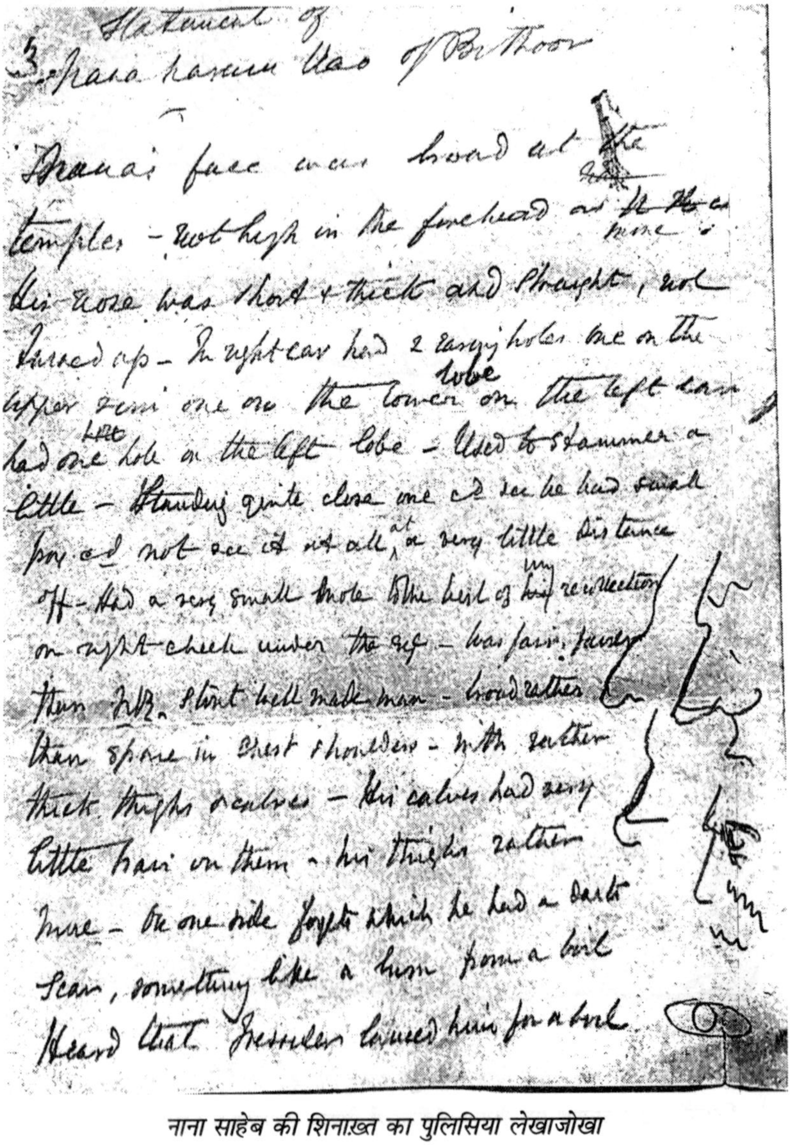
Statement of
3 Nana Narain Rao of Bithoor

Nana's face was broad at the
temples - not high in the forehead as mine is
His nose was short & thick and straight, not
turned up - his right ear had 2 earring holes one on the
upper rim one on the lower lobe on the left ear
had one hole in the left lobe - Used to stammer a
little - Standing quite close one c^d see he had small
pox c^d not see it at all at a very little distance
off - Had a very small mole to the best of my recollection
on right cheek under the eye - was fair, fairly
then N.B. Short well made man - broad rather
than spare in chest & shoulders - with rather
thick thighs & calves - His calves had very
little hair on them - his thighs rather
more - On one side forgets which he had a dark
scar, something like a burn from a boil
Heard that Bressler lanced him for a boil.

नाना साहेब की शिनाख़्त का पुलिसिया लेखाजोखा

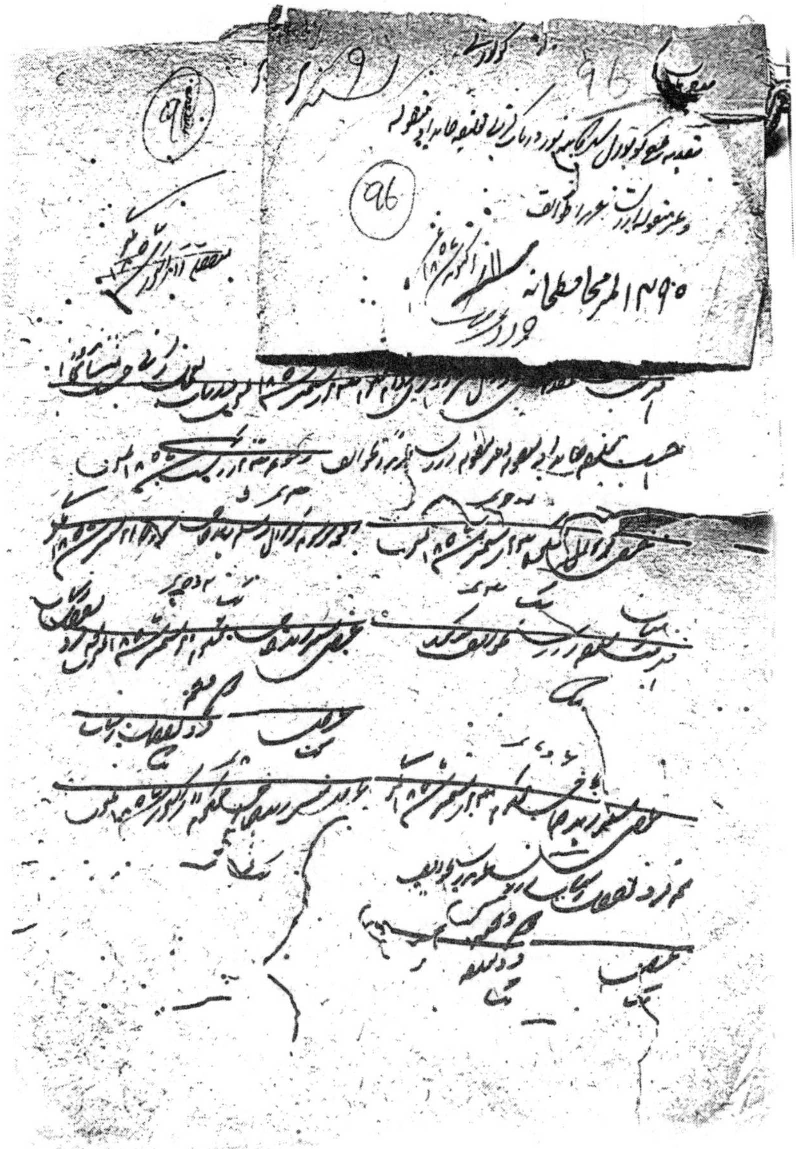

अजीजन बाई की वो अर्ज़ी जो उसने कोठे को अंग्रेजों से छुड़वाने और ताला खुलवाने के लिये दी थी।

there was no order of Major Bruce condemning Karim Khan as a rebel.

4th Under these circumstances, my predecessor ordered restoration of her house to Azeem-oon-nissa, and repayment of the earnest [deposited by] money, the purchasers; and I have just directed the Magistrate to make over to the former the rent realized by the house, during the time she was deprived of the possession of it.

5th But Mr. Lance reports that the money, Rs. 600/- realized by the sale of other articles belonging to Azeem-oon-nissa, which were sold with the house in question, has been carried to the credit of Government; I have therefore the honor to recommend that the refund of Rupees 600/ may be authorized.

I have &c.

(Sd) A. Locks

Offg. Commissioner

No. 308 of 1860

Copy, with Copy of ... to Government, forwarded in continuation of No. 279 d/ 18th August 1860

By Offg. Commissioner ... Division

To Magistrate of Cawnpore A. Locks

Offg. Commissioner

Commr's Office ... 19 Sept 1860

अजीजन बाई के कोठे की सुपुर्दगी का ऑर्डर

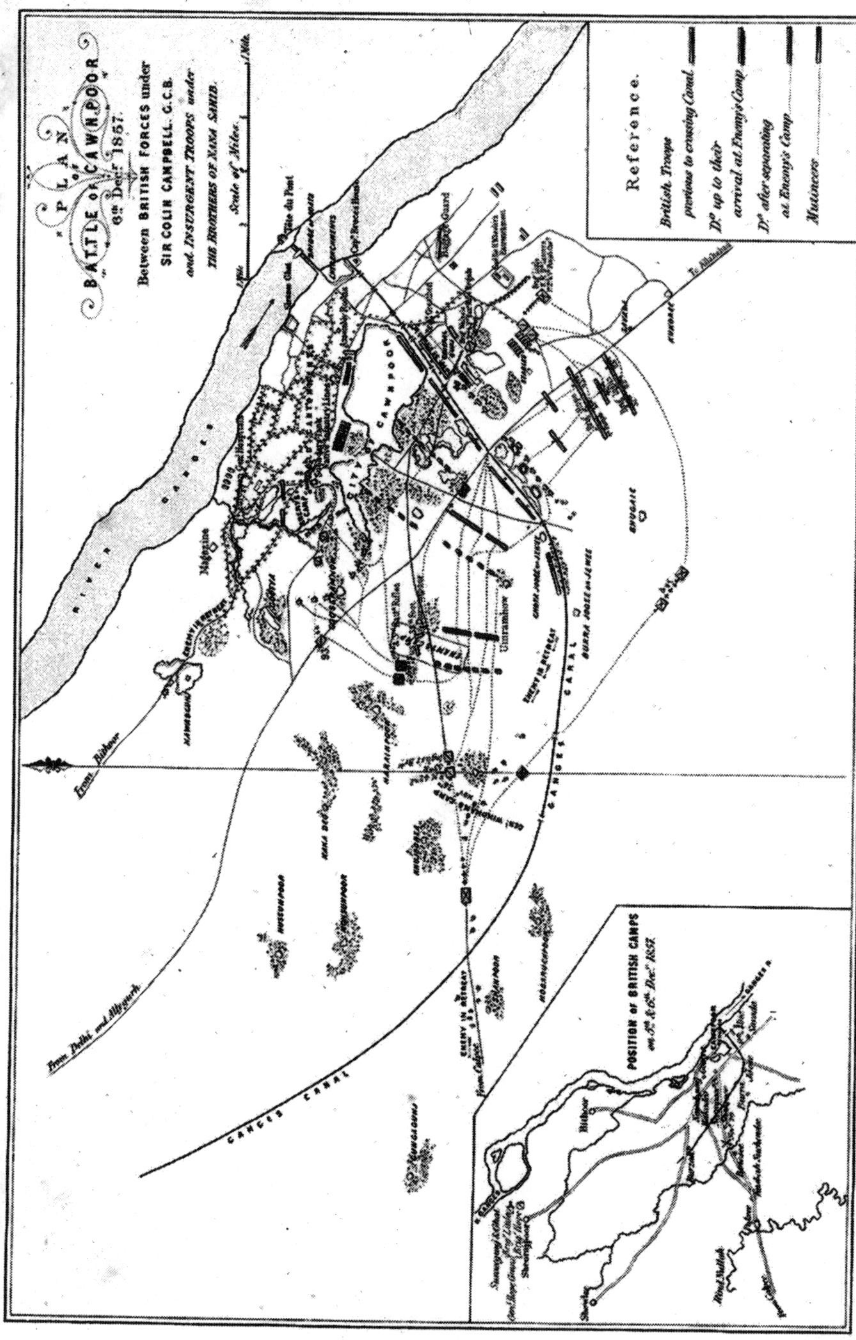

कानपुर कर नक़्शा (1857)